HUÉRFANOS DEL MAL

HUÉRFANOS DEL MAL

NICOLAS D'ESTIENNE D'ORVES

Traducción de
M. J. Arjona

PLAZA & JANÉS

Aunque basada en una verdad histórica, esta novela es fruto de la imaginación del autor. Cualquier parecido con personas vivas o que hayan existido sería tan casual como aterrador.

Título original: *Les Orphelins du Mal*

Primera edición: febrero, 2008

Printed in Spain – Impreso en España

ISBN: 978-84-01-33663-8
Depósito legal: B. 1.019-2008

Fotocomposición: Lozano Faisano, S. L. (L'Hospitalet)

Impreso en Litografía SIAGSA
Ramón Casas, 2. Badalona (Barcelona)

Encuadernado en Cairox Services

L 336638

a
de
por
para
en
hacia
Myriam

y para Sébastien

En lo que hicieron los alemanes hay algo que ejerce sobre nosotros una fascinación morbosa, algo que abre las catacumbas de la imaginación.

Stephen King,
Verano de corrupción

Prólogo

Era perfecta: frente alta, ojos separados, orejas delicadas, barbilla firme, labios perfilados, dientes rectos, pelo largo, sedoso y más dorado que un *Pretzel*.

—Abra bien los ojos, *Fräulein*, por favor —dijo el médico inclinándose.

—¿Así? —contestó la joven, e hizo rodar los ojos como un búho.

El gesto arrancó una sonrisa al hombre de la bata blanca, conocido sin embargo por su seriedad en el trabajo. ¡Pero no era para menos! Pocas veces había visto él tal gama de azules: cian, turquesa, lapislázuli...

«Dos amatistas...», pensó mientras separaba los párpados con los dedos para determinar la elasticidad. La parturienta no se movía; parecían animal y veterinario.

—¿Y el padre? —preguntó el doctor.

La embarazada se encogió de hombros y sonrió con aire impotente. Una enfermera leyó entonces una ficha al médico:

—Ingelheim, Gawain; veintidós años; *Untersturmführer*, teniente segundo de las SS. Primero de su promoción del Ordensburg de Sonthofen. Tiene un certificado de pureza aria de doce generaciones... «Conoció» a *Fräulein* Greve en Halgadøm la noche del 12 al 13 de mayo de 1938...

—¿Es eso cierto? —le preguntó el médico a la señorita Greve mientras le palpaba el vientre.

Ella asintió.

—Lo de la fecha sí… —murmuró—, pero ahora me entero del nombre, *Herr Doktor*…

El médico frunció el entrecejo; hundía suavemente los dedos en la barriga, deslizándolos entre el pubis y el ombligo, cuando de pronto se dio cuenta de que estaba tecleando una *partita* de Bach.

«La número tres…», se dijo, no sin orgullo: ¡la noche anterior la había tocado por primera vez sin equivocarse! Sus hijos le aplaudieron, su mujer se ruborizó de contento y él mismo quedó como aturdido tras ese pequeño recital en familia. Eran sus momentos preferidos. Esa comunión entre el arte y lo humano. Esa simbiosis entre la creación más perfecta y la raza más pura. Sus hijos pronto serían mayores. Pronto aquellos jóvenes arios tomarían el relevo. ¡Ellos eran el mañana, el futuro de la raza!

«Como este…», pensó notando a través de la piel del vientre la cabeza de la criatura. Retiró con delicadeza la sábana y el pubis de la joven quedó al descubierto; era más rubio, más solar que el cabello.

«¡Hija de Eva, sé fuerte!», entonó para sí.

Y suavemente pasó los dedos por el vello, como si quisiera alisarlo, bruñirlo. Esto chocó a la enfermera, pero no a la futura madre, que no hizo sino sonreír más. Su mirada se disolvió en la del médico como el hielo se funde en el fuego: un contacto telúrico, el surgimiento de un mundo.

—¿Lista? —le preguntó a *Fräulein* Greve.

—Sí… lista —contestó ella con voz entrecortada, no por el miedo sino por la emoción.

La enfermera acercó un carrito con instrumentos metálicos y reclinó la cama de la parturienta, que quedó convertida en mesa de operaciones.

—Pues vamos allá… —dijo fríamente el médico, y se puso unos guantes esterilizados.

El parto fue como un sueño. La madre creyó que oía cantar a los ángeles, pero no eran más que sus gritos, sus quejidos; transportada, como en trance, no sentía ni el dolor. Su conciencia triunfaba sobre su cuerpo. Sentía su vientre violado, sus carnes desgarradas, pero lo único real era su gozo. Se entregó por entero, tan inmaculada como al nacer.

No había conocido a ningún otro hombre. Se había mantenido pura para aquel soldado, al que solo vio una noche, una hora, lo que dura un beso. Pero al estrecharlo entre sus brazos, al recibirlo dentro de sí, al dejar que la penetrara, era al Führer a quien había entregado su virginidad, era al Reich a quien había ofrecido su pureza, su inocencia, su belleza. No la preñó un hombre, sino un pueblo. Y con esta responsabilidad había vivido los últimos nueve meses.

Sus hermanos la rechazaron, su padre la maldijo. Solo su madre se mostró sabia, recta:

—Tú nos enseñas el camino, Heidi. No te enfades con ellos, ya lo entenderán...

No, no se enfadaba, ¿cómo iba a enfadarse? Su vida ya tenía un sentido, ellos vivían en las tinieblas. Su fe había ido creciendo día a día como aquel ser puro y único en sus entrañas.

Un último dolor. Un fuerte, profundo grito. La alegría de la enfermera.

—¡Un niño! —exclamó esta, al tiempo que el médico cortaba el cordón umbilical.

Heidi lloraba de felicidad. Consultó el reloj del quirófano y comprobó que el parto había durado unas cinco horas.

Al mirar al médico vio que su semblante no reflejaba ya alegría alguna; estaba serio, tenía el ceño fruncido y se despojó de los guantes asqueado.

La joven madre comprendió que algo no iba bien...

—¿Qué... qué pasa? —balbució.

No la escuchaban. La enfermera entregó el recién nacido al médico, que lo tomó en brazos pese a la mueca de repugnancia.

Lo asió de la nuca y se lo mostró a la madre.

Oprimido por el cuello, el niño empezó a llorar.

A Heidi no le salían las palabras; aquel ser era carne de su carne. Sintió como si le tirasen del cabello, le impidiesen respirar.

El pequeño se debatía, cada vez más encarnado, como si fuera a explotar. El médico había pasado de la repulsión a una atroz indiferencia; su mirada era de acero, inexpresiva.

Heidi estaba paralizada. Las palabras, el odio, el miedo: todo la asaltaba, pero era incapaz de hablar; solo las lágrimas resbalaban por su cara.

«La cara, eso es...»

El médico adoptó una expresión grave, como un policía que da una mala noticia.

Se sentó junto a ella en la cama y le puso al niño en el pecho. El pequeño buscó instintivamente el rosado seno de la madre, pero ella, como si temiera apegarse a él demasiado, no poder separarse ya, no se atrevió a tocarlo.

Se contentó con mirarlo; parecía asustado, del dolor, del ruido, de la luz, del mundo que ante él se abría de manera tan terrible. En medio de la cara tenía como una brecha rosada, monstruosa.

—*Equarta labia* —dictaminó el médico.

La madre seguía sin decir nada.

—O «labio leporino», como se lo llama vulgarmente... —explicó con una voz aún más neutra, como si diera una clase—. Paladar hendido, ausencia de úvula... Un ejemplo típico, ¿no?

Heidi no sabía qué contestar. Notó que su cuerpo se distendía poco a poco y recuperaba cierta capacidad de movimiento.

Iba a tocar con la mano al pequeño cuando reparó en lo que estaba haciendo la enfermera.

Con expresión concentrada llenaba con aire una jeringa.

No tuvo que preguntar para comprender...

Llegó solo a rozar el cuerpecito, porque el doctor ya se levantaba con el bebé.

La enfermera le pasó la jeringa.

—Gracias, *Schwester* —dijo el médico—. Sujételo, que no se mueva.

—¡¡¡No!!! —gritó la madre, aunque no pudo incorporarse; se sentía como presa en una coraza de yeso.

Con una mano, el médico acarició la cabeza del niño; un gesto tan tierno y dulce que parecía como si fuera a besarlo de un momento a otro. Con la otra mano acercó la jeringa al cráneo del pequeño.

La madre miraba boquiabierta. De sus labios brotaban gritos silenciosos. Vio que el médico posaba la punta de la aguja sobre la fontanela del cráneo. El niño había dejado de llorar, reinaba un profundo silencio: la gran calma que precede a la muerte.

Cuando la aguja penetró, el niño tuvo un sobresalto, abrió mucho los ojos e, instintivamente, los fijó en su madre.

El médico hundió más la aguja e inyectó el contenido.

Incluso la enfermera, que sostenía al niño en brazos, procuraba no moverse; notó que el cuerpo del pequeño se relajaba.

La criatura no se movía; parecía petrificada, mirando a la madre... ¿como si la reconociera?

Heidi trataba de no pensar, de no intentar comprender, de olvidar... ¡Pero qué grandes y ávidos eran los ojos de su hijo!

«Son como los míos...»

La miraban con reproche y a la vez alivio.

—La primera generación debe ser sana —dijo el médico impasible, con una resignación cansada, mientras retiraba la jeringa—. Déselo ahora —ordenó a la enfermera.

—*Jawohl, Doktor Schwöll!*

La enfermera puso al niño en brazos de la madre. Pese a su rostro desfigurado y el hilillo de sangre que le surcaba la frente, una extraña calma inundaba al bebé.

Heidi lo tomó como si fuera un objeto de porcelana. Sus miradas se cruzaron una vez más. Los ojos del bebé se habían velado; su mirada parecía alejarse, regresar al lugar del que había venido.

El pequeño dio una sacudida, emitió una especie de hipido y la cabeza cayó hacia atrás.

La madre quedó anonadada; ni siquiera notó que la enfermera cogía de nuevo al niño, ni oyó apenas la voz amable pero firme del médico que le decía:

—La tendremos convaleciente un mes y luego la trasladaremos a la maternidad de Halgadøm. Allí hay oficiales bien plantados que le harán olvidar este... percance... —Le acarició la mejilla como quien acaricia a un caballo y añadió—: ¡Es usted joven, *Fräulein* Greve, y el Reich sigue necesitándola!

PRIMERA PARTE

Anaïs

El nazismo fue uno de los pocos momentos en la historia de nuestra civilización en que una puerta se abrió con estrépito y dejó ver otra cosa.

Louis Pauwels y Jacques Bergier,
El retorno de los brujos

2005

París, 29 de agosto, 5.45 de la tarde

—¿Sabes algo de la historia del nazismo, el Tercer Reich y demás? —me dice Clément, y pone su mano encima de la mía, que yo retiro bruscamente... demasiado, como siempre.

—¿Me haces venir aquí para hablarme de historia? —Lo fulmino con la mirada. Mis ojos de azul eléctrico en contraste con mi pelo negro. Él la llama mi mirada «de tiburón»; nunca ha podido sostenerla. Llega una pareja de norteamericanos y Clément se remueve y retira la silla para dejarles pasar; se los ve encantados de hallarse en el corazón del París «*olalá*», y profiriendo «*How nice!*» se nos sientan detrás.

¡Cómo se le habrá ocurrido a Clément quedar aquí, cuando sabe perfectamente que detesto el café de Flore! Por lo general Saint-Germain-des-Prés me inspira una aversión instintiva, como de pueblo; será que soy un poco provinciana.

—Vale, de acuerdo —concede Clément—, quería pedirte una cosa... —Se queda pensando y se corrige—: Mejor dicho, proponerte una cosa...

—Ya te veo venir, como siempre —digo yo socarrona.

Él pone una sonrisa lastimera y me doy cuenta de que he vuelto a pasarme. «¡Calma, Anaïs, calma!» Pero es algo que puede conmigo; el «orgullo de mujer sola», como dice Léa, mi mejor amiga. ¡Y solo tengo veinticinco años!

Porque, seré sincera, desde que nos conocimos hace siete años en la facultad de periodismo, siempre he leído una gran sinceridad en los ojos de Clément, en esa mirada de viejo cocker spaniel que tiene. No como yo, con mi coraza de ironía y mi escudo de cinismo. Esta manera de tomarme la vida como si todo me atacara o fuera una farsa, de no ver nada auténtico, que no sea como un simulacro. Somos muy distintos: yo soy como un bulldozer, torpe y altiva; Clément sigue siendo un hijo de papá con ganas de emanciparse, que vive encadenado y soñando con ser libre. Somos dos desarraigados. Pero además nos conocemos demasiado, sabemos lo que vamos a decir en cuanto abrimos la boca.

—¡Un granizado de limón y un vaso de leche!

El camarero rompe nuestro incómodo silencio.

Le damos las gracias, como si nos acabara de salvar de morir ahogados. Actuaré con deportividad: ahora me toca a mí enderezar la conversación. Me reclino en la silla, tomo mi vaso de leche y digo con falsa jovialidad:

—Venga, te escucho.

Pero ahora es Clément quien se lo toma con calma. Como si quisiera desquitarse, aplica delicadamente los labios a la pajita y apura el granizado haciendo un gorgoteo horrible, que él sabe que me pone de los nervios. Rechino los dientes.

—Tengo un trabajito para ti —dice por fin a media voz.

—¿Un trabajito?

—Un trabajito de negro de editorial.

Mi reacción debe de ser elocuente, porque Clément se explica:

—Escribir un ensayo de historia con uno que en su vida ha escrito un libro. El mismísimo FLK me ha pedido que busque a alguien.

Yo pongo cara de estar impresionada y Clément no sabe si estoy riéndome de él.

—Es un buen trabajo y muy bien pagado —insiste.

—¿Y por qué yo?

Se acoda en la mesa y se inclina. Noto el olor dulzón de su aliento y el del suave perfume que siempre lleva, el mismo que su padre: *Habit Rouge* de Guerlain.

—El autor quiere a alguien joven, a ser posible chica...

Suelto una risilla.

—¿Una chica? ¿Te ríes de mí?

Pero Clément está serio. Se le dilatan las pupilas.

—Cien mil euros no son para tomárselos a risa.

¡Se me cae la cucharilla!

—¡Cien mil euros! ¿Me estás tomando el pelo?

—Ya te interesa más, ¿eh? —Clément ha recuperado su tono irónico.

Me interesa no, casi me asusta. ¿Por un trabajo de negro cien mil euros? ¡Si es el anticipo que se paga a un autor de éxito! Lo sé porque el año pasado hice un reportaje sobre el mercado de best sellers en Francia para el suplemento de *L'Express* y conozco las cifras. FLK tiene fama de ser un editor de los más generosos, pero ¡tanta generosidad es como para desconfiar!

—¿Y quién es el autor con el que debo... o debería trabajar?

—Yo lo he visto un par de veces, pero no puedo decirte nada; me lo ha prohibido el jefe, quiere explicártelo él mismo...

—¿Ya le has hablado de mí?

—Te espera mañana en las oficinas de Ediciones FLK, calle Visconti, número once, a las diez de la mañana.

—¿Le gusta la caza de tesoros, señorita Chouday?

¿Qué se puede contestar a eso? Desde hace un buen rato François-Laurent Kramer, presidente de las muy exitosas Ediciones FLK, está mareando la perdiz... ¡no hace faltar decir que la perdiz soy yo!

—Un escritor es un poco como un explorador, ¿no cree? —prosigue, mientras hace girar su butaca de cuero rojo.

Todo el despacho es también rojo: el papel de las paredes, los muebles, las estanterías, los cuadros, la moqueta. Incluso las prendas que él viste: rosa, fucsia, bermellón, ciruela; da no sé qué verlo de buena mañana. Me recuerda la tostada de mermelada de grosella que he engullido a toda prisa antes de tomar el metro.

Me llevo la taza de té a los labios, perpleja. Sobre la mesa arde una vela perfumada de lo más fina. Aunque tiene sesenta años y el cabello le empieza a ralear, a FLK se lo ve muy a menudo en las páginas de las revistas del corazón. Su reciente divorcio, su *coming out* y su borrascosa relación con un diseñador holandés han hecho las delicias de la prensa (sobre todo su boda ilegal en una isla privada de las Maldivas). ¡Auténtico maná para los periodistas!

Pero este payaso dirige con puño de hierro una de las mayores editoriales independientes de Francia y se niega a incorporarse a ningún gran grupo, pese a las muchas ofertas que ha recibido.

—Porque lo que le estoy proponiendo es buscar un tesoro... —añade, mientras se levanta y se acerca a la pared acristalada.

—Me temo que ya soy mayorcita para esos juegos —replico antes de morderme la lengua.

No sé adónde quiere ir a parar, y él se aprovecha.

El viejo zorro no me contesta.

Da unas pataditas en el cristal y se queda contemplando el gran jardín, que parece emparedado entre edificios, unos pisos más abajo. Algunos árboles presentan ya colores de otoño, y un jardinero corta el césped zigzagueando entre los bojes.

FLK se vuelve como un fantasma.

—Esto no es ningún juego, Anaïs.

Yo me estremezco sin poder evitarlo. El tipo se ha mostrado tajante, casi agresivo; se diría que guarda un arsenal de navajas bajo su linda chaqueta granate.

Sigo quieta en mi asiento, trago saliva y me pregunto qué estoy haciendo aquí.

Ahora FLK se pasea por el despacho y con el dorso de la mano acaricia amorosamente los libros de las estanterías. Yo, callada y cada vez más incómoda, observo los numerosos best sellers que ha publicado Ediciones FLK: las novelas femeninas de Évelyne Schänkl, los *thrillers* de los gemelos Leclerc, las novelas románticas históricas de Marjolaine Papillon, las policíacas de Cédric Meillier... Este tipo de libros encantan a mi padre, o le encantaban, porque no sé si seguirá leyendo.

—Es un trabajo muy importante —prosigue el editor, sentándose de nuevo—, y muy, muy bien pagado, como seguramente le habrá dicho Clément...

Pienso en los cien mil euros y debo de haberme ruborizado, porque el editor recupera el buen humor y esboza una sonrisa.

—Usted es joven, Anaïs; tiene talento, sabe escribir. Su amigo Clément me ha cantado sus excelencias. ¡Es un trabajo a su medida!

¡Un tipo persuasivo! Otro que tendría que dedicarse a la política: da una de cal y otra de arena con una facilidad pasmosa. Pero yo procuro no perder la calma y replico:

—Aún no me ha dicho de qué se trata...

Abre un cajón de la mesa, saca una revista, me la pone delante, carraspea y dice en voz queda, como si me revelara un secreto de Estado:

—*Der Spiegel*, un gran semanario alemán.

Bajo la guardia y cojo la revista con precaución. La imagen de la portada me produce escalofríos: cuatro muertos en un depósito de cadáveres y, tras ellos, la sombra de un hombre con el brazo levantado. Hitler, sin duda. Sobre esta imagen hay un gran signo de interrogación cuyo punto es una cruz gamada. El ejemplar es del 23 de junio de 1995.

Todo esto me causa una impresión desagradable. Nunca me ha atraído, y menos aún fascinado, la época de los nazis. Para mí es como un período límite, un trasunto del infierno. Como todos los alumnos de instituto, vi *Noche y niebla*, la película de Alain Resnais, en clase de historia, y preferí desechar para siempre esas imágenes de horror extremo. El nazismo me parece un dragón vencido ya hace mucho, pero también confieso que esta portada me inquieta. ¿Por los colores chillones? ¿Por los cadáveres? ¿Por esa cruz gamada trabajada y casi elegante?

FLK mira a un lado y a otro como si no se fiara; se inclina y en voz baja me dice:

—En mayo de 1995, el mismo día, en cuatro puntos distintos del país, la policía alemana encontró cuatro cadáveres.

—¿Asesinados?

—No —contesta FLK rotundo—: se suicidaron...

¡Oyéndolo hasta un muerto palidecería!

—De momento no veo nada raro —comento yo, disimulando mi turbación.

FLK frunce los labios.

—¿Y si le digo que los cuatro se mataron exactamente a la misma hora y del mismo modo?

—¿Cómo?

Entorna los ojos, que vistos así parecen dos bolitas negras y brillantes.

—Los cuatro estaban desnudos, envueltos en una manta del ejército, y tenían en la boca trozos de cristal... de una cápsula de cianuro...

Se interrumpe, sin duda para ver cómo reacciono, pero procuro no inmutarme. ¿A qué viene tanto teatro?

—Por mucho que se investigó —prosigue—, no se descubrió nexo alguno entre los cuatro suicidios, pero no pudieron ser una coincidencia...

—¿Por qué no? —pregunto; empieza a intrigarme.

El editor sonríe, encantado al ver que pico.

—Porque los cadáveres fueron hallados en cuatro lugares bastante... especiales.

Abre la revista y me enseña unas fotos.

—Munich, Berchtesgaden, Nuremberg, Spandau...

Yo frunzo el ceño: ¡lo mismo que si me hablara en chino!

—¿Y?

—Munich, la cuna del nazismo; Berchtesgaden, la localidad donde Hitler fijó su residencia de montaña, el llamado Nido del Águila; Nuremberg, símbolo del régimen, donde fueron juzgados y ahorcados sus principales líderes; Spandau, el barrio berlinés en el que se hallaba la prisión donde vivieron recluidos los condenados de Nuremberg hasta la muerte del último, Rudolf Hess, en 1987...

Alzo los ojos al cielo: no, esto no es para mí.

—Mire, no soy historiadora, no sé nada de la Segunda Guerra Mundial. Seguro que hay gente mucho más preparada...

—¡Déjeme terminar! —me ataja el editor, y como para recordarme quién es el jefe fija en mí una mirada llena de autoridad... que no logro sostenerle—. Hay otra cosa... Esos cuatro hombres tenían unos setenta años. La policía averiguó que vivían bajo identidades falsas, y que debieron de nacer en tiempos de la organización más secreta del Tercer Reich, el Lebensborn...

—¿El qué?

—El Lebensborn, literalmente «fuente de vida»... ¿Ha oído hablar de...? —FLK tamborilea con el dedo índice en la mesa de acero, como buscando la palabra exacta.

—¿De...?

—¿De los... picaderos nazis?

—¿Se refiere a la cría de caballos?

—No, Anaïs, me refiero a la cría de humanos...

Trago saliva. El editor se interrumpe de nuevo y me observa como un actor a su público.

—En las maternidades del Lebensborn —prosigue, sin apartar de mí los ojos— apareaban a jóvenes arios para crear lo que llamaban la raza de los señores.

Yo me reclino en la silla. Pues claro que he oído hablar de ese mito de las granjas arias.

—Yo creía que era una leyenda...

—Una leyenda... —se sonríe FLK mientras se rasca la barbilla perfectamente afeitada.

—Y esos cuatro suicidas, ¿se supone que nacieron ahí?

—No se sabe, pero hay un detalle que llamó la atención de algunos historiadores.

—¿Qué detalle?

—Los cuatro tenían un tatuaje. —Y pasa las páginas de la revista hasta dar con una foto de los cadáveres.

Es un primer plano. Grabados en la piel amoratada, a la altura del riñón derecho, se aprecian unos números: «SS-459-224».

—¿Y bien?

—Al parecer no es un simple tatuaje, sino un pedigrí... —contesta el editor—. Cuando los historiadores se dieron cuenta y quisieron hablar de ello, las autoridades alemanas suspendieron la investigación y dieron carpetazo al asunto.

—Los alemanes tienen serios problemas con esa época, y además...

—¡No hablo de ningún complejo histórico, sino de una ley del silencio! —replica él, acalorándose de pronto—. Después de suspenderse la investigación, tres programas de televisión fueron prohibidos una hora antes de emitirse y varios periodistas recibieron amenazas de muerte. ¡Ni que hubieran vuelto los fantasmas del Tercer Reich! Incluso los ejemplares del *Spiegel* ardieron misteriosamente en el almacén. —Y agita con vehemencia la revista alemana—. Me llevó semanas conseguir este, y le aseguro que no me faltan contactos en la prensa europea. ¡No, Anaïs, aquí hay un secreto mucho más grave! Mucho más peligroso...

Me coge de la muñeca, mesa por medio, y me mira fijamente a los ojos.

—Un secreto que mata...

Se me encoge el estómago. FLK tiene de repente una expresión codiciosa.

—Y ese secreto —prosigue— podría estar relacionado con el inmenso botín que los nazis amasaron en la guerra y que nunca ha sido hallado.

Se calla otra vez. Tanta pausa me sienta como una ducha de agua fría, y empieza a cansarme; ya no sé si habla en serio o me está enredando.

—Ese tesoro hace años que fascina a nuestros lectores —prosigue, y señala las estanterías—. ¿Ha leído las novelas de Marjolaine Papillon? Son unos de los libros que mejor se venden. Todas hablan de los misterios del Tercer Reich; al público le encanta el tema...

Yo procuro no perder la paciencia. ¡Vayamos al grano!

—¿Qué quiere de mí exactamente? ¿Que escriba una novela?

FLK chasquea la lengua.

—Que escriba un libro de investigación. Retome el caso, como si fuera un detective. Siga las pistas, viaje a Alemania, más lejos si es preciso. Está claro que este caso encierra un secreto. En Europa aún tenemos que aclarar algunas cosas...

Me pasma su desvergüenza.

—¡Quiere usted que desentierre esos cadáveres y me habla de ley del silencio, de amenazas de muerte, de fantasmas nazis, de un secreto que mata!

FLK recupera su aire astuto.

—Es pura retórica, Anaïs… —contesta—. Hablo metafóricamente. Ya no estamos en el Tercer Reich.

Dicho esto, descuelga el teléfono, marca un número y enciende el altavoz; el tono de llamada resuena en todo el despacho.

—He conectado el teléfono al estéreo —explica con voz zumbona, y señala unos bafles marca Bose que hay en los rincones, disimulados bajo una capa de pintura roja.

El tono del teléfono sigue sonando.

El volumen está altísimo y frunzo el ceño; me recuerda esas discotecas horribles a las que Léa me lleva todos los años la noche de su cumpleaños.

Descuelgan.

Una voz de hombre, queda:

—¿Diga?

—¿Vidkun?

—¿Quién es?

—FLK.

El editor va y viene por el despacho, concentrado.

—Bueno, ¿qué? —dice la voz, una voz de tenor, algo más alto.

FLK se vuelve hacia mí y me fulmina con la mirada.

—Está aquí la señorita, creo que le interesa.

Yo lo niego en vano cabeceando vigorosamente; el editor me hace señas de quedarme sentada y se lleva el dedo a los labios. Tan aturdida estoy… ¡que obedezco!

—Muy bien —dice la voz—. Pásemela…

—Hable, lo escucha…

—¿Anaïs?

Me quedo de piedra.

Me impresiona la voz de ese hombre; ese acento indefinible, que me recuerda al de ciertos actores de los años treinta; ese timbre atiplado, argentino, amanerado, pero que suena de lo más natural.

—Anaïs, ¿me oyes?

—Sí...

—Trabajaremos juntos entonces, ¿no?

El editor gesticula instándome a que conteste.

—Pues... yo...

—Habla más alto, que no te oigo.

El editor se pone rojo.

Entonces, casi sin querer, pero en voz bien alta para que me oigan, contesto:

—¡Sí!

«¿Qué he hecho, Dios mío?», me digo, viendo cómo FLK cruza, satisfechísimo, los brazos en el pecho. ¡He caído en la trampa! ¡Todo va demasiado deprisa!

—François-Laurent te habrá hablado del anticipo, que es muy generoso...

El editor asiente con la cabeza.

—Ciento cincuenta mil euros no son moco de pavo, ¿no?

FLK y yo damos un salto al mismo tiempo.

—¿¡Cómo!?

Atrapo la situación al vuelo. ¡Cincuenta mil euros más de lo previsto! ¿Querrá nuestro interlocutor regatear al alza? Habrá que jugársela, y como en una partida de póquer replico:

—Exacto, ciento cincuenta mil euros; el señor FLK es muy generoso.

El editor se sienta temblando en su butaca y yo le lanzó una mirada triunfal.

—Bien —dice el otro con su voz dulce y aflautada, en la que creo percibir cierto tono irónico—. Ahora que nos hemos puesto de acuerdo, ya pueden ir firmando el contrato.

Mil cálculos acuden a mi mente, vertiginosos: «Ciento cincuenta mil euros, ¡ahí es nada! Se acabaron las rebajas; piso nuevo, vida nueva, un trabajo como Dios manda, hasta un novio formal...».

Le echo al editor una mirada picarona y pregunto, con una audacia que me sorprende:

—¿Cuándo empezamos?

FLK ha recobrado el aplomo; me observa con cierta complicidad e inclina la cabeza en señal de aprobación. Teclea algo en el ordenador e imprime el contrato.

—¿Qué te parece mañana por la mañana en mi casa? —propone el desconocido.

Me sobresalto. La inmediatez me aterroriza. Sí, todo va demasiado rápido.

«No sé, no sé...», me digo. ¿No sería mejor llamar antes a Léa y pedirle consejo, o subir un momento al despacho de Clément?... Pero el editor me pone el contrato delante y señala la astronómica cifra: «Ciento cincuenta mil euros».

Tomada ya la decisión, aunque sea precipitada —¡no echarse nunca atrás es mi lema en la vida!—, balbuceo:

—Mañana por la mañana, vale... muy bien.

—François-Laurent te dará la dirección. Te espero a las diez para el *Frühstück*. —Y cuelga.

Silencio. FLK me mira atentamente.

—*Frühstück* significa «desayuno» en alemán —dice al cabo, y me pasa su Montblanc.

Sin terminar de creerlo firmo el contrato, y constato que en él aparece otro nombre: «Vidkun Venner».

—Recibirá el primer ingreso esta misma semana —añade FLK en tono seco.

—¿Y quién es este hombre?

FLK garabatea una dirección en un post-it, lo pega en mi copia del contrato y me lo pasa.

—Todo suyo, Anaïs.

Me muerdo el interior del carrillo y leo:

—«Vidkun Venner, callejón del Castel Vert, 16, distrito dieciocho, París.»

Salgo de la editorial y echo a caminar hacia la plaza de Saint-Germain-des-Prés con paso incierto. Mi ser clama por un taxi como quien pide aire.

Tendría que botar de alegría, y dar gracias a la humanidad, y saludar a los transeúntes, los vagabundos, los policías... Pero no, me siento mal, me siento culpable...

«Pero si es maravilloso», me digo, subiendo a un Audi gris metalizado.

—Calle Paul-Bourget, en Porte d'Italie...

El taxi es muy cómodo y por la radio suena un viejo tema de Michel Fugain, pero un nudo de angustia se hace cada vez más fuerte en mi interior.

«Oh, no, mierda... ¡Ahora no!»

¡No es justo! Me giro en el asiento y aprieto el contrato como si fuera un talismán. Los edificios desfilan por la luna trasera.

Toda emoción intensa, buena o mala, me produce el mismo efecto, aunque de nada me sirve saberlo: una sensación de ilegitimidad, de impostura, que me da ganas de meterme bajo tierra y desaparecer para siempre; no puedo evitarlo.

El taxi se detiene.

«¿Ya?»

—Ya hemos llegado —anuncia el taxista—. Son once euros.

Le doy un billete de veinte y digo sin pensarlo:

—Quédese con el cambio...

El taxista silba, admirado de mi generosidad, y sin darme las gracias arranca a toda prisa... no vaya a ser que me arrepienta.

Veo alejarse el coche y pienso: «Como dice Clément, a la vejez, viruelas...».

Pero la broma no me alivia; al contrario, cada vez me siento peor.

Ha empezado a llover; es una lluvia fina, tibia, cargada de polución, una de esas lloviznas de fin de verano que recuerdan a los parisinos la amarga vuelta a la normalidad; pronto habrá que sacar los jerséis, cundirán los catarros, las medicinas...

Camino con la cabeza gacha, el ceño fruncido... No quiero cruzar la mirada con nadie.

Y trato de abstraerme marcando el paso.

«Un... dos... un... dos...»

Hacía meses que no tenía una crisis de angustia de este calibre. ¡Todo se embarulla en mi cabeza! Pienso en lo que Léa lleva años aconsejándome: que vaya a ver a un psicólogo. «Eso te solucionaría unos cuantos problemas, guapa.»

Pero yo siempre me cierro en banda. Mis demonios son míos, son mi secreto, mi espacio de libertad, de intimidad, por doloroso que resulte. Quitármelos sería como violarme. Sin embargo Léa nunca ha querido admitir estas objeciones. «Una siempre encuentra excusas, guapa.»

Llego al bloque en el que vivo. Ahora tengo los nervios en el estómago.

Marco el código de entrada y pienso en Clément. Lo malo es que nunca he sabido decirle que no. Cuando le veo esos ojos de perro apaleado que pone, esa cara de «pobre niño rico», no puedo resistirme. ¿En qué me habrá metido ahora? ¿Un secreto que mata? ¿Nazis en 2005? Aunque él jamás me habría recomendado a este lince de editor por el simple placer de verme devorada.

«Además, ¡son ciento cincuenta mil euros!»

El vestíbulo, el ascensor...

«¡Sigue averiado!»

Curiosamente, la idea de subir a pie doce pisos no me asusta. Así al menos me sofoco con razón. ¿No me da también Léa la vara con el deporte?

«Vente a remar, verás cómo se te aclara la mente.»

Y eso que sabe que detesto toda forma de vida social: oficina, deportes de equipo, muchedumbres...

«Uf, piso doce.»

Ya casi estoy en casa: mi apartamento, el 304, está al final del pasillo.

Abro la puerta que rechina, percibo el olor familiar de mi estudio de dos habitaciones y ya me siento mejor; al menos puedo respirar.

Un bulto se desliza entre mis tobillos y maúlla.

—¡Hola!

Acaricio al único ser que no me reprocha nada, Graguette, una gata callejera negra que se ha venido a vivir conmigo. No sé por qué dicen que los gatos son animales que nunca saludan.

Dejo la cartera junto al teléfono. Vaya, parpadea el contestador...

Pues que parpadee; abro el frigorífico, tomo un cartón de leche, le echo a la gata un poco en el cuenco y el resto me lo bebo a morro. El líquido se desliza por mi garganta como la más sana de las medicinas. Reconforta, relaja, tonifica, y siento que leche, calma y bienestar son todo uno. Podría tomarme litros en lugar de los calmantes. Y no porque su sabor me guste —¡la sola idea de que ese líquido ha fermentado en la ubre de un bicho me pone enferma!—, sino porque me calma los nervios.

Jadeando, me limpio con la manga del jersey negro y dejo en ella un refregón blanco. ¡Qué poco sexy!

«¿Y qué? Ahora ya puedo comprarme una lavadora...»

Tiro el cartón vacío, me quito los zapatos; en la pared de enfrente veo el tablón de corcho que me sirve de agenda, lleno de papelitos de todos los colores, en los que tengo trazado el plan de las próximas semanas, de los artículos por escribir.

A otros les daría mareo, a mí me es indispensable.

Cuatro columnas, cuatro colores: «para entregar / entregado», «para pagar / pagado»... Y también mis actuales ocupaciones, que no son pocas: críticas de libros, de cine, de música, trabajos de investigación, entrevistas, semblanzas... Después de cuatro años, tras la facultad de periodismo y de currar en varios sitios, voy tirando gracias a mis colaboraciones (en *L'Express*, *Elle*, *Technikart*, *Marie-Claire*, incluso en *Paris-Match*...), que a veces firmo con seudónimos (la otra Anaïs Chouday: Clémence Anis, Anne Clémine, Annie Clémens, y hasta Clélie Anus, para una publicación erótica).

Pero ahora este trabajo puede cambiarlo todo.

Musitando como un mantra «ciento cincuenta mil euros...», me dejo caer en mi viejo futón Ikea, que fue lo primero que compré al llegar a París hace siete años, y que pagué trabajando de camarera en un café de la Butte-aux-Cailles.

No puedo evitar pensar: «¡Ahora podré comprarme una cama *king size* en el Lit National!», y me alegro como si ya la tuviera...

«¡Te estás aburguesando, guapa!», se burlaría Léa.

¿Y qué? Por fin podré cuidarme más, no vestir siempre de baratillo, ir a la moda; no tener que esconderme tras mis gafas de sol, mis jerséis anchos, mis vaqueros viejos.

Entre mis colegas, las pocas veces que me paso por las redacciones —prefiero trabajar por e-mail—, tengo fama de tía asexuada. Un día, en la redacción del suplemento de libros de *L'Express*, oí que murmuraban a mi espalda: «No está mal Anaïs, pero parece una monja de paisano».

¡Y pensar que en el instituto me llamaban «tía buena»! ¡Y que mis compañeras me envidiaban los pechos, y en clase de gimnasia los tíos me comían con los ojos! Cualquier otra habría sacado partido; en cambio yo empecé a sentir una vergüenza extraña, una especie de rechazo hacia mi cuerpo.

—Veinticinco años, sin trabajo ni familia ni novio como Dios manda... ¡Qué desastre! —digo en voz alta, jugueteando con el rabo de Graguette, que se me ha acurrucado en las rodillas.

Ya empiezo otra vez a agobiarme. Respiro hondo y pienso en la cita de mañana.

«Tendré que mostrarme firme y persuasiva con el tal... Vidkun Venner. ¡Qué nombre más raro!»

Enciendo mi Mac y me conecto a Google.

—A ver... Vidkun Venner...

El ordenador procesa durante medio segundo y... nada: ningún resultado, ni textos ni fotos.

Un perfecto desconocido.

«Un fantasma», me digo con extraña aprensión.

¡Pero un fantasma lucrativo! ¡Un espectro rentabilísimo! ¡Un ectoplasma de ciento cincuenta mil euros! A ese precio bien puedo echarle valor...

¿Quién será este tipo que puede aumentar un anticipo ya elevado sin que FLK rechiste?

Pienso en Clément; también lo he conseguido gracias a él. Le debo una... ¡Ya se encargará de recordármelo!

Muchas veces me saca de quicio, pero es mi apoyo. Él quisiera ser algo más, lo sé, y yo tengo la culpa, porque las pocas veces que nos hemos acostado —en noches de curda o cuando me quedo ayudándolo a corregir un manuscrito—, ha sido siempre por mi culpa: me dejo llevar.

«Clément, solo somos amigos, nada más.»

¡La de mañanas que me lo habrá oído decir!

Él no contesta, se limita a encogerse de hombros, entre resignado e irónico. De algún modo esta ambigüedad le gusta. Me sabe demasiado difícil, demasiado arisca para dejarme seducir por otros, y araña esos momentos de intimidad como quien aprovecha las últimas luces del crepúsculo. Se podría decir que salimos juntos, a nuestro modo; sin compromiso, por pereza.

El pitido del contestador me saca de mis cavilaciones.

Cada hora avisa del número de mensajes, con una horrible voz mecánica: «Tiene-un-mensaje-nuevo».

De nuevo me invade la angustia, más insidiosa, y noto que me sudan las manos.

Escucho el mensaje.

—«Nanis, soy tu padre. Quería saludarte, como todas las semanas. Que sepas que puedes llamarme cuando quieras, que puedes contar conmigo, que...»

—¡Oh, no! —Y me apresuro a borrarlo.

—«Mensaje-borrado.»

Pero vuelve de golpe el sentimiento de culpa; mi padre es el que mejor lo provoca. ¡Piensa en otra cosa, pronto! Por ejemplo, no estaría de más informarme antes de hablar con ese misterioso señor «Venner».

Dicho y hecho: me pongo la chaqueta, cojo las llaves y abro la puerta.

Y mientras bajo los doce pisos voy repitiéndome: «Lebensborn, Lebensborn, Lebensborn...».

—¿Leben... qué?

—Le-bens-born.

El dependiente de chaleco azul teclea en el ordenador con expresión fatalista.

—Nada de nada —me dice, apartando una pila de libros y acodándose en el mostrador—, pero mire en las estanterías, donde dice «Tercer Reich» u «Holocausto». A lo mejor el Leben... ese aparece en el índice temático de algún libro.

—Gracias.

«¡Qué raro!», me digo. Por lo general se puede encontrar todo en Gibert Jaune, que es una de las librerías más grandes de París. Voy repasando las etiquetas de los estantes: «Historia... Europa... Alemania... República de Weimar... Tercer Reich... Holocausto...».

Los libros que busco están a ras del suelo. Al acuclillarme rozo las piernas de un estudiante, que me mira con picardía. ¡El pobrecillo! No le hago caso; tuerzo el cuello y leo el título de los lomos: *Diario de Spandau*, *Las mujeres de Hitler*, *Los juicios de Nuremberg*, *La corte de Lucifer*, *En el corazón del Tercer Reich*, *Hitler, una vida...*

Cojo un volumen al azar, *El gran libro de la deportación*. Consulto el índice alfabético.

Pero de nuevo las palabras se confunden en mi cabeza, las letras desfilan bajo mis ojos, incoherentes, sin sentido, porque la voz de Venner me da vueltas en la cabeza: «Te espero a las diez para el *Frühstück*...».

El *Frühstück*... ¡Pero si ni siquiera sé alemán...! Y además los alemanes me importan un comino. No tengo ninguna opinión sobre ellos; aunque por convicción soy tolerante y tengo una mente abierta, prefiero mantenerme neutral en todo.

«¡Yo me opongo a las injusticias cuando me impiden vivir!», como le digo a Léa para hacerla rabiar, porque es una feminista siempre dispuesta a luchar en todos los frentes. ¡La de manifestaciones a las que me habrá llevado! En favor de los sin papeles, contra el Frente Nacional o la «derecha fascistoide», y no sé qué más. Yo la acompaño por curiosidad, para ver qué hacen y dicen los manifestantes; por desconectar un poco del trabajo y por darle gusto.

«Aún podremos hacer algo de ti —me suele decir, aunque no muy convencida, mientras enrolla por ejemplo una pancarta y la mete en una bolsa—, aunque no de tu amigo el Ricacho.»

El Ricacho... Así llama a Clément, o también «hijo de papá», «niño mimado», «Riqui Rico»... Pero la verdad es que me siento menos afín a sus ideas que a las de Clément... ¡que no tiene ninguna!

En general desconfío de los ideales rígidos, de los principios inflexibles... de todo lo que me recuerda a mi padre, en fin. Odio todo lo que me impone reglas o trabas, de ahí mi afán de independencia, de ahí que sea un espíritu libre (o eso creo...).

De pronto todo el mundo, clientes y empleados, se vuelve hacia mí, severos como guardias jurados. Y comprendo por qué: mi móvil está sonando. La *Marcha Radetzky* de Strauss (¡nunca he sabido cambiar la melodía!) atruena en la librería.

Para evitarlo no me queda otra que contestar, y las manos empiezan a temblarme.

—¿S... sí?

—Soy yo, Clément.

—Dime...

—¿Te pasa algo? Tienes una voz rara...

—Es que estoy en una librería —susurro.

A mi lado hay una señora de unos cincuenta años que me mira con ojos asesinos. Me vuelvo, sujeto el móvil entre el hombro y la barbilla y maquinalmente sigo repasando libros.

—¿Qué? ¿Cómo ha ido? —pregunta Clément—. Podrías haber pasado a verme después de la entrevista...

Recuerdo cómo me he manejado con lo del anticipo y me siento más animada.

—Ha ido muy bien —contesto, hojeando los índices de otro libro—, he quedado mañana por la mañana con el tal Venner...

—¿El jefe te ha dicho algo de él?

—No ha querido.

Clément se ríe.

—Yo lo he visto alguna vez. Al parecer es un tipo curioso...

Apenas lo escucho y voy resiguiendo el índice: «Auschwitz, Boorman, Dachau, Furtwängler, Goebbels, Himmler...».

—¿Por qué lo dices?

—Por lo visto...

«Lebensborn.»

—¡Luego te llamo! —Y cuelgo sin dejar que acabe.

El índice alfabético remite a un cuadernillo de ilustraciones. Abro por la página indicada. Es una foto en blanco y negro: unos niños en la cuna, rodeados de enfermeras y oficiales de las SS; todos sonríen —tiesos, ojos vítreos, como muertos—, pero la foto transmite una gran tristeza. Al pie dice: «Hogar de Steinhöring, Baviera, 5 de abril de 1940».

Empiezo a angustiarme otra vez, pero no tiene nada que ver con mi sentimiento de culpa.

«¿Dónde me estoy metiendo...?»

Repaso las páginas y me siento cada vez peor. El capítulo siguiente habla de los experimentos médicos en los campos de concentración. Veo también oficiales risueños y enfermeras hermosas, pero en estas fotos están junto a cuerpos torturados, desmembrados. Las únicas miradas humanas, y esto es lo que más me impresiona, son las de las víctimas.

«¿Dónde, dónde me estoy metiendo?»

—¿Callejón del Castel Vert? La tercera a la izquierda. —La alta mujer negra esboza una amplia sonrisa, luego se pone seria y en tono extraño añade—: Pero allí nunca va nadie.

—¿Y por qué?

—Porque vive el ángel...

—¿El ángel?

La señora se echa a reír y sigue su camino; lleva uno de esos vestidos africanos de colores y parece deslizarse por la acera. De pronto se vuelve hacia el sol y añade:

—Eso dicen, que es un ángel, pero yo no creo en los ángeles...

El ruido de la calle ahoga sus últimas palabras; la veo perderse entre la gente. Con el calor, este barrio es un hervidero: filas apretadas de coches; vecinos que se vocean de un edificio a otro por ventanas sin cristales; vendedores ambulantes que ofrecen frutas, aparatos eléctricos...; niños que corren y juegan entre los contenedores de basura; gente que toma el fresco en los portales y me mira con asombro.

Nunca había estado en esta parte de París, entre la Goutte d'Or y la Porte de la Chapelle. Aquí abundan las túnicas —rojas, verdes, amarillas, azules, naranjas, rosas—; triunfa la voz fuerte, la risa sonora, la alegría llana, estridente, calurosa, y sin embargo desesperada.

El bullicio me reconforta y me da algo de coraje; pero al llegar a la bocacalle del callejón no puedo evitar pensar: «¿Por qué vivirá ese tipo en un barrio así?».

Echo a caminar y me encuentro de pronto arrollada por tres críos que salen de una puerta y se alejan dando gritos:

—¡Bunga, bunga!

Sus voces se extinguen pronto y de repente me encuentro sola.

El decorado ha cambiado bruscamente. Sin sus actores, este escenario vacío se vuelve desolador; me doy cuenta entonces de que las paredes están sucias, las ventanas desvencijadas y los cristales rotos, y me estremezco.

«¡Qué siniestro!»

Al fondo del callejón hay un muro alto con una puerta de verja por la que se entrevé la vegetación; sobre la tapia, un cartel: EL CASTILLO VERDE.

Voy hacia allí con paso tímido. Llego y me asomo entre los barrotes: árboles, césped, arriates de flores... ¡Quién lo diría, un verdadero vergel en pleno París!

En cuanto mis dedos rozan los barrotes, percibo con sobresalto que la puerta se abre.

Fijada al muro hay una cámara articulada que me enfoca.

—Todo recto, al fondo... —me indica una voz metálica.

«¡Sin ni siquiera tocar el timbre...!», me digo, y entro.

La puerta se cierra tras de mí con un chasquido.

¡La cara que va a poner Léa cuando se lo cuente!

Si sobrevivo para contarlo...

El jardín está admirablemente cuidado. Sendas de guijarro serpentean entre macizos de flores y árboles frutales; a la derecha, un huerto; en medio, un pozo de piedra al que no puedo evitar asomarme.

Todo tiene un aire zen. Fascinada por el jardín, aún no había reparado en la casa.

«¡Jesús!», me digo, como de niña les oía decir a las ancianas en el mercado de Issoudun.

La casa es una especie de pabellón de caza del siglo XVIII con un par de torrecillas, añadidas sin duda por algún arquitecto pretencioso, una de las cuales remata una veleta en forma de gallo. Tres plantas, fachada encalada cubierta de hiedra y rosales, frontón con un bajorrelieve que representa un león devorando el sol. Trago saliva como una estudiante a punto de hacer un examen oral, porque acabo de distinguir la silueta de una persona: la entrada de la casa tiene una pequeña escalinata que da a una puerta acristalada, donde me espera un hombre.

«Venner…»

No me atrevo a avanzar. Me invade el pánico.

Miro atrás en busca de la puerta del jardín, pero ya no la veo porque la oculta la vegetación. El muro está también cubierto de hiedra por dentro, y tampoco se ven las otras casas del callejón.

—¡Señorita Chouday!

Vuelvo a tragar saliva y termino yendo hacia la casa.

El hombre se adelanta a recibirme. Es bajo y cargado de hombros, de unos cincuenta años; luce una barbita pelirroja que le rodea el mentón. Juraría que lleva maquillaje, pues sus grandes ojos, que parecen de mujer, tienen unas pestañas asombrosamente largas y delicadas. Me sorprende su atuendo: viste delantal y corbata.

—Buenos días —dice inclinándose—. Soy Fritz. El señor Venner la espera en la biblioteca.

Entramos en la casa. Al contrario que en el jardín, el interior está todo en penumbra; hace frío y percibo un grato olor a cera de muebles, a cuero viejo, a lumbre. Olor de largo invierno, como un aroma de secreto de familia. Al principio no veo demasiado, pero poco a poco voy distinguiendo los muebles, los adornos, las alfombras que se solapan unas sobre otras… Penetra de pronto un rayo de sol e ilumina un cuadro que cuelga junto a la puerta; estoy a punto de gritar: es un retrato de Hitler.

—Sígame —dice Fritz.

Y echa a caminar con paso resuelto hasta el fondo, donde abre una puerta que chirría.

La puerta da a un pasillo. Casi me doy con los muebles, me tropiezo en las alfombras.

—¿Es que no hay luz? —digo en medio de ese silencio que me resulta opresivo.

—Sí, sí hay —asegura Fritz sin detenerse—. Pero cójase de mí si teme caer.

Lo ha dicho sin malicia, con un poco de acento alemán, el timbre de una vieja duquesa bávara.

No lo dudo más y me cojo del cordón de su delantal; así recorremos pasillos, escaleras, cuartos oscuros…

«Esto parece esas casas encantadas de las ferias», me digo mientras descendemos, por hacerme la valiente; pero, la verdad, estoy cada vez más asustada.

—¿Queda mucho?

—Casi hemos llegado —contesta Fritz en tono melifluo—. La casa es mucho más grande de lo que parece; parte está bajo tierra…

Abre otra puerta y noto un extraño olor. Un fuerte olor a cloro.

—*Meinherr, die junge Frau ist hier…* —dice el criado cediéndome el paso.

—*Ach, gut!*

¡No puedo creerlo! Desde lo alto de la escalera de caracol metálica en la que me encuentro, y que desciende al menos diez metros, veo un vasto recinto con una gran bóveda cubierta de pinturas, paredes llenas de estanterías con libros, otras adornadas de cuadros, espejos y otros muchos objetos. Y abajo, sentado a una gran mesa de caoba, mirando unos dibujos, hay un hombre que parece sonreírnos.

—Pasa, Anaïs, pasa…

«Esa voz.» Desde ayer en el despacho de FLK he estado temiendo oírla... y ahora me dan ganas otra vez de salir corriendo. ¡Por instinto de supervivencia! Pero Fritz cierra la puerta, con un chasquido que retumba en el recinto.

—Sujétate a la barandilla.

«Continúa siendo dócil —me digo, y empiezo a bajar—. También hay que ser educada...»

Mis zapatos resuenan en los peldaños de acero.

—Esto es muy antiguo... —dice el hombre, levantándose y acercándose a la escalera.

Pero yo voy atenta a mis pies, porque los tacones se me meten por la rejilla de metal de los peldaños.

—Es una gruta —sigue comentando—, una gruta prehistórica que usaron los primeros cristianos para escapar de las persecuciones...

Hay poca luz en la habitación: solo la de una gran lámpara que hay sobre la mesa y la de unas lamparitas de pantalla verde en las estanterías, pero empiezo a ver mejor el «escenario».

—En la Edad Media esto fue el sótano de un convento. Luego estuvo abandonado hasta el siglo XIX, cuando un rico comerciante del barrio que decía ser alquimista mandó construir lo que llamó su «Castillo Verde».

Llego a los últimos peldaños. El hombre, como si le pareciera divertido, retrocede un poco hacia la sombra para que no lo vea.

—En la Segunda Guerra Mundial la casa fue requisada y esta gruta transformada en búnker, y se construyeron pasadizos subterráneos que comunicaban con el metro y las catacumbas...

Suelta una risita y añade en confianza:

—El Castillo Verde era un burdel para los oficiales de las SS...

¡Ya estoy harta de su juego! Me armo de valor, frunzo el ceño y avanzo hacia él con paso resuelto.

El hombre sale entonces a la luz y se inclina dando un taconazo:

—Buenos días, Anaïs. Soy Vidkun Venner.

«El ángel», me digo, paralizada porque en efecto lo parece, mientras él me besa la mano.

1987

Paulin, región de Tarn, sudoeste de Francia
18 de octubre, 8.25 de la mañana

Es evidente que antes de colgarlo quemaron el cadáver. La carne está negruzca y recuerda a las vetas oscuras que distinguen un buen entrecot. Esas estrías jugosas que hacen la boca agua. Solo que este cuerpo semeja más un salchichón curado, de lo seco que está. Una gran lámina carbonizada, sin jugo, más inerte que una caña muerta.

La cara, si puede llamársele cara, es un agujero negro y enorme, del que pende una lengua azul.

—¡Cómo es posible abrir tanto la boca! —dice un hombre, que está rascándose el codo (garrapatas; en esta época del año abundan en los bosques).

Incluso los dientes están negros. Parecen trocitos de carbón.

—Dios, ¿y los ojos? —dice otro, asqueado.

Los ojos, por llamarlos de algún modo, una vez más, son como dos lichis en almíbar.

—¡Parece mentira que no hayan reventado! —comenta un tercer hombre.

—¡Aquí hace un frío que pela! O viene pronto la poli o llegamos tarde a la granja de Paschetta. Además, los perros están poniéndose nerviosos…

Es verdad: son cinco podencos, y parecen dar vueltas en círculo por la vera del bosque; a ratos se paran al pie del cadáver carbonizado y gruñen a sus amos como amenazándolos.

Los perros encontraron el cadáver. No eran aún las seis de la mañana cuando sintieron el olor a carne asada y salieron disparados hacia el bosque.

Los cazadores, aún medio dormidos —los primeros madrugones en domingo son los más duros, luego uno se acostumbra—, no tuvieron más remedio que seguirlos.

Al ver el cadáver, los hombres gritaron:

—¡Joder!

—¡Por los clavos de Cristo!

Luego mandaron al más joven por la policía.

—¿Qué otra cosa podemos hacer si no? —preguntó uno a los demás.

—Nada, así descansamos un poco —dijo otro, y sacó del morral una botella de vino Gaillac y un sacacorchos.

Todavía siguen esperando, sentados en la hierba. No dan la impresión de que les importe la presencia del muerto.

Pero la humedad ya empieza a traspasarles las cazadoras, y la lonja de queso cantal que les espera en la cocina de la granja cada vez está más lejos. Por eso el de más edad saca un embutido y empieza a rebanarlo con la navaja.

—Recién hecho. La semana pasada tuvimos matanza... —Y va repartiendo lonchas.

Al poco tienen todos la boca llena y los podencos gimen de hambre.

—¡Calla! —gruñe el de la navaja, y tira una loncha al aire, sobre la que se arrojan los perros. Levanta el vaso hacia el cadáver y exclama—: ¡Oye, tú, por lo menos la comilona te la debemos! —Y se echa a reír.

Pero los otros pierden el buen humor.

—¿Qué, no tiene gracia?

No le contestan; están mirando a la colina, que se alza tras ellos. Él también se vuelve y comprende.

—Ea, se acabó la fiesta...

Dos hombres descienden torpemente la ladera, entre las viñas.

—¡Los guindillas! —dice el de la navaja, por bromear, pero nadie se ríe.

—¡Señores, buenos días! —saluda el policía más viejo, que lleva una gabardina con manchas de grasa—. Comisario Chauvier, de Toulouse...

Un cazador le ofrece un vaso de Gaillac sin decir palabra.

Chauvier pestañea como dando las gracias y se lo bebe de un trago.

Aprieta los espesos párpados. La frente despejada, el rostro cuadrado, tosco, mal afeitado, parecen colorearse un poco.

El sabor áspero del vino de mesa se le mezcla en la boca con el del café que acaba de tomarse en la comisaría.

Tose y señala a su acompañante.

—Él es el inspector Linh Pagès.

Es un joven asiático, delgado, muy alto y algo encorvado.

—¿Pagès? Ese apellido es de aquí...

Linh hace una mueca; está acostumbrado. Pero como si se creyera obligado a justificarse, contesta:

—Mi padre era de Toulouse pero mi madre es vietnamita...

Chauvier se acerca al cadáver.

—¿Quién de ustedes lo ha encontrado?

—Ninguno —contesta el que parece menos borracho—. Lo han encontrado los perros. Nosotros rodeamos la viña y nunca pasamos por el «bosque cátaro»...

—Son tierras del alcalde —añade otro rascándose la nuca.

Bajo la canana asoman pedazos de piel pálida y Chauvier distingue mugre en los pliegues del vientre.

—¿Qué hora era? —pregunta Linh.

—Las seis, las seis y cuarto... —dice uno.

Los demás lo corroboran cabeceando.

—Siempre salimos de mi casa —prosigue el mismo—, la granja grande que hay yendo a Paulin, aquella de allí. —E indica un edificio con forma cuadrada del que sale humo, lejos, en lo alto de una colina.

Se ha hecho de día. Esa noche han cambiado a la hora de invierno y se ha ganado una hora, una suerte para los cazadores.

De pronto se levanta una racha de viento helado que recorre la viña y les azota la cara.

—Cuando vimos a los perros gruñir y salir corriendo estábamos al otro lado del bosque, pero supimos que no era normal.

—Si no, sepa usted —tercia el de la panza descolorida— que nosotros no entramos en las tierras del castillo de Mirabel. Al señor alcalde no le gusta nada...

Y señala respetuosamente un castillo que domina viñas y bosque. Es uno de esos sólidos edificios de ladrillo rosa y con cuatro torres típicos del territorio cátaro; un edificio color carne que parece recibir la luz con una ternura infantil. A los lados del castillo, y como protegiéndolo, se elevan pinos y cedros. El sol de octubre acaba de aparecer y lo ilumina todo.

Chauvier avanza hacia el cadáver. Los pies le quedan a la altura de la cara y se balancean con el viento.

Los cazadores se sientan de nuevo. Uno de ellos titubea por un momento, pero acaba descorchando otra botella.

Chauvier hace señas a Linh para que se acerque; ambos se ponen guantes de goma para examinar el cadáver.

—El fuego ha fundido la piel con la ropa —observa el asiático.

Chauvier se pinza la nariz, gesto que en su caso no es más que un tic nervioso. El olor no le molesta. Los ha conocido peores.

Linh comenta:

—Casi parece que sonría...

Sí, una sonrisa, pero crispada, como petrificada en un grito mudo. ¡Y sus dientes! Unos grandes incisivos y caninos que se destacan en su cara como una luna en invierno.

Los policías se quedan un momento observando el cadáver, que oscila con una regularidad de metrónomo. Una voz interrumpe su contemplación:

—¡Veo que se me invade!

El tono es terminante, sin acento de la región, casi artificial.

Los cazadores se levantan en el acto.

—¡Señor alcalde, buenos días!

Chauvier sigue examinando el cuerpo y no se molesta en saludar al recién llegado. Linh le pone la mano en el hombro.

—¿Comisario?

Pero Chauvier retira el hombro bruscamente, como desentendiéndose de algo que prefiere evitar.

De nuevo la voz burlona:

—¡Un comisario, nada menos! ¡Qué honor!

El hombre rodea el cadáver y se detiene frente al viejo policía.

Chauvier se crispa.

«¡Qué viejo está! —se dice—. Andará ya por los ochenta. ¡Y con un sombrero de paja, en pleno otoño!»

Bajo, magro, nervioso, con un pelo gris peinado hacia atrás que realza el azul de sus ojos, el alcalde le tiende la mano:

—Claude Jos. No es usted de la zona, ¿verdad? No me suena su cara, comisario... ¿Comisario...?

—Chauvier. Vengo de Toulouse.

Jos adopta una actitud señorial.

—Supongo que querrá usted hacerme preguntas... Pero ya se lo digo: no sé nada. Este bosque es mío, pero tengo más de trescientas cincuenta hectáreas y no hay vallas.

Todos, con un respeto arcaico, se vuelven maquinalmente hacia el castillo.

Linh está intrigado, pero no tanto por el cadáver como por la actitud de su jefe. Cuando Claude Jos llegó, vio que Chauvier se ponía pálido; lo vio claramente... Apostaría lo que fuera. Y juraría que también lo vio temblar, como quien ve a un muerto...

Y entonces le dijo: «He olvidado el reloj en el coche, ahora vuelvo...», y se fue. Jos lo observó alejarse con una expresión entre seria e irónica.

Pero de eso hace ya un buen rato, y el coche, un Renault 5, está aparcado en la carretera, ¡en la misma ladera del bosque!

Entretanto Linh fue preguntando lo de siempre.

Al poco, el forense interrumpió los interrogatorios. Llegó también a campo traviesa, con los zapatos llenos de barro.

—¡Un muerto, lo mejor para un domingo por la mañana! —masculló, yendo derecho al cadáver y sin saludar a nadie.

Y desde hace cinco minutos examina el cadáver, bajo la atenta mirada del alcalde.

Los cazadores no se han movido; han sembrado el suelo de botellas y miran con curiosidad al joven agente. Linh sabe por qué; no porque sea policía ni porque quieran saber algo del cadáver, sino porque tiene la piel olivácea y los ojos rasgados, aunque hable con acento de la región.

«Palurdos racistas que no han salido nunca del terruño ni conocen más mundo que el de las fiestas del pueblo…», se dice manteniendo la calma.

—¿A ti te gusta el arroz tres delicias? —pregunta un cazador a otro.

—Prefiero los rollitos de primavera.

Y se ríen a carcajadas. El alcalde no parece oírlos.

Linh prefiere ignorarles. Está acostumbrado y no se enfada por tan poco.

Escuchó las mismas burlas en el barrio, el colegio, el instituto, incluso en la academia de policía; está vacunado. Tiene veintisiete años y la impresión de haber vivido varias vidas.

«No voy a amargarme porque la gente sea necia», se dice siempre. Y deja correr lo que cualquier otro policía consideraría un agravio a la autoridad.

Linh respira hondo y se vuelve hacia el forense.

—¿Qué dice?

—Es una mujer, ayúdeme a descolgarla.

Entre los dos depositan el cuerpo sobre una lona en el suelo.

El médico palpa la piel quemada; en el guante de goma quedan pegados pequeños restos negruzcos que enseguida se desprenden.

—Primero la quemaron, seguramente no aquí, y luego la trajeron y la colgaron del árbol… Como si fuera un… ritual.

—¿La han violado? —pregunta Linh, por reflejo profesional.

—Aún no lo sé… pero no es una joven. Y tiene una marca.

—¿Una marca?

—Sí, en el cuerpo…

—¿Dónde?

—Querría hablar con el comisario. ¿Dónde…?

—Ahí llega —interviene Jos, y se les acerca señalando a un hombre que, cincuenta metros más allá, viene dando traspiés entre las cepas.

Es Chauvier, que camina jadeando y sofocado.

—¡Amigo, a su edad hay que ir pensando en jubilarse! —dice el alcalde—. O en hacer más deporte.

Chauvier no contesta, y parece que evita mirar al viejo del sombrero de paja.

Jos da unas palmadas y dice a los cazadores:

—¡Señores, se acabó la siesta!

Los cinco hombres obedecen y se ponen en pie. Uno de ellos eructa, y al punto se sonroja y baja la vista.

—Ustedes perdonen…

Llaman a los perros, cogen las escopetas y sin quitarse la boina, mascullan:

—Señor alcalde…

Luego se internan en el bosque.

Jos los observa con sus ojos azules y con una media sonrisa susurra:

—Gentuza… Simpática, pero gentuza…

Chauvier llega en ese momento hasta ellos, resoplando.

Linh le pone la mano en el hombro.

—Jefe, mire esto…

El forense saluda a Chauvier con la cabeza y explica:

—Le decía a su colega que es una mujer.

Retira las ropas carbonizadas de la entrepierna y se ve un pubis con el vello amazacotado. Le da la vuelta al cuerpo.

—Esta parte está menos quemada que el resto —añade, y quita otra capa del tejido negruzco, bajo la cual la piel de los riñones aparece más clara.

El médico sigue retirando los tejidos con cuidado.

—¿Se dan cuenta?

—Ahí se ve algo —dice el alcalde, que por un momento parece perder la compostura.

Chauvier se acuclilla.

—Sí —dice—, parece una marca.

—Un tatuaje —precisa el médico—. Y por la tinta yo diría que de hace mucho.

El alcalde se tensa, como en guardia.

—¿Y puede usted explicarme, señor comisario, qué hace un cadáver mutilado, quemado y con esa marca en mis tierras?

—¿De verdad no lo sabe usted, señor alcalde? —replica Chauvier, que por fin se decide a mirarlo a los ojos—. Dígame, por cierto, un par de cosas.

Jos hace un gesto de impaciencia.

—Pregunte.

Linh ve que su jefe está otra vez pálido.

—¿Vive usted solo?

Jos niega con la cabeza.

—No; vivo con mi nieta, Aurore.

Chauvier se pinza el labio.

—¿Qué edad tiene su nieta?

—Veinte años.

El comisario duda un momento, antes de preguntar:

—¿Tiene criados? ¿Guardas?

A Jos parecen impacientarlo estas preguntas que no guardan mayor relación con el caso, pero se aviene a responder:

—En vida de mis suegros teníamos unos administradores; el lugar donde vivían es ahora una biblioteca…

Chauvier se mete un momento las manos en los bolsillos de la gabardina, como escondiendo algo. Linh está cada vez más extrañado de su actitud.

—¿Algún otro familiar? —prosigue Chauvier a media voz.

—Mi hijo y mi nuera, los padres de Aurore, murieron en un accidente de tráfico cuando la pequeña tenía cinco años.

El comisario cruza las manos. Todos están quietos menos el forense, que, con sus grandes gafas, sigue examinando el cadáver.

Linh pregunta entonces, y la pregunta parece tener el efecto de un mazazo:

—¿Y su esposa?

El alcalde y Chauvier fulminan con la mirada al joven agente. Jos parece abatirse y se apoya en un árbol.

—Mi esposa murió...

«Vaya —se dice Linh confuso—. Justo la pregunta que no debía hacer.»

—Lo siento —murmura.

El alcalde se abstrae en sus recuerdos y se enternece.

—Ya hace dos años... Anne-Marie murió de cáncer de riñón, cuestión de meses.

Chauvier no se ha movido, pero Linh lo oye respirar ruidosamente, como su viejo Renault 5 cuando lo conduce por una carretera empinada.

Jos echa a caminar hacia la viña.

—Primero mi hijo, luego mi mujer —rememora—. Los he enterrado a todos. Menos mal que me queda Aurore...

Se hace un silencio.

—¡Ajá! —exclama el forense en tono satisfecho.

Ha terminado de desnudar el cadáver.

—Tendría que haberlo hecho en el depósito, pero los veo tan intrigados por la marca...

Sin la ropa, la masa carbonizada parece aún menos humana. Aplastada en el suelo, la boca abierta deja escapar la negra lengua, como un ave de marea negra.

Linh, Jos y Chauvier se acercan.

El comisario se arrodilla, se pone los guantes de goma y pasa con delicadeza la mano por el tatuaje.

—Ha sido una suerte que se haya salvado del fuego —dice el forense, contento de su trabajo—. He conseguido preservar todo el tatuaje.

Chauvier trata de descifrar la inscripción.

—Son números —declara—, como una clave.

Jos frunce el ceño, parece incómodo.

Linh se acuclilla junto al comisario y lee en voz alta:

—SS-457-209.

Tras ellos se oye entonces ruido de hojarasca.

—Ah, hijita mía —dice el alcalde.

Los dos policías se vuelven.

—¡Buenos días, señores! —dice una joven alegremente, como quien saluda a unos amigos.

Jos le sale al encuentro y le da un abrazo.

—Ya te has levantado, Aurore, querida…

Vivaracha, la nieta de Jos señala el castillo. Lleva el pelo rubio recogido en un moño que le hace aparentar quince años más de los que tiene. Viste como si saliera de una película de época: camisón de encaje y bata de seda… Aunque también unas grandes botas de goma, sin duda para descender al valle cruzando las viñas.

—Tus cazadores han pasado bajo mis ventanas dando voces —dice haciendo un mohín de reproche—, y parecían bebidos.

Tiene las mejillas sonrosadas, casi de nácar, y reflejan el sol con la misma suavidad que los ladrillos del castillo.

Chauvier se muestra impasible, ajeno a lo que pasa; pero aunque no mira a la joven, sus pupilas brillan con extraña intensidad.

Aurore se acerca al cadáver; parece fascinada.

—¡Qué bonito!

El forense, agachado junto al cuerpo, mira a la joven con perplejidad.

—¿Me enseña el tatuaje? —pregunta esta.

El doctor duda, pero al cabo señala la marca. Aurore se agacha. La proximidad de la carne carbonizada no le hace perder su cándida jovialidad.

—Es un tatuaje de las SS —afirma—, pero muy raro, nunca había visto uno igual… ¿A que no, abuelo?

Lo dice encantada de su buen ojo, con la mayor naturalidad. Jos hace una mueca de disgusto: la buena alumna quiere impresionar al maestro.

—¿Cómo lo sabes? —pregunta Chauvier con voz bronca.

«Ya era hora», se alegra Linh, que ve reaccionar al jefe.

Aurore se vuelve hacia su abuelo, extrañada.

—Los nazis se tatuaban el grupo sanguíneo en el cuerpo, por si debían hacerles una transfusión, pero solía ser bajo la axila. Lo sabe todo el mundo, ¿no?

El alcalde parece cada vez más incómodo.

—Eh... sí... bueno... eh...

—Mi abuelo fue un gran partisano —prosigue Aurore con aire afectuoso—. En la guerra luchó contra los nazis. Por eso conoce todos sus «trucos» y me los ha enseñado...

Chauvier mira a Jos con encono, y el alcalde se vuelve.

—Bien —dice Chauvier—, se acabó por hoy. —Señala al viejo alcalde y añade fríamente—: Y usted, señor Jos, no salga de la región.

El alcalde no contesta, pero sus ojos azules parecen fulminarlo.

—¿Qué piensa de lo del tatuaje, jefe?

—¡No me llames jefe!

Chauvier detesta que le llame jefe; en esa misma palabra escucha la de «papá». Y la impresión no es infundada: el asiático lo considera un segundo padre. El verdadero, Émile Pagès, cabo en la guerra de Indochina, fue amigo del capitán Gilles Chauvier. Murió hace diez años, cuando Linh era poco más que un chiquillo; era quiroterapeuta y lo apuñalaron en un suburbio de Toulouse, adonde acudía a dar masajes a una anciana.

Cuando Linh decidió ingresar en la policía, y a ruego de Toan, viuda del amigo, Chauvier lo apadrinó; y desde entonces suelen trabajar juntos.

Esa mañana Chauvier lo llamó muy temprano: debían presentarse en Paulin.

«¡Joder, hoy domingo!», se dijo Linh, mirando la hora en la radio despertador de la mesilla de noche, que conserva desde niño. Pero no rechistó: aunque con cierto temblor en la voz, el jefe se mostró terminante.

Y el resto de la mañana no había sido menos extraño... Una atmósfera tensa, más de lo normal; ese tira y afloja entre Jos y Chauvier, como si se esquivaran y a la vez se observaran, y del que él se ha sentido excluido.

Linh junta las manos y apoya en ellas la barbilla. El parabrisas vibra cada vez que el Renault 5 pilla un bache de la carretera.

—Gilles, tengo la impresión de que hay algo que no me dice...
Chauvier no contesta.
El corazón le palpita descontrolado y el volante le resbala entre las manos.
Querría contestar, pero parece que sus labios se niegan a despegarse.
Pasan pueblos de nombres curiosos: Verfeil, Ramel, Fiac... Están ya a unos treinta kilómetros de Toulouse. A la izquierda se elevan los Pirineos, de cuyas difusas crestas penden algunas nubes.
Pero Linh no repara en el paisaje. Se queda mirando al jefe con expresión inquieta: nunca lo había visto tan taciturno.
—Usted ya había estado en Paulin, ¿verdad? —insiste—. Y por eso ha querido encargarse del caso.
Chauvier se vuelve y lo mira; el joven agente intuye en él un íntimo dolor, una herida no cicatrizada.
—Conocía a Claude Jos, ¿verdad?
Chauvier sacude la cabeza y murmura con voz trémula, casi como un gemido:
—No lo sé...

«¡Anne-Marie está muerta! ¿Y qué esperabas, estúpido? ¿Volver a verla al cabo de cuarenta años?»
Desde que ha entrado en su ruidoso apartamento de la calle Ozenne, Chauvier da vueltas a esta idea fija.
—¡Dios, Anne-Marie está muerta! —grita, y barre de la mesa del reducido cuarto de estar cuanto acaba de dejar en ella.
Son fotos, que se esparcen por el suelo. El apartamento es como un bazar, una especie de museo colonial lleno de objetos que el comisario ha ido acumulando en «sus guerras», como él las llama: dagas, máscaras, sables, fetiches... Pero hoy, con todos esos montones de fotos y esas cajas, el lugar parece más una leonera.
Son cajas de cartón que llevaban en el sótano más de cuarenta años y que nunca se había atrevido a tocar. Hoy lleva ya dos horas mirando su contenido.

¿Habría cambiado Anne-Marie en todo ese tiempo?

No se la imagina vieja y arrugada; no se la imagina con la mirada apagada, con el paso renqueante; con reúma, con achaques, con manías...

Anne-Marie no puede ser sino su Anne-Marie: despierta, alegre, infantil. Con la misma candidez de esa Aurore, con la misma gracia atemporal.

Nunca había ordenado las fotos. Cuando decidió romper con su juventud metió todas sus cosas en esas cajas y se marchó. Lejos: Berlín, Saigón, Argel; «sus guerras»... Para empezar una nueva vida, para olvidar la anterior.

«¡Y sin embargo, yo tuve una juventud! ¡Yo fui otro!», le grita una voz en su interior al ver su viejo documento de identidad.

Lo despliega... y se le desmenuza entre los temblorosos dedos; los pedacitos caen como copos de nieve sobre las viejas tablillas y sobre la punta de las pantuflas.

—¡Cuarenta años! —se repite.

Se agacha para recoger otras fotos y fija su mirada en algo. Es ella. Ante sus ojos. En una foto que creía perdida. No tendrían entonces más de doce años: se ven él, «el pequeño Gilles», ella, Anne-Marie de Mazas, vestida como solía, de princesa, y una joven alemana, que llegó poco antes de la guerra y de la que no guarda sino un vago recuerdo.

«¿Cómo se llamaba? —se pregunta—. ¿Y quién era?» Pero no, no se acuerda. ¡Qué lejos queda todo! Se ha acostumbrado a olvidar aquella vida, a negarla; como sigue desechando lo que ocurrió después, lo que nunca se ha atrevido a afrontar; lo que borró de su mente para sobrevivir.

Renunciar a Anne-Marie era un modo de olvidar sus raíces, de calmar el dolor, de ahogar el sentimiento de culpa que lo abrumaba.

Pero esa mañana, desde que interceptó la llamada de la gendarmería de Tarn, todo ha vuelto de golpe, como una ola embravecida.

«Paulin, Mirabel, el bosque cátaro...»

Estas palabras han sacudido su conciencia como si despertara de un sueño de casi medio siglo.

El comisario se sienta en el sofá y coge el mando de la tele maquinalmente.

El aparato vocifera. Chauvier se despeja pero es incapaz de moverse.

Dan las noticias. Habla un locutor con voz hueca, en el canal 5, enseñando unos dientes perfectos con aire de carnicero orondo.

—«Se conocen nuevos datos sobre el suicidio de Rudolf Hess en la prisión de Spandau, Alemania, ocurrido hace ahora dos meses.

»Rudolf Hess, el delfín de Hitler, dejó al parecer un diario que ha desaparecido misteriosamente. Las autoridades rusas, inglesas, norteamericanas y francesas se responsabilizan mutuamente. Y la opinión pública alemana se pregunta por el contenido de ese diario.

»¿Qué revelaciones habrá podido hacer el último gran líder nazi?»

Desde esa mañana Chauvier tiene la impresión de navegar por un océano de indicios: reencuentra a Jos el mismo año de la muerte del delfín de Hitler.

Recuerda la gran fortaleza de Spandau a finales de los años cuarenta, cuando entró en Berlín como miembro de las tropas de ocupación francesas. En esa época tuvo ocasión de acceder a la prisión y ver a siete prisioneros nazis, con los que nadie estaba autorizado a hablar, encerrados entre aquellos muros tras su sangrienta derrota.

También de eso hace cuarenta años...

—¡Cuarenta años! —se lamenta de nuevo, y apaga la tele.

Suena el teléfono, lo coge.

—Comisario, soy Linh. Estoy en el depósito de cadáveres... Tenemos... —titubea— un gran problema.

—¿Qué pasa? —gruñe Chauvier.

—Será mejor que venga usted mismo...

—¡Y pronto! —resuena al fondo la voz alarmada del forense.

Cuando el comisario entra, lo primero que percibe es el olor acre del formol. El cadáver, lavado —«¿lijado?», se pregunta Chauvier—, yace sobre una mesa metálica.

—Bien, ¿qué hay?

Sin contestar, Linh señala con la cabeza al forense. Este murmura algo y va a lavarse las manos en las pilas revestidas de azulejos; parece muy azorado. En torno al grifo, en bandejas de metal, se ven órganos y vísceras, pálidos como la cara del forense. De la pared, y como en todas las salas del hospital, cuelga el cartel más en boga del momento: «El sida no pasará».

—Explíquese… —dice Chauvier.

El médico se seca las manos en un paño esterilizado.

Linh se impacienta:

—Vamos, hable, ¿para qué está usted?

El forense enrojece y mira a Linh con rabia.

—¿Que para qué estoy? Para hacer mi trabajo; este cadáver era responsabilidad mía. —Y humillado, pesaroso, vuelve junto al cuerpo—. Por eso no tendría que haber permitido que lo tocaran.

Chauvier se impacienta, no entiende a qué juegan.

—¿Qué pasa aquí? ¿Qué me estáis ocultando?

El médico intenta decir algo, pero es incapaz de articular una sola palabra.

Linh se lleva aparte a Chauvier y le dice por lo bajo:

—Esta tarde a primera hora han venido cuatro hombres diciendo que los enviaba el juez.

Chauvier se vuelve hacia el forense.

—¿Llevaban la debida orden?

El médico asiente.

Chauvier frunce el ceño.

—¿Eran policías?

—No, eran forenses, como yo.

El viejo policía aguanta el tipo.

—¿Y qué querían?

El doctor vacila un momento.

—«Completar» mi autopsia.

—¿Y les ha dicho usted algo?

—No he tenido más remedio; que la víctima es de sexo femenino, que murió por paro cardíaco y fue quemada y ahorcada... Poco más sé, porque no me han dado tiempo.

Chauvier se acerca al cadáver, pasa los dedos por la piel carbonizada.

—¿Y qué más?

El doctor está avergonzado y no se atreve a responder.

—Le han pedido que saliera del laboratorio —interviene Linh.

Chauvier no cree lo que oye.

—¿Me está diciendo que ha dejado nuestro cadáver en manos de unos desconocidos, y sin avisarnos?

—Le he llamado —contesta el médico en tono contrito—, pero no respondía usted ni al teléfono de su casa...

Chauvier reprime un juramento. Se representa a sí mismo subiendo y bajando del sótano, cargado de cajas polvorientas. Al menos ocho veces escuchó sonar el teléfono, ¡pero solo pensaba en sus malditas fotos!

—Al final he tenido que llamar a su ayudante...

«Entonces todos tenemos la culpa», se dice Chauvier, cruzando los brazos, sin perder la calma.

—¿Has visto tú a esos cuatro forenses?

—Acababan de irse cuando he llegado —responde Linh.

—¿Qué aspecto tenían? —pregunta Chauvier al forense.

El doctor manipula con nerviosismo unas tijeras.

—Todos tenían el mismo aspecto y la misma edad: altos, pelo rubio claro, ojos muy azules, de unos sesenta años; uno tenía una cicatriz en el cuello.

Chauvier se pinza la nariz.

—¿Y han estado mucho tiempo?

—Tres horas largas.

El comisario se vuelve hacia Linh, furioso.

—¡Tres horas! ¿Y cómo no has venido antes?

El asiático se apura, titubea:

—Los domingos tengo que atender a mi madre, usted lo sabe.

El comisario no replica. Toan, la madre de Linh, está en silla de ruedas desde que mataron a su marido. Al día siguiente del entierro, las piernas dejaron de sostenerla.

El médico acude en ayuda de Linh.

—Pero yo a quien quería localizar es a usted, comisario. Porque tenemos un serio problema...

El médico mira a Linh, que tiene una expresión grave.

El doctor incorpora el cadáver, de modo que la espalda queda al descubierto: recortada como un cuadrado de tela, la piel en la que estaba el tatuaje de las SS ha desaparecido.

2005

Le alargo la taza y Vidkun Venner me la llena.

—¿Sabías, Anaïs, que Hitler bebía mucho té? Por consejo de su médico, el doctor Morell, el mismo que le inyectaba heroína, como se ha dicho... —Se sienta a la mesa y con voz irritada concluye—: ¡Aunque se han dicho tantas tonterías sobre esa época!

Me quedo de piedra.

Venner es tal como me lo imaginaba —alto, delgado, ojos azules y cabello rubio claro—, pero hay algo en él que me molesta; como un detalle que no encaja, un «defecto de fabricación». ¿Será por esa chaqueta austríaca? ¿Por esas gafas de cristales semicirculares y montura dorada en su nariz aguileña? ¿Por su acento extranjero, que no es exactamente germánico? ¿O por esa expresión infantil que pone cuando me mira?

«Vidkun Venner debe de estar muy solo», me digo con lástima, y en el acto me sorprendo de sentirla: casi me olvido de dónde estoy.

Deja la taza en la mesa y aparta unos cuantos grabados de ruinas románticas.

—Estos dibujos los hizo Albert Speer en prisión, después de la guerra, para entretenerse.

—¿Albert Speer?

Venner arruga la nariz con severidad profesoral.

—Veo que tendremos que ponernos al día.

¿A qué viene esa actitud? ¿Me estará juzgando, o poniéndome

a prueba? Una sonrisa imperceptible nace en la comisura de sus labios, pero no abandona su aire doctoral.

—Albert Speer era el arquitecto de Hitler, y uno de sus discípulos favoritos. Fue Speer quien proyectó la cancillería de Berlín. Tenía la intención de transformar toda la ciudad, que se llamaría Germania...

Venner abre unos ojos de faquir.

—Al término de la guerra Hitler lo nombró ministro de Armamento. En 1947 el tribunal de Nuremberg lo condenó a veinte años de prisión, con lo que se reunió con sus colegas en la fortaleza de Spandau, con Rudolf Hess, por ejemplo, que se suicidó en 1987 a los noventa años...

Ante semejante caudal de información pronto empiezo a marearme. Como si me hubiera bebido una copita de aguardiente (de la del padre de Clément, ¡un horror!), la cabeza me da vueltas. ¡Y para colmo esa peste a cloro! Solo comprendo a medias lo que dice, pero escucho y asiento con la cabeza. Y como si la letanía hubiera roto el hechizo que me tenía prendida de sus ojos, desvío la mirada hacia lo que me rodea: libros, objetos, cuadros... Ahora lo distingo todo claramente y he de dominarme para no mostrar mi turbación: por todas partes hay cruces gamadas y la doble runa de las SS. Un aterrador museo nazi en pleno París. Hasta la mesa de despacho es «histórica»: «Era la que tenía Hermann Göring en su casa de Karinhall —me ha explicado Venner al invitarme a tomar asiento—. La descubrí en una subasta en Alemania del Este a principios de los años ochenta...».

Al poco interrumpe la lección, al ver el miedo en mis ojos, y con la mayor naturalidad del mundo pone su mano sobre la mía.

Yo doy un respingo, pero Venner conserva una tranquila seguridad.

—Anaïs, supongo que FLK no te ha dicho nada de mí.

Niego con la cabeza. Un nuevo destello de complicidad infantil atraviesa a Venner.

—Bien, pues te seré franco...

Respira hondo y dice, como quien se confiesa:

—No soy alemán, sino noruego. Nací en 1942, luego no formé parte de la *Hitlerjugend*. No hago política, no milito en ningún grupúsculo... pero tengo una pasión en la vida, y esa pasión es... —Hace un amplio gesto como abarcando la inmensa biblioteca, los cuadros de Hitler, de Goebbels, de Himmler; las alfombras con la cruz gamada, las colgaduras rojas y negras—... ¡todo esto!

Yo sigo quieta, procuro no descomponerme; pero por dentro estoy espantada.

—¿Y... por qué esa pasión? —no puedo evitar preguntarle.

Venner abre los brazos, desarmado.

—La pasión por la historia.

—¿Tanta como para esto?

—Recibí una gran herencia y me entró el virus del coleccionismo.

La explicación no me convence, pero me gusta el cariz que toma la conversación; el duelo se iguala y me enardezco.

—Pero podría haberse apasionado por otras épocas...

—Ya, es lo que me decían muchos amigos míos... —Y añade, de buen humor pero con nostalgia—: amigos con los que ahora estoy peleado, por cierto.

Se levanta, se mete las manos en los bolsillos de la chaqueta y levanta y baja los talones.

—No tengo otra explicación que darte, Anaïs; el nazismo me apasiona, en cuanto objeto de estudio. Una época muy cercana a la nuestra, donde el ser humano sobrepasó los límites del mal, negó la moral, la humanidad... Hermann Rauschning llamaba a los nazis «nihilistas revolucionarios»... ¡Y todo eso esgrimiendo la herencia cultural de la vieja Europa, de la civilización...! —Titubea un instante y añade—: De la ciencia...

De pronto su semblante se ilumina, se sienta y clava sus ojos en mí.

—FLK te habrá hablado al menos del tema del libro, ¿no?

—¿Los Lebensborn?

Lo digo y recuerdo las fotos en el volumen de la librería Gibert. Mi efímera confianza se tambalea y aprieto de nuevo los dientes para que mi turbación no se haga visible.

—Exacto —contesta Venner—. ¿Y te habrá contado lo de los cuatro suicidios de la noche del 23 al 24 de mayo de 1995?

Parpadeo en señal de asentimiento.

—¿Y te habrá dicho que en esa fecha, cincuenta años antes, se suicidó también cierta persona?

—No, eso no...

Venner se entusiasma: está en su mundo. Ese fervor le da un extraño aire de primero de la clase. Se le hunden las mejillas, parece una momia recién sacada del sarcófago.

—Himmler... —susurra.

Yo no digo nada; ese aire suyo medio de brujo me hace sentir cada vez más violenta... ¡Con qué arrebato, con qué avidez ha pronunciado ese nombre!

—Sí —prosigue—, Heinrich Himmler... El comandante en jefe de las SS se suicidó en un campo de prisioneros en 1945, en las mismas circunstancias en las que fueron hallados esos cuatro hombres: desnudo, envuelto en una manta de caballo, con los restos de una cápsula de cianuro en la boca.

«¡Guapa, concéntrate! Estás trabajando, eso es todo», me digo; y para tener ocupadas las manos me sirvo más té.

Y lo derramo...

Venner sonríe; parece que esperaba una reacción así. Intento ponerle buena cara y le comento:

—Por lo que FLK me ha contado, esos cuatro suicidas fueron engendrados en un picadero humano de los nazis...

Venner da un respingo.

—¡Vaya!, veo que el editor ha simplificado las cosas para seducirte.

«¿Seducirme? ¡Seducirme!»... ¿Por quién me toma? ¡A mí estos fachas me importan un bledo! No, esto no me gusta... Empiezo a cabrearme, pero enseguida el recuerdo de los ciento cincuenta mil euros viene a calmar mi cólera. Me contengo. Veamos adónde lleva todo esto...

Venner está ya explicando:

—Sí, parece que esos cuatro individuos salieron de los Lebensborn, pero...

—¿Pero?

—Hay un detalle que no cuadra, un detalle que lo cambia... todo.

Como si entráramos en el meollo de la cuestión, el coleccionista toma una actitud amenazadora y barre de golpe todo lo que hay sobre la mesa; los dibujos vuelan y se esparcen por el suelo. Venner apoya las manos abiertas sobre la mesa y emite un resoplido ronco.

—Tú y yo vamos a penetrar en uno de los mayores misterios de la historia; es un territorio sin ley, regido por secretos a menudo mortales...

Me agarro a los brazos de la butaca. ¡El tipo empieza a darme miedo!

—Y una vez que entremos nadie podrá rescatarnos; estaremos solos, solos tú y yo...

Se me hace un nudo en la garganta, pero saco pecho y procuro hablar con voz firme:

—Estamos en 2005; el nazismo murió hace sesenta años. ¡Déjese de cuentos y dígame qué quiere!

Venner me fulmina con la mirada.

—Anaïs, me gustas...

—¡Encantada de oírlo!

—Estoy seguro de que nuestra pequeña... odisea te divertirá.

Ya creo saber a qué atenerme con él; como a todos los tiranos, le encanta que lo traten mal. Si me quedo callada, soy como Caperucita Roja en las garras del malvado lobo. Así que hablemos, llenemos con mis palabras este lugar siniestro.

—Bien, a ver, ¿cuál es ese «detalle que lo cambia todo» acerca de los cuatro suicidas?

Venner se ensombrece. Vuelve a poner voz de profesor.

—La organización de los Lebensborn fue fundada el 12 de diciembre de 1935... Pero nuestros cuatro suicidas debieron de nacer en... 1926.

—¿Y?

—¡Casi diez años antes!

—¿Y qué?

—Eso significa que diez años antes de su fundación oficial… ¡el Lebensborn ya existía! —Se interrumpe y con la boca entreabierta se queda mirando al suelo—. ¡Es decir, que el nazismo encuentra sus raíces mucho antes de lo que la historia nos ha hecho creer!

Alza la vista y me mira; tiene los ojos muy abiertos y una expresión apasionada que parece condensar toda una vida de investigación obsesiva, encarnizada.

—Esa es al menos mi teoría desde hace mucho tiempo —se le nubla la mirada—, aunque no soy historiador…

Vidkun rodea lentamente la mesa y se frota las manos con la actitud del guionista que acababa de encontrar el giro decisivo en su relato.

—¿Cómo te explicas que el gobierno alemán haya archivado tan pronto el asunto, y que esos suicidios sean secreto de Estado? ¿Por qué no hay ningún libro sobre el tema? ¿Y por qué han desaparecido la mayoría de los documentos relacionados con el caso? —Hace una pausa y golpea con los puños en la mesa—. ¿Qué tratan de ocultar?

Yo sujeto la tetera, que a punto está de caerse al suelo.

—Vamos a exhumar el asunto —prosigue con la mirada extraviada—, vamos a descubrir qué pasó realmente…

Mal que me pese, confieso que el noruego me impresiona: alto, imponente, decidido.

¿Y tiene sesenta y tres años? Pues aparenta cincuenta…

Vidkun se para detrás de mí y me pone las manos en los hombros; yo me tenso.

—Tengo contactos en Alemania… muchos.

Suavemente, sus dedos comienzan a masajearme. Yo procuro mantenerme rígida, pero noto que mis músculos se relajan.

—Vamos a investigar como detectives… Sherlock Holmes contra la cruz gamada —añade en tono chistoso.

Aunque estoy a la defensiva, cedo y me dejo acariciar. Las manos de Vidkun son diabólicas. Siento que mis angustias, mis miedos, mis opresiones se extinguen como en un vacío algodonoso en el que solo resuena la vehemente voz de Venner.

—Quizá lo que descubramos arroje nueva luz sobre la verdad histórica, incluso sobre toda la geopolítica contemporánea.

Los párpados empiezan a pesarme; trato de fijar los ojos en algo, algún objeto, pero cada vez me cuesta más tenerlos abiertos. Qué absurdo: ¡me siento cansada! La voz de Venner lo ocupa todo, el olor a cloro me embriaga.

—¿Te das cuenta? ¡Vamos a revisar la historia del siglo xx!

Mis ojos medio entornados se posan entonces sobre un retrato de Hitler y tengo la impresión de que se ha movido... ¡de que me ha sonreído! Y en el instante en que la boca del Führer se abre y susurra: «¡Vamos a pasárnoslo muy bien, Anaïs!», como por efecto de una descarga eléctrica, salto de la butaca y exclamo:

—¡Alto, alto!

Venner se asombra. Sus manos quedan en el aire, como las de un autómata paralizado en pleno movimiento.

—¿Qué pasa?

Yo ya estoy retrocediendo hacia la escalera.

—No, nada —balbuceo y miro el móvil—. Es que he quedado dentro de media hora en la otra punta de París.

—Ah, bueno —dice Venner sonriendo, conciliador.

Pulsa un interruptor que hay debajo de la mesa.

Se abre la puerta blindada en lo alto de la escalera y Fritz aparece en el umbral.

—Acompaña a la señorita Chouday, por favor.

El mayordomo da un taconazo.

—*Jawohl, mein Herr!*

Empiezo a subir lentamente la escalera y noto que me invade un sentimiento nuevo, una especie de vacío: no me apetece irme... ¡Qué suaves eran sus manos! Tengo la sensación de abandonar algo muy querido, como cuando uno se despide para siempre, como si dijera adiós al mundo...

—Hasta mañana, Anaïs —oigo que me dice Venner, sumido de nuevo en la penumbra.

—Hasta mañana...

—¿Y te has ido, así sin más?

Léa me mira con sus ojos siempre inquietos y enciende otro cigarrillo. El cenicero está ya lleno de colillas.

—Sí, y te diré que al salir y verme en Porte de la Chapelle me he sentido muy rara… —confieso desconcertada, y picoteo mi ragú.

La verdad es que no tengo hambre. El té que he tomado con Venner me ha empancinado, y el menú del Café de l'Opprimé, calle de la Butte-aux-Cailles, nunca me ha entusiasmado.

El local, sin embargo, me es muy querido. Aquí conocí hace siete años a Léa, que vivía en el barrio. Yo trabajaba entonces de camarera, para pagarme los estudios; de siete de la tarde a doce de la noche. Nunca me han hecho tantos comentarios obscenos. Mi jefe exigía que me vistiera sexy («Eres guapa, ¡que se vea!», decía), y yo me ponía camisetas ceñidas y minifaldas. «¡Suerte tienes de trabajar aquí, así que no me vengas con melindres por cuatro trapos!»

¡Qué gusto me daba ponerme mis vaqueros viejos y mis jerséis holgados al salir del trabajo! Nunca he podido soportar la mirada de los demás sobre mi cuerpo, tengo la impresión de ser un plato de carne, un buen pollo asado listo para trinchar; carne sabrosa. Fue entonces cuando me convertí casi en enemiga de mi propia belleza. ¿No ser más que dos tetas y un culo? ¡No, gracias! Mi cabeza también piensa. Pero entretanto, ¡venga a servir mesas!

Hasta que me hice periodista; se acabó menear el pandero por la linda cara de los clientes. Y Léa se mudó de la Butte-aux-Cailles a la calle Oberkampf. Pero el Café de l'Opprimé sigue siendo nuestro cuartel general.

Todos los jueves cenamos aquí las dos. Es uno de mis rituales más sagrados.

Léa se queda mirándome. Es tres años mayor que yo y siempre se ha sentido responsable de mí, su «provincianita». ¡La de broncas que les echó a los clientes de manos atrevidas por entonces! Y ahora esto del libro no le parece mucho más honroso.

—¿Revisar la historia del siglo xx?… ¡Vamos, Anaïs, no me

digas que quieres trabajar con un nazi! —dice, y echa el humo de su Marlboro light hacia el renegrido techo del local.

No sé qué decirle, porque además estoy firmemente decidida a seguir adelante, a pesar —¿o tal vez por su causa?— de todas esas locuras, de ese túnel sombrío y abismante que se abre delante de mí.

Al salir de casa de Venner me he dado cuenta de una cosa: de que nunca me había sentido tan viva, de que empezaba a ser yo misma, a «realizarme», como dicen los psicólogos. Todas mis ansiedades se aunaban para hacer frente a un miedo real: el miedo a lo desconocido. Sin embargo, ahora, hablando con Léa, me siento nuevamente culpable. De una falta, de una traición. Es lo que me reprochan siempre los silencios de mi padre al final de los mensajes. Y es esto precisamente, esta herida, esta llaga sangrante, lo que quiero restañar. Quizá Venner sea el remedio.

Léa deja el cigarrillo al borde de la mesa de cinc y me toma las manos.

—Anaïs, esa gente es peligrosa. Por muy bien que te paguen, no sabes quiénes son. Acuérdate de la reunión a la que te llevé el año pasado. ¿No tuviste suficiente? —Me esperaba el sermón. Léa me aprieta las manos—. ¿Recuerdas las fotos, los testimonios? ¿Recuerdas los artículos de prensa después del 21 de abril de 2002, cuando Le Pen pasó a la segunda vuelta de las elecciones?

Asiento con aire aburrido. Léa es adorable, pero ¡qué previsible también! Con sus ropas oscuras y sus aires de pasionaria, no parece sino que cargue con todos los males del mundo. Lucha en todos los frentes. Pero su gran neurosis, lo que más la corroe interiormente, es trabajar de productora en una gran cadena de televisión privada, la cual, según confiesa ella misma, «embrutece a la gente». No es, por lo demás, la única contradicción en su vida. Gana mucho, y por eso, para expiar su bienestar económico, se lanza a la calle y defiende los derechos de aquellos a los que ella «embrutece».

—No puedes hacerles el juego a esos asesinos, porque eso es lo que son, asesinos…

Los clientes se vuelven; cuando Léa lleva una copa de más habla con el volumen de una hormigonera.

—¡Todos los alemanes son unos asesinos!

—No es alemán, es noruego.

¡Qué ridículo! Lo he dicho con el tono de un niño regañado.

Léa da una calada compulsiva al cigarrillo.

—¡Es un nazi, y punto! Ya me has dicho bastante sobre su... «colección».

Saca entonces el ejemplar del día de *Libération* y me enseña un artículo en el que se habla de los secuestros de niños que tienen conmocionada a Alemania desde hace dieciocho meses.

«Nuevo secuestro en Colonia: ya van cuarenta y ocho.»

—Ya hace casi dos años que raptan a niños por todo el país. Y la policía no tiene ninguna pista, nada.

—Ya lo sé... Yo también escucho las noticias.

—¡Y todos mongólicos, de entre seis meses y cinco años! Así que no me vengas con que los alemanes son gente normal...

Me reclino bruscamente y le doy al vecino de atrás.

—Según tú, que eres la «tolerante», la «altruista», a la gente hay que clasificarla por categorías: normales, anormales; buenos, malos... —Y con una punta de saña, añado—: ¡Serías un buen elemento para el Frente Nacional, de hecho!

Léa se atraganta, se ahoga con el humo, y aplasta el cigarrillo en el cenicero.

Nos miramos y nos echamos a reír. Hemos tenido la misma discusión cientos de veces.

Le sirvo más vino.

—Tanta pasta me puede cambiar la vida... ¡No dirás que no!

Léa hace un mohín resignado y me sonríe con complicidad.

—Llegadas a este punto de la conversación, ya sabes lo que te aconsejo que hagas...

Doy un suspiro.

—Ya, que llame a mi padre, haga las paces con él y le pregunte lo que siempre he querido saber...

Léa da una palmada.

—¿Y por qué no? ¿Qué mejor ocasión? Lo llamas y le pides consejo. Es quizá uno de los momentos más importantes de tu vida, guapa. Y de paso le hablas... de lo otro.

Yo le tomo a mi vez las manos a mi amiga, con suavidad pero también con firmeza, y le digo con una ternura festiva:

—Léa, mi padre me revienta. Me revienta desde hace dieciocho años. Ayer mismo me dejó un mensaje en el contestador, cosa que también me revienta...

—¿Y lo de tu madre?

Me pongo seria. Léa sabe que es hurgar en la herida, y solo saca el tema como último recurso.

—Mi padre morirá sin decirme nada.

—¿Y estás dispuesta a aceptarlo?

—He vivido con ese fantasma toda mi infancia.

Tengo la impresión de volver siempre sobre las mismas obsesiones.

—Recuerdo la foto de mi madre en la chimenea, y que cuando le preguntaba a mi padre por ella se le enrojecían los ojos y me decía: «Algún día te lo contaré, cariño, cuando seas mayor. Ahora no lo comprenderías».

Me veo reflejada en los ojos de Léa; mi semblante se ha endurecido. Vuelvo a ser la joven provinciana, la revoltosa, la que escapó.

—¿Y la discusión que tuvimos cuando cumplí dieciocho años, porque me decidí a cantarle las cuarenta? —Estos recuerdos me agobian y sacudo la cabeza—. Pero bueno, esto te lo he contado ya mil veces.

—Sí; él no quiso decirte nada y tú te largaste.

—Y desde ese día casi no le hablo. Se acabó. Para mí como si estuviera muerto.

Léa sigue con su aire de institutriz laica.

—Si no solucionas ese problema, nunca levantarás cabeza.

—Sí lo haré —digo con voz íntimamente resuelta—, gracias a este libro.

Léa se reclina en la silla y renuncia a insistir.

—Guapa, haz lo que quieras. Pero ya sabes lo que pienso: habla con tu padre, échate novio y verás qué bien. Ah, y no creas que por jugar al gato y al ratón con Clément tu vida sexual...

—¡YA LO SÉ!

Léa siempre se mete donde no la llaman. Pero después de siete años, ya me conozco la letra. Mi conclusión es clara y rotunda.

—Léa, mira: te quiero un montón, eres mi mejor amiga y la única persona en la que confío; pero no eres mi madre. Mamá está muerta y nadie va a resucitarla...

—¿Está buena, verdad? —La cabeza de Vidkun emerge del agua. Nada un poco a braza y luego se gira y sigue haciéndolo a crol.

Yo estoy de pie en la piscina pequeña, con el agua por la cintura, y me parece estar soñando despierta. Llevo un biquini muy ajustado que me moldea el cuerpo; veo mis pechos reflejados en el agua azul.

—Hacer deporte es fundamental —dice Venner—. La higiene corporal es una condición de la higiene mental. Los nacionalsocialistas lo sabían. Fueron ellos quienes inventaron el ecologismo, y los politicastros de la bicicleta no han hecho sino copiarlos...

Sale del agua, orilla la piscina y sube al trampolín.

Fritz, el criado, aguarda, tieso, con dos toallas bajo el brazo.

Me parece mentira estar aquí; noto el olor a cloro, suave, intenso...

Venner llega al extremo del trampolín y se detiene. Yo contemplo su cuerpo maduro pero tan perfecto como el de una escultura de un museo antiguo y experimento una sensación de vértigo, de admiración culpable.

Se lanza al agua.

Una hora antes Venner me esperaba sentado a su mesa, en albornoz. Llegué tarde, porque el despertador no sonó (o no sonó lo bastante fuerte: ¡el vino de la cena con Léa me dejó k.o.!). Y salí de casa a toda prisa, como si llegara tarde a clase y me esperara una bronca.

Cuando me vio en lo alto de la escalera de caracol, Venner solo me dijo:

—¡Espera, desde ahí arriba es más espectacular!

Apuntó no sé dónde con un mando de infrarrojos y apretó un botón.

Se oyeron unos chirridos ensordecedores y todo empezó a vibrar tanto que hube de sujetarme a la baranda. Una tras otra, en medio de un estrépito de poleas, las estanterías se hundieron en la pared y unas inmensas pantallas se desplegaron cubriendo las paredes: la biblioteca quedó convertida en una sala de proyección esférica.

¡Yo estaba patidifusa!

Vidkun me observaba desde abajo. Al fin salí de mi asombro y empecé a bajar.

—No, quieta.

Con otro clic en el mando, el piso empezó a deslizarse bajo los pies de Venner hasta dejar al descubierto una piscina redonda.

La cosa se había convertido en un delirio hollywoodiense.

—Y ahora... ¡el toque final!

Pulsó otra vez el mando y todo quedó a oscuras, completamente.

—¡Ahhh...! —grité yo, sin poder contenerme.

—No te asustes, Anaïs...

De repente, él estaba a mi lado. Sus dedos se posaron sobre mi hombro. Me puse tensa, pero no rechisté.

—Mira, está amaneciendo...

Me quedé boquiabierta. Empecé a entrever cumbres, barrancos, montañas que se recortaban en el claror del alba mientras la luz se reflejaba sobre las nieves eternas. Bosques de abetos, prados y pueblos nacían ante mis ojos.

—¡Es la aurora, Anaïs! —me susurró Venner al oído.

¡Y que lo dijera! Los pájaros recién despiertos armaban un follón de mil demonios, y casi tuve la impresión de que se posaba un mirlo ahí mismo, en la baranda.

—Ven —me dijo Venner tomándome de la mano.

Yo me dejé llevar y bajamos a la piscina.

—¿Y dónde se supone que estamos?

Él no contestó; cogió un traje de baño que colgaba de un biombo y me lo dio.

—Te espero en el agua, Anaïs…

Y aquí estamos ahora, chapoteando en esta curiosa piscina subterránea.

El agua me despabila y observo el fabuloso paisaje en la pantalla que nos rodea.

—Aún no me ha dicho qué es todo esto… —le reclamo, y me apoyo en el borde de la piscina pequeña.

—¿Tú qué crees que es?

—¿Los Alpes?

—¡Bravo!

Venner se zambulle, bucea hasta mí y saca la cabeza muy cerca de mi vientre; el pelo me salpica el pecho.

Yo no puedo evitar retroceder, pero Venner deja escapar una sonrisa.

—Tranquila, que no voy a violarte.

Al punto me siento culpable y cruzo los brazos para taparme el pecho.

—Nunca he dicho eso…

—Te necesito demasiado —dice Vidkun en tono misterioso, y se echa el pelo para atrás.

¡Es guapo, la verdad!

Le echa un vistazo a mi cuerpo, rapidísima pero intensamente, y se queda luego contemplando su paisaje.

—Lo grabé yo mismo el verano pasado con una cámara especial para proyecciones de este tipo.

Da unas palmadas, Fritz se acerca y desde el borde de la piscina le pasa el mando.

—Danke, mein Freund!

El mayordomo alemán da un taconazo y se retira; me siguen intrigando sus pestañas femeninas, su rigidez militar… ¿Habrá vivido el nazismo, o también es demasiado joven?

Venner da unos golpecitos en el mando, para llamar mi atención, y me señala el panorama, que ahora baña un sol de mañana estival.

—Estamos en la cumbre del Obersalzberg, Anaïs. En la frontera entre Baviera y el Tirol, en Berchtesgaden, cerca de Salzburgo.

Doy unas brazadas hacia la piscina grande pero sin separarme de la orilla. Es muy profunda y no se ve el fondo, ¡y no soporto no hacer pie!

Admiro la vista y declaro:

—Ese lugar me recuerda algo...

—Ahí estaba la famosa villa Berghof de Hitler, y muchas otras residencias que se construyeron los líderes nazis.

Vidkun chasquea la lengua.

—Pero FLK no te paga tanto por hacer turismo. Entremos... en materia. —Y sin darme tiempo a replicar aprieta el mando—. Ahora toca un poco de historia...

Desaparece el paisaje y se ven imágenes de soldados de la Primera Guerra Mundial, soldados agazapados en trincheras con sus grandes ojos perdidos en el objetivo de la cámara; en el instituto vi mil veces imágenes como esas.

—Como sabrás —comenta Vidkun—, la Primera Guerra Mundial diezmó la población de toda Europa. Por eso, firmado el armisticio, hubo que procrear de nuevo...

Bruscamente se vuelve hacia mí, el agua se agita; sus ojos se enardecen como si fuera a revelarme algún secreto tremendo y extraño.

—Procrear de nuevo fue una de las prioridades de la política nacionalsocialista en cuanto Hitler subió al poder...

«Ahí lo tenemos», me digo: ahora se ven fotos de jóvenes rubias en traje tradicional que ofrecen haces de trigo al Führer. ¡Diez metros de cara de Hitler! Noto un sabor a hiel en la boca.

—Bajo el canciller Hitler, Alemania siguió siendo oficialmente un país cristiano, dividido entre el luteranismo prusiano y el catolicismo bávaro...

Me echa otra vez una mirada cómplice, en la que creo percibir un destello perverso.

—Pero el 28 de octubre de 1935 las SS instauran el concepto de «matrimonio biológico»...

Al oír esto tuerzo el gesto. Venner infla el pecho en actitud deliberadamente cómica.

—¡Copular deja de ser un placer y se convierte en un deber!

—¿Un deber?

Vidkun asiente con el mentón y se me acerca; la piel se me eriza y se me hace un extraño nudo en el estómago.

—Las SS pasaron pronto a ser un Estado dentro del Estado, Anaïs; eran la vanguardia del nazismo. Esos hombres de negro —añade, y su voz toma entonces un tono trágico, como si fuera a entonar un cántico— sabían que tarde o temprano debían combatir, y necesitaban soldados, ¡muchos soldados!

El coleccionista da unas zancadas por el agua, como un político en plena arenga a las masas.

—Soldados consagrados a su causa, formados por ellos, criados por ellos... —Se me acerca mucho; siento de nuevo su aliento en mi cuello y lo oigo susurrar—: Soldados concebidos por ellos...

Electrizada por su proximidad, doy una brazada y me aparto. Este tipo me está haciendo un personaje. Se está haciendo a sí mismo un personaje. Va demasiado lejos.

Venner pulsa otra vez el mando. Aparece la foto de un hombre de rasgos angulosos, con ojeras y mal afeitado.

—Max Sollmann, el alma maldita del programa Lebensborn.

Observo con repulsa esa cara siniestra y chupada; cara de presidiario.

—A partir del 12 de diciembre de 1935, Sollmann dirigió una serie de casas de maternidad en las que las madres jóvenes «racialmente válidas» podían dar a luz en lugar de abortar.

La cosa empieza a interesarme.

—Pero... ¿esos Lebensborn eran casas de maternidad o... picaderos humanos?

Venner alza los ojos al cielo.

—¡Déjame terminar!

Retiro el comentario y me enfurruño.

Esta pequeña humillación se disuelve rápidamente en el espectáculo de la siguiente foto, desagradablemente familiar.

Se ven casas llenas de flores, médicos en bata blanca, enfermeras con toca, cochecitos. Y más oficiales de las SS, siempre con su uniforme negro, jóvenes y alegres.

Igual que en el libro de la librería Gibert...

Venner me mira, observa mis reacciones, como si me juzgara.

—La primera casa de maternidad se inauguró en Steinhöring, a media hora de Munich. Como el campo de concentración de Dachau estaba cerca, los prisioneros construyeron la mayor parte de los edificios...

—¡Cómo no!

Más fotos, más casas con flores, más rostros idénticos, más médicos, más niños, más SS... Ver tanto clon me causa pronto repugnancia y hastío.

—El sistema es siempre el mismo: el terreno se cerca con tapias altas y filas de árboles, vigilan soldados con perros; a las internas se las atiende mucho antes de dar a luz...

Mi capacidad de concentración empieza a decaer, el frío me vence con sus descargas heladas. Todavía estamos en la piscina y yo ya no me siento las piernas, o apenas. Me doy cuenta ahora de que el agua no estaba caliente —el estupor me ha hecho de traje térmico— y me tiembla todo el cuerpo.

Pegado al mando a distancia, Venner no se da cuenta.

—Se instalaron casas de maternidad Lebensborn en toda Europa: Holanda, Bélgica, Francia, Noruega, y hasta en las islas del Canal de la Mancha...

Yo ya no lo escucho, estoy congelada. Salgo de la piscina y me dirijo a Fritz, que me ofrece una gran toalla; al desdoblarla, no puedo contener una protesta:

—¡Hombre, esto ya es demasiado!

Una enorme cruz gamada se despliega en su centro.

¿Dónde acaba la curiosidad histórica y empieza la obsesión, la complacencia? Me giro hacia Venner: sigue de pie en la piscina pequeña desgranando «datos» como un guía turístico. Siento un mareo y me envuelvo en la toalla. Pero no logro entrar en calor. Además, la visión de esas viejas fotos me hiela.

Lentamente, Venner se vuelve y me sonríe... ¡una sonrisa preciosa, capaz de derretir el hielo de la Antártida!

—¿Tienes frío, Anaïs? —Me mima con sus ojos, como si acabara de recordar que soy un ser humano.

Su brazo se extiende hacia la pantalla.

Un nuevo clic del mando a distancia: estamos de nuevo en el Tirol.

La imagen me libera los pulmones. Respiro. Intento entonces recuperar mi lugar.

—Y todo eso, ¿adónde nos lleva?

Venner alcanza una intensidad casi cruel. Su sonrisa desaparece como si fuera una máscara, y entonces parece confundirse con los personajes de las fotos. Los mismos ojos blancos, la misma sequedad de escualo.

«Un SS…», me digo con un nudo en la garganta.

Venner sale del agua ayudándose de una mano y con el mando en la otra.

—Todo eso nos lleva aquí… —dice recorriendo el borde de la piscina; sus pies dejan huellas efímeras en las baldosas—… a la mañana del 23 de mayo de 1995.

Clic

Mi grito resuena bajo la bóveda de metal.

Los reconozco: son los cuatro suicidas.

Solo que estas fotos en proyección panorámica, a diferencia de las «autorizadas» de *Der Spiegel* que me enseñó FLK, los representan con los ojos desorbitados, el rostro contraído y la boca muy abierta, que deja ver una lengua negra, llena de saliva seca. Debieron de tomarlas poco después de la muerte, pues veo incluso lágrimas de dolor, que han dejado un rastro brillante en las mejillas.

—Al contrario de lo que se dice, el veneno no dispensa a la víctima de una muerte atroz, ni siquiera el cianuro…

Venner amplía la imagen de las bocas; por entre los labios agrietados pueden apreciarse los trozos de cristal de la cápsula, que con las convulsiones se han clavado en la carne. ¡Qué espantoso primer plano!

—¡Por favor!

Venner se ensombrece y los nombra uno por uno:

—Karsten Beer, vigilante nocturno de los grandes almacenes Kaufhof en Munich, situados donde antes estaban las oficinas del Lebensborn.

»Ulf Schwengl, empleado de limpieza del palacio de justicia de Nuremberg, donde fueron juzgados los líderes del Tercer Reich.

»Bruno Müller, carpintero del barrio de Spandau en Berlín, donde estaba la prisión en la que fueron recluidos los líderes del Tercer Reich, destruida después del suicidio de Rudolf Hess en 1987. Ahora es un parque, y en él encontraron el cadáver de Bruno Müller, justo donde se hallaba la celda de Hess. Rasgo distintivo: tenía una vieja cicatriz en el cuello, como si hubieran querido degollarlo cuando era joven.

»Werner Mimil, guardián del Kehlstein, el famoso Nido del Águila de Hitler, la única construcción de la época que sigue en pie; ahora es un restaurante... Ahí filmé estas imágenes...»

Con un clic, Venner pone de nuevo la película de las montañas y se sienta a su mesa; el bañador mojado hace en el asiento de cuero un ruido de ventosa.

Yo estoy rendida. ¡Como si hubiera corrido una maratón o me hubiera sumergido en medio de un banco de tiburones!

Venner me hace señas para que me siente enfrente de él. Tiene de nuevo una expresión afable y un aire misterioso de abuelo que cuenta cuentos de miedo en una noche de viento al amor del fuego.

—Estoy convencido de que esos cuatro suicidios no son una mera coincidencia...

Fritz me ofrece una taza de chocolate caliente, cuyo aroma dulce me anima.

—¿Por qué lo piensa?

—Porque tuvieron lugar el mismo día, el 23 de mayo; y por la fecha de los contratos.

—¿La fecha de los contratos?

—Sí, de sus contratos de trabajo, en Spandau, en Berchtesgarden, en Munich, en Nuremberg... Todos se firmaron el 20 de abril.

—¿Y…?

—En el Tercer Reich, el 20 de abril era el día más importante del año.

Frunzo el ceño.

—Era el cumpleaños de Hitler —añade Venner como quien dice algo evidente.

—¿Y eso qué demuestra?

—¡Demuestra que estamos ante un jeroglífico!

Me reclino en mi asiento. Mi tormenta interior remite, el corazón me late con normalidad.

Por un instante, alzo la vista hacia la pantalla, veo la gran escalera de metal, los reflejos del agua en la alta bóveda, y saboreo el silencio.

—¿Y cómo espera descifrar ese «jeroglífico»? —digo al fin.

Venner se queda mirándome con una extraña expresión de júbilo. Coge el mando y aprieta el botón central.

Sobre los muros de la biblioteca aparece entonces un inmenso mapa de Europa; en él, y a lo largo de lo que parece un itinerario marcado con rotulador amarillo fosforescente, se ven una serie de banderas nazis.

Venner se inclina sobre la mesa y me toma la mano, ya sin sensualidad alguna.

—Vuelve a casa y haz la maleta para dos semanas —susurra, como un niño travieso que prepara una escapada—. Te recogeré mañana a las ocho de la mañana.

Debo de parecerle completamente desconcertada.

—Mañana por la noche —prosigue Vidkun— dormimos en Alsacia…

—*Drang nach osten!* —exclama Fritz desde la penumbra.

—¿Me haces el favor de mirar en Internet qué tiempo hace en Alemania?

Intentad hablar por el móvil dando vueltas como una peonza. Llevo una hora haciendo la maleta y tengo el piso patas arriba.

¿Ir? ¿No ir? ¿Por qué no? Hay que pasar a la acción, dejarse de dudas. Al fin y al cabo, estoy viva.

Voy sacando los sujetadores y poniéndolos sobre el futón.

—Tenéis suerte —me contesta Clément—, hará muy buen tiempo; treinta grados, sol. Al menos en el sur...

Sujeto el móvil con el hombro y trato de sacar un gran bolso de viaje de lo alto de un armario.

—Porque vais al sur, ¿no?

El bolso cede de golpe y caigo de espaldas en el sofá-cama; Graguette maúlla espantada y el móvil acaba bajo la mesita.

—¡Mierda!

Me quedo quieta, en mi cabeza todo bulle: los nazis, el editor, Himmler, Léa, los niños secuestrados, la piscina, Venner, su rudeza, su cortesía, los ciento cincuenta mil euros, mi padre... y Clément.

—Anaïs, ¿pasa algo? —se oye por el móvil.

No tengo ni ánimos ni fuerza para agacharme y recogerlo. ¡No puedo más, no puedo!

Me echo en el futón, entre las prendas esparcidas. El reloj de la pared marca las ocho y media.

—¿Ya?

En la ventana el sol ha desaparecido tras las torres de la Porte d'Italie. Procuro dejar la mente en blanco.

En cuestión de días mi rutina profesional —recibir encargos, escribir artículos, publicarlos— se ha hecho pedazos y no sé siquiera dónde dormiré mañana.

«En Alsacia.»

Pero lo que más me inquieta es que no temo a Venner.

«Al contrario...»

Le tengo cariño, como se coge cariño a un viejo comicastro. Lo excesivo mismo de sus pasiones las priva de ambigüedad. ¿O será que le busco excusas? ¡Yo qué sé...! Sin duda, Venner posee una innegable capacidad de fascinar, y no solo por su casa, su piscina y su cine.

El timbre de la puerta me saca de mis reflexiones.

¡Arrea, las nueve pasadas! Se ha hecho de noche.

Oigo resoplar tras la puerta.

—¿Anaïs, estás ahí?

Me incorporo.

—¿Clément?

—¿Estás bien? ¡Me has asustado!

Descorro los cerrojos uno tras otro (hace dos años entraron a robarme) y veo a un Clément sudado, rojo, hecho unos zorros. Trae una bolsa de plástico en la que se oyen entrechocar dos botellas.

—Joder, ¡qué susto! Creí que te había pasado algo…

Me dan ganas de reír o enfadarme —no sería la primera vez que se me presenta pretextando estar preocupado por mí—, pero en esta ocasión, a juzgar por sus ojos inquietos y su cara descompuesta, parece sincero.

—Entra…

Clément respira hondo y saca las botellas de la bolsa.

—Mira, vino de Gewürztraminer, ¿qué mejor ocasión, no?

Me echo a reír y le doy un beso en cada mejilla.

—¡Estoy co-mo-u-na-cu-ba!

Se me traba la lengua y me tambaleo aún sentada; la habitación me da vueltas y me agarro de las patas de la silla.

Clément no contesta: me devora con los ojos.

Sobre la mesa están las dos botellas vacías.

—¿Quieres que baje a por otra? —me pregunta.

—¡No! Tengo que hacerme la maleta.

Me levanto, intento mantener el equilibro y avanzo haciendo eses hasta la cama, que sigue cubierta de ropa. El alcohol tiene eso de bueno: que acaba con dudas y temores. ¡Nada de escurrir el bulto: mañana me voy!

—¡Venga, cabeza de chorlito! —me digo en voz alta, rascándome la frente.

Clément sigue en su sitio y me observa indolente; el alcohol lo desinhibe pero también lo amuerma un poco.

—¿Quieres que te ayude?

Yo estoy inclinada sobre el montón de ropa y hago que no con la cabeza; mi vestuario me parece tan indescifrable como un crucigrama.

Clément se acerca; se me apoya en el hombro y resopla al ver la maleta abierta.

—¿Necesitas una maleta entera de sujetadores?

Me yergo y le acaricio la cara; tiene la piel tersa como un niño.

—¡No sabes tú lo que son las mujeres!

Clément me agarra por la cintura.

—Eso depende...

—¡Eh, eh! —replico yo, pero él me besa ya el cuello, las mejillas, la frente; me resisto... poco.

Clément me besa en los labios y caemos en la cama.

Empieza a desabrocharme la camisa y yo protesto sin convicción.

—Clément, seamos serios... No empecemos... Habíamos quedado en que somos amigos, nada más...

—Mala amiga... —susurra él, y hunde la cara entre mis pechos—. ¡Qué bella eres, qué bella...!

Noto su aliento caliente en mi vientre y eso termina por desarmarme.

Echo la cabeza atrás y dejo que siga bajando, bajando...

—Ya haré la maleta mañana —digo entre jadeos antes de estirar el brazo para apagar la luz.

Me siento bien.

Son las dos de la mañana. El cuarto está manga por hombro. Hay ropa por todas partes. En la cama, entre prendas arrugadas, yacen abrazados Anaïs y Clément. Están desnudos. Ella duerme, él mira el techo; lleva una hora queriendo dormirse y no puede.

No se atreve a moverse, a cambiar de postura; se siente feliz porque tiene a Anaïs. Estos «arrebatos» ocurren dos o tres veces al año; el resto del tiempo él vive de su recuerdo.

Anaïs es un animal salvaje; busca estabilidad, pero los compro-

misos la espantan. De hecho, a Clément le parece mentira que haya aceptado ese trabajo.

Y nunca la había visto tan nerviosa, tan exaltada. Parecía que no pensara en él, que él fuera un simple pretexto.

—Pero no me importa —susurra acariciándole el pelo—, porque te quiero. A mi manera...

—¿Eh? —dice Anaïs, medio dormida.

Clément se pone colorado.

—Duerme, amor, duerme... —Y sigue acariciándole el pelo.

Anaïs se separa un poco y coge el mando de la tele.

—Toma —dice con voz somnolienta—. Ponla si quieres, a mí no me molesta...

Y enseguida se queda dormida.

Clément zapea durante diez minutos sin una pausa: programas de entretenimiento, documentales, noticias, películas vistas mil veces, anuncios... En un canal dan una película porno.

«¡Hombre! —se dice, y deja el mando—. A ver si con esto me duermo...»

La película no tiene nada de particular: en un salón, sentada en un sofá Chesterfield, hay una joven. Se abre una puerta, pero no aparece el fontanero de marras, sino seis oficiales de las SS.

«¡Qué casualidad!», se dice Clément con una risilla, pero prefiere no despertar a Anaïs.

Los soldados empiezan a desnudarse. Por su parte, la joven coopera quitándose el vestido, lo único que lleva puesto; la mujer se agacha y saca de debajo del sofá látigos y esposas.

«¡Toma cliché!», piensa Clément, más desvelado que nunca.

Se abre entonces una puerta de doble batiente y aparece otro hombre. Va desnudo pero lleva un brazalete con la cruz gamada, una gorra de las SS —con la calavera— y unas botas de cuero negro.

Avanza hacia la cámara.

Cuando sale a la luz, Clément lanza una exclamación.

—¡Anaïs!

Ella se incorpora sobresaltada, como si despertara de una pesadilla.

—¿Qué pasa?

—Mira —contesta Clément, alucinado.

Anaïs frunce el ceño.

En la tele se ve ahora al oficial agachado entre las piernas de la joven.

—¿Eres tonto o qué? ¿Me despiertas para ver una peli po...?

Enmudece, estrecha con fuerza la mano de Clément.

Está más joven, más rubio y va maquillado, pero es él: Vidkun Venner...

1987

—Jefe, ¿cuánto tiempo hacía que no venía a este pueblo?

El comisario Chauvier se mordisquea nervioso el labio.

—Mucho... —masculla.

Linh no pregunta más. ¿Para qué?

Es la única pregunta que se ha atrevido a hacerle desde que volvieron del pueblo el día anterior. Pero una cosa sí sabe: que Chauvier no fue allí por casualidad. Aquel caso era competencia de la policía de Albi, no de la de Toulouse; aun así Chauvier quiso encargarse personalmente. Primera cosa extraña. Y lo ocurrido luego en el depósito de cadáveres no hace sino ahondar el misterio. Ahora han vuelto a Paulin para interrogar a los vecinos.

«Esto es Francia...», se dice Linh viendo las calles de la localidad meridional, las paredes de ladrillo rosa, las casas de pisos escalonados; notando el olor rancio de las callejuelas. Todo allí parece como replegado confortablemente en sí mismo. Es ese mundo cerrado lo que detesta Linh. Aunque ha aprendido a vivir con (y contra) la mirada de la gente, nunca se ha acostumbrado a esos ojos que lo miran con incredulidad cuando enseña la placa, a esas miradas ambiguas que posan los transeúntes en su madre cuando sale de compras en silla de ruedas y chapurrea el idioma con su acento de Tonkín. En Paulin su anciana madre Toan no sobreviviría una semana.

Chauvier, en cambio, parece hallarse en su ambiente.

Empieza a lloviznar.

Linh se sube el cuello de la gabardina y se mete las manos en los bolsillos.

Chauvier, por contra, se quita el sombrero, alza la cara a la lluvia y respira profundamente.

Al verlo Linh siente cierto apuro, como si lo sorprendiera en la intimidad.

La gente no se fija en ellos; esa mañana los del pueblo tienen otras cosas en que pensar: es día de mercado. A pesar de la lluvia, la gente acude a las alamedas de plátanos que rodean la vieja población cátara.

Chauvier siente que revive con el habla ronca de los lugareños, hombres con boina, mujeres con mantilla, jóvenes en moto que aceleran cuando pasan por delante de los bancos de los viejos; viendo las ristras de salchichas, las batas de trabajo de colores, los cascos coloniales, los clavos, pinzas, sierras, trampas para tejones, uniformes militares, juguetes baratos, bandejas de aceitunas, bollería...

«Aquí nada ha cambiado, solo las caras», se dice.

—¡Comisario, mire!

Linh le señala un negocio que hace chaflán, junto a una sombrerería.

LA RUTA CÁTARA, AGENCIA DE TURISMO. VISITAS GUIADAS, ITINERARIOS, CONSEJOS.

En el opaco escaparate se ven torpemente dibujados un cruzado con armadura y un castillo.

Linh apoya la frente en el cristal y se cubre los ojos con las manos para evitar los reflejos.

—Está cerrado.

—¿Qué se ve?

—Una mesa, sillas, folletos... Y fotos.

Chauvier se asoma también.

Es verdad, nada del otro mundo. Pero una cosa llama su atención: en la pared hay una foto de Claude Jos, el alcalde. Se lo ve mucho más joven, va vestido de guía de montaña y posa frente al castillo de Montségur junto a cuatro mocetones, pertrechados de cuerdas y piolets, y a un grupo de turistas japoneses.

—¿Cuántos eran los médicos misteriosos que fueron al depósito de cadáveres? —pregunta sin dejar de mirar la foto.

—Cuatro...

El comisario suspira con hastío.

—Me temo que habrá que ir a visitar al bueno del señor alcalde —gruñe sin la menor sonrisa.

—¿Hoy lunes? Fácil. Se pasa toda la mañana en el mercado...

Los dos policías se vuelven. En el umbral de la sombrerería hay un viejecillo de unos setenta años, de tez morena, enfundado literalmente en un traje barato, que los observa con aire divertido.

—¿Qué, nos van a encontrar al asesino? —Mira con una intensidad extraña, como representando—. Porque este es un pueblo tranquilo, aquí nunca hay problemas, como ya les habrá dicho el alcalde...

Los policías observan a ese curioso hombrecillo que parece casi estar burlándose de ellos.

Señala el sombrero del comisario y dice, en tono de entendido:

—Buen fieltro, aunque algo raído. ¿No quiere ver los últimos modelos? —Y no aparta la mirada de Chauvier.

Chauvier no comprende.

—¿Qué sabe usted de este asunto?

El sombrerero mira a la derecha, a la izquierda, y coge al comisario del brazo.

—Entre, hombre, que le enseñe esos modelos. —Y se lleva a Chauvier para dentro.

Al instante se encuentran en medio de mostradores polvorientos, en donde se amontonan sombreros y boinas.

Cara a cara con el comisario, el sombrerero lo observa como intrigado. Chauvier no osa decir nada. Poco a poco la cara del tendero se ilumina; saca el vientre, que en la ceñida chaqueta parece un embutido, y dice, tomándolo por los hombros:

—Ballaran... Gilles Ballaran... ¡Claro!

—¿Cómo? —pregunta sorprendido Linh.

Al viejo policía le flaquean las piernas.

«Era de esperar...», se dice, y trata de poner buena cara.

—Te reconocí incluso de espaldas. Tienes la misma apostura que tu padre... —Chauvier se estremece. El sombrerero mira a Linh, como poniéndolo por testigo—: Sí, ancho de hombros, cuello de toro... ¡Traía de calle a las mozas! —añade con picardía.

Chauvier se acerca vacilante a una silla de mimbre y se deja caer.

—¿Sabes? Recuerdo el día que los alemanes mataron a tu padre —sigue diciendo el comerciante—. Vi el cadáver. Yo mismo ayudé a subir su cuerpo al castillo. Todos los de Mirabel habían bajado al bosque cátaro, no fue lejos de donde los cazadores han encontrado al ahorcado... —Se agacha frente a Chauvier y lo mira de cerca—. La cosa nunca se aclaró...

Chauvier respira hondo y dice, no muy seguro:

—¿Marc Pinel?

—¿Conque te has puesto el apellido de tu madre? ¿Y dónde has estado todo este tiempo? ¿Cómo no te has pasado por aquí, trabajando a cincuenta kilómetros?

Marc Pinel, el anciano sombrerero, hablar sin parar. No espera a que Chauvier le conteste. Encogido en la silla de mimbre, el comisario aprieta fuertemente el vaso de licor de pera que le ha servido el tendero.

—¡Ah! —se anima Pinel dirigiéndose a Linh—, si hubiera conocido usted a Mamá Chauvier, era la más guapa de la comarca...

Linh se siente muy violento, y mira alternativamente al nostálgico sombrerero y a Chauvier, que parece abrumado de recuerdos.

—¡Los celos que les dio a todos cuando su padre, Claude Ballaran, se casó con ella! Hasta el cura estaba loco por la muchacha.

Suelta otra carcajada; parece rejuvenecer por momentos.

Chauvier sigue quieto. No logra recuperar el equilibrio y entrelaza los pies con las patas de la silla. Procura desechar los recuerdos de su padre, sobre todo los últimos que Pinel ha hecho revivir.

—Tu padre fue el más listo. No trató de conquistarla. No

arrambló con todas las floristerías de la región, como el hijo de Paschetta... No era un romántico, sino uno de pueblo, como mis padres, como todos aquí... —Frunce el ceño y levanta el vaso—. ¡Qué buena pareja hacían!

Se hace un silencio. El sombrerero da vueltas al vaso entre sus rollizos dedos. Linh se apoya en un mostrador y tira una pila de sombreros.

—¡Deje, deje! —dice Pinel apresurándose a recogerlos—. Esta tienda es tan pequeña...

—¿Conoces bien al alcalde? —pregunta Chauvier saliendo de su postración; tiene los ojos enrojecidos y respira profundamente.

—Como todo el mundo —contesta el tendero, evasivo—. ¡Lleva de alcalde cuarenta y un años! Para eso sí le sirvió luchar en la Resistencia.

Chauvier se levanta, se acerca a la puerta y apoya la frente en el cristal, como un niño que mira la lluvia.

—Y en cuarenta y un años, ¿no ha pasado nada raro?

—Quia, esto es un pueblo, aquí nunca pasa nada. Para mundo tú, Gilles; ¡lo que habrás corrido desde que...!

—Háblame de ese negocio de «turismo cátaro», ya que lo tienes al lado —lo interrumpe Chauvier.

—¿Ah, eso? Pues Jos debió de montarlo a principios de los sesenta, cuando empezaron a venir turistas... Se puso de moda esto de los cátaros, los tesoros ocultos, lo... —busca la palabra— esotérico.

—¿Y qué hacen, excursiones? —pregunta Linh.

—Eso creo, yo no he ido a ninguna. Al parecer organizan desde simples visitas a paseos en coche, excursiones de un día o de una semana acampando en Montségur. Mucho ejercicio físico.

—¿Y le va bien?

—Este verano vino bastante gente, pero los guías estaban ya viejos...

—¿Por qué, son los mismos que al principio? —pregunta Chauvier, recuperando su tono cada vez más inquisitivo.

El sombrerero se lo piensa y contesta:

—Eso me parece. Aquí al pueblo nunca venían, se alojaban en

el castillo y no hablaban con nadie. Pero por el acento debían de ser extranjeros...

Linh lo interrumpe:

—¿Son los mismos que aparecen junto a Jos en la foto de la agencia?

—Sí... —contesta Pinel torciendo el gesto—, mala gente... Menos mal que se han ido...

—¿Para siempre?

—Se jubilaron la semana pasada y dejaron la región... ¡Qué descanso! Aquí no eran lo que se dice muy queridos. Y además se cuentan ciertas cosas...

—¿Ciertas cosas? —pregunta Chauvier. El sombrerero se pone rojo y titubea—. ¿Qué cosas? —repite el comisario en tono de autoridad policial.

Pinel aparenta buen humor, pero su pretensión suena falsa.

—¡Vaya si te pareces a tu padre!

Chauvier palidece.

—Quiero decir... —prosigue el sombrerero— si hubiera llegado a viejo... Recuerdo que cuando pillaba a un «furtivo»...

—El comisario le ha hecho una pregunta —lo interrumpe Linh, exageradamente serio.

El sombrerero traga saliva.

—Claro, olvidaba que sois policías... —Sacude la cabeza con pesadumbre—. El hijo de la señora Chauvier, policía...

—¿Qué cosas? —insiste el comisario sin perder la calma.

Pinel ya no se atreve a eludir la pregunta y contesta, como con indiferencia:

—Nada, que fueron soldados...

—¿Militares? —pregunta Linh.

—Soldados alemanes...

Afuera ha dejado de llover y el sol reverbera en los adoquines de la calle.

—¿Soldados alemanes? —dice Linh—. ¿Es que hicieron la guerra?

—No se sabe, quizá eran muy jóvenes. Aunque yo siempre he oído decir que eran de las SS; de la peor, la que educaba a los niños… —Duda y añade—: Uno tenía una cicatriz grande en el cuello, seguro que es por eso…

—¿Y dónde vivían? —pregunta Chauvier.

—En el castillo de Mirabel, ya os lo he dicho, con Jos y su nieta…

—¿Eso es todo? —Chauvier rechina los dientes.

—Oye, Gilles —balbucea Pinel—, yo me llevo bien con el alcalde; a veces, cuando la secretaria cae enferma, le hago la contabilidad.

—¿La contabilidad? —Chauvier se pone alerta.

Pinel siente que ha hablado demasiado; mira un instante al mostrador y con un gesto estúpido tapa una carpeta amarilla con unos papeles. Pero Chauvier advierte la maniobra y coge la carpeta ignorando las protestas del comerciante.

—¡Oh, no! Como Jos se entere, a mí…

—¿A ti qué? ¿Tienes miedo de terminar quemado y ahorcado en el bosque cátaro? —grita Chauvier, fuera de sí, sin soltar la carpeta.

Se levanta, abre la puerta, y al ir a salir se vuelve y le dice al sombrerero:

—Cuento contigo, Pinel. Ni una palabra al alcalde de lo que hemos hablado… Me quedo con esto en nombre de la justicia, esto no es una venganza pueblerina…

El sombrerero asiente, nervioso, y resopla:

—¡Gilles Ballaran, si te viera tu padre…!

—Y otra cosa…

El comisario hace seña de salir a Linh, se acerca a Pinel —¡el aliento a ajo de siempre!— y le dice:

—Me llamo Gilles Chauvier.

Los dos policías suben en silencio al Renault 5. Linh no se atreve a decir nada.

El coche avanza por las calles pero enseguida se topa con el mercado.

—¡Mierda! —gruñe Chauvier con fastidio, y suelta un puñetazo sobre el volante.

Da marcha atrás acelerando y por poco arrolla a un hombre en silla de ruedas, que se aparta riendo y choca con el bordillo.

—¡Cuidado! —grita Linh.

Pero el coche vuelve a estar bajo control y Chauvier rodea el mercado por un laberinto de callejuelas; mira al frente todo el tiempo. «Se conoce las calles al dedillo…», piensa el euroasiático cuando por fin alcanzan una hermosa carretera campestre.

Ha escampado y ahora la mañana de octubre tiene un aire de veranillo de San Martín.

Siguen una cañada, serpenteando entre campos.

Se cruzan con dos hombres que conversan de pie en medio del barro, apoyados en los tractores, y que se quedan mirando, tranquilos y con cierta burla, cómo pasa esa tartana a toda velocidad.

Pero Chauvier sigue mirando fijamente hacia delante.

Llegan al pie de un monte; entre dos plátanos arranca un camino cuesta arriba. Chauvier lo toma y Linh ve un cartel: CASTILLO DE MIRABEL, PROPIEDAD PRIVADA. PROHIBIDO ENTRAR.

En lo alto, recortado contra el cielo, se ve el castillo, cuyos tejados mojados relucen al sol.

Cuando el Renault 5 alcanza la cima, Linh pregunta:

—¿Va a explicarme ahora qué ocurre?

Chauvier no contesta. Al llegar frente al castillo aparcan el coche delante de un gran porche. El comisario se apea y Linh va a hacer lo mismo.

—No, tú te quedas aquí. Habrás notado que este es un asunto personal…

Entonces se abre un postigo del porche y aparece… Aurore.

—¡Comisario! —dice sorprendida—. Lo siento, pero mi abuelo no está, habrá ido al mercado.

Chauvier sonríe a la joven.

—Yo venía a hablar contigo.

La joven se extraña, pero luego, sonriendo, toma al comisario del brazo.

—Pues vamos al parque, ¿le importa? Quería tomar un poco el aire.

El policía y la estudiante deambulan por los paseos del parque, y a cada paso que da Chauvier tiene la impresión de retroceder en el tiempo; se siente de nuevo el pequeño Gilles Ballaran, el chiquillo travieso y despabilado que se crió en el seno del castillo de Mirabel. Infancia de lumbres, de guisos lentos, de tormentas de invierno y de veranos bochornosos. El parque sigue igual, con sus bojes bien podados, sus altas alamedas, sus grandes y añosos pinos en la entrada de la propiedad, que se ven desde las alturas circundantes.

«Yo vivo allí», decía con orgullo a sus amigos.

A lo que estos, hijos también de campesinos o criados, replicaban con envidia y desdén: «¡Porque eres el hijo del guardés!».

El pequeño Gilles enrojecía, pero gruñía para sí: «Por ahora sí, pero algún día me casaré con Anne-Marie y seré el amo del castillo, como el conde de Mazas...».

¿Para qué contarles los días que pasaba con Anne-Marie, jugando en los bosques, en el parque, entre los bojes? No había equívocos. Solamente la ternura de un sentimiento sin sombras: la infancia compartida.

Ese gozo, esa pureza cree Chauvier revivirlos ahora, paseándose por estas alamedas recién podadas, cuajadas de hojas secas. Aurore da patadas a las piñas como hacía su abuela cincuenta años antes.

Él la deja hablar. Aurore le refiere la historia del castillo de Mirabel, su papel en la cruzada cátara, los centenares de cuerpos torturados.

A los cadáveres que no redujeron completamente a cenizas, los enterraron delante del castillo, en el bosque cátaro, por eso lleva ese nombre.

Los ojos de la muchacha se iluminan; la fascina esa historia. Como la fascina la historia de su familia, los Mazas, descendientes de grandes dinastías occitanas que se convirtieron al catarismo y lograron escapar a las quemas de la Inquisición.

Pero Chauvier no la escucha; el viejo policía está hipnotizado por los labios de Aurore.

—¿Me sigue? —le espeta ella.

Silencio.

Aurore suelta una risa que resuena entre los cedros.

—Comisario, ya veo que le interesa mucho la historia del castillo —se chancea la joven.

—Lo... lo siento... —se excusa Chauvier, ruborizado, y se pasa la mano por la cara—. ¿Y qué estudias? —pregunta, por cambiar de tema y disimular su turbación.

—Historia medieval; sobre todo de la región en los siglos XII y XIII, y más concretamente el catarismo. —Hace un amplio ademán indicando el parque y el castillo—. Hago trabajo de campo con mi infancia.

Gilles Ballaran se propone ser de nuevo el comisario Gilles Chauvier y saca el cuaderno, como el actor aficionado que se ayuda de un bastón o una pipa; cualquier cosa.

—¿Te has criado aquí?

Aurore ve que toma notas y se sorprende; aunque no tiene nada que ocultar.

—Viví primero en París con mis padres. Cuando murieron yo tenía cinco años y me vine a vivir aquí con mi abuelo.

Llegan al final del parque. El cielo vuelve a nublarse. Al fondo, el castillo resulta amenazador; es como un espejo: gris cuando está nublado, reluciente cuando brilla el sol.

Chauvier respira hondo, como quien se arma de valor, y pregunta, casi en voz baja:

—¿Y qué sabes de tu abuela?

Aurore se vuelve y lo observa; el policía le descubre una profunda tristeza.

—Murió hace dos años...

Chauvier aprieta los dientes con toda su fuerza, pero tiene que mostrarse impasible.

—Lo sé; estaba enferma, ¿verdad?

—Cáncer de riñón —contesta Aurore con voz trémula—. Murió en unas semanas.

Chauvier se vuelve de espaldas, se le saltan las lágrimas. Aurore no se da cuenta porque ella misma pugna por contener las suyas.

Caminan un buen trecho en silencio. A ratos Aurore le señala un árbol, un banco entre la hierba, una verja cubierta de maleza...

Chauvier se deja guiar.

Al final se sientan en un par de tocones de árboles recién talados, en un extremo del parque.

—Para ser policía no hace usted muchas preguntas... —observa Aurore estirando las piernas.

Se echa hacia atrás y enarca el busto; los senos se dibujan puntiagudos bajo el airoso vestido de lino. Chauvier se asombra de que no tenga frío en ese lluvioso día de octubre.

Se emboza en la cazadora y piensa: «Anne-Marie era igual, nunca tenía frío...».

—Y esos estudios, ¿para qué?

A Aurore se le ilumina la cara.

—Pienso hacer una tesis relacionando el catarismo con la política del siglo XX...

Chauvier abre los ojos sorprendido.

—Ya, sorprende un poco —dice ella con una especie de fastidio divertido—, pero le aseguro que hay muchas semejanzas entre la doctrina cátara y, por ejemplo, la ideología del Tercer Reich...

—¿Ha sido tu abuelo el que te ha metido todas estas tonterías en la cabeza? —inquiere el policía con rudeza.

Aurore se enfurruña y replica fríamente:

—Lo dicen muchos libros serios.

Chauvier frunce el ceño.

—¿Por eso estabas tan enterada del tatuaje del cadáver, el de las SS...?

Aurore se muestra distante; se levanta, da unos pasos, se vuelve a Chauvier, lo mira con ojos translúcidos.

—Mi abuelo fue un gran partisano, lo pasó muy mal en la guerra;

fue deportado, encerrado en un campo de concentración, del que escapó. Sí, él me ha enseñado que hay que conocer al enemigo.

Chauvier no da crédito al increíble cinismo de Jos. Pero la chica le parece tan cándida, tan sinceramente convencida. ¿Cómo decírselo? El engaño es demasiado íntimo, demasiado profundo.

Se queda mirando fijamente al suelo.

—¿Qué puedes decirme de los cuatro guías que trabajaban para tu abuelo? —pregunta en tono frío.

Aurore duda, va a decir algo, pero...

—¿Usted otra vez?

Por la alameda se acerca Jos, furioso.

—¡Le exijo que deje en paz a mi nieta! —gruñe el anciano alcalde—. ¡Ella no tiene nada que ver con todo esto!

—¿Ella no? ¿Usted sí? —ironiza Chauvier.

Están en el despacho de Jos, en la primera planta, adonde han subido directamente. Flota un fuerte olor a tabaco frío. En las paredes, entre cuadros de tema marcadamente romántico, hay estanterías de caoba llenas de libros.

—Comisario, empieza usted a cargarme... —dice Jos en actitud amenazante.

—¿Por qué, señor alcalde? ¿Se siente culpable de algo?

Jos alza los ojos al cielo pero dice en tono conciliador:

—Pensaba llamarlo yo mismo, porque he hecho mis averiguaciones: ha sido un ajuste de cuentas entre gitanos. La muerta es una rumana de un clan del Gers. Tenía ciertas diferencias con los gitanos del pueblo y las solucionaron entre ellos; no hay más.

—¿No hay más? —replica Chauvier, al que el descaro de Jos no deja de asombrar—. ¿Le parece normal que la gente se destripe en sus tierras?

Jos ofrece a Chauvier un rostro de profundo desprecio.

—Amigo mío, hace cincuenta años que rijo este pueblo; no va a venir un poli casi retirado a enseñarme mi oficio...

Chauvier traga saliva; se acerca a la pared y se ve de pronto ante un cuadro que representa a santo Domingo en pleno exorcismo.

—¿Qué ha hecho usted en su vida —prosigue Jos en el mismo tono desdeñoso—, aparte de dormitar tras una mesa de despacho y llevarse broncas? —Su voz se hace cada vez más aguda. Emerge con un nuevo tono, discontinuo, cortado—: ¿Tiene amigos, familia? —Carraspea—. ¿Mujer?

Esto agota la paciencia a Chauvier, y descarga un codazo contra el marco del cuadro, que resuena como un trueno. El anciano político se alarma, pero luego sonríe.

—Veo que he tocado alguna fibra sensible.

El comisario se arma interiormente de valor y contesta:

—Y yo veo que aquí pasan cosas extrañas, *Herr Jode*...

—Ajá —contesta Jos, exultante—. Por fin caen las máscaras. —Se queda mirándolo y añade—: Ya sabía que nos conocíamos... ¡Ballaran!

2005

«Sí… ¡claro que es él!», me digo al ver que una limusina Mercedes se asoma por la esquina de la calle Paul-Bourget y se detiene en doble fila ante mi puerta. Un cochazo de chulo… o de productor de cine porno.

Vidkun baja la ventanilla.

—¡Bien, me gusta la gente puntual!

La voz, la mirada… ¡las mismas que en la película de anoche!

Fritz se apea, me saluda —taconazo, «*Fräulein!*»—, mete mi equipaje en el maletero y me invita a «pasar al salón».

Al subir me vuelvo una última vez y miro hacia arriba, al piso doce; veo la ventana de mi apartamento y me imagino a Graguette echada al sol, como suele hacer a estas horas. ¡Está tan bien, tan tranquila! Ella se ríe del resto del mundo, no depende de nadie…

Una vez más me pregunto: «¿Y si me quedo?». Lo descubierto esa noche es como la guinda de un pastel que ya era demasiado empalagoso: una pizca de angustia, una rebanada de nazismo, una capa de fascinación, una gran cucharada de complacencia y un buen chorrito de natación.

—¿Subes o no, Anaïs?

«¡La suerte ya está echada!», me digo con fatalidad, y me agacho para subir.

¿Y qué descubro, atónita? Dos asientos de cuero color burdeos, uno frente al otro, una mesita fijada al suelo, paredes revestidas de madera. Las ventanillas se ocultan tras unas cortinas carmesí rematadas con borlas… y en fin, amén de una pantalla de plasma, la «habitación» dispone de una nevera y un cristal corredizo para hablar con Fritz. ¡El «confort moderno»!

Para sentarme en mi sitio paso muy cerca de mi «anfitrión», que emite un gruñido de incomodidad. Respiro su perfume, como de almizcle, demasiado fuerte pero cautivador. ¿Se pondría el mismo antes de rodar una escena?

Cuando nos vemos frente a frente, en la intimidad del habitáculo, nos sentimos de pronto violentos y nos quedamos callados. Pero yo no puedo evitar mirarlo.

Su manera de enarcar las cejas, de pestañear, de gesticular; todo me recuerda al de la película. El perfil aguileño, el pelo rubio, el cuerpo musculoso.... Y ese nombre en los títulos de crédito: Vikingo...

Tras la película, Clément y yo estuvimos mirando un buen rato en Internet, intrigadísimos... ¿Cómo no investigar? Lo que encontramos nos pareció tan sucinto como inquietante: el tal Vikingo fue un actor porno escandinavo. Nadie mencionaba su verdadero nombre, pero tuvo su momento de gloria en los años setenta, era famoso por su gran vigor (ciento ochenta y siete películas en tres años) y luego desapareció bruscamente de la pantalla...

—¡Ciento ochenta y siete películas! —exclamó Clément, maravillado—. Calculando una media de tres tías por película, ¡son quinientos sesenta y un polvos! ¡Vaya, vaya con tu amigo!

Pude percibir cómo nacían sus celos.

¿Con motivo?

No lo sé.

Salimos de París por la autopista del este y enseguida me abandono a la monótona letanía de las señales de tráfico: Meaux, Reims, Metz, Nancy, Estrasburgo...

No tardará en entrarme sueño.

Mmm...

—Anaïs, tenemos trabajo.

Me despabilo; Venner agarra con fuerza un maletín que tiene sobre las rodillas como si fuera un perrito faldero.

Asiento con la cabeza y saco cuaderno y bolígrafo.

—Le escucho…

—El otro día —dice con su aire a la vez afable y apasionado— me preguntaste si las casas de maternidad del Lebensborn eran en realidad… «picaderos humanos». —Pronuncia las palabras como si manipulara objetos preciosos—. Todo indicaría que fue así —añade en tono conspiratorio—. Pero los archivos del Lebensborn fueron quemados por sus jefes durante el hundimiento del régimen y apenas hay testimonios; parece que existe un acuerdo tácito de silencio entre los supervivientes.

Vidkun cierra los ojos, intentando imaginar la escena.

—Pero sí sabemos que hubo una «procreación dirigida». Había jóvenes arias que se ofrecían voluntarias para ser embarazadas.

—¿Se ofrecían? ¿No es que las obligaran?

—¿Obligarlas? Hitler necesitaba juventud y esas mujeres amaban a su Führer.

—¡Lo dice como si le pareciera normal!

—¡No se trata de si me parece normal o no! Estamos aquí como historiadores, no como árbitros morales…

—Si usted lo dice… —replico yo, decidida a no dar mi brazo a torcer.

—Decía que esas candidatas comparecían ante un «consejo de procreación», que las asesoraba sobre los mejores lugares… y los mejores genitores.

Habla pausadamente, como evaluando el efecto que causan en mí esas palabras: procreación, reproducción, genitor… Yo procuro parecer relajada.

—Una vez encintas, las jóvenes eran trasladadas a grandes casas de campo, donde se las atendía hasta que daban a luz.

Para recuperar la compostura, lleno el cuaderno de notas.

—Y esos niños, ¿sabían quiénes eran sus padres?

—Sí, claro. ¡El padre era Hitler, y la madre, Alemania!

Difícil saber cuánto tiempo podré soportar su sentido del humor. Adepta del cinismo, ya tengo a mi maestro.

—Me refiero a los verdaderos padres; ¿quiénes eran?

—Miembros de las SS, y solo ellos. En cuanto nacían, los niños pasaban a cargo de las SS y eran enviados a escuelas especiales, donde les educaban el cuerpo y la mente. Primero integraban la Hitlerjugend, luego, a los dieciocho años, podían elegir ingresar en las SS.

—Y esas escuelas especiales, ¿dónde estaban?

—Por toda Alemania. Las SS solían habilitar castillos medievales para cobijarlas, porque querían inculcar una mentalidad caballeresca. Himmler, por ejemplo, el comandante en jefe de las SS, se creía la reencarnación de varios reyes de la Edad Media...

«¡Qué tarados!», me digo desviando la mirada hacia el paisaje.

Acabamos de pasar Reims. El tráfico es sobre todo intenso en sentido contrario: es la operación retorno. Llega la hora de las compras escolares, los recuerdos adquiridos en las vacaciones, el poner buena cara, la arena en los zapatos; la rutina...

«Al menos ellos saben adónde van...»

Me recompongo.

—¿Y qué pasaba cuando los niños no eran normales?

Vidkun hace un breve gesto con la mano, de significado inequívoco. Observa de inmediato mi acongojada reacción.

—De todas maneras —se apresura a añadir—, el ocho por ciento morían al nacer... En cuanto a los anormales, o eran «eutanasiados» tras el parto, o los enviaban al hospital de Brandenburg-Görden, una antigua prisión convertida en centro médico, donde «trataban» a los niños de menos de tres años.

Palidezco todavía más.

—¿Los... «trataban»?

Vidkun contesta ya sin ironía.

—Les inyectaban morfina y los dejaban morir poco a poco; luego... —reprimo un sobresalto al escuchar el final de su frase— los disecaban como especímenes para la «investigación científica de enfermedades hereditarias y congénitas graves».

Siento náuseas. «Cobayas humanas», me digo, y pienso en los casos de secuestro de niños en Alemania, con los que la prensa ha hecho su agosto.

—Entre el nacimiento y la muerte del pequeño debía mediar por ley un plazo de dos semanas, pero cuando el niño era juzgado «no apto», se extendía de antemano un certificado de defunción incluso antes de enviarlo al hospital de Görden...

Venner me mira con cierta socarronería, como si todo lo que me cuenta no fuera más que para irme preparando.

—Mejor será que te lo diga ya, Anaïs: este viaje no será ningún paseo.

En el reflejo del cristal distingo mi expresión de impotencia, de desvalimiento casi. ¡Cara de víctima!

—Esto que te cuento sirve apenas para ir abriendo boca.

—Ya, para que vaya acostumbrándome.

Venner deposita el maletín en la mesita y se retrepa en el asiento, muy lentamente.

—Veamos cómo estás de temple... —dice; yo doy un respingo—; hay un detalle en lo de nuestros cuatro suicidas que no he mencionado.

El Vikingo abre un poco el maletín, saca un sobre de papel de calco y me lo tiende sin decir palabra.

Dudo un momento, pero al final lo cojo y saco cuatro fotos.

—Son fotos tomadas por los forenses —explica Vidkun.

Son fotos de los cadáveres: tienen la mano derecha amputada y el muñón vendado.

—¿Por accidente?

—Es lo que debemos averiguar. Pero mira lo que recibí por correo el 24 de mayo pasado, es decir, exactamente diez años después del día en que se suicidaron, y sesenta del día en que se suicidó Himmler...

Venner abre el maletín, y al ver lo que contiene profiero tal chillido que Fritz, asustado, da un volantazo.

—El maletín, el sobre, las fotos... —prosigue el escandinavo—, todo me llegó de Noruega sin remitente.

—¡No, no puede ser, no puede ser!

Tiento en busca del elevalunas, pero Vidkun se me adelanta y baja el cristal. La brisa me devuelve a la realidad... ¡y lo que he visto me resulta aún más espantoso!

En el maletín, negruzcas, amarillentas, momificadas, hay cuatro manos humanas.

Llevamos ya dos horas rodando en silencio. Venner se quedó dormido sin decirme nada más, pues eso es todo lo que sabe. Ignora quién le remitió el paquete atroz.

El maletín sigue todavía sobre la mesita, entre los dos. Pego la cara al cristal para distraer mi atención, pero nada: esas manos me atraen irresistiblemente, como si de un momento a otro fueran a mover un dedo, a hacerme una seña. Recuerdo el cuento de Maupassant, «La mano disecada», y me estremezco.

Si son las de los suicidas, ¿por qué enviárselas a Venner? ¿Me oculta algo? Él mismo dice que todo esto es un jeroglífico. ¿Quiere decir con eso que sospecha una dimensión oculta en nuestra investigación? ¿Y por qué no me lo ha dicho antes? ¿Para tenerme en un puño, hacerme su prisionera?

Como todo buen solitario tengo cierta tendencia a la paranoia. Porque, al fin y al cabo, FLK es un editor serio, y no se lanzaría a este proyecto a tontas y a locas, y menos a ese precio... ¿O es que Venner lo tiene embaucado también?... No lo sé, no lo sé...

Sacudo la cabeza para conjurar todas esas dudas.

«Los viajes en el tiempo no existen —me digo con firmeza autosugestiva—. ¡Estamos en 2005!»

Pensemos en otra cosa... si es posible.

En la parte de delante Fritz ha puesto un CD de un cómico teutón y lo oigo reír al volante.

Pasa más de media hora. Llegamos a Alsacia, dejamos la autopista de Phalsbourg y los nombres de las señales se convierten en chasquidos: Wasselonne, Molsheim, Schirmeck...

Apoyo de nuevo la frente en el cristal y me sumerjo en el grandioso paisaje. La limusina remonta ahora montañas pobladas de abetos, bosques majestuosos y umbríos, que uno imagina fácilmente habitados por divinidades paganas. Un paisaje romántico, como el de esos cuadros alemanes del siglo XIX. Una naturaleza lujuriante y soberana, semejante a la de los sueños infantiles de brujas y hadas.

Al llegar a Rothau enfilamos una estrecha carretera que culebrea entre abetos; pronto nos cruzamos con otros vehículos, casi rozándonos en las curvas, y cuyas matrículas provienen de todos los rincones de Europa.

«¿Adónde iremos?», me pregunto llena de nuevos temores.

Fritz aparca en un área de descanso, una superficie de cemento en medio de los árboles.

—*Meinherr!* —dice golpeando el cristal divisorio.

Venner abre un ojo y se despereza.

—¿Has dormido bien? —me pregunta en tono jovial, con una sonrisa de oreja a oreja.

—¿Dónde estamos?

Venner me mira un momento; un destello de duda atraviesa sus ojos, pero enseguida se vuelve y no contesta.

Llena de recelos abro mi portezuela; me embiste una ráfaga de viento tibio que huele a savia y a asfalto caliente. Un perfume de montaña y de alquitrán.

No estamos solos; junto a nosotros en el aparcamiento hay también una familia francesa, del Vaucluse, en torno a un coche rojo. El hombre consulta un mapa Michelin que tiene desplegado sobre el techo, la mujer mordisquea un sándwich y los hijos —un niño y una niña— se pelean entre las piernas de los padres. Al vernos, los provenzales se vuelven con asombro.

—¡Mamá, el presidente! —exclama la niña con acento de Carpentras.

—¡Calla, Malvina! —dice la madre, y le amaga un cachete.

La hija lo esquiva, corre hacia la limusina y se asoma a la ventanilla de Venner cuando este está cerrando el maletín.

—¡¡¡Mamá!!! —grita la cría, volviendo a los brazos de su madre—; ¡el presidente lleva una cartera llena de dedos!

La mujer abraza a la hija avergonzada.

—No le haga caso, es que acabamos de hacer la visita y está algo… impresionada.

Vidkun esboza una gran sonrisa y dice en tono condescendiente:

—No es nada, señora. Y la felicito por traer aquí a sus hijos, en lugar de llevarlos a Disneylandia; es un deber ciudadano.

La mujer se ruboriza.

Pero enseguida Venner se aleja a grandes pasos y me hace señas para que lo siga. Fritz se queda en el coche y me sonríe como animándome, como dedicándome un último adiós antes de emprender el gran viaje.

Yo no entiendo nada.

—¿Qué pasa? ¿Adónde vamos? ¿Qué «visita» es esa que ha impresionado a la pequeña?

—Sorpresa... —dice Venner sin volverse.

Aprieta el paso; instintivamente yo me siento obligada a imitarle.

Enseguida tomamos un sendero lleno de maleza, que sube por entre los abetos.

—Hemos llegado... —anuncia Venner con voz sofocada.

Me estremezco.

—¡Dios santo! ¡No!

De todos modos era lógico, tendría que habérmelo esperado.

—¡Vamos! —exclama el Vikingo—. No tengas miedo.

Pero yo me quedo quieta, clavada en el sitio. El espectáculo me afecta más de lo que imaginaba.

Ante nosotros, serpenteando por la colina y sujeta a unos postes negruzcos, una doble alambrada de espino rodea una serie de barracones. En uno de ellos, situado en medio de una explanada de arena, se eleva una alta chimenea negra. Algo más allá, mi mirada cae sobre una horca, cuya soga hace oscilar el viento.

Apenas puedo tragar, mis mejillas echan fuego; observo a los numerosos visitantes que van y vienen —en grupos o solos, y de todas las edades— y siento una tristeza, una desolación, un abatimiento inmensos...

Sin la menor impresión, Vidkun me señala un cartel fijado

sobre el alambre espinoso, es la entrada a este lugar: KONZENTRATIONSLAGER NATZWEILER-STRUTHOF.

Primero me quedo sin habla, pero luego acierto a balbucir:

—¿Un campo de concentración? ¿En Francia?

—Y de los peores… —contesta Venner, entrando en el recinto—. Ven, te cuento…

Dudo aún unos segundos, luego sigo sus pasos.

Los campos de hierba baja, los barracones sórdidos, la chimenea negra de hollín… ¡en medio de este paisaje de una belleza casi insultante!

—El campo de concentración de Struthof —me explica Venner en voz baja, mirando a los demás visitantes como a enemigos— estaba especializado en la investigación científica.

El corazón me da un vuelco.

—O sea, ¿experimentos médicos? ¿Cobayas humanas? ¿Como los niños anormales de… Görden?

Vidkun me hace un guiño con satisfacción: la niña se sabe la lección.

—Los médicos de Struthof trabajaban bajo la dirección de un profesor de antropología de Estrasburgo, el doctor Hirt.

—¿Y qué quería ese doctor?

—Fundar una especie de museo del hombre y de la raza con muestras de cráneos, esqueletos…

Nos cruzamos con una pareja de visitantes acongojados. Venner me toma del brazo y me aleja como si fueran a robarle sus secretos, despojarlo de sus conocimientos. Pese al calor, me dan escalofríos.

—Hirt pretendía demostrar la desigualdad biológica de las razas con cráneos de judíos, bolcheviques, gitanos…

—¿Y de dónde los sacaba?

Venner señala los barracones.

—De aquí…

Ya no disimulo más mi repulsión; miro a lo alto para asegurarme de que el cielo está azul, que hace un buen día y que todo eso ocurrió hace más de medio siglo.

El Vikingo no se da por enterado y se agita extrañamente.

—Ven, tienes que ver el interior.

Está excitado como esos niños que enseñan orgullosamente a sus padres un dibujo, un poema. Me coge de la mano y me lleva hacia uno de los barracones. Yo, sin fuerza, me dejo llevar.

—¡Oh, señor Venner! ¡Cuánto tiempo...! —exclama un guardés con fuerte acento alsaciano, sentado en una sillita en medio del recinto vacío.

Se levanta fatigosamente y se cuadra.

Algo azorado, Venner le estrecha la mano y el otro vuelve a sentarse.

La escena me deja asombrada: el guardés parece sinceramente contento de ver a Vidkun.

—Suelo pasar por aquí cuando voy a Alemania —se justifica este a media voz.

Decidida a mostrarme impertérrita, aprieto los dientes y proseguimos la visita.

Todos los barracones son iguales: camas, objetos usados, oxidados, calzado de todo tipo, fotografías colgadas en recuerdo de las víctimas e interminables listas de nombres; la masa anónima de los muertos.

Pienso en los miles de sombras que hace sesenta años debieron de transitar por estos pasillos ahora desiertos.

Llegamos a la «enfermería»; pero eso ya es demasiado para mí, y siento que ante la puerta del departamento médico mis músculos se contraen.

—Verá, no sé si voy a poder...

Venner parece de pronto volver de un sueño, como el matarife que sale de la inercia y mira al animal a los ojos, en los que se refleja la cuchilla. Esboza una sonrisa y susurra con voz meliflua:

—Anaïs, no te obligo a nada...

Está bien, quiero mostrarme a la altura, no soy ninguna «blandengue», como me decía mi padre. Solo que entonces vemos salir de la «enfermería» a un par de ancianos que me hunden los ánimos: están consternados, se tambalean, miran al cielo como buscando aire; él tiene una expresión despavorida y ella lo consuela hablándole en una lengua que no entiendo, dulcemente, y acariciándole la cabeza.

Venner y yo nos quedamos mirándolos. En cuanto se han alejado, el anciano se arroja en brazos de su mujer y exhala un gemido que parte el alma.

Me vence una angustia horrible y el corazón se me acelera; recuerdo las fotos de los cobayas humanos y noto que me falta el aire, como si me oprimieran los pulmones.

—¿Te encuentras bien?

—No mucho...

Siento que me desmayo y me apresuro a salir al patio.

Venner corre tras de mí y me sujeta justo antes de caerme.

Percibo muy intenso el olor de su colonia, pero el contacto de su cuerpo ha perdido toda ambigüedad. El Vikingo se arrepiente de haberme traído hasta allí.

—Ven. Nos vamos... Lo siento... —dice.

Y sin dejar de sostenerme me saca fuera del campo y me conduce a un mirador que domina las colinas.

—Ya estamos fuera...

Tengo nublada la vista. Su mano acaricia mis cabellos mientras, con los ojos medio cerrados, respiro deprisa. Y el zumbido sigue en mi cabeza.

—¿Te ves capaz de seguir?

Digo que sí con la cabeza. Procuro incorporarme y abro los ojos. El panorama es sublime, dan ganas de llorar... Colinas verde oscuro, casi azules, que se extienden hasta el infinito; nubes arracimadas, brisa acariciadora, un sol de fines de estío.

Un lugar tan bonito, a dos pasos de...

Me aprieto contra Venner.

—No es más que un ataque de angustia... a veces me pasa...

—Lo siento...

Los árboles, las colinas, la suavidad del aire, todo me reanima poco a poco, y me parece recuperar lentamente el uso de mis pulmones.

—Bonito, ¿verdad?

Asiento; contemplo las cumbres, que parecen disipar mis

angustias, y casi me siento culpable de no haber respirado nunca tan bien.

—¡Oh, sí, bonito! Atrozmente bonito…

—Hígado de pato a la sal con especias, lentejas y col rizada…

El camarero retira la tapa metálica y el vapor remonta hasta mi nariz, que se estremece de apetito.

—¡Verás qué delicia! —dice Vidkun.

Me parece mentira, pero tengo un hambre voraz, como la que se siente cuando se ha hecho deporte; una necesidad física, orgánica, de nutrirse. Y trago el entrante como si con ello asimilara lo vivido en el campo de Struthof.

Tendría que avergonzarme solo de pensar en un plato humeante ese mismo día, pero no es así… La Anaïs de ayer ya no existe. Y como para sentir que pertenezco a mi época, esta noche me he puesto un top y unos vaqueros de cintura baja…

«Anaïs, estás maravillosa», me dijo Venner, con brillo en los ojos, al verme en el vestíbulo del hotel.

¡Qué lejos quedan ahora la enfermería de Struthof, los zapatos gastados, el patíbulo, la desesperación del anciano en brazos de su esposa…! Me dejo envolver por esta atmósfera cálida y acogedora de provincias, este ambiente familiar, esta campechanía tan… francesa.

—Siento lo de esta tarde, Anaïs —insiste Venner, que no para de entonar el mea culpa.

—¡Olvídelo…! —borro sus excusas con un gesto desenfadado del tenedor—. También yo tengo que aprender a dominarme. ¿Cuál es el plan para mañana?

Seguro que Vidkun se pregunta si mi súbito interés no será simple autosugestión.

—Mañana nos vamos a Munich, la ciudad que fue, no sé si lo sabrás, cuna del nazismo.

En realidad preferiría degustar mi hígado de pato tranquilamente, pero tendré que seguirle la corriente.

—¿Es que Hitler era de Munich?

—No, era de Braunau am Inn, una pequeña ciudad austríaca en la frontera con Baviera. Pero el Tirol austríaco y los Alpes bávaros son una misma nación, tienen la misma mentalidad, el mismo espíritu montaraz…

—¿Qué quiere decir?

—Que como son gente que vive más cerca del cielo, creen que no han de salir de sus montañas para ser los elegidos de los dioses. Sobre todo porque Baviera, como toda Austria, es católica. El nazismo es un perfecto ejemplo de la fantasmagoría pequeñoburguesa, una especie de utopía macabra, elevada al rango de matanza mundial.

—¿No simplifica un poco las cosas?

—Es que la moral de los nazis era simplista. Se consideraban más guapos, más fuertes, más inteligentes que los demás, y quisieron demostrarlo de la manera más atroz… —Se detiene mientras el camarero retira los platos y luego añade—: Ya lo has visto esta tarde…

Me viene de nuevo la imagen del anciano llorando; aprieto los puños con rabia y me bebo de un trago mi vaso de Tokay.

—Las grandes familias de oficiales prusianos llegaron después… —prosigue Venner—. Su moral protestante les sirvió más o menos de protección, al menos al principio…

—Pero todos acabaron colaborando, ¿no?

—¡Desde luego! —dice Vidkun con vehemencia—. Por mucho que digan hoy, todos los magnates, industriales y empresarios metieron las manos hasta el codo en el lodo del nacionalsocialismo, aunque solo fuera por interés económico. —El Vikingo se acalora—. Y no solo en Alemania. Si supieras los negocios que desde los años veinte hicieron muchos capitalistas norteamericanos con los nazis te asustarías.

—¿Norteamericanos?

—¡Norteamericanos! —ruge cada vez más exaltado—. Para ellos, el Tercer Reich representaba una barrera contra el comunismo. Henry Ford, por ejemplo, el fabricante de coches, fue un admirador de Hitler, y los banqueros Morgan y Rockefeller untaron generosamente la mano de muchos nazis a fin de instalar fábricas en suelo alemán…

Yo frunzo el ceño. Venner está disparado.

—¡Y no hablemos de la colaboración científica! Los fabricantes norteamericanos de medicamentos tenían tratos con el famoso consorcio químico IG Farben, del que dependían por ejemplo los laboratorios Bayer, inventores de la aspirina y la heroína. —Se interrumpe, como si vacilara en seguir, pero no puede contenerse—. ¿Y con quiénes crees que probaban sus fármacos?

Lo fulmino con la mirada, y Venner se da cuenta de que está hablando demasiado alto; en las mesas de alrededor se han vuelto y nos miran con malos ojos.

Plato en mano, dos camareros aguardan a que el escandinavo termine.

Vidkun enrojece y se encoge.

—Lo siento, pero es que cuando me lanzo… —Y hace una seña avergonzada a los camareros, que sirven los segundos.

—Rodaballo a la brasa y crema de polenta con trufas.

—Mmm —dice Vidkun encantado—. Menos mal que la cocina alsaciana redime a Alemania de su nulidad culinaria.

Dispuesta a aprovechar el silencio, ataco mi rodaballo.

—¿Comías bien de niña? —me pregunta de pronto.

«¿¡Por qué lo preguntará!?»

No tengo intención alguna de contarle mi vida, de modo que coloco mi plato entre ambos en señal de oposición y digo en tono desabrido:

—Bastante bien.

—¿Y quién cocinaba, tu padre o tu madre?

—Lo siento, pero no es asunto suyo.

Puede que sea un colega, un colaborador, hasta un jefe, ¡pero no un amigo!

—Mira, Anaïs, vamos a pasar mucho tiempo juntos… —dice en actitud seductora—. Solo quería conocerte un poco más…

Estoy dispuesta a hacerme la tonta para desanimarle.

—Te parezco impertinente, ¿verdad? —pregunta.

—Un poco, sí…

El Vikingo parece encantado con mi franqueza.

Toma mi mano y yo siento inmediatamente cómo me invade un dulce ardor.

—Tienes razón, soy un viejo chocho, y los viejos chochos... —Toma su vaso de Tokay y se lo vacía en la cabeza—, ¡a la ducha!

Me sorprendo de mi propia risa.

Todo el mundo en la sala se ha vuelto y mira a Venner pasmado. El vino le chorrea por la frente, el cuello de la camisa, la chaqueta de lino natural. Pero él, con ternura, me mira, y yo siento un escalofrío, de sorpresa y de satisfacción, de inquietud y de placer.

Sí, es él sin duda... En su mirada azul, luminosa, casi deslumbrante, reconozco la mirada del Vikingo.

Acuden tres camareros con servilletas y empiezan a secar a Venner, que ríe de las cosquillas.

—¡Gracias por el masaje! ¡Alsacia es mejor que Tailandia!

De nuevo me asalta una carcajada irreprimible, y Vidkun se contagia. Desencajados de la risa no logramos recuperar nuestra respiración ni ante la expresión estupefacta de los camareros y de la sala entera.

Algo le pasa a Clément; tiene el cuerpo plagado de manchas oscuras y huele a carne cruda. Se vuelve. La almohada se le pega a la espalda, que rezuma una sustancia viscosa; su piel se funde en las sábanas. Tiene el cuerpo en carne viva y veo blanquear los huesos.

—Abrázame, amor mío —dice estirando los brazos.

Pero no es su voz, es la de Venner. Me inclino y noto su aliento, acre, fétido, putrefacto, de muerto, que me revuelve el estómago. Pero ¿cómo rechazarlo?

—Anaïs, amor mío, tenemos tantas cosas que aprender el uno del otro...

La voz de Venner me hipnotiza. Me excita. Siento fuego entre los muslos. Le cojo el brazo a Clément y lo guío por debajo de mi camisón; es un muñón lo que me acaricia el vientre; tiene amputada la mano derecha.

—Perdona, amor mío —dice Clément en tono de disculpa—, me la han cortado...

Llena de rabia, me arrojo sobre Clément y lo beso, lo beso una y otra vez.

Nuestros cuerpos se enlazan. Me penetra. No sé quién me hace el amor: ¿Clément, Vidkun, el Vikingo?

De pronto se detiene por completo; palpo algo viscoso, que cede a la presión del contacto.

—¡Clément! —exclamo.

Pero no me contesta: es un cadáver, un cadáver que sigue sobre mí, dentro de mí.

Trato de quitármelo de encima, pero él se aferra a mi cuerpo como un vampiro.

Y cuando lo miro a la cara, veo un rostro cubierto de arrugas, de señales, de cicatrices; la cara de un torturado, la cara de... mi padre.

—¡¡¡No!!!

Despierto sobresaltada, miro alrededor: no hay nada. La tranquilidad de una habitación de hotel.

Febril, me levanto y voy al cuarto de baño. Me meto en la bañera sin pensar, corro la cortina, abro el grifo; el agua helada me devuelve a la realidad y veo que no me he quitado el camisón.

Poco importa. La ducha lava esas imágenes que ya no consigo identificar, pero que me han dejado una sensación sorda de horror.

Respiro profundamente; la impresión de pesadilla se desvanece. Congelada, salgo de la bañera, me despojo del camisón, que se me ha adherido al cuerpo, y me envuelvo en un gran albornoz blanco.

«Es el Tokay —me digo, saliendo del baño y yendo a poner a tope el calefactor—, o el hígado...»

Eso sí, hacía tiempo que no me reía tanto.

Aunque, ¿tan gracioso fue?

Mejor no analizarlo demasiado y concentrarme en el trabajo. Pero en el fondo, la visión de Struthof, las manos amputadas, los experimentos médicos... son carcajadas sarcásticas de fauno.

«¡Sería todo tan sencillo si no tuviéramos conciencia!», me digo arrimándome al calefactor, debajo de la ventana.

Apoyo mi frente en el cristal de la ventana, como lo hice en el coche; y recortada contra el firmamento diviso la catedral de Estrasburgo. El campanario acaba de dar las tres.

En la calle no se ve un alma; es una ciudad tranquila.

«De provincias...»

Y recuerdo la vida tediosa de mi juventud, los domingos en Issoudun; las caras vistas mil veces, día tras día, en las mismas calles quietas, sumergidas en una rutina mortal.

Pero Estrasburgo es una ciudad, una gran ciudad.

«¡Y muy bonita!»

Contemplo las fachadas, los tejados, los zaguanes...

Entonces veo pasar un bulto; sombrero, impermeable, calzado grueso. Camina por la acera y se detiene a mirar el hotel.

«¡Otro viejo!»

¿Estaré condenada a la tercera edad?

Este debe de tener ochenta años. Parece que me ha visto en la ventana; me mira un momento con curiosidad y luego sigue caminando.

«¿Y él, qué haría él hace sesenta años?»

Mejor sería evitar estos pensamientos de los que no saco más que un vértigo estéril; pero son más fuertes que yo.

«¿Conocería al doctor Hirt, el coleccionista de cráneos...? ¿Lo llevarían sus padres de excursión a la montaña, a Natzweiler, a merendar al bosque?»

Sacudo la cabeza para desechar estas preguntas, pero vuelven.

El anciano de la calle se ha parado otra vez.

«A lo mejor se encogían todos de hombros y decían: "Total, nada podemos hacer...", se servían un vaso de Riesling... y a otra cosa.»

El viejo me hace un saludo militar y se pierde en la noche.

Vuelvo al cuarto de baño y me tomo dos calmantes.

Zonas peatonales en un escenario de opereta, grandes almacenes C&A junto a iglesias barrocas, BMW que ceden el paso a ciclistas con corbata: ¡esto es Munich!

—¿Quiere comprar algo? ¿A qué hemos venido a este supermercado?

Venner lleva diez minutos mirando estantes.

—Aquí estaban las oficinas del Lebensborn, pero además fue aquí donde se mató Karsten Beer, el primero de nuestros suicidas... —Me lleva del brazo por el pasillo—. Seguro que queda algo, como una memoria de los lugares, de las cosas...

—Por la misma regla de tres Munich seguiría siendo nazi.

—¡Y tan nazi! —Venner se apoya en un expositor de discos compactos—. Munich es una ciudad burguesa y Hitler era un burgués, o mejor, un pequeñoburgués. Si hubieses visto fotos de su casa, tenía un gusto...

—Pero ¿no era rico?

—¿Rico, el hijo de un aduanero? Se hizo rico luego, incluso muy rico, gracias a dos cosas... Una: *Mein Kampf*, del que se vendieron millones de ejemplares; todo nazi que se preciara de serlo debía tener un ejemplar en su chimenea, junto a un retrato de Hitler y una bandera con la cruz gamada.

—¿Y la otra?

—Percibía derechos de autor por cada sello que se vendía con su efigie...

—¿Y qué fue de todo ese dinero?

—Ah, jovencita, es lo que se preguntan los cazadores de tesoros desde hace más de medio siglo... Pero nosotros buscamos otra cosa... Espera...

Me hace un gesto para que me quede donde estoy y se acerca a un dependiente, un anciano en bata roja.

—*Grüssgott* —le dice, y se enfrasca en una larga explicación en alemán.

No entiendo ni papa, pero sí veo cómo el dependiente se descompone y dice «*nein*» dando enérgicas cabezadas con los ojos desorbitados.

Venner saca con ademán tranquilo unos billetes.

El anciano se ríe y empieza a hablar, y conforme lo hace va tomando un billete, de diez, de veinte euros, hasta dejar a Venner con las manos vacías; entonces da media vuelta y desaparece.

—Cuando digo que estos bávaros son unos avarientos…

—¿Qué le ha dicho?

—No demasiado. Que conocía a Karsten Beer, nuestro suicida, pero no mucho, porque era poco hablador y trabajaba de noche. Al parecer no tenía familia, vivía solo en un apartamento aquí cerca y lo contrataron un mes antes de suicidarse, el famoso 20 de abril de 1995.

—Nada nuevo, de hecho.

—No, nada nuevo, la verdad…

Terminamos la jornada haciendo turismo. Vidkun aprovecha el buen tiempo para llevarme a los barrios más bonitos de la ciudad.

—Nazi o no, es una ciudad preciosa, ¿no te parece?

—Ya lo creo…

Paseando llegamos a la insoslayable Marienplatz, tomamos un zumo en el Jardín Inglés y hasta tenemos tiempo de visitar el templo de la elegancia bávara, la tienda Loden-Frei.

Donde confieso que me dejan más bien fría tantas prendas de piel, chaquetas de terciopelo y sombreros con plumas.

—Aquí me compro muchas chaquetas —dice Venner con tono afectuoso acariciando botones de cuerno y correas.

—Desentono un poco con esta camiseta y los vaqueros de cintura baja.

—Cuestión de estilo…

Me fijo en las clientas y pienso: «Estas sí que son monjas de paisano». ¿Conque eso les parezco a mis colegas cuando me ven con los viejos jerséis de cuello vuelto de Léa que a mí me vienen anchísimos?

Pasamos a la sección de mujeres; Venner me mira de hito en hito como un modisto, coge una chaqueta típicamente austríaca y me dice:

—Pruébatela.

—¿Quiere reírse de mí?

—Si quisiera lo notarías.

No sé muy bien cómo reaccionar, pero al fin cedo por no dar una escena. Me la pongo y el escandinavo se muestra complacidísimo. Y tiene razón: entallada, con un buen corte, de colores vivos, me está que ni pintada.

—¡Una auténtica bávara! —exclama Venner, encantado—. Te la regalo.

—Pero...

Se me acerca y me susurra al oído, como un conspirador:

—Hay que hacer honor a nuestra anfitriona de esta noche, ¡y así vestida estás hecha una Eva Braun!

—*Hallo Mausi!*

—¡Vidkun!

Los dos amigos corren a abrazarse.

La anciana parece muy emocionada; su pelo rubio teñido, peinado hacia atrás y recogido en un moño, sus ojillos, su nariz ganchuda, su boca severa, todo parece temblar de placer ante el reencuentro con su viejo amigo...

«¿Quién será esta?», me pregunto, cada vez más nerviosa. Fritz ha aparcado de repente delante de esta casa burguesa y Venner, como siempre, no ha querido decirme nada.

Vidkun y la vieja muniquesa se abrazan entrañablemente. Intercambian unas palabras en alemán; luego Venner se vuelve y prosigue en francés:

—Mausi, te presento a Anaïs Chouday. Investigamos juntos el asunto del que te he hablado... Anaïs, te presento a Helga Stock, una gran amiga mía.

Yo esbozo una sonrisa tímida.

—Señorrita... —dice la anciana con fuerte acento, inclinándose como lo haría un hombre.

—Hola, señora...

—Llámame Mausi.

Procuro poner buena cara, pero esa mujer es arisca como una bruja; desprende severidad, una especie de frío rigor, a pesar de su apariencia de ancianita venerable.

—¿No viene tu chófer? —dice al ver a Fritz aparcado en doble fila.

—Él duerme en casa de unos primos... Su familia es de aquí.

En ese mismo momento Fritz sube al coche, arranca y se aleja.

La anciana se queda mirando el vehículo con nostalgia y dice:

—¡Ah, los Mercedes...! —Y cuando sale de su ensoñación añade con familiaridad cordial—: ¡Pero entrad, entrad!

Es estúpido, pero al franquear la puerta un sudor frío me recorre la espalda.

Afortunadamente, el angosto interior me tranquiliza: ¡no se ve nada nazi! En cambio, abundan otro tipo de adornos: estatuillas, animales de cerámica, muñecas en vitrinas... «Bienvenida al museo de la miniatura», me digo.

Subimos por una escalera estrecha y chirriante; me dejo envolver por esta atmósfera claustral, llena de viejas fotos de familia —¡más chaquetas bávaras!—, cuadros de paisajes, muebles pulidos y repulidos, y olor a cerrado, ese olor sutil y mareante que en casa de un viejo parece ya olor de tumba.

Salimos a un pasillo al que dan dos puertas, una enfrente de la otra.

—Vuestras habitaciones...

Mausi abre una.

—Aquí, jovencita, dormía yo de niña...

—Gracias, señora —balbuceo infantilmente.

—Llámame Mausi...

Entro y dejo mi maleta en la cama; la habitación, como el resto de la casa, está llena de figurillas, ciervos de cristal de Murano, aves de corral en yeso coloreado. La estrecha cama, las mesillas de noche, el armario, las sillas, la mesa, todos los muebles son de la misma madera, y muy pequeños.

La vieja me observa.

—Cenamos dentro de media hora —dice con voz átona.

Y cierra la puerta brusca y fríamente.

—*Gut, gut…* —dice la anfitriona satisfecha, viéndome comer el pollo que ha cocinado.

Me muero de timidez, me siento como una intrusa en el reencuentro de estos dos viejos amigos. Y Venner no hace nada por ayudarme; se muestra esquivo, casi indiferente conmigo…

Para bajar a cenar, como una buena chica, me he puesto la chaqueta bávara. Al verme, Mausi y Vidkun se miraron con inteligencia y siguieron conversando. Yo me quedé sentada en un rincón, con una jarra de cerveza en la mano, a mí que la cerveza me da asco, sintiéndome sola y estúpida; así hasta que hemos pasado a la mesa, donde nos esperaba la especialidad de Mausi, su «famoso» pollo asado.

—La carne de pollo es muy sana —repite la anciana, en francés—, la mejor… Pero mejor háblame de lo que estás investigando, Vidkun…

La exposición se prolonga, pues el Vikingo empieza desde el principio: los cuatro suicidios, el Lebensborn, el silencio que envuelve el caso, el libro que preparamos para FLK…

Me sorprende el tacto, las infinitas precauciones con las que Vidkun se lo cuenta. ¿Acaso teme ofender o herir a Mausi?

Cuando Venner termina su discurso, la mujer está pálida, corta nerviosamente una pechuga de pollo y salpica toda la mesa.

—Y si querías escribir sobre el Tercer Reich, ¿por qué empezar por esos horribles suicidios? ¿No había otros puntos de partida?

Venner no se inmuta. Le cuenta lo del paquete postal. Cuando describe las manos amputadas, Mausi no solo escucha sin pestañear, sino que recupera los colores y pregunta, enarcando una ceja:

—¿Las has traído?

Vidkun se inclina, saca de debajo de su silla el maletín y lo abre sobre la mesa. A duras penas reprimo las náuseas.

—Buen trabajo… —murmura Mausi al ponerse las gafas justo antes de coger una.

«¡Están locos!», me digo. Y de pronto la anciana me parece otra: examina las manos con un interés profundo, concienzudo, casi profesional.

«¿Pero quién será esta mujer? ¿Una ex enfermera de los campos de concentración? ¿Una alumna del doctor Hirt?»

—Se han dicho muchas tonterías sobre el Lebensborn... —dice Mausi al cabo, en tono perentorio.

Dejo aparte lo absurdo de la escena y procuro atender a la conversación.

—Han hablado de investigaciones raciales, de manipulación genética... —prosigue—. Todo eso era entonces pura ciencia ficción.

—¿No será que no estabas enterada? —replica Venner en tono incisivo.

—¿Yo? —Se sonroja ofendida.

—Eras muy joven...

—Puede, pero estaba... en el centro de todo.

—¿Perdón? —digo yo, como si no hubiera oído bien.

—Yo era miembro de los BDM —dice, como si eso fuera un timbre de gloria, irguiéndose y sacando pecho—: ¡y una de las más jóvenes de Baviera!

—¿Los BDM?

La anciana parece renacer, se le sonrosa el rostro; ha perdido diez años.

—Los BDM eran el equivalente femenino de la Hitlerjugend. —Y declama, abstraída la mirada en sus recuerdos—: «Todas nosotras podemos vivir la rica experiencia espiritual de procrear con un hombre joven y sano, libremente y sin los impedimentos de la vieja institución matrimonial.»

Todo este galimatías no me dice nada, pero a Venner lo veo atentísimo.

—¿Qué es?

—Un dictado de entonces: «El matrimonio biológico». ¡Era tan hermoso!

«Maravilloso», me digo, y le echo mano temblando a la jarra del agua con gas.

Venner se cruza de brazos.

—¿Reconoces, pues, que los nazis querían crear una raza perfectamente pura?

—Pues claro —contesta ella, con desgana pero sonriendo.

—¿Y que —salto yo— los médicos de los Lebensborn apareaban a jóvenes arios para engendrar... hijos perfectos?

—«Rubios, altos, dolicocéfalos, de cara estrecha, de barbilla bien perfilada, de nariz fina y larga, de pelo claro y liso, de ojos claros y hundidos, de piel blanca y rosada» —declama de nuevo.

«¡Loca de atar!», me digo. Venner me ve la cara de desconcierto y esboza una sonrisa cómplice. Luego sacude la cabeza con aire de entendido y pregunta:

—Es la descripción del «germano perfecto» de Hans Günther, ¿a que sí?

Ella alza los ojos y le descubro una lágrima que asoma en la comisura.

—¡Qué tiempos, Dios mío! ¡Y qué gran sueño...!

¿Cómo se podrá añorar tanto el nazismo?

—En cuarenta años —prosigue Mausi, meciéndose en la silla—, Europa tendría que haberse poblado con ciento veinte millones de germanos. El Estado SS iba a extenderse por el antiguo condado de Borgoña, la Suiza francófona, Picardía, Champaña, el Franco-Condado, Henao y Luxemburgo, ¿os lo imagináis?

Las pupilas se le dilatan, y al mismo tiempo a mí se me hace un nudo en la garganta.

—Dispondría de ejército, moneda, leyes y correo propios —prosigue arrobada—; una nación en toda regla, compuesta enteramente de hombres, mujeres y niños SS. ¡Habría sido fabuloso! —Rozo el desmayo cuando, tras exhalar un hondo suspiro, añade derrotada, con tono infantil—: Y yo habría sido la princesa de ese reino...

Me atraviesa una estaca de hielo, gimoteo:

—¿Qué quiere decir?

Los dos ancianos me miran. Clavo los ojos en Vidkun y balbuceo, temblando de indignación:

—¿De qué va toda esta historia de princesas? ¿Por qué ella?

Helga se queda mirándome con una especie de asombro comprensivo.

—¿No se lo has dicho? —le pregunta a Venner.

—No me he atrevido…

Crece mi estupefacción.

—¿Qué me están ocultando?

La anfitriona coge una foto de la cómoda:

—Stock era el apellido de mi marido, pero mira…

Y de pronto me gustaría hallarme a mil kilómetros de este sórdido salón.

«¡Lejos de aquí, lejos de… esto!», me digo mientras miro la foto de la graciosa jovencita de lindas trenzas sentada en las rodillas de un miembro de las SS.

Casi se me cae de las manos.

¡Ese hombre, ese bigote, esos ojos miopes, casi mongoloides!…

Me ahogo; una vocecita me susurra por dentro:

«¡Guapa, has comido pollo en casa de la hija de Himmler!»

1987

—Al principio no te había reconocido, Ballaran —dice Jos recobrando el dominio de sí—. Me estoy haciendo viejo...

Se pasea por la estancia con un aire jovial, que a Chauvier se le antoja entre irónico y sinceramente nostálgico. Jos se acerca a la ventana y contempla, absorto en la lejanía, los montes, las crestas. Puede verse la catedral de Paulin.

—¿Recuerdas lo bonitos que eran estos parajes?

Chauvier se niega a caer en la trampa del recuerdo, aunque murmura con voz estrangulada:

—El paraíso...

Se hace un silencio.

—Pero cuénteme, señor Jode —Chauvier vuelve a la carga—, ¿cómo llegó a este paraíso?

Jos frunce el ceño y contesta con voz desganada:

—Lo sabe todo el mundo: a mí me enrolaron a la fuerza en el ejército alemán... Cuando regresé, entré en la Resistencia, como sabrás también, porque yo estaba en la partida de tu padre... —Hace una pausa—. Buen hombre, tu padre, ¿verdad? ¡Un héroe, víctima de la chusma nazi! —Y sin dejar de mirar a Chauvier suelta una gran risotada.

El poli asiente y se queda callado un instante mirando los motivos de la alfombra.

—Es usted fuerte —reconoce Chauvier—. Klaus Barbie ha sido menos hábil... Y no digamos Rudolf Hess... ¡Buena cosecha de tinto nazi la de este año!

Jos pasa por alto la provocación; se asoma de nuevo a la ventana y desliza la mano por el cristal.

—Siempre he sabido organizarme —murmura—, rodearme de la gente apropiada... A ti nunca te agradeceré bastante...

Chauvier se acerca también a la ventana y se coloca junto a él. Afuera ha refrescado. Sus alientos forman dos aureolas de vaho en el doble cristal.

—¿Qué buscas, Ballaran? —murmura el viejo diputado—. Sabes bien que has perdido... —Le pone la mano en el hombro—. Perdiste hace más de cuarenta años...

Chauvier se quita de encima la mano del alcalde como quien se sacude el polvo.

—Cuando entró en la Resistencia se decían muchas cosas de usted —retoma el policía.

—¿No me digas? —replica Jos mirándolo con condescendencia.

—Por ejemplo, que conocía bien la famosa división de las Waffen-SS que acampó varias semanas en los bosques del castillo de Mirabel a principios de 1944.

La sonrisa se le hiela en los labios; Jos aprieta los dientes.

—La misma división —prosigue Chauvier, impasible— que luego, camino del norte, arrasó Oradour-sur-Glane, causando cientos de muertes... —El alcalde tabalea nerviosamente en el cristal; Chauvier continúa—: *Das Reich* se llamaba, ¿no es eso? Y destruía todo a su paso, violaba a las mujeres, quemaba a los niños, decapitaba a los hombres... La división más sanguinaria, más atroz, más...

—¿A eso has venido, a hablarme de historia? ¿A marear a mi nieta con tu nostalgia impertinente?

El policía se tensa, pero así gana en dureza: sabe que Jos está tocado; sí, el granito se agrieta.

—¿Sospechas de mí, Ballaran? —prosigue el alcalde—. Pues yo aquí no veo más que un asesino...

Chauvier acusa el golpe, pero prosigue, cada vez más pálido:

—Y esos cuatro guías que acaban de dejar misteriosamente la región, ¿también eran de la *Das Reich*?

—Quieres ajustar viejas cuentas y por eso hurgas en la mierda, ¿verdad? Si Anne-Marie nos viera pelearnos por ella al cabo de medio siglo se reiría.

Chauvier siente impulsos de pegarle, pero se domina.

—Seguiremos hablando —dice el comisario, y maquinalmente se sube el cuello de la gabardina, pues una racha de viento acaba de azotar el cristal.

Se dirige hacia la puerta pero Jos le corta el paso.

—El pasado, pasado está, Ballaran; no desentierres lo que no debe desenterrarse. No sabes dónde te metes.

Chauvier lo despide hasta la mesa de un empujón y se queda mirándole. ¡Cuánto le gustaría romperle la crisma! Lo desea desde hace mucho tiempo.

Cuando sale por la puerta el otro suelta aún con regodeo:

—Tú eres quien mejor sabe que ya no hay nada que desenterrar en mi contra...

Linh está que rabia. No comprende por qué su jefe le oculta las cosas. Ahora circulan, como el día anterior, de Paulin a Toulouse. El paisaje sigue siendo muy hermoso.

El euroasiático aparenta indiferencia, pero la curiosidad lo devora. Chauvier se ha pasado una hora con Aurore en el parque, y luego otro buen rato de conferencia con Jos, que lo ha dejado exhausto.

—¿Así que se conocían ustedes? —acaba preguntando, mientras gira para tomar el tramo de autopista que lleva a la ronda este de Toulouse.

—Mis padres eran los administradores del castillo de Mirabel —contesta el anciano policía con un ademán evasivo—. Yo me crié aquí. Pero a Jos lo conocí luego, en la guerra; estábamos en la misma partida de partisanos...

—¿La partida que decía el sombrerero? ¿La que mandaba su padre, comisario?

Chauvier cierra un momento los párpados y asiente; luego

se queda mirando por la ventanilla, viendo pasar las señales.

—Mi padre nunca hizo política, pero tenía ese viejo fondo campesino que desconfía de todo lo de fuera... Por eso, cuando llegaron los alemanes, empezó a organizarse...

—¿Qué año era?

—A finales de 1940, o principios de 1941... —Chauvier se lo piensa y añade—: Alemanes siempre hubo muchos en la región, incluso antes de la guerra. Aunque yo era un crío y no hacía caso, recuerdo que el conde de Mazas, para el que trabajaban mis padres, solía invitar a unos cuantos a su casa; creo que estudiaban el pasado cátaro del castillo...

—¿Y qué hacían?

—Eran una especie de arqueólogos, y los había enviado el Tercer Reich para que inspeccionaran la zona.

Linh enarca las cejas, intrigado.

—¿Así conoció usted a Jos?

El comisario baja un poco el cristal; parece debatirse interiormente.

—No recuerdo en qué momento apareció Jos, nadie lo sabe, ya nadie lo sabe...

—De algún sitio vendría.

—Jos tiene su propia versión, muy bien tramada. Se llamaba Klaus Jode y se hacía pasar por uno de esos alsacianos enrolados a la fuerza en el ejército alemán. Luego entró en la Resistencia con el nombre afrancesado de Claude Jos. En aquella época todos se lo creyeron.

—¿Y fue un buen partisano? —pregunta Linh, tratando de imaginarse al viejo alcalde de maqui.

Chauvier se pone serio.

—De lo peor... Jos mató a mucha gente.

—En tiempos de guerra eso es normal, ¿no?

Chauvier resopla como un caballo agotado y luego dice excitándose:

—¿Normal? ¿Normal que después del armisticio irrumpiera en plena noche en casa de supuestos colaboradores con lanzallamas? ¿Normal que ellos, ardiendo, tuvieran que arrojarse al río y ahogarse? ¿Normal dejar que sus hombres violaran a las mujeres, a las jóvenes... a las criaturas? ¿Normal que metiera mano en los archivos municipales y sobornara para que lo nombraran alcalde, y enterrar así su pasado durante más de cuarenta años? ¿Normal que engañara a todo el mundo, empezando por su mujer?

Se interrumpe por falta de aliento. Linh se ha quedado estupefacto: Chauvier lo ha dicho casi gritando, está sudando a chorros y resopla sin poder calmarse.

—¿Y después no tuvo que rendir cuentas como colaboracionista?

—¡Ni pensarlo! En la época era moneda corriente. Quiero decir que había en todas partes. «¡Ay de los vencidos!», como dicen.

—Pero no toda Francia colaboró...

—No lo sé... —contesta el anciano policía fatalista, y recuerda—: Creo que solo en el cantón de Paulin hubo más de quinientas ejecuciones. Incluidos mujeres y niños —añade a media voz.

Linh se ha puesto pálido. No logra asociar la imagen del viejo político con la del carnicero sanguinario que le ha descrito su jefe.

Chauvier suelta una risilla.

—Tú eres joven, muchacho. Las cosas no son tan simples. Seguimos con la idea de que entonces unos eran los buenos y otros los malos.

—¡Vamos! —replica Linh con genio—, no me venga con lo de «yo que lo viví», «yo hice la guerra»... Cuando alguien se carga a quinientas personas para rehabilitar su pasado y hacer carrera política, alguna huella dejará, ¿o no?

—Demasiado tarde, muchacho —dice Chauvier en un tono extraño, de resignación mezclada con melancolía—. Ya no se le puede acusar de nada. Jos está más limpio que una patena. —Y luego añade, con voz sombría y resuelta—: Si queremos vengar a las víctimas, habrá que cogerlo por otro lado...

El euroasiático aparca trabajosamente en un hueco frente a la comisaría.

—De todas formas —dice—, miraré en los archivos militares de otras partes de la región, algo encontraré...

—Me extrañaría mucho... —contesta el comisario, con un tono de infinita tristeza.

—¿3.546 francos pagados a la empresa de autocares Pays Tarnais en concepto de trayectos de ida y vuelta Paulin-Montségur?

—Nada, eso no es nada.

—¿1.618 francos pagados a una tienda de Albi en concepto de zapatillas de deporte?

—Nada, tampoco...

—¿4.589 francos en material de trekking?

—Nada, nada, es perder el tiempo...

En el reducido despacho de Chauvier, en la comisaría de Toulouse, su ayudante y él llevan dos horas examinando las cuentas de La Ruta Cátara, el dossier confiscado al sombrerero.

—Todo parece normal —constata Linh, levantando la vista de las facturas; se quita las gruesas gafas, que no le gustan y rara vez se pone, y mira al comisario—. ¿Sabe, jefe? He hecho algunas averiguaciones sobre Jos...

—¿Y a que no has encontrado nada?

—Nada de nada —contesta Linh, asintiendo con la cabeza—. Es extrañísimo... No hay ni un solo documento que hable de Claude Jos anterior a 1947; así se explica que nadie sepa quién es ni de dónde viene...

Chauvier se apoya en la pared, cansado, y se queda pensativo.

—Un fantasma, no hay nada que hacer...

—¿Cómo puede estar tan seguro?

—Porque no creo en los fantasmas —contesta Chauvier, guiñando un ojo con misterio.

—No entiendo...

—¡Sigue leyendo! —le ordena, y le señala los papeles, escritos con letra de viejo escolar.

—1.456 francos en concepto de tiendas de campaña a Lonas Suquet, de Giroussens.

—Nada, nada...

El juego se prolonga otras dos horas. Al final Linh está mareado y ya no sabe lo que lee. Pero de pronto dice:

—Ah, esto es curioso: 8.756 francos pagados a Lufthansa por cinco vuelos de ida y vuelta París-Berlín.

—¿A ver eso? —dice Chauvier, despabilándose.

—Y hay más —prosigue Linh—: 12.465 francos a las Líneas Aéreas Escandinavas por cuatro vuelos de ida París-Oslo...

—¿De cuándo?

Linh se fija.

—Se pagó por adelantado, pero los vuelos se hicieron con dos meses de intervalo; a mediados de agosto el de Berlín y a mediados de octubre el de Oslo... ¡O sea, la semana pasada!

El comisario se cruza de brazos con muestras de profunda concentración.

—¿Y eso qué puede significar? —murmura.

—No lo sé, pero mire esto, también es extraño...

Chauvier se inclina y mira por encima del hombro de Linh.

—Después de las facturas de los vuelos, hay unas quince en que no figura el concepto, a cuenta de una empresa con sede en Narvik...

—¿En Noruega? —pregunta Chauvier, y le arrebata el papel.

—Eso creo...

Chauvier se acerca el documento a los ojos; tampoco él tiene muy buena vista. Echa mano de las gafas que suele llevar en el bolsillo de la chaqueta, pero como no las encuentra, devuelve la factura al ayudante.

—¿Cómo dices que se llama esa empresa?

—Halgadøm...

—¿Halgadøm?

El comisario se pone las manos en los riñones y se dobla hacia atrás para desentumecerse.

—No sé si será una pista —dice con un destello de esperanza—, pero algo es algo... y no contábamos con nada. ¿Qué relación puede haber entre un pequeño negocio de provincias y una empresa noruega? Llama a París y que te informen sobre esa Halgadøm con sede en Narvik.

Linh se alegra de ver tan animado a su jefe y tiende su brazo para coger el teléfono... cuando este rompe a sonar. El ayudante descuelga.

—¿Sí? —dice con tono animoso.

Enseguida pierde la sonrisa.

—Sí, señor... Se lo paso.

Le acerca el aparato a Chauvier.

—¿Sí? Ah, señor prefecto...

Se hace un silencio y el comisario se enciende.

—¡¿Cómo?! —exclama—. Sabe usted muy bien...

La voz del otro extremo de la línea se oye perentoria; Linh, que mira atento a su jefe, percibe un tono nasal aunque agresivo.

Chauvier se rinde.

—Bien... Entendido.

Y cuelga como si soltara la cuchilla de una guillotina.

Se hace un largo silencio.

—¿Qué? —balbuce Linh, asustado ante la expresión de su jefe.

El comisario no contesta; se deja caer en el sillón y dice con rabia:

—¡Ah, el cabrón! Es poderoso...

—¿Quién? —pregunta Linh, observando los esfuerzos que hace el comisario por no perder la calma. Pero el policía dice en tono tranquilo, casi neutro, aunque con ojos brillantes de rabia:

—El prefecto ha recibido una llamada del Ministerio del Interior... —Aprieta los puños con todas sus fuerzas—: ¡Lo han declarado un suicidio! Ese cabrón de Jos ha hecho archivar el caso...

2005

Heinrich Himmler: la mente más perversa del Tercer Reich. El hombre que soñaba con crear un Estado dentro del Estado nazi, como un principado independiente, en el que vivirían los hombres superiores, hombres sin sentimientos ni pasiones, seres más allá del bien y del mal, puros, inocentes, inconscientes y capaces por tanto de la más horrible crueldad y barbarie. Un falansterio de guardias jurados: el «Estado SS».

Y todo nació en el cerebro de ese hombre, ese hombre miope, de cara impasible y aspecto desesperadamente vulgar.

«Y encima su hija se le parece —me digo observando a Mausi—, los mismos ojos hundidos, los mismos párpados rasgados…»

¡La misma mirada de Himmler!

Una mirada que entonces empiezo a reconocer por todas partes: sobre las cómodas, el aparador, la mesa de servicio, la chimenea, las paredes, los armarios acristalados. ¡Este comedor de bávaro pequeñoburgués es todo un museo en su honor! Y son fotos de familia, de lo más corrientes: comidas, cenas navideñas; instantáneas de una vida, sustraídas al pasado. Fotos de algo que yo no he tenido nunca: una familia unida.

—Papá vivió siempre en esta casa —dice la anciana, y mira alrededor con orgullo, como el farero contempla su faro—. Me parece que incluso nació aquí…

Ya sé que han pasado sesenta años, que esta anciana es el último vástago de una familia extinta; pero no me tranquilizo.

Tengo los músculos agarrotados, como si se me hubieran

vuelto de madera. Pero los dos amigos no me hacen ningún caso. Venner ha venido por una sola razón.

—¿No crees que el suicidio de esos cuatro tipos pudo ser un homenaje a tu padre?

—Me parece evidente; papá murió en las mismas circunstancias, y exactamente el mismo día. —El labio inferior empieza a temblarle, como si reviviese la escena, segundo a segundo—. Antes de suicidarse nos escondió a mi madre y a mí... —se le quiebra la voz—. Y tres semanas después nos enteramos de su muerte...

Mausi tiende el vaso hacia Vidkun, que lo llena hasta el borde; se lo bebe de un trago y respira ruidosamente. Los ojos se le nublan, como perdidos.

—Durante varios meses nos trajeron y llevaron por toda Europa... —Le toma la mano a Vidkun y se la estrecha con fuerza—. Nadie nos quería, ¿te das cuenta? —Vidkun asiente, y ella se enfurece—: ¡De pronto papá tenía la culpa de todo! ¡Y las SS engañaron al Führer y pervirtieron el nazismo! Muy cómodo: era el chivo expiatorio; peor, era el diablo... y el diablo no tiene familia... porque en realidad no existe.

Estas lúcidas palabras aumentan mi malestar; ¡qué explosivo cóctel de puerilidad y clarividencia!

La vieja apoya la barbilla en las manos y prosigue, con rencor y resignación:

—La mujer y la hija de Himmler tampoco tendrían que haber existido. Deberíamos haber muerto, desaparecido, ¡zas!, como Magda Goebbels y sus seis hijos... —Da un golpe en la mesa—. ¡Pero estábamos vivas! ¡Y no queríamos morir!

Mausi da ahora vueltas al líquido en el vaso, y lo mira como esperando ver en él alguna verdad oculta.

—Lo de esos hombres, esos suicidas... Eso es un mensaje.

—¿Un mensaje? —dice Vidkun, que no pierde ripio—. ¿Un mensaje en clave, quieres decir?

Mausi asiente.

—Es un mensaje que me envía mi padre para decirme que no me ha olvidado y que me espera allá donde mora, en el Walhalla, como otros grandes guerreros. —Venner alza los ojos al cielo, pero la vieja continúa—: Sí, Vidkun; por fin papá ha encontrado el Grial, solo que en el más allá...

Venner me mira como rogándome que aguante otro poco, que tenga paciencia; que ya me lo explicará todo.

—¿El Grial, Mausi? ¡Eso son leyendas...!

La anciana se enciende, se yergue sobre su silla y fulmina a Venner con la mirada:

—Vidkun, ¡sabes muy bien que no! La Ahnenerbe existió; mi padre fue uno de los inspiradores y envió hombres, arqueólogos e investigadores tras las huellas de nuestros antepasados.

La anciana se inclina y me toma la mano. Mi sangre se hiela en ese mismo instante y me esfuerzo por no retirarla.

—¿Quieres ver más fotos de papá? Buscando el Grial con sus amigos, Mazas y Rahn.

—¿Otto Rahn? —interrumpe Vidkun al escuchar ese nombre—. Otto Rahn era un impostor, Mausi... Un personaje más o menos inventado. ¡Sus libros sobre catarismo y paganismo europeo son un montón de simplezas románticas!

—Puede —replica Mausi, en un tono extraño—, pero fue un excelente oficial de las SS, y papá tenía en gran estima sus libros, *Cruzada contra el Grial* y *La corte de Lucifer*... —La anciana se dispone a seguir, pero leo en sus ojos que se obliga a callar. No me ha soltado la mano. ¡Soy un espejo de su memoria, le recuerdo su juventud!—. Las fotos son muy bonitas, verás. Es ese álbum...

—Yo creo... —balbuceo afectando naturalidad— que voy a acostarme... —Me levanto y me retiro.

—Buenas noches, Anaïs...

Subiendo los primeros peldaños todavía oigo sus voces:

—Es joven.

—Ya aprenderá...

—¿Cómo conoció a esa mujer? ¿Cómo puede ser que sean «viejos amigos»?

Venner se cruza de brazos; sin duda se lo esperaba.

He estado dándole vueltas toda la noche, ¡habré dormido una hora! En cuanto apagaba la luz, las imágenes de Himmler regresaban a mi mente; y tan pronto como la encendía, todo lo que veía en el cuarto, cualquier simple objeto, me parecía lleno de un sentido oculto, agorero, como si estuviera en una casa maldita, poseída por el diablo.

Tenía la cena atravesada. Y esa mujer, con su cinismo y su neutralidad sazonada de odio y enternecimientos... Una vez más, volví a preguntarme si no sería mejor dejarlo, salir de esa casa siniestra y coger un tren o un avión y volver a mi verdadera vida, con mis verdaderos amigos; volver con Clément.

Clément... ¡cuánto lo he echado de menos esta noche! Cuánto hubiera querido que de pronto asomara por la puerta, con su carita de niño y su pelo revuelto, viniera a la cama y me susurrara que no pasaba nada, que no tuviera miedo, que él estaba conmigo.

Cuando me pudo el sueño eran las seis de la mañana, y una hora después nos levantamos...

Y ahora estoy en el asiento del Mercedes, que se aleja de esa casa muniquesa.

—¿Tiene más sorpresas como esta? ¿A quién toca ver esta noche? ¿Al hijo de Hitler?

El Vikingo hace un gesto de impaciencia pero mantiene la calma.

—Anaïs, si te hubiera dicho quién era, ¿habrías aceptado venir?

—¡Deje de tratarme como a una chiquilla! Ya está bien de evasivas; dígame cómo conoció a esa mujer... ¿Una «amiga de la infancia», tal vez? —digo con perfidia.

Vidkun no hace caso; en realidad es mucho más joven que la hija de Himmler.

—Los que estudiamos el Tercer Reich debemos conocer a gente como Mausi... Y yo la conozco hará casi veinticinco años...

—Si usted lo dice...

Cansada, apoyo la cabeza en el cristal. ¡Cómo se me cierran los ojos! Tengo la sensación de que hace un mes que no duermo.

Y luego la sedante visión de las casas, la gente, los semáforos, el «mundo normal»... Mientras que allí cerca, en una casa común y corriente, vive un alma inflamada a la que solo aplacará la muerte.

Venner va arrellanado en el asiento; se ha quitado los zapatos y tiene las piernas estiradas, como si tampoco él hubiera dormido bien.

—Los Himmler eran una familia de gente pequeña —murmura de pronto, dándoles vueltas a los pies—. He tenido que dormir hecho un ovillo...

Yo voy medio dormida y no digo nada. De pronto pasamos por encima de un bache y me doy con la cabeza en el cristal; lo justo para despabilarme.

Venner me contempla entonces con dulzura de orfebre.

—Los hijos de los nazis no tienen la culpa de los crímenes de sus padres...

—Pero ella parecía muy orgullosa de lo que hizo el suyo; orgullosa de... su «obra».

—Mausi era entonces una niña, no conocía en realidad a Himmler. Para ella, «papá» era un señor al que todo el mundo respetaba y que hablaba ante miles de soldados; un hombre al que veneraban como a un dios, casi más que al Führer... Y la hija de un dios no juzga a su padre, no puede. ¿Lo haces tú con tu padre?

La comparación es tanto más pérfida cuanto que me duele en el alma.

—¡Gracias por la comparación!

—Mausi es una anciana, algo histérica y medio ida, pero es una loca inofensiva. Lo que ha dicho habrá podido parecerte monstruoso, pero es que ella viene de una época escalofriante. No es tan fácil ser la heredera del diablo, la huérfana del mal. Desde el suicidio de su padre en 1945 vive en un mundo ficticio. Ya la has oído, ella y su madre recorrieron Europa debatiéndose entre la necesidad de esconderse y el orgullo de su nombre.

—¿Y por qué no las querían en ningún sitio?

—No es fácil de explicar; contra ellas no había ningún cargo concreto, pero Himmler, que había sido el hombre más temido de Alemania, era para entonces el más odiado. Los mismos campos de prisioneros no querían una carga tan pesada. Al final fueron acogidas en un campo inglés para mujeres construido en Cinecittà...

—¿Los estudios de cine de Roma?

—Sí. Con la liberación los estudios fueron requisados por los aliados para alojar tropas y prisioneros. ¿Te imaginas? Entre decorados de cartón piedra... ¡Parecía auténticamente la caída del Imperio romano! —Se echa a reír, luego prosigue—: Aunque también de allí fueron expulsadas, y acabaron siendo juzgadas en Nuremberg. Todas las esposas de jefes nazis fueron condenadas a prisión. En los juicios las metieron en celdas de aislamiento y les preguntaban una y otra vez las mismas cosas absurdas: «¿Cuántas veces visitó el campo de concentración de Auschwitz?», «¿Disparó contra seres humanos?», «¿Dónde ha escondido las joyas robadas de la emperatriz María Teresa?», «¿Fue amante de Hitler?», «¿Dónde está Eva Braun?»...

—¿Les preguntaban eso a los niños?

—No, a las madres. A los hijos los llevaron a otro sitio... Menos a Mausi, que era la más joven de las reclusas. —Mira un momento la carretera por la que salimos de Munich y sigue explicando—: Aunque no era una prisionera como las demás; ella podía pasear libremente por los pasillos de la prisión, siempre y cuando no hablara con los presos, que estaban en celdas cerradas con una puerta de plexiglás. Así ella veía a los viejos «amigos de papá»: Rudolf Hess, Ribbentrop, Göring, Hans Frank y los demás; les regalaba recortes de papel de plata de muñecos de nieve, con estrellitas de Navidad. ¡Mausi era la princesita del Reich!

Confieso que el cuadro me sorprende.

—¿Y nunca le explicaron...?

—¿Qué? ¿Que su padre era el responsable del mayor crimen cometido nunca contra la humanidad? ¿Que exterminó a millones de inocentes? Pues claro. Desde 1945 es lo único que ha oído. Pero por eso mismo, lo más fácil era replegarse en sí misma, y en lugar de condenar a su padre ha preferido hacer de él un héroe, un mártir...

Me repugna. Siento compasión por la chiquilla pero a la vez

estoy indignada con la anciana. Venner parece satisfecho con su exposición, como si creyera que me ha convencido. Y sigue exponiéndome la suerte de los hijos de los dignatarios nazis:

—Cada cual tiene su destino, su historia —dice concentrado—. El hijo de Martin Bormann, también llamado Martin, nació en 1930 y tuvo por padrino al mismísimo Hitler. Todos lo llamaban *Kronzie*, es decir, «príncipe heredero». Cuando su padre murió decidió reconocerlo todo, se convirtió al catolicismo y entró misionero en la orden del Sagrado Corazón...

—Al menos él se arrepintió...

—¡Pero el pobre muchacho no hizo nada! —contesta con una compasión que me horripila—. Otros fueron menos generosos: Wolf-Andreas, por ejemplo, el nieto de Rudolf Hess, tiene creada una página web consagrada a su abuelo; Klaus von Schirach, hijo de Baldur von Schirach, el maestro de la Hitlerjugend, es abogado en Munich... y sus estudios los sufragaron antiguos miembros de la Hitlerjugend; Edda Göring, la otra princesa del régimen, cuyo nacimiento, el 2 de junio de 1938, celebraron 628.000 telegramas, nunca ha renegado de su pasado familiar... —Venner se interrumpe—: Y está también Niklas Frank.

—¿Niklas Frank?

—Sí —contesta algo incómodo—, el hijo de Hans Frank, el *Gauleiter*, literalmente «jefe de zona» en Polonia... Le llamaban el «carnicero de Varsovia».

—¿Y?

—Niklas Frank vive en Hamburgo y trabaja en una revista de actualidad, *Stern*, el equivalente del semanario *Le Nouvel Observateur* en Francia.

Me acuerdo entonces de Léa, fiel lectora de la publicación francesa.

—No veo que sea para avergonzarse.

—No. Pero en los años ochenta publicó en esa revista una serie de artículos llenos de odio hacia su padre. Contaba cosas atroces, como que de pequeño su padre lo llevaba al gueto de Varsovia cuando iban «de caza»...

—¡Está bien, está bien!

—Siente un odio visceral hacia su padre...

—Natural...

—Hasta el punto que, según cuenta, todos los años, el 16 de octubre, día en que ejecutaron a su padre en Nuremberg, se masturbaba ante fotos suyas en el desván.

—¿¡En serio!?

Venner lo confirma:

—Eso dice. Los artículos causaron escándalo en Alemania, incluso entre los antinazis más enconados. Pero a mí eso me parece que era una especie de terapia... —concluye.

Se hace un silencio. Vidkun ha expuesto el caso y no sabe qué otra cosa decir; con cara de niño compungido que se castiga a sí mismo mira a otro sitio.

Fuera, el paisaje es soberbio. Veo campos de fines de verano entre montañas; pueblecitos, casas de vigas a la vista, campanarios abovedados, flores de vivos colores.

Me vence una oleada de sueño y me quedo dormida.

Pese a la algarabía de los turistas el panorama me asombra. Es como si solo existiéramos la naturaleza y yo; como el amanecer de los tiempos. Me acerco al muro muy despacio, como si temiera caer al vacío.

—Adelante, no tengas miedo... —me susurra al oído Vidkun, risueño.

Cimas que se suceden hasta el infinito, laderas escarpadas, precipicios que caen a pico sobre un lago que yace como un lagarto al sol, encajado entre laderas de un verde pardo, y aire...

«¡Aire, por fin!», me digo hinchiendo los pulmones todo lo que puedo. Apoyo las manos en el muro y me estiro. Parece que se me limpia el alma en medio de esta naturaleza pura, que todo lo arrastra este alud de vida.

—Estamos casi a dos mil metros de altitud —explica Venner sentándose en el muro—. El Obsersalzberg es una de las montañas más altas de la región.

Quisiera no saber nada del lugar, guardar solo su imagen virgen, pura como el aire...

¡Pero no!

—El Nido del Águila es todo lo que queda de un inmenso complejo de edificios que construyó Hitler a lo largo de quince años; muchos de ellos fueron destruidos en 1945. Lo único que se conserva es esto, el Kehlstein; aquí Hitler venía muy poco, prefería su tranquila villa Berghof, que está más abajo. Y además detestaba la nieve...

Vidkun señala unas casas en el valle; yo, como una buena alumna, escucho atentamente.

—Aquella es la villa de los Goebbels, y esa de ahí, la de los Göring; la de más allá, la de los Bormann... y esa de en medio es la villa Berghof, el cuartel general del Führer. Eso de ahí —y señala un gran edificio— es el hotel Intercontinental de Berchtesgaden; lo abrieron el año pasado y se armó un buen escándalo... Algunos pensaban que era... «desacralizar» un lugar histórico. —Vidkun dice esto último con cierto tono despectivo, como si fuera un dato que preferiría no dar.

Vuelvo a preguntarme hasta dónde llega su cinismo y dónde empieza su sinceridad, su realidad íntima. ¿Tiene Vidkun Venner convicciones de algún tipo, sentido moral? ¡Porque la curiosidad histórica y el gusto por lo truculento no lo excusan todo!

—¿Y usted? ¿Qué piensa usted de lo del hotel?

Venner parece violentarse de pronto; retuerce las manos y se pone a rascar el muro.

—Pienso que hay lugares que mejor no tocar. No por lo que representan, sino por lo que son; por lo que encarnan...

No termino de comprender, pero percibo que no es ninguna evasiva, que lo dice con franqueza, un tanto tímido.

—No lo entiendo.

Venner suspira y se asoma al precipicio, como si lo atrajera el vacío.

—Este lugar es único en el mundo; aquí «sopla el espíritu», como dice tu compatriota Maurice Barrès. Es uno de esos lugares inmunes a cualquier blasfemia...

Señala a la gente que hay sentada a las mesas, comiendo y bebiendo cerveza fría.

—Los nazis no estropearon esto más que ese hotel de lujo o estos turistas. —Se lo piensa y añade—: Digamos que los nazis lo pervirtieron... que no es lo mismo.

El razonamiento me parece preocupantemente tendencioso.

—¿Me está diciendo que prefiere a los nazis antes que a los turistas? ¿Porque al menos los nazis sabían comportarse?

Venner sonríe; mis arrebatos y salidas lo encandilan, se enternece como el viejo ciervo ante el cervatillo.

—¡Me encantan tus prontos, Anaïs! Lo que digo es que los nazis tenían una concepción más aristocrática y mística de la montaña. Por algo enviaron misiones al Tíbet o al Cáucaso. La montaña era para ellos una especie de lugar sagrado, algo que seguro no captan todos estos turistas que vienen en autocar...

Mira a la gente y suelta, asqueado:

—Míralos...

Lo hago, a mi pesar, y no puedo menos que confesarme que tiene razón; hay japoneses, holandeses, ingleses, españoles, italianos, franceses... alborotando, haciendo fotos, riéndose.

—Embutidos, patés, sándwiches, refrescos, huevos duros, atún en conserva, *Boulettes mit Pommes Frites*... ¡El Nido del Águila del Führer convertido en un bar! Ironías de la historia, ¿no te parece, Anaïs?

No, no me convence esa lógica; pero oportunamente se presenta Fritz y nos distrae; nos trae cerveza en una bandeja de plástico.

—*Fräulein Anaïs?*

Está visto que aquí todos creen que me gusta la cerveza, ¡si me muero por un vaso de leche...!

Sediento, Vidkun vacía su jarra tan deprisa que tengo la impresión de que se va a ahogar.

—Ahhh... —dice dejando la jarra en el muro.

Me mira y da un sonoro suspiro de trol, se vuelve hacia las montañas, abre la boca...

Y suelta un eructo apocalíptico.

¡Me quedo helada y muda! No pensaba que una garganta humana pudiera producir tal estruendo; el eco resuena aún un momento.

Todo el mundo se ha callado.

La gente empieza luego a cuchichear y bajan los ojos como con vergüenza; unos japoneses parecen horrorizados.

Y yo no sé dónde esconderme. ¡Entre sus lecciones de historia nazi y sus eructos de borracho, menudo viaje!

—¿Ves lo agradable que es aquí el silencio? —susurra Venner limpiándose la boca—. Basta un simple cañonazo...

Por un momento quedamos envueltos en un silencio de ensueño, paradisíaco. Al poco las voces recomienzan, se elevan, hacen eco... inevitable.

—*Gesundheit!* —grita un alemán desde la otra punta de la plataforma, riendo y alzando la jarra.

Vidkun le hace una inclinación extremadamente cortés.

—Aquí termina el sueño... —suspira Venner, y explaya la mirada en el paisaje wagneriano.

Se acerca entonces un vigilante anciano, con gorra y más seco que una pasa, y Vidkun me coge del brazo.

—¡A trabajar!

Venner lo aborda y le explica gesticulando lo que buscamos; el vigilante murmura algo, se inclina y regresa a su puesto, donde vende postales.

—¿Qué dice?

—No ha habido suerte...

—¿Nada nuevo, entonces?

—Como en Munich; hace diez años contrataron a un tipo, también guardés del Kehlstein, pero nadie sabía quién era, no hablaba con nadie. —Se lo piensa y dice, frunciendo el ceño—: Aunque es extraño... Werner Mimil no tenía problemas de salud, pero dice que el día que se suicidó vino con el brazo en cabestrillo.

—No lo entiendo...

Venner escruta de nuevo el paisaje, como si buscara allí una explicación.

—¿No sería que se amputó voluntariamente?

El sol ha desaparecido. Se lo tragó la montaña, y las crestas se recortan ahora sobre un horizonte rosa y púrpura. En la oscuridad creciente empieza a asomar una luna tímida, cuyo pálido halo anuncia una noche luminosa.

Estamos sentados a una mesa y contemplo el ocaso con la barbilla apoyada en las manos. De pronto un aleteo nos pasa rozando y yo agacho la cabeza instintivamente.

—Un murciélago… —murmura Venner.

—¿A esta altura?

—Una noche ideal para los vampiros, ¿no? —Señala la luna llena.

Me sumerjo una última vez en la contemplación del horizonte, cuyo violeta va tiñéndose de negro.

Fritz, que ha estado todo el tiempo ahí, algo apartado, enciende una vela, la pone en la mesa y se retira.

—Este hombre tiene cada detalle… —dice Venner con afecto.

En esta calma Vidkun me parece muy relajado.

Cuando empezaron a irse los turistas habló un momento con el vigilante de las postales. «Nos permite quedarnos hasta que se vaya el último vigilante.»

¡Y aquí seguimos, presenciando el crepúsculo de los dioses!

Una racha de viento vuela las servilletas de la mesa y veo cómo la mía se desvanece en la noche. Venner se levanta, se quita la chaqueta y me la echa por los hombros. Hipnotizada por la llama de la vela, no digo nada.

Respiro profundamente, hinchando mucho los pulmones.

Tampoco Venner habla y nos quedamos un buen rato en silencio, como dos perros de porcelana puestos uno junto al otro a contemplar la noche. Su rostro flota por encima de la claridad de las velas, con una radiación extraña.

Está completamente inmóvil. Su cara va reflejando una luz cada vez más rojiza, como la luna…

«Una luna de sangre…», habría dicho mi padre.

¡Qué lejos estoy de mi vida de antes! ¡Qué lejos del mundo!

Aquí, en este preciso momento, sumergida en la gran noche de las montañas, me embarga la extraña sensación de estar flotando.

Me siento como si estuviera en un velero rumbo a un continente desconocido, donde no existen el tiempo ni las leyes de los hombres. En un barco vikingo que ha partido en busca de un Nuevo Mundo.

Y, mientras mi mirada se posa en Venner, una sola imagen danza ante mis ojos: la del Vikingo...

Venner se sobresalta.

Se echa hacia atrás, donde no llega la claridad de las velas y solo lo veo como un bulto; oigo que la silla cruje.

—¿Cómo has dicho? —pregunta en tono glacial.

Me sobrecojo: ¡lo he pensado en voz alta!

Venner recupera su terrible acritud de otras veces; se acabó la dulzura.

—Vaya, veo que la señorita no ha perdido el tiempo... Pero es lógico, una periodista —dice más comprensivo—, por eso te han contratado...

Procuro no temblar y olvido lo que tengo contra él, pero no encuentro palabras para excusarme. Pero él me tiende un cable.

—¿Cómo es posible que te hayas enterado?

Me pongo roja y se lo explico: la noche antes de partir, la tele, la película. Aunque evito mencionar a Clément.

Venner va cambiando lentamente de expresión.

—¿Así que el Vikingo no ha sido completamente relegado al olvido? ¿Y te gustó la película?

¡Ahora la apurada soy yo!

—Dime la verdad, ¿te parecí muy malo?

Acurrucada en mi silla, me siento demasiado violenta como para tener las menores ganas de reír.

—Bueno... tratándose de lo que se trataba... no lo hacía usted mal...

—¿De verdad lo crees?

—Sí...

—En ese caso, Anaïs —dice Venner, abstraído en sus recuerdos—, te debo una explicación... —Y como si repitiera algo que hubiera pensado muchas veces sin hallar ocasión o sin tener el valor de decirlo, me cuenta—: Cuando salí de Noruega, a mediados de los sesenta, triunfaba la Nouvelle Vague. Incluso en Oslo había oído hablar de Truffaut, Godard, Rohmer, Rivette, Resnais, Chabrol, Varda y demás...

«¿Y eso a qué viene?», me pregunto.

Pero él no habla más que para sí mismo:

—En Bergen, la ciudad en que nací, hice mucho teatro y estudié idiomas. Pensé en probar fortuna, y dudé entre Hollywood y París; al final elegí irme a Francia, porque todo lo que sucedía allí, la cinemateca de Langlois, los *Cahiers du Cinéma*, me parecía claramente más... vanguardista.

¡Para caerse de espaldas! Vidkun Venner, coleccionista de arte nazi, turiferario del Führer, amigo de la hija de Himmler... ¡un discípulo de la Nouvelle Vague!

—Claro que no fue tan fácil; había pocos papeles y éramos muchos. —Abre los brazos en actitud de impotencia—. Así que hice de figurante, bastante; a veces me tocaba decir una frase o dos, poco más. Un extra, para que nos entendamos. Godard me dijo un día, serio, con esa voz siseante que tiene: «Tú, chaval, tienes cara de nazi. Aprovéchalo». —Venner me mira de pronto—. Y eso hice. Entonces se rodaban muchas películas sobre la ocupación, la guerra, los alemanes... Y con mi bella pinta de germánico y mi don de lenguas, no me faltó trabajo... —Hace con las manos como si filmara—: *La ligne de démarcation* de Chabrol, *¿Arde París?* de Réne Clement, *El día más largo*, *El tren* y hasta *La Grande Vadrouille*...

Lo que me cuenta me parece espantoso y apenas puedo contener los respingos. Pero por su expresión comprendo que es verdad.

—¡Como lo oyes! —dice—. Siempre hacía de soldado o de SS.

¿Qué decir sin herirle? Mejor me callo...

—Luego todo cambió... —dice con resignación. Se echa atrás de nuevo y da unas pataditas en el suelo—. Llegaron otros, más jóvenes y más guapos, y las películas de nazis dejaron de funcionar... Y yo necesitaba dinero.

—¿Dinero? ¿Usted?

Duda un momento y confiesa bajando la voz, pero sin vergüenza:

—Hice cine porno durante unos tres años, muchas películas...

Recuerdo el cálculo de Clément: ¡561 polvos!

—Yo estaba en forma —prosigue no sin orgullo—, y me pagaban bastante menos que en las películas de Chabrol. Lo dejé en 1977, cuando heredé de mis padres... Esto me permitió romper con mi «vida de actor»... o casi.

—¿Casi?

Me echa una mirada ambigua.

—¿Recuerdas lo que me dijo Godard, lo de aprovecharme?

—Sí.

—Pues eso hice, seguir aprovechándome... por dentro.

Venner se levanta y se apoya en la mesa, de cara a la noche. Las montañas son azul marino bajo el cielo estrellado. Se oye en el valle el ladrido de un perro. Un punto rojo aparece en la oscuridad. Un olor a humo. Venner acaba de encender un puro.

Debo reconocer que su figura me intimida, tan grande, en medio de la oscuridad.

—Con la herencia pude entregarme definitivamente a mi gran pasión: los nazis. Y como tenía medios, hice de esta pasión casi un estilo de vida...

Aunque sé que me estoy metiendo en terreno peligroso, pregunto:

—¿Y no se ha casado?

Gesto como de seductor hastiado.

—He estado con más mujeres de las que podría imaginar la mayoría de los donjuanes. He tenido bastante...

—Demasiado simple como explicación, ¿no le parece?

Recupera su seriedad de cirujano.

—Anaïs, nadie te pide que me juzgues —dice con una frialdad que hiela—. ¿Te pregunto yo por qué pareces tan triste y sola? ¿Te pregunto por qué no tienes novio? ¿Por tus padres? ¿O es que tampoco tienes?

En un segundo todo se derrumba. Mis piernas vacilan. Mi

coraza se resquebraja, pues el Vikingo acaba de encontrarle la brecha que va directa al corazón. Le centellean los ojos, aunque se da cuenta de que se ha dejado llevar.

—Perdona... —dice secamente, poniéndome la mano en el hombro—, pero no suelo hablar de mí... con nadie.

Yo retiro el hombro con un gemido animal, como si su mano me quemara.

¿Y ahora qué hago? ¿Me finjo ofendida o me sincero y le hablo de mis tristes secretos de familia?

—Perdí a mi madre... a los pocos días de nacer. —Venner me escucha grave; debe de haber comprendido que mi pasado familiar tiene poco de alegre—. El parto le produjo una hemorragia y murió.

«Confesión por confesión», me digo con amargura.

—No sé nada de ella —prosigo—. Solo la conozco por una fotografía que tenemos en la chimenea del salón de la casa de Issoudun, ante la cual tenía que recitar una plegaría todas las noches, junto a mi padre, de rodillas.

Se me hace un nudo en la garganta. Las pocas veces que lo he contado, a Léa, a Clément, me ha afectado muchísimo. Pero hay que hacerlo... y hasta el final. Me armo de valor e intento respirar un poco; Vidkun es todo oídos.

—Mi padre me tuvo toda la infancia encerrada en nuestra casa de Issoudun, y no me dejaba salir sola. Los domingos íbamos al cementerio y nos estábamos dos horas ante la tumba de mamá. Si me negaba, perdía el derecho a salir de casa. Mi padre me decía que el mundo estaba lleno de «peligros, males y vicios». —Lo digo rebosando de odio—. No fui a la escuela; y al instituto, solo para los últimos cursos. Papá era mi maestro... El día que cumplí dieciocho años, en pleno verano, poco después de acabar el instituto con buena nota, me escapé.

—¿Te escapaste?

—En mitad de la noche. Como todos los días, papá se había dormido frente al televisor, y yo salí por la ventana del salón, que había quedado abierta.

Vidkun está prendido a mis palabras. Aparece otro murciélago que, deslumbrado por la vela, nos sobrevuela un momento y se pierde en las alturas. Venner está mudo. Los dos respiramos la noche buscando una línea de fuga.

—Y... de tu madre... ¿nunca has querido saber más?

Retuerzo las manos como si con ello sofocara mi mala conciencia.

—Una vez en París, llamé al registro civil... Pero no había ninguna Judith Chouday, casada con el coronel retirado Marcel Chouday, madre de Anaïs Chouday; como si...

—¿Como si...?

—Como si no hubiera existido nunca.

Mis mejillas están ardiendo. Sin duda, Venner no se da cuenta, pero lo que le digo me destroza. Es una región de mi pasado en la que nunca me aventuro, por miedo a quedar atrapada. Y aún no lo he dicho todo, queda una cosa, cierto detalle...

¿Puedo decírselo a Venner? ¿Y a quién si no, debería confesárselo?

Un rumor de pasos me sacude del estupor. Es Fritz, que se nos acerca con sigilo.

—*Meinherr, Fräulein,* el último ascensor...

Venner y yo nos levantamos, como dos sonámbulos.

La luna brilla en mitad del firmamento. Miro una vez más el valle: el lago reluce como un mar de leche.

Fritz sopla la vela.

Echamos a caminar hacia el ascensor.

¿Qué hago? Ahora o nunca. Me acerco a Vidkun y le digo a media voz:

—Lo único que sé de mi madre es el mote que le pusieron en Issoudun cuando llegó con mi padre.

—¿Qué mote?

—«La meteca»...

—¿Por qué?

—Porque era judía...

1987

—¿De verdad cree que la cosa se acaba aquí, señor Jos?

Tras la llamada del ministerio, Chauvier ha dejado a Linh solo y ha cogido el coche. Nunca ha ido a tanta velocidad. Como si estuvieran en juego su vida, su razón.

«¡Suicidio, Dios mío! ¡Suicidio!»

Nada más llegar al ayuntamiento de Paulin, ha irrumpido en el despacho de Jos sin hacerse anunciar. En él está ahora, sofocado, sin peinar, con manchas de café en los pantalones; parece un viejo perro de caza al que le bailan los colmillos y que ya no puede más que ladrar.

Vestido como un caballero rural, con su chaqueta de pana y sus botas de buen cuero, en medio del espacioso despacho blanco —no como el del castillo—, Jos conserva la calma. Descuelga el teléfono y susurra en tono de hastío:

—Françoise, sé tan amable de no molestarme durante un cuarto de hora...

Y alza despacio hacia Chauvier unos ojos cáusticos.

—Pues claro que el caso se acaba aquí. Todo, de hecho, se acaba aquí, mi querido amigo —dice en voz baja; mira si la puerta está bien cerrada y añade, bajando aún más la voz—: Porque, aparte de ti, ¿quién sabe nada de Klaus Jode?

Jos se apoya en el respaldo y hace rodar la butaca hasta la pared.

—Yo mismo lo he olvidado... —declara fingiendo inocencia.

Chauvier rodea la mesa, se acerca al alcalde y coge la butaca por el respaldo. Jos intenta levantarse, pero el comisario lo arrastra, como si lo llevara en silla de ruedas, hasta la ventana.

—No queda nada que pruebe la existencia de ese hombre... —dice el alcalde, impasible.

Se quedan contemplando la vista por la ventana. A lo lejos, en lo alto de la colina, dominando el bosque cátaro, se divisan las torres del castillo de Mirabel.

—Era tu última muestra de amor a Anne-Marie, ¿verdad? —dice Jos, con voz queda pero en un tono casi obsceno.

Chauvier clava los dedos en el respaldo.

Jos no se vuelve. Sigue contemplando su pueblo y piensa en la perfecta tranquilidad de su larga vida en provincias, que ahora Chauvier quiere perturbar.

—¿No podías negarle nada, verdad?

—¡Cállate! —replica Chauvier.

Jos tuerce el gesto; en ese tuteo ha reconocido por primera vez la voz del joven Gilles Ballaran.

—Ah, sí, los recuerdos escuecen... roen, devoran... ¿Quieres que hablemos de tu padre?

El policía se va hacia la otra punta del despacho; la cabeza le da vueltas, se apoya en la pared.

El alcalde se vuelve haciendo rotar pausadamente la butaca.

—No es fácil enfrentarse a la memoria, ¿eh? Por eso yo ya no tengo. ¡Zas, borrada! Y gracias a ti, nunca te lo agradeceré bastante...

—¡Silencio! —ruge Chauvier.

Los ojos del alcalde brillan con frialdad de hielo.

—¿Recuerdas nuestra boda en el patio del castillo? Al menos habrás visto fotos, ¿no? El 18 de agosto de 1945... —El policía no contesta. Jos habla en realidad para sí mismo, en tono soñador, levemente nostálgico—. ¡Qué hermosa era, qué hermosa...!

El policía sigue sin reaccionar.

—Vosotros os visteis por última vez la víspera de la boda, ¿verdad? Anne-Marie nunca quiso contármelo... Era el único secreto que tenía conmigo y nunca lo traicionó. Te pidió que hicieras algo por mí, ¿verdad?

Chauvier parece de piedra.

—En fin, fui yo quien quiso concederos una última noche —dice Jos—. La mañana de la boda partías para Berlín con las tropas aliadas...

Extraña y risueña nostalgia.

—Yo echo raíces, tú huyes... Yo me vuelvo francés, tú te exilias en Alemania... ¡Ironías del destino!

Chauvier está paralizado; quisiera decir algo, pero del vacío que es su vida, plagada de fracasos e ilusiones perdidas, nada sale. Y sin embargo sabe que debe sobreponerse, lleva medio siglo esperando ese momento, quizá el más importante de su vida; y como brotadas de lo más profundo de sus entrañas, murmura unas palabras.

—¿Cómo dices? —pregunta Jos, que no ha oído bien pero se siente de pronto menos seguro.

—¿Qué es Halgadøm?

Jos parece cogido por sorpresa. Le tiemblan los labios, mueve las manos.

—No lo sé... —contesta aparentando calma, aunque sin convicción—. ¿Por qué lo preguntas?

—Es una empresa noruega, ¿verdad?

—Ni idea —responde el alcalde, y para ocultar su turbación se vuelve hacia la ventana.

—¿Y los cuatro vuelos París-Oslo del mes pasado, pocos días después del asesinato?

—No sé de qué hablas.

—¿Eran para tus guías, verdad? Cometieron el asesinato y han ido a esconderse a Noruega.

Jos se vuelve lentamente; ya no tiene el aire frívolo y jocoso de antes.

—Escucha, Ballaran, o Chauvier, como quieras... El caso ha sido archivado, entérate... —Se le acerca y le repite silabeando—: ¡Ar-chi-va-do! ¡Exhumar lo mío sería... exhumar lo tuyo!

Chauvier guarda silencio.

—Si sacas a relucir toda esa mierda —sigue diciendo Jos—, ¡despídete, estás perdido! A pocos meses de la jubilación, sería una estupidez.

Chauvier sigue callado. Mira con tristeza al viejo político y sale del despacho lentamente.

Ya en la calle se vuelve y ve a Jos en la ventana, observándolo como una gárgola. Le hace una reverencia de viejo cabo y el otro le contesta con una mueca.

Observa al viejo comisario subir al Renault 5.

También Chauvier procura no perder la calma.

Arranca, baja el cristal y, antes de abandonar la plaza, saluda con la mano al alcalde.

Por el retrovisor cree ver en Jos una cólera fría, y también una sombra de pavor.

Entonces, Chauvier acelera, acelera.

Al salir de Paulin tiene los nervios crispados.

Pronto empieza a temblarle todo el cuerpo.

Finalmente, se detiene en el arcén y rompe a llorar sobre el volante.

«Los jóvenes...»

Chauvier no sabe ya cuándo empezó a utilizar esa expresión. Desde cuándo.

Tranquilos o exaltados, taciturnos o despreocupados, todos mal vestidos, los estudiantes van saliendo de la universidad.

«¡Qué jóvenes son...!»

Alrededor de la facultad se ven los primeros carteles de las elecciones presidenciales del próximo mayo: Juquin, Lajoinie... y Jean-Marie Le Pen.

«Seguro que Jos conoce a ese.»

En septiembre, sus declaraciones en RTL diciendo que lo de las cámaras de gas era «un simple detalle en la historia de la Segunda Guerra Mundial», promovió un escándalo en toda Francia. Pero él, Chauvier, no se mete en política; cuando era soldado aprendió que un militar obedece y actúa, pero no juzga.

«Y ellos, ¿qué pensarán ellos? ¿Qué opiniones tendrán?», se pregunta. Está apoyado de espaldas en el escaparate del bar de enfrente, viendo cómo la facultad regurgita a sus alumnos. Busca a Aurore, pero no la ve.

«Tampoco tengo prisa», se dice mirando al cielo que amenaza lluvia.

Estalla la tormenta. Los estudiantes ríen, protegen los cuadernos, se arriman unos a otros.

«¿Qué habría sido de mi vida si hubiera estudiado?»

Y empieza a intranquilizarse: «De nada sirve preguntarse qué habría pasado; a lo hecho pecho...».

Pero ve a esos jóvenes, que tienen toda la vida por delante, y no puede menos que pensar en la suya.

«No he tenido muchas oportunidades —se dice como para justificarse ante sí mismo—. Estábamos en guerra y me hice soldado, de algún modo aún lo soy... ¡Entonces no había más remedio!»

La lluvia arrecia, todos corren a guarecerse en coches, tiendas, portales, toldos. Abismado en sus recuerdos, él sigue inmóvil.

«¿No había más remedio? Para algunos quizá no, pero ¡para ti sí, comisario!»

¿No había apartado el conde de Mazas una buena suma para sufragarle los estudios? ¿No recibió él mismo del nuevo gobierno, al término de la guerra, una prima por la muerte «heroica» de su padre y por sus propios méritos de guerra? También él podría haber ido a la universidad, ser alguien, alguien distinto. Pero no: lo rechazó todo, en bloque; no podía quedar nada, había que borrarlo todo. Demasiada humillación, demasiada sangre, demasiada mentira. Aceptar aquel dinero, aquel destino, habría sido aceptar lo ocurrido.

Y eso Gilles Ballaran no estaba dispuesto a hacerlo.

Todo por culpa de Anne-Marie. ¿Qué hizo de él, en qué convirtió al «pequeño Gilles»? ¡En un desgraciado! ¡En un vendido! ¡En un cobarde! ¡En un traidor! Traidor a la patria, a sus sueños de infancia, a sus padres...

No le quedó más recurso que irse, lejos, muy lejos, y cambiar de nombre, de vida, de destino; sería soldado, y luego policía, y luego nada...

«¡Una vida de mierda!»

De pronto repara en unas estudiantes que, resguardadas bajo un paraguas a unos metros de distancia, se han vuelto a mirarlo: ha hablado en voz alta. Ellas se ríen por lo bajo de ese pobre viejo con su gabardina arrugada.

—Se parece a Colombo... —oye que dicen.

«No lo sabes tú bien, jovencita», piensa Chauvier, y se vuelve del otro lado; descubre entonces su reflejo en el escaparate de una tienda de ropa: sin afeitar, demacrado, con el pelo sucio y ojeras... ¡Mala facha, comisario!

Una de las estudiantes se separa del grupo.

—¡Vaya, comisario, buenos días!

Chauvier se sobresalta; la lluvia parece suspendida. ¡Aurore!

—No lo había reconocido —dice esta en un tono entre inquisitivo y burlón—. Yo creía que había terminado con sus investigaciones. Mi abuelo me ha dicho que el caso ha sido archivado...

—En realidad quería hablar contigo...

—¿Conmigo? —Aurore parece recelosa.

Se acerca y repara en que el anciano comisario lleva la gabardina calada.

—Protéjase al menos de la lluvia. —Abre un viejo paraguas—. No será la tormenta del mes pasado en Bretaña, pero así sin nada se va usted a morir.

«Quizá sería lo mejor, que me aplastara un árbol, como a esos bretones y a esos normandos... ¡Sería lo justo!», piensa él, y se cobija bajo el paraguas junto a Aurore Jos; reconoce entonces el mango metálico, las varillas y la tela malva.

—Era de tu abuela, ¿verdad?

Aurore mira extrañada al comisario.

—¿Cómo lo sabe?

Él no contesta; sigue escrutándola y dice:

—Lo mismo que el collar y ese broche del pelo...

Ella se queda mirándolo con un estupor mezclado de nostalgia. Es verdad, era de su abuela, aunque ella lo usaba más bien como sombrilla, porque odiaba la lluvia y en cuanto caían cuatro gotas no salía del castillo; y también las joyas eran de su abuela, las heredó su madre y ahora ella...

—Me las dio el abuelo cuando ella murió... —Baja los ojos, y entonces Aurore advierte que los zapatos de Chauvier están empapados.

—¿Le importa que hablemos a cubierto? —dice él, y empuja la puerta de la cafetería que tiene a sus espaldas.

Aurore no se decide; pero tras un último vistazo a las botas mojadas del comisario, entra tras él; dentro está lleno de humo.

—¡Aurore, hola! —la saluda el camarero de la barra.

Suena una música de mil demonios: *Joe el taxista* de Vanessa Paradis. Jóvenes, jarras de cerveza, humo, olor a perro mojado.

—Supongo que tu abuelo te habrá prevenido contra mí... —dice el policía, alzando la voz para hacerse oír en el barullo.

Se abren paso por entre respaldos de sillas, cogotes melenudos, carteras y mochilas en el suelo, hasta el fondo de la sala, donde hay una mesa en un entrante de la pared.

Aurore se siente violenta y no se atreve a mirar a Chauvier.

—¿Y de qué quería hablar conmigo?

Chauvier no sabe si decirlo.

—De... ella... —Y señala el viejo paraguas.

—¿Conoció usted a mi abuela?

Chauvier asiente; se le velan los ojos.

—Nos criamos juntos...

La joven abre los ojos con asombro.

—¿Nunca te ha hablado tu abuelo de los Ballaran?

Aurore reflexiona.

—Creo que eran los administradores... Cuando yo nací ya no estaban...

—Así es —confirma Chauvier—. El administrador era mi padre, mi madre cocinera.

Aurore se queda de una pieza.

—Entonces...

—Anne-Marie y yo éramos casi de la misma edad, crecimos juntos.

Aurore no puede sino considerar al policía con mayor ternura, con más cariño; con esa frase el comisario acaba de entrar en su familia.

—¿Y entonces conocería a mi abuelo cuando luchaba con la Resistencia?

Chauvier se ruboriza.

—Esa es una de las cosas que tenía olvidadas. —Titubea un momento y dice, por cambiar de conversación—: Lo que sí recuerdo bien es ver a tu abuela con sus vestidos por las alamedas del parque, nuestros paseos por el bosque cátaro, cuando nos veíamos en misa, los domingos...

La joven parecer florecer a medida que escucha al comisario, y sus ojos vuelven a brillar.

Lo que le refiere coincide con lo que le contaba su abuela sobre la vida en el castillo.

Y poco a poco el mismo Chauvier se olvida de que está hablándole a Aurore; la chica no dice nada pero, con un mimetismo inquietante, se metamorfosea en Anne-Marie. El comisario evita entonces sostenerle la mirada.

Al final pregunta la joven:

—¿Y por qué me cuenta todo esto?

El policía la mira con los ojos húmedos, y se le quiebra la voz:

—Te le pareces mucho...

Aurore queda pensativa.

—Entonces, ¿es usted?

—¿Yo?

—Mi abuela me contaba que de niña tuvo un amigo en Mirabel, que luego había desaparecido y del que ya no volvió a saber nada. Me decía que lo echaba de menos...

—¿Qué te contaba? —El comisario palidece.

—No me acuerdo mucho, la verdad —responde la estudiante—, pero me parece que eran de los recuerdos más bonitos de su vida.

Chauvier siente un nudo en la garganta. Pero sabe que debe aceptar el hecho de que Anne-Marie está muerta y nunca volverá a verla, como había esperado secretamente al hacerse cargo de aquel caso ahora archivado.

—Murió en poco tiempo, ¿verdad?

Aurore asiente con tristeza.

—Sí, pero no sufrió. Al final no reconocía a nadie, aparte de al abuelo, a mis tíos Sven y a mí...

—¿Tus tíos...?

—Mis tíos Sven —contesta ella con naturalidad—, siempre han vivido en el castillo con nosotros.

El instinto del policía se despierta.

—Ah, yo creía que tu abuelo y tú vivíais solos.

—Desde hace solo unas semanas. Mis tíos Sven se han jubilado y se han vuelto a Noruega, donde tienen casa. —Aurore parece extrañarse sinceramente. Chauvier espera a que continúe—. ¿No ha ido a la agencia de turismo del pueblo? Mis tíos Sven eran los guías, y han trabajado con mi abuelo desde que se creó La Ruta Cátara, antes de que yo naciera.

—¿Y vivían con vosotros?

—Y no solo eso —contesta Aurore apenada—. Eran como de la familia.

—¿Y noruegos, dices?

—Sí, cuatro hermanos, y todos llevaban el nombre Sven, con otro: Sven-Odin, Sven-Gunnar, Sven-Olaf, Sven-Ingmar. —Se echa a reír y añade—: A mí me costó años saber distinguirlos...

—¿Y se han ido así, tan de pronto?

Aurore se queda desconcertada.

—¿Tan de pronto? En realidad llevaban mucho tiempo queriendo jubilarse... ¡Usted sabe lo cansadas que se hacen las excursiones, el trekking...! Así que el mes pasado se decidieron. —Pone cara desolada y susurra—: Primero la abuela, ahora los Sven; a mi abuelo ya solo le quedo yo...

Chauvier renuncia a sacar el cuaderno.

—¿Y cómo se conocieron tu abuelo y los Sven?

—Sobre eso siempre han evitado hablar. Lo único que sé es que les gustaba la arqueología y excavaron juntos en los años cincuenta. —Adopta una actitud de importancia—: Se escribieron dos artículos y se publicaron fotos...

—¿Y qué encontraron?

—Una especie de momia.

—¿Fueron a Egipto?

—No, no, aquí, en Francia, en esta misma región... En Ariège, creo.

Chauvier presiente que eso es una pista, que va por buen camino. Y le cuesta dominarse para seguir pareciendo desinteresado.

—¿Y duraron mucho esas excavaciones?

La joven lo mira de pronto con desconfianza.

—Sigue usted con el caso, ¿verdad? —gruñe—. ¿No decía que quería hablar de mi abuela?

Desprevenido, el comisario se pone rojo y toma el vaso sin darse cuenta de que está vacío; este ademán inepto confirma a la estudiante en su sospecha.

—Sigue usted con el caso —dice Aurore, y mira la hora—. De todas formas, yo he de irme; dentro de tres días empiezan los parciales.

Se levanta y coge el bolso.

—¿Usted se espera aquí a que pare la lluvia?

Chauvier asiente.

—Y no se preocupe —dice ella más afectuosa—, que no se lo diré a mi abuelo. Pero porque usted era amigo de mi abuela...

—¿Te dice alguna cosa el nombre de Halgadøm? —le pregunta entonces Chauvier, ya sin disimular.

Aurore piensa un momento.

—No... —contesta. Mira de nuevo la hora—. De verdad que tengo que irme, comisario. Adiós.

Esos ojos, esa mirada infantil, esos labios...

«Anne-Marie, siempre ella...»

EL JARDÍN DE LAS MUSAS, LIBROS ANTIGUOS.

Así reza el cartel de la librería de viejo de la calle del Taur, y solo de verlo, a Chauvier le entran ganas de estornudar; comprueba que lleve al menos un pañuelo de papel, aunque sea usado, en el bolsillo y abre la puerta de la tienda.

Por encima de su cabeza tintinea una campanilla.

—¿Hola? —dice Chauvier como si entrara en una casa y no

en un negocio. Dentro está lleno de estanterías, mesas atestadas de papeles, viejos periódicos, libros gastados, en tal cantidad y desorden que más que librería parece trastero de archivista.

—Hooombre, comisario, qué gusto veeerle... —contesta en tono arrullador un ser pálido y contrahecho, con aspecto de sátiro, encaramado a una escalera.

—Buenos días, señor Crau.

El hombrecillo ordena los libros de un estante, baja de la escalera y tiende al policía una mano polvorienta.

Chauvier estornuda de inmediato.

—La alergia de siempre, ¿verdad? —pregunta el librero, que nunca concluye una frase sin decir «¿verdad?».

El comisario asiente y se suena.

—La gente de libros como yo estamos acostumbrados a respirar polvo —dice el señor Crau con resignación—, ¿verdad?

El hombrecillo se sienta en su escritorio.

—¿En qué le puedo ayudar?

Chauvier no contesta enseguida. Mira el mostrador que tiene delante y ve varios ejemplares de ocasión de *La noche sagrada*, la novela de Tahar Ben Jelloun, premio Goncourt de ese año, publicada el mes anterior.

—¿Qué quiere?, de algo hay que vivir. Todos los periodistas de la región me endosan su ejemplar de prensa. Y, lo crea o no, este tipo de noveluchas se vende muy bien. Sobre todo ahora, que se acercan las Navidades, que no son más que restos de mitraísmo, como también sabrá usted, ¿verdad?

«Las Navidades, el mitraísmo...», se dice Chauvier, a quien siempre ha entretenido la verborrea del anciano.

—Y usted que sabe de todo...

—De casi todo —lo interrumpe el librero, halagado—, de casi todo...

—Bueno, estoy buscando información sobre ciertas excavaciones arqueológicas que se hicieron en esta región en los años cincuenta.

El librero hace un gesto de impotencia.

—¿No podría ser más preciso? ¿Excavaciones de qué tipo?

¿Cerámica, arquitectura, pedrería, tesoros gnósticos, máscaras paganas, iglesias subterráneas, fósiles, coprolitos?

—Una especie de momia.

—De momia, ¿verdad? —dice el librero, con un destello en los ojos—. ¿Y dónde fue?

—En Ariège, creo...

La expresión de Crau se ilumina; la cara se sonrosa, los hombros se estremecen.

—Ajajá —exclama con satisfacción—: ¿Lanta, 1953?

—Ahí ya sabe más usted que yo —contesta Chauvier, evasivo.

—Una historia curiosa —declara el librero, presumiendo de sus conocimientos—, y había de por medio un hombre de aquí, que creo que es alcalde de Paulin, ¿verdad?

—¡Eso es! —contesta Chauvier, sorprendido de su suerte.

Crau desaparece en la trastienda, Chauvier se suena.

—Creo que tengo lo que busca —dice el librero mientras Chauvier escucha remover libros y papeles. ¡Ajajá! —exclama Crau, y reaparece con un libro en la mano, al que sostiene como si se tratara de un incensario—. Este libro es una rareza, ¿verdad?

Le pasa al policía un tomo cuadrado y no muy grueso. En la portada se ve una foto amarillenta de una divinidad oriental. Abajo, a la izquierda, un número, el nueve, y otros subtítulos: «Crónica de nuestra civilización», «Historia invisible», «Una ciencia abierta», «Grandes contemporáneos», «Mundo futuro», «Civilizaciones perdidas»...

—*Planète*... —Chauvier lee el título en voz alta.

—Es una revista —precisa Crau, e indica el lomo—: «Abril-mayo de 1963».

El comisario hace memoria. 1963... Él había vuelto ya de la guerra de Argelia y acababa de dejar el ejército para entrar en la policía.

—Creo que me acuerdo... ¿No eran unos científicos que pretendían estudiar los fenómenos paranormales objetivamente?

—¡Quia! —dice Crau, enemigo de la imprecisión, como todo buen ratón de biblioteca—. Simplifica usted, comisario. Aquello entraba dentro de lo que se llamó «realismo fantástico», una especie de corriente de pensamiento que nació con la publicación en 1960 de *El retorno de los brujos* de Louis Pauwels y Jacques Bergier, en la que estos defendían una interpretación de la historia realista y mágica a la vez... Sobre todo de la historia contemporánea. —Hace memoria y añade—: El libro dedica un capítulo al Tercer Reich, y lo presenta como una sociedad secreta maléfica que llegó al poder por medios casi sobrenaturales...

Chauvier tiene que reprimir su contento.

«¡Vamos bien, vamos bien!»

—¿Y se vendió mucho ese libro? —pregunta el policía.

—¡Mucho! El éxito fue tal que los autores fundaron el movimiento del «realismo fantástico», editaron una revista, esta, y dieron cientos de conferencias. Eran unos pensadores serios, los primeros que abordaban lo paranormal con espíritu crítico, inteligente y casi objetivo. Estuvo muy en boga hasta finales de los años setenta, hasta la muerte de Bergier, concretamente... —Por un momento el librero se ensombrece—. Al final se confundió todo con la New Age, la ufología y demás tonterías californianas, ¿verdad?...

Chauvier hojea el volumen.

Lee con perplejidad el título de los artículos: «Una experiencia científica sobre la videncia», «Materia viva y transmutación», «Los santos y la medicina mágica»...

Pero de pronto uno de ellos le llama la atención: «Las momias del otro mundo», por David Guizet.

—¿Quién es David Guizet?

—Es lo que buscaba, ¿verdad?

El comisario no da crédito a lo que ve: acompaña el artículo una foto a toda página que muestra a cinco hombres posando triunfantes en torno a una momia enorme en un bosque de montaña. Subrepticiamente lo invaden las náuseas.

«¡Carita de mierda! ¡Angelito asesino!»

En la foto aparece Jos tal y como lo conoció el comisario antes de dejar Paulin para alistarse en el ejército: joven, resuelto, imperioso, seco. Los otros cuatro deben de ser los Sven, con aspecto de legionarios saludables; de frente alta y pelo y ojos claros, guardan un parecido inquietante entre ellos... Excepto que a uno se le ve claramente una gran cicatriz en la garganta, que se destaca como una segunda sonrisa. Pero una sonrisa siniestra, casi caníbal. Todos van pertrechados con mochilas, piolets y demás utensilios. La momia, negruzca, parece un fósil.

Al pie de la foto figura el año, 1953, y una pregunta: «¿Eran nuestros antepasados gigantes procedentes de la mítica Thule?».

—Me la quedo —dice Chauvier con súbita agresividad.

—¡Eh, eh, eh! —protesta el otro, arrebatándole la revista—. Este es sin duda uno de los únicos ejemplares que pueden encontrarse de este número. Es más raro que un incunable o, por ejemplo, que una edición original de *Una temporada en el infierno*.

—¿Y eso por qué?

Crau se hace el misterioso.

—Bergier y Pauwels recibieron amenazas y presiones y tuvieron que destruir la tirada antes de que saliera a la venta.

Chauvier no se lo cree ni por un momento. El anciano le quiere sacar un buen precio.

—¿Y cómo es que usted tiene uno?

—Le gustaría saberlo, ¿verdad? —contesta el librero con suspense.

—¡Conteste, Crau! —se enfada el policía—. No puedo perder el tiempo.

—Hay muertos —responde Crau con el mismo suspense y cierta inquietud— que es mejor no remover...

Chauvier está harto de tanto aspaviento. Cada vez que va por allí ocurre lo mismo. El librero es un hombre solitario y no tiene otros amigos que los clientes, cada vez más escasos, pues con la edad se ha vuelto insoportable.

—¿Cómo consiguió esta puñetera revista? —vocifera.

Crau se irrita. Las palabras gruesas no le gustan, pero comprende que Chauvier está perdiendo la paciencia.

—Trabajé en *Planète* de 1963 a 1964, un año. Un momento, que le explico...

Penetra de nuevo en la trastienda y vuelve con otro ejemplar de la revista, este del número diez.

—A los dos meses se publicó esta.

Chauvier la hojea sorprendido.

—¡Si es la misma, la misma portada, los mismos artículos...!

—Casi la misma... —dice Crau con voz insegura, como si se reencontrara con una antigua herida.

En efecto, Chauvier se da cuenta de que falta un artículo, el de «Las momias del otro mundo».

—Deme el otro —exige el policía en actitud imperiosa, tendiendo la mano—, lo fotocopio y se lo devuelvo.

El librero accede a prestarle su «rareza».

—Le doy dos días, ni uno más... ¿verdad?

Chauvier ya ha salido, y sigue mirando la foto de los cinco arqueólogos. Con su porte altivo y su aire optimista, Jos parece dispuesto a comerse el mundo.

—¡Hop!

La bola de papel cae dentro de la papelera y Chauvier se echa a reír. No sabe por qué, pero se siente feliz; como si de repente todo se pusiera en marcha, como si fuera a recuperar a Anne-Marie, un poco de su perfume, de su frescura.

El ejemplar de la revista *Planète* encima de la mesa parece decirle «léeme». Pero se acuerda de la carta oficial que ha encontrado en su buzón al volver de la librería.

«¡Cabrones!», ha gruñido, y ha arrugado el papel. La prefectura lo amenazaba con privarlo de todos sus derechos (mutua, jubilación, etc.), si, «como nos consta», y pese a la prohibición de sus superiores, seguía con el caso.

El comunicado acaba pues de inmediato en la papelera y Chauvier se sirve un buen vaso de Jack Daniel's. Hacía tiempo que no tocaba la botella.

Los cubitos chocan y el líquido pardo los envuelve.

La misteriosa revista *Planète* lo espera en la mesa.

Chauvier se sienta y empieza a leer.

2005

En Nuremberg damos vueltas sobre lo mismo.

En el palacio de justicia hablamos con una empleada de limpieza que dice haber trabajado con Ulf Schwengl, el tercer suicida. Pero nos responde lo mismo: que era una persona callada, que no se hacía notar, y que los últimos días iba con el brazo en cabestrillo.

—¡Nada, no avanzamos! —Venner se enfada mientras andamos por las calles de esta ciudad que fue arrasada en 1945 y reconstruida como con piezas de Lego.

Desde nuestra conversación en el Kehlstein, de nuestra confesión «en casa de Hitler», nos sentimos un poco violentos. Parece como si hubiéramos ido demasiado lejos y ya tuviéramos que contárnoslo todo. Pero de pronto nos paramos, a medio camino entre la curiosidad y la confianza, la amabilidad y la intimidad, el trabajo y la complicidad. Así llevamos dos días, a la expectativa y evitándonos a un tiempo.

La culpa es más mía que suya. Cuando le dije lo de mi madre Vidkun no hizo ningún comentario; palideció y dijo: «¿Nos vamos, pues?».

Y yo no tuve valor para seguir contando. Confesar que mi madre era judía, ¿no era acaso la gota que colmaba el vaso del Grial? Vidkun registró la información como si necesitara digerirla. Era un golpe bajo por mi parte. Ahora tendría que cuidar su cinismo, sus bromas, ese mordaz ingenio que creía que no me afectaba, que no podía herirme. Tenía que reconsiderar todas sus salidas de tono anteriores, sus comentarios polémicos, la visita al Struthof, la cena con la hija de Himmler, la velada en el Nido del Águila. ¿No eran provocaciones, en cierto modo? ¿Por qué no le había dicho antes lo de mi madre? ¿Cómo me había podido guardar durante tanto tiempo un secreto así, que lo cambiaba todo? Otro se habría amparado en eso, en el judaísmo de mi madre. Pero la verdad es que a mí ni se me ocurrió mencionarlo; mi madre es como una presencia vaga, casi onírica; un hada buena en la que ya no creo. Si soy sincera, reconozco que lo dije casi porque sí, por contar algo. Para mí no tiene importancia. No me siento ni judía, ni católica, ni nada. Además, yo no sé estrictamente nada de mi madre. Absolutamente nada.

Desde entonces Vidkun evita hacerme preguntas personales, y yo me siento atrapada entre mi pudor y mi falta de misterio.

Y de este triste talante decidimos partir de Nuremberg con destino a la ciudad de nuestro cuarto y último suicida: Berlín.

Entrando en la capital alemana, el Vikingo baja la ventanilla y se queda mirando la ciudad bajo el sol poniente.

—¡Bienvenidos a Germania!

—¿Cómo?

Estoy en ese estado de ligera confusión que sigue a las siestas demasiado largas; tengo la impresión de llevar los párpados pegados uno al otro, como una corteza de pan duro.

—Germania, así iba a llamar Hitler a Berlín cuando ganara la guerra.

—Ah...

En la carretera, los coches avanzan muy juntos por culpa de unas obras.

—Germania sería la capital más grande del mundo, una ciudad inmensa, propia de la megalomanía del Führer... Y solo vivirían jóvenes rubios, de ojos azules, engendrados y criados selectivamente... —Diciendo esto se ensombrece y añade—: Horrible...

¿Lo dice para reconciliarse?

—¿Ahora se da cuenta?

—No soy ningún neonazi, y lo sabes muy bien... Solo un... coleccionista obsesivo.

Pero ya estoy lanzada, y sigo como podría hacerlo con Clément:

—Pues podía haber elegido obsesiones más amables, señor Venner...

Pasamos ante un pedazo de muro, de piedra gris, cubierto de grafitis multicolores.

—Mira, un vestigio del Muro —comenta Venner—. ¿Te parece eso más amable?

Recuerdo las imágenes de 1989. Mi padre, cosa rara, se pasó toda la noche siguiendo la noticia por la tele, y hasta me permitió quedarme; nunca me olvidaré de su expresión de alivio y de cierto pavor. «Bienvenida a la nueva historia...», decía con una extraña aprensión.

Venner prosigue su alegato:

—¿Te parece amable separar un buen día a miles de familias?

—No digo que sea mejor, pero también los nazis separaron familias, y más definitivamente, ¿no?

—Lo que enlaza con el cometido del Lebensborn.

Levanto las cejas.

—*Ach!* —suelta Fritz, contento de que la circulación empiece a fluir.

Entramos en una avenida con árboles otoñales.

—Además de la procreación artificial —explica Vidkun—, el Lebensborn recibía niños «racialmente válidos» que traían de los países ocupados.

—¿Racialmente válidos?

—Sí; en las ciudades y pueblos que ocupaban, buscaban niños muy pequeños, rubios y de ojos azules. Los arrebataban a sus padres y los daban en adopción a familias alemanas, generalmente de las SS.

—Y a los verdaderos padres los mataban allí mismo, me imagino...

—No siempre —contesta secamente Venner, como irritado por mi observación—. A veces los padres adoptivos mantenían contacto, al menos una dirección, con los padres... biológicos.

Quedamos de nuevo atascados.

—*Scheisse!*

—¿Y tras la guerra esos niños volvieron con sus familias?

—Muy pocos —responde Venner cabeceando.

—¿Y eso?

—Los que podían elegir preferían quedarse en un país libre antes que vivir bajo el yugo soviético. Era una situación chocante: por instinto de supervivencia optaban por permanecer en territorio enemigo...

—¡Pero eso es traición!

—Depende del punto de vista, y de las fechas... Si a ti te hubieran adoptado a los dos años unos parisinos ricos y amorosos, ¿habrías vuelto a Issoudun?

Me ruborizo.

—Hablo retóricamente... —añade Venner.

—¡Pues por mí puede guardarse su retórica! Mi padre no es comunista ni nazi, y estamos en 2005.

Nos detenemos un momento ante un quiosco de periódicos. Venner me señala una revista sensacionalista.

—¿Es mucho mejor esta época?

En la foto de portada se ve a un recién nacido de ojos saltones en brazos de sus padres.

—¿Qué?

—Otro niño secuestrado...

—¿Un niño mongólico?

El coche avanza pero Venner consigue leer el titular.

—Según parece, ocurrió anteayer en Bochum, cerca de Colonia. Ya van cuarenta y nueve niños... ¡en veintisiete meses!

Aparcamos en batería frente a un bonito parque, pequeño, muy verde y con un punto bucólico como de plaza de pueblo.

—¿Dónde estamos? —pregunto, y me apeo para estirar las piernas.

—En el antiguo emplazamiento de la prisión de Spandau...

—Spandau fue el último mausoleo del nazismo —me explica Venner, mientras paseamos por el parque que antes fuera jardín interior de la famosa prisión.

Avanzamos por senderos de tierra, pero Vidkun me guía como si hubiéramos entrado en la cárcel: atravesamos puertas, recorremos pasillos, nos asomamos por los barrotes, por las mirillas de las celdas.

—Imagínate aquí a los últimos peces gordos del nazismo...

En su papel de cicerone se muestra tenso de nuevo. Mejor, lo prefiero. Así por lo menos él está en su mundo y yo puedo adoptar una actitud neutra, ni apasionada ni indiferente.

—¿Y qué hacían los prisioneros durante todo el día?

—Nada —contesta Venner, cogiendo una flor de un macizo y poniéndosela en el ojal—. Un poco de jardinería...

—¿Jardinería?

—Lo que oyes. Rudolf Hess, mano derecha del Führer, Albert Speer, arquitecto del régimen y ministro de Armamento, Baldur von Schirach, fundador de la Hitlerjugend, y los demás, Keitel, Sauckel, Raeder, Dönitz... se peleaban por un triste rastrillo o una tomatera marchita. Llegaban a odiarse porque uno había pisoteado las nomeolvides de otro...

Contemplo el jardín y me parece mentira que un día hubieran aquí celdas y muros y vivieran esos ancianos prisioneros que traumatizaron a millones de personas.

—Cada cual tenía sus manías. Hess se hizo siempre el loco y acabó estándolo de verdad; se pasaba meses sin hablar y por las noches gritaba que querían estrangularlo. Y Speer aprovechó los veinte años de cárcel para dar la vuelta al mundo.

—¿La vuelta al mundo?

—Speer era el más culto e inteligente del grupo, con diferencia. No era ni un militar obtuso ni una bestia sanguinaria, y tenía una excelente memoria.

Venner echa a andar por el paseo más largo dando grandes zancadas.

—Sabiendo la longitud de sus pasos, calculaba el número de kilómetros que recorría en un día. Así imaginó que partía de Berlín y daba la vuelta al mundo... mentalmente.

—¿Y consiguió darla?

—Creo que sí. Al menos llegó al Pacífico, y guiándose solo con su cultura y su memoria...

Casi me admira tan titánica construcción mental. ¿Cómo se puede llegar a eso? ¿Es una demostración de enajenación completa o de increíble libertad?

Venner me toma del brazo para llevarme a otro rincón del jardín; un movimiento de rechazo me nace en lo más profundo, pero lo reprimo. Vidkun está siendo únicamente cortés, y su mano en mi brazo me produce un calor muy grato. Ni siquiera me mira de reojo el escote o la falda. Proseguimos la visita.

—De la vigilancia en Spandau se encargaban las cuatro fuerzas de ocupación; entre los norteamericanos, los británicos, los franceses y los soviéticos se repartían el pastel.

—¿Había muchos vigilantes?

—Ochenta, creo.

—¿Y los prisioneros?

—En realidad la prisión tenía capacidad para seiscientos reclusos, pero solo había siete, al menos al principio, porque en los años setenta Rudolf Hess se quedó solo; era el preso mejor custodiado del mundo. —Señala un árbol y añade—: Mira, aquí estaba su celda. Y aquí fue donde el carpintero Bruno Müller, el hombre de la cicatriz en el cuello, se mató en 1995, ocho años después del suicidio de Hess, el 17 de agosto de 1987.

Contemplo el agradable jardín y me cuesta imaginar que aquí hubo una vez una celda vacía llena de mugre.

—¿Y cuánto tiempo estuvo aquí?

—¿Hess? Cuarenta años, pero ya llevaba seis en la cárcel. —El Vikingo se pinza los labios haciendo un cálculo mental—. Rudolf Hess pasó en total cerca de medio siglo entre rejas. No le estaba permitido hablar con nadie, sobre todo si eran soldados alemanes. Tampoco tenía acceso a las noticias de actualidad. Solo se le concedía una vez por semana escuchar música y que lo visitara un capellán...

—¡Pobre!

—Lo ves, también tú puedes sentir compasión por ellos.

Inmediatamente me aparto de su brazo. Venner no vuelve a cogerme y seguimos paseando por la «cárcel».

—Spandau era como el museo Grévin del Tercer Reich. Siempre que una personalidad extranjera visitaba Berlín, se lo traía aquí como quien va a ver a los monos. En tales ocasiones se abrían las puertas de las celdas y se ordenaba a los prisioneros que se pusieran de espaldas y no se movieran; los visitantes iban pasando y el general de turno informaba: «El almirante Tal...», «El arquitecto Cual...».

La situación me parece de un cinismo atroz, que me subleva... ¿Se puede acaso sentir piedad por hombres culpables de crímenes contra la humanidad?

Llegamos a un pequeño quiosco.

—Ah, ahí tenemos a nuestro «confidente».

—¿Cómo?

—Según he sabido, el quiosquero fue vigilante de la prisión, hasta que la destruyeron...

Se acerca al hombre y, sin mucha esperanza, le hace las preguntas de siempre sobre el suicida.

Hablan diez minutos pero pasa algo. Venner gesticula, propone, insiste... y acaba otra vez echando mano de la billetera... ¡a cambio de un pedazo de papel!

El Vikingo regresa con aire triunfante.

—¿Qué?

—Creo que por fin tenemos algo... —Y me pasa el papel.

«Angela Brillo, (030) 566 89 09», leo yo, sin comprender...

Vidkun deja pasar un momento y dice, como el niño que da la solución de una adivinanza:

—Es la hermana de Bruno Müller, el cuarto suicida...

—*Frau Brillo?* —grita Venner al teléfono.

Incluso dos transeúntes se vuelven. Está en una cabina de una de las grandes vías de Berlín, la Kurfürstendamm, los Campos Elíseos del ex Berlín Occidental; llena de tiendas, letreros, luces, restaurantes, coches, bocinazos, voces, risas...

El estruendo es tal que Vidkun no oye y habla aún más alto. Caigo entonces en que no tiene móvil y me sorprende, poseyendo como posee una limusina, un cine en casa y una piscina subterránea. ¿Tendrá el mismo problema que yo, y se habrá olvidado de hacerlo operativo en toda Europa? ¿O es que es tan independiente que se niega a obedecer a las «órdenes» de un móvil?

Sigue al aparato y parece tener dificultades. Emplea todos los tonos posibles, de la brusquedad a la súplica. Da pataditas curiosas, como si siguiera la conversación con los pies.

«Un actor, sin duda...», me digo ante ese rostro de goma, esa cara elástica que altera a su antojo, y que puede transformar la nobleza más hidalga en una cómica careta de payaso. La conversación, sin embargo, es muy seria, pues es la primera pista clara que tenemos desde que comenzamos nuestras andaduras por suelo teutónico.

Vidkun tiene puestos en ella los cinco sentidos. Oigo varias veces el nombre de Bruno Müller, también los de Spandau y Rudolf Hess. Por fin todo parece aclararse.

—*Vielen Dank, Frau Brillo! Vielen vielen Dank!* —exclama Venner exultante.

«Puede que esta vez tengamos algo...», me digo cuando cuelga.

—¿Y bien?

Igual que un chiquillo, el escandinavo se acerca hasta mí saltando y me toma por los hombros.

—¿Qué? ¡Diga!

—Mañana a las ocho de la mañana en el café Balitout, al norte.

No cabe en sí del contento y ha perdido esa reserva que nos ha mantenido distantes estos dos últimos días. Su animación me contagia.

—¡Por fin arrancamos! —dice. Me coge del brazo y echamos a caminar a lo largo de los escaparates.

Casi todas las tiendas están ya cerradas y los restaurantes, bares y cines empiezan a llenarse de berlineses.

Venner está tan excitado que camina a grandes pasos, casi arrastrándome. Doy un traspié.

—¡Ay! —exclamo soltando una carcajada—. ¡Tranquilo, que la cita es mañana!

Vidkun no altera su cara de chiquillo feliz. Su euforia es tan palpable que, caminando por esa gran avenida berlinesa, tengo la sensación de que en cualquier momento levantaremos el vuelo, como en una película de Wenders.

Llegamos a un parque.

—Habrá que andarse con pies de plomo con la tal señora Brillo mañana por la mañana. Le he dicho que vienes de París y estás preparando un trabajo de historia; yo haré de intérprete porque creo que no habla francés...

—¿No es un poco flojo como pretexto?

—Es lo primero que se me ha ocurrido —contesta Venner con desenfado.

¿Quién es el Vikingo? ¿Cuántas personalidades tiene? A veces me parece otro, como hace un momento hablando por teléfono. ¿Es ese el destino de los desarraigados, adaptarse, mimetizarse como un camaleón? Y sin embargo tiene un carácter fortísimo; con solo fruncir el ceño puede destruir la confianza durante días.

Cuanto más se me da a conocer, más impenetrable me parece.

Aunque ¿no pensará lo mismo de mí, con mis iras de mujer sin pareja, mis rabietas de adolescente perpetua, mis vestidos de muchacha en celo?

Reducimos el paso.

—Nuestro hotel está ahí mismo —dice Vidkun.

Tras los edificios aparece la luna; un vientecillo suave pero frío se levanta inesperadamente. Venner se me acerca.

—¿Tienes frío? —me pregunta pegando su hombro al mío, con el mismo tono de la otra noche en el Nido del Águila, quedo y amable.

Me detengo y lo miro.

—No...

¡Qué cerca estamos de pronto! Noto su aliento en mi boca. Ahí está, frente a mí. Ya no tiene ni edad, ni pasado, ni es mi jefe, ni mi colega, ni mi colaborador, ni el coleccionista monomaníaco, ni el amigo de la hija de Himmler; es solo un hombre, un hombre con el que paseo del brazo bajo los árboles en una noche de luna llena.

«¡Qué romántico...!»

Nunca su presencia me había parecido tan extraña, tan cargada de sugestión.

—Se está bien, ¿verdad?

Descanso suavemente la cabeza en su hombro.

—No se está mal, lo reconozco...

Oigo latir su corazón. ¿Qué me está pasando? No siento angustias ni temores, solo una inmensa ternura. Vidkun y yo juntos, caminando despacio, muy despacio, y cada movimiento recortado, descompuesto hasta el infinito.

—Nuestro hotel... —susurra Vidkun.

Se queda detrás de mí y apoya la barbilla en mi cabeza. Siento su torso contra mi espalda, pegados el uno al otro. Enfrente, la fachada del hotel, tan blanca como un pastel de merengue. En mi mente todo se abisma, se confunde, se borra: el recuerdo del Vikingo en la película, los consejos de Léa («Esa gente es peligrosa»), mi padre (Vidkun podría ser mi padre...), el fantasma de mi madre...

Pero todo eso, de repente y por un solo instante, me da igual.

«¡Ya soy mayorcita!»

Y me siento tan bien... Hacía años que no me sentía tan viva, tan fuerte.

Me doy la vuelta con agilidad felina. Vidkun no se mueve. ¡Qué grande es y qué alto! Nos miramos. Él parece más sorprendido que yo. Luego adopta una expresión culpable, pero pícara, y me da un beso en la nariz; me suelta y retrocede un paso.

—A la cama —murmura—, mañana puede ser un largo día... Y además volvemos a París...

Suavemente y con mucha dulzura, me acaricia los pómulos con el dorso de la mano.

—Buenas noches, jovencita... —dice, y se aleja en dirección a la entrada del hotel.

Yo me quedo un buen rato fuera, a la luz de la luna, con el alma en vilo. No, no quiero pensar nada, reflexionar sobre nada. Quiero entregarme a esta dulzura, a esta maravillosa sensación de calma.

Por fin me decido a entrar y lo hago como una sonámbula. En recepción pido la llave de mi cuarto.

—¿Es usted la señorita Chouday? —me pregunta el recepcionista, en francés y casi sin acento.

—Sí...

—Hay un mensaje para usted. —Y me tiende un papel con timbre del hotel.

El corazón me da un vuelco, todo mi ser palpita: Vidkun. Seguro que me espera en su habitación... ¡o en la mía! El calor me sube a las mejillas y luego se extiende hacia mi vientre con un soplo de placer.

—*Danke* —le digo, fuera de mí, al sorprendido recepcionista.

—*Bitte sehr!*

Abro la nota temblando.

—¡Nooo...! —El recepcionista levanta la cabeza ante mi grito.

¡De vuelta a la triste realidad! ¡Con lo bien que estaba, lejos de todo, de mi vida, de mis amigos, de mis hábitos! Solo quería que me olvidaran un poco, desaparecer...

Es Clément, que me escribe un mensaje lapidario: «Consulta tu e-mail, es muy importante».

«¿Cómo me habrá encontrado?», me pregunto con rabia, aun sabiendo que soy injusta.

Arrugo el papel e inspecciono el vestíbulo con la mirada. Hay una mesa con cuatro ordenadores.

«Después de todo...»

Trato de vencer la decepción. ¿Qué esperabas, guapa? ¿Un mensaje de amor? ¿Una cita galante? ¿Pasar una noche loca? ¿Tener una aventura wagneriana? ¡Venner es un encantador de serpientes, un brujo, un ilusionista, que sabe cómo manipularte!

«Tiene cuarenta y ocho mensajes.»

¡Y treinta son de Clément!

Treinta...

El asunto habla por sí solo: «noche de amor», «fuck friend», «¿y bien?», «¿dónde estás?», «domicilio desconocido», «soledad», «olvido», «te vas sin dejar dirección»...

¡Qué poco he pensado en él desde que me embarqué en esto! El recuerdo de lo ocurrido la noche anterior a mi partida se pierde en una bruma dulzona, al igual que el resto de nuestros encuentros sexuales.

Suprimo todos los mensajes sin pensármelo, de un plumazo. Solo uno se escapa del holocausto: el último, cuyo asunto reza: «¿Vidkun Schwöll?».

Me lo mandó hace dos horas.

Lo leo... y siento un desgarro atroz en las entrañas.

> Amor:
>
> Me he informado sobre tu Vikingo.
>
> Mi padre les ha pedido a unos colegas de la Dirección General de Seguridad Exterior que me hicieran el favor de echar un vistazo en los viejos archivos. Siento tener que decírtelo de este modo, pero no he querido esperar, y como no contestas ni a mis llamadas ni a mis e-mails, empezaba a preocuparme...
>
> Vidkun Venner está fichado en la policía y figura como ciudadano argentino de origen alemán.
>
> De escandinavo nada. Su padre es un tal Dieter Schwöll, al que el tribunal de Nuremberg buscó durante veinte años y que al final fue capturado por el Mossad en Argentina en 1963; lo juzgaron, lo condenaron y lo ahorcaron en Jerusalén.
>
> El expediente no menciona de qué se lo acusaba, pero seguiré investigando y te lo cuento en el próximo e-mail.
>
> Hasta pronto. Te...

—¡Cerdo!

Ni siquiera leo las últimas frases, sino que le respondo compulsiva, instintivamente.

Golpeo el teclado como si no quisiera dejar ni una tecla en pie.

No sé de dónde habrás sacado esas estupideces, pero no quiero saber nada más de ti. ¡Me das asco!

—¿Va todo bien, señorita? —pregunta el recepcionista, preocupado.

Advierto entonces que estoy llorando, y entre sollozo y sollozo balbuceo:

—Sí, sí.

Subo corriendo a mi habitación, hecha un lío.

Las momias del otro mundo

por David Guizet

> He escrito este libro por un deber de conciencia: avisar a mis semejantes de la venida de la Raza Futura.
>
> EDWARD BULWER LYTTON,
> *La raza venidera*

Abril de 1963

En un momento en que la cooperación económica entre Francia y Alemania alcanza su apogeo; en que el general De Gaulle organiza encuentros entre ambos países y funda una Oficina de la Juventud franco-alemana; en el momento, pues, de la reconciliación, los escombros de la Segunda Guerra Mundial siguen en pie...

Porque el nazismo no ha muerto. Duerme, como Federico Barbarroja, dentro de una montaña y espera el momento propicio para despertar.

Pensarás, amigo lector, que divago; que el nazismo es solo un mal recuerdo, una pesadilla pasada, olvidada.

Pero ¿podemos olvidar el mal? ¿Podemos olvidar el sufrimiento? ¿Podemos olvidar que seis millones de seres humanos fueron inmolados en el ara de la vanidad humana?

¿Podemos olvidar a los criminales impunes que llevan veinte años viviendo con identidad falsa?

¡No, no podemos! Al contrario, nuestro deber, como ciudadanos y como seres humanos, es denunciarlos.

Y eso es lo que hoy voy a hacer, llamando tu atención, amigo lector, sobre cierta localidad agrícola del sudoeste de Francia, un pueblecito tranquilo de nombre Paulin, y sobre el alcalde de esta pacífica población, Claude Jos. Y luego, que cada cual juzgue, como juzga la historia...

Remontémonos, amigo lector, a cierto día de primavera de hace diez años, en 1953. ¿Recuerdas? Soplaba una ligera brisa y reinaba esa atmósfera agradable que invita a cogernos del brazo y contarnos confidencias y secretos. Pero Amaury Lafaye no pensaba hacer eso, al menos hasta que publicara su artículo.

Los lectores de la *Gaceta de Ariège*, de Foix, conocían bien a Amaury Lafaye. Ese amante del esoterismo veía en todo un misterio; llevaba casi veinte años publicando su artículo semanal sobre las leyendas locales, los mitos pirenaicos y todo lo que pudiera descubrir sobre el folclore... Tenía sus lectores, que, aunque no creían sus fantasías («¿Fundaron los extraterrestres Montségur?», «¿Marcianos en el monte Canigó?», «¿Una capilla de más de diez mil años descubierta bajo la ciudad de Pamiers?»...), las disfrutaban como se saborea un dulce algo pesado.

Pero aquel 14 de mayo de 1953 Amaury Lafaye estaba más excitado que de costumbre, y por primera vez en muchos años pidió hablar a solas con el director de la revista.

Tenía el aspecto alterado de los que han visto al diablo.

Dos días después, bajo el curioso titular de «Las momias del otro mundo», a cuatro columnas y acompañada de una foto tremenda, aparecía una crónica, tan macabra como fantástica, en la que se contaba lo siguiente:

Estando de paso por Lanta, una aldea a doce kilómetros al sur de Montségur, paraje de roca y arbustos, Lafaye visitó a uno de sus «informadores», una anciana que vivía como en la Edad Media, en una cabaña de madera en medio del bosque. Esta especie de bruja, de largo pelo gris, decía comunicarse con los espíritus de la montaña y las potencias telúricas.

Pero esta vez no le contó ninguna leyenda de fantasmas caprinos ni pastoras destripadas, sino un hecho.

Un hecho real.

Le contó que hacía dos semanas un grupo de cinco arqueólogos habían salido a la montaña con tiendas de campaña y todavía no habían vuelto.

Eran, según los describía la anciana, altos, rubios y de porte militar. A ella le recordaban a los soldados que vio en la guerra, a uno de los cuales, según se decía en el pueblo, amó más de la cuenta.

Con gran alarma de la anciana, Lafaye decidió salir en su busca.

Durante dos horas caminó por los montes, entre arbustos, y varias veces estuvo a punto de precipitarse al vacío de uno de esos barrancos tan abundantes en la región.

Empezaba a estar cansado, y se preguntaba si no sería mejor dar media vuelta, ya que no encontraba ni rastro de excavaciones ni de arqueólogos de campamento. Pero, de repente, a mediodía, oyó unas voces.

Hablaban en alemán...

Se acercó sigilosamente y, oculto tras un roble, lo que descubrió le heló la sangre...

¡Era un verdadero campamento militar cuyas tiendas lucían grandes cruces gamadas!

Lafaye dominó su miedo y siguió observando. Un poco más allá, entre unos helechos, había unos hombres altos, rubios y corpulentos excavando un hoyo con palas y cubos.

Eran cinco. Uno de ellos, más bajo y delgado que los otros, daba las órdenes, y los cuatro hombrones rubios obedecían. Con una lupa consultaba un viejo manuscrito, deteriorado y lleno de manchas, tras lo cual les indicaba a los otros que siguieran excavando en un sentido o en otro.

Lafaye permaneció allí una hora, hipnotizado por el anacrónico espectáculo.

A ratos el jefe empujaba o abofeteaba a sus hombres, pero estos, aunque eran más fuertes que él, se sometían con un respeto temeroso.

«¡Aquí!», oyó de pronto Lafaye.

Vio cómo bajaron al hoyo y sacaron fatigosamente una especie de ataúd, que el periodista reconoció al instante: ¡un sarcófago!

Lo depositaron en el suelo y los cuatro esbirros se retiraron, para que el jefe tuviera el honor de abrirlo.

La escena tomó entonces una solemnidad grandísima.

El jefe pasaba la mano por el sarcófago, que parecía hecho de metal, si bien un metal desconocido para Lafaye... ¿No sería, se preguntaba el periodista, el legendario oricalco de los Atlantes, el oro del continente sumergido?

El arqueólogo levantó lentamente la tapa.

Los hombres se estremecieron, se quedaron callados, quietos, pálidos, pues un olor pestilente se extendía alrededor.

Luego, uno tras otro, se inclinaron sobre el sarcófago y sacaron el cuerpo.

La momia medía al menos dos metros y medio, aunque era perfectamente proporcionada de miembros. El cuerpo parecía haberse momificado sin perder sus relieves, como esas manos disecadas que vendían las brujas en los aquelarres.

—Es un varón... —dijo el jefe en alemán—, un abuelo de cien mil años... Nuestro abuelo...

Los cuatro hombrones bajaron los ojos con respeto y se hincaron de rodillas, a la manera de los caballeros medievales.

Lafaye estaba fascinado.

El jefe siguió hablando. Lafaye comprendía mal lo que decía, pero le oyó mencionar a unos misteriosos «seres supremos» y a una no menos misteriosa «raza primitiva».

Aprovechando que no miraban, el periodista logró sacar una foto y se marchó.

Cuando se presentó en casa de la anciana, esta creyó ver un fantasma, pues ya lo daba por muerto.

Pero él, sin ni siquiera pararse, le gritó en tono triunfal:

—¡Compre el periódico dentro de tres días!

Y seguro que cuando la anciana, el día señalado, abandonó su cabaña, bajó al pueblo y compró el periódico, no pudo reprimir un grito.

En la portada de la *Gaceta de Ariège* aparecía una foto con el siguiente titular: «Cinco arqueólogos muestran orgullosos a su antepasado de cien mil años».

Pues bien, amigo lector, el verdadero misterio empieza ahora.

Dos semanas más tarde fue hallado el cadáver de Amaury Lafaye, quemado y colgado de un roble a unos kilómetros de Foix.

La noticia conmocionó a toda la región, pues Lafaye era una persona querida y respetada. Pero lo más extraño es que el caso se cerrara casi inmediatamente y que la policía concluyera que se trataba de... ¡un suicidio!

¿Un suicidio? ¿Cómo puede nadie ahorcarse y luego prenderse fuego?

Pocos meses después, Christophe Authier, otro periodista amigo de Lafaye, decidió investigar por su cuenta, pues creía que las conclusiones de la policía eran cuando menos precipitadas. No era un amigo íntimo de Lafaye —¿quién lo era?—, pero se sentía en el deber de hacerlo. Estudió, pues, el artículo de la revista, y la foto, que lo tenía intrigado: el jefe de los arqueólogos le recordaba a alguien. Aunque la foto fue hecha a cincuenta metros por un aficionado, acabó reconociéndolo: era Claude Jos, entonces alcalde de Paulin, pequeña población de la región de Tarn, a ciento cincuenta kilómetros al nordeste de Foix; un hombre que, según pudo averiguar, era tan discreto como poderoso.

Jos era conocido en la región por haber sido un feroz partisano, que hizo luego carrera en política y llegó a ser uno de los diputados más jóvenes del sudoeste de Francia.

¿Qué relación podía tener con la arqueología y la momia de Lanta? Authier no lo sabía, pero se lo preguntaba sin cesar. Un día se presentó en el ayuntamiento de Paulin decidido a aclarar el misterio.

Claude Jos se negó al principio a recibirlo, como era de esperar, pero el periodista insistió y al final le concedió unos minutos. Lo negó todo.

«Tengo otras cosas que hacer antes que irme a excavar la montaña, señor Authier. ¡Soy diputado y alcalde de este pueblo!»

Pero Authier no se convenció: los ojos azules de aquel hombre escondían algo. Al salir del ayuntamiento se cruzó con cuatro hombres rubios y robustos, en los que reconoció al instante los personajes de la foto.

Se esperó.

Dos horas después vio que el alcalde y sus cuatro acólitos salían del bello edificio de piedra rosada y subían a un Mercedes negro. El periodista los siguió en su moto.

El Mercedes iba a gran velocidad por las carreteras comarcales, y a unos tres kilómetros del pueblo tomó una que llevaba a lo alto de un monte, donde se veía un gran edificio. En la misma pendiente, clavado a un plátano, había un cartel que decía: CASTILLO DE MIRABEL, PROPIEDAD PRIVADA. PROHIBIDO ENTRAR.

Authier escondió la moto entre las zarzas y subió al castillo a pie, ocultándose en los setos.

Vio entonces que unos diez o doce coches subían también en fila y aparcaban a la puerta del castillo, en donde Claude Jos recibía a los que se apeaban.

Al final entraron todos en el castillo.

Caía la tarde. La luna asomaba en el cielo. Por suerte, hacía calor y habían abierto de par en par las ventanas. Authier se aproximó y oyó risas que resonaban y se perdían en el bosque colindante.

Jugándose el todo por el todo, y al amparo de la sombra del postigo, se asomó a una ventana.

¡Vio algo tremendo!

Un vasto salón con revestimientos de madera y colgaduras, y lleno de gente sentada, como en una conferencia. Al fondo, como los últimos de la clase, estaban los cuatro hombrones.

Pero lo que más atraía a Authier era lo que veía en medio, sobre una tarima.

«La momia», se dijo.

Yacía sobre una mesa, de cara al público. Tras la mesa había dos hombres: Claude Jos, a la izquierda, y un anciano de aspecto enfermizo a la derecha. Por último, una joven que se mantenía a cierta distancia los observaba con admiración.

La conferencia empezó.

Hablaba el anciano, en tono profesoral.

Authier no podía escucharle bien, porque el viejo, sin duda intencionadamente, había puesto en un fonógrafo una música de Wagner que cubría las voces.

Gesticulaba como un profeta, levantando los brazos, quedándose de pronto quieto, revolviendo los ojos... Todos miraban la momia con miedo y respeto, como se contempla una bomba que puede estallar.

Authier observó a todo el mundo, pero no reconocía a nadie.

De pronto, un detalle le impactó como un puñetazo: los cuatro hombrones llevaban en la solapa de la chaqueta una insignia con la doble runa de las SS.

«¡No hay que perder ni un minuto!», se dijo el periodista, y echó a correr a campo traviesa.

El redactor jefe de la *Gaceta de Ariège* no iba a dejar escapar aquella ocasión.

No había asimilado el presunto suicidio de Lafaye ni la poca resonancia del número de las momias, así que decidió volver a publicarlo.

La aventura acaba de manera también muy misteriosa.

El periódico apareció, pero no tuvo ningún eco. Casualmente, la imprenta ardió, y casi toda la tirada se quemó antes de repartirse... Y otra curiosa casualidad: el mes siguiente, acreedores fantasmas precipitaban el periódico a la bancarrota. Finalmente, en enero de 1954, Authier, el redactor jefe y otros colegas fueron llamados a las armas y dados por desaparecidos en la batalla de Diên Biên Phu.

Así acaba la aventura de las momias del otro mundo. Y aquí comienza un misterio que entra dentro de un realismo fantástico forteano, tal como lo entendemos en la redacción de *Planète*.

Vista esta serie de hechos dudosos e inexplicados, de coincidencias extrañas y macabras, ¿cómo es que nadie se ha interesado por el caso en estos diez años?

Diez años durante los cuales Claude Jos, hombre normal y corriente, buen padre de familia, ex partisano, ciudadano modelo, alcalde ejemplar, ha seguido viviendo tranquilamente en su pueblecito de provincias, donde, además de ocupar ese cargo en el municipio, tiene una agencia de «turismo en el país cátaro» (¡vaya!).

Pero sigue negándose a hablar.

Yo mismo, en nombre de *Planète*, he tratado de ponerme en contacto con él. Su secretaria me da largas.

Pero no cejaremos en nuestro empeño: son muchas las preguntas que siguen sin respuesta.

¿Qué pasó con la momia? ¿Era auténtica?

¿Y quiénes son esos arqueólogos ex miembros de las SS que recorren los bosques franceses en busca de legendarios vestigios que al parecer solo ellos conocen?

Las respuestas están en cierto pueblecito occitano, en casa de un hombre afable, campechano, querido por sus vecinos... pero que huye de los curiosos como de la peste.

¿Qué secreto oculta, señor alcalde? ¿Qué esconde tras su sonrisa de circunstancias, por qué no quiere hablar del asunto? ¿Qué hay en ese castillo en el que vive como un señor de la Edad Media?

Ahora que los últimos carniceros del nazismo se sientan en el banquillo, ¿quién es usted, Claude Jos?

David Guizet

Es medianoche.

Chauvier cierra la revista. Esta es la tercera vez que lee el artículo. Va por la segunda botella de Jack Daniel's. Todo se enmaraña en su mente: la momia, la imagen del barón de Mazas y de Anne-Marie, los cuatro hombrones arios... los famosos tíos Sven, sin duda... ¿Qué buscaban? ¿Qué secreto querían proteger tanto que siguen matando hasta hoy mismo, en 1987? ¿Y quién era su última víctima, esa mujer del tatuaje a la que asesinaron, colgaron y quemaron el mes anterior, igual que hicieron con Amaury Lafaye?

El comisario descuelga el teléfono y dice con voz pastosa:

—Toan, siento despertarte pero tengo que hablar con tu hijo.

Acaba de recordar que es martes, y que este día la enfermera libra y la madre de Linh duerme en casa del hijo.

—¿Ha visto la hora que es? —dice Linh furioso—. Sabe de sobra que mamá se acuesta a las nueve.

Chauvier mira la hora: son las once y dieciocho.

—Linh, tienes que ayudarme —dice en tono de súplica y procurando que no se note su timbre alcoholizado. Silencio al otro lado de la línea—. Necesito información sobre una persona, saber si sigue viva...

—Es por el caso Jos, ¿verdad?

—Se llama Guizet —continúa Chauvier sin responder—, David Guizet. Era un periodista que trabajaba para la revista *Planète* a principios de los sesenta.

—¡¿A principios de los sesenta?!

—Por eso necesito que me ayudes. Ahora que saben que sigo con el caso no me dejarán consultar los archivos...

—¿Y qué quiere que averigüe?

—Cómo accedió a cierta información, digamos secreta, en 1963... ¿Me ayudarás? —insiste Chauvier.

—Lo llamo mañana durante el día —replica Linh, tragando saliva—. Ahora iba a acostarme. Buenas noches, Gilles.

—Buenas noches, muchacho. Y gracias...

Chauvier no puede dormir.

Y además aún queda whisky.

2005

Ahí está la anciana, sentada en un rincón del bar, sola; caídos los párpados, apergaminada la piel, los ojos inyectados en sangre, con un cigarrillo en la boca y moviendo, febriles, las manos. En la mesa hay un cenicero con colillas y numerosos posavasos.

—¿Angela Brillo? —pregunta Venner.

La mujer alza la vista despacio y mira a Vidkun. Al ver la imponente figura del escandinavo, como un acto reflejo de coquetería, se retira de la frente unos mechones de cabello graso.

—*Jawohl* —contesta, esforzándose en sonreír.

Nos invita a sentarnos.

Yo lo hago con torpeza. Desde que me he levantado esta mañana las piernas no me sostienen... Menuda noche intensa: el paseo a la luz de la luna, los e-mails celosos de Clément...

¡Clément! ¡Qué necio, qué bajo! No se me pasa el enfado. ¿Cómo habrá podido creer semejantes horrores?

Dándole vueltas a su dichosas «informaciones» casi no he pegado ojo en toda noche: Dieter Schwöll, nazis argentinos... ¡Mentiras! Venner es escandinavo. A mí —¡y solo a mí!— me lo ha contado todo: su juventud, su carrera en el cine, su herencia, ¡qué sabrá Clément! ¡Está celoso y es incapaz de comprender lo que hay entre Vidkun y yo!

Me he pasado horas pensando en ello. Y Vidkun me ha despertado al alba. «Anaïs, perdona, pero la señora Brillo nos espera a las ocho...»

Nos reunimos en el vestíbulo. Procuro dominarme y no pensar en las calumnias de Clément ni en la ternura de Venner anoche. ¡A trabajar se ha dicho!

Tardamos una buena media hora en encontrar el bar, al norte del antiguo Berlín Oriental, en un barrio que parece estar aún bajo el peso del ideal comunista: edificios cuadrados grises, calles que dan vértigo, caras serias.

En el trayecto en Mercedes Venner lleva su máscara matinal: la del trabajo y la gravedad.

Y aquí estamos en este horror de bar, en el que aún no hay casi nadie. El dueño parece abstraído en sus pensamientos, pero sin que hayamos pedido nada nos encontramos con un par de cervezas en las narices.

Aguanto la respiración. En mi estado de agotamiento, el olor de la cerveza me revuelve el estómago. En cambio, Venner coge la jarra y se la bebe de un trago.

Angela Brillo, que aún no ha dicho nada, mira al escandinavo con mayor confianza: un hombre que se bebe así una cerveza de buena mañana no debe de ser del todo malo.

Vidkun hace las presentaciones en alemán y yo saco mi cuaderno y mi bolígrafo dispuesta a desempeñar mi papel de estudiante de historia.

—No hablo su idioma... —chapurrea la anciana en francés, excusándose.

Y acto seguido se desata en un chorro de palabras. Expresiva, Angela Brillo pasa del horror a la sonrisa, de la inquietud al espanto.

Descubro todo su sufrimiento. La anciana se aferra a los bordes de la mesa. Su voz resuena en el bar vacío. Entiendo alguna que otra palabra: «Lebensborn», «Führer», «Himmler»...

Vidkun no habla; se limita a asentir y pedirle que prosiga.

Al fin, agotada, la anciana se calla. Da un chasquido sordo con la boca medio abierta, resopla y apura la jarra. El extraño frenesí de la anciana me tiene desconcertada.

—¿Qué ha dicho?

Venner me mira haciendo esfuerzos por recomponer la historia.

—Creo que tenemos algo. *Frau* Brillo dice que la han amenazado.

—¿Amenazado, quién?

—No la he entendido muy bien, lleva unas cuantas cervezas. Parece ser que ella fue *Schwester*, una madre portadora, para que me entiendas, en un Lebensborn, o tal vez es que nació allí. Tampoco he sabido qué edad tiene. Lo que sí sé es que estuvo en la casa de maternidad de Bad Polzin, en Pomerania. —Se queda pensativo—. Y nos aconseja... o bueno, te aconseja, que elijas otro tema para tu trabajo...

La anciana nos mira como quien ve una película extranjera sin subtítulos.

—¿Eso es todo lo que ha dicho?

Venner niega con la cabeza.

—Que querer saber más sobre esos suicidios sería meterse en la boca del lobo... Y que ese lobo ya ha devorado a su hermano, el suicida de Spandau, y a otros muchos inocentes...

No lo entiendo.

—¿A su hermano? Pero a su hermano no lo asesinaron, se suicidó.

—Eso le he dicho, pero me contesta que se vio obligado, que estaba destinado a morir así desde que nació... Porque nació en un Lebensborn.

Al oír esta palabra, *Frau* Brillo me coge de la mano y sigue hablando ella.

Sus uñas me arañan la palma.

—¿Qué dice? ¿¡Qué dice!?

Los ojos de la berlinesa se vuelven profundos como simas; parece una vidente, una vieja gitana en pleno trance. Su aliento a tabaco y cerveza me golpea el rostro.

—¡Dígame qué está diciendo!

Venner, un poco perdido, intenta traducir.

—Que son ellos... Que la han amenazado... Que le han arrebatado a su hermano, a sus hijos, todo... Que ahora... ahora podrían ir por ti, Anaïs.

—¿Por mí?

La anciana parece comprenderme. Exclama «sí» en francés y sigue hablando.

—Que la policía —traduce Venner— no ha hecho nada porque ellos son la policía... Que en la guerra fueron los más fuertes y siguen siéndolo...

—Pero ¿quiénes son ellos?

Frau Brillo me suelta la mano lentamente, se derrumba en la silla y repite una frase, cada vez más bajo.

Dominada por la situación, me vencen los nervios y el miedo. ¿Ahora soy yo la que está en peligro?

—¿Qué dice ahora?

Venner está blanco.

—Que todo estaba previsto, que todo estaba previsto...

¿No estará fingiendo, burlándose de nosotros? Pero su aspecto devastado, sus rasgos demacrados, disipan todas mis dudas.

La vieja sigue hablando, ya con mayor reposo, y acaricia la superficie de la mesa como si quisiera calmar a un perro rabioso.

—Dice que Stille Hilfe —traduce Venner— es aún muy influyente y no debemos confiarnos.

—¿Stille Hilfe?

—*Ja, ja!* —contesta la vieja, abriendo mucho los ojos.

—Stille Hilfe es una sociedad que se creó al término de la guerra para organizar la fuga y la reinserción de nazis en todo el mundo.

—¿Y existe aún? Yo creía que habían muerto todos...

Brillo niega con la cabeza.

—En 1945 —explica Vidkun— algunos de ellos eran muy jóvenes; además, la mayoría tuvo hijos.

Lo escucho y siento un escalofrío. Recuerdo el e-mail de Clément. ¿Y si de verdad Venner fuera hijo de ese... Dieter Schwöll? Trago saliva.

—¿Y esos nazis... —pregunto— huyeron a muchos países?

—A América del Sur sobre todo.

«A Argentina, por ejemplo», me digo apretando los dientes.

—Muchos otros fueron a Francia...

Venner y yo posamos nuestros ojos estupefactos sobre la anciana.

—¡¿Habla usted francés?!

Brillo baja la mirada con aire culpable y dice sin acento:

—Un poco... Ellos —prosigue, enrojeciendo y con un temblor de mandíbula que parece que se le desencaje— se refugiaron en Francia. Ahí empezó todo, cuando...

Las palabras mueren en su garganta. La anciana sufre una violenta arcada y retorciéndose vomita en el suelo. Me aparto para que no me salpique.

—*Angela, Bitte!* —dice con fastidio el de la barra, sin dejar de secar vasos.

Cuando la anciana se incorpora parece un cadáver...

Quiere decir algo y no le sale sino un sonido ronco.

Busca en el bolso y saca un viejo lápiz, gira el posavasos y anota algo en él.

Antes de que podamos reaccionar, la anciana ya ha abandonado el lugar, tambaleándose y sin cerrar la puerta.

No nos atrevemos a movernos.

Con un esfuerzo sobrehumano extiendo la mano y cojo el posavasos.

—No lo entiendo...

Venner mira.

—Creo que es un nombre.

—Es verdad —descifro—, en francés: «Claude Jos».

1987

—Vaya sitio para quedar, jefe.

—¿Has averiguado lo que te pedí?

Chauvier está impaciente. Suya ha sido la idea de verse en el McDonald's, lugar neutral donde los haya. Lleva veinte minutos sentado y Linh acaba de llegar con una bandeja en la mano.

A Chauvier parecen exasperarlo el local lleno a rabiar, la multitud de mandíbulas que mastican carne de soja, cheddar sintético y patatas fritas en petróleo.

—Bueno, ¿qué? —insiste.

—¡Un momento! —dice el euroasiático con la boca llena—. Ya que ha querido venir aquí, deje al menos que me aproveche...

Linh devora un Big Mac aceitoso; en la bandeja van cayendo trozos de lechuga. Chauvier solo ha tomado un café. Tampoco tenía hambre. Como si sufriera un desfase horario.

Esa mañana despertó con la cabeza como un bombo; al menor movimiento, zambombazo.

Con la vista nublada y a tientas llegó al cuarto de baño y, sin desvestirse, puso la cabeza bajo un buen chorro de agua fría.

Linh se acaba la hamburguesa, se limpia boca y manos y saca de la cartera un folio escrito a máquina.

Chauvier se lo arrebata.

—¡Tranquilo!

El comisario lee una dirección en París, distrito quinto.

—¿Qué es esto?

—Al parecer, el tal David Guizet, el que dice usted que era periodista, vive retirado desde 1963.

—El año de *Planète*...

—Retirado hace veinticuatro años en una comunidad religiosa en París.

—¿El instituto Saint-Vincent? —pregunta el comisario, que ha seguido leyendo.

—Sí —contesta Linh—. He llamado esta mañana y me han dicho que el «hermano David» lleva años sin recibir a nadie. Por lo que he entendido, es un anciano enfermo... y algo paranoico. Eso es todo lo que hay, no sé si le sirve. Pero por favor, no vuelva a pedirme nada; no quiero perder el trabajo.

2005

—El tal Claude Jos nació por lo visto en Obernai, Alsacia, en 1904, y murió en Paulin, Tarn, en 1995.

—El mismo año que nuestros suicidas...

—Sí, aunque eso no nos aclara mucho.

Me duele la cabeza, estoy rendida. La falta de sueño me pasa factura y ya llevamos una hora navegando por la red en el vestíbulo de nuestro hotel berlinés. Nada, no adelantamos. La información es siempre la misma: que Claude Jos fue un político, diputado y alcalde de un municipio del sudoeste de Francia durante más de cincuenta años; solo eso.

Yo no comprendo nada. Entonces, ¿por qué esa vieja loca de Angela Brillo nos ha soltado el nombre de Jos como si se arrancara el alma? Me parece estar viéndola, con los ojos desorbitados, con una expresión de alivio y venganza... ¿Y qué tiene que ver lo que buscamos con el alcalde de un pueblo de diez mil habitantes?

—Alguna relación tiene que haber... —dice Vidkun taciturno. Su mandíbula contraída indica un grado de concentración cercano a la ira. ¡Qué distinto del Vikingo romántico de anoche! Es un hombre con muchas caras.

Sin mucha esperanza elijo otro buscador y tecleo: «Claude Jos, nazismo, ocupación alemana».

—¿Cómo es que tantos nazis lograron escapar? —pregunto.

—Ya te lo he dicho, el régimen nazi estrechó ya desde el principio fuertes lazos con muchos países capitalistas, para los que Alemania era una barrera frente al comunismo.

—Pero eso no lo explica todo...

—No, claro, pero con la caída de Alemania y el reparto de Europa entre los vencedores, la Unión Soviética, el antiguo aliado, pasó a ser el nuevo enemigo. Y entre rusos y norteamericanos se desencadenó lo que podría llamarse una guerra de cerebros, y por eso hay científicos alemanes trabajando tanto en la NASA como en proyectos espaciales soviéticos...

—Usted me habla de los científicos, pero yo le pregunto por los soldados, por los criminales...

Venner adopta una expresión ácida como el vinagre y a mí se me hace un nudo en la garganta, aunque procuro disimularlo.

—¿Quién te dice que esos científicos no eran soldados, criminales? Eso depende de cómo investigaban, qué tipo de experimentos practicaban, en quiénes los practicaban... Mira por ejemplo Horst Schumann: lo capturaron en África, de médico rural; se había especializado en la enfermedad del sueño y salvó miles de vidas con los hospitales que construyó.

—¿Y antes qué era?

—Estaba al cargo de los campos de exterminio de Grafeneck y de Sonnestein... Lo apodaban «el castrador del barracón 10», porque estudiaba métodos de esterilización exponiendo a sus cobayas a rayos X... Se lo supone autor de veinte mil eutanasias...

—¿Y cómo lo capturaron?

—En 1966 el gobierno de Ghana accedió a extraditarlo a Alemania por cuarenta millones de marcos, en concepto de «ayuda para los países subdesarrollados».

—Con todo se comercia...

—No lo sabes bien... —responde Vidkun, y se suelta a hablar. Sí, es lo que más le gusta: explicar, contar, hacer gala de esos conocimientos atroces con un regodeo enfermizo y cruel.

Yo no me confío; no sé cuál me turba más, si el Venner cáustico o el Venner radiante.

—Pero el colmo del mercadeo —prosigue— fue lo que se llamó «la ruta de los monasterios», en la que estaba implicado el Vaticano.

—¿El Vaticano?

—El Vaticano. ¿No has visto *Amén*, la película de Costa-Gavras?

—Sí, pero es una película...

—Pues está basada en hechos reales. El Vaticano fue, digamos, el principal órgano de blanqueo de ex nazis después de la guerra.

—Pero ¿por qué?

—Por caridad cristiana —ironiza Venner.

Al tiempo que el enésimo «*not found*» aparece en la pantalla, murmuro:

—Si hasta el actual Papa es alemán...

Venner me oye y frunce el ceño, como si no le gustara que me saliera de mi papel.

Mientras, pruebo con otro buscador y pienso con rabia en los «cristianos»...

Sin que pueda evitarlo, me viene a la memoria el recuerdo de los feligreses de Issoudun, con sus caras rellenas y socarronas, sus rencores e indolencias, sus dedos que me señalan por la espalda, sus miradas de recelo, sus voces que cuchichean: «Esa es la hija de la meteca». Esas almas de Dios habrían denunciado a mi madre sin dudarlo...

—Tratándose de católicos, no me extraña lo que me cuenta... ¿Y cómo funcionaba?

—La cosa estaba perfectamente montada. Un tal Walter Rauff, amigo de Martin Bormann, viendo que el futuro se presentaba negro, viajó en 1943 a Italia, donde logró hacerse con ciertos archivos fascistas en los que figuraban todos los miembros activos del partido. En 1945 regresó a Italia y se entregó a los comunistas italianos, a los que por cierto los nazis importaban poco, pero que querían ajustar cuentas en casa...

—¿Y les vendió la lista?

—Pero con cuentagotas: el nombre de un fascista italiano por cada alemán acogido.

—¿Y cuando entraban en Italia?

—Entonces intervenía el Vaticano.

—¿Cómo?

Una vez más «*not found*» en la pantalla.

—Una vez pasados los Alpes, los fugitivos nazis se escondían en monasterios y conventos, y pasando de uno a otro llegaban a Génova, donde quedaban bajo la protección del cardenal Siri, que contaba con la complicidad de otros dos clérigos, el arzobispo Hudal, líder de la comunidad alemana de Roma y persona próxima a Pío XII, y monseñor Draganovic, representante de Croacia en el Vaticano...

—¡Un momento, un momento!

—Los nombres y cargos dan igual. Lo importante es saber que los tres proporcionaban a los nazis pasaportes, visados y contactos en América del Sur y en Oriente Próximo; luego estos se embarcaban en Génova y listo...

—¿Y cuánto duró eso?

—Hasta 1948; el tiempo suficiente para que fueran miles los criminales que rehicieron su vida... y rehicieron su inocencia.

Al oírle reprimo un escalofrío, recordando el mensaje de Clément.

¿Y si todo eso fuera verdad? ¿Y si Clément no hubiera inventado nada? Se explicarían muchas cosas...

Me empiezan a temblar las manos.

—¿Te ocurre algo?

—¡No, nada!

¿Qué hago, qué hago? Intento distraerme. Sin pensarlo consulto mi correo.

¡Error fatal!

Veo la lista de mensajes... y doy un chillido: ¡hay diez, todos iguales y todos de Clément, que me los habrá enviado esta noche!

Y ya es demasiado tarde.

—Vaya, vaya —dice Venner, mientras observa intrigado. Entro en pánico, el corazón está a punto de estallarme—. Veo que le interesas al muchacho...

Se apoya en mi hombro. ¡Nada, ya está, ha leído el asunto: diez veces «Dieter Schwöll»!...

—Vaya, vaya... —repite con voz sorda, sin inmutarse.

Toma una silla y se sienta a mi lado.

Con pavor observo que se maneja muy bien con Internet.

«Estoy jodida...»

Vidkun acaba de abrir un mensaje.

—¿Y lleváis mucho con este jueguecito? —pregunta con tono glacial.

Me he quedado paralizada, sin habla. Intento atraer la atención del recepcionista, pero está ocupado con los registros.

Con la misma calma, y en un tono casi triste, Vidkun lee el mensaje:

—«No, amor, no invento nada. Mira lo que he encontrado sobre el padre de tu querido Vikingo. Sacado de un *Paris-Match* de 1963.»

Venner permanece inmóvil. Le veo los ojos opacos, como velados. No me atrevo ni a respirar. Mi cabeza es una olla de grillos.

—Adjunta una foto —dice el escandinavo—, ¿quieres verla?

Lo miro desconsolada. Contra lo esperado, en el fondo de mi ser, el sentimiento más vivo y profundo es de culpa: lo he traicionado.

Vidkun pincha el archivo; respira por la boca, como si se sintiera indispuesto... Aparece la foto.

Se me desgarran las entrañas.

Se ve a un hombre de unos sesenta años, alto, rubio, corpulento, de ojos hundidos, con un bigote perfectamente recortado. Está sentado junto a una mujer de aire alegre, y les rodean tres jóvenes rubios de ojos azules. El menor está algo apartado y mira al objetivo de mala gana.

—Acababa de cumplir diecinueve años, aunque parezco un chiquillo...

El pie de foto dice: «San Carlos, Argentina, 20 de abril de 1961, aniversario del nacimiento del Führer.

»Dieter Schwöll posa con su mujer Solveig y sus hijos Gunnar, Hans y Martin.

»El ex médico del campo de concentración de Natzweiler-Struthof era conocido por practicar amputaciones a prisioneros que utilizaba como cobayas humanos.

»Capturado por el Mossad la semana pasada, será juzgado en Jerusalén el mes que viene.»

Sigo sin poder moverme. Ni siquiera reacciono cuando Vidkun apaga el ordenador y me coge firmemente del brazo.

«Esposada...», me digo, al sentir cómo aprieta aún más.

—¡Ven!

Con un movimiento del codo me obliga a levantarme y me arrastra hacia la calle.

El vestíbulo está desesperantemente vacío. El recepcionista sigue a lo suyo, y yo no me atrevo a gritar. El pánico me ha vuelto una autómata, un robot mudo.

Al salir por las puertas giratorias Venner todavía se pega más a mí.

—¡Intenta escapar y te parto el brazo!

Las lágrimas se acumulan en mis ojos: tengo demasiado miedo para llorar...

El Mercedes está aparcado ante el hotel y Fritz me mira apenado.

—Creo que tenemos que hablar... —dice Vidkun, abriendo la portezuela.

Me empuja dentro y exclama:

—*Nach Paris, schnell!*

1987

Hacía años que Chauvier no iba a París.

«Lo que habrá cambiado...», se dice al salir de la terminal oeste del aeropuerto de París-Orly.

Llama a un taxi.

—Plaza de la Contrescarpe, distrito quinto —dice.

—Allá vamos.

El taxista es un *harki*, un viejo militar africano, que lleva puesta una emisora de noticias y habla sin cesar con lenguaje pintoresco. Los males del mundo le duelen como heridas propias: los gobiernos de cohabitación, la tempestad en Bretaña que se ha cobrado la vida de veinte personas, Le Pen candidato a las presidenciales... Todo lo indigna.

—Señor, ¿qué cree usted, llevo razón o no? —pregunta de pronto.

Chauvier se da cuenta de que desde que empezó con el «caso Jos» —¿desde mucho antes quizá?— se ha apartado de la realidad. Lo que ocurre en el mundo de la política, la cultura, dista mil leguas de lo que a él le preocupa. Vive en el pasado, en la lucha entre la cruz gamada nazi y la cruz de Lorraine francesa, en un mundo cuya única luz es Anne-Marie y cuyas tinieblas se llaman Jos.

Pero la vida sigue, y así lo advierte brutalmente en ese París que se mueve y agita.

Llegan a la Porte d'Orléans. Chauvier lo mira todo con ojos ávidos: las calles, las tiendas, la gente; y el taxista comprende que no conseguirá entablar conversación.

Al llegar a la plaza de la Contrescarpe, el taxista para ante la fuente y Chauvier le da una buena propina.

—Gracias, jefe —le dice el *harki*, e inclinándose sobre el volante, arranca de nuevo.

«Pues sí, estoy en París...», se dice el comisario, desorientado.

Afortunadamente, la zona del Panteón sigue siendo muy turística y Chauvier no se siente tan fuera de lugar.

Saca la hoja de Linh.

«Instituto Saint-Vincent, calle Rataud, 5, 75005 París.»

«Creo que queda cerca...», se dice haciendo memoria, y toma por la calle Mouffetard.

Las calles y tiendas bullen de gente cargada con bolsas de plástico. ¡Qué distinto de Paulin!

Llega a la calle Rataud, número 5.

Se detiene ante un portón de madera a uno de cuyos lados cuelga una cadena de metal con asa. Chauvier, caperuzón gris, llama a la puerta del lobo.

Ruido de pasos. Abre un novicio de cara sonrosada.

—¿Sí? —pregunta el joven.

—Quisiera hablar con David Guizet, si es tan amable.

—Las visitas no están permitidas —dice el otro con mansedumbre, y empieza a cerrar la puerta.

Chauvier la detiene con el pie y saca la placa.

—Policía.

Sin abrir, el novicio toma la placa y la observa.

—Lo siento, comisario, pero los laicos no pueden entrar. Esto es un monasterio. ¿Acaso trae una orden?

«Este necio es capaz de llamar a Toulouse para asegurarse; mejor será intentarlo por las buenas...»

—Mire, joven, respeto sus reglas, no quisiera turbar sus... oraciones.

Como no muestra intenciones de forzar la entrada, el portero suelta la puerta.

—¿En qué puedo serle útil, señor comisario?

—¿Está aquí David Guizet?

El novicio vacila un instante y contesta:

—El hermano David está aquí, sí... —Parece morderse la lengua; luego, algo alarmado, como si entrara en un tema prohibido, confiesa—: Pero lleva veinticuatro años sin hablar con nadie. Se encarga de la biblioteca.

—¿Y por qué ese silencio?

El novicio está cada vez más apurado.

—Creía que lo sabía...

«¿Sabía qué?», le dice Chauvier con los ojos a ese novicio que palidece por momentos.

El monje no se decide, parece debatirse entre sentimientos encontrados.

Por fin mira a un lado y otro de la calle y le hace seña de entrar a Chauvier.

—Pase un momento...

Cierra la puerta y se hallan casi a oscuras en la bóveda de la entrada. El novicio no enciende la luz. Chauvier lo percibe a su lado, en la penumbra, como si fueran a confesarse.

—El hermano David ha sufrido grandes desgracias...

—¿Desgracias?

—No siempre fue un hombre religioso. Tuvo una vida, mujer, hijos... —Se estremece—. Pero están todos muertos; fueron asesinados.

Se le velan los ojos, los labios palidecen; sin quererlo, Chauvier se contagia de su inquietud.

—¿Asesinados? ¿Por quién? ¿Cómo?

El novicio, impotente, se encoge de hombros.

—Nadie lo sabe... —Se inclina y le susurra al oído—: Los encontraron al fondo del jardín de la casa, en Verrières-les-Buisson. —El monje revive la escena con horror—. Los habían ahorcado... a los cinco, mujer, hijos... ¡hasta el perro! —Chauvier aprieta los puños—. E incendiaron la casa... y quemaron los cadáveres...

El monje mira un crucifijo que hay sobre la puerta y se persigna con gesto teatral.

—¿Se lo ha contado él? —pregunta Chauvier, que procura razonar.

Pero lo que acaba de oír lo ha impresionado, y cree adivinar de nuevo la mano de Jos.

—El caso es que lo sé... ¡eso es todo!

Alza el pestillo y abre la puerta. La luz del día cae sobre él como rayo de Dios: tiene esa expresión culpable de los que creen haber hablado demasiado.

—Ahora tiene que irse, comisario.

El sol deslumbra al policía, que entorna los ojos.

Al fin alza la vista y ve un cartelito al lado de la puerta.

OFICIO PÚBLICO: TODOS LOS DOMINGOS A LAS OCHO EN LA CAPILLA DEL INSTITUTO.

—Gracias —responde Chauvier, y se pierde en las callejuelas del Barrio Latino.

Cristo pone mala cara.

«Como siempre, por cierto —piensa Chauvier mirando el gran crucifijo que domina la capilla—. Gruñón, moralista... Enemigo del buen vivir, del buen comer, del amor libre... Menudo gurú.»

Pero el comisario es el único que presta atención a Jesús; los demás miran fijamente al suelo.

—El Señor sea con vosotros.

—Y con vuestro espíritu...

Entre los asistentes Chauvier distingue a unos cuantos laicos que, como él, han madrugado para acudir a la misa de la cofradía de Saint-Vincent: algunas viejas, una pareja de turistas norteamericanos y una niña que mira a los monjes llena de curiosidad.

Ballaran fue monaguillo en Paulin durante ocho años. Su madre era muy devota y quiso infundir en su hijo «un poco de religión».

«¿Para qué?», se pregunta ahora.

Ha visto morir partisanos, ha visto ciudades arrasadas por bombas aliadas, ha visto cabezas rapadas en 1945, cuerpos martirizados en campos de concentración, destrozados en Indochina, torturados en Argelia... Y como policía ha conocido el crimen en lo que tiene de vil, de rastrero. «Tanto Dios, para eso...»

Los monjes cambian de postura. Chauvier se pone en pie.

Pero al hacerlo siente como un pinchazo en la mejilla. Vuelve la cabeza y ve una cara, o mejor dicho, dos ojos. Es un hombre, un monje, que lo mira escondido tras una columna; con la mirada fija, punzante, que casi hiere.

El hombre se le acerca con sigilo y le dice en voz baja:

—Es usted, ¿verdad?

—¿Cómo? —dice Chauvier sorprendido ante esa cara redonda en la que cada arruga parece haber sido rellenada con grasa de foca.

El monje le estira de la manga.

—¿Viene a protegerme?

Chauvier se tensa.

—Usted debe de ser David Guizet. Pero yo creía que no hablaba...

—¡Chisss!

Chauvier siente cómo le tira hacia atrás por la solapa; Guizet se apoya en la fuente bautismal, en la penumbra.

—Tiene que protegerme, sigo siendo una amenaza para él y quiere matarme. Tengo pruebas, documentos, ¿entiende? ¡Lo tengo todo!

Abre una puerta, y los dos entran en un pasillo con puertas, como el de un hotel.

—¿Dónde estamos? —pregunta Chauvier.

El otro no contesta; camina apresuradamente.

—¡Sígame!

Cruzan varios patios interiores, no ven a nadie.

«Estarán todos en misa», se dice Chauvier.

En un gran corredor Guizet se para ante una de las celdas, se saca una llave de la manga.

—¿Sabe él que usted ha venido a verme? —pregunta.

Chauvier no entiende.

—¿De quién me habla?

—De él... —contesta el monje, y abre la puerta.

En ese instante Chauvier siente que se ahoga.

Él… está en todas partes: en las paredes, las mesas, las puertas, el espejo, sobre la cama. Montones de fotos, recortes de periódico, negativos, carteles electorales…

—Aquí está todo —dice el monje, que cierra la puerta después de cerciorarse de que no los han visto.

—Jos… —dice Chauvier con voz sorda.

—Mi pequeño museo —añade Guizet no sin orgullo.

El policía está atónito.

—¿Y cómo ha reunido todo esto?

—He tenido tiempo… —contesta con resignación el «hermano David».

Chauvier recorre las paredes con la mirada.

Guizet se acerca a una foto que hay cerca de la puerta y muestra a una hermosa rubia con un recién nacido en brazos.

—Él y su madre en 1904.

En otra foto Chauvier lo reconoce con dieciocho años; posa junto a un hombre de cejas pobladas y ojos claros.

—Jos en 1922, en Munich, junto a Rudolf Hess.

Y en otras está con Goebbels, con Göring, con Himmler, con Bormann, con todos los jefes nazis; en momentos íntimos, comiendo o departiendo en un salón.

Pero la más estremecedora es una foto a color en la que se ve a Jos riendo, sentado entre Hitler y Eva Braun sobre un pequeño muro con un magnífico paisaje de montaña al fondo.

—Eso es en 1942, en Berchtesgaden, una de las últimas veces que el Führer visitó su Nido del Águila…

Pero Chauvier ha visto entonces un par de fotos junto a la cama que lo han dejado de piedra.

Siente un sudor frío en las sienes, le cuesta respirar.

Una es una foto de la boda de Jos y Anne-Marie, en la que dice: «Mirabel, 18 de agosto de 1945». Los recién casados posan bajo la bóveda del castillo y parecen muy enamorados y felices…

La otra…

«¡Dios santo!»

La otra está fechada en 1944, cuando Jos acababa de entrar en la Resistencia. Representa a ocho partisanos en el bosque cátaro; el del medio es Jos, que tiene el mismo aire triunfante que en las fotos de Alemania; parece seguro de sí como un señor medieval.

A su lado se ve a Marc Pinel, el sombrerero.

Tras ellos está el único hombre que no sonríe; es más joven y lleva un brazalete negro en señal de luto, pues las SS acaban de matar a su padre.

—Lo he reconocido a usted enseguida... —dice Guizet con voz cavernosa.

—Usted hizo desaparecer el expediente de Claude Jos de los archivos del ejército, ¿verdad? Y lo hizo porque Anne-Marie de Mazas se lo pidió... —le dice el monje con extraña comprensión—. Aunque supongo que, con lo que él sabía de usted, no pudo hacer otra cosa...

Chauvier siente vértigo.

—Entonces, ¿lo sabe todo?

—Para mi desgracia, sí... —contesta el monje en tono fatalista.

Se arrodilla al pie de la cama, hecha con esmero —y en la que Chauvier observa un oso de peluche reposando sobre la almohada—, mete los brazos bajo el somier, saca un baúl de metal medio oxidado que suena a chatarra y lo abre con gravedad.

El baúl contiene cientos de fichas de papel bristol ordenadas alfabéticamente, como en un archivo.

—Vamos a ver... —murmura tristemente, pasando los dedos por las fichas—. Aquí... —Y saca una de la letra B—. «Ballaran, Gilles. Nacido en Lavaur el 11 de enero de 1927, hijo de Claude Ballaran, asesinado el...»

—¡Basta, basta, basta! —lo interrumpe Chauvier.

Mira de un extremo a otro la celda, ese minúsculo cuarto lleno de fotos y papeles en el que ese hombre lleva enterrado en vida veinticinco años, y siente que flaquea.

El monje advierte su vacilación y le señala un asiento, en el que el comisario se deja caer.

—Cuando pienso que usted tuvo la culpa de todo —dice Guizet con una voz átona en la que Chauvier percibe una profunda desesperación—. ¡Todo por su torpeza de enamorado romántico!

El monje mira a Chauvier con la cara descompuesta, paralizada por un pasado atrozmente presente.

—¿Se da cuenta de que en ese expediente había documentos decisivos, que habrían podido cambiarlo todo? Yo —añade ensombreciéndose, con voz apagada—, yo no estaría ahora aquí, sin duda; seguiría en Verrières con mi mujer —coge el peluche y lo aprieta contra el pecho—, mis hijos... mis nietos, quién sabe... Pero en fin —se levanta—, también comprendo sus razones; en aquella época se exponía usted a que lo lincharan... —Chauvier palidece—. El caso es que he tenido que prescindir de ese expediente.

Chauvier está abrumado, ya no puede pensar. El monje, presa también de un inmenso desánimo, se sienta en la cama y se lleva las manos a la cara.

—Lo siento... Le habrán dicho que hice voto de silencio. —Alza la cara—: Desde que los perdí —y aprieta el peluche con ternura—, el silencio ha sido mi refugio.

Se queda mirando un momento a Chauvier y dice, volviendo a la carga:

—Sé que ha leído el artículo de *Planète*. Me escribió enseguida Philippe Crau, el librero de Toulouse.

—¿Crau? ¿Él también? —pregunta Chauvier.

«¡No te dejes desviar por tus recuerdos, comisario! —se dice—. Lo que quieres saber lo tienes ahí delante... ¡venganza, comisario, venganza!»

—En el famoso artículo —prosigue Guizet— no conté ni la cuarta parte de lo que sabía sobre lo de las momias y las excavaciones de Claude Jos.

—¿Y por qué no?

—Mi redactor jefe tuvo miedo de las represalias.

—¿Represalias?

Guizet asiente.

—Pero lo que conté ya fue bastante. Jos lo supo e impidió que la revista se distribuyera. Y para remachar el clavo también hizo… —añade con voz sofocada— lo que usted sabe…

El monje revive el drama paso a paso. El ambiente se densifica, el aire se hace irrespirable.

—Y si no lo contó todo —pregunta Chauvier tras un largo silencio—, ¿qué es lo que falta?

—Le gustaría saberlo, ¿verdad? Pero ¿para qué? Nuestros seres queridos no resucitarán.

—Yo también tengo muertos que vengar… —replica Chauvier.

Guizet le pone amistosamente la mano en la rodilla.

—Lo sé… Las traiciones no se olvidan. Ni aunque pase medio siglo.

El monje y el policía se sienten muy viejos de repente, como dos soldados de Verdún el día del aniversario de la batalla.

—¿De verdad quiere saberlo?

El comisario asiente.

—Porque si se lo cuento, él ya no va a dejarlo en paz jamás, ¿comprende lo que le digo?

—No tengo nada que perder…

—Eso lo dicen todos… al principio…

—Le escucho —dice Chauvier con determinación, y finalmente el monje se dispone a hablar.

El ambiente se transforma; como si desapareciera el decorado; como si, de repente, Chauvier volviera a ser el pequeño Gilles, y se hallara con su padre oyéndole contar viejas leyendas y asando castañas al amor de la lumbre. Son como maestro y discípulo, como padre e hijo.

—Todo empezó en Heidelberg a principios de los años cuarenta.

—¿Heidelberg?

—Sí, la patria de Kant, la gran ciudad universitaria alemana. Había allí cuatro jóvenes que estudiaban arqueología y eran los mejores de su promoción. —Hace un guiño de enterado—. «Los

Sven», los llamaban, y no se sabía mucho de ellos, solo que nacieron en Noruega a mediados de los años veinte.

—Entonces eran muy jóvenes —dice Chauvier, hecho el cálculo mental.

—Tendrían unos quince años, pero eran una especie de superdotados. No siguieron el curso académico típico, se formaron con algo así como un... preceptor.

—¿Un profesor particular?

—Más que eso... Como un padre espiritual, que los adoptó al poco de nacer y les hizo de guía. —Chauvier frunce el ceño—. Durante sus estudios de arqueología en Heidelberg, los cuatro jóvenes ingresaron en lo que se conocía como la Ahnenerbe...

—Eso me suena...

—Era una organización dependiente de las SS que tenía por cometido demostrar el origen superior, digamos divino, del pueblo alemán; para ello buscaban pruebas arqueológicas por todo el mundo.

Chauvier le escucha perplejo. Él creía que ese tipo de delirios solo se veían en las películas, como la tontería aquella de *En busca del arca perdida* que Linh lo llevó a ver hacía algunos años.

—Lo que le digo es verdad —sigue diciendo el monje—. Los nazis estaban convencidos de que eran superiores, biológica, cultural y espiritualmente. —Señala la foto de Lanta de 1953 y explica—: En la guerra, estos estudiantes recorrieron media Europa en retaguardia. Cuando el ejército alemán tomaba una ciudad histórica, ellos acudían y registraban los museos, excavaban en yacimientos antiguos sin respeto ni consideración alguna. Buscaban pruebas de su ascendencia superior... Estaban obsesionados.

—Pero usted me habla de los tiempos de la guerra, y lo de las momias fue en el cincuenta y tres.

Guizet adopta una expresión maliciosa.

—¿Acaso cree, mi pobre Ballaran, que la caída del nazismo los detuvo? —Lo dice con una frialdad que impresiona y turba a Chauvier—. ¿De verdad cree que la guerra acabó el 8 de mayo de 1945? —Niega con la cabeza—. Hay dos historias, una «oficial» y otra... secreta. Porque hay gente que prosigue...

—¿Que prosigue qué?

—La lucha, la búsqueda... Empezando por los Sven y su famoso preceptor...

—¿Que era...?

—¿Y usted me lo pregunta? —Esboza una sonrisa y señala una foto en la que se ve a Jos y a sus cuatro arqueólogos, todos vestidos con el uniforme negro de oficial de las SS—. Usted lo conoció primero con el nombre de Klaus Jode; luego, y gracias a usted, se convirtió en Claude Jos... Y ya no existen pruebas de lo contrario.

Chauvier tose nerviosamente.

—Pero entonces, antes de la guerra y durante ella, aún llevaba su verdadero nombre, el nombre por el que los nazis lo conocían, por el que Hitler y Himmler lo apreciaban y estimaban, por el que los Sven lo veneraban...

Guizet hace una pausa solemne; lo que cuenta lo transfigura, como si fuera la razón y el sentido de su vida.

—¿Qué nombre? —Chauvier está cautivado.

El monje dice entonces, vocalizando cada sílaba, como si fueran de materia sólida:

—Otto Rahn...

—¿Otto Rahn?

Chauvier está convencido de no haber oído nunca el nombre, y sin embargo algo como un eco lejano y vago parece resonar en su interior.

«Otto Rahn, Otto Rahn...»

—Los Sven —prosigue Guizet— eran la obra, la creación de Otto Rahn, y durante la guerra estuvieron siempre juntos. Sabemos que excavaron en muchos sitios, desde el Cáucaso hasta el Tíbet, desde México hasta la isla de Pascua. Las SS ponían a su disposición medios de transporte que en principio estaban reservados para el ejército.

A Chauvier le cuesta seguir el encadenamiento de los argumentos.

—Pero ¿cómo llegó Jos... o Rahn, a Paulin?

—Por lo mismo que a otras partes, para excavar —contesta

Guizet—. Otto Rahn conocía la región y trataba a los Mazas desde mucho antes de la guerra. Seguro que lo vio usted de niño en el castillo de Mirabel...

Eso es lo que le asusta, esa es la idea que persigue a Chauvier desde el principio.

Y se da cuenta nuevamente de hasta qué punto Guizet lo conoce.

«¡Lo sabe todo de mí!»

Muchas veces se ha dicho Gilles que habría podido prever los acontecimientos, adelantarse a ellos; haberse quedado con Anne-Marie para siempre; no haberse plegado a la voluntad del conde de Mazas, al chantaje de Jos, a la traición de su novia; haber raptado a Anne-Marie y habérsela llevado lejos.

Pero siempre que hace memoria de su juventud —una juventud obtusa, gris y triste como su vida de policía—, tiene la impresión de que falta algo, como si fuera un rompecabezas sin una de las piezas... la pieza clave.

Sobre todo los días anteriores al estallido de la guerra en 1939 están envueltos como en una niebla densa, pese a que entonces era ya un muchacho y no tendría por qué haberlos olvidado. No recuerda ningún hecho concreto del verano de 1939, solo tiene imágenes imprecisas, sin detalles. Pero el nombre de Otto Rahn le suena ligado al eco de esos días olvidados. Seguro.

—En 1944 —continúa Guizet—, con el desembarco aliado, Rahn se hizo pasar por uno de esos alsacianos enrolados a la fuerza en el ejército alemán, y luego se hizo partisano y llegó a ser casi un héroe de la Resistencia...

«Y yo le ofrecí su virginidad en bandeja de plata», piensa Chauvier con una punzada.

Guizet adivina sus sentimientos y lo consuela:

—Sé que no podía hacer otra cosa... Y que tampoco podía saberlo. Ese hombre es el diablo. —Toma aliento como quien se dispone a reanudar una carrera y prosigue—: Porque no se rindió. En la guerra hizo dinero, él y los Sven robaban piezas y restos arqueológicos y los vendían. Por eso pudo capear el temporal cuando llegó la hora de rendir cuentas: sobornó a quienes podían ayudarlo a hacer olvidar su pasado y facilitarle el trabajo...

—¿Y luego de veras continuó?

—¡¿Cree que me lo invento?! —salta Guizet, ofendido—. ¿Cree que no he pagado bastante por mi honradez... por mis imprudencias, mi locura? —Cabecea y se reporta—: Perdóneme... Yo... estoy muy solo... ¿Dónde estábamos?

—En que Jos... o Rahn, siguió con sus investigaciones al acabar la guerra.

—En el artículo hablaba de las excavaciones de 1953 —prosigue el monje—. Y eso fue precisamente lo peor que podía pasarle. Era la primera vez que la prensa hablaba de su trabajo, porque desde el fin de la guerra había excavado clandestinamente... Arqueología furtiva...

—Y fue él quien eliminó a Lafaye...

Guizet lo corrobora cabeceando.

—Primero eliminó a Lafaye, luego cerró la *Gaceta de Ariège* y envió a sus redactores a Indochina... —Lo dice casi con admiración—. Había que borrarlo todo, ¿entiende? Comprar y destruir periódicos, suprimir a cuantos pudieran estar al tanto, poco o mucho... incluso a personas inocentes... —Otro recuerdo doloroso. Coge el oso de peluche y le acaricia las orejas, que son de algodón blanco—. Desde entonces trabaja en la sombra... Porque sigue trabajando... ¡Vaya si sigue!

—¿Y desde entonces vive usted escondido? ¿Por miedo a que lo encuentre?

—¡Ah! —contesta Guizet con una tristeza mezclada de cansancio—, Jos sabe muy bien dónde me encuentro. Y seguramente sabrá también que estamos hablando en este mismo momento. Pero para él no somos nada...

—Entonces, ¿por qué tiene tanto miedo?

Un rápido destello cruza por la mirada del monje. Pero pronto se apaga, igual que una llama al viento.

—No puedo decirle más...

—¡Sí que puede! —exclama Chauvier—. ¡Tengo que saberlo todo!

El monje se echa en la cama y se queda como muerto mirando al techo.

—Ya he dicho bastante. —Y cierra los ojos.

—¡Dios santo, pero no puede usted dejarme así! —exclama Chauvier.

Guizet sigue quieto. Las voces de Chauvier resuenan por los pasillos.

—Se lo ruego... —dice el monje, señalando con el brazo alzado el crucifijo que hay en la pared, entre las fotos.

Se oye ruido afuera, pasos presurosos que se aproximan.

—No tendría que haber gritado —dice Guizet, como aliviado. Se vuelve al comisario y añade en voz baja—: Jos solo teme a una persona.

—¿A quién?

—A una mujer, que conoce todos sus secretos y sabe en qué ha trabajado desde que acabó la guerra.

—¡¿Quién?!

—Ella conoce sus proyectos al detalle, y a mí me protege desde hace veinticinco años.

—¿Cómo se llama? —exclama el comisario.

Llaman a la puerta.

—Hermano David, ¿va todo bien?

El monje se queda quieto, mueve aún los labios, aunque sin pronunciar palabra. Luego dice, en voz muy baja:

—Seguramente habrá oído hablar de ella. Escribe novelas de mucho éxito...

—¡Hermano David, ábrame!

—¿Cómo se llama? —insiste Chauvier, entre dientes, dispuesto a golpearlo.

—Marjolaine Papillon.

—¿Marjolaine Papillon?

—Sí. Ella tiene la clave del misterio. Ella es la única que a partir de ahora podrá protegerle. Conoce a Rahn de toda la vida, aunque se haya convertido en su más encarnizada enemiga...

El comisario oye ruido en la cerradura.

—Hermano David, voy a utilizar la llave maestra...

—¿Y dónde vive esa mujer?

—En Berlín…

El novicio irrumpe en la celda.

—Usted… ¿qué hace usted aquí?

Y coge a Chauvier de un brazo.

—¡Suelte, suelte! —replica el policía, desasiéndose.

Guizet, que ha vuelto a su silencio, hace seña al hermano para que se tranquilice y acompañe al comisario a la calle.

—Vamos —le dice el joven monje a Chauvier.

Ya están saliendo cuando Guizet le indica a Chauvier que se agache, le acerca los labios al oído y susurra algo tan bajo que el otro no está seguro de haberlo entendido bien.

—¿Cómo dice?

Pero David Guizet ya se ha tumbado y permanece inmóvil como si debiera reposar toda la eternidad.

—¡Vamos! —exclama el novicio asustado, y empuja fuera a Chauvier.

Yendo por el pasillo, el joven monje detiene al policía y le pregunta:

—Dígame la verdad, ¿qué le ha dicho?

—No lo he entendido —contesta Chauvier, como si se respondiera a sí mismo.

Con todo, para sus adentros, se repite las palabras misteriosas, incomprensibles, de Guizet: «¡Lea *Halgadøm*!».

2005

—Deja que te explique, Anaïs...

Llevamos media hora en el coche sin hablar. Nada más subir, Venner se ablandó y se acomodó al otro extremo del asiento.

Mi desconsuelo ante el ordenador y mi terror paralizante en el hotel se han convertido en una rabia sorda. Fulmino a Vidkun con una mirada no sé si de odio o de decepción. Lo que está claro es que me ha mentido. Es él quien me ha traicionado. ¡Y para colmo este secuestro, este rapto puro y simple!

No aguanto más y me desahogo:

—¡Ja! Bien escondido se lo tenía, «señor entendido en nazismo», «señor apolítico», «señor neutral», «señor rigor histórico»... ¿O prefiere que lo llame «señor Schwöll», como su «papá»? ¿El buen médico, el buen padre de familia, el pobre ahorcado de Jerusalén? Tiene gracia: mi madre, judía; su padre, médico de las SS... Estábamos hechos el uno para el otro, vamos... ¡Y ahora juntitos en plena peregrinación nazi!

Venner procura mostrarse impasible, pero lo veo terriblemente tenso, como si luchara consigo mismo. Por fin se vuelve y comprueba que el cristal que nos separa del chófer está bien cerrado.

—Porque Fritz no lo sabe, claro...

Venner sigue pálido y frío.

—Nadie lo sabe... Y confío en que tu amigo Clément no divulgue su... «descubrimiento».

—¿Y si lo hace?

—Si lo hace ya puedes despedirte de cobrar...

—Ya veo, señor Schwöll, que usted comercia con todo, incluso con los recuerdos...

Venner aprieta los puños con violencia.

En su rostro rígido solo los ojos parecen tener vida; sabe que es demasiado tarde, que debe decírmelo todo.

—Soy toda oídos —digo estirando las piernas en el asiento—; hasta París queda mucho camino...

Vidkun eleva la mirada hacia el techo de la limusina, como si buscara una escapatoria, y luego respira profundamente.

—Me llamo Martin Schwöll. Nací en 1942, pero no recuerdo nada de la guerra.

—Eso no le justifica.

—No quiero justificarme, Anaïs. Acabo de decírtelo, nací en Europa en 1942, pero mis primeros recuerdos se remontan a 1946. Mi familia logró salir de Europa gracias a esa famosa «ruta de los monasterios» de la que te he hablado. El Vaticano nos proporcionó a mi padre, a mi madre, a mis dos hermanos y a mí visados para América Latina.

Vidkun contempla pensativo la carretera, gris en este lluvioso día de mediados de septiembre; pero no ve el alquitrán negro y brillante, sino su infancia.

—Hicimos el viaje en un carguero que antes de cruzar el Atlántico recorrió la costa de África. Son mis recuerdos más antiguos: grandes atracaderos llenos de restos de verduras, marineros negros sentados a la sombra tallando madera, mis hermanos y yo jugando en las calas, mi madre que no se creía la suerte de haber escapado, y mi padre... mi padre tomando notas en un cuaderno.

—¿Notas?

—Toda mi infancia lo vi tomar notas en una libreta. Y cuando mis hermanos y yo le preguntábamos de qué se trataba, nos contestaba: «Hijos, estoy preparando vuestro futuro...». La última vez que vi ese cuaderno —prosigue con voz más dura— fue en televisión, en 1963, cuando difundieron imágenes del juicio. Mi padre no quiso abogados y se defendió él mismo utilizando esos apuntes tomados durante casi veinte años.

—¿Estuvo veinte años preparando su defensa?

—Mi padre no era un monstruo ni un loco... —replica, y al ver que tuerzo el gesto continúa—: Era plenamente consciente de su culpabilidad y sabía que un día u otro lo pagaría. Pero lo que más le importaba éramos nosotros, sus hijos.

—¿En qué sentido?

—No quería que lo capturasen antes de que fuéramos mayores de edad.

—O sea, que usted, durante toda su niñez, supo quién era su padre y lo que había hecho...

—No exactamente. En casa la guerra era un tema tabú. Mis padres se comportaban como si Alemania fuera solo aquella encantadora quinta de montaña argentina en la que vivíamos rodeados de otros alemanes.

—¿También «supervivientes» del nazismo?

—Llámalo como quieras...

—Pero si esa gente eran SS o nazis, ¿cómo podían no acordarse nunca de la guerra?

—En 1945 muchos alemanes tuvieron la impresión de salir de un estado de hipnosis en el que Hitler los había tenido cerca de quince años. Miraron a su alrededor y descubrieron los estragos causados, sus estragos...

—La culpa la tiene el jefe... ¡muy fácil!

Mi comentario hiere a Venner en lo vivo, que contesta en tono tajante:

—Para mis padres era cuestión de «supervivencia mental». Muchos se sentían culpables...

No me convence, pero sí veo todo lo ignominioso del caso.

—Si no he entendido mal, ¿usted no supo nada de la guerra, de Hitler, del Holocausto... hasta que arrestaron a su padre?

—Sí. Pero a mi padre no lo arrestaron, lo secuestraron. Lo metieron en un saco y se lo llevaron en avión a Israel... sin informar a las autoridades argentinas.

—Es justo que corriera la suerte de los cobayas... a los que gaseaba.

Vidkun da un capirotazo en el cristal y replica luego sin inmutarse, en un tono glacial:

—Mi padre no gaseó a nadie.

Me estremezco al descubrir en su mirada tranquila, reposada, que parece ver lo evidente y no dudar de nada, un destello de demencia.

Venner se frota las sienes.

—Anaïs, será mejor que me dejes terminar sin interrumpirme...

Asiento con un parpadeo.

—En efecto, no supe nada de la guerra hasta que secuestraron a mi padre. Hasta ese momento lo único que sabía era que había un país al este, muy lejos, donde vivía gente que hablaba nuestro idioma. Confusamente, sabía que había ocurrido una especie de cataclismo, de apocalipsis, que nos obligó a dejarlo; éramos los últimos supervivientes de aquel mundo...

«¡Qué horror!», me digo.

—En Argentina hacíamos una vida rural, tranquila y aislada; solo salíamos para ir a la montaña o al mar. Tuve, pues, una infancia normal y bastante feliz. Mis hermanos y yo vivíamos en la quinta y cada uno se ocupaba de una parte de la explotación. —Esboza una leve sonrisa—. Era una vida muy agradable, al margen de todo, sin nubes... Aunque había momentos...

Vidkun resopla entre dientes, se interrumpe.

—¿Momentos...?

Alza la vista.

—Momentos en que mis hermanos se metían conmigo.

—¿Qué quiere decir?

—Cuando estábamos solos me decían que yo no era de la familia, que para mamá solo era como un muñeco. —Se queda mirándome fijamente—. Me llamaban el «extraño»...

La imagen de mi madre —la foto sobre la chimenea— se mezcla con la de Venner, aunque la comparación me parece al punto de un mal gusto odioso.

Vidkun cruza las manos y se muerde los nudillos, como disponiéndose a confesar algo de grandísima importancia.

—El Mossad irrumpió en casa en plena noche, todos dormíamos. Fue muy rápido: oí gritos en la habitación de mis padres, mi madre exclamaba «*Neeein!*», luego unos disparos, ruido de coches... y nada más...

Sí, Venner es un hechicero, me embebo de sus palabras como si me fuera la vida en ello.

—Todos corrimos a la habitación de mis padres. Mi madre estaba sentada en la cama, tenía un corte en la frente y la sangre le caía por los ojos. Al vernos dijo, con una voz terriblemente tranquila: «Ya está...».

—¿Ya está?

Vidkun asiente.

—Mis hermanos acudieron a ella y la abrazaron. Los vi allí juntos, unidos. No me moví y nadie me pidió que me acercara. Al poco mi madre me miró y murmuró: «Martin, tengo que hablar contigo...». Mis hermanos salieron uno tras otro, mirándome de manera extraña. Hans, el más pequeño, llegó a decirme al oído: «Extraño». Fue entonces cuando mi madre me lo explicó...

—¿El qué?

—Todo: la guerra, Hitler, los campos de concentración... Yo tenía veinte años, Anaïs; fue como si de pronto quitaran un velo y descubriera el horror... —Hace una pausa, incómodo—. Y sobre todo descubrí de qué gran impostura fui víctima, porque era el único que no sabía nada. Mis hermanos estuvieron al tanto de todo desde el principio: ellos nacieron en Alemania, el mayor hasta vivió en campos de concentración... ayudando a mi padre.

—¿Y por qué a usted no le dijeron nada?

Se inclina y dice a media voz:

—Yo no era hijo suyo...

—¿Cómo?

—Nací en 1942 y la familia Schwöll me adoptó en 1944, al final de la guerra. Esa fue la segunda confesión que me hizo mi madre aquella noche.

Me aturde. «Eso lo cambia todo...», me digo. Aunque, ¿no será otro truco para ganarse mis favores, alegando la inocencia de su nacimiento, los azares de la vida?

—¿Y quién es usted, entonces?

—Aún no lo sé... Mi madre juró y perjuró que mi padre se

presentó una noche con un niño y le dijo que se lo quedaban. Yo tenía apenas dos años...

—¿Y no quiso saber más?

—¡Claro que quise!

—¿Y qué hizo?

—Para saber tenía que marcharme, regresar a Europa. Al día siguiente por la noche vacié los joyeros de mi madre y dos días después me embarqué para el puerto de Le Havre...

—Llegué a París el 10 de septiembre de 1963, tras una travesía larga y accidentada...

Al caer la noche, Vidkun ha querido que paráramos a comer algo en un restaurante más allá de Frankfurt. Además, Fritz tenía que repostar y estábamos hambrientos. Yo podría haber aprovechado y largarme, escapar; lo he pensado. ¿Acaso no me habían metido a la fuerza en aquel coche, acaso no iba secuestrada? Pero ¿adónde iba a ir, en plena noche, perdida en una autopista de Alemania? Seguro que terminaría en el asiento de al lado de alguno de esos camioneros teutones acodados a la barra, y en ese caso mi honra no valdría gran cosa...

Además, ¿de qué tener miedo, si no es de más penosas revelaciones? El único peligro es lo que ya sé: que colaboro con el hijo de un nazi; un hombre que se debate entre su memoria y sus fantasmas, entre el orgullo y la culpabilidad. ¡Porque es culpable! Al menos de habérmelo ocultado todo, de haberse fingido con tanto talento un viejo excéntrico y burlón que no se toma nada en serio, cuando en realidad es hijo, adoptado o no, de la traición.

—Bien... —dice Venner limpiándose la boca—, prosigo...

Todo el mundo está vuelto hacia la televisión, que domina el local; yo no aparto los ojos de Vidkun.

—Iba como quien dice con lo puesto, aunque llevaba las joyas de mi madre. Lo primero que hice fue entrar en una librería alemana y comprar libros sobre la Segunda Guerra Mundial. Quería saber.

—¿Y hablaba usted francés?

—Muy poco, pero siempre he tenido buen oído. Los primeros días me paseaba por París escuchando las conversaciones de la gente y luego me repetía lo que decían. —Ríe y da un trago a su cerveza—. Debía de dar miedo verme: un joven alto y rubio hablando solo por los bulevares.

—¿Y dónde vivía?

Venner obvia el tema.

—Fui también a varias joyerías para que me tasaran las joyas. Elegí la que me pareció más honrada. —Da un bocado a una salchicha de mostaza untada con miel, y con la boca llena sigue diciendo—: Por suerte el joyero hablaba alemán. No se fiaba y lo primero que me preguntó fue de dónde las había robado. Yo puse cara de inocente y contesté que las había comprado en lote en una tienda de anticuario que había cerca de mi casa, en Noruega. Se me ocurrió eso y desde entonces me hice pasar por escandinavo; fue entonces cuando adopté el nombre, Vidkun Venner.

—¿Y el joyero se lo creyó?

—Digamos... —contesta Venner indeciso— que sacó partido de la situación. Me dijo que con aquel «tesoro» podía hacerme ganar mucho dinero, y que solo tenía que presentarme en cierto sitio con las joyas.

—Extraño...

—En aquel momento nada me parecía extraño. Yo estuve de acuerdo, el joyero se quedó con un collar, por el que me pagó una buena cantidad de francos, y me dio cita para esa misma noche. —Venner frunce el ceño, hace memoria—. Estuve toda la tarde paseando por el Sena, la cita era en un edificio del quai Voltaire. Pues bien, llegan las ocho y toco el timbre puntualmente. Tardan en abrir. Por fin sale un viejo mayordomo como los de los tebeos, con un chaleco amarillo y negro, y me hace entrar en un gran salón lleno de muebles, cuadros, espejos... apenas podía uno moverse. No había más luz que la de una lamparita con una pantalla verde en la otra punta, el resto estaba en penumbra.

»“Vuelvo enseguida”, me dice el mayordomo, y veo que desaparece tras una cortina.

»Yo espero de pie un buen rato. No me atrevo a dar un paso, porque al menor movimiento el parquet cruje. Al final, viendo que el criado no viene, me siento en un sofá.

»"¿Quién le ha dicho que se siente?"

Visiblemente satisfecho con su imitación, Venner prosigue:

—Y veo que en el otro lado de la habitación se mueve un bulto sentado en una gran butaca. Me pongo en pie de un salto y digo que el mayordomo me había dicho que volvía enseguida... «Lo sé», me interrumpe el otro, «yo estaba aquí...»

»Veo entonces una mano que se estira, ase un cordón rosa... y se enciende la lámpara del techo.

»Es un señor mayor, y sigue quieto, mirándome; aún recuerdo esa mirada, que parecía traspasarme. Me hace seña para que me acerque y suelta: "Es usted hermoso".

»Yo estaba deslumbrado; no solo por la luz, sino por la belleza de todo lo que allí había, y también por la nobleza del anciano... Digo anciano pero no era tan viejo, parecía más bien cansado o enfermo. Perdido en aquella bata de cachemira púrpura, su cuerpo largo y macilento parecía el de un superviviente...

Sin quererlo me embeleso escuchando a Venner. Me he olvidado de todo, del lugar, de la hora, del ruido; el restaurante de carretera, los camioneros sentados a las mesas de formica, la tele con el volumen muy alto, el burbujeo de la cerveza servida a presión, el olor del lúpulo, de las salchichas, de los *pretzels*..., todo se ha desvanecido.

—«Siéntese», me dice el hombre, y me señala un pequeño taburete que hay a su lado —prosigue Venner—. Vacilo un momento y pongo una sola nalga sobre este taburete, demasiado bajo para mis piernas. El anciano me contempla otra vez y me dice: «Muy hermoso, sí señor; Samuel no me engañaba. Veamos su tesoro», y me tiende la mano.

»Yo saco el estuche de debajo de mi abrigo.

»Al ver las joyas el hombre se queda fascinado y mete los dedos entre los collares, los brazaletes, las sortijas... Los ojos se le enrojecen cada vez más.

»"¿Qué edad tiene usted?", balbucea mientras acaricia un

camafeo. "Veintiuno", le respondo. "¿Y de dónde ha sacado estas joyas?", me pregunta.

»Le explico lo del anticuario escandinavo. El viejo ni rechista. Aún hoy no sé si me creyó. El caso es que se levanta y me coge del brazo. "Venga", me dice, "ahora lo va a entender." Me conduce a un cuarto contiguo, más grande y con más muebles. "Mire." Me indica un cuadro, un retrato de mujer, de una mujer fea, altiva y elegante. "Mi madre."

»No sé qué decir, pero entonces lo comprendo: el collar, el camafeo, los pendientes; todo. "Fuimos deportados a la vez", me cuenta el señor, "pero ella soportó mal el viaje y nada más llegar al campo fue gaseada. Yo tuve más suerte..." Se vuelve, se inclina: "Soy el barón Nissim de Roze".

Venner respira hondo y prosigue, con tono nostálgico:

—Entonces vino todo rodado: el barón de Roze recuperó las joyas de su madre y me tomó bajo su protección. Aquella misma noche me instalé en una habitación del primer piso. Ropa, comida, dinero para gastos... todo me lo proporcionaba él.

—¿Y a cambio de qué? —le pregunto extrañada.

Venner vacila, buscando las palabras.

—De muy poco; de estar allí, de vivir con él. Toda su familia fue deportada y murió. Cuando regresó a casa, en Lutecia, en 1945, no quedaba nada. Y desde entonces llevaba veinte años tratando de recuperar lo que los nazis, y sobre todo los franceses, robaron a su familia.

—¿Y usted qué hacía?

—Yo, pues... —contesta Vidkun algo esquivo—, yo lo entretenía, digamos que dulcificaba sus últimos días. Desde su paso por los campos de concentración padecía insuficiencia respiratoria, y tenía que pasar varios meses al año en la montaña. Yo lo acompañaba.

—¿Era usted su... caballero de compañía?

—Llámalo así. Por él entré en el mundo del cine, me presentó a los jóvenes directores de la Nouvelle Vague. Como en algunas películas él mismo ponía dinero, los directores le correspondían dándome papeles de extra.

—¿Y cuánto tiempo estuvieron así?

Vidkun se ensombrece; deja errar la mirada por el restaurante, las jarras vacías, la cara macilenta de los camioneros, el camarero, la gran pantalla de televisión de la pared, detrás de nosotros, y luego responde con pena:

—El barón de Roze murió de embolia pulmonar en 1966. A los pocos días los acreedores se arrojaron sobre su casa y todo quedó liquidado al momento. Supe que había comprado los bienes de la familia por el triple de su valor...

—¿Y usted qué hizo?

—Yo me las arreglé como pude... Ya hablaba bien el francés y tenía algunos contactos. El resto es tal y como te lo conté en el Nido del Águila.

De pronto un rostro atrae mi atención, un rostro conocido.

—¡MIRE! —Y señalo el televisor.

Todo el mundo tiene la mirada clavada en la pantalla.

Están dando las noticias y junto al presentador, en inserto, se ve la foto de una mujer... ¡la misma con la que hemos hablado esta mañana!

—¡Angela Brillo! —exclamo.

Venner corre hacia la tele y sube el volumen.

Hablan en alemán y no entiendo ni jota.

—¿Qué pasa?

Venner está pálido.

—Está muerta...

—¡¿Muerta?!

—Sí.

—¿Cómo, dónde?

—¡Calla! —me ruge Venner.

Otro periodista aparece en pantalla. Emiten en directo desde el bosque de Grünewald. Se ven coches de policía, ambulancias, gente que va y viene, asustada...

Venner se levanta de golpe, deja veinte euros en la barra y dice muy alterado:

—Vamos...

—Pero ¿qué ha...?

Me coge del brazo y me susurra:

—La han asesinado esta tarde.

Me estremezco.

—Unos paseantes han encontrado su cuerpo en el bosque de Grünewald, cerca de Berlín, hacia las seis. La han quemado y luego la han ahorcado de un roble...

—¿Quién ha podido matarla?

—¡No lo sé! Pero demuestra que lo que estamos investigando no es ninguna broma...

Vamos en el coche, por la autopista. Las farolas iluminan la calzada con una luz espectral. Me veo reflejada en los cristales ahumados —pálida, descompuesta— y me entra un pánico abrumador. ¿Vamos a convertirnos en un nuevo blanco humano? Hacía dos semanas que duraba esta situación delirante, algo tenía que pasar...

—¡Nos han visto! El dueño del bar esta mañana, el portero del hotel, el quiosquero de ayer en Spandau... ¿No fue él quien nos dio la pista? La policía lo interrogará, nos buscarán...

Venner sigue muy tranquilo, como si nada de esto le sorprendiera.

—Me extrañaría...

—¿Por qué?

Me alucina su serenidad de viejo sabio, o mejor dicho, me inquieta aún más.

—Pasará como con los suicidas de 1995. El caso será archivado, cosas que pasan...

—¡Pero estamos en 2005! ¿Cómo puede saber...?

—¡Déjame terminar!

Se me eriza la piel, pero me callo y cruzo los brazos con disgusto.

El Vikingo toma entonces un color extraño, apagado, como si de pronto hubiera abandonado su cuerpo. Pero esta impresión onírica dura muy poco, porque suena un teléfono.

Mi móvil. Lo saco irritada del bolso y al ver la pantalla digo, con una voz avergonzada que suena ridícula:

—Debemos… debemos de haber entrado en Francia; llevo fuera cinco días y tengo un montón de mensajes.

Venner no contesta, pero me fulmina con la mirada, reprochándome la interrupción.

Oigo el buzón de voz: «Tiene veintiocho mensajes».

«Claro…», me digo escuchando la lista: Léa, mi padre, los colegas, Clément.

En esta ocasión, tanto interés por mi persona me reconforta. ¡Me recuerdan mi verdadera vida!

Descubro que desde ayer por la noche Clément me ha llamado trece veces, y pienso en lo injusta que he sido con él. Lo que me contaba de Venner me hería y le escribí cosas horribles. Y sin embargo era él quien tenía razón…

Como para apurar hasta las heces el cáliz de mi culpa, escucho sus mensajes, que parecen cada vez más alarmados: «Pero ¿dónde estás?», «¡Nunca contestas al móvil!», «Nadie sabe nada de vosotros», «He recibido tu e-mail. ¡No invento nada! Tienes que creerme».

Cuando corto, han pasado veinte minutos y Venner no se ha movido. Parece una figura de cera. Espera a que guarde el móvil y reanuda el relato de su vida, como dando por despachado el asunto de la muerte de Angela Brillo.

—Como te dije en la montaña, mi carrera de actor se… degradó. Trabajé durante tres años en el cine porno y luego literalmente me derrumbé. No podía más.

—¿Se derrumbó? ¿Usted?

—Cogí una depresión; era el otoño de 1975. En octubre ingresé en una clínica… Estuve dos años, pero apenas me quedan recuerdos, como si hubiera dormido todo ese tiempo…

—¿Estuvo dos años ingresado?

Los faros de los coches lo iluminan y parece un cadáver.

—Sí, pero lo único que recuerdo es que una mañana vino a verme un notario de Argentina. Llevaba una semana en Francia buscándome. Era la primavera de 1977, mayo, creo…

»El hombre me comunicó la muerte de mi madre. Me traía un cheque, carteras con acciones, títulos de propiedad de doce explotaciones agrícolas en América Latina y de veinticuatro inmuebles en Buenos Aires... —Pone una cara alucinada—: Era tan rico que no tendría que trabajar nunca más; podía consagrarme por fin a lo que me interesaba, a lo que había acabado obsesionándome en la depresión: saber.

—¿Saber? ¿Saber qué?

—Todo. Qué pasó en la guerra, cómo mi padre y toda Alemania pudieron llegar a eso. Qué era realmente el nazismo. Me volví lo que se llamaría un obsesivo compulsivo. Compré el edificio de la Porte de la Chapelle, que reformé de arriba abajo, y me dediqué por completo a mi pasión.

—¿Y regresó a Argentina?

Venner baja los ojos.

—No...

—¿No quiso ver a sus hermanos, sus propiedades? ¿No fue a visitar la tumba de su madre?

—No era mi madre... —Venner palidece imperceptiblemente—. No era mi madre, no eran mis hermanos... En cuanto al dinero, no quise saber de dónde venía, demasiado me lo imaginaba...

Entonces sus argumentos desvelan toda su hipocresía, su mentalidad de avestruz, más preocupado por la comodidad que por la moral.

—Pero aceptó la herencia, podía haberla rechazado.

—Sí, pero entonces habría sido para otro nazi. Yo la he empleado en una buena causa...

—¿Se ríe de mí? ¿En una «buena causa»? ¿Construir una piscina y coleccionar banderas de la cruz gamada?

La mala fe tiene sus límites. Puede que no sea tan radical como Léa, pero esto me parece de un cinismo espantoso.

—Sí, quizá me ha vencido a veces mi pasión por lo kitsch y la decoración. Pero si he acumulado todas esas cosas, si me he informado, ha sido para esto, para escribir este libro, para que lo escribamos tú y yo, Anaïs.

Venner tuerce las cosas en su provecho con demasiada facilidad. Esta táctica de apelar a nuestra colaboración me repugna casi tanto como su falsa inocencia.

—Lo que quiero averiguar es quién soy yo, de dónde vengo. Sé que esos suicidios tienen que ver con el pasado de los nazis supervivientes, con mi pasado. Hay algo escondido detrás de todo esto y tú y yo vamos a descubrirlo. Escribir este libro es para mí, y para los alemanes, un deber de memoria... ¡Destaparemos lo que nos ocultan desde hace medio siglo! Porque la guerra no ha terminado, ahora se libra en secreto, solapadamente. ¡El asesinato hoy de esa mujer demuestra que es un secreto que sigue matando!

Ya no sé qué pensar. ¿Es sincero? ¿Puedo confiar en un hombre que ha comido con la hija de Himmler? ¿Y cómo se atreve a hablar de «deber de memoria», si creció como flor de invernadero, al sol de la cruz gamada?

—Piensa un poco —continúa—; nací en 1942 y la familia Schwöll me adoptó dos años después. Está claro: soy hijo de un Lebensborn, como los cuatro suicidas...

—¡Eso no lo sabe! ¿Tiene pruebas?

Venner señala el maletín.

—Esas manos. ¿Crees que es casualidad que me las hayan enviado a mí?

Todo choca en mi cabeza, una verdadera tempestad interior.

Entonces, que hayan matado a esa buena mujer después de que la viéramos, ¿también es una señal? ¿Somos los primeros sospechosos... o las próximas víctimas? Demasiado, todo esto es demasiado... Si sigo con este hombre acabaré tan loca como él. Estoy tan trastornada que ni siquiera me doy cuenta de que se me saltan las lágrimas.

—¡Usted está loco! Nazi, huérfano, judío o lo que sea, ¡es usted un demente! ¡Yo abandono!

Vidkun no dice nada, no se mueve; tiene el maletín en las rodillas y la cabeza gacha, como si esperara su castigo.

Pero por mi parte no lo hay. Él mismo se ha castigado al contármelo todo.

Sollozo en silencio, encogida.

Estamos solo a cincuenta kilómetros de París.

Y a estas alturas el cadáver de Angela Brillo estará en la mesa del forense.

Entramos en París: calles, semáforos, tiendas cerradas... ¡Por fin en casa!

Aparcamos frente a mi bloque y me apeo casi sin creérmelo. Nunca la fea calle Paul-Bourget me había parecido tan risueña y amable. ¡Un paraíso!

Venner no se mueve; sigue adentro, sentado con las manos abiertas sobre el maletín. Me hace un saludo cortés con la cabeza, pero yo no respondo.

Se acabó, ahora cada cual a su casa.

«¡Mi casa, joder, mi casa!»

Primera señal de bienvenida: el ascensor funciona.

Al entrar en la reducida cabina me doy cuenta de que no consigo odiar a Venner. Es un hombre herido, un hombre que sufre. Si lo que me ha contado es verdad —¿cómo saberlo?—, ha tenido una vida llena de altibajos. Y al parecer no tiene nada que ver con su familia, sobre todo si hasta los veinte años no supo nada.

Ahora bien, ¿tengo que creerle? ¿Qué debo pensar? ¿Y en quién confiar? ¿A quién temer: a Venner o a los asesinos de Brillo? ¿O son todos la misma y única persona? Todas estas preguntas me aturden.

Llego al piso doce.

Estoy rendida y suspiro mientras arrastro el bolso por el pasillo.

Como no podía ser menos, la luz está fundida.

Llego a oscuras a mi puerta y tropiezo con algo blando.

—¡Hey! —se queja una voz pastosa.

Mi grito electriza la atmósfera de toda la escalera.

—¿Anaïs? ¿Eres tú?

—¿Clément?

La silueta de un hombre se alza en la penumbra. Mi miedo es mayor que mi sorpresa. No consigo articular palabra mientras busco mis llaves con desesperación.

—Yo...

Clément me coge suavemente la mano y me la guía hasta la cerradura.

—Te ayudo...

¡Es él, su voz, su ternura! ¡He vuelto! ¡El resto ha quedado atrás, definitivamente! Me dan ganas de llorar de alivio.

Abrimos y damos la luz, que nos deslumbra.

Estiro maquinalmente la mano para acariciar a la gata.

—¿Graguette?

—Se la dejaste a Léa...

Clément está pálido, despeinado; pero yo debo de estarlo más.

—¿Cuánto tiempo llevas esperándome?

—No lo sé —dice con voz lastimera—, esta noche he venido a las nueve y media...

—¿Cómo esta noche?

Baja la mirada; le cojo las manos y las pongo en mi frente.

—Pero ¿cuántas noches has pasado ahí?

—Desde que no te localizaba...

Lo estrecho entre mis brazos.

—¡Ay, Dios, qué loco!

—Y que lo digas... —Y empieza a besarme tiernamente.

«¡Bueno, bueno!», me digo mientras me toma por la cintura y me lleva al sofá. Yo le meto las manos por debajo del jersey y me abrazo a su cuerpo como a una tabla de salvación.

—Espera —dice con voz ahogada.

—Esperar, ¿por qué?

Mis nervios no lo resisten más, siento un deseo brutal, inmediato. Quiero olvidarlo, ahogarlo todo en el placer.

—Porque quiero decirte lo que he averiguado. Vale, no te joderé más con lo de Venner, pero el tal Claude Jos es una pista muy interesante. He sabido...

—¡Cállate!

Olvidar, quiero olvidar...

Derribo a Clément en el sofá y lo monto sujetándole los brazos.

—Cállate, cállate, cállate...

Estoy en sus brazos, me tiene para él solo.

Todo lo demás puede esperar...

1987

—¡Lo que me ha costado localizar a la novelista...! —dice Linh en tono de reproche—. Muchos de los documentos sobre Marjolaine Papillon están en un «expediente K», o sea, altamente secreto...

—Cuenta —lo apremia Chauvier, y se pega el auricular a la oreja, porque con el tamborileo de la lluvia en la cabina no oye bien.

Llama desde una de esas jaulas de cristal de los Campos Elíseos, son las ocho de la tarde. Desde que habló con el monje ha estado vagando por París, bajo la lluvia, meditando sobre esos nombres que le resultan otros tantos enigmas: Otto Rahn, Halgadøm, Marjolaine Papillon...

Luego llamó a Linh y le pidió que hiciera unas averiguaciones para esa misma tarde.

—¿Supongo que sabrá quién es Marjolaine Papillon? —pregunta el euroasiático.

—Ahora sí —contesta Chauvier—. He visto todos sus libros en casa de Jos... y Aurore. Y me he pasado por una librería de los Campos Elíseos.

—Sus libros están en todas partes, es una de las novelistas más vendidas...

—¿Y por qué ese éxito?

Linh hace un ruidito con la boca.

—Será por su constancia. Lleva veinte años publicando cada otoño una novela del mismo tamaño en la misma editorial, Ediciones FLK, del poderosísimo François-Laurent Kramer, sobre los mismos temas...

—¿Qué temas?

—Espionaje e intriga, ambientadas siempre en la Segunda Guerra Mundial... Con una historia de amor imposible entre una guapa partisana y un no menos guapo oficial alemán, generalmente de las SS.

—Ya veo. ¿Y qué me dices de ella?

—Ahí está lo raro, jefe —contesta incómodo Linh—. De ella no se sabe casi nada, ni su edad, ni su nacionalidad. Solo concede una entrevista al año a un periodista de televisión, Alexandre Bertier, para su emisión en *Punto y coma*; pero aparte de eso, nada...

—¿Nada?

—Nada de nada. En el contrato que tiene firmado con su editor hay una cláusula de confidencialidad casi absoluta, y como le digo su expediente está clasificado K...

—Pero ¿tienes su dirección?

—Tengo una dirección, la que me ha dado mi colega de los archivos, pero no sé si servirá... De Alemania, además...

—No importa, ¿cuál es?

—Es una dirección de Berlín, de un barrio que se llama... a ver si pronuncio bien... Spandau. ¿Le suena?

El comisario calla. Le suena, desde luego. Se paseó por ese barrio casi cinco años, de 1946 a 1951, e incluso fue miembro del grupo francés encargado de vigilar la prisión de Spandau, donde estaban los grandes líderes nazis: Hess, Speer, Schirach y otros... En esa vigilancia se turnaban cada mes los ejércitos de los países ocupantes, francés, norteamericano, inglés y ruso. Él mismo les llevaba a veces la comida a los prisioneros, y recuerda que todos, a excepción de Albert Speer, que era muy amable, lo trataban como a un criado.

Chauvier procura no perder la calma, pero siente que todo empieza a encajar.

Porque la dirección de Marjolaine Papillon en Spandau es... ¡la de la propia prisión!

2005

Han pasado dos semanas. Venner se fue a Estados Unidos a una subasta de «objetos nazis» y no sé nada más de él. He aprovechado esta pausa para descansar, pensar, reconsiderar mi aventura; el viaje por Alemania me ha dejado agotada, física y moralmente.

Lo he comprobado en Internet: oficialmente, Brillo se «suicidó». ¡Qué disparate! ¿Una aberración judicial de este calibre no es acaso la ocasión para dejarlo todo de plano, para abandonar?

Pues bien, no. He decidido que quiero escribir este libro; ya he ido demasiado lejos. «¡No hay que dar nunca marcha atrás, Anaïs!» Le he pedido a Clément que me ayude... y a Vidkun que guarde las distancias.

La verdad es que no hago más que pensar en Vidkun; quiero comprender qué tiene ese hombre en la cabeza, por qué es como es. Para mí sigue siendo un enigma. Pero lo peor es que no estoy enfadada, no le guardo rencor por haberme ocultado cosas, por haberme mentido. ¿Será quizá por prevención inconsciente? ¿Porque si de verdad lo odiara este trabajo se me haría insoportable y yo sería incapaz de hacer nada? Porque, he de reconocerlo, este trabajo me apasiona.

—Todo ese asunto te va a volver loca —me dijo Léa la otra noche, tres días después de mi regreso, mientras cenábamos en el restaurante de la Butte-aux-Cailles, donde quedamos para que me devolviera la gata—. ¿Has visto qué pinta tienes?

El comentario no me hizo gracia, pero contesté, aparentando serenidad:

—Es la oportunidad de mi vida y no puedo desperdiciarla...

Léa cruzó los brazos refunfuñando y pidió una segunda botella de vino.

Se hacía la ofendida, y eso que no le conté ni la cuarta parte de lo que viví con Vidkun. Me guardé los detalles más «incorrectos», como que cené con la hija de Himmler, o que Vidkun se llama en realidad Martin Schwöll. Si se lo hubiera contado, Léa ya habría resuelto tomar por asalto la casa de la Porte de la Chapelle en nombre de la Liga Internacional Contra el Racismo y el Antisemitismo, y exigir la reapertura del tribunal de Nuremberg... ¡Y entonces quien se vería en Spandau sería Vidkun!

Y en realidad él no es culpable de nada; si acaso, de sentir una pasión oscura y siniestra, una fascinación morbosa por el mal absoluto. Ni siquiera es culpable de un delito de opinión, porque no opina, solo busca respuestas.

Pero ¿cómo explicárselo a Léa, para quien todo es blanco o negro?

Se lo he contado un poco por encima, con medias palabras, aunque eso ya ha bastado para que ponga el grito en el cielo. «No, no me gusta nada...»

Lo que sí le pareció estupendo fue lo mío con Clément... «Ya era hora, aún haremos algo de ti. ¿Y folláis mucho? ¡Eso es muy importante!»

Entonces fui yo la que enrojecí, pero no le contesté...

La verdad es que Clément y yo pasamos todo el tiempo juntos, yendo a librerías, bibliotecas, archivos; pidiendo permisos y autorizaciones para consultar los documentos más inaccesibles. Llevamos quince días investigando a Claude Jos, pero no adelantamos. Es pronunciar ese nombre y todo el mundo se cierra en banda. «Lo siento, en eso no puedo ayudarles...», dicen nerviosos y evasivos.

Así las cosas, la otra noche se presenta Clément diciendo que ha tenido una idea.

Yo llevaba tres horas recopilando información en el ordenador y debía de parecer una sonámbula.

—¿Eh? —le digo.

—He hablado con mi padre...

Al oírlo frunzo el ceño. Mal asunto. Me vienen malos recuerdos a la cabeza, humillantes: Clément llorando al teléfono, Clément con mala cara el día de Navidad, Clément triste, herido, destrozado...

¡Cómo odio a Michel Bodekian!

—Siento tener que decírtelo así, pero ya sabes lo que pienso de tu padre; te desprecia, nunca te ha comprendido. Con solo pasar un rato con él te quedas hecho polvo durante una semana. Siempre te dice lo que te hiere, lo que no quieres oír... ¿Por qué vamos a meterlo en esto?

—No se trata de meterlo, amor —contesta él, pasándome la mano por el pelo.

Yo me aparto, para que vea que estoy disgustada.

Me explica entonces, tranquilamente, que su padre tiene un ayudante, chófer, guardaespaldas, un poco de todo, que se llama André Cruveliet, y que a la vez que trabaja para su padre, sigue colaborando con los servicios secretos, que fueron su primer destino. Ahora se jubila y los viejos colegas le han organizado una despedida en el trabajo.

—Es gente muy bien informada...

No viendo más remedio, cedo con fastidio:

—Vale, vale, iremos...

Y así dos días después nos hallamos en la sede de la Dirección General de Seguridad Exterior, calle Nélaton, París.

—¿Sabíais que aquí antes estaba el Velódromo de Invierno, donde siete mil judíos franceses fueron encerrados para su deportación a Alemania en 1942? —nos pregunta el padre de Clément, mientras los tres nos metemos en un ascensor blindado.

Yo niego con la cabeza, poniéndome a la defensiva. Michel Bodekian chasquea la lengua.

—Habida cuenta de lo que buscáis, tiene gracia, ¿no?

«Para mearse de risa», me digo. Decididamente sigue siendo el mismo.

Las puertas del ascensor se cierran.

Y aunque me pese, debo reconocer que veo en este hombre derecho, con clase, lo que a veces echo en falta en Clément: esa seguridad masculina, algo presuntuosa pero cautivadora. Michel Bodekian es un hombre con mucho encanto y éxito, en el mundo y entre las mujeres. Es padre de seis hijos, cinco de los cuales trabajan en el banco de la familia, que fundó el abuelo en 1921 al emigrar de Armenia. El único que ha roto con la tradición es Clément, la oveja negra de la familia. Físicamente se parece a su madre; al aspecto moreno del padre, le opone su pelo rubio y su tez pálida. Los otros cinco hermanos son jóvenes ejecutivos vocingleros y fanfarrones, habituales de las discotecas, pero implacables a la hora de negociar; Clément, en cambio, no es más que un peón en el mundo editorial. Merecería mucho más que esas faenas de archivero chupatintas que le dan. Pero tiene un problema: no ha superado su niñez, las vejaciones que sufrió por ser el más pequeño, la «nena», como lo llamaba su padre.

Muchas veces en estos siete años me han dado ganas de darle unos cuantos azotes, de decirle cuatro verdades, para ver si reaccionaba y tomaba de una vez las riendas de su vida. Pero siempre que lo he intentado, me contesta: «¡Calla, Anaïs! Hablas como mi padre...».

El ascensor se detiene, las puertas se abren y salimos a un largo pasillo.

—Seguidme, nenes... —dice el padre de Clément adelantándose.

—Perdone, pero yo no soy ninguna nena.

El otro se vuelve y sonríe. Le encanta que lo contraríen, sobre todo las mujeres. Me mira de arriba abajo —el viaje a Alemania ha tenido eso de bueno: que visto más femenina, y ahora llevo un top con mucho escote y unos vaqueros ceñidos... ¡y hasta me he maquillado!— y dice:

—Es verdad, olvidaba lo sexy que puedes ser... Vamos, la

verdad es que no me había fijado nunca... —Y dirigiéndose a Clément—: Por una vez has demostrado buen gusto.

Me hierve la sangre, pero Clément agacha la cabeza.

Cruzamos una pequeña pasarela y pasamos a otro edificio, salimos a otro largo pasillo; al final hay una puerta abierta de la que se escapa un alegre bullicio, voces, risas, música, entrechocar de vasos.

—Aquí es —dice el padre de Clément, y entra el primero.

—¡Hooombre! —dicen los invitados a coro.

Clément y yo entramos... ¡Qué decepción! Es una simple cafetería; han despejado las mesas y han montado bufetes alrededor. Habrá unas treinta personas, casi todos hombres, bebiendo mal champán en copas de plástico, y tres mujeres en bata azul se pasean ofreciendo canapés. Un gran ventanal nos brinda la imagen de la torre Eiffel, detrás de una muralla de edificios.

—Señor, le agradezco que haya venido —exclama un hombrecillo macizo, en traje negro y corbata, dirigiéndose a Bodekian padre.

—¿Cómo no iba a venir? —contesta el otro con aires de emperador romano, y se aleja para saludar a su corte.

El hombrecillo se me acerca entonces —el aliento le huele a vino— y me dice muy amable:

—Señorita, bienvenida. Los amigos del señor siempre son mis amigos.

Luego toma a Clément de los hombros y le da un fuerte abrazo:

—¡Y tú, marica, dichosos los ojos!

—Anaïs, te presento a André Cruveliet.

El hombre me mira de nuevo, aunque esta vez los ojos se le van al escote... «¡Menuda idea, vestirme así para ir a una fiesta de polis!»

—Si no hubiera sido por él cuando yo era pequeño —añade Clément—, no sé lo que habría sido de mí.

Cruveliet baja los ojos, halagado.

—Bueno, basta de tonterías y venid a tomar algo —le dice con un cariño sincero que desvanece mis recelos.

Ya copa en mano, tocan las presentaciones:

—¡Hola! Soy Jacques Sarriou, lucha antiterrorista.

—¡Hola! Yo soy Julien Reix, lucha contra el fraude.

—¿Qué hay? François Dadouère, brigada antidroga...

Yo cabeceo y procuro sonreír, aunque tampoco me cuesta mucho. A diferencia del padre de Clément, con sus aires de gran señor, estos hombres colorados y joviales, aunque algo rudos, son de lo más tierno y bonachón. Se pasan el tiempo gastándose bromas y haciendo las paces entre botella y botella. A mí, el vino de aguja se me sube pronto a la cabeza y ya no sé ni a qué he venido a la central de los servicios secretos franceses.

Al cabo de una media hora, Michel Bodekian pide silencio.

—Señores, no he traído a mi hijo para que os presente a su... parejita.

Todos los ojos se vuelven hacia mí. Yo lo fulmino con una mirada de odio.

—Están trabajando —prosigue— en un libro sobre la Segunda Guerra Mundial... y los nazis.

La noticia es acogida con aprobación, cosa que nos sorprende.

—¡Buen tema!

—Quedan muchas cosas que contar... —dice Cruveliet.

—Por eso —continúa Michel Bodekian— quieren solicitar la colaboración de vuestra memoria y, si puede ser, consultar vuestros archivos... —Se vuelve hacia su hijo—. Clément, no me has dicho qué o quién os interesa en concreto.

Clément detesta hablar en público. No puede evitar la sensación de que todos le miran la nuez. Traga saliva y responde, aparentando naturalidad:

—Buscamos toda la información posible sobre un político del sudoeste de Francia que murió en 1995, un tal Claude Jos...

De inmediato cunde el pánico entre los policías y todos agachan la cabeza.

Bodekian padre se queda mirando desconcertado a su hijo y le dice entre dientes:

—¿Pero cómo no me habías dicho antes que tus investigaciones iban sobre eso?

En la sala se palpa la tensión. Los policías parecen incómodos, como si los hubieran sorprendido desnudos. Clément y yo no sabemos cómo salir del aprieto, todos se muestran esquivos y hablan a media voz.

¿Qué ominoso secreto encierra el caso Claude Jos, que hiela así el ambiente?

Por fin André Cruveliet coge a Clément del hombro y se lo lleva aparte con aire azorado, como si fuera a cometer una traición. Cuando se dispone a hablarle al oído se da cuenta de que Bodekian los está mirando desde el otro lado de la sala; es una mirada benévola pero imperiosa, como prohibiendo a Cruveliet que comprometa a su hijo.

—Verás, muchacho, aquí hay lo que llamamos «expedientes K»; no suponen necesariamente un peligro para la seguridad del Estado ni para los ciudadanos, pero son totalmente secretos.

Aprovechando que saca el tema, tercio yo:

—¿Y eso por qué?

Cruveliet se aparta un poco; no me conoce, después de todo.

—Habla tranquilo —le dice Clément.

—Lo que decía... —prosigue Cruveliet, aunque con cierta reticencia; Michel Bodekian parece a la escucha, así que nuestro hombre baja la voz—, esos expedientes K son de alto secreto. Ni siquiera nosotros sabemos lo que contienen. Solo los conocen a fondo muy contadas personas.

—¿Hay muchos? —pregunta Clément.

—Unos veinte —contesta Cruveliet con un gesto evasivo—. Casi todos sabemos cuáles son, hasta tu padre, ya ves, pero muy pocos tienen acceso... Es lo mejor para evitarse problemas. Y el de vuestro Claude Jos es uno de esos.

Clément y Cruveliet se quedan callados, pensativos.

—¡Un momento, André! —dice de pronto uno de los presentes, alto y rubicundo, visiblemente borracho, que se nos acerca haciendo eses—. ¡Sabes tan bien como yo lo que pasa con Jos!

Cruveliet se ruboriza.

—Es «expediente K» y ni tú ni yo podemos divulgarlo.

El otro se echa a reír con ganas pero acaba tosiendo cavernosamente.

—Lárgate de aquí, que quiero hablar con ella —dice, cogiéndose de mí.

El hombre parece a punto de desplomarse en cada oscilación y no me atrevo a retirarme. ¡Quizá es nuestra última oportunidad!

—Yo trabajé en el caso Jos.

Recuperado, se endereza. Procurando mantener la calma, le pregunto:

—¿Así que hay realmente un «caso Jos»?

—¡Claro que lo hay! Por investigar a ese hombre desapareció un colega hará unos veinte años, un comisario de Toulouse...

—¡Por favor, Christian! —insiste Cruveliet.

Pero Christian está lanzado.

—Jos sigue siendo un misterio; se dice que luchó en la Resistencia, que fue un colaboracionista, que era francés y alemán, que fue un héroe y un nazi...

—¡Bocazas!

El borracho cae de espaldas con la boca ensangrentada; Cruveliet le ha reventado el labio de un puñetazo. Sin embargo, está tan bebido que se ríe a carcajadas tendido sobre el linóleo.

—No les impedirás que investiguen... —gorgotea, ahogándose en su propia sangre.

Ante este espectáculo me quedo sin aliento; un hilo de sangre llega hasta mis pies. Clément me coge la mano.

Una sombra nos pasa por detrás:

—Nenes, nos vamos...

La voz de Michel Bodekian es siniestra. Se queda mirando a los presentes con profunda tristeza, y más al ver que nadie hace nada por ayudar al compañero del suelo; están todos igual de borrachos que él.

Cruveliet se adelanta y le dice:

—Señor, lo siento mucho, nunca habría imaginado...

—¡Bien, bien! —gruñe el banquero agitando el brazo.

Nos agarra de un zarpazo a Clément y a mí y nos lleva hacia la puerta.

Entonces me doy cuenta de que me he olvidado el bolso y les digo que vuelvo enseguida.

—¡Date prisa! —rezonga Bodekian padre.

Al pasar junto a una gran planta, una mano aparece entre las hojas.

—Señorita Chouday, llame a este número mañana por la mañana. Tengo información sobre Claude Jos, mucha...

Y sujetándolo con dos dedos la mano me tiende un papel del Ministerio del Interior con un número de móvil y estas palabras: «Mañana, tres de la tarde, bar del hotel Nikko».

—¡Y no se lo diga a nadie!

—¿Qué quiere tomar, señorita? —me dice el camarero, inclinándose con seca cortesía. Acabo de llegar y apenas me he sentado en un taburete, junto a una mesa baja.

—Pues... un café.

—Un café.

Y el camarero —un asiático alto, delgado y algo cargado de hombros— se aleja en dos zancadas.

No me atrevo a «inspeccionar» enseguida el local. En las otras mesas hay parejas, grupos, viajeros solitarios, que desayunan, toman una cerveza o pican cacahuetes. Y todos, clientes, camareros, botones, ascensoristas, chóferes..., absolutamente todos son japoneses.

Me siento un poco ridícula. De tanto querer pasar inadvertida, tengo la sensación de que me observa todo el mundo.

¿Y si fuera una trampa? Pero no, no es el momento de flaquear, tengo que llegar hasta el final... Nada de miedo... ¡Estoy en el bar de un hotel parisino, no en la sede de la Gestapo!

Aunque me inquieta una sospecha, sencilla, tonta: cualquiera puede hacerse con papel del ministerio y escribir una nota.

Pero veo que entra un hombre occidental, y me siento más

tranquila; mira a un lado y a otro, me ve y viene hacia mí; yo me quedo sentada.

Cruzamos la mirada y nos sonreímos. Yo empiezo a levantarme.

—No, no, no se levante...

Él se queda de pie, algo cortado.

—¿Los otros no han venido?

—¿Los otros?

—Deberían ser tres —dice el hombre desconcertado—. Usted, que será la morena...

Nos interrumpe el camarero, que me tiende el café con insistencia. El otro se ha puesto colorado y balbucea:

—Creo que me he equivocado...

Pero yo ya no le hago caso: despliego el papel que el camarero me ha puesto bajo la taza y leo: «Habitación 614»...

«Habitación 614», me digo, y me dispongo a llamar a la puerta.

Pero me quedo con el puño en el aire, como paralizada. Me entran dudas y miedo. ¿Es razonable meterse de este modo en la boca del lobo? ¿Y si es una trampa de verdad, que me han tendido para silenciarme? ¿Tan grave es el secreto de Claude Jos? ¿Y cómo interpretar lo que decía el policía borracho? Partisano, nazi... ¿No estaré acercándome demasiado a los arcanos del poder? ¿Siguiendo los pasos de Angela Brillo?

Pero tengo que averiguarlo. Quizá la solución al enigma de Venner esté ahí, tras la puerta; quizá yo descubra cosas que él todavía no sabe... Esta sola idea contrae mis dedos y, como si tuviera voluntad propia, mi puño llama a la puerta.

—Entre, está abierto... —contesta una voz que me resulta familiar.

Abro, ¿y a quién veo? Al camarero del bar.

—Perdone, pero habrá habido un malentendido...

—¡No, no, no! —dice con vehemencia—. La esperaba a usted, señorita Chouday... Siéntese.

En la habitación no hay nada, ni ropa ni maletas; solo una cartera muy usada, abandonada encima de una mesa baja.

—He preferido que nos viéramos aquí, es más discreto. Me llamo Linh Pagès y no soy camarero.

Yo lo miro inquieta. El hombre se saca de la chaqueta una placa de policía y me la enseña.

—Presto servicio... en Toulouse.

Percibo cierto acento del sur.

—¿Y por qué tanto misterio?

Linh se sienta, descorcha una botella de vino Chateldon y llena dos vasos. Yo no me fío del todo, aunque el tipo no parece ni un mentiroso ni un chantajista.

Es otro que quiere saber...

Me sonríe.

—Estoy de paso en París y he oído hablar de sus investigaciones; su compañero, Clément Bodekian, ha removido cielo y tierra para lograr información sobre Claude Jos. —Al decir este nombre se queda callado, como si le costara seguir hablando. Luego me mira, con ojos sombríos, llenos de pena—. ¿Se dan cuenta de dónde se están metiendo?

—Me temo que empiezo a sospecharlo.

Una angustia sorda crece en mi interior y se me hace un nudo en la garganta.

Linh saca de la cartera un manuscrito mecanografiado y manchado, con las páginas medio sueltas. Alcanzo a leer el título, escrito en grandes caracteres góticos: «Halgadøm».

Intrigada, voy a cogerlo cuando Linh lo aparta y lo guarda con aire celoso.

—Antes tengo que explicarle... No estoy aquí por casualidad. Digamos que tengo una cuenta pendiente con el tal Jos.

—¿Con Jos? ¿No murió hace diez años?

—Sí, en la primavera de 1995, días antes de que esos cuatro hombres se suicidaran.

Y posa en los míos sus ojos cansados, llenos de desesperanza.

—Creo que lo que buscan coincide con lo que yo busco, al menos en parte...

No sé a qué se refiere. Mis cinco sentido están puestos en ese misterioso manuscrito que sobresale un poco de la cartera.

El policía de Toulouse se hunde en su asiento.

—Cuando empecé a trabajar iba de pareja con un colega que fue para mí como un segundo padre, el comisario Gilles Chauvier... —Habla cada vez con mayor atropello, los ojos le brillan—. Después de habérmelo prohibido durante mucho tiempo, ahora quiero saber lo que le ocurrió...

—¿Ha muerto?

—Es una historia bastante larga y necesita de su atención. ¿Tiene tiempo?

Miro la hora; son las once y media.

—Todo el día.

—Mejor, porque nos llevará un buen rato. —Linh estira las piernas, como si fuera a correr un maratón; saca una carta de la cartera y la deja sobre la mesa—. Todo empezó con un asesinato, una mañana de domingo de 1987. Yo era entonces un joven inspector y acompañé a Chauvier, mi jefe, al lugar del crimen; habían quemado y ahorcado a una persona en un bosque propiedad de Claude Jos, el bosque cátaro...

1987

Berlín, 24 de diciembre

Querido Linh:

Sabes que siempre te he considerado un hijo. Al morir, tu padre me hizo prometer que nunca os abandonaría, ni a tu madre ni a ti. De esto hace ya más de veinte años. Espero haber cumplido mi promesa, espero haberlo hecho sin demasiado rigor ni severidad, aunque ¿qué otra cosa se puede esperar de un comisario?

Sabes también que no suelo hablar mucho de mis sentimientos; treinta años de servicio en la policía no ayudan precisamente a lo contrario. Por eso esta carta íntima te parecerá muy extraña, y a mí mismo me está costando escribirla. Pero si no te lo digo a ti, ¿a quién, entonces?

Son las dos de la mañana. Estoy en un hotel de Berlín Occidental. El caso que llevamos investigando dos meses ha hecho resurgir, como habrás notado, ciertos fantasmas que me persiguen desde niño y a los que tarde o temprano debía hacer frente.

Es lo que he hecho.

Al mayor de esos fantasmas me he enfrentado esta tarde en la prisión de Spandau.

Hay secretos que matan y que nunca dejarán de matar. Tengo el extraño presentimiento de que esta carta es nuestra última despedida, nuestro último apretón de manos, nuestro último abrazo.

Considérala mi testamento.

Te cuento.

Anteayer fui a Spandau, sin saber muy bien a qué. Solo tenía la dirección que tú me diste, la de la prisión. Así que me planté en la fortaleza donde pasé varios meses cuando era militar.

Pero ahora que Rudolf Hess ha muerto, el lugar no tiene sentido; es una cárcel vacía, silenciosa, encerrada en sus misterios... Sé que los aliados van a derruirla pronto.

Di varias vueltas al edificio tratando de recordar por dónde se entraba hace cuarenta años; todo sigue igual. Pero sabía que no me permitirían entrar. La vigilaban soldados rusos, y no hubo manera de convencerlos.

¿Para eso he investigado tanto, recorrido tantos kilómetros, para encontrarme con una puerta cerrada?

De pronto oigo que me llaman, en un francés sin acento.

—¿Chauvier? ¿Gilles Chauvier?

Era un hombre bajo y rechoncho de unos sesenta años, que sonreía y parecía conocerme.

—No me reconoces, ¿verdad? —Me tendía la mano.

Yo no recuerdo qué dije, pero el otro se echó a reír.

—Sí, mucho tiempo, pero soy Dehane, ¡Arthur Dehane!

Entonces lo recordé... Era cocinero en la prisión. Me contó muy orgulloso que ahora tiene un restaurante en el barrio.

—Un restaurante francés —puntualizó.

Le pregunté si seguía manteniendo contacto con la administración de la cárcel, y me contestó que dejó la prisión a mediados de los años setenta.

—Solo quedaba Hess y tenía la impresión de servir a un rey; así que decidí abrir mi propio restaurante...

Hablamos un rato, pero algo debió de adivinar porque me dijo:

—Tú has venido a algo...

Como no podía decirle la verdad, le contesté que estaba investigando a ciertos compañeros de Rudolf Hess que creíamos escondidos en la región de Toulouse.

Echamos a caminar por las calles. De pronto Dehane se puso muy serio.

—Mira —dijo—, dejé la prisión hace más de diez años, pero no significa que no sepa lo que pasa...

Pero entonces me señaló una vidriera donde se podía leer: AU GRAND GOSIER, COCINA FRANCESA.

—Invita la casa —me dijo, y entramos.

Cené divinamente. Dehane iba y venía de la cocina a mi mesa, como si yo fuera el único cliente. Cuando me trajo el café se sentó conmigo.

—¿Qué quieres saber exactamente? —preguntó.

Pensé que era el momento de poner las cartas sobre la mesa, como suele decirse, aunque sin descubrir todo el juego.

—Busco a una novelista que vive o vivió en Spandau, Marjolaine Papillon.

—¿En la prisión?

—O en el barrio...

Dehane lo pensó un momento.

—No, no me suena. Y eso que a estas alturas conozco a casi todo el barrio. ¿Francesa?

Le dije que creía que sí, pero que no sabía cómo era. No había fotos de ella ni la había visto en las entrevistas de la tele.

—Mal lo tenemos...

—Tendrá unos sesenta años, como nosotros —insistí.

Se le iluminó la cara.

—Leni, seguro...

—¿Leni?

—Leni Rahn, sí...

Me estremecí al oír el nombre; ¿sería pariente del famoso Otto Ranh del que habló Guizet, y que no es otro que Claude Jos?

Le pregunté que quién era.

Dehane reflexionó.

—No la conozco mucho, en realidad nadie la conoce. Pero hace años que viene por aquí, al menos pasa en el barrio una semana al mes... Aunque —añadió extrañado— ya hace meses que no se la ve.

—¿Y qué hace cuando está aquí?

—Leni Rahn tenía un permiso especial para visitar a Rudolf Hess…

Advertí que vacilaba.

—Hay algo más, ¿verdad?

Parecía apurado, se rascaba las mejillas.

—Se cuentan ciertas cosas…

—¿Sobre Leni Rahn?

—Sí. Desde que Hess se suicidó corren rumores, la gente habla… —Miró alrededor y siguió en voz más baja—: Como yo era cocinero en la prisión, esto se ha convertido en la cantina de todos los militares del barrio y a veces oigo cosas…

Eché un vistazo y tomé conciencia de que, efectivamente, yo era la única persona de civil que había en el local.

—La última vez que Leni visitó a Hess fue el verano pasado, poco antes de que él se suicidara, y estuvo mucho más tiempo que de costumbre. —Frunció el ceño—. Además no vino sola. La acompañaba un señor mayor, francés, del sur. Lo sé porque un día desayunó aquí, con cuatro hombres que parecían gemelos… excepto uno, que tenía…

—… una cicatriz en el cuello —dije yo, quitándole las palabras de la boca.

—Ah, pero entonces lo sabes… —Estaba sorprendido.

—No, no todo. ¿Y recuerdas cómo se llamaba ese señor francés?

Negó con la cabeza, y añadió:

—Pero al parecer Hess lo conocía. Durante la visita discutieron acaloradamente, los gritos resonaban en toda la prisión. Leni intentaba poner paz, pero ellos seguían. Hess nunca había hablado tanto en los cuarenta y seis años que llevaba preso…

Dehane se asustó de hablar allí de aquello, y cogiéndome del brazo me llevó a un pequeño despacho, detrás de la cocina, en donde hacía su contabilidad.

—Leni y ese señor estuvieron yendo a ver a Hess varios días. Y siempre discutían a gritos. Hess decía algo de una traición, de una venganza. Estas peleas agotaban al anciano nazi, y parece ser que el médico quiso prohibir las visitas, pero Hess insistió para que Leni y el francés siguieran yendo. —A Dehane le costaba seguir hablando—. Así fue durante diez días. Hasta que una mañana Leni llegó sola; el francés había desaparecido.

—¿Adónde fue?

—Nadie lo sabe. Lo que sí se sabe es lo que hablaron ese día Hess y Leni, porque un soldado los espió.

Se oía partir poco a poco a los clientes y Arthur Dehane se iba relajando.

—¿De qué hablaron?

—De un hombre a quien al parecer Leni debía encontrar, uno al que llamaban «el elegido»...

Esto no me pareció muy relevante, pero insistí:

—¿Y luego?

—Al final —siguió Dehane—, Hesse pidió un favor a Leni. Le dijo: «Debes escribir una novela, nuestra novela. Ahora no tengo nada que perder. Pero es preciso que el elegido se reconozca, que comprenda antes que los de Halgadøm. Tu novela tiene que ser un código, un mensaje secreto. Un camino que le conduzca a la verdad de Halgadøm, al gran secreto, el que nosotros hemos guardado durante todos estos años».

»Entonces —concluyó Dehane—, Leni estrechó al viejo nazi entre sus brazos. "Todo está escrito hace tiempo", dijo ella. "Halgadøm tiene ya su novela."

Arthur Dehane se quedó callado y dijo para terminar:

—A la mañana siguiente encontraron a Hess ahorcado en la celda. En cuanto a Leni, había desaparecido. Eso fue el verano pasado y no hemos vuelto a verla.

Pues bien, Linh, eso es lo que sé...

Me hago mil preguntas, pero procuro proceder con calma. Escribirte esta carta me ha dado paz, porque te hablo de lo que me angustia.

De Marjolaine Papillon no sé nada más aún, pero no cejaré hasta encontrarla. Me juego la vida, el honor. Y no lo hago por mí, lo hago por Anne-Marie; es como mi último adiós.

Sin embargo, en el fondo, algo me dice que no iré mucho más

lejos. Sé demasiado, aunque aún quedan muchos cabos sueltos, y no sé si tendré tiempo de atarlos. Los hombres de Jos deben de estar ya buscándome.

Pensarás que con esta carta no hago sino arrastrarte en mi caída. Pero no, al revés: quiero avisarte, impedir que caigas como yo. Te digo que sé demasiado, pero en realidad es muy poco... ¿Quién es Claude Jos? ¿Quién es Otto Rahn? A estas preguntas no sé responder. Pero tenía que escribirte, contarte todo esto, porque si no sería como mentirte, y eso sí que no me lo perdonaría.

De mi triste y fracasada vida, eres la única persona a la que echaré de menos.

No me olvides.

Tuyo,

GILLES

2005

—A los dos meses —concluye Linh con voz ahogada—, en febrero de 1988, encontraron el cadáver de Gilles en una propiedad de los Yvelines, en Montfort-l'Amaury; lo habían quemado y colgado. La policía archivó el caso como suicidio...

Estoy consternada.

Temblorosa, le devuelvo la carta de Chauvier, que él mete en el sobre. Está a punto de llorar. Acaba de revivirlo todo delante de mí, le cuesta respirar, traga saliva, se aprieta las sienes como si tuviera jaqueca.

—Y esa misma semana el hermano David Guizet se suicidaba en su celda.

De pronto lo observo pasar de la pesadumbre a una especie de frialdad administrativa, y me dice como si leyera un informe:

—Los Sven siguen en paradero desconocido, así como Marjolaine Papillon, que publica año tras año sus novelas y vende mucho... Claude Jos murió en su lecho el 23 de abril de 1995 a la edad de noventa y un años. La plaza del ayuntamiento de Paulin lleva ahora su nombre, y hay una placa que dice: «Claude Jos (1904-1995), héroe de la Resistencia, alcalde de Paulin (1947-1995), diputado por Tarn». Irónico, ¿no? Y el castillo de Mirabel lo ha heredado su nieta, Aurore... —Linh se frota los ojos, derrotado—. Pues bien, ya lo sabe todo...

Soy incapaz de responder, estoy asustada. ¿Dónde he ido a meter las narices? ¿Qué se oculta tras tanto secreto? ¿Me pasará lo mismo que a Chauvier, que a Angela Brillo? ¿Un suicidio providencial? ¿Corro de verdad peligro o son solo imaginaciones de un policía depresivo, perturbado por la muerte del que fuera como un padre para él?

—¿Y usted qué hizo?

—Decidí callar —reconoce encogiéndose, como quien se declara un cobarde. Con una voz que se ahoga por momentos, sigue diciendo—: El día que derramé las cenizas de Gilles en el océano Atlántico, en Mimizan, me propuse firmemente esperar. Estaba en juego mi vida, y la de mi madre. —Se endereza en el asiento—. Ahora ocupo el puesto de Chauvier en Toulouse... —Le tiemblan las manos.

Afuera es ya casi de noche. Por las ventanas de los grandes edificios del distrito 16 atisbo bultos, niños que corren por vastos salones, padres que se visten para cenar, madres que ponen la mesa, y me pregunto: «¿Cuál es el verdadero mundo?». Me acerco hasta la ventana y la abro de par en par. «¿El de ellos o el nuestro?»

Entra una corriente de aire, frío, húmedo. Pronto vendrán los catarros, las gripes, las fiebres...

Silencioso, Linh recobra el aliento; ha hablado mucho.

Me ha dicho que es la primera vez que lo cuenta todo, desde el principio; que es lo que ha deducido de lo poco que Chauvier le contaba, de los papeles que dejó a su muerte y de lo que él mismo ha ido descubriendo en todos estos años.

Enciende la lámpara de la mesilla de noche. En el cristal ya solo veo la habitación y el policía reflejados.

Se frota las mejillas, los ojos y abre el minibar.

—¿Qué quiere tomar?

Yo cojo lo primero que encuentro, un botellín de ginebra, lo destapo y me bebo la mitad de un trago. Es como si me ardieran las entrañas.

Presa de un mareo repentino, me siento en la cama. El timbre de mi voz es inseguro.

—Pero si Jos murió en 1995 —pregunto—, ¿por qué ha esperado tanto tiempo para retomar el caso?

—Por miedo...

—¿Miedo de qué?

Linh abre una lata de cerveza y la huele con deleite.

—Cuando Claude Jos murió —se decide a contarme—, empecé a investigar. Llevaba seis años sin pensar en otra cosa. Consulté expedientes, informes; pero nada, el caso parecía suspendido.

Veo entonces en sus ojos la expresión de un miedo atroz, elemental, el del hombre ante la bestia.

—Una noche un enmascarado entró en el piso de mi madre y la amenazó con una navaja de afeitar...

Me estremezco.

—¿Y avisó su madre a la policía?

—No... Bueno, sí... Me llamó a mí. Pero yo no podía decir nada, cometía una infracción, porque no se puede reabrir un caso sin autorización del superior, es un delito. Así que... —otro gesto cansado— preferí desistir...

Sacudo la cabeza; doy otro trago de ginebra y esta vez el licor me abrasa de tal modo que casi me atraganto.

Linh se inclina:

—¿Se encuentra bien?

Le hago señas de que no me toque y contesto, aturdida:

—Sí, sí... creo que sí. Lo único es que acabo de descubrir que me he metido en una especie de conspiración neonazi, pero aparte de eso, nada más. ¿Y ahora por qué quiere volver a investigar?

Me sirve un vaso de vino y dice:

—Mi madre murió hace dos meses.

—¿La asesinaron ellos?

—No. Hacía años que padecía de parálisis pulmonar. Vivía con respiración asistida, pero el año pasado entró en coma...

Se queda callado; yo no me atrevo a añadir «... y usted la desenchufó».

Si algún día tengo hijos querré que hagan lo mismo.

—Así que no tengo nada que perder —retoma Linh.

—¿Y qué quiere que haga yo?

—Quisiera que colaboremos; usted me tiene al corriente de lo que averigüen y yo les ayudo con los archivos. Pero ni su editor, ni su amigo Clément, ni el señor Venner, deben saber nada.

—Con el «señor Venner» —digo tajante— mis relaciones se han reducido al mínimo.

—Pero tendrá que volver a verlo...

—Ya, lo sé... —contesto resignada.

Linh se da unos golpecitos en la mano, como para animarse.

—¡Es un caso complicado, todo son preguntas y no hay ninguna respuesta! ¿Qué impulsó a Hess a suicidarse? ¿Quién es realmente Claude Jos? ¿Qué relación tiene con Vidkun Venner?

—Y más —digo yo, enardecida—: ¿qué es Halgadøm? ¿Quién es Marjolaine Papillon?

—Sobre eso —me dice con misterio, esbozando una media sonrisa—, creo que puedo ayudarla.

Mira hacia la mesa y me acuerdo del manuscrito.

Cojo el gran sobre de papel estraza, saco el mazo de folios y leo:

Leni Rahn

Halgadøm,
el archipiélago maldito

Novela

—¿Es la novela que decía Hess? ¿El escrito del que Guizet habló a Chauvier en el monasterio?

Linh no me contesta.

Empiezo a hojearlo, fascinada.

—¿Y cómo lo ha conseguido usted? ¿Dónde lo ha encontrado?

—Eso no puedo decírselo, al menos de momento... Esta es una copia para usted. Pero... —me coge firmemente del brazo— ¡no se lo enseñe a nadie! Léalo usted sola, estúdielo, verá cómo se le aclaran muchas cosas. Pero...

Se interrumpe, resopla. Mi brazo está destrozado.

—¿Pero...?

—Si esto no es ciencia ficción, creo que hay muchos motivos para tener miedo.

SEGUNDA PARTE

Leni

Mis antepasados eran paganos; mis abuelos, herejes.

OTTO RAHN,
La corte de Lucifer

Leni Rahn

Halgadøm, el archipiélago maldito

Novela

ADVERTENCIA AL LECTOR

Spandau, 17 de agosto de 1987

El ocaso de las civilizaciones es uno de los fenómenos más impresionantes y a la vez más oscuros de la historia. Llevo años dudando sobre si debo publicar esta «novela». La escribí hace casi cuarenta y desde entonces ha dormido en un baúl. Son pocas las personas que la han leído.

Digo novela, pero en realidad no lo es, o lo es muy poco. No he inventado nada. Así fueron mi infancia, mi juventud, mis primeros amores, mis primeros sueños. Todos los lugares son reales, todos los personajes existieron, algunos aún viven; cuarenta años he temido sus reacciones y sus recuerdos. Pero, repito, Halgadøm no es una ficción, sino la pura realidad.

Escribí la novela, como digo, al acabar la Segunda Guerra Mundial, pero nunca quise publicarla. ¿Por qué? Por una extraña nostalgia de Halgadøm, o peor todavía, por un respeto absurdo a mis primeros maestros, los Sven, al doctor Schwöll, y a Otto Rahn, sobre todo. ¡Otto, Otto! ¡Cuánta mentira, cuánta traición!

Sin embargo, los últimos acontecimientos me obligan a reconsiderar esta decisión. Anoche, en la prisión, tuve una larga conversación con Rudolf Hess que acabó de convencerme: ¡el mundo tiene que saber!

Esta noche, tras haber dejado al prisionero de Spandau de nuevo en su celda, he vuelto a releerlo todo. No creo que deba cambiar ni una línea de esta «aventura». Añado solo esta advertencia, que escribo como para persuadirme de lo acertado de mis razones, para infundirme coraje...

Porque, incluso ahora, todavía dudo.

Pero sé que debo hacerlo. ¡Hay que pararles los pies como sea, hay que impedir que vuelvan y se instalen para siempre!

En mi vida no he conocido sino tiempos turbulentos, por eso sé lo que representa Halgadøm y hasta qué punto sigue siendo una amenaza: el reino de Otto no es un fantasma, no, sino un terrible enemigo real.

Y por primera vez después de todos estos años un sentimiento me abruma, una sensación difusa, malsana, insidiosa; a pesar de todo lo que he visto, a pesar de los horrores que he presenciado, a pesar de las matanzas a las que he asistido, por primera vez en mi larga y alocada vida tengo miedo a morir.

L. R.

1938

Noruega, otoño, 8 de la mañana

Los niños estaban sentados a sus pupitres. No les estaba permitido hablar. Tiesos y mirando al frente, esperaban.

Eran cinco, cuatro chicos y una chica, vestidos todos igual: con pantalón azul marino, camisa blanca, corbata turquesa, chaqueta con un escudo y una divisa bordada: «*Meine Ehre heisst Treue*» («Mi honor se llama fidelidad»).

«Como en los colegios ingleses», les había dicho tío Otto.

La chiquilla miró por la ventana, pero fuera estaba oscuro.

«De todas formas —se dijo—, la noche dura seis meses.»

Una claridad pálida y triste entraba en la biblioteca y nimbaba las estanterías.

La chica volvió sus pensativos ojos a los dos soldados de guardia, que parecían incrustados en las librerías; uniforme negro, ojos azules, pelo rubio tirando a blanco.

«¿Qué mirarán tan fijamente?», se preguntaba viendo sus semblantes impávidos. ¿El retrato del Führer? ¿La gran pizarra colgada de la librería central, en la pared de enfrente?

Llevaban esperando un cuarto de hora. Todos se volvían a ratos a mirar el reloj de pared que había a la derecha, cerca de la chimenea.

«Se retrasa...»

Fuera arreció el viento. Se oía el fragor de las olas que rompían contra las rocas. El aire salino penetraba en la biblioteca y se mezclaba con el grato olor a lumbre de madera de abedul.

De pronto, la chica se sobresaltó: una puerta golpeando, una corriente de aire en la estancia, un fuerte olor a algas.

—Niños, perdonadme, pero con este viento la travesía se ha complicado...

«¡Tío Otto!», se dijo la chica regocijada.

Todos se pusieron en pie, levantaron el brazo y, volviéndose hacia el retrato del Führer, dijeron a coro:

—*Heil Hitler!*

—Bien, bien, sentaos... —Tío Otto estaba ya en su mesa y dio unas palmadas—. A ver, ¿dónde nos habíamos quedado? —Se puso unas finas gafas de montura dorada y abrió un gran cuaderno.

Silencio en el aula...

Tío Otto miró sonriendo a sus alumnos, uno tras otro, y le dijo a uno de los chicos:

—¿Tú?

El muchacho se puso rojo.

—Yo... Eh... —balbució—. Creo que estábamos con el mito de Thule...

Tío Otto frunció la boca.

—Sal a la pizarra y recítame la lección.

El chico se puso aún más colorado; miró a un lado y a otro como buscando compasión, ayuda, pero todos tenían la vista fija en sus pupitres, esperando a que pasara el chaparrón.

—Bueno, ¿qué? —preguntó Otto; había bajado del estrado para dejar subir al chico.

«Pobre», se dijo la chiquilla con lástima, viendo el apuro del compañero, que se agitaba sin atinar a hablar.

Tío Otto se puso serio.

—Bien empezamos...

Y echó a andar por entre los pupitres, con un paso mecánico y haciendo resonar las suelas de sus botas negras claveteadas.

—A veces me pregunto para qué os sirvo...

Se inclinó y le gritó a uno:

—¡Al cuartel tendría que mandaros, con los otros!

Los chicos miraron a los soldados, que seguían en su sitio, firmes.

—No os dais cuenta de la suerte que tenéis. —Hizo seña al que había salido a la pizarra para que se sentase de nuevo y añadió entre dientes, cansado—: Leni, sal tú...

Ya ve el lector que no tuve una infancia corriente.

Me llamo Leni. En otro tiempo los escritores empezaban sus historias con el nacimiento del protagonista; yo no me remontaré tanto, y comenzaré este relato cuando tenía doce años, en 1938. Para mi edad estaba poco desarrollada, apenas tenía senos y aún no me había venido la regla. Físicamente, los Sven parecían más adultos. Teníamos todos la misma edad, pero ellos ya habían empezado a cambiar.

Vivíamos en las Håkon, un archipiélago al norte de Noruega situado más allá del círculo polar ártico, en el océano Atlántico. No se molesten en buscar las Håkon en el mapa, porque no figuran. Estábamos en la parte más septentrional, ¡al lado mismo de los grandes hielos!

Ustedes abrirán los ojos y dirán: «¡Menudo frío que haría!»; pero yo les contestaré: «No, no mucho».

Según nos había explicado tío Otto, una corriente marina llamada Corriente del Golfo recorría el litoral de Noruega y evitaba las heladas fuertes, pues el clima oceánico templaba el frío del norte.

En las islas Håkon lucía el sol durante meses: a ese fenómeno lo llamábamos «la luz amarilla».

Por el contrario, en invierno, las bombillas estaban siempre encendidas. A esa atmósfera tenue y glacial la llamábamos «la luz azul».

Las Håkon eran un grupo de islotes llanos, con altos y negros acantilados volcánicos que caían a pico en el mar a todo lo largo de la costa. Rodeando las islas se alzaban las «murallas de las aves», una pared rocosa que parecía surgir del fondo del océano, el más alto de cuyos picos superaba los quinientos metros. Allí no vivía nadie, era el reino de las gaviotas, los frailecillos, los araos y los líquenes. Esa barrera natural, de unos diez kilómetros de diámetro, nos protegía de los vientos.

Por mar era muy difícil llegar a las Håkon, porque la ruta estaba sembrada de arrecifes. Por eso tío Otto se desplazaba en hidroavión.

«Visto desde arriba —nos decía—, parece un círculo perfecto en torno a las islas, como un recinto amurallado.»

Según las leyendas del norte, aquello era una de las últimas partes no cubiertas de la Atlántida, un vestigio de la legendaria Thule.

Muchas veces me he preguntado cómo pudieron llegar allí los primeros habitantes, pues las Håkon están muy lejos del resto de las islas. Para alcanzarlas había que atravesar un inmenso vórtice marino, el Maelström, también conocido como «el cementerio marino», porque se había tragado miles de barcos, cuyos restos yacían en el fondo.

Durante siglos el archipiélago vivió de la pesca. Varias veces al año, los más intrépidos pescadores acudían al continente a vender su bacalao salado, y muchos no volvían; unos porque se quedaban en lo que debía de parecerles el verdadero mundo, otros porque acababan en las entrañas del «cementerio marino».

Todo cambió cuando llegó tío Nathaniel.

Tío Nathaniel era muy rico. Allí todo el mundo lo llamaba *Herr* Korb, pero yo prefería tío Nathi.

Las Håkon eran suyas, las había comprado hacía veinte años.

«Estoy en mi casa —solía decirle a todo el que, pescador o soldado, lo molestaba—, y puedo echarte cuando quiera.»

Nathaniel Korb era vienés y se hizo rico durante la primera posguerra. En 1924 compró el archipiélago al Estado noruego, pero no expulsó a ninguno de sus habitantes. Había familias que llevaban viviendo allí siglos en las condiciones más precarias. Lo primero que hizo Nathaniel fue asignarles una paga mensual y construirles casas de verdad, con cocina, cuarto de baño, invernaderos...

De aquellos islotes áridos, hizo un oasis.

Y en esa tarea lo ayudaron los «hombres de negro». Sé que habría que decir las SS, pero yo prefiero llamarlos los «hombres de negro» (suena más caballeresco).

A cambio de su ayuda, él les permitió instalarse en las islas. Fueron ellos quienes, con los planos de tío Otto, construyeron la enorme casa de Nathaniel Korb.

El millonario no quería una mansión, sino una vivienda de una sola planta en la parte más arenosa del archipiélago. Era su sueño de siempre: una serie de plataformas sobre pilotes unidas por puentes y pasarelas. Era como una larga serpiente de madera sin cola ni cabeza, una sucesión inacabable de habitaciones, salones, cuartos, dormitorios, donde vivía solo con la servidumbre; las Håkon eran su jardín del Edén y nadie debía molestarlo.

La única parte de la casa a la que los niños teníamos acceso era la biblioteca, donde tío Otto nos daba clase.

Claro que a mí tío Nathi me consentía mucho más, porque era su «princesita».

¿Soy de sangre real? No lo sé, pero sí sé que nací en las islas. Mis padres fueron de los primeros alemanes que vinieron a construir las casas nuevas. No guardo ningún recuerdo de ellos porque murieron durante una tempestad que asoló el archipiélago en 1927, cuando yo tenía un año.

«La tormenta vino de golpe —me contaba Ingvild, nuestra querida ama—. Es la maldición de las Håkon. Se dice que una vez al siglo el océano reclama víctimas en pago de su clemencia. Entonces se desencadena un viento que agita las corrientes hasta levantar el agua. Y quedamos completamente a su merced...»

La tempestad fue devastadora. Dos terceras partes de los habitantes perecieron en el cataclismo. Tío Otto, tío Nathi y otros se salvaron, mis padres no...

Por suerte, cuando los adultos trabajaban llevaban a los pequeños a una especie de guardería, en un edificio que fue de los pocos que se libraron. Así los Sven y yo sobrevivimos, aunque huérfanos; tío Nathi nos adoptó y tío Otto se ocupó de nuestra educación...

Desde entonces nadie hablaba del «cataclismo». Y cuando nuestra querida Ingvild nos lo contaba, lo hacía en voz baja y asegurándose de que nadie más la oía.

Yo no conocía el resto del mundo, pero me daba igual.

¿Qué podía ser más bello que nuestras tardes de solsticio, nuestras mareas de equinoccio? Tío Otto nos lo dijo muy claro: en las Håkon vivíamos en la edad de oro.

El archipiélago de las Håkon constaba de tres grandes islas, muy alejadas entre sí.

La isla principal se llamaba Yule, y en ella estaba el «palacio» de tío Nathi. A unos cientos de metros de su casa, el millonario había hecho construir otro edificio austero y feo, el «cuartel». En él residían los «hombres de negro», las SS, que tenían por cometido vigilar las Håkon, y todos los veranos llegaba de Alemania una nueva tropa para un año de formación.

Nuestra casa, la de los niños, era el tercer edificio de la isla de Yule, el «dormitorio»; tío Nathi había querido construirla a la orilla del mar, en un promontorio, como esos *piers* de los balnearios ingleses, como una especie de barco inmóvil sobre el agua.

Por la noche oíamos los peces pasar por debajo, a veces incluso orcas, que golpeaban con las aletas los grandes pilares de metal que sustentaban el edificio.

Tío Otto tenía habitaciones propias en el último piso del cuartel, en una torrecilla esquinera, que llamaba «torreón» o «atalaya», pues era el punto más alto de la isla de Yule.

Aparte de la casa de tío Nathi, el cuartel y nuestro dormitorio, Yule no era más que una roca plana en el centro del archipiélago. El sol calentaba tanto que era imposible cultivar nada, y gracias a Dios que habíamos encontrado un manantial de agua dulce. Para lo tocante a la alimentación estaba Ostara.

La isla de Ostara era mucho más grande y estaba más modernizada. Era tan rocosa y llana como Yule, pero tenía una capa de tierra lo suficientemente profunda para permitir el cultivo. El clima de las Håkon y la falta de luz durante seis meses habían obligado a los ingenieros nazis a construir un complejo de invernaderos y placas solares. La isla estaba salpicada de grandes esferas de cristal que parecían las larvas de un insecto gigante. En las Håkon se producía de todo, incluso frutas exóticas: plátano, maracuyá, cocos, tamarindos...

Otra norma que regía en las Håkon: solo las mujeres podían trabajar en Ostara.

Todas eran de fisonomía nórdica: altas, sanas, de ojos muy azules, de pelo rubio casi blanco que contrastaba con los encendidos colores que lucían al salir cansadas y alborotadas de los invernaderos caldeados. Sorprendía ver a aquellas valquirias salir a respirar el aire del mar en pleno invierno medio desnudas, sin frío; sus cuerpos rebosaban voluptuosidad. Seguramente por eso aquella isla les estaba reservada a las mujeres, llamadas, en la lengua de las Håkon, *Schwester*, las «hermanas». No salían prácticamente de la isla, donde tenían sus propios barracones, junto a los invernaderos.

A veces las veíamos por las ventanas del dormitorio.

Queda la isla más rara, la más misteriosa: Halgadøm.

Estaba situada más al norte, al pie mismo de las murallas. A mí me fascinó desde mi más tierna infancia, porque no nos permitían ir ni hablar de ella. Lo único que sabíamos es que allí estaban construyendo algo.

«Algún día conoceréis Halgadøm —nos decía a menudo tío Otto—, pero aún sois muy pequeños.»

Y no había manera de saber más.

Si Nathaniel Korb era el rey de ese reino, tío Otto era el príncipe, su eminencia negra. Los soldados se referían a él como el «regente».

¿Quién era? ¿De dónde venía? ¿Cómo fue su niñez? ¿Tenía familia? Estas y otras preguntas quedaban sin respuesta.

Aunque era oficial de las SS, se parecía poco a los arios soldados del cuartel, pues no era ni alto ni fuerte. Era un hombrecillo magro, enérgico.

Tenía solo treinta años, pero sus ojos profundamente azules daban ya órdenes con la tácita suavidad de los verdaderos déspotas. Era de esas personas a las que uno quiere agradar, cuya amistad y confianza se buscan.

Así, conquistaba a todos, a los Sven sobre todo...

Desde que tengo memoria, siempre he conocido a los Sven. Eran huérfanos del cataclismo, como yo, y como a mí los educó el tío Otto. Los cinco nos contábamos entre los «elegidos». Tío Otto siempre nos refería las victorias del Führer allá lejos, en nuestro país. Nos hablaba con ardor del genio del canciller, del talento de sus hombres, del rigor legendario de su guardia personal, los señores del mañana: las SS.

«Pero los únicos señores —añadía—, los que de verdad tienen sangre real, sois vosotros. Y los "hombres de negros" no serán sino vuestros siervos...»

Y cuando decía esto, sus ojos brillaban más que el sol invencible del solsticio.

Aunque nacieron de padres distintos, los Sven parecían gemelos. Tenían el mismo físico ario, eran serios, duros.

Nunca supe quién les puso los nombres de pila (Sven-Odin, Sven-Olaf, Sven-Gunnar, Sven-Ingmar), pero eran tan parecidos que los llamábamos a todos Sven, sin especificar.

Mi relación con ellos era algo delicada. Yo era «la mujercita» del grupo, mientras que los Sven hacían gala de un cinismo precoz y lo despreciaban todo. Sobra decir que yo, con mi cara bonita y mis monerías de hija modelo, fui a menudo blanco de sus burlas.

¿Cuántas veces no me despertaría con la cama empapada de agua del mar o cubierta de excrementos de arao? Otras veces me desaparecían las cosas, que acababa encontrando un SS en algún cubo de basura del cuartel. Y, detalle más perverso, les gustaba también sorprenderme en la ducha. Abstraída bajo el chorro de agua humeante, percibía de pronto sus carotas al otro lado de la cortina, como soles entre la bruma. A veces, bajo pretexto de juego, metían la mano y empezaban a tocarme, me acariciaban las piernas... hasta que yo daba un grito, me tapaba con el albornoz y les trataba de «*Schwein!*». Eran bromas sin mayor malicia, pero me las gastaban constantemente, y yo, por no sé qué estúpido sentido del honor, no me quejaba a tío Otto.

Aunque estoy segura de que Otto en realidad lo sabía. Para él eso formaba parte de nuestra formación.

«Paciencia», me decía yo, y me tapaba resignada a que los viciosos gemelos me mirasen.

Y eso es lo que iba repitiendo cierto día de diciembre de 1938 en que los Sven y yo fuimos a los acantilados, en la otra punta de Yule.

Eran los únicos acantilados de la isla y nos tenían prohibido ir. Pero ese día Björn, el marido de Ingvild, tuvo un accidente pescando, y ella hubo de marcharse a toda prisa, dejándonos sin vigilancia.

—Niños, portaos bien, que vuelvo para la cena.

En cuanto nos quedamos solos, uno de los Sven dijo:

—¡Aprovechemos para ir al acantilado!

—Pero si está prohibido... —objeté yo.

Los Sven me miraron, se sonrieron y me empujaron por delante de ellos.

—¡Vamos, nena!

Cruzamos la landa, tropezando en las piedras que sobresalían del manto de liquen, y pronto llegamos al acantilado. Soplaba un fuerte viento y entre el fragor de las olas que rompían contra las rocas oímos el chillido de una gaviota.

—Está alto... —dijo uno de los Sven, casi a su pesar.

Era verdad: aunque mucho menos alta que las escarpadas «murallas de las aves» que cercaban el archipiélago, su dimensión bastaba para que cualquiera que cayese encontrara una muerte segura contra las rocas.

—¡A ver quién es aquí un hombre! —dijo el que había propuesto la escapada.

A unos cinco metros delante de nosotros se abría el precipicio, un oscuro vacío, como una gran boca abierta que fuera a tragarnos.

Los Sven se miraron y luego, venciendo el miedo, uno tras otro se asomaron y palidecieron; se volvían con una sonrisa forzada.

—No está tan alto... —dijo el primero.

—Esto no es nada —contestó el segundo.

Los otros dos se contentaron gesticulando su desprecio hacia el peligro. Eso sí, ninguno recuperaba el color del rostro.

Me tocó a mí.

—¡Ve!

—¡No! —grité, pues siempre había padecido muchísimo de vértigo y me mareaba solo con pensar en asomarme.

—¡Que vayas!

Me miraban amenazadores.

Di unos pasos hacia el abismo.

El aire parecía congelado. Todo estaba oscuro. La luz azul, el sol de medianoche, bañaba el archipiélago hacía ya unos días... y lo bañaría durante meses. Yo atisbaba sombras de aves que se zambullían en las aguas con un chillido horrible... ¡como si me esperaran!

De repente, todo se hizo viscoso a mi alrededor, irremediablemente fluctuante.

¡Y solo estaba a dos metros!

—No puedo... —dije, con las piernas temblando como flanes.

—¡Camina! —replicó un Sven, que me seguía justo detrás.

Sentí su aliento en la nuca y cómo me ponía la mano en la espalda.

«Si no sigo, me empuja», me dije.

Los otros se reían.

A pesar de la oscuridad, se veía el vacío, ya solo a un paso de mis pies. Sopló una ráfaga del mar con olor a algas y guano.

Aturdida por los efluvios, di un traspié.

—¡Cuidado! —exclamó el Sven que venía detrás, atrapándome pero a la vez pegándose a mí, con lo que me acorraló al borde del acantilado.

Yo estaba aterrorizada.

—¡No, no, por favor!

Todos se echaron a reír, aunque mi verdugo sufría cada vez más, porque, cogidos como estábamos, si yo caía, lo arrastraba conmigo.

Noté que estaba temblando y eso me tranquilizó: tenía miedo, aunque no quería que los demás se dieran cuenta por no quedar en ridículo. Y también parecía azorado de verse de repente tan cerca de una chica; éramos dos funámbulos.

Yo me armé de valor y seguí quieta, pues sabía que ahora todo dependía de mí.

«¿Saltará? ¿No saltará...?»

Los otros se habían callado; empezaban a comprender lo peligroso de la situación.

El Sven que estaba conmigo respiraba cada vez más deprisa y se apretaba contra mí. El precipicio estaba a nuestros pies. Jadeando, empezó a besarme la nuca, a acariciarme las mejillas, el cuello, luego a frotarse contra mí, a oprimirme las nalgas con la pierna.

—Déjala... —se oyó una voz.

Fue como si el Sven sufriera los efectos de una descarga eléctrica.

—¡Déjala! —repitió la voz.

El muchacho se irguió bruscamente, tanto que yo salí despedida hacia delante, y de pronto lo vi todo: el precipicio, las nubes de algas, la espuma blanca, casi fosforescente, de las olas azul oscuro... y percibí más fuertes, más desagradables, los olores del mar.

Cerré los ojos e iba a gritar en la caída cuando noté que me asían por la axila y me estiraban hacia atrás.

Seguí con los ojos cerrados un buen rato, sin saber qué sería peor.

Al fin los abrí.

El tío Otto me tenía sujeta por el pecho con un brazo, y aunque ambos estábamos en el suelo, no me soltaba.

Me miraba con una ternura divertida, que yo no me explicaba. Los Sven se habían quedado quietos, pero a la luz azul vi que estaban asustados y que su frente perleaba de sudor.

—Y si se hubiera resbalado, ¿qué habríais hecho? —les preguntó Otto con calma, sin dejar de mirarme. Me acarició la frente con el dorso de la mano y jugó con mis mechones rubios.

Los Sven no contestaron. Vi, pese a la poca luz que había, que su tez lechosa se sonrojaba. Respiraban atropelladamente, temiendo sin duda lo que les esperaba. Mi verdugo estaba algo apartado, cubriéndose el pantalón mojado con las manos, resignado al castigo.

Pero Otto no estaba enfadado. Se puso en pie y me ayudó a levantarme.

Su mirada se perdía en el océano.

—Me siento muy orgulloso de vosotros… —dijo a media voz.

Los Sven abrieron los ojos con asombro, aunque no tanto como yo.

—Lo que habéis hecho demuestra valor… Pero os habéis equivocado de víctima…

Otto hablaba para los Sven, con una voz siniestra y muy dura:

—Muchachos, pronto podréis jugar con mujeres de verdad. Llegarán a cientos, y todas serán para vosotros…

Se volvió al mar. A lo lejos se divisaba la isla de Halgadøm.

—Los trabajos avanzan —dijo Otto, como hablando para sí—. Y pronto podré llevaros allí.

—¿De veras? —preguntaron los Sven, ya sin miedo, mirándolo admirados.

—Solo es cuestión de tiempo. La ópera está casi acabada…

—¿La qué? —pregunté yo desconcertada.

—¿Una ópera? —preguntaron los Sven, no menos extrañados que yo.

—Sí, muchachos —contestó Otto, como dándolo por descontado—. En Halgadøm estamos construyendo una gran sala de ópera.

—¿Un teatro? —preguntó un Sven, disimulando mal su decepción.

—Sí, un gran teatro a la orilla del mar, abierto al océano.

—¿Y para representar qué?

Otto se acercó al precipicio, desafiando a su vez el vacío.

—Desde que vino a vivir aquí —explicó—, tío Nathaniel trabaja en una gran ópera mitológica dedicada al nuevo Reich, *Los hijos de Thule*...

—¿Los hijos de Thule? —repetimos todos como loros.

—Será una ópera grandiosa, un nuevo clásico —prosiguió con voz inspirada—. La ópera del futuro... Tío Nathi está escribiendo el libreto, y la música la componen en Alemania los mejores músicos del Reich...

Se volvió hacia nosotros y señaló la isla extendiendo el brazo, a manera de saludo militar:

—Ahora ya conocéis la misión secreta de Halgadøm...

—Sí, angelito, sí; una gran sala de ópera, y una de las mejores del mundo, espero...

Las clases acababan de terminar y yo había ido a ver a tío Nathi al final de la biblioteca, donde solía sentarse en una gran butaca.

Me tenía la mano cogida y estaba vuelto hacia la ventana. Desde ahí también se veía Halgadøm, cuya silueta se recortaba oscura contra la luz azul. El millonario la devoraba con sus ojos gris claro, ojos que habían renunciado al mundo para ver sueños.

Los Sven se habían quedado junto a la pizarra charlando con Otto, pero uno de ellos me vio hablar con Korb y vinieron todos.

—¿Cuándo estará terminada su ópera, tío Nathi? —preguntó un Sven, en tono meloso.

El millonario enfrió su expresión; no le gustaban los Sven, desconfiaba de ellos.

—No sé de qué hablas —contestó el anciano con acritud.

Los Sven se encogieron de hombros y se fueron al dormitorio.

Se presentó un SS.

—Es la hora de la inyección, *Herr* Korb...

Lo seguía el médico, que se acercó a la ventana sin mirarnos y empezó a llenar una jeringa, dándonos la espalda y canturreando:

—*O du mein holder abendstern...*

—¡Dieter! —exclamó tío Nathi, acercándose a él—. Casi me había olvidado del pinchazo...

—Ya sabe que el Vril no espera, *Herr* Korb.

Era un hombre alto y pelirrojo, con unas gafas de fina montura metálica. Se giró y dijo al verme:

—Vaya, la pequeña Leni...

El anciano se echó en el sofá, se arremangó el brazo derecho y dejó la mano muerta. El médico le hizo un torniquete con una cinta de nailon.

—Apriete el puño —dijo.

Luego alzó la jeringa y la oprimió un poco para expulsar el aire; salió un chorrito rojo.

—Espero que sea reciente —dijo tío Nathi, que miraba la jeringa con ojos ávidos.

—Por supuesto, de esta mañana.

—Así me gusta —replicó el anciano, ofreciéndole el brazo al doctor.

Vi cómo la aguja penetraba en la vena y no pude reprimir un escalofrío. Nunca he soportado las inyecciones, ni para mí ni para los demás. Pero el pinchazo cotidiano de tío Nathi lo había presenciado en muchas ocasiones.

Esta era su manía más absurda: por envidia de los hermosos soldados rubios que vivían en su archipiélago, Korb se hacía inyectar una vez al día un poco de «sangre aria». Sabía que eso no lo volvería ni más rubio ni más joven, pero quería que el fluido superior penetrara en su cuerpo, irrigara su cerebro.

Era un capricho que hacía reír a todo el archipiélago.

—Es un sueño que tengo desde niño —me confesó un día que acababan de inyectarle y apretaba un algodón contra el brazo doblado—. Cuando yo era pequeño siempre me contaban la leyenda del Vril.

—¿El Vril?

—El Vril es un fluido mágico que da la vida eterna, como el elixir de larga vida de los alquimistas...

Él estaba convencido de que la «sangre aria» tenía esa virtud. ¿O era solo por satisfacer ese sueño de su niñez? Nadie lo sabía. Lo cierto es que todas las mañanas a las once le inyectaban una ampolla de sangre compatible con la suya que extraían a los jóvenes SS del archipiélago. Nathaniel no preguntaba quiénes eran los donantes, confiaba ciegamente en su doctor.

—Dieter, como cada mañana, le debo la vida —dijo tío Nathi dando al médico una amistosa palmada en el hombro.

El doctor no se rió; guardó la jeringa en el estuche y dijo en tono seco:

—¡Vamos, vamos, si está en plena forma!

—Gracias a usted —replicó Korb—. Cuando dejé Viena hace más de diez años tenía cáncer de hígado, hoy estoy más sano que una manzana.

El médico alzó imperceptiblemente los ojos y leí en sus labios un «*Mein Gott...*» desconsolado. Pero tío Nathi seguía soñando: se había acercado a la ventana y contemplaba pasar una columna de soldados, negros como las rocas, rubios como la luna.

¡Qué poco se les parecía!

—¿De verdad piensa tío Nathi que se va a hacer como ellos? —le pregunté yo al médico cuando salíamos del palacio, donde el anciano quedó ensimismado en sus sueños arios.

Caminábamos solos por el sendero de arena. Los soldados habían vuelto al cuartel, y yo divisé, mar adentro, un par de orcas. De pronto hacía frío.

El médico se cerró la bata blanca.

—En esas ampollas meto una mezcla de agua y colorante. Si le inyectara sangre de verdad, no viviría ni un mes... —me confesó, y guardó las gafas en un estuche de cuerno con sus iniciales grabadas, D. S.

Todo el mundo sabía que el doctor Schwöll engañaba a tío

Nathi —por su bien—, pero nunca me lo había dicho tan claramente.

Me quedé observándolo, alto, rubicundo, cuadrado, con los ojos hundidos y un bigote perfilado que parecía sellar mil secretos.

Dieter Schwöll era el tercer personaje del archipiélago.

Era un viejo amigo de tío Otto y desde el principio se trasladó a las Håkon como médico privado de tío Nathi. Sin embargo, no era solo eso. Aparte de la inyección diaria al millonario, el resto del tiempo lo pasaba en Halgadøm. Salía por la mañana y volvía por la noche, pero sus actividades allí eran «secreto militar» y solo los soldados podían acompañarlo.

Nosotros, claro está, formábamos mil conjeturas sobre lo que allí se hacía, conjeturas que no tenían nada que ver con una sala de ópera.

La familia Schwöll vivía en Yule, en una casa próxima al cuartel con un jardín más bien siniestro, el «cottage». La mujer del doctor, Solveig Schwöll, era de origen noruego —hacía cincuenta años que su familia había emigrado a Alemania— y decía estar encantada de haber regresado a su tierra.

Los Schwöll tenían dos hijos, uno de trece años, el otro de veinte.

El menor, Hans, era un año mayor que yo, y tan rubio y apuesto como los Sven. Por suerte para él, era más inteligente que ellos, y tenía una especie de raro encanto, que lo distinguía del resto de los habitantes del archipiélago.

Como es natural, en aquel mundo paramilitar lleno de órdenes, consignas, reglas y leyes, Hans y yo nos hicimos aliados. Teníamos la misma visión de las cosas, la misma curiosidad y las mismas dudas. Habíamos crecido juntos, además, y siempre congeniamos... hasta el punto de que los Sven nos llamaban «los enamorados».

¿Cómo enfrentarse a tales habladurías si no es con un inflexible desprecio? Pero es verdad que nos encantaba pasearnos cogidos de la mano a la orilla del mar, dejando que la espuma nos mojara los zapatos, lejos del alboroto y el bullicio de los Sven.

Lo que más nos gustaba a los dos era estar en silencio, en ese silencio de la infancia lleno de alientos y susurros, pero también podíamos pasarnos horas hablando. Nos entendíamos con solo media palabra. Yo envidiaba su vida y Hans la mía.

—¡Qué suerte! —me decía—. No tienes padres que te manden, vives como una persona mayor.

—Suerte la tuya —le contestaba yo—, que tienes una madre que te quiere y un padre que te respeta...

Éramos un espejo el uno para el otro y necesitábamos vernos reflejados, como para demostrarnos que existíamos. Por eso éramos inseparables.

Su hermano mayor, Knut, era ya un hombre y quería ser médico como su padre, al que profesaba una veneración exagerada, llegando a anotar en un cuaderno todo lo que le oía decir. El doctor Schwöll sabía que podía confiar en él, y era el único al que permitía acompañarle a Halgadøm a principios de otoño.

En efecto, Knut era una tumba, y en vano le atosigábamos con preguntas.

—No puedo deciros nada —nos contestó el joven flaco y fatuo un domingo que jugábamos al balón en la explanada que había detrás de la casa de tío Nathi—, es un «secreto militar».

Los Sven siguieron bombardeándole a preguntas.

—¡Va, dinos!

—¿Qué es esa ópera?

Knut movió la cabeza de derecha a izquierda, tragó saliva y balbució:

—Si lo supierais, no podríais volver a dormir...

2006

—Nada prueba que Marjolaine Papillon haya escrito este... *Halgadøm* —dice FLK de mal talante—. Además, está sin acabar, se interrumpe a medias, cuando Otto Rahn muere en el bombardeo del archipiélago. Y esa carta que deja sobre las momias es disparatada... Una mala novela de quiosco, eso es lo que es.

—¡Y qué! Usted sabe que nos ayudaría mucho con nuestras investigaciones...

El editor no suelta prenda, pero yo estoy decidida a insistir. ¡Tiene que ayudarnos! No me he metido en esto, no me he arriesgado tanto para que todo esto quede en nada. Contra lo que le prometí a Lihn, he dado a leer el texto a Vidkun, a Clément, a FLK, pero era preciso hacerlo así: aparte de una escueta semblanza biográfica, que no dice nada, no existe ninguna otra información sobre Marjolaine Papillon, ni en Internet ni en las bibliotecas, ¡nada! Y el único que puede echarnos una mano es su editor, o sea, el mío...

—Lo siento, Anaïs, pero no puede ser.

FLK cruza los brazos, se arrellana en su gran butaca de cuero y se vuelve de cara a la pared de cristal. El día está gris. Es invierno. El jardinero ha trocado el cortacésped por un rastrillo.

Percibo al editor muy alterado, y seguro que no está acostumbrado a estarlo. ¡Pero no vamos a abandonar una pista tan clara!

Porque esta novela encierra muchos indicios, muchas claves. ¿Por qué Marjolaine Papillon no la ha publicado nunca? ¿Porque en ella cuenta su infancia? ¿Dónde acaba la ficción y empieza la verdad? ¿Y Vidkun, aparece en la novela? ¿Es el monstruoso doctor Schwöll de verdad su padre adoptivo? ¿O todo eso no es más que pura fantasía novelesca?

Me levanto y me acerco a las grandes estanterías rojas que hay junto a la puerta. FLK parece abrumado por el peso de sus mentiras y mira a lo lejos, como si Clément y yo nos hubiéramos ido. ¿Querrá darnos a entender que nos marchemos? ¡Si de verdad lo cree es que no me conoce!

—¿Están todas aquí? —pregunto afectando desenfado, y señalo los libros de los estantes.

FLK inclina la cabeza sin decir nada, como resignado.

Yo no me muevo ni un centímetro. Clément mira a su jefe apuradísimo. Él odia estas situaciones, no soporta ver cuestionadas sus figuras de autoridad. FLK debe de parecerle ahora tan indefenso que sería capaz de tenderle la mano.

«¡Sí que ha escrito!», me digo viendo los lomos de los libros de Marjolaine Papillon, todos del mismo formato, que se suceden por decenas. Una grafómana.

Cojo uno al azar, *Acuérdate de Dantzig*, de 1971.

—¿Y dice que siempre publica en francés? —pregunto.

—Ningún editor alemán quiere publicar sus novelas.

—¿Demasiado... nazis?

—No solo eso. Marjolaine tiene un modo muy novelesco de tratar la historia, y en Alemania podrían tomarlo por revisionismo. Y no me gustaría verme llevado a juicio, la verdad.

«Y tan novelesco...», me digo, al recordar fascinada la aventura de Leni, en ese islote de ensueño, las murallas de las aves, las orcas, esa ópera mágica, esa vida casi en pleno hielo...

Leo los títulos de las novelas de Marjolaine, variaciones sobre un mismo tema, novelas rosas con trasfondo histórico: *Los enamorados de Dresde*, *La gran pasión del Führer*, *La vestal de Mauthausen*, *¿Volverás a Berlín?*...

—Y aparte de los que vivieron la guerra, ¿esto lo lee la gente?

—El nazismo es solo una metáfora, Anaïs...

—¿Una metáfora?

—Una metáfora de algo que nos interesa a todos, algo muy profundo: el mal absoluto, el miedo al ogro. En este caso un ogro seductor, casi tentador...

—Ya, la belleza del diablo, conozco el discurso. ¿Y vende mucho?

FLK pasa suavemente la mano por la mesa de madera.

—Marjolaine supone ella sola el veinte por ciento de los ingresos de la casa. Sin ella, nos iríamos a pique...

Se da cuenta del brillo irónico de mis ojos y añade, condescendiente:

—Claro que también contamos con autores noveles, para dar sangre nueva a nuestros catálogos.

—¡Pues entonces ayúdenos, por Dios! Denos su dirección, su teléfono, algo que nos permita ponernos en contacto con ella...

—¡Eso es precisamente lo que no puedo hacer! Es como pedirle la fórmula al jefe de la Coca-Cola. Debo ser discreto por contrato. Es la condición misma de que Marjolaine publique con nosotros.

Este tira y afloja me cansa.

FLK se levanta y se sitúa a mi lado, junto a las estanterías.

—Si al menos me dijeras cómo has conseguido el escrito, tal vez podría...

Sin acabar la frase, el editor me pone una mano insegura en el hombro. Ahora que lo veo de pie junto a mí me sorprende su estatura. Es muy bajo.

—¿Cree que soy tonta?

El editor se desconcierta, lo que me anima a seguir.

—¿Tengo que recordarle cuánto está invirtiendo en este dichoso libro? ¡Vidkun Venner y yo le salimos muy caro!

El argumento hace mella y FLK frunce el ceño. Algo apartado, Clément sufre el martirio en silencio.

El editor se frota la barbilla suavemente, como para ver si está bien afeitada, y se vuelve hacia Clément.

—Veo que la señorita Chouday es de armas tomar, querido Clément. Seguro que no te aburres...

Clément palidece.

—¡No cambie de tema! —salgo en defensa de mi amigo—. Él quiere saberlo todo, como yo, a estas alturas forma parte del equipo… Y cree incluso que existe una continuación de *Halgadøm* que podría hallarse aquí, en esta editorial, escondida en algún sitio…

—¡Ah! ¿Eso crees, Clément?

Clément se dispone a negarlo, pero yo le cojo la mano y le clavo las uñas.

—Quiera o no, lo sabremos.

Estoy mintiendo y lo sé. Lo único que ha hecho Clément es pedirle al ex chófer de su padre, André Cruveliet, que investigue a Papillon, y sabemos que su expediente está clasificado K, como el de Jos.

Mi amigo no dice nada; me mira con un embeleso casi pueril.

—Puede que tenga una solución… —dice de pronto FLK.

Yo enarco una ceja.

—¿Ah, sí?

Tras un instante de vacilación, el editor abre un mueblecito de caoba pintada de rojo, saca unos DVD y los deja en la mesa.

Clément y yo, intrigados, nos acercamos.

—Como sabéis, Marjolaine solo concede una entrevista cada vez que publica un libro… Exige que se la filme en casa y a solas. Así es desde hace cuarenta años.

—Sí, la entrevista Alexander Bertier para el programa *Punto y coma*. También hemos tratado de localizarlo, pero no hay manera, como si estuviera muerto.

—No, no… —dice FLK cabeceando—. No ha muerto, pero está obligado a ser discreto, como yo…

Es evidente que libra una encarnizada batalla consigo mismo.

—Aquí están todas las entrevistas. Las he hecho grabar en DVD desde la primera, en 1964, hasta la última, emitida hace tres meses…

—¿Pretende darnos largas con eso?

—Ya me diréis…

—No crea que renunciaremos a hablar con ella por tan poco.

FLK finge serenidad, pero sé que mis palabras lo impresionan.

—Vedlas todas —dice—. Y créeme, Anaïs, Marjolaine nunca os dirá más de lo que dice en las entrevistas.

«Así que esa es ella, Leni Rahn...»

Las facciones duras, la mirada de acero, el empaque severo; Marjolaine Papillon parece una de esas viejas bailarinas estrella convertidas con los años en inflexibles dragones que aterrorizan a los ratones. Toda su persona contrasta con el escenario de las entrevistas: una buena butaca de mimbre, el cenador que, aunque es otoño, sigue envuelto en el murmullo de las mariposas nocturnas, el rumor de la marisma que parece oírse en los silencios, la bonita vivienda del sudoeste de Francia en la que concede su única entrevista anual... Alexandre Bertier, el presentador, le pregunta con morosidad siempre lo mismo, todos los años, asiente a las mismas respuestas, choca con los mismos mutismos.

Aparte de las diferentes tramas de las novelas, las entrevistas son casi iguales, ¡qué lata!

Clément acaba de poner el tercer DVD. Ya hemos visto ocho entrevistas, las más antiguas. Ahora tocan las de estos últimos años, de 2000 a 2005.

Clément se recuesta en el sillón.

—No puedo más...

Empieza la siguiente entrevista.

—«Señoras, señores, buenas tardes. Bienvenidos a *Punto y coma*, que hoy, como cada primer viernes de octubre, emitimos en directo desde La Coufigne, la vivienda de Marjolaine Papillon en el sudoeste de Francia...»

Ya casi ni lo escuchamos.

—Yo también estoy rendida... —digo, y me acurruco junto a Clément.

Por lo menos no lo hemos visto en mi tele, que parece un sello de correos.

El salón donde tienen la tele los padres de Clément, en su tríplex de la avenida Président-Wilson, es de un fasto imperial.

Grandes sofás de cuero, una preciosa mesa baja y este enorme televisor que parece presidir la sala.

Ha sido idea suya.

«Mis padres se han ido a Marrakesh para una semana, ¿por qué no aprovechamos y los vemos en la pantalla de plasma…?»

En el apartamento estaba el ex chófer y agente André Cruveliet, que ahora jubilado hace allí las veces de mayordomo; como se siente culpable por no haber podido ayudarnos, se mostró de lo más servicial.

«Chicos, ¿os preparo algo de comer?»

Diez minutos después teníamos listos un té Lapsang, unos sándwiches y unas galletas, dispuestos a reconfortarnos en nuestra maratón.

¡Pero, de todos modos, esto ya es demasiado!

La voz de Alexandre Bertier nos resulta a estas alturas espantosamente monótona, mecánica, nadie le cree: ni ella, ni él.

—«Una cosa extraordinaria de usted, Marjolaine Papillon, es su inventiva prodigiosa, que se renueva año tras año.»

—«Soy una trabajadora. Aprendí lo que es la disciplina muy pronto, de niña. Mis padres eran muy rigurosos…»

—«¿Fueron ellos quienes le enseñaron francés?»

—«Sí.»

—«¿Y nunca ha pensado en escribir en su idioma, el alemán?»

—«Yo no soy alemana, sino escandinava. Mi lengua materna es el noruego, aunque me crié en Baviera…»

Procuro imaginármela de niña, de «Leni». Y me cuesta poco, porque aún conserva un aire de alumna modelo, de pequeña lumbrera, de primera de la clase. Parece una de aquellas mujeres que pasan del cuadro de honor del instituto al de la universidad antes de convertirse ellas mismas en profesoras.

Con esos aires sentenciosos y una pizca superiores, casi comprendo la ojeriza que le tenían los Sven.

—«Se dice que tiene algunas obras escritas en su lengua materna pero que ha prohibido que se traduzcan al francés…»

—«Se dicen muchas cosas sobre mí; que publico literatura basura, que me escriben los libros, que fui nazi… ¡Pero después de tantas novelas, todavía conservo entera mi coraza de cocodrilo!»

Clément mira al techo.

—Lo del cocodrilo lo suelta en cada entrevista.

Siento de pronto un gran cansancio y me estrecho contra él.

—¿Puedo? —le pregunto señalando el hueco del hombro.

Tiene los ojos inyectados en sangre... ¡Llevamos más de ocho horas clavados ante la pantallita de plasma!

Siento de pronto un arrebato de ternura y le doy un achuchón. Él es lo único que me mantiene a flote.

—Si no fuera por ti —le digo suspirando—, creo que ya lo habría dejado...

Clément no contesta; me acaricia suavemente la cabeza y me da un beso en la frente, que me arde.

—¿Tienes fiebre?

—Es la tele...

Clément se indigna y coge el mando.

—¡Todas estas tonterías terminarán enfermándonos!

Y apaga el reproductor.

Aparece entonces en la pantalla el telediario de la noche.

—Joder, empezamos a mediodía y ya son las ocho y cuarto.

Con cara de circunstancias, el presentador informa de un caso recién ocurrido en Alemania:

—«Otro niño minusválido ha sido secuestrado en Tübingen en la noche del viernes al sábado. Los secuestradores penetraron en la casa por la noche, y los padres no advirtieron la desaparición de Tobias, su hijo mongólico de tres años, hasta la mañana siguiente.

»La nueva canciller, Angela Merkel, que se desplazó para visitar a los padres, declara que hará todo lo posible por acabar con estos secuestros que conmocionan Alemania desde hace dos años.»

—¿A qué hora era la cita? —pregunta Clément, que llevaba años sin ir al Museo del Hombre.

—Aún quedan veinte minutos —contesto, y paso la mano por un esqueleto.

El entramado de huesos me fascina. No comprendo cómo se mantienen juntos, sobre todo los de los pies.

«Hay más huesos en el pie que en todo el resto del cuerpo», me decía mi padre en las «clases» de ciencias naturales que me daba en la gran mesa de la cocina, en Issoudun; nos sentábamos en unas sillas de mimbre rígidas y medio cojas y poníamos los libros, diccionarios y cuadernos directamente sobre el hule, entre mondas de nabos y manojos de judías que había que desgranar sobre páginas de periódico.

Mis primeros recuerdos «escolares» huelen a cebolla cocida, lejía y papel matamoscas. Mi padre había decidido que la cocina fuera el aula.

«La cocina es el laboratorio del alma, Nanis.»

Era además la única pieza que daba a un pequeño patio; el salón y mi habitación, en cambio, daban a la calle, y por las ventanas se veía la escuela elemental, que estaba enfrente.

Todas las mañanas oía a los niños y a sus padres pasar por la calle, riendo, llorando... Para mí aquello era otro mundo.

«¿Por qué no puedo ir a la escuela como los demás?»

«Porque tú no eres como los demás, Nanis, eres mejor. Conmigo aprenderás más y mejor...»

¡Mi padre y yo éramos como Leni y Otto!

—¡Este lugar es horrible! —digo con aprensión, recordando las colecciones de cráneos de los médicos de las SS. ¿Tenía también la suya Dieter Schwöll? ¿Jugó Vidkun de pequeño con tabas de verdad?

Le cojo la mano a Clément.

—La verdad, no sé adónde nos lleva todo esto...

A Clément le entra pánico.

—¿Todo esto?

—Sí, esta investigación, tantos palos de ciego...

—¡Verás cómo lo conseguimos!

—No sé, porque con ese hijo de nazi que se hace pasar por escandinavo...

—Pero al menos ahora sabes quién es, y vuestra relación está clara.

—¿Clara? Si solo nos comunicamos por e-mail, cuando se supone que deberíamos escribir el libro juntos.

—Tú lo has querido así, ¿no?

—Sí, es verdad... Me asusté. De pronto me entró miedo... Aunque el más peligroso no es él...

—¿No seré yo, supongo?

Cuento maquinalmente las tablas del parquet.

—Querido, siempre te das por aludido... En eso eres como mi padre.

Hiriente comentario. Clément no replica.

—Lo digo porque creo que esto es peligroso, muy peligroso. De pronto aparece como un fantasma ese policía vietnamita y me da un escrito. Tenemos una empresa llamada Halgadøm supuestamente con sede en Noruega pero que no figura en ningún sitio. Hay un alcalde del sudoeste de Francia que parece que fue uno de los cerebros de la medicina nazi. A la novelista no hay manera de localizarla y no sabemos si de verdad es Leni Rahn, ni si Leni existió en la realidad... ¡Estoy harta!

—¿Harta de qué?

—¡Harta de todo!

Mi voz resuena en el museo.

Clément adopta una expresión afligida. Se ha acostumbrado demasiado a mí, últimamente hemos pasado mucho tiempo juntos y no soporta ver puesta en duda nuestra relación.

—Y de mí... ¿también estás harta?

—Tú, tú, siempre tú —contesto, y le acaricio cariñosamente la cara—. A ti te tengo cada vez más en el corazón, que lo sepas.

Clément respira.

—¿De veras?

—Si no fuera por ti...

Nos abrazamos amorosamente, cerramos los ojos y nos dejamos arrullar por el silencio.

De pronto oímos un rumor al lado.

—¿Señorita Chouday?

Me separo de Clément.

—Soy yo.

Es una jovencita poco mayor que nosotros, aunque las gafas, el traje gris pardo y el aire cansado la hacen parecer más vieja; nos mira verde de envidia.

—El conservador del museo la espera en su despacho...

—¡Ah, las famosas «momias nazis»!

El conservador del museo se reclina en su vieja butaca en actitud ensimismada.

—No son los primeros que vienen a consultarme...

No pasará de los sesenta, pero tiene una de esas caras de caniche con lentes de principios del siglo XX.

Parece que el tiempo se hubiera detenido en este macizo despacho del Trocadéro; como si los esqueletos hubieran contagiado al personal del museo.

—Siempre viene alguien preguntándome por eso, personas de todas las edades —sigue diciendo el conservador mientras juguetea con un abrecartas.

—Entonces sabrá de qué se trata...

—Es casi un lugar común en mi trabajo.

—¿Y admite que los nazis llevaron a la práctica un programa de excavaciones arqueológicas?

El conservador del museo hace girar el abrecartas sobre su dedo índice.

—El Tercer Reich compró sin duda a unos cuantos científicos, paleontólogos, arqueólogos... ¡qué sé yo! Pero eso es todo.

Risilla desdeñosa.

—El resto es una leyenda que creó sobre todo Pierre Benoît con su novela *Montsalvat* a finales de los años cincuenta.

—¿*Montsalvat*?

—Buen libro, por otro lado; poético, como sabe serlo Pierre Benoît. Él inventó el mito de que los nazis buscaban el Grial...

—¿Luego usted cree que no es verdad?

Pero el hombre no pierde el hilo de su discurso.

—El mito lo retomó luego Hollywood en los años ochenta.

Recuerden lo que decía Adorno: «El ocultismo es la metafísica de los imbéciles».

Sin duda ha olvidado que habla con nosotros, y empieza a hurgarse la nariz con el abrecartas.

Nosotros casi nos echamos a reír. El conservador cae en la cuenta de pronto y retira la mano en el acto.

—En cuanto a lo de las excavaciones de los años cincuenta —prosigue afectando desembarazo, con una voz de trompeta—, no fue más que un caso inflado por plumíferos de provincias.

—¿No eran nazis ni era una momia?

—Algún esqueleto medieval hallado por unos locos de uniforme. Porque las momias no las ha visto nadie, al menos ningún hombre de ciencia.

—Ningún hombre de ciencia al que usted conozca... —le corrige Clément.

El otro lo mira de arriba abajo.

—Joven, en nuestra profesión somos muy pocos, y todo se sabe. Si esas momias hubieran existido, le aseguro que lo habríamos sabido mucho antes que la prensa...

Yo vuelvo a la carga.

—¿Y el artículo de *Planète*, «Las momias del otro mundo»?

El conservador del museo recupera el buen humor y replica con mirada nostálgica:

—He oído hablar muchas veces de ese artículo, pero nunca lo he tenido entre las manos. Seguro que es otra superchería de ese farsante de Bergier. Yo lo conocí muy bien. Escribí incluso los pocos artículos serios sobre prehistoria y arqueología que se publicaron en *Planète*. Ahora, lo que es rigor científico...

El conservador se acoda en la mesa y cambia de pronto de actitud, como si quisiera mostrarse como es, un hombre seco, viejo, hastiado, pero lúcido.

—Hijos, en el mundo hay muchas cosas hermosas. No hagáis como yo, no os encerréis en el pasado, en los libros. Creedme, os habla la experiencia... Salid, vivid; interesaros por estas cosas no os traerá más que decepciones y tristezas...

1939

Las siete. El toque de corneta. Abrí los ojos a la invariable luz azul. El solsticio de invierno se avecinaba.

Los Sven y yo nos levantamos y salimos del dormitorio, como todas las mañanas. Fuera nos esperaba un soldado con una manguera.

Estábamos bajo el helado chorro de agua de nuestras abluciones matinales cuando oímos un estrépito atronador justo por encima de nuestras cabezas. Instintivamente nos echamos al suelo y el soldado apuntó hacia arriba con la manguera como si fuera un cañón antiaéreo.

Adivinamos que era un hidroavión.

—¿A esta hora? —le dijo un Sven a sus hermanos mientras se frotaba el pecho en un intento vano por calentarse.

—A lo mejor son los ingleses que vienen a bombardearnos —contestó otro, haciéndose eco de uno de los temores mal disimulados de tío Otto mientras se soplaba los dedos, azules y entumecidos.

Sin embargo, el aparato no lanzaba bombas, sino que sobrevolaba la isla a muy baja altura. El vigía del cuartel lo enfocó con un gran proyector y todos respiramos al ver una cruz gamada.

El hidroavión amerizó.

Nosotros seguíamos donde estábamos, casi olvidados del frío.

—*Heil Hitler! Heil Hitler!* —oímos que exclamaba una voz a nuestras espaldas.

Y vimos a tío Otto correr hacia el embarcadero, donde los pasajeros del hidroavión estaban apeándose.

Con vivísima curiosidad, los Sven y yo también fuimos para allá. El piloto y tres hombres vestidos con ropa de ciudad habían bajado del aparato.

Uno de ellos se quedó mirando el horizonte, las sombras de los acantilados, la luna pálida, la masa negra de los edificios.

—¡Cuánto había oído hablar de este edén! —dijo estirando las piernas.

Otto lo miraba con recelo.

Era un joven de cejas negras y ojos penetrantes, y lo observaba todo detenidamente, como si quisiera grabárselo bien en la memoria.

Fue el primero que nos vio.

—¿Y estos pequeños elfos? —preguntó con sorpresa, sonriendo.

Otto se volvió; no se había dado cuenta de nuestra presencia.

—¿Qué hacéis aquí, niños?

Pero no nos regañó; el «regente» no se atrevió a alzarnos la voz delante de los visitantes.

—Acercaos —nos dijo el joven.

Nosotros nos quedamos sin saber qué hacer, pero Otto nos hizo señas para que le obedeciéramos.

Nos acercamos, y los recién llegados nos miraron con pasmo.

—¡Pero si están desnudos! —exclamó el más anciano.

—Es que venimos del chorro... —contestó con naturalidad uno de los Sven.

—¿Que venís del chorro?

Otto dio unas palmadas y dijo un tanto azorado:

—Bueno, bueno, ya que estáis aquí, niños, hagamos las presentaciones.

Los otros tres se extrañaron. Su visita empezaba con curiosos auspicios.

—Señores —dijo Otto, señalándonos—, he aquí a la futura aristocracia del Reich, el fermento de la Alemania del mañana.

Los visitantes nos miraron con más interés.

—Leni y los cuatro Sven reciben la formación más avanzada de las SS, y pronto serán ellos los que nos comandarán...

Acostumbrados a sus discursos, no hicimos mucho caso, y nos quedamos como estábamos, cada vez más helados.

Otto se aproximó a los visitantes.

—Niños, voy a presentaros a algunos de los artistas más importantes del Reich. —Señaló al más anciano—. *Herr Doktor* Richard Strauss, el compositor más célebre de Alemania y Austria, autor de *El caballero de la rosa*, *Salomé*, *Electra*...

—Basta, basta —lo interrumpió halagado Strauss.

Otto señaló al hombre más delgado.

—Carl Orff, otro compositor del régimen con un brillante porvenir.

El compositor dio un taconazo.

—Y por último el arquitecto del Führer, *Herr Doktor* Albert Speer...

El hombre, de mirada dulce, se había acuclillado.

—Hola, chicos.

Nos pasó la mano por encima de la cabeza, nos dio unas palmaditas en la cara y dijo con voz amable:

—Otto, diles por lo menos a qué venimos...

Otto miró alrededor como buscando inspiración. Yo vi pasar cerca de la orilla el bulto de un gran pez. «Una orca, seguro», me dije.

—Los señores han venido a ver la sala que estamos construyendo para estrenar *Los hijos de Thule*, la ópera de tío Nathaniel...

Los visitantes se relajaron.

—Richard Strauss y Carl Orff son los compositores; el *Doktor* Speer diseña los decorados.

Se hizo un largo silencio.

Nosotros empezamos a tiritar, y Otto lo advirtió jovial.

—Niños, os vais a congelar. Id a vestiros.

Los Sven y yo echamos a correr de vuelta al dormitorio por el camino repleto de cantos, con los pies insensibilizados a causa del frío.

Pero yo aún alcancé a oír un breve diálogo que me tuvo intrigada todo el día:

—¿A qué se debe esta visita sorpresa? —preguntó tío Otto.

—He querido venir yo —contestó Speer, cambiando su tono amable por otro seco, oficial—. La cancillería se inquieta: parece que ocurren cosas extrañas en vuestro archipiélago...

—¿Quién quiere huevos? —preguntó Ingvild con una sonrisa cómplice.

—¡Yo, yo, yo! —gritamos todos.

Estábamos sentados en torno a la vieja mesa de pino de la cocina, llena de manchas y rayas; la gran estufa ardía con un ronroneo satisfecho.

Los huevos de arao nos encantaban e Ingvild los cocinaba a la perfección. Tenía en una mano la gran sartén de hierro colado y en la otra una cesta llena de huevecillos redondos y verdes. Ingvild era la soberana de aquel reino de cacerolas de cobre, ollas y conservas.

—¡Yo revueltos! —dijo un Sven.

—¡Yo pasados por agua! —replicó otro.

Y un tercer Sven iba a pedir cuando Ingvild lo interrumpió:

—¡Nada, nada, chicos! —dijo severa—. Tortilla para todos.

—¡Vaya! —gruñeron los cuatro gemelos.

Nuestra ama cascó dos huevos en una ensaladera.

—Hoy tenemos un invitado y ha pedido tortilla.

Todos nos volvimos hacia Hans Schwöll, el hijo del médico, que se puso rojo como un tomate.

—Pero si vosotros queréis otra cosa...—balbució dirigiéndose a los Sven, que lo miraban con creciente rabia.

—¿Qué derecho tiene él a exigir nada? —preguntó un Sven, sinceramente sorprendido.

Ingvild no hizo caso; estaba batiendo los huevos y miraba el armario de las especias, sin duda para ver si tenía todos los ingredientes.

—Él no es ario, ni siquiera alemán, porque su madre es noruega —dijo otro Sven.

—¡Queréis callaros! —exclamó Ingvild sin convicción—. ¿Qué tenéis contra los noruegos? Yo también soy noruega...

Acabó de batir los huevos y los echó en la sartén humeante; un grato olor se difundió por la cocina.

Miré a Hans, que seguía tranquilamente en su sitio, y para darle muestras de mi simpatía le guiñé el ojo... ¡Pero los Sven me vieron!

—Claro, es que Hansi y Leni son novios.

Yo preferí no hacer caso; Hans sonrió nervioso y dijo solo:

—Qué tontos sois...

Pero yo sabía que estaba harto. Siempre que venía a desayunar con nosotros a la cocina de tío Nathi se metían con él, le hacían alguna maldad.

—¡Al ataque! —dijo Ingvild, sirviéndonos a cada uno un buen trozo de tortilla.

Hans empezó a comerla.

—Mmm, qué buena.

Ella se ruborizó.

—Mmm, qué buena... —repitió uno de los Sven, imitando a Hans—. Claro, ¡con lo mal que cocina su madre...!

—Con esos ojos y ese culo de vaca que tiene —dijo el Sven sentado a su lado.

—¡Parece más bien una foca!

Y prorrumpieron en carcajadas. Yo no sabía dónde meterme.

Hans dio un puñetazo en la mesa.

Ingvild se volvió.

—¿Qué pasa?

Como estaba ocupada fregando la sartén, no había escuchado las ofensas.

Hans estaba rojo y casi lloraba de rabia. Los Sven parecían encantados, pero seguro que no esperaban esa reacción, porque Hans estaba furioso de verdad.

Quise calmarlo y le puse la mano en la rodilla por debajo de la mesa.

¡Error fatal!

—¡Eso, eso, no te cortes!

—¿Por qué no le haces una mamada, ya que estamos?

Los Sven se echaron de nuevo a reír.

—¡Eh, niños! —dijo Ingvild.

Hans se levantó lentamente, contemplando a los Sven con ojos ensombrecidos de ira.

—¡Oooh! —dijeron a coro estos, como si celebraran un castillo de fuegos artificiales.

Pero el hijo del médico iba en serio. Yo simplemente estaba muerta de vergüenza.

De pie, Hans cogió un cuchillo de la encimera.

—¡Hans! —gritó Ingvild.

¡Demasiado tarde!

Se había abalanzado ya sobre uno de los Sven y le apretaba el filo contra la arteria carótida; el otro dio un grito y se quedó rígido como un muñeco.

—Tú te pasas de listo —le dijo.

—¡Deja ahora mismo ese cuchillo! —ordenó aterrada Ingvild.

Pero Hans no hizo caso. Pegó sus labios al oído del Sven y le susurró:

—¿Cómo quiere mi nene ario sus huevos? ¿Poco o muy hechos?

Los otros Sven habían enmudecido; miraban al hermano como si estuvieran en su lugar e instintivamente se llevaban la mano al cuello.

El filo se hundía poco a poco en la piel; cada vez que el propio muchacho tragaba saliva se lo clavaba un poco más.

Nadie se movía, apenas nos atrevíamos a respirar.

—¡Qué barbaridad! —oímos de pronto con sobresalto.

Hans se retiró al instante —el filo dejó en el cuello un corte rojo— y el Sven se deshizo en lágrimas.

—¡¿Nos toma usted por imbéciles?! —oímos que gritaba la misma voz.

Las exclamaciones venían de la entrada. Nos habíamos olvidado de los visitantes.

«Vendrán de Halgadøm, de visitar las obras...», me dije yo.

Todos prestamos atención, incluso el Sven herido, que se aplicaba una servilleta, y el propio Hans, porque en la entrada se alzaba el tono. Comprendimos que ocurría algo serio, algo mucho más serio que nuestras riñas infantiles.

—¡Usted se ríe de nosotros, Otto! —Era la voz de Albert Speer—. Daré parte al Führer y exigiré el bombardeo de este archipiélago maldito...

Olvidados de nuestra disputa, escuchábamos con atención.

La propia Ingvild, saltándose las reglas, abrió un poco la puerta para oír mejor.

—E imagino que el imbécil de Korb ni siquiera lo sabe —dijo Richard Strauss—. Lo tiene usted engañado, ¿verdad?

—¡Ignominioso! —oímos que decía Carl Orff.

—¡Y pensar que estamos trabajando en serio en la ópera! —añadió Strauss furibundo.

—¿No dice nada? —dijo Speer a Otto, cuyo silencio debía de irritarlo.

—No tengo nada que decir... —contestó tío Otto fríamente—. Solo obedezco órdenes del Reichsführer de las SS, Himmler.

—Esto no quedará así —sentenció Speer.

Y oímos cómo él y los dos compositores se alejaban.

Corrimos a la ventana y los vimos montar en el hidroavión, que despegó al momento.

Tío Otto entró entonces en la cocina y nos descubrió disgustado en la ventana.

—¿Qué, ya habéis terminado de desayunar?

Lo miramos llenos de susto y volamos cada uno a su sitio. Sabíamos que pasaba algo grave, pero no nos atrevíamos a preguntar...

De todos modos Otto parecía tranquilo, aunque le temblaba un poco la comisura de los labios.

—¿Y a ti qué te ha pasado en el cuello? —le preguntó al Sven víctima de Hans.

—Nada... —contestó este entre dientes—, que me he caído y me he cortado con una piedra...

Hans lo miró con sorpresa y agradecimiento. Los otros Sven, en cambio, rezumaban ira, y parecían decirle con los ojos: «Espera y verás...».

Yo habría preferido que lo denunciaran, porque aquella clemencia falsa no me gustaba.

—¡Otto! —oímos de pronto.

Era Nathaniel Korb, que entró medio dormido en la cocina.

—¿Qué pasa? Me ha parecido oír un avión.

Tenía los ojos vidriosos.

—¿Pero qué dice, Nathaniel? Eso son sus oídos.

—¿Cuándo cree que podré ir a visitar las obras? —preguntó el millonario con aire cándido, sin preocuparse de nuestra presencia.

—Tenga paciencia, Nathaniel —contestó afablemente Otto—. Le aseguro que no quedará decepcionado... —Se quedó mirándolo y añadió—: ¿Le han puesto ya la inyección?

Transcurrieron varios días...

No olvidamos la misteriosa visita de aquellos hombres, pero nadie se atrevía a hablar de ello con Otto.

A menudo lo veíamos en lo alto del acantilado, mirando hacia Halgadøm.

—Hay que darse prisa... —musitaba entre dientes.

Tras el extraño desayuno de aquel día, Hans volvió a su casa sin sufrir represalias de los Sven.

Como por un acuerdo tácito, nadie volvió a hablar de aquel altercado que podía haber acabado tan mal. Los gemelos, con todo, cuando se cruzaban con Hans, en los acantilados o en el cuartel, lo miraban con odio, como si hubieran decidido aplazar su venganza para una ocasión mejor.

La «víctima» de Hans tuvo que llevar varios días un vendaje en el cuello que le hacía como un collarín; a la semana del percance salió a la pizarra para decir la lección, pero la venda no le permitía articular.

Un día, al acabar las clases, fui como de costumbre a presentar mis respetos a tío Nathi, al otro lado de la biblioteca.

—¡Qué guapa estás esta mañana! —me dijo.

Yo me retiré un poco, disimulando mi repulsión, porque la verdad es que el anciano tenía un aspecto cada día más desagradable: sus ojos estaban enrojecidos, las encías negras y el aliento le olía a pescado podrido.

Un grito resonó en el otro extremo de la biblioteca.

—¡Yupiii!

Eran los Sven, que se habían quedado con Otto junto a la pizarra y lo aclamaban como a un héroe, dando saltos de alegría. Otto me miraba con expresión desolada.

Los Sven venían ya corriendo, apartaron a tío Nathi de un empujón y me rodearon gritando triunfalmente:

—¡Mañana tío Otto nos lleva a visitar Halgadøm!

—¿De veras? —dije yo ilusionada.

Pero el «regente» desvió la mirada.

—Nosotros, tú no —dijeron los Sven secamente—. Tío Otto dice que solo pueden ir hombres...

Me pareció una injusticia y me dirigí a Otto indignada:

—¿Y yo no?

Tío Otto se acuclilló y se pasó las manos por la cara.

A mis espaldas los Sven se reían.

—¡Pobrecita!

—Es cosa de hombres —me contestó Otto con dulzura.

Vi en sus ojos verdadera ternura, pero yo estaba triste, rabiosa y me sublevaba aquella discriminación.

—Pero ¿por qué no?

Otto se irguió bruscamente y dijo muy serio:

—Porque lo digo yo.

Y se fue. Los Sven salieron tras él y se pusieron a jugar al balón.

Se me cayó el alma a los pies. Me sentí insultada, humillada, marginada...

—A mí tampoco me dejan ir.

Tío Nathi se había sentado de nuevo y parecía recobrar la lucidez.

Me quedé mirándolo y me dije: «Después de todo, ¿en quién confiar, sino en él?».

—Otto siempre me dice lo mismo —dijo—, que sea paciente, que no quedaré decepcionado, que ya llegará el momento. —Se agarró al brazo del sillón—. ¿Acaso no estoy en mi casa? ¿Quién es el amo de todo esto? ¿Quién paga la ópera, y a todos los de la isla, y a esos malditos soldados?

Empezaba a excitarse; respiraba trabajosamente, como si le faltara el aire, y se rascaba nerviosamente los pinchazos del brazo izquierdo mirando a ratos a la puerta con ansiedad.

De pronto se le iluminó la cara.

—Buenos días, Leni...

Era el fiel Dieter Schwöll, que acababa de aparecer en la puerta con su bata blanca. Tío Nathi lo miraba como a su salvador.

El médico sacó la jeringa y me dijo amablemente:

—¿Te importaría salir a jugar?

Cuando desperté a la mañana siguiente vi que los Sven ya habían partido para Halgadøm. Tío Otto debió de recogerlos muy temprano, y evitó así mi mirada acusadora.

Me desperecé entre aquellas viejas sábanas de lino y miré el reloj de mi mesilla metálica: ¡casi las diez!

Aquel día no hubo toque de corneta. Había dormido hasta muy tarde y me hallaba sola en el dormitorio.

«¿Abandonada?», me pregunté, y me asomé a la ventana. No, la isla no estaba desierta. Vi las columnas de soldados que patrullaban por el acantilado, como de costumbre.

«Pues si no abandonada, al menos huérfana», me dije.

Salté de la cama y me vestí con mi uniforme.

En la puerta me esperaba un soldado.

—*Fräulein Leni?*

Era joven y rubio como los otros, pero debía de ser nuevo porque no lo conocía.

—*Ja*... —dije yo con voz somnolienta.

El soldado me dio una carta lacrada con la cruz gamada. Reconocí la letra. «Tío Otto.»

Mi querida Leni:

Por favor, no te enfades. Pronto tú también sabrás, ¡y aún mucho más!

Ten paciencia y confía en mí.

En casa de los Schwöll te esperan para que pases con ellos este día un poco especial.

Hasta la noche,

O.

Otto tenía razón: fue un día muy especial.

Por suerte estaba Hans, mi único amigo.

Paseamos toda la mañana por la isla, hablando de Halgadøm.

—Algunas noches —dijo Hans—, mi padre y mi hermano Knut vuelven de Halgadøm y no dicen nada. Cenamos en silencio y cuando les pregunto me piden que me calle.

Asentí; reconocía en él la misma curiosidad insatisfecha.

—Allí pasa algo —siguió Hans—, algo de lo que ni mi padre ni mi hermano pueden hablar, y quiero saberlo. —Me cogió fuertemente la mano y se quedó mirándome—. ¡Tengo que saberlo! Si encontrara el modo de ir, ¿tú vendrías?

¡Me ofrecía la luna!

—¡Sí! —contesté entusiasmada.

Me dio un beso en la punta de la nariz.

—Pues entonces confía en mí. No sé llevar un barco, pero algo se me ocurrirá... —Y contempló las barquichuelas de los pescadores que faenaban entre los arrecifes y nos traían la ración diaria de pescado, marisco, huevos...

—Pero hay que conocer la ruta —dije yo preocupada—. Incluso Otto se niega a ir solo si no lo acompañan...

—Si tuviéramos un mapa...

Los mapas, sin embargo, los guardaban los soldados.

La cosa nos parecía casi imposible. Nunca me había sentido tan desvalida e impotente. A esta sensación contribuía —lo confieso— la ausencia de los Sven, quienes, pese a sus burlas y maldades, constituían una referencia en mi vida cotidiana.

Fue un extraño almuerzo.

A la mesa del *cottage* estábamos solo los tres: Hans, su madre y yo. Para la ocasión, Solveig había preparado unos deliciosos filetes de bacalao con guarnición de algas.

¡Fue lo único delicioso de aquel horrible día!

Ya al abrirnos la puerta su madre se plantó ante nosotros —llevaba un gran vestido de lana rojo— y gruñó con recelo:

—¡Ah!, así que era cierto que iba a venir...

—¡Mamá, por favor! —replicó Hans.

La madre miró al techo como resignada y nos dejó pasar.

Comíamos sin hablar. Solo se oían nuestros dientes masticando el bacalao poco hecho, el ruido de los labios al beber, el tintineo de los cubiertos.

—¡Está delicioso! —decía yo a ratos.

—Gracias —me contestaba Solveig, con la alegría de un réquiem.

Hans estaba sentado a mi lado y tampoco hablaba. Cuando empezaba a decir algo, su madre lo hacía callar con una mirada fulminante. ¡Un ambiente horrible!

Por fin, al acabar de comer, Solveig retiró un poco la silla y me preguntó:

—¿Eres feliz aquí, Leni?

No supe qué contestar, porque la pregunta me pareció intencionada.

—Según tío Otto, las Håkon son el paraíso terrenal.

—El paraíso... —repitió taciturna Solveig. Parecía asustada—. No sé...

Hans estaba contrariado, pero no pudo detenerla.

—¿Los has visto irse esta mañana? —me preguntó su madre—. ¿A tus cuatro hermanos y a tu querido tío Otto?

—No, yo aún dormía.

—También se han pasado por aquí a recoger a Dieter y a Knut, mi marido y mi hijo mayor. —La alta noruega tenía la mirada perdida.

Yo dudé un momento y le pregunté:

—¿Pero usted sabe lo que pasa en Halgadøm?

Ella se puso blanca como la cera y no contestó. Ninguno de nosotros decía nada. Solveig se levantó, fue a por una botella de aguardiente, se sirvió un buen vaso y se lo bebió de un solo trago.

—¡Mamá! —exclamó enojado Hans.

Los ojos de Solveig se volvieron vidriosos como los de un pez muerto mientras me escrutaban con minuciosidad zoológica.

—¿Echas de menos a tus padres?

—¡Mamá! —protestó de nuevo Hans.

Solveig miró a su hijo con una sonrisa dulce y luego se volvió hacia mí: esperaba mi respuesta.

No me atreví a confesar que nunca pensaba en mis padres y fingí sentirme triste como una huérfana; con un mohín calculado contesté:

—Sí, claro...

—¿Sabes algo de ellos, quiénes eran...?

—Sé que eran pescadores del archipiélago, aunque alemanes, no noruegos —contesté con naturalidad—, y que perecieron en el cataclismo...

—Ya —dijo Solveig con una risilla, y se sirvió otro vaso de aguardiente—. ¿Y tienes fotos suyas?

—¡Mamá, deja a Leni tranquila! —exclamó Hans, tieso en la silla.

Solveig iba poniéndose más y más roja, mientras la botella se vaciaba.

—¿Por qué? —le contestó a su hijo, furiosa—. Quieres protegerla, ¿no es eso? Pero te tengo prohibido...

—¡¡¡Mamá!!!

Hans estaba pálido. No se atrevía a mirarme a la cara. Se levantó de la mesa y me dijo:

—¡Vámonos!

Yo me levanté, sin apartar los ojos de Solveig; me pareció una de esas ancianas tristes y cansadas de la vida que no esperan más que morirse.

—Tú no eres como ellos, Hansi... —dijo lloriqueando la noruega, sin soltar el vaso—. No quieras serlo porque nunca te les parecerás. —Tuvo un hipido—. Gracias a Dios, porque son unos monstruos, ¿me oyes?, ¡unos monstruos!

Se cubrió la cara con las manos y rompió a llorar.

«Monstruos», me dije esa noche al ver a los Sven.

Serían las nueve cuando volvieron. Yo estaba ya en el dormitorio, con el pijama puesto y metida en la cama, tratando de leer un libro sobre razas que me había prestado tío Otto.

¿Mentiría si dijera que al pronto no los reconocí? Por lo menos me asaltó la duda de si de verdad eran ellos.

Tenía la cortina de mi cama corrida y podía ver la puerta. De pronto apareció un fantasma, no puedo usar otra palabra: un ser pálido, de ojos apagados, que entró y pasó ante mí como flotando.

No me había incorporado cuando vi a los otros tres Sven aparecer y desaparecer así, como fantasmas vagos, sombras de sí mismos.

—Buenas noches, muchachos —se oyó decir a Otto desde fuera, y añadió algo titubeante—: Y descuidad... ya os acostumbraréis... ¡No olvidéis que sois de la raza de los señores!

Se oyó que cerraba la puerta y se alejaba.

Todo quedó en silencio. Solo se oía el rugido de la tormenta que se había desencadenado hacía un rato.

Los Sven no hablaban, ni reían, ni decían nada. Aquel silencio me intrigó, así que me levanté y fui a sus camas: no estaban.

Llegaban ruidos del cuarto de baño.

Era algo raro e inquietante, y tras un momento de vacilación fui a ver.

Abrí la puerta. Estaban allí.

—¿Pero... pero qué hacéis? —pregunté sorprendida.

No me contestaron.

Estaban desnudos, plantados cada uno ante un espejo, mirándose en él como si quisieran demostrarse que seguían siendo los mismos.

—¿Qué os pasa? —balbucí yo.

Tampoco esta vez me contestaron.

Permanecían completamente inmóviles, como disecados.

Les miré a los ojos y adiviné que algo en ellos había cambiado. Tenían una profundidad nueva, como si de algún modo los hubieran vaciado.

—¡Vuelve a la cama! —me ordenó uno secamente.

Yo obedecí sin chistar.

Desde aquel día los Sven fueron a diario a Halgadøm.

Otto los recogía de madrugada y nunca volvían antes de las nueve o las diez de la noche. El susto del primer día pronto se convirtió en resignación.

No volvieron a meterse conmigo. Para ellos dejé de existir.

Cuando regresaban por la noche, se acostaban en silencio, como ensimismados en sus pensamientos.

Solo a veces, aunque era un instante, una impresión fugaz, un eco de un tiempo pasado, me parecía ver en ellos el miedo del primer día.

En ocasiones me levantaba a la misma hora que ellos y los veía partir.

Otto me evitaba. Mi padre espiritual se había vuelto una presencia esquiva y huidiza, y ya nunca me decía lo de «Leni, querida», «ángel mío»...

«¿Será porque ha encontrado a sus verdaderos hijos?», me preguntaba yo esas mañanas viéndolos embarcarse a la «luz amarilla» de un sol que salía sobre las Håkon para lucir durante meses.

Caminaban entre guijarros y rocas como una familia unida, quizá algo tirante, quizá sin gran cariño ni comprensión, pero estrecha, muy estrechamente unida. Me vencían bocanadas de nostalgia al verlos, y me costaba reprimir las lágrimas.

Su pequeña embarcación a motor, pilotada por un pescador, se alejaba entre los arrecifes, y los cinco conquistadores fijaban su mirada en Halgadøm como en un tesoro codiciado.

Yo los observaba con las manos aferradas al marco de la ventana; luego cerraba el cristal y me derrumbaba sobre la cama.

«¡¿Y yo?¡ ¡¿Y yo?!»

A finales de primavera conseguí descubrir algo más...

Era la una de la noche. Los Sven dormían como troncos, con los ojos entreabiertos. Pese al silencio que reinaba, y venciendo mi miedo, no pude evitar acercarme a mirarlos un instante antes de salir.

Hacía mucho que no salía en plena noche. Aún hacía frío, pero se veía casi como de día; la luz amarilla había llegado ya.

Yo había perdido la noción del tiempo, pero debía de ser a mediados de junio.

Oía rechinar mis zapatos en las rocas; me tropezaba en las piedras, hacía crujir cada concha.

Pero aparte de esos ruidos, ¡qué quietud, qué paz!

Nuestro edén nórdico, sumido en el sueño, con sus bellas proporciones, sus casas ideales, sus acantilados de negra peña y sus anchos campos verdes, parecía de verdad un paraíso perdido.

Pero yo aún no sabía nada.

Como habíamos convenido, Hans me esperaba en el «puerto pequeño», el de los pescadores. Amarradas al muelle flotaban cinco barcas, con un chapoteo manso.

De pronto vi que Hans no estaba solo y me detuve. Pero Hans me hizo señas de seguir.

—No tengas miedo —me dijo.

Su acompañante se quitó la capucha.

—¡Ingvild! —exclamé yo, asombrada.

—¡Chisss! —dijo ella.

Parecíamos tres aprendices de conspirador...

Hans señaló un bote del embarcadero.

—¿Vamos a ir con eso? —pregunté cada vez más inquieta.

Mi amigo hizo un gesto fatalista.

—Es la barca de Björn, mi marido —dijo Ingvild—. No es gran cosa, pero funciona.

—Y yo he encontrado entre los papeles de mi padre un plano de los arrecifes —dijo Hans con un entusiasmo nervioso, mostrándome un papelote medio roto.

Pero había algo que yo no comprendía…

—¿Y… por qué? —le pregunté aludiendo a Ingvild.

Esta hizo una mueca antes de confesar:

—Björn ha desaparecido. Él también trabaja en las obras de Halgadøm. Hasta este invierno pescaba, pero el señor Otto quiso que fuera a trabajar a la isla… —Señaló Halgadøm, que a la luz amarilla parecía cercanísima, y prosiguió—: Al principio volvía todas las noches. Un barco llevaba a los obreros por la mañana y los traía de vuelta a las siete…

Emitió un lento suspiro.

—Al poco empezó a quedarse por las noches, a veces varios días seguidos. Cuando volvía lo encontraba cambiado, como si hubiera visto a la muerte en persona. Pero aunque le preguntaba, no decía nada.

Ingvild reprimió un sollozo y se apoyó en mi hombro.

Yo miré a Hans, que me hizo un gesto apremiante, como diciendo: «Hay que darse prisa».

Pero ahora no podía interrumpir a Ingvild.

—Lleva tres semanas sin volver. Y no es el único. Aquí todo el mundo se hace preguntas. Llaman a Halgadøm «la isla de las viudas», porque hay quien piensa que nos han matado a los maridos… A todos… Pero nadie se atreve a preguntarle al señor Otto… Esos soldados dan miedo, son tan…

Un sollozo suspendió la frase.

—Tenemos que irnos —dijo Hans quedamente.

Subimos a la barca. Ya nos alejábamos entre la bruma cuando oímos que Ingvild exclamaba con alarma:

—¡No, volved, es una locura! ¡Hay algo que no os he dicho!

Demasiado tarde; ya estábamos de camino.

2006

—¿De verdad no puedes contarme nada más? ¿Es que ya no confías en mí?

Con Léa tengo muchas veces la impresión de hallarme ante un consejo disciplinario.

—No es eso... Es que parte de la investigación implica documentos secretos y...

—¡Ya, claro, para el carro que ya lo he entendido!

Léa hinca rabiosa el tenedor en la comida y se queda mirando el vaso de vino con gesto ceñudo. Para cortar con el interrogatorio le digo, poniendo mi mano en su mano:

—Cuéntame tú, anda, que siempre soy yo la que te da explicaciones...

—¿Que te cuente? —contesta Léa con la boca llena—. Pues nada, curro. Ahora la cadena de televisión está preparando un reality show, una cosa estúpida, como siempre... Quieren encerrar a unos cantantes de ópera y a unas que hacen striptease quince días a oscuras en la sima de Padirac y filmarlos con cámaras de infrarrojos, ¡ya ves qué tontería!

—Nunca te he oído hablar bien de tu trabajo.

—¡Porque es un trabajo estúpido!

Lo ha dicho sin levantar los ojos del plato, pero observo que se ha puesto roja. Aunque gana mucho dinero, Léa es muy desgraciada en el trabajo. Es un tema espinoso y prefiere no hablar de él.

«Mi trabajo es otra vida —me confesó una noche—. Desconecto de mí misma y hago lo que me dicen. Creo que en cierto modo me gusta que sea así, no tengo que pensar y soy de lo más eficiente.»

¿Fue la misma noche en que bebió más de lo habitual y me besó? Recuerdo que salimos del café y hacía frío; Léa quiso acompañarme a casa. Me pasó el brazo por los hombros, «para darte calor, guapa», y echamos a andar. Al llegar a mi bloque me abrazó y me estampó los labios en la boca. Fue un beso brevísimo pero muy intenso del que nunca más se habló; yo abrí el portal y entré sin volverme.

«¿Cuánto tiempo hace de eso? —me digo ahora mirando a Léa, que apura el plato con un pedazo de pan—. ¿Tres años?»

La verdad es que su vida íntima es un misterio para mí...

¡Y me reprocha que no se lo cuento todo!

—¿Qué, chicas, estaba bueno?

La llegada del camarero nos despabila. Empieza a apilar platos y cubiertos con agilidad de malabarista, pero de pronto tropieza con mi bolso y a punto está de caerse.

—Perdona, es el ordenador...

—No pasa nada. ¿Sabías que tenemos wi-fi?

—¿Ah, sí? Léa, ¿me perdonas un momento? —Y saco el ordenador.

Pero Léa está absorta en sus pensamientos y dice entre dientes, sin mirarme:

—Retira las migas.

Me dan ganas de reír, pero por no molestarla me aguanto y digo solo:

—Ya.

«Tienes un e-mail.»

Compruebo que es de Vidkun y siento una punzada en la nuca, como la picadura de un insecto. Nos escribimos todos los días, pero cada vez que veo un e-mail suyo tengo la misma sensación, a la vez de culpa, de rechazo y de cariño contrariado. ¡No, el Vikingo no me es indiferente!

Querida Anaïs:

Como te decía en el e-mail de esta mañana, la lectura de *Halgadøm* cambia considerablemente las cosas. Tenemos que encontrar como sea a Marjolaine Papillon, y no me explico por qué FLK se niega a ayudarnos; casi resulta sospechoso. Pero con su ayuda o sin ella, debemos localizarla...

«¡Pues búscala tú, bonito!»

Por mi parte en Nueva York he tratado de averiguar más sobre Otto Rahn, pero todo es muy confuso. Al parecer lo menciona un tal Saint-Loup, un ex Waffen-SS, en una novela esotérica de los años sesenta, *Nuevos cátaros en Montségur*, pero eso no nos sirve de mucho. Se dice que desapareció en la montaña en 1939. Y nada indica que haya estado nunca en Escandinavia ni que tenga que ver con el Lebensborn. Tampoco sabemos si en realidad Marjolaine Papillon, caso de que sea la autora de este escrito, no lo ha inventado todo...

Nuevos misterios, pues, que solo nosotros podemos aclarar. Con lo de «solo nosotros» quiero decir tú y yo solos, Anaïs, y tu amigo Clément, ya que has querido embarcarlo en la aventura. Pero no podemos confiar en nadie más, al contrario, debemos desconfiar de todos, incluso de FLK, visto que se niega a colaborar, y de ese misterioso policía asiático que aparece, por decirlo así, como un *deus ex machina*.

O sea, que solo podemos confiar el uno en el otro, insisto de nuevo.

«Qué pesado, insiste todos los días en eso», me digo bajando el cursor.

Esta especie de alegato en mi defensa te cansará, pero repito que pensaba decírtelo todo, poco a poco.

Anaïs: tienes que confiar en mí. Nunca escribiremos ese libro si no trabajamos juntos. Te habrás dado cuenta de que en este laberinto estoy tan perdido como tú; este libro es mi única oportunidad de saber quién soy yo y quiénes fueron mis padres, por terrible que sea descubrirlo.

Por eso te lo pido por favor, ayúdame.

VIDKUN

—¡Cómo me fastidia, cómo me fastidia! —digo, y cierro el ordenador como quien cierra la tapa de una caja.

—¿Qué pasa? —pregunta Léa sirviéndose más vino. Parece más animada, aunque no menos incisiva.

Sin contarle lo de Halgadøm, le hablo de mi tirante relación con Venner, de los e-mails que me escribe todos los días, de sus ganas de hacerse perdonar.

Léa se queda perpleja.

—A lo mejor es sincero...

—¿Y tú me dices eso?

¿Ella, izquierdista de pro, defendiendo al hijo de un médico de las SS?

—A lo mejor te ocultó la verdad para no asustarte...

—¡Eso se llama mentir!

Pero me siento perdida, insegura; como si esta investigación se volviera de repente hacia mí, en mí contra.

—Chicas, ¿postre?

Lo mismo que si hablara a dos estatuas: Léa y yo nos hemos quedado mirándonos fijamente, buscando la clave a sus preguntas la una en el rostro de la otra.

—Mejor me paso luego...

El camarero se va dándose con el dedo en la sien afectuosamente; nos conoce desde hace mucho.

—¿Y qué tal con Clément? —me pregunta de pronto Léa.

Su nombre por sí solo apaga mi incendio, como un calmante; me embarga una sensación de ternura.

—¡Oh, Clément! Es tan... bueno.

—¿Bueno? ¿Solo bueno?

—Sí, lo quiero un montón...

—Pero ¿estás enamorada?

Detesto este tipo de preguntas. Me dan la impresión de que

de pronto todo el mundo está pendiente de lo que voy a decir. Los sentimientos no se comparten, son lo más íntimo que tenemos. Me hago la desentendida —¡mala actriz!— y digo, tendiendo mi vaso hacia Léa:

—¿Me sirves vino?

—¿Estáis bien? —insiste Léa, y me sirve lo que queda en la botella.

—Sí, creo. Se me hace muy raro... —Dejo pasar un momento—. Tengo un poco la impresión de hacerle de madre.

—¡Vaya por Dios! —dice Léa haciendo un mohín.

Se inclina y me acaricia la mejilla con el dorso del dedo.

—Anaïs, guapa, sabes que te quiero...

—Sí...

—Y que solo deseo tu bien; ¿confías en mí o no?

Yo asiento con la cabeza, un poco violenta. Léa sigue acariciándome.

—Pues entonces haz lo que vengo diciéndote no sé los años: mañana, en vez de ponerte a investigar nazis en Internet, te vas a la estación de Austerlitz, te sacas un billete de ida y vuelta para Issoudun y vas a ver a tu padre, sin avisar.

Quizá tenga razón, hoy más que nunca. Sé que si hiciera frente a mi infancia, si la mirara cara a cara, me sentiría más tranquila, más libre, podría realizarme, ser distinta, librarme de esta sensación de ser a medias, de vivir a medias, de seguir atrapada en mi pasado. Sé que la solución está allí, en aquella casa a la que nunca he vuelto.

—¿Crees que debería?

—No lo creo, lo sé...

Esta mañana voy casi sola en el vagón del tren para Issoudun. Tres asientos por delante hay una anciana que pela concienzudamente un plátano y se lo come a bocaditos, con aspavientos de ratón.

La angustia de convertirme en algo así me asola como una borrasca.

«Una anciana sola», me digo.

La viejecita saca ahora un libro, préstamo de alguna biblioteca, y empieza a repasar las hojas lamiéndose el dedo.

Dejo caer mi cartera para poder leer el título.

«¡Ah, Marjolaine Papillon!»

Último viaje a Sobibor, una de las primeras novelas.

¡Me muevo en un mundo de signos!

Avanzamos por un terreno llano, en pleno campo; extensas superficies tristes, blancura de la tierra removida, bosquecillos melancólicos, polígonos industriales que deprimen como un mal sueño.

Los rayos del sol atraviesan la niebla y me dan en los ojos. Desafío tonto, trato de mantenerlos abiertos. La luz parece penetrar en mi memoria y me acuden a la mente una serie de imágenes, como en un caleidoscopio.

Imágenes de aquel primer lunes de septiembre de 1995.

«Hace diez años...»

Fue el día que empecé a ir al instituto en el que mi padre había accedido por fin a matricularme, me pregunto si por la carta que ese verano le enviaron del ayuntamiento en nombre de la asociación de padres de alumnos.

Había llegado tarde y solo quedaba un sitio al final del aula, al lado de un chico gordo con la boca manchada de chocolate.

Allí me dirigí, cruzando la clase. Habría unos treinta alumnos y todos me miraban, con sorpresa, con inquietud.

«Es la hija de la meteca», cuchicheaban. Sentía un nudo en el estómago, pero llevaba la frente bien alta. Conocía aquellas caras, las recordaba de haberlas visto alguna vez, en un momento de distracción de mi padre, asomadas a la ventana de mi casa; todos aquellos adolescentes habían ido al colegio que había enfrente y habían querido ver si era verdad que el «coronel» tenía una hija de la «meteca», aquella forastera de la que solo se hablaba por alusiones.

Los primeros días nadie me dirigió la palabra. Incluso los profesores evitaban hacerme participar en clase; a mí, esa privilegiada, alumna de su propio padre.

Y cuando empecé a hacer bien los deberes y a sacar las mejores notas, fue todavía peor. Mis compañeros no se atrevían a criticarme, tenían la superstición adolescente de que yo estaba dotada de poderes, como la Carrie de la película; era la bruja del instituto.

Al acabar las clases por la tarde volvía a casa sola, sin hablar con nadie, pensando solo en los estudios. Eran el reducto de mi libertad, porque me permitían librarme de mi padre, que nada podía objetar.

«Papá, lo siento, pero mañana tengo control...»

Quien me creyera pensaría que tenía control todos los días. Pero era una excusa perfecta. Me refugiaba en los estudios.

«¡Nunca quieres hablar conmigo! —estallaba a veces mi padre—. ¿Qué te pasa?»

Yo me quedaba mirándolo sin contestar, como si estuviera molestándome. ¿No fue él quien me enseñó a ser tan aplicada y cumplidora en el trabajo?

Durante tres años vivimos como esas parejas de ancianos que se comunican por señas; fregar los cacharros, hacer la colada, limpiar.

En el fondo, que me fuera de casa no debió de cambiar mucho las cosas, porque ya llevábamos años viviendo cada cual por su cuenta.

El día que le enseñé la nota del bachillerato, notable, mi padre dijo decepcionado: «Me esperaba más...».

Entonces fui yo la que explotó por primera vez. Salió todo: aquella mañana en la cocina, durante más de tres horas, me desahogué de dieciocho años de rencillas y cóleras contenidas, de vida encerrada entre cuatro paredes, de disciplina militar, de no poder ver a nadie, de aislamiento absoluto.

Y lo bueno fue que mi padre no se lo esperaba. Estaba sinceramente sorprendido.

«Pero si todo lo he hecho por ti, para protegerte. Tu madre...»

No le dejé seguir, entré al trapo sin más.

Mi madre... Si no sabía nada de ella era por su culpa, me lo había ocultado siempre todo, me obligaba a ir una hora al cementerio todos los domingos, hiciera el tiempo que hiciera, en su compañía o sola, si él estaba cansado (aunque, ¿cansado de qué?). ¿Cuántas veces vi a los demás visitando a sus difuntos?

Mi diatriba se prolongó hasta bien entrada la noche.

Cuando acabé, mi padre se dejó caer en el sillón y me dijo: «Entonces, debes de odiarme...».

Destrozada, suspirando, me eché a llorar y dije: «Ojalá...».

Porque eso era lo peor, que lo quería con locura.

Decidí marcharme, para siempre, y dos horas después estaba en el andén de la estación.

La misma estación en la que acaba de parar el tren.

«¡Aquí estoy!»

Se me hace un nudo en el estómago tan pronto como pongo un pie sobre el andén desierto.

Me asaltan los olores. Salgo de la estación y percibo un aroma a lumbre, a piedra vieja, a horno. Todo vuelve de un modo tan intenso, tan violento, que tengo que reprimir un escalofrío.

El paisaje invernal me parece infinitamente triste.

Recuerdo muy bien el camino hacia mi casa, pero ir allí directamente me resulta inasumible. Decido dar primero una vuelta por el pueblo, como para reconocer el terreno.

Me adentro en sus calles y todo me parece tan sin vida...

«Una ciudad muerta.»

Es como una fotografía de época; la única diferencia es que todo es un poco más viejo, nada más.

Pero me doy cuenta de un detalle curioso: es la primera vez que miro a la cara a la gente con la que me cruzo. De niña mi padre me había enseñado a bajar siempre la vista, y en clase estaba con la cabeza gacha, lo que me hacía pasar por retorcida.

«He crecido...»

De pronto me veo ante una verja que parece reírse de mí.

Mis pasos, cómo no, me han traído al cementerio.

El cancel chirría, helado y cubierto de óxido, cuando lo abro. Camino por la grava que resuena idéntica a otros tiempos. Tengo la sensación glacial de entrar en otro mundo, en un mundo de paz lleno de silencios y secretos. Ha habido cambios y tardo en dar con la tumba de mi madre.

Me cuesta reconocerla. Antes la losa estaba agrietada y todo muy abandonado. Hoy, en cambio, está limpia y con flores. La estrella de David ha sido lustrada y el nombre se lee bien claro: JUDITH CHOUDAY, 1944-1980.

1980: el año en que nací yo...

¿Cuánto tiempo de vida compartimos, mamá? ¿Unas horas?

Me arrodillo. El frío del mármol atraviesa la tela vaquera de mi pantalón. Acaricio el ramo de flores que hay sobre la losa.

Son flores frescas...

Entonces siento que me desmayo. No me había fijado en la inscripción; y sin embargo, la tenía frente a mis ojos.

La veo bien claro, grabada en la losa, bajo el nombre de mi madre.

Siento náuseas, me sube a la boca un sabor como de hiel y vómito.

Pero es demasiado tarde, ya lo he leído...

ANAÏS CHOUDAY, 1980-1998.

—¡Cerdo!

Mi voz resuena por las calles húmedas, las lágrimas me resbalan por la cara, mis pisadas retumban como pasos de soldado.

No puedo creerlo: ¡me ha matado! ¡Mi padre, mi propio padre, me ha matado!

1998. El año en que acabé el bachillerato, el año en que me fui de casa.

¿Cómo ha sido capaz? ¿Capaz de despreciarme hasta ese punto, de negar lo que soy? Para acabar con las murmuraciones mi padre me ha hecho pasar por muerta, así de sencillo... Me pregunto si me preparó un verdadero entierro, si compró algún cadáver para que todo fuera como Dios manda...

¡Qué bajeza! Estoy indignada. Y por eso más resuelta que nunca a ajustar las cuentas con el «coronel».

«Todas las cuentas.»

De pronto, pues, me hallo ante la casa de mi infancia.

Reconozco la fachada, los tres pisos con ventanas, el tejado de teja, las persianas cerradas.

Nada ha cambiado. Sí, una cosa: el rosal está seco.

La ventana del salón está abierta.

Me acerco con el alma en vilo.

Y lo veo, a dos metros de mí.

«¡Oh, Dios!»

Mi padre...

Está sentado en su sillón de siempre, viejo, raído, y hojea una revista.

La habitación está llena de revistas.

Desvalida, casi temo mirarle directamente. ¡No soporto ver cómo ha envejecido!

El «coronel» se vuelve un instante hacia la ventana, pero no me ve.

—Papá —susurro quedamente—, papá...

Y entonces me asalta una nueva angustia: el salón está cambiado; sobre la repisa de la chimenea sigue estando la foto de mi made, pero lo demás es... diferente.

¡Mi padre ha recortado, enmarcado y colgado artículos míos en la pared! Y por lo que veo están todos, del primero al último, no debe de faltar ninguno.

Me tiemblan las piernas y me cojo de los postigos. Mi padre no oye nada. Está leyendo en un ejemplar de *Paris-Match* un artículo que escribí una semana antes de conocer a Vidkun Venner.

El viejo adopta incluso un gesto contrariado, como si estudiara un ejercicio. Advierto entonces que con un bolígrafo rojo me está corrigiendo el artículo...

«No —me digo de nuevo a punto de llorar—, no ha cambiado.»

Descorazonada, miro la hora: el próximo tren para París sale dentro de once minutos; si me doy prisa llegaré a tiempo.

—¿Y te fuiste? —me pregunta Clément, y se lleva el cuenco humeante a los labios.

—¿Qué iba a hacer?... Él sigue igual, viviendo en su mundo desde hace más de siete años. Cree que sigo siendo su alumna y me corrige los artículos. Y además me ha matado y enterrado...

Me desmorono. Clément posa el cuenco y me abraza.

—Lo siento de veras, mi niña.

—¡No soy ninguna niña!

Por poco no tiro el cuenco.

—Y déjame, por favor, debo de estar horrible. Me he pasado la noche dando vueltas por el piso y ni siquiera me he duchado, estoy hecha un asco...

—No importa —dice él, y señala la calle, en pleno barrio de Clignancourt, lleno de puestos y tiendas—; de todos modos estamos en el reino del polvo y la mugre.

Esa mañana Clément y yo compartimos una sopa de cebolla en un puestecillo rancio.

—Amor mío... —dice Clément acariciándome la nuca.

Creo que es la primera vez que me llama «amor mío». Pero estoy demasiado trastornada y no hago caso.

—Ea, vamos —dice, y deja un billete junto a los cuencos—. Andemos un poco.

Su mano en la mía es ya una promesa de alivio.

A Clément le encanta venir al mercado de las Puces. Nunca compra nada, pero le gusta este ambiente mañanero, ajetreado, bullicioso, que parece el alba de todo. En este alegre barullo se distrae del orden maníaco que impera en su casa. Además, es madrugador; es en lo único que se parece a su padre.

La mayoría de los puestos están abriendo en este momento. Los vendedores descargan cajas, ríen, toman café en vasos de plástico. Hace frío. Las bocas pastosas echan un vaho blanco. Todo el mundo va bien abrigado, con el cuello de chaquetas y cazadoras subido. Yo me acuerdo de mi bufanda. Clément me arrolla un pañuelo al cuello.

—Siempre llevo dos.

Saluda a vendedores, libreros.

—¡Hombre, Clément!

—¿Qué, chaval, otra vez por aquí?

Clément sonríe, no sabe qué contestar. Aquí nadie se conoce realmente, todos somos parte del ambiente.

Se da cuenta entonces de que me voy ensombreciendo paso a paso. Mi mirada, mi memoria están en Issoudun, en mi infancia, en mi tumba, y apenas escucho sus conjeturas, que Clément me ofrece como una vía de escape:

—He estado pensando que si lo de las momias eternas no es puro cuento, debe de haber algún modo de remontar el hilo y localizar a Marjolaine Papillon sin pasar por el editor.

—Hum...

No me apetece nada hablar de eso, prefiero pasear la mirada por los puestos, las vitrinas.

Pero Clément parece resuelto a despabilar mi mente.

—Por ejemplo, en lo de Jos, aún quedan cosas por aclarar: ¿cómo sobrevivió Rahn al bombardeo? ¿Cómo se convirtió en Claude Jos? ¿Y los cuatro suicidas, eran efectivamente los Sven?

Yo me adelanto a paso ligero.

—¿Qué haces?

—Caminar, respirar... ¡Estoy... estoy harta de esta historia!

Me atraganto con las palabras.

Clément corre a mi lado, tropieza y vuelca un puesto de ropa.

—¡Hombre, cuidado!

Muy enfadado, el vendedor empieza a recoger las prendas.

—Me podríais ayudar...

Pero Clément tiene los ojos fijos en los míos. No nos decimos nada, y sin embargo nos comunicamos intensamente.

—Amor, ¿qué te pasa? ¿Por qué...?

—Lo siento...

Ambos sentimos a nuestro lado la presencia irritada del vendedor.

—Para eso están los hoteles...

Me acerco a Clément.

—Lo siento, lo siento... Yo...

Le acaricio la cara pero él se aparta, desairado. Yo lo agarro con fuerza y bruscamente lo beso.

—¡Vaya! —dice el vendedor.

Sin pensármelo, obedeciendo a una voz interna, me declaro:

—Creo que te quiero de verdad... ¡Pero menuda te ha tocado!

Temblando, Clément me estrecha entre sus brazos.

—No te preocupes —murmura acariciándome el pelo—, yo estaré siempre contigo, a tu lado...

Pero ¡¿qué digo?! ¡¿En qué me estoy metiendo?! Nunca se lo había dicho a nadie...

—Te quiero, te quiero, te quiero... —repito, y me aprieto contra él.

—Bueno, tórtolos, ¿me dejáis que recoja?

A pesar de su enorme cazadora de aviador y su pantalón militar, el hombre no puede disimular cierto enternecimiento.

Lo ayudamos. Cuando nos levantamos, temblando y medio aturdidos, ya para irnos, Clément advierte que se lleva una prenda, una especie de blusita infantil.

Intimidado, le dice al vendedor:

—¿Cuánto vale?

—No os sintáis obligados a comprarla, tengo un montón —contesta el hombre complaciente.

Coge la prenda y añade:

—Además, no es gran cosa...

La despliega para mostrárnosla... y Clément palidece.

—A... Anaïs... ¡mira!

—¿No os gusta? —pregunta el vendedor.

—¿De dónde la ha sacado?

—¡Eso es cosa mía!

—¡¿De dónde?!

El hombre gruñe con desconfianza pero confiesa al fin:

—Me las vende un hombre que viene cada dos o tres años, un tal Duteil, de Lamorlaye, en el Oise; dice que tiene muchas más en el desván de su casa. Al parecer eran de una casa de maternidad nazi que hubo allí durante la guerra. Tened, quedáosla.

Tomo la prenda y veo que en la parte de atrás, en letras negras, están bordadas las siglas «SS».

1939

La travesía fue tan cómoda que comprendimos que los escollos, remolinos y demás peligros de la «inaccesible Halgadøm» no eran más que una invención para disuadir a los curiosos.

Ese fue el primer descubrimiento...

En veinte minutos —y eso que, para no despertar a la isla, no arrancamos el motor enseguida— llegamos a Halgadøm.

Me imaginaba que la isla sería más grande, pero no era sino una especie de cerro del que solo veíamos una ladera.

Atracamos donde pudimos, entre rocas; tras enganchar el ancla en un par de piedras, saltamos de roca en roca hasta alcanzar tierra firme. Estábamos en plena aventura y no podíamos reprimir una excitación pueril e irresistible.

Yo registraba cuanto veía. Halgadøm era como Yule, nuestra isla: landas peladas, superficies rocosas. Eso sí, sentíamos más cerca el océano —las murallas dan a alta mar— y el aire ganaba en acritud, olía más intensamente a algas y a moluscos.

Pronto llegamos ante un gran edificio blanco de una sola planta, como el palacio de tío Nathi... ¡aunque cuatro veces más grande! Se extendía a lo largo de la costa, que cada vez era más abrupta.

A aquellas horas todo el mundo dormía.

—Seguro que aquí duermen los obreros —le dije a Hans—, y que Björn está dentro.

En eso creí oír una respiración por una ventana e hice amago de acercarme.

—No, luego —me dijo Hans cogiéndome del brazo—. ¡Mira!

Y me señaló un enorme edificio en obras que se alzaba al otro lado del cerro; desde Yule era imposible verlo.

«La ópera», pensé de inmediato.

¿Cómo describir aquello? Nunca había visto un edificio de esa forma. Estaba situado en una especie de península natural al otro lado de la isla, frente a alta mar.

Era como una enorme concha blanca o un huevo gigante puesto en la roca, y estaba cubierto de andamios y grúas, prisionero dentro de una malla de metal. Las paredes estaban sembradas de ojos de buey verdes que le daban aspecto de submarino.

Hans y yo nos quedamos inmóviles, fascinados por aquella visión apocalíptica. Digo apocalíptica porque el conjunto inspiraba un sordo desasosiego, un sentimiento mórbido.

Cuando nuestro oído se hizo a aquel silencio escuchamos un rumor que parecía provenir de allí.

Recordé una de las pocas cosas que Otto le había contado a tío Nathi sobre Halgadøm: «Los obreros trabajan día y noche. Cuanto antes terminen, antes escucharemos *Los hijos de Thule*».

«Día y noche», me dije yo.

Nos dirigimos al edificio.

Al verlo de cerca no pude disimular mi decepción; me esperaba algo mucho más... imperial, como las grandes salas de ópera de París, Milán, Nápoles o Viena que tío Nathi me había enseñado en fotos y grabados... Aquella especie de «huevo» o extraño meteorito, con su pared lisa, no tenía ninguna personalidad.

Lo único que llamaba mi atención era el color mismo, un blanco brillante, casi luminoso, cargado de electricidad.

De repente oímos unas voces.

Venían del interior de la ópera.

El ruido fue en aumento... ¡y luego sonó un disparo!

Hans y yo nos quedamos petrificados.

Dentro, el rumor de los trabajos cesó repentinamente.

—¿Qué ha sido eso? —pregunté yo en voz baja.

—No lo sé... Escucha, el ruido otra vez.

Poco a poco, en efecto, la actividad se había reanudado.

—Ya que hemos llegado hasta aquí, sigamos —me dijo Hans en tono firme, y echó a caminar rodeando el edificio.

Dimos toda la vuelta pero no encontramos la entrada.

Yo deslizaba la mano abierta por la pared, que era de un material suave y muy grato al tacto.

—Parece seda —dije sin mucha convicción.

—¡Escucha! —exclamó de pronto Hans, y arrimó el oído a la pared.

Yo hice lo mismo. Se oían martillazos, chirridos de poleas y sierras, golpes metálicos, ruido de motores, voces de mando en alemán… y me pareció distinguir también otra lengua, gutural, que no supe reconocer.

«¿Un dialecto noruego?», pensé poco convencida.

Otro misterio, aunque ya no me extrañaba.

Hans se detuvo y me dijo:

—¡Ven! —Señalaba uno de los ojos de buey, a menor altura que el resto, del que salía un resplandor azulado.

—¡Está muy alto! —me lamenté yo.

—Para ti o para mí —contestó él con una sonrisilla—, pero no para los dos…

Me rodeó con los brazos y me aupó.

—¿Qué ves? —preguntó, sosteniéndome con esfuerzo.

Yo no podía hablar, ni respirar siquiera.

—Di, ¿qué ves? —repitió Hans, vacilante. Y para auparme más afianzó las piernas en sendas piedras.

Tenía la cabeza ya por mitad de la ventana… y seguía viendo lo mismo, algo horrible, espantoso.

Y yo que creía que Halgadøm… ¡Santo Dios! ¡Otto, Otto, cómo nos había mentido!

—Es… es una cárcel —dije tristemente a Hans.

—¿Una cárcel?

—Sí… una especie de presidio.

—Pero ¿no era una ópera?

—No lo creo, no veo butacas, ni asientos, ni escenario… Solo hay como tres cohetes blancos puestos derechos y altos hasta el techo.

—¿Cohetes?
Asentí.
—¿Y por qué dices que es una cárcel?
—Porque veo personas…
—¿Prisioneros?
—No lo sé, pero son muchas, cien, doscientas…
Estaba tan impresionada que no acertaba a describirlo; procuré recapacitar, aunque me resultaba imposible.
—¿Qué hacen?
—Trabajar. Parecen obreros, pero llevan como pijamas a rayas y hacen lo que les mandan los soldados de negro.
—¿De las SS?
—Sí, y…
—El par de tortolitos… —dijo de pronto una voz.
Hans perdió el equilibrio y caímos el uno sobre el otro.
Eran los cuatro Sven.
¿Nos habían seguido? ¿Me habrían oído salir del dormitorio? Quién sabe. El caso es que allí estaban, mirándonos como hienas. Se parecían muy poco a los compañeros que conocí en las clases de Otto. Iban enfundados en uniformes negros de las SS y semejaban matones crueles e implacables que actuasen en la sombra.
El Sven de la cicatriz en el cuello parecía lucirla —era bastante grande— como un timbre de gloria. Hizo señas a los otros para que me levantaran, se sentó encima de Hans y le sujetó los brazos.
—¿Te acuerdas de mí, Hansi?
Hans no contestó, lleno de ira.
—Al nene no le gusta que se rían de su mamaíta, ¿a que no?
Y le dio un capirotazo en la nariz. Hans tenía los brazos inmovilizados y no podía hacer nada.
—¿Ha tenido el nene buen viaje?
Otro capirotazo, este más fuerte, en el ojo derecho. Hans soltó unas lágrimas, que empañaron el ojo inyectado de sangre.
—¡Ay, que se nos echa a llorar el nene!
Y esta vez le propinó una bofetada que resonó con un chasquido de bandera al viento, y Hans se golpeó la cabeza contra las rocas.

—¿Se alegra Hansi de ver a su amigo Sven?

Hans hizo un gesto de repugnancia y le escupió a la cara.

—¡Ah, Hansi, cerdo! ¡Qué asco! —gruñó el Sven enjugándose, y le dio un puñetazo en plena cara.

—¡Déjalo! —grité yo; pero los otros Sven me rodeaban.

—¿Queríais conocer Halgadøm? —dijo el Sven de la cicatriz, palpándose la mano dolorida.

Hans tenía toda la cara ensangrentada.

—¡Pues seguid al guía!

La puerta del edificio estaba tapada por una escalera de mano y no la habíamos visto.

—«Vosotros que aquí entráis...» —dijo un Sven.

—«... abandonad toda esperanza» —concluyó otro.

Dentro, un ruido infernal, un estruendo ensordecedor.

¡Y aquel olor! A sudor, a metal... Y a carne putrefacta, porque el suelo estaba sembrado de cadáveres, que soldados y presos sorteaban sin inmutarse o arrimaban sin más a la pared para despejar el paso.

Hans y yo estábamos paralizados de miedo. Por dentro el recinto era enorme. Los tres cohetes oblongos se elevaban en el centro, perfectamente verticales.

«La ópera de tío Nathi... —me dije, pensando horrorizada en el cínico engaño—. El secreto de Otto...» Recordé entonces a los tres visitantes que vinieron a verla, Speer, Orff y Strauss... Me expliqué su indignación, su horror: habían descubierto la realidad de Halgadøm.

—¡Vamos, caminad! —dijo un Sven, dándome un empujón por la espalda.

«¡No mires los cadáveres! ¡Ni a los prisioneros!», me decía una vocecita en mi interior. Procuraba fijarme en los aspectos «técnicos», los cohetes, los trabajos.

Pero mi desesperación crecía más y más. Me cogí a Hans y dije:

—Pero ¿qué es esto?

—Pregúntaselo a ellos —contestó, con una voz pastosa a causa del labio partido.

Miramos a los Sven y vimos hasta qué punto estaban en su elemento; eran como diablillos de un infierno en miniatura.

Me acometió de nuevo un odio furibundo contra Otto.

«¿Y todo para esto? ¿Un campo de prisioneros? ¿Un arma secreta? ¿Todos estos años de instrucción y estudio para ser carceleros?»

—¿Quiénes serán? —le pregunté a Hans que, como yo, miraba horrorizado a aquellos hombres atareados, de mirada ausente.

—No lo sé. Es otro secreto de tu tío Otto.

Se nos acercó entonces un prisionero al que me pareció reconocer.

Con un acento extraño balbució:

—Leni... ño-rita Leni...

Se me heló la sangre.

—¿Björn?

El hombre inclinó la cabeza afirmativamente, como avergonzado.

Me indicó el uniforme a rayas, lleno de manchas de sangre y grasa, las marcas de las cadenas en muñecas y tobillos. Aquel Björn se parecía muy poco al orgulloso pescador que nos traía pescado fresco y entraba en la cocina saludando con aire triunfante a su mujer, Ingvild. Ahora no era sino una sombra, un cadáver ambulante que me cogía con su descarnada mano e intentaba hablarme.

—Mggg... Leni... vrrr... gadøm...

Torció la boca. Björn hacía ademanes bruscos, como para darme a entender algo, pero yo no entendía nada.

Al final se calló y, con la fuerza que da la desesperación, sonrió; me dieron ganas de echarme en sus brazos y llorar.

Se acercó otro preso; se llevó a Björn aparte y le murmuró algo ininteligible señalando a los Sven.

—Normal que no los entendamos —advirtió entonces Hans con horror—: ¡les han cortado la lengua!

No tuve tiempo ni de reaccionar, porque los cuatro Sven se abalanzaron de pronto hacia nosotros.

Pero no iban a por Hans ni a por mí. Se dirigieron a Björn y empezaron a burlarse de él. Entonces sí reconocí en ellos a mis cuatro compañeros de clase, y esto no hizo sino aumentar mi terror.

El prisionero empezó a gesticular y tartajeó:

—Brrr... Sven... Leni...

Los Sven empezaron a imitarle y reírse de él:

—Ga, ga, ga...

—¡Habla bien, viejo!

Los ojos de Björn, humillado, se humedecieron con las últimas lágrimas que le quedaban.

Pero acto seguido arremetió contra un Sven y ambos cayeron al suelo.

Se hizo el silencio en todo el recinto. Todos lo habían visto y habían suspendido sus trabajos...

Björn no se movía. Yacía sobre el Sven sabiendo que era hombre muerto. El desgraciado no sabía adónde mirar. Rodó a un lado pero, en lugar de levantarse, se hizo un ovillo, como resignado al castigo.

Y el castigo no se hizo esperar.

—¿Quieres hacerte el héroe? —preguntó el Sven al que había derribado, sacudiéndose el uniforme.

—Pues ahora serás mártir —añadió el Sven de la cicatriz.

Y empezaron a darle patadas en la cara.

Yo quise desviar la mirada pero no pude: aquello me tenía hipnotizada.

Los Sven golpeaban cada vez más rápido. Se oían crujir los cartílagos, quebrarse los huesos.

Björn no se quejaba, no gritaba.

Los Sven, poseídos por una suerte de trance, rodeaban a la víctima y pegaban procurando dar en las partes más vulnerables.

Cuando al fin cesaron y se apartaron, el cuerpo de Björn quedó dando breves sacudidas. Con un último esfuerzo se volvió boca arriba y le vimos la cara: una cara en carne viva, sangrante, con los ojos reventados.

Sentí náuseas y me cogí con fuerza del brazo de Hans, que gimió de dolor.

Björn profirió entonces un grito, el grito más horrible, más sobrecogedor que había oído en mi vida; un quejido ronco que le salía de lo más profundo de las entrañas.

Cuando vi que el Sven de la cicatriz sacaba el revólver no pude reprimir un suspiro de alivio.

—Cállate —dijo, y con una especie de resignación profesional lo remató.

Todo se sucedió entonces muy deprisa.

Un Sven señaló el cadáver de Björn y me dijo riendo:

—¡Desnúdalo!

—¿Qué? —solté yo.

Me dio una bofetada y me empujó hacia el muerto.

—¡Que le quites la ropa y te la pongas!

—Haz lo que te dice —me aconsejó Hans, a quien le habían ordenado hacer lo mismo con otro cadáver.

Yo no me decidía, hasta que los Sven amartillaron los revólveres ostensiblemente.

La ropa parecía amalgamada a la piel. El cuerpo no era ya más que un montón de huesos y carnes flacas, ligero como un ramo de flores marchitas. Cuando empecé a desvestirme, los Sven rieron pero ni me dijeron ni me hicieron nada. No eran los niños traviesos que me tocaban y me miraban con lascivia en el dormitorio, sino adultos. Ahora eran hombres sin sensibilidad ni deseo: hombres de las SS...

Hans y yo, como si estuviéramos solos —¿acaso no éramos los únicos seres humanos en aquel lugar?—, nos dimos púdicamente la espalda y nos pusimos aquellos pijamas a rayas.

—¡Os quedan de perlas! —exclamó un Sven, soltando una carcajada.

—Ni hechos a medida —dijo otro.

El mío me sobraba por todas partes; a Hans el suyo le llegaba a las rodillas.

—Y ahora a la cama.

Nos condujeron a un recinto contiguo, una especie de barracón oscuro y maloliente, en el que poco a poco apreciamos varias filas de literas.

Y en las literas, presos que dormían. Algunos se despertaron, pero, sin duda al ver que eran los Sven, ninguno se atrevió a decir palabra. «Mira, nuevos... ¡los pobres!», pensarían.

Los Sven nos señalaron dos literas.

—Leni arriba, Hans abajo...

Y se quedaron mirándonos llenos de regocijo, como satisfechos de haber gastado una buena broma. Al cabo, riendo y al mismo paso, se marcharon.

No sé cuánto tiempo estuve despierta.

«Otto —me decía—, ¿cómo has podido...?»

Lo último que oí antes de dormirme fue a Hans sollozando...

—¡Oh, Dios mío!

El alarido despertó a todo el barracón. Estrépito de botas, agitación de combate. A mí me costaba despabilarme. Por un instante no supe dónde estaba, hasta que vi los cuerpos flacos, las literas metálicas... y sentí asfixiante el olor a muerte.

La pesadilla era de nuevo insoportablemente real. Y no se había terminado: los prisioneros que nos rodeaban observaban aterrados a los soldados que iban y venían por entre las literas con la mirada enloquecida. Me estremecí al reconocer a tío Otto seguido de seis «hombres de negro». Cuando pasaban ante los presos, estos se encogían en sus camastros y se embozaban en sus uniformes rayados. Pero Otto no les dirigía ni una sola mirada.

Yo estaba casi tan asustada como los prisioneros. Si los Sven habían sido tan crueles, ¿qué esperar de su maestro? En realidad era a Otto a quien yo había desobedecido, y conociendo la suerte de sus víctimas...

—¡Ah, estáis aquí...! —Otto había llegado a nuestra litera.

Hubiese querido desaparecer; volví la cabeza del otro lado, avergonzada por la situación, por la ropa, por mi traición y la suya…

Otto se quedó mirándome entre aliviado y horrorizado, luego se echó sobre mí y me abrazó.

—¡Cuánto, cuánto lo siento, princesa mía…!

Yo, desconcertada —¿qué era lo que sentía tanto, maltratar a la gente o que yo hubiera descubierto su secreto?—, no hice nada.

Me acarició el pelo, me besó en la frente, en los párpados. Otto, por lo general tan distante, nunca se había mostrado así de cariñoso; pero a mí eso no me tranquilizaba.

Al contrario, me causaba un nuevo malestar, pues noté que los prisioneros me miraban ahora con miedo, el mismo miedo que manifestaban ante Otto y los soldados de las SS. Con un beso había cambiado de bando; yo era, sin querer, un Judas.

Otto me bajó hasta el suelo. Hans seguía en la litera de abajo, quieto. Tenía la cara surcada de rastros de sangre y lágrimas secas, y en la frente, sobre el ojo derecho, se le veía un moratón brillante.

—¡Levántate! —le ordenó Otto, como si él fuera el único culpable.

Hans saltó de la cama.

—¡Fue idea mía! —exclamé yo antes de que dijeran nada—. Le pedí a Ingvild que nos prestara la barca, él no tiene nada que ver…

Pero tío Otto no era tonto.

—Ingvild me lo ha contado todo… —dijo, y me pasó suavemente la mano por la mejilla.

El contacto me repugnó y me aparté.

Luego, menos severo, miró a Hans y le dio una palmada en el hombro.

—Hay que ser valientes, muy valientes, para haber venido… Me siento orgulloso de vosotros.

No me sorprendió que lo dijera. Yo sabía que su valor supremo era la valentía, y que la traición importaba menos. Aunque, ¿quién era allí el traidor? ¿Por qué todo aquello? Estas preguntas martilleaban en mi cerebro y no podía desecharlas. ¿Qué era aquel presidio insular? ¿Cómo podía tío Otto ser tan insensible?

Otto sacó del bolsillo un par de píldoras y se las dio a Hans.

—Tómatelas, te sentirás mejor...

Hans no se atrevió a rechazarlas y se las tragó, lo que pareció causar gran satisfacción a Otto.

—Venid —dijo haciéndonos señas de seguirlo, ya con su seriedad habitual—, ya habéis pasado bastante tiempo aquí...

En un instante yo era de nuevo la pequeña Leni y sin darme cuenta, como instintivamente, salí tras de Otto... Hans estaba tan sorprendido por el desenlace que disimulaba mal su alivio.

Nos alejábamos de aquellos seres medrosos, que habían presenciado perplejos aquel encuentro y ahora nos veían salir de su prisión tranquilamente.

«¡Uf!», me dije una vez al aire libre. Para mí la pesadilla había acabado.

Fuera estaban también los cuatro Sven, flanqueados por un verdadero regimiento.

Otto les dedicó su mirada más lúgubre:

—Ya estamos en familia.

Pero los Sven nos miraban a Hans y a mí; veíamos sus jóvenes cuerpos vibrando de pura rabia, como bombas a punto de estallar.

Otto dio unos taconazos en el suelo y ellos se pusieron firmes; luego fue de uno a otro, como pasando revista.

—Yo creía haberos enseñado una norma fundamental...

Y a uno tras otro, les propinó una bofetada.

—¡Uno se gana el respeto tratando a los demás con dignidad!

Luego, en un abrir y cerrar de ojos, recuperó su expresión impasible. Miró hacia el sol y dijo:

—Bien, se acabó el recreo. Volvemos a casa.

Señaló hacia la costa, donde nos esperaba un pequeño barco.

—Y no creáis —les decía Otto en tono jovial a los Sven, que nos seguían encogidos— que esto se termina con un par de bofetadas.

El juicio tuvo lugar al día siguiente en la biblioteca de tío Nathi, en donde fuimos todos convocados a las nueve de la mañana. El viejo millonario estaba, como siempre, sentado en su sillón, y por su mirar perdido comprendí que ya no sabía qué ocurría en su isla, ni qué nueva trastada habían hecho los demonios de los Sven.

El escenario había cambiado. Habían añadido sillas y sillones, a fin de acoger a una gran parte de la comunidad.

Cuando todos hubimos tomado asiento, Otto, que estaba de pie en el estrado de la pizarra, flanqueado por dos soldados de las SS, y había esperado en silencio, chasqueó los dedos en dirección a la puerta.

—Que entren los acusados.

Hicieron entrar a los cuatro muchachos, y un murmullo de estupor se difundió por la sala: iban encadenados y desnudos, como animales de feria.

Humillados, muertos de vergüenza, con los ojos clavados en el suelo, recorrieron el pasillo central y subieron al estrado.

—Bien —dijo Otto—. Podemos empezar.

Respiró hondo y dijo en tono solemne:

—Queridos amigos, me habréis oído hablar muchas veces del honor, la lealtad, la pureza de la raza, la sangre de los señores... sublimes valores. No siempre, sin embargo...

Siguió hablando a este tenor, en lo que parecía una alocución sin relación alguna con el caso que allí nos había reunido.

«Es como en clase —me dije—. Como si nos diera una lección.»

Ese día, sin embargo, la lección se dirigía a todos los maestros de la isla, allí presentes.

En primera fila estaban sentados el doctor Schwöll y su hijo mayor, Knut, que escuchaban a Otto muy tiesos y atentos.

«Firmes como militares... —me dije—, y como los Sven, y como estos veinte soldados que custodian de trecho en trecho la sala.»

Solveig y Hans, en cambio, parecían ausentes, casi invisibles. Mi amigo, todo amoratado y con el brazo izquierdo en cabestrillo, estaba recostado sobre su madre.

Nos miramos, y la inexpresividad de sus ojos me dio escalofríos: parecía ajeno a todo, a su dolor, a sus heridas, e incluso a su presencia allí esa mañana.

Vi que una de las ventanas estaba entreabierta y me acerqué a respirar aire puro. Me volví un momento para ver si me habían visto, pero todos estaban hipnotizados por la bella voz de tío Otto.

—El Führer decidió crear esta colonia en Noruega y confió en nosotros; nuestra misión es sagrada. Proteger al indefenso, mostrarse correcto y caballeroso con las damas, son deberes para un SS...

Bla, bla, bla.

Abrí la ventana y apoyada en el alféizar me asomé fuera. Aquello era otro mundo. Un par de gaviotas se disputaban una presa, un barco de pescadores entraba en el puerto seguido de dos orcas que jugaban con la estela como niños en la bañera.

«¡Inocencia!», me dije, como si la palabra tuviera ese día un sentido tristemente irónico.

Vi entonces entre la niebla la silueta de Halgadøm.

«La inocencia ya no existe... ¡Ha muerto!»

De pronto noté que algo me tocaba la pierna y me sobresalté.

—Aún no me has contado nada...

Me di la vuelta: tío Nathi me devoraba con la mirada. Me di cuenta de que para asomarme a la ventana me había subido al brazo de su sillón.

El millonario gesticulaba con los ojos perdidos, inyectados en sangre.

—¿Qué viste?

¿Lo preguntaba porque de verdad ignoraba lo que me había ocurrido o estaría fingiendo?

No sabía qué contestar, y él se adelantó a mi respuesta.

—¿Avanzan los trabajos? ¿Has visto la sala? ¿Y el escenario? ¿Son bonitas las butacas? ¿Rojo y oro, como pedí?

¿Quién se reía de quién? Preferí, sin embargo, no confesar mi visita a la isla de los presos y fui discreta. ¿Y si era Otto quien estaba poniendo a prueba mi silencio?

—Todo es como lo pediste, tío Nathi, y pronto acabarán...

Al anciano se le iluminó la cara; juntó las manos con arrobo, revolvió los ojos hacia arriba y exclamó:

—¡Qué maravilla, qué maravilla! ¡Qué feliz soy!

«No —me dije—, no sabe nada. Como yo, hasta ayer...»

Mentirle de aquella manera me repugnó y me dieron ganas de gritar. ¡Y mientras tanto Otto discurseando sobre el honor, la lealtad! ¿Cómo se atrevía?

Un murmullo se levantó entonces entre los asistentes.

—El veredicto... El veredicto... —susurraban todos.

Me di cuenta de que llevaba rato sin escuchar a Otto.

Este había alzado la voz.

—Muchachos, por haber violado las reglas de la comunidad y por haberos permitido las libertades mencionadas con algunos de sus miembros más... significativos —sus ojos se cruzaron con los míos—, he decidido que aprendáis la diferencia entre los señores y los esclavos.

Los ojos le brillaron con delectación feroz.

—Y para asegurar que comprendáis esta «diferencia», iréis a trabajar quince días a Halgadøm.

Los Sven respiraron al oírlo.

—A trabajar como obreros... —concluyó Otto.

—¿¡Qué?! —exclamaron ellos.

Pero ya los soldados les daban sendos pijamas a rayas, que tuvieron que ponerse allí mismo sin que les quitaran las cadenas.

¡Triste espectáculo! Causaba más embarazo que lástima, pues los Sven se enredaban en las cadenas y, nerviosos, abochornados, no atinaban a vestirse, lo que promovía risitas ahogadas entre los presentes.

Yo me violenté, sentí vergüenza por ellos.

—Cúmplase la condena —dijo Otto, y a una señal suya los soldados se llevaron a los Sven.

«¿Es que a nadie le extraña lo que pasa? —pensé indignada—. ¿No ven esa ropa de preso, no han oído lo de "obreros"?»

¿Se convertía mi paraíso en el primer círculo del infierno?

«Entonces es que todos lo saben», me dije al ver que se levantaban y se disponían a salir como al término de algún espectáculo.

Otto me llevó al otro lado de la biblioteca y me preguntó en tono cómplice:

—¿Te sientes mejor?

¿Qué responder a eso? Sentía luchar en mi interior el amor por ese hombre que era para mí un padre, un maestro, mi único apoyo en la vida, y la profunda aversión al monstruo que ahora veía en él, y cuyas obras había descubierto en Halgadøm. Un monstruo frío, determinado, paciente. Y cuando el odio parecía vencer, enseguida me sentía horriblemente culpable y no podía reprocharle nada.

—Un poco... —dije al fin con un hilo de voz.

Pero entonces no pude evitar observar a Hans y a su madre mientras salían de regreso a casa. Solveig sostenía a mi amigo, que andaba cojeando como un viejo. Ella se paró un momento, sacó del mandil una cajita de píldoras y dio tres a Hans, que se las tragó con desgana. Entonces la mujer me miró con unos ojos llenos de cólera, como si todo fuera por mi culpa. ¡Una mirada feroz!

—Leni, ¿me oyes?

Volví a la realidad.

—Ve al dormitorio y prepara la maleta.

¿La maleta? Se me cayó el mundo encima, me sentí de repente sin ánimos, sin propósitos; ¡qué bien sabía manipularme Otto!

Reprimí un sollozo y pregunté:

—¿Me echas?

Otto rompió a reír y me dio un abrazo.

—No, querida, eso nunca; al contrario, nos vamos de viaje.

—¿Adónde? —pregunté yo maravillada.

Volvía a ser una niña sin preocupaciones, excitada ante la perspectiva de mis primeras vacaciones. ¡En lugar de castigarme me llevaban a ver mundo!

—A Francia —contestó Otto tras un momento de vacilación—; al sudoeste, a casa de un viejo amigo del que ya te he hablado, mi profesor de historia medieval, el conde de Mazas. No te aburrirás: su hija, Anne-Marie, tendrá tu edad...

2006

—Debe de ser el Lebensborn de Lamorlaye, la única casa de maternidad de las SS en suelo francés...

El tono de Venner. Su voz. La suave inflexión de su timbre. Su acento extraño.

Vidkun volvió ayer por la mañana de Estados Unidos, y fue Clément quien me convenció para que lo llamara. «Habrá que decirle lo que hemos descubierto en el mercado, ¿no crees?» Clément sabía que jugaba con fuego al insinuar aquello, porque, alejada de Venner, me había acercado más a él.

Y la declaración de amor que le hice en el mercado nada tenía de teatral. Lo quiero cada vez más. Y él sabe cuánto lo necesito en estos momentos, sobre todo tras haber visto lo del cementerio...

Mi nombre en la tumba es un recuerdo del que no logro escapar...

En fin, aquí estamos los tres, en la gran limusina de Venner, de madrugada, en la autopista del norte.

—*Scheisse!* —maldice Fritz, como de costumbre, al ver un atasco.

Contemplo a Venner, sentado enfrente, contento pero algo incómodo, y debo admitir que me alegro de verlo. Reconozco, aunque me pese, que estas tres semanas lo he echado de menos. Clément lo sabe, y me coge la mano.

—¿Todo bien, amor?

—Sí, sí; es que estoy un poco cansada.

Silencio tenso. Nadie sabe cómo romper el hielo.

Es Vidkun quien finalmente dice, con su sonrisa mineral:

—Antes de llegar quisiera explicaros un par de cosas sobre el lugar al que vamos.

Coge delicadamente la blusita de las SS, pasa la mano por ella como si fuera un talismán y se la lleva a los labios.

—Lamorlaye es una pequeña población próxima a Chantilly, en el Oise.

—Eso ya lo sabemos —masculla Clément.

—Esta casa de maternidad —sigue Venner ahuecando la voz, como si diera una receta de cocina— funcionó desde 1943, pero oficialmente no fue fundada hasta el 6 de febrero de 1944, fecha simbólica para la derecha francesa.

—¿Simbólica?

—Ese mismo día diez años atrás, la Croix-de-Feu, asociación de excombatientes nacionalistas, estuvo a punto de derrocar el régimen republicano, y un año después...

—Hablaba de la casa de maternidad... —lo ataja Clément.

Venner tuerce el gesto; no le gusta nada que lo interrumpan.

—La casa de maternidad, querido Clément, fue instalada en una gran mansión de estilo anglonormando, muy fea pero enorme, que pertenecía a los fundadores de las chocolaterías Ménier.

—¿Y no fue destruida en 1945?

—En agosto de 1944 evacuaron el edificio.

—¿Y después?

—Eso es lo bueno —responde Venner con aire pícaro—: el castillo pertenece ahora a la Cruz Roja, que ha hecho de él... un orfanato.

—Entonces, ¿aún hay niños?

—Sí. Yo solo lo he visitado una vez, ya hace mucho. Pero todo lo relacionado con el Lebensborn fue destruido en 1944. —Nos muestra la prenda y añade—: Ahora, si me decís que aún quedan cosas como estas en el desván, estaré encantando de conocer a ese tal señor...

Trata de recordar el nombre.

—Duteil —dice Clément.

En ese momento enfilamos un caminito.

—Ajá —concluye Venner—, hemos llegado…

CRUZ ROJA FRANCESA
Centro de readaptación infantil

—¡Bienvenidos a casa de los pitufos! —digo yo.

Comentario idiota, lo sé, pero me ha salido de dentro.

Fritz aparca en una explanada, junto a un ribazo que separa la residencia del bosque, y nos apeamos.

¡El lugar es tan ominoso como el tiempo! Inquieta, me subo el cuello del abrigo, pues el aire, que huele a corteza, a musgo, a boñiga, está cargado de humedad.

A lo lejos oímos galopar unos caballos.

—Las pistas de equitación están justo encima, en el bosque —murmura Venner.

El lugar parece una casa de cuento, más que una mansión; recuerda esos extravagantes castillos de los parques de atracciones llenos de torreones, atalayas, tejados redondos, chimeneas, relojes, ventanas de vivos colores, sendas de gravilla, bojes…

—¿Es una vivienda privada? —pregunta sorprendido Clément.

Hemos entrado a un gran patio en torno al cual se elevan cuatro edificios, uno rojo, otro azul, otro marrón y otro blanco.

—Antes de la guerra lo era —contesta Venner, que observa el lugar como buscando algo concreto mientras remueve maquinalmente con el pie una especie de pequeño trono de madera dorada y desvencijado que hay junto a la pared.

—Pero parece deshabitado —digo yo, con ganas de irme—. Aquí no hay nadie…

Todo se ve bien mantenido, pero también parece sin vida, detenido en el tiempo.

De pronto un timbre resuena en los cuatro edificios, estridente, ensordecedor.

Las puertas de los edificios se abren y empiezan a salir al patio, como buscando aire, tropeles de niños que pelean, ríen, alborotan. Aquello parece un parvulario.

Vidkun, Clément y yo los observamos con asombro.

Los tres hemos pensado lo mismo: ¡es como si hubiéramos viajado en el tiempo!

—¿Qué buscan? —La voz, fría y agresiva, nos sobresalta.

Abriéndose paso entre los pequeños, una mujer alta, muy delgada y vestida de negro nos viene al encuentro con aire inquisitivo.

—Dejadme a mí —nos dice Venner.

La mujer se planta ante él y con expresión de asco, como si se dirigiera a unos pedófilos, le pregunta:

—¿Quiénes son ustedes?

—Estamos haciendo un estudio sobre las políticas de natalidad en tiempos del nazismo —contesta Clément, adelantándose a Venner— y queríamos...

—¡Ah, no! ¿Otra vez? —lo interrumpe la mujer, roja de cólera.

Vidkun mira a Clément irritado: era lo que no había que decir. Yo misma no puedo evitar un gesto desesperado.

—Vienen por lo del... Lebensborn, ¿verdad? —prosigue la mujer, que debe de ser una enfermera.

Clément ya no se atreve a contestar.

—¡Lo mismo todas las semanas! Desde que hace unos años no sé quién que dice que nació aquí escribió sus memorias...

Se nos acercan unos niños.

—¡Señorita Lemoucheux, señorita Lemoucheux!

—¡Niños, ya veis que estoy hablando con estos señores!

—¿Ha visto el coche? —dice, queriendo desenojarla, una chiquilla que lleva el pelo recogido con un gran lazo rosa.

—¿Cómo? —La enfermera repara en la limusina—. ¡Y con chófer! Seguro que llevan las cámaras en el maletero, ¿verdad?

Vamos a dar media vuelta pero se me ocurre una idea. Me acuclillo ante la pequeña del lazo y sonriendo le pregunto:

—¿No conocerás tú a un tal Duteil?

—Claro que lo conozco, es el guarda de la duquesa de los perros.

—¿De los perros?

—Vive allí, en aquella casa.

—¡Joséphine! —La mano de la enfermera atrapa a la niña por el lazo y la echa hacia atrás. La chiquilla se queja del dolor—. ¡Váyanse de aquí!

La niña no mentía: la finca que nos ha indicado linda con el centro de la Cruz Roja.

—Esto no parece más alegre —comenta Clément, mientras aparcamos junto a la verja, oxidada pero protegida con cadenas y candados.

—¿Qué ha dicho la niña? —pregunta Venner.

—Que aquí vive la «duquesa de los perros», no sé por qué...

Bajamos del Mercedes, no muy convencidos.

La finca parece hallarse en pleno bosque. Nos asalta de nuevo un aroma a sotobosque, pero mezclado aquí con cierto olor a pantano.

Miro a Clément y lo encuentro turbado. No me lo dirá, pero sé que este olor le recuerda las partidas de caza a las que su padre lo obligaba a acompañarlo para hacer de ojeador. Me pregunto a cuántos ciervos habrá visto, con horror, hundirse en terrenos pantanosos bajo la mirada fascinada de los cazadores.

Nos asomamos a la verja para ver adónde lleva el camino de tierra. Pero este gira al poco y se pierde en la espesura. Por instinto, nos agarramos como monos de los barrotes musgosos.

De pronto oímos un ruido sordo en la maleza.

No puedo reprimir un grito.

A unos metros de nosotros, del otro lado de la verja, ha surgido un gran ciervo como si fuera una aparición.

Pienso en la leyenda de san Hubert.

«Solo le falta la cruz entre los cuernos...», me digo.

El animal nos mira con arrogancia, sin miedo alguno.

¡Es como un cuento de hadas! No decimos nada, embargados por una extraña paz.

El ciervo ha ido aproximándose y está ahora a menos de un metro de nosotros. Camina sobre la arena del sendero con una elegancia de bailarín. Nosotros seguimos quietos ante la verja.

El animal llega, inclina la cabeza y me roza la cara, oprimida entre los barrotes. Me estremezco pero procuro no moverme; siento el aliento del animal, muy caliente, y nuestras miradas se cruzan.

«Parece que quisiera besarme...»

Leo jovialidad en su expresión, como si se burlara tiernamente de mí, como diciendo: «¿Te has asustado, verdad?».

—¡Lucien! —Es una voz de hombre.

El ciervo alza la cabeza, pero no la vuelve.

—Lucien, ¿dónde estás?

La voz suena de pronto más próxima, el hombre debe de venir corriendo.

—¡Ah, estás ahí!

Aparece un hombrecillo pálido, completamente calvo, con aspecto de albino imberbe; viste una ropa de ante dorado muy elegante, que contrasta con su aspecto torvo y su cara sucia.

¡Vamos de maravilla en maravilla!

—¿Qué hacen aquí? —nos dice al vernos, aunque sin parecer muy intrigado. Se acerca al ciervo y empieza a acariciarle el cuello, como se hace con un caballo—. ¡Lulu, has hecho nuevos amigos!

Es sorprendente: el animal ronronea como un gato y le lame la pálida mejilla a esa especie de trol.

Estos mimos y cariños se prolongan un buen rato. Yo recuerdo lo que decía mi padre acerca de los ciervos: «Son los animales que menos se dejan amansar». ¡Se equivocaba, una vez más!

—Bueno, ¿se puede saber a qué han venido? —dice al fin el hombre, que ha sacado una navaja y le rasca los cuernos al ciervo; el animal entorna los ojos y permanece quieto.

La pregunta nos devuelve a la realidad. ¡Fin del sueño!

Venner me suelta la mano, retrocede unos pasos y contesta:

—Buscamos al señor Duteil.

El hombre se echa a temblar.

El ciervo presiente el miedo del amo y levanta la cabeza, con lo que casi le clava los cuernos; pero el hombre ni se inmuta. Nos observa con recelo, como a intrusos. Se acerca despacio a la verja y pregunta:

—¿Para qué lo buscan?

—Para hacerle unas preguntas.

—¿Por qué? —interviene Clément—. ¿Es usted?

El hombre lo niega cabeceando enérgicamente y contrariado, como si lo hubiéramos sorprendido mintiendo.

—No, yo soy el guarda… Murieron todos… Lucien y yo vivimos aquí solos, tranquilos… Y no queremos irnos…

Habla en un tono que suena cada vez más a súplica. Hace inclinaciones como si rezara y entre confidencial y temeroso prosigue:

—El castillo es mío… Lo heredé… a la muerte de la duquesa…

—¿De la duquesa? —pregunta Venner.

—Me lo dejó todo… hasta los perros…

«La duquesa de los perros», me digo.

—Pero con los perros no podía quedarme… No se entendían con Lucien… A Lucien no le gustan los perros…

Al oír su nombre el animal se acerca al amo, aunque con cierta cautela, como si temiera que le pegara.

—Lucien… es como un hijo para mí… Yo lo he criado… Me lo encontré recién nacido en el castillo, sobre la hierba… ¿A que sí, Lulu?

Nos asombra. Venner señala con la barbilla a Clément, de cuyo bolsillo sobresale la blusita de niño. Mi amigo la saca, la despliega y pregunta:

—¿Y qué me dice de esto?

El hombre se pone pálido. Con espanto, clava los dedos en el lomo del animal, que se aparta y echa a trotar hacia los matorrales.

—¿No dice nada? —lo apremia Venner.

El hombre parece incapaz de hablar; mueve la cabeza y nos mira con fuego en los ojos.

—Nos han dicho que esto era de aquí —digo yo—, y nos han dado el nombre de Duteil. ¿Es usted...?

Duteil se lleva las manos a la cabeza.

—No tienen derecho a estar aquí... Esta es mi casa...

—Señor Duteil, sabemos muy bien que esta es su casa —digo yo, improvisando un discurso de doctora de frenopático—. Lo único que queremos saber es de dónde ha sacado esta blusita...

Duteil cae de rodillas y empieza a darse cabezazos contra el suelo de arena del camino, cada vez más y más fuertes.

—De algo hay que vivir... Las cosas cuestan... He tenido que vender algo... Esto es muy grande...

—¿Quiere decir que ha vendido objetos del castillo desde que lo heredó?

Duteil no contesta. Su cabeza ha hecho ya un buen hoyo en el suelo, tiene las mejillas sucias y las cejas blanqueadas por el polvo.

—Es mío... todo... Y hago lo que me da la gana... Váyanse, váyanse... —Alza hacia nosotros sus ojos inyectados en sangre y grita muy fuerte—: ¡Largo!

Un ladrido contesta a la exclamación.

Duteil se gira con cara de espanto, como si se aproximara alguna fiera.

Se escucha entre los matorrales un trotar numeroso, y unos extraños chillidos que allí parecen los de alguna divinidad maléfica.

A rastras, apoyándose en los codos, Duteil trata de esconderse en la maleza.

Pero entonces aparece un perrito y yo me echo a reír.

—¡Qué mono!

Siguen al primero diez, veinte, treinta, cincuenta animales, y todos se arrojan juguetonamente sobre Duteil y empiezan a lamerle la frente y a rozarlo frotándose contra él.

—¡Son king charles! —exclama Clément maravillado.

Los perrillos, con su pelambre rojiblanca y su mirada bondadosa, no paran de hacerle fiestas a Duteil, aunque este se debate como un ciervo contra una jauría.

—¡Dejadme, dejadme!

—¡Cómo no! —oímos de pronto.

Llega entonces una mujer alta, muy mayor, vestida con una chaqueta de caza y unos pantalones de golf, que ayudándose de un bastón austríaco camina a paso resuelto entre la hojarasca. Lleva también un sombrero de fieltro con una gran pluma de faisán que le da un aire de cazadora de estampa antigua. Solo le falta la escopeta y el morral bien repleto de piezas.

—¡Mi pobre Jean-Claude, otra vez dando el espectáculo! Pero qué... —Repara entonces en nosotros, que seguimos junto a la verja—. ¡Oh!... ¡Y delante de visitas, además!

Viene rápido hacia nosotros y saca un pesado manojo de llaves.

—¡Cuánto lo siento! —dice en tono mundano mientras va abriendo los candados. Esboza una sonrisa y añade—: ¡Jean-Claude es imposible!

Desconcertadísimos, ninguno de nosotros atina a decir nada; miramos admirados a la anciana, cuyo rostro tiene un maravilloso bronceado.

—¡Adelante! —Abre la verja. Nosotros no nos decidimos—. ¡Vamos, entren!

Mira el Mercedes; Fritz sigue sentado al volante, dormido, por cierto.

—Mejor que dejen ahí el coche, si no se llenará de barro... No tenemos muchas visitas...

Parece encantada con nuestra presencia, así que entramos.

La anciana cierra la verja, se planta ante nosotros y nos dice:

—Les parecerá extraño, pero es que me alegra mucho recibir visitas... Hace años que vivo sola con Jean-Claude, y él no está bien de la cabeza... Se figura el dueño de todo esto como si fuera un señor medieval... Y a veces hasta cree que estoy muerta... Pero no —se golpea el pecho con aire triunfal—, ¡a Dios gracias, estoy en plena forma!

Duda un momento, luego nos tiende la mano —puro hueso— y se presenta:

—Soy la duquesa de Pochez. Bienvenidos a Balagny.

«Un mundo del pasado», me digo mirando alrededor discretamente. Los cuadros, los muebles, los adornos, todo está tapado con grandes sábanas. Duteil ha descubierto solo dos sofás para que nos sentemos.

—Les ruego que me perdonen —dice la duquesa—, nunca ocupo el salón… Aunque tampoco podía recibirlos en la cocina.

Nos invita a tomar asiento y nosotros así lo hacemos.

El salón aún conserva parte de su lujo, pero yo me siento incómoda. A mí me gustan los gatos, y allí no hay más que perros por todas partes, entre los muebles, casi volcando los veladores, arañando las fundas. El olor a perro es agobiante, pero la duquesa no parece llevar intención de abrir los ventanales.

«Habríamos estado mejor fuera», me digo.

Al otro lado de los cristales sucios descubro un inmenso estanque. Hay dos tristes cisnes nadando con desgana, y amarrada a un embarcadero vacilante, una barca medio carcomida. Sin embargo, el conjunto transmite una poesía innegable, parece el último suspiro de un animal mítico que desaparecerá de la memoria del hombre.

Venner cruza las piernas y mira sonriente a la anfitriona. Cortésmente se sacude un perro que había empezado a mordisquearle el zapato.

—Le agradecemos que nos reciba…

La anciana frunce el ceño.

—Ya les digo, casi nunca recibo visitas. Ustedes o cualquier otro, da lo mismo… —Se interrumpe, y mirándonos de nuevo con esa seguridad señorial que parecen transmitir aún los rasgos de una belleza ya desaparecida, nos pregunta—: Pero díganme por qué han venido…

Clément va a mostrar la blusita cuando la puerta roja del salón se abre de par en par y los perros se precipitan hacia dentro ladrando.

Es Duteil, que viste un uniforme blanco de mayordomo con

guantes también blancos y trae una gran bandeja. Trompicando con los perros se adelanta hasta el centro del salón.

—¡Estaos quietos! —les ordena a los perros la duquesa.

Ellos obedecen en el acto; miran al ama y se acuestan gimiendo mansamente.

Esa docilidad me impresiona, y pienso en lo pesada que se pone Graguette cuando no le consiento hacer algo.

Duteil pone la tetera, las tazas y un platito con unas pastas secas en la mesa baja que hay ante nosotros.

—Gracias, Jean-Claude.

Este se queda mirando entonces a Vidkun y empieza a protestar:

—Señora duquesa... señora duquesa...

¡Qué extraño! La anciana hace un gesto de horror y lo reprende como a un niño.

—¡No empieces, Jean-Claude! ¡No delante de las visitas! —Señala al parque—. Sal y da tres vueltas al estanque, te sentará bien.

Duteil traga saliva e inclina la cabeza afirmativamente.

—Y llévate a los perros, que hoy no han salido.

—¡Oh, eso no, señora duquesa! Yo...

—¡Silencio!

Duteil observa a los perros, que parecen haber entendido el desafío y lo miran con instintiva burla. Poco a poco, de espaldas, se dirige al ventanal que da al estanque.

La duquesa se sonríe jocosa. ¡La verdad es que tiene gracia! Tanto que la anciana, poniéndole a Vidkun la mano en la rodilla con un gesto nada vulgar, aristocrático, nos llama la atención sobre la escena.

—Miren...

Al abrirse el ventanal, los perros, ladrando de alegría, se precipitan afuera y arrollan a Duteil, que cae de espaldas sobre el suelo de grava.

La duquesa se echa a reír y aplaude.

—¡Y cierra esa puerta, por Dios! Ya sabes cuánto temo las corrientes de aire...

El otro se levanta, nos mira de arriba abajo, cierra el ventanal que chirría y se aleja hacia el estanque maldiciendo.

—En realidad, Jean-Claude adora a mis perritos y ellos a él —dice la duquesa con énfasis—. ¡Pero es tan orgulloso!

Se inclina, recoge puntillosamente de la alfombra un mechón de pelo —perdido sin duda en la batalla— y empieza a acariciarlo como si fuera un pajarillo.

—Pero es un caso perdido. El pobre no ha tenido una vida fácil... Como la mayoría de esos niños, ha quedado algo desequilibrado...

Entonces todo se aclara. «¡Por fin!», me digo. Ya empezaba a preguntarme qué sentido tenía visitar a esta anciana loca.

Pero la duquesa no ha advertido nada. Parece sumida en sus recuerdos y con expresión absorta va cogiendo uno a uno los pelos del mechón y dejándolos sobre la mesita de caoba, después de haber levantado la funda para descubrir una parte.

—¿Qué niños? —pregunta Vidkun con voz suave.

—¡Había muchos! Unos cien serían. Yo iba mucho a verlos.

Y volviéndose hacia mí, como si creyera que solo una mujer podría comprenderla, añade:

—Yo adoraba a esas criaturas. Eran como mis perritos, inocentes, alegres, dulces...

Su expresión se desmorona como un castillo de cartas, y de un soplido vuela los pelos de la mesa.

—Pero un buen día se fueron, todos.

El labio inferior empieza a temblarle. Yo inclino la cabeza, la animo a seguir.

—Una mañana, como todos los días, fui a visitarlos y no encontré a nadie. En medio del patio había un montón de ceniza humeante. Habían quemado papeles, documentos, archivos, muchos...

»Lo registré todo, las dependencias de los soldados, la enfermería, los cuartos de cohabitación... Nadie. Unos meses antes los aliados habían desembarcado en Normandía, pero el oficial de la casa de maternidad, al que yo tenía de invitado una vez a la semana aquí en Balagny, nos había asegurado que no había nada que temer y que el Führer sabría responder...

Nuestra ansiedad sube de grado, sobre todo la de Clément, que no conocía aún a ningún «nostálgico» de este tipo. Recuerdo la cena con Mausi Himmler. Por su parte, Vidkun sabe que entramos en materia y no hay que dejar que la mujer pierda el hilo, así que adopta una expresión concentrada y la mira con fijeza.

Pero la duquesa está a mil leguas de nosotros. Se pasea por el laberinto de su memoria; solo le hemos servido de pretexto.

—Me quedé allí sentada en el patio casi una hora. De pronto oí gritar a un niño. Venía del primer piso. —La anciana traga saliva, parece a punto de echarse a llorar—. Habían olvidado a un recién nacido, entre un montón de ropa blanca.

Me contempla con orgullo.

—No lo dudé un segundo: lo cogí en brazos y me lo llevé a casa. Aún llevaba puesto el... uniforme.

—¿Un uniforme como este? —pregunta Clément, sacando la blusa de las SS.

«¡No, tonto!», pienso, reprimiendo una maldición, al tiempo que Venner le echa una mirada asesina... Sin embargo, nos tranquiliza comprobar que la anciana se anima; le hace a mi amigo un guiño de inteligencia y contesta:

—Sabía que venían por algo... ¿Saben lo del desván?

—¿Lo del desván?

—Mi padre lo guardó todo en el desván. Ya sé que Jean-Claude se saca un sueldecito vendiendo cosas, pero no me importa, ¡hay tantas! —Se levanta, con una elegancia de estatua antigua, y nos dice—: Vengan, les mostraré mis tesoros...

La duquesa nos conduce por un dédalo de pasillos oscuros, cuartos abandonados y escaleras tortuosas, y cuando llegamos al desván y abre la puerta, un raudal de luz nos ciega.

—Las ventanas siempre están abiertas y cada tres años Jean-Claude da una mano de blanco.

También las vigas están pintadas de blanco, con un matiz amarillo casi fluorescente.

Venner está emocionadísimo, como si hubiéramos entrado en la cueva de Alí Babá; pero yo siento cierto desasosiego, como si el recinto encerrara algo temible, innombrable. Busco la mano de Clément, se la aprieto y así entramos.

«Tranquila, mujer, que solo es un desván», me digo mirando al techo. Esa suntuosa telaraña de madera constituye el armazón del edificio. Algunas vigas son muy viejas y están apuntaladas con barras metálicas más o menos oxidadas.

Yo sigo mirando arriba para no ver lo demás, pero Venner y Clément parecen fascinados por todo lo que hay allí.

—Vamos por buen camino —susurra Vidkun, que lo devora todo con los ojos.

Le aprieto la mano a Clément, hasta casi lastimarlo; en realidad conozco aquello mejor que él, ya estuve en la cueva de Venner. Sin embargo, aquí y ahora, me parece todo más real, más auténtico. Pertenece al lugar, parece retrotraernos a su época...

—Vengan, vengan —nos insta vivamente la anciana—. Pueden tocar lo que quieran, ¡a los verdaderos interesados se lo permito!

Trago saliva, aunque comprendo que la anciana ha visto enseguida en Venner la actitud del entendido, pues nada más entrar, pasando por alto los grandes armarios normandos llenos de ropa blanca, blusas, camisas, guantes, sábanas, mantas, todo con la marca de las SS, se ha fijado en las cosas más raras y significativas: una daga de las SS, un retrato de Hitler que no es el oficial, un carrito cubierto de instrumental médico en perfecto estado.

Yo lo descubro con un nudo en la garganta. Vidkun, en cambio, se acerca a él y coge con cuidado una especie de pinzas muy largas, con las puntas en forma de pata de rana.

—No sabría decirle qué es... —sostiene la duquesa—, pero me da la impresión de que usted sí...

—Conozco bien el nazismo, pero no tanto su medicina...

—Y sin embargo ambas cosas estaban muy relacionadas... —replica ella en un tono singularmente nostálgico.

«He ahí lo que es esta mujer», me digo, con una pizca de repulsión.

La disimulo pasando la mano por la ropa.

Clément se ha acercado a un perchero y está palpando un uniforme negro con expresión de espanto. ¡Nunca había visto uno!

La duquesa de Pochez ya no nos presta atención. Se apoya en un gran armario y sigue recordando:

—Esta casa de maternidad era un paraíso, créanme. ¡Qué felices estaban los niños! Los médicos los cuidaban, las enfermeras los querían. Yo iba todos los días a jugar con ellos y les cantaba viejas canciones francesas... —Y tristemente canturrea—: «A cazar, a cazar perdices, han salido los señores...»

Ahoga las últimas palabras en un suspiro; los ojos se le han humedecido y se han formado dos lágrimas en las comisuras. Me transmite la misma sensación que el estanque del castillo.

Con la elegancia de un potro, alza la cabeza enérgica y exhala un hondo suspiro.

—El pasado, el pasado...

Clément se para ante los armarios de ropa y pregunta extrañado:

—Ha dicho que lo destruyeron todo, ¿cómo pudo usted conservar esto?

—Mi padre era muy amigo del médico jefe. Cuando decidieron evacuar, este le pidió un favor. Una... muestra de confianza.

—¿Cuál? —pregunta Venner.

La anciana lo observa con ternura.

—El médico era muy parecido a usted, señor; alto, rubio, bien parecido, quizá un poco más joven. Si se pusiera usted un uniforme de esos —y señala el perchero que atrajo la atención de Clément—, sería usted su viva estampa...

Vidkun carraspea, apurado. Clément se sonríe con sorna y dice:

—Aunque la mona se vista de seda... —Pero en lugar de acabar la frase da un quejido, porque le piso el pie con rabia.

—¡Calla!

Vidkun se repone y balbuce:

—Nos estaba explicando cómo vino a parar aquí todo esto...

—Muy sencillo: el favor que el médico de la casa de maternidad le pidió a mi padre fue que lo guardara aquí. Yo no me enteré hasta varias semanas después de que se fueran. Yo estaba pasando una temporada en París, en casa de mi abuela. Se marcharon a toda prisa, y olvidaron a un recién nacido. —Y señala la ventana, por la que vemos a Duteil dando vueltas al estanque.

—¿Y qué debía hacer su padre con este... material? —pregunta Clément, y coge una blusita parecida a la que encontramos en el mercado.

—Nada, guardarlo hasta que pasaran a recogerlo unos meses después. Cuando llegara la paz.

—Pero entonces acabó la guerra...

—Acabó, sí... —dice la duquesa meditabunda.

—¿Y nunca volvieron? —pregunta Venner, que se pasea a grandes pasos por el desván.

—Nunca. Los esperamos muchos años. Porque no íbamos a pregonar que lo guardábamos en el desván... en plena posguerra.

—¿Y durante la depuración no tuvieron problemas?

La anciana niega con la cabeza, impaciente.

—Yo solo tenía dieciséis años, y Jean, mi hermano mayor, estaba en la Resistencia. Así nos ahorramos las... molestias que causaban a los llamados «colaboracionistas».

Nos quedamos callados, sin saber qué decir.

Al fin pregunto yo:

—Y entre todo esto, ¿no había papeles, documentos sobre la casa de maternidad?

—Sí, claro, montones...

Los tres nos removemos ansiosos.

—¿Y dónde están? —pregunta Venner.

La anciana hace un gesto desolado.

—Lo vendí todo hará unos quince años. ¡De haber sabido que interesaría a alguien!

Vidkun, Clément y yo nos miramos con desánimo.

—¡Y no saben lo que me pagaron por esos papeles! Con eso reparé el tejado.

—¿Y recuerda quién los compró?

—Quiénes, querrá decir. Claro que los recuerdo, no se olvidan fácilmente. Eran cuatro nórdicos... encantadores, por cierto.

—¿Y qué año dice que fue?

—A principios de 1988, lo recuerdo porque hacía mucho frío. Ese año hubo muchas tormentas, nosotros perdimos no pocos árboles.

—Justo después de lo de Chauvier... —me susurra Clément al oído.

—A los seis meses del suicidio de Hesse —añade Venner como en estéreo, al otro lado.

—¿Cómo dicen? —pregunta la duquesa volviéndose a medias.

—Nada, nada... —le digo agarrándome a la barandilla porque la alfombra hace arrugas.

Seguimos a la anciana loca por las escaleras del castillo y al fin salimos al aire libre y respiramos.

Vemos que Duteil sigue dando vueltas al estanque. Al reconocer a su dueña, los perros acuden hacia nosotros ladrando.

—¡Ah, queridos! —dice la duquesa con regocijo, y se arrodilla para recibir a los animales, que la cubren de lengüetazos.

Nosotros nos miramos; por señas Venner nos da a entender que es hora de levantar el campamento.

—Ha sido un placer conocerla... —le dice a la duquesa, que sigue en medio de los perros.

Duteil se ha acercado también, aunque con cautela, y se mantiene a cierta distancia.

Una bandada de cornejas se posa en el tejado del castillo emitiendo agudos chillidos, como si se preparara para atacar.

Al verlas Duteil les apunta con una metralleta imaginaria.

—Lo que les digo, un niño... —dice enternecida la anciana; se pone en pie y se sacude la ropa—. Los acompaño.

—No, no se moleste, señora —replica Venner cortésmente.

—No es ninguna molestia, así hago un poco de ejercicio. Jean-Claude, pon a calentar el fiambre, ¿quieres?

—Ahora mismo, señora duquesa —contesta Duteil, y entra en la casa descontento pero aliviado.

Clément reprime una risita nerviosa y me susurra:

—¿Crees que era una metáfora?

Pero al ver que no me hace gracia se queda triste y desilusionado.

Seguimos caminando tras nuestra anfitriona, entre los perros.

Curiosamente, el bosque me parece ahora más profundo y misterioso que antes. Como si haber penetrado en el antro de la bruja lo hubiera encantado aún más.

Al dar la vuelta a un ribazo se nos aparece Lucien, el gran ciervo, que nos observa altivo.

La duquesa da unas palmadas enérgicas y exclama:

—¡A por él!

Los perros se precipitan sobre el desgraciado animal, que huye hacia el bosque.

—Ya tienen entretenimiento para toda la tarde. Ese bicho es odioso, destruye las cosechas. Ya podía Jean-Claude haber elegido otra mascota.

—¿Por qué le pusieron Duteil?

—No lo sé, fue mi padre. ¡No íbamos a darle el nombre de Pochez!

—Y dígame, ¿mantuvo usted algún contacto con el personal de la maternidad?

La duquesa se para un momento.

—¿Quiere decir tras la guerra?

—Sí.

Silencio concentrado.

—Pues... no.

Se rasca la nariz —eso hace saltar una costrita que deja ver la piel rosada— y se corrige:

—Bueno, sí, con Marjolaine...

—¡¿Con quién?!

La vehemente reacción sorprende a la duquesa.

—¿No conocen a Marjolaine Papillon? Es la autora de esas famosas novelas sentimentales ambientadas en la Segunda Guerra Mundial. Por cierto que no he podido acabar de leer ninguna, ¡qué aburridas!

—¿Y cómo la conoció?

—Vivió algunos meses en lo que fue la casa de maternidad. Era un poco mayor que yo, pero nos hicimos amigas y paseábamos a menudo por el bosque. Me hablaba de su juventud, que pasó en una isla, en Escandinavia...

Cruzo los brazos y me aprieto fuerte, muy fuertemente el pecho.

—¿Y... siguen siendo amigas?

—Sí... Además, es la única que dio señales de vida; los demás desaparecieron... ¡los cobardes!

La duquesa retoma la marcha no sin antes agacharse y acariciar a uno de sus perros.

—¡Quieto, demonio...!

Somos muy cuidadosos, conscientes de que este es un momento crucial y no podemos permitirnos ningún error.

Ahora es Clément quien pregunta discretamente:

—¿Y siguen viéndose?

—Solía venir a pasar un par de semanas aquí todos los años en agosto —contesta la duquesa sin reducir el paso—, y solíamos visitar la antigua casa de maternidad. Para escribir, se instalaba en el desván, en medio de ese bazar nazi. Decía que aquello la inspiraba. Pero luego...

Se para; nosotros nos detenemos también.

—¿Luego?

La duquesa se acerca a un roble y con la contera del bastón rasguña la corteza.

—Luego dejó de venir, y desde finales de los ochenta no he vuelto a verla... Algunos años me envía sus libros, con sus «más cordiales saludos»... ¡Qué triste!

Se pega al tronco del árbol y huele el musgo.

—La amistad es una noción muy relativa, como la fidelidad.

Nos sentimos incómodos de pronto, como si asistiéramos a una escena íntima. Por fin Venner carraspea:

—¿Y sabe dónde vive?

—Hasta que rompió conmigo, sí.

¿Será verdad?

La anciana se queda contemplando las copas de los árboles y anuncia:

—Marjolaine Papillon, finca La Coufigne, camino de la Grande Carlesse, 09881 Belcastel, en el sudoeste de Francia.

Vidkun no cabe en sí del contento; mira al cielo como dándole las gracias y rompe a reír.

1939

El vuelo duró casi dos días.

Yo nunca había salido de las Håkon, y el viaje fue una verdadera revolución en mi vida: ¡cuántas cosas nuevas! El océano, las costas de Escandinavia, de Francia, de Aquitania. El mundo existía de pronto fuera de la pizarra, de mi imaginación, y lo veía desplegarse ante mí, inmenso y complejo.

Otto fue astuto: sabía que el espectáculo del mundo me distraería, y al principio olvidé preguntarle las mil cosas que me intrigaban.

Aunque por otro lado, yo sabía que tío Otto nunca me diría la verdad, y algo en lo más profundo de mi ser me decía que así debía ser, que yo debía descubrirla por mí misma.

¿Todos los horrores que vi y presentí formarían parte acaso de un viaje iniciático? ¿Estaría yo recorriendo la vía hacia la «iluminación» de la que tanto nos había hablado Otto?

Me ahogaba en un mar de contradicciones, y como a una tabla de salvación procuraba aferrarme a la idea de que todo respondía a un plan.

Con todo, durante el vuelo quise saber.

—¿Tío Otto? —pregunté tímidamente.

—Dime, corazón —contestó él, desperezándose.

Sobrevolábamos Francia; campos, bosques, pueblos... La gran paz del mundo rural.

Me decidí y empecé a bombardearlo con preguntas:

—¿Qué pasa en Halgadøm? ¿Qué son esos cohetes? ¿Quiénes son los prisioneros? ¿Por qué tienen la lengua cortada?...

Tío Otto adoptó una expresión severa, con cara de meditar su respuesta.

—Leni, pequeña Leni, corazón, preguntas demasiado... —Me pasó la mano por la frente con un gesto muy dulce—. Por algo no dejé que vieras antes Halgadøm. Tengo para ti proyectos mucho más ambiciosos... Ya comprenderás.

Yo no comprendía, pero me dejé convencer por sus palabras y su voz.

—Como os he enseñado siempre, debemos aprender a dominar nuestros sentimientos; no debemos mostrar ni dolor ni piedad, y sobre todo, ningún placer en hacer lo que algunos, por debilidad, por ignorancia, llaman el «mal»... —Respiró profundamente—. En esto los Sven han fracasado.

Sus palabras no respondieron a mis preguntas, pero sí me confirmaron la idea de que nada sucedía por azar. Esta certidumbre serenó mi ánimo y me dormí.

Me despertó Otto dos horas más tarde.

—¡Leni, mira!

Sobrevolábamos un castillo en ruinas en lo alto de un abrupto promontorio.

—Montségur... —murmuró Otto, embelesado.

Había indicado al piloto que sobrevolara la zona. La vista me pareció prodigiosa: las ruinas, el risco, las montañas austeras, las cumbres neblinosas, los glaciares que relucían al sol.

—Ya te he hablado de los cátaros, ¿verdad? —me preguntó Otto, alzando la voz para que pudiera oírlo pese al ruido.

—Sí, un poco.

Y me recordó algunas nociones... a su modo:

—Los cátaros creían que el hombre y el mundo habían sido creados por el mal, y que para alcanzar el bien había que buscar la pureza... —Se quedó un momento reflexionando—: En eso somos como ellos. Nosotros rechazamos las pasiones, predicamos el desapego, como sabes...

«¿La pureza?», me pregunté yo, incrédula, recordando el barracón de la isla, aquellos hombres que pronto serían cadáveres.

—Cuando alguien iba a morir —prosiguió Otto—, los cátaros practicaban una imposición de manos que llamaban *consulamentum*, como un último adiós antes del gran viaje. Creían que con eso se transmitían el último secreto, quizá el secreto del mundo, de la humanidad...

Otto hizo una seña al piloto y empezamos a ganar altura. Yo no despegaba la frente de la ventanilla.

—Pero resulta que los cátaros adquirieron cada vez más poder, y por eso la Iglesia y el rey de Francia lanzaron contra ellos a la Inquisición. Ellos se resistieron atrincherándose en castillos y fortalezas, como el de Montségur...

A pesar de la altura, yo podía distinguir aún las filas de visitantes que ascendían por un sendero escarpado hacia los bastiones ruinosos.

—Los malditos cristianos incendiaban los castillos, como un gran holocausto ofrendado al que creían el verdadero Dios...

Otto iba exaltándose; respiraba con atropello y miraba las montañas fijamente. Al fin indicó al piloto que siguiéramos nuestra ruta y dejamos atrás el cielo de Montségur.

Media hora después, Otto se asomó a la ventanilla con viva atención. Abajo se veía una gran superficie de hierba con postes, como una pista de aterrizaje improvisada.

—¡Hemos llegado! —dijo.

La pista estaba al pie de una colina, y en lo alto de esta se alzaba un castillito de ladrillo rosa que brillaba al sol con un resplandor carnoso; no era como el de Montségur, sino una simple mansión de campo burguesa.

En tierra nos esperaban varias personas; una de ellas hizo señas al piloto con unos semáforos y este se dispuso a aterrizar.

Tuve miedo. Otto me cogió la mano.

—¡Abróchate el cinturón!

Me abracé a él, cada vez más nerviosa. Por la ventanilla vi con espanto que el terreno era escaso y que habría que afinar.

—Todo irá bien —me dijo Otto, aunque en un tono poco convencido que no me tranquilizó.

Cerré los ojos.

El avión descendió de golpe y la carlinga vibró. Yo estaba sudando y no veía el momento de aterrizar. Me pareció que la maniobra duraba siglos. Por fin el avión tocó tierra, fue reduciendo la velocidad y se detuvo.

—Leni… —me susurró Otto.

Pero yo seguía con los ojos cerrados, paralizada.

Oí entonces unas risas y abrí finalmente un ojo.

Junto al avión, radiantes, vi a dos niños mirándome, una chica y un chico.

Alguien con voz más grave dijo tras ellos:

—¡Anne-Marie! ¡Gilles! ¡Apartaos!

Era un hombre de unos cuarenta años, alto, vestido con traje, corbata y sombrero de paja.

—¡Ballaran! —exclamó—, diga a su hijo que coja el equipaje de la señorita.

—Sí, señor —contestó una voz con fuerte acento sureño.

El chico tomó mi maleta y se encaminó al castillo.

Yo me apeé torpemente, con la ayuda del llamado Ballaran.

—Permítame, señorita…

El del sombrero se había parado y miraba a Otto, que seguía en el avión, con un afecto profundo, y hasta con cierto alivio.

Se volvió hacia mí, se inclinó ceremoniosamente y dijo:

—Así que ella es nuestra protegida… Buenos días, soy el conde de Mazas.

—Buenos días, señor —contesté yo en francés.

Él me estrechó la mano de una manera extraña, con una cortesía ansiosa.

La chica rubia seguía detrás; el conde se volvió y ella dio un paso al frente.

—Ella es mi hija Anne-Marie. Creo que tenéis la misma edad.

—Así es, maestro —dijo Otto, saltando ágilmente del avión.

El hombre del sombrero esbozó una gran sonrisa.

—¡Sí que te has dado prisa!

Otto hinchó el pecho y levantó los brazos hacia el cielo.

—¡Ah, cuánto me alegro de estar aquí! ¡Cuánto he echado de menos estas tierras! No podía más con esas islas siniestras...

¡Islas siniestras! Eso me pareció una blasfemia (¡sobre todo en boca de Otto!) y no pude reprimir una exclamación de desconcierto.

—El verdadero sol no lo encontrarás en el polo Norte, Otto. El Grial quiere luz...

—¿De verdad lo tiene, maestro? —preguntó Otto después de vacilar un instante.

—Lo tengo —dijo Mazas en tono solemne.

Todo me resultaba nuevo. Nunca había pisado un campo, caminado entre viñas, visto siquiera una tierra tan compacta, tan húmeda. En las Håkon solo había liquen y pedruscos.

Seguí a los demás al castillo contemplando admirada aquella naturaleza exuberante. Decididamente, mi «iniciación» me gustaba cada vez más.

Anne-Marie iba la primera; detrás, Ballaran, el administrador, y detrás de él, yo. Nos seguían Otto y el conde de Mazas, que conversaban y reían animadamente, como dos colegiales. Yo les oía decir cosas como «Grial», «cátaros», «reencarnación», «conspiración», «alquimia»... pero no hacía caso: estaba demasiado contenta para prestar atención y respiraba a pleno pulmón aquel aire... purificador.

Atravesamos un viñedo y llegamos a una terraza, al pie de la vivienda.

El tal Gilles me esperaba en la puerta con mi maleta.

Estaba increíblemente serio.

—Bonito, ¿verdad? —me dijo satisfecho.

—Sí...

Señaló hacia el bosque que se extendía al otro lado de las viñas.

—Ese es el «bosque cátaro»... —Y en tono de misterio añadió—: Dicen que está encantado...

Yo no quise frustrar al muchacho confesándole que conocía seres mucho más inquietantes que sus fantasmas de fábula y cambié de tema:

—¿Y es grande la finca?

—Sí, los campos que hay más allá del bosque son también del conde... ¡Es la hacienda más grande de la región!

Lo decía con orgullo.

—Cualquiera diría que la finca es tuya... —no pude menos que replicar.

Él puso cara de astucia y se me acercó.

—Lo será algún día.

—¡Gilles!

El muchacho se irguió.

—¿Señorita Anne-Marie?

La chica venía hacia nosotros con aire sombrío y me observaba con celos mal disimulados.

—Papá te ha dicho que lleves a la señorita Leni a su habitación, no que le hagas la corte.

El muchacho bajó la vista.

—Sí, señorita Anne-Marie... —Me invitó a entrar—. Después de usted, señorita Leni.

Miró a Anne-Marie con unos ojos llenos de amor. Y sin decir nada más me llevó a mi habitación, una alcoba casi vacía con una cama de baldaquino. Otto me pidió que me quedara en ella hasta la noche.

Bajamos a cenar cuando daban las ocho.

Nos sentamos a una gran mesa redonda, en un inmenso comedor lleno de cuadros que representaban escenas de historia cátara.

—Los Mazas —contó el amo de la casa— descienden de Esclarmonde de Foix, la cátara célebre.

Otto no dijo nada y sonrió como queriendo aligerar lo solemne de la ocasión.

Cenamos en *petit comité*, lo cual resultaba aún más intimidatorio. Mazas, Anne-Marie, Otto y yo estábamos sentados ante miríadas de platos, vasos, cubiertos, entre los que me perdía sin remedio, acostumbrada como estaba a picotear solo algunas verduras o un poco de pescado. Aquellos productos «de la tierra», patés, embutidos, me eran tan desconocidos que no sabía cómo comerlos, cuánto servirme, qué tomar primero... ¡Qué ridículo!

Anne-Marie advertía mi azoramiento y varias veces la vi sofocar con la servilleta una risilla.

Repiqueteaban los cubiertos en los platos, los vasos tintineaban, la puerta de la cocina chirriaba, y yo tenía los nervios de punta.

Nos servía la señora Ballaran, cocinera y madre de Gilles. En la cocina contigua, de donde nos traía los platos, cenaban Gilles, su padre y el piloto del avión.

Otto llevaba diez minutos explicando a Mazas que Himmler, por mediación de una asociación llamada Ahnenerbe, estaba llevando a cabo un plan de excavaciones arqueológicas.

Empleaba términos filosóficos como en nuestras clases de mitología... ¡Pero aquellos eran trabajos prácticos, historia viva!

Para dar la impresión de que la conversación de los adultos me interesaba pregunté:

—¿Y qué es la Ahnenerbe?

Mazas me echó una mirada fulminante, como si hubiera dicho una impertinencia imperdonable. Me estremecí en mi asiento.

—Perdónela, maestro —murmuró Otto—, no sabe...

Tragué saliva, paralizada.

—No estamos en las Håkon —me dijo amablemente—, sino en Francia. Aquí un niño no habla si no le dan permiso.

«Un niño...», me dije frunciendo el ceño. ¡Si supiera Mazas cómo viven los «niños» en las Håkon!

Pero decirlo sí habría sido infantil, y había que comportarse precisamente al revés, con madurez. Las niñerías se habían acabado.

«Ver, oír y callar», nos había dicho a menudo Otto.

Conservé pues la calma y balbucí:

—Le pido perdón, señor…

Ablandado, el conde tomó una cucharada de sopa de ajo.

—Pero para contestar a tu pregunta —dijo Otto—, la Ahnenerbe es una organización de las SS encargada de investigar el pasado del pueblo germano.

Yo asentí inclinando la cabeza, sin hablar.

Mazas se giró hacia la cocina, abrió los ojos con delectación y exclamó:

—¡Ahhh!

Vi llegar, humeando y crepitando, unos chuletones de ternera servidos a fuerza de brazos por la señora Ballaran.

«Carne», me dije con repulsión.

Miré a Otto con expresión suplicante, pero él me hizo gesto de que no había más remedio.

—Mamá Chauvier es la mejor cocinera de carne de por aquí —dijo el conde en tono doctoral, y sacó un cuchillo del cinto.

La cocinera respondió al cumplido haciendo una curiosa genuflexión y dijo en tono servil:

—Estoy casada y el señor conde sabe que dejé de apellidarme Chauvier hace quince años.

Mazas rió; con un gesto seco la despidió y dijo en voz baja, cuando la otra se hubo ido:

—Es una mujer estupenda. Sus padres, los Chauvier, trabajaban ya en el castillo cuando yo era pequeño. Luego ella se casó con Ballaran, el hijo de nuestro antiguo administrador. —Soltó una risilla y añadió, atacando la chuleta—: Así todo queda en familia.

Por compromiso, clavé mis cubiertos en aquella carne sanguinolenta. Al fin y al cabo, todo el mundo es carnívoro, tarde o temprano tendría yo que probar… Aquel día lo hice por primera vez y debo confesar que me pareció exquisito.

Me comí, pues, o mejor dicho devoré mi roja chuleta, y eso pareció complacer mucho al conde.

—¡Buen diente tiene la niña!

Anne-Marie no hablaba. A veces miraba hacia la cocina, desde donde Gilles le contestaba con una sonrisa de arrobo. Marcado así su territorio, se quedaba satisfecha.

Las dos permanecimos calladas durante la cena, pero a los postres —un suculento pastel de chocolate y nata servido por Mamá Chauvier—, Mazas «dio la palabra» a su hija.

—Anne-Marie —le pidió, como quien pregunta a un mono sabio—, háblanos del Grial.

Ella se levantó y se puso las manos en la espalda, miró la gran araña del techo y recitó:

—La tradición pone de manifiesto que las civilizaciones han buscado siempre algo sagrado y perdido, como el nombre de Dios para los judíos o el Grial para los cristianos.

Mazas inclinó la cabeza con aprobación.

—El Grial es un copa que unos ángeles tallaron en una esmeralda de ciento cuarenta y cuatro facetas, la cual se desprendió de la frente de Lucifer cuando este cayó. Lo guardó Adán hasta su expulsión del paraíso. Set, hijo de Adán, volvió a buscarla, pero los druidas la escondieron hasta la llegada de Cristo. Jesús bebió en él el vino de la última cena, y María Magdalena lo usó para recoger la sangre de Cristo crucificado…

Se interrumpió dubitativa.

—¿Y dónde está ahora? —la apremió su padre.

Anne-Marie alzó la cabeza y continuó:

—Se cree que se halla escondido en Montsalvat, el «monte de la salvación», al que nadie puede acercarse. Antes se conservó en Roma, luego lo robó el visigodo Alarico en 410 y lo ocultó en Carcasona. Con las invasiones árabes fue escondido en los Pirineos…

Se calló.

Mazas siguió un momento quieto y luego, poco a poco, empezó a aplaudir, invitándonos a hacer lo mismo.

Aplaudí, disimulando mi desdén y pensando que yo sabía más que ella. «No ha hablado del *Parzival* de Eschenbach… ni del reino del preste Juan… ni de la catedral de Génova…» Pero no dije nada.

Mazas y Otto se miraban intensa, casi íntimamente.

—El Grial… —dijo Otto como en trance.

De pronto Mazas nos miró a Anne-Marie y a mí y dijo:

—Otto, creo que es hora de que las niñas vayan a acostarse. Se acabó la velada.

Yo iba a replicar: «¡Ya no somos niñas!», pero de nuevo Otto me dedicaba una expresión de disculpa.

—¿Vamos? —me dijo Anne-Marie—. Te acompaño; si no, no encontrarás tu habitación...

Lo dijo sin malicia y eso me sorprendió. Me pareció sinceramente amable. Al salir del comedor me dijo sonriendo:

—Siento haber estado un poco seca, pero es que mi padre es muy severo y debo tener cuidado.

—¿Cuidado con qué? —Yo subía tras ella la gran escalera.

—Con todo, con cómo visto, con cómo me comporto. Cree que sigo siendo una niña.

Se detuvo y se apoyó en la larga barandilla de cobre. En la pared había retratos de antepasados llenos de polvo... ¡Se podía decir que no abrillantaban sus armaduras desde los tiempos de los cátaros!

—Desde que murió mi madre, mi padre piensa que lo hace todo mal y por eso se muestra tan exigente...

—¿Y cómo murió tu madre? —pregunté yo, no sin dudar.

—No lo sabemos —contestó ella tensa—; algo en los pulmones. Era cantante de ópera.

En aquel momento Anne-Marie dejó de parecerme una niña; me imaginé con un escalofrío que así sería su madre.

—Yo tampoco tengo padres... —dije compadecida.

Anne-Marie esbozó una sonrisa y luego, muy seria, dijo:

—Entonces nos entenderemos.

Seguimos subiendo.

En la puerta de mi habitación esperaba Gilles.

—¿Ya? —dijo sin moverse—. ¿Ha cenado bien la señorita Anne-Marie?

Anne-Marie hizo un gesto irritado.

—No hace falta, mi padre no nos oye...

—¿Se lo has preguntado? —El muchacho me pareció de pronto más adulto. Los papeles se habían trocado.

La joven me miró y contestó:

—Aún no...

Me observaron un momento en silencio. Al fin Gilles se acercó a mí y me preguntó:

—¿Sabes guardar un secreto?

—Sí... creo... —contesté titubeando, algo amedrentada.

—¿Lo crees o estás segura?

Vi en Gilles la misma agresiva determinación que en los Sven, y dándole un empujón dije:

—No diré nada a nadie, lo prometo...

Gilles y Anne-Marie se guiñaron el ojo satisfechos.

—Entonces síguenos...

Hacía una noche estupenda, la luna acababa de asomar cuando por un postigo salimos al parque. Yo seguía casi de puntillas a Gilles y a Anne-Marie por entre los bojes recortados que dibujaban manchas cúbicas en la gran noche cátara; me parecía estar soñando de nuevo... Llegamos a la terraza que daba al bosque.

—Ahora mucho cuidado, esto es lo más peligroso —me susurró Gilles.

—No hagas ruido y sigue exactamente nuestros pasos —añadió Anne-Marie.

Me cogieron de la mano y como tres bailarines, a lentas zancadas, atravesamos la terraza.

Cruzando la viña bajamos hacia el bosque. ¡Qué de fragancias maravillosas exhalaba la tierra! Visto desde allí, el castillo parecía un decorado de ópera.

No era momento para la contemplación, sin embargo.

Pasamos junto al avión y empezamos a internarnos en el bosque.

—Cuidado con las zarzas... —me previno Anne-Marie.

Al poco se hizo una oscuridad completa. La luz de la luna no penetraba aquella maraña de ramas, zarzas y arbustos. Avanzábamos lentamente. Los aromas del bosque se habían convertido en intensas emanaciones de musgo y moho, y la tierra se nos pegaba a los pies. A ratos veíamos algún rayo de luna. En aquel oscuro e intrincado laberinto vegetal, mis dos acompañantes se movían con una presteza asombrosa.

Así seguimos lo que me pareció un largo trecho, y llegamos por fin a la boca de una cueva abierta en la roca. Aquí mis guías hicieron alto solemnemente.

—A partir de ahora —dijo Gilles con un murmullo autoritario—, ni una palabra, ni un ruido, ni un movimiento brusco.

Se me acercó y percibí su aliento a ajo.

—Seguidme sin separaros. ¡Entramos en terreno prohibido!

Anne-Marie lo miraba con arrobo; habría seguido a «su» Gilles al fin del mundo.

El chico encendió una linterna y entramos en la cueva.

Oscuridad absoluta. Avanzábamos a tientas, agachados, por aquel túnel de roca. El haz de luz de la linterna de Gilles me parecía lejísimos delante de nosotros. A veces rozábamos las paredes con la cabeza y recibíamos una ducha de salitre. Los ruidos sonaban ahogados y el olor a humedad casi mareaba.

Sin confesármelo, empezaba a tener miedo.

Iba a preguntar dónde estábamos cuando mis amigos se detuvieron de repente.

Gilles alumbró una pared y luego, muy rápidamente, el resto del recinto; apenas fue un instante, pero lo vi todo.

Había herramientas, martillos, palas… y tiendas de campaña militares con la cruz gamada.

—Están durmiendo —dijo Gilles.

—Son alemanes, como tú… —me susurró Anne-Marie.

Seguimos por otro túnel, más alto y menos estrecho.

«La Ahnenerbe», me dije.

—Ya llevan meses aquí —explicó Gilles.

—Y mi padre no me ha dicho nunca nada… —agregó Anne-Marie.

—Pero ¿sabe que lo sabéis?

—¡No! ¿Estás loca? —dijo la joven—. ¡Si se entera me mata! Lo descubrió Gilles un día que salió a cazar con su padre.

El joven la cogió de la mano y siguió contando:

—Mi padre creyó oír ruido entre los matorrales y disparó al aire. Oímos una exclamación y apareció un joven, rubio y vestido de negro, con las manos en alto. No hablaba francés y estaba asustado. Dijo «*Ausweis!*» y nos enseñó un papel escrito en francés y en alemán. Era un documento que autorizaba a un grupo de arqueólogos de Heidelberg para hacer excavaciones en el bosque cátaro. Lo firmaban el conde de Mazas y un tal Otto Rahn.

Yo no dije nada.

—Papá reconoció la firma del conde y dejó que el alemán se fuera —prosiguió el joven en tono conspiratorio—. Me pidió que no dijera nada a nadie, sobre todo al conde. Al día siguiente yo vine solo y encontré la cueva... —Sonrisa—. Y se lo conté a Anne-Marie.

Se quedaron mirándose con amor.

—Desde hace cinco meses es nuestro secreto —dijo ella en tono meloso—. Venimos casi todas las noches.

Se abrazaron.

—Pero nadie más lo sabe, nadie... —dijo Gilles.

—¿Y por qué me lo habéis contado a mí?

—Porque hoy tenemos que ser tres —contestó en actitud misteriosa.

Yo habría querido preguntar más, pero seguimos avanzando. Al poco salimos a una cavidad más espaciosa y alta que la de las tiendas, y donde había unos montones de tierra, sacos y herramientas.

Gilles cogió una lámpara, la encendió con una cerilla y la segunda gruta quedó iluminada.

Entonces me tomaron de la mano y me llevaron al centro.

—Mira...

Al pronto no entendí. Era una caja rectangular de unos tres metros por dos y aparentemente vacía. Me llegaba a los hombros, pero al asomarme no vi nada y me pareció profundísima.

—¿Y bien? —dije yo, desconcertada.

Gilles y Anne-Marie intercambiaron una mirada cómplice y me pasaron la linterna.

—Cuidado, que no se te caiga...

Acertado aviso, porque por poco no caigo adentro de la impresión.

Era una tumba, o mejor dicho, un ataúd... Y no recuerdo lo que vi primero, si los pies, las piernas, el torso, las manos, los ojos... Serían los ojos, sin duda. Me quedé largo rato mirando aquel cuerpo, como hipnotizada, inmóvil en la noche.

Todo era verde, incluidos los ojos. La piel parecía pergamino. El cuerpo estaba desnudo y con las manos juntas sobre el sexo. El pelo negro le llegaba a los codos y era como un velo fúnebre.

Yo lo miraba agarrada del borde.

—Es un gigante... —dije como para mí misma.

—Dos metros veintiocho —contestó Gilles—, lo he medido...

Yo no podía apartar los ojos de aquel cuerpo. Estuvimos largo rato en silencio. Luego Anne-Marie dijo:

—¿Te has fijado en la frente?

Sentí un escalofrío.

Claro que me había fijado en la frente.

Solo que no lo entendía, no lo entendía en absoluto.

Era un tatuaje entre las cejas. Grabada con delicadeza y precisión sobre la piel, como si fuera un tercer ojo, tenía una cruz gamada.

—No sabemos quién es... —dijo Anne-Marie.

—Pero desde hace cinco meses es nuestro protector —añadió Gilles, y estrechó contra sí a la hija del conde, que recostó la cabeza en su hombro y me miró sonriendo.

—Es nuestro dios...

Recordé entonces una de las primeras clases que nos dio Otto en las Håkon —los Sven y yo tendríamos ocho años—, en la que nos habló de los «seres supremos desconocidos».

Según antiquísimas leyendas, fueron los últimos descendientes de una primitiva raza pura que habitaba en la destruida isla hiperbórea de Thule. Solo unos pocos sobrevivieron al cataclismo, y desde entonces permanecieron ocultos a los ojos del mundo, aunque decididos a gobernar los destinos de la humanidad. Se decía que eran gigantes y de rasgos puros, y que en la frente llevaban una cruz gamada. ¡Aquel cuerpo era uno de los hijos de Thule!

Recuerdo que al final de la clase le dije a Otto que aquello no podía ser más que una leyenda, pero él me contestó, pensativo: «Quién sabe, Leni... Se dice que el día en que encontremos a esos desconocidos seres supremos, el mundo emprenderá por fin su marcha hacia la pureza, aunque a costa de innumerables vidas humanas...».

«Innumerables vidas humanas...», me repetí viendo aquella momia, y me pregunté si la causa de los asesinatos que había yo presenciado en Halgadøm era aquel cuerpo inerte que llevaba miles de años muerto.

Cuando salí de estas reflexiones vi que Gilles y Anne-Marie estaban arrodillados ante el ataúd y tenían los ojos cerrados, como si rezaran.

¡Allí, en lo más recóndito de una gruta occitana, una joven que vivía en un castillo y el hijo del administrador rendían adoración a una momia desconocida! Era una especie de culto pagano, instintivo.

Permanecieron así, quietos, por un espacio de tiempo que me pareció infinito. Luego se movieron al mismo tiempo.

Anne-Marie me miró enigmáticamente y me preguntó:

—¿Quieres saber por qué te hemos traído?

Yo incliné la cabeza afirmativamente y me agité incómoda.

Gilles se me acercó y me tendió un papel escrito con gran pulcritud.

—Ahora sabemos que todo va a cambiar...

—Por culpa de tu llegada y la de Otto Rahn... —añadió la hija del conde, repentinamente triste.

Miraba el suelo y parecía buscar un sentido, una lógica. Pero, ¿cómo explicarle aquello que yo solo podía intuir?

—Aquí hemos pasado nuestros momentos más bellos —prosiguió Gilles como hablaría un hombre desesperado— y queremos que quede algo…

—Vamos a celebrar un sacramento —dijo Anne-Marie.

Y me indicaron el papel que me habían dado.

Yo me quedé mirándolo, y ellos se colocaron ante mí, muy erguidos. A mis espaldas estaba el ataúd, que hacía de estrado.

—Lee… —dijo Gilles.

Lo hice titubeando y sin comprender mucho, porque no leía bien el francés:

—Gilles Ballaran, ¿aceptas por esposa a Anne-Marie de Mazas y prometes serle fiel hasta que la muerte os separe?

Gilles tragó saliva y murmuró:

—Sí.

Yo no fui capaz de interrumpir la lectura; la pareja parecía hechizada, iluminada por una luz sobrenatural. Sin dejar de mirarme se cogieron de las manos.

—Anne-Marie de Mazas, ¿aceptas por esposo a Gilles Ballaran y prometes serle fiel hasta que la muerte os separe?

La joven respiró hondamente y contestó:

—Sí.

¡Lo que seguía era delirante!

—Por el poder de la santa momia, por la luz de la divina cruz gamada, por el poder de las grutas del bosque cátaro, yo os declaro unidos por los lazos indestructibles del matrimonio, para la vida y la eternidad…

Los novios se miraron con devoción y susurraron:

—Amén.

Y se besaron como si fuera la última vez.

Yo había cumplido. Para ellos ninguna otra cosa importaba ya.

Estuvieron un rato abrazados —yo los veía a la tenue luz de la lámpara—, tributando su amor a aquella momia, susurrándose dulces palabras, frases entrecortadas que yo podía oír a medias: «Para siempre, amor mío, para siempre», «Pase lo que pase, seremos el uno para el otro, siempre». Y se besaron una y otra vez.

De pronto se sobresaltaron y miraron con espanto por detrás de mí.

—¿Qué... qué pasa? —balbucí.

Entonces oí ruidos que se acercaban por el túnel.

Gilles apagó la lámpara, nos llevó a la parte más oscura y con pesar, como si la suerte estuviera echada, susurró:

—Tenemos visita.

«Visita...», me dije yo al ver que eran Otto y el conde de Mazas. Llegaban gesticulando vivamente y se dirigieron a la momia.

Como no los oía bien me incorporé un poco. Gilles me dio un golpe en la cabeza, aterrado.

—¡No te muevas!

Y en aquel rincón oscuro nos quedamos agazapados.

Los dos hombres estaban a un metro de nosotros, asomados a la fosa. ¡Si movían un poco la linterna nos verían!

—El amor al pasado es algo innato, Otto; sé, siento que es así. Es la raza originaria, compañero, ¡la raza primera! Lo hemos conseguido...

—Eso espero —contestó Otto, que no parecía tan entusiasmado como el otro.

—¡Te lo aseguro! Es el primer ser supremo que encontramos, y estaba en mis tierras, ¡en mi bosque!

«¡Era verdad!», me dije con extraño orgullo, y me dieron ganas de descubrirnos para decirle a Otto que ya empezaba a comprender, que entendía la alegría de Mazas.

Pero Otto parecía no tenerlas todas consigo.

—De momento no podemos echar las campanas al vuelo...

—¡Cómo que no, *Mein Freund*! —replicó Mazas con entusiasmo infantil—. Todo coincide: la estatura, la marca de la frente, los símbolos, ¡todo!

—Sí, pero también podría ser una momia falsa —contestó Otto—. Ahora hay que encontrar las otras ocho. Hasta que no tengamos los nueve cuerpos no hay nada que hacer...

«¿Los nueve cuerpos?», me dije intrigada.

—Tus hombres están buscándolos, ¿no? —preguntó el conde.

Otto se frotó la barbilla, meditabundo.

—Tengo cuatro colaboradores que, aunque jóvenes, pronto serán muy eficaces. —Y en un tono más duro añadió—: Lo que tarde en inculcarles cierta... disciplina.

Yo pensé en los Sven y me estremecí: aquella era la misión que les tenían reservada, el fin último de su formación.

«¿Y entonces yo? —me pregunté—. ¿Qué soy? ¿Quién soy?»

—¿Y cómo descubrir el paradero de las otras momias? —preguntó Mazas.

De nuevo tío Otto se frotó la barbilla, vacilante. ¿Dudaba si podría confiarse al conde?

—Tenemos varias pistas, aunque apuntan a países enemigos del Reich...

—Pues invádanlos —dijo Mazas en tono casi chistoso.

Tío Otto se puso serio y contestó con voz grave:

—Lo haremos, maestro...

A estas palabras Gilles se resbaló y cayó.

—Pero ¿qué...? —exclamó Otto, al tiempo que Mazas enfocaba al joven tumbado en el suelo, a sus pies, y al parecer con un tobillo torcido.

Yo contuve un grito de miedo y sentí cómo Anne-Marie me estrechaba la mano.

Los hombres se acercaron a Gilles; Mazas sin habla, Otto sonriendo. Alumbraron hacia donde estábamos Anne-Marie y yo, abrazadas.

—Vaya, vaya, veo que las señoritas han extraviado el camino hacia su habitación...

—¡Granujas! —exclamó el conde furioso, y se abalanzó sobre Gilles—. ¡No tenéis ningún derecho a estar aquí!

Gilles se hizo un ovillo y eso me recordó, gesto por gesto, lo que le pasó a Björn en Halgadøm.

Pero antes de que Mazas le levantara la mano Otto lo detuvo.

—No, maestro...

Y le dijo algo al oído. Luego señaló a Gilles y a Anne-Marie, sacó una cajita de nácar y se la deslizó en la mano.

Mazas me miró y preguntó receloso:

—¿Y a ella no?

—De ella me encargo yo —contestó tranquilamente Otto.

El conde sacó de la cajita unas píldoras, dio una a cada uno de los «jóvenes esposos» y les ordenó con rabia contenida:

—Tomaos esto y volved ahora mismo al castillo. ¡Vamos, rápido!

Gilles y Anne-Marie se tragaron las píldoras con una mueca y se internaron en el oscuro túnel camino de la salida.

Otto pasó la noche hablando por teléfono. Nuestras habitaciones eran contiguas y pude oírlo. Llamaba a Berlín, Munich, Viena, Berchtesgaden... y cuando la conversación se torcía montaba en cólera, gritaba y colgaba tan violentamente que hacía retemblar las paredes.

Nunca lo había visto tan fuera de sí.

No me reprendió al salir de la cueva; se limitó a acariciarme la cara y murmurar: «Vamos, curiosilla». Pero no me pareció enfadado, sino más bien orgulloso, como venía mostrándose conmigo últimamente. Eso quería decir que yo tenía razón, y que mi curiosidad no era una falta, sino una virtud propia de mi aprendizaje.

Cuando me desperté a la mañana siguiente abrí las ventanas de mi cuarto, que daban al bosque, y vi a unos soldados de negro cargando en el avión una gran caja metálica y rectangular.

«La momia», me dije fascinada. ¡Era uno de los seres supremos desconocidos, y estaba en nuestro poder!

Otto irrumpió en mi cuarto.

—Leni, vístete, que nos vamos dentro de una hora.

—Pero ¿no íbamos a pasar aquí un par de semanas?

Otto se puso serio.

—Las cosas van mucho más rápido de lo que pensaba...

Veinte minutos después bajaba la escalera arrastrando mi maleta; era muy pesada y lo hacía de escalón en escalón.

Al llegar al segundo descansillo una mano me tomó de la muñeca.

—Permítame, señorita…

Era Gilles; inclinó servilmente la cabeza y me ayudó a bajar la maleta. Con desasosiego advertí en su expresión perdida el mismo gesto que tenía Hans durante el juicio a los Sven. Supe que no me había reconocido; peor aún, se comportó como si me viera por primera vez.

Pasó lo mismo con Anne-Marie. Me la encontré en la terraza, al sol matutino, sentada a una mesa de jardín sobre la que había servido un opíparo desayuno. A su lado, el conde de Mazas llevaba puesto un sombrero de paja. Anne-Marie picoteaba un huevo y me saludó con indiferencia; tampoco sabía quién era yo.

Con glacial ironía, Mazas hizo las presentaciones:

—Leni es la hija del señor Rahn, el amigo alemán que ha pasado aquí la noche.

—Ah —dijo ella, y siguió desayunando tranquilamente.

Yo no pude probar bocado.

Al poco llegó Otto.

—Leni, siento que no puedas disfrutar del delicioso desayuno del conde de Mazas, pero tenemos que irnos.

El piloto estaba ya a los mandos del avión y el padre de Gilles hacía girar la hélice.

De camino al aparato ya en marcha, Gilles no dejaba de mirarme, como haciendo memoria. Yo me sentía muy avergonzada, pero no podía decirle nada: no lo comprendería, él no era un elegido…

—Buen viaje, señorita —me dijo al final con tono inexpresivo.

Se lo agradecí con una inclinación de cabeza. Me volví una última vez hacia el castillo y vi que Anne-Marie seguía desayunando su huevo en la terraza. Se giró y se quedó escrutando el bosque.

¿Se acordaría de algo?

Me sentí embargada de un extraño bienestar. ¡Yo sí sabía, lo sabía todo… o casi!

Nos despedimos del conde. Otto lo abrazó.

—¡Amigo, hijo mío! —dijo Mazas—. ¡Juntos haremos grandes cosas!

Cuando los motores empezaron a rugir, subimos al avión.

—El mundo va a cambiar... gracias a ti, Otto —añadió el conde.

Otto se despidió del lugar haciendo un paródico saludo militar. Fue entonces cuando vimos que alguien venía corriendo hacia nosotros por el viñedo:

—¡Señor conde, señor conde!

—¡Apagad los motores! —ordenó Otto.

Era Mamá Chauvier, la madre de Gilles. Llegó sofocada y se detuvo ante Mazas.

—¿Qué pasa? —preguntó este alarmado.

—Señor conde... acabo... —respondió la mujer, resoplando—, acabo de escuchar por la radio... que Alemania ha invadido Polonia... Y que Francia va a declararle la guerra...

Mazas palideció y se giró hacia Otto. Este dijo, muy tranquilo:

—¿Qué le decía? Las excavaciones seguirán... y se extenderán.

El conde parecía desbordado por la noticia; se quitó el sombrero de paja y se enjugó el sudor de la frente.

Otto se despidió por última vez y dijo en tono chistoso:

—Despidámonos al menos como buenos enemigos...

2006

Clément no había estado en casa de Vidkun, callejón del Castel Vert, y no se esperaba semejante panorama.

Estamos los tres sentados en esa curiosa biblioteca con su sofocante olor a cloro. Esta mansión con sus retratos, objetos, banderas, colgaduras con la cruz gamada y demás reliquias nazis.

Clément se ha quedado de piedra. Yo, en cambio, tengo unas ganas locas de moverme, de entrar en acción...

Hemos decidido que mañana Venner y yo partimos para Toulouse en busca de ese misterioso pueblo de Belcastel en el que al parecer se esconde Marjolaine Papillon... ¡La guarida de Leni Rahn!

—¿Podrá llevarnos tu amigo policía?

—Eso espero, porque está a ochenta kilómetros del aeropuerto.

—Y porque es él quien nos ha dado la pista de Marjolaine.

Clément nos escucha como quien ve una película, como un espectador; pero de pronto dice, tímidamente:

—¿Y yo qué?

Y me invaden los remordimientos. Después de lo que ha hecho por mí, después de lo que le dije ayer por la mañana en el mercado, ahora no puedo abandonarlo.

Pero tampoco tiene sentido que vayamos los tres a Toulouse...

—Lo mejor es que tú te quedes... —le digo, no sin que me pese.

Clément palidece y titubea sin saber qué decir. Tampoco yo

sé cómo seguir. No es momento de sacar a relucir nuestros sentimientos.

—De hecho, quería pedirte que hagas una cosa... bastante coñazo...

Clément pone cara de víctima.

—¿Cuál?

—Que veas si en las novelas de Marjolaine Papillon hay algo que guarde relación, directa o indirectamente, con lo de Halgadøm.

—¡Pero es un trabajo de monos!

—No digo que las leas... Hojéalas, mira los índices, busca coincidencias... Eso podría ayudarnos.

Miro a Vidkun. Los dos sabemos que la situación es muy delicada. Si Clément se enfada, es capaz de contárselo todo a FLK, y este no debe saber por nada del mundo lo que nos proponemos hacer.

Clément se levanta y se dirige a la escalera enojado.

—¡Está bien, ya lo entiendo! Empiezo ahora mismo. ¡Si queréis os las fotocopio también y os traigo unos cafés!

Su comentario me duele en el alma.

—¡Espera! —Me precipito hacia él y lo alcanzo en mitad de la escalera—. Lo siento.

Clément se detiene y me mira entre cariñoso y herido.

—Está bien, de verdad. Pero te digo una cosa: no te llames a engaño, Anaïs, ese tipo solo piensa en sí mismo...

Instintivamente nos giramos hacia Venner, que examina sus mapas. De sobra sé que Clément tiene razón: Vidkun vive en su mundo, y solo le interesa el pasado. Pero me inspira una fascinación irresistible.

—Él solo piensa en sí mismo —continúa Clément—, y yo en cambio... —Titubea—: Yo, te quiero...

—Y... yo... yo...

—¿Qué, se despiden de una vez los enamorados? —dice Venner con sorna severa.

Clément jura entre dientes, se separa de mí bruscamente —casi me tira por la escalera— y sigue subiendo, pisando fuerte en cada peldaño, como un soldado.

—Clément, espera... —Extiendo el brazo, pero mis últimas palabras se ahogan bajo el ruido de un portazo.

—Señor, hemos llegado. Serán treinta y siete euros.

Vidkun le da al taxista dos billetes.

—Quédese con el cambio.

Nos apeamos y el coche desaparece en la oscuridad.

—Ya amanece... —digo, indicando la claridad rosada que despunta al otro lado de la plaza del Capitole.

—Bien podía ese dichoso policía habernos recogido en el aeropuerto.

Vidkun se sube el cuello del abrigo gris marengo.

Miro la hora en el móvil: las siete y media de la mañana.

—No puede tardar...

El Vikingo da unas palmadas para entrar en calor.

—Esta tarde tengo que estar en París...

—¿Algún compromiso?

—Sí, olvidaba decírtelo; tengo una cita con Alexandre Bertier a las cinco...

¡Me deja de piedra!

—¿El presentador de *Punto y coma*? ¿Y pensaba esperar mucho más para decírmelo?

—Quedé con él anoche, ya tarde... Pero tampoco es tan importante, ahora que vamos a hablar con Marjolaine Papillon en persona...

Aprieto los puños indignada. ¡Aún se atreve a ocultarme cosas! Cuánta razón tiene Clément: a este tipo no le importa nadie.

—Yo quiero ir.

—Imposible. Hemos quedado en su club de los Campos Elíseos, que solo admite hombres.

Sin responderle me encojo de hombros y miro a otra parte.

No se ve un alma por la calle. Pero estamos en la plaza más conocida de Toulouse, lo que no deja de tener gracia habida cuenta de que debemos ser discretos. Linh me aseguró la noche anterior por teléfono que a estas horas no habría nadie, y que le venía bien porque vivía al lado.

Estamos medio dormidos. Pasa un camión de la basura. Dos negros altos y animosos, vestidos con uniformes verdes, vacían los contenedores y al vernos nos guiñan el ojo.

—¿Qué se cuentan los enamorados? —dice uno, y se encarama al estribo.

Venner ríe incomodado.

De pronto asoma el sol. Un rayo incide de golpe en un edificio e ilumina la plaza. El rosa de la fachada se enciende y deslumbra. Como al conjuro de la luz, vemos aparecer las primeras personas que, abrigadas con cazadoras y gabardinas, desafían el frío seco de esta mañana invernal inclinando la cabeza contra el viento.

—¿Anaïs?

Siento que me tocan el hombro y me vuelvo; es Linh Pagès, que lleva puesta una gruesa cazadora de aviador.

—Me olvidé de decirle que esta semana está haciendo mucho frío en Toulouse...

En efecto, de pronto me siento medio congelada y me cuesta despabilar.

—Le presento al señor Venner.

Linh inclina la cabeza.

—¿Tardaremos mucho en llegar a Belcastel?

—No más de una hora, aunque...

Ve pasar a un hombre por la otra punta de la plaza y se interrumpe.

—¿Ocurre algo?

Linh parece inquieto; se pone la capucha y nos hace seña de seguirlo. Nos dirigimos a una calle.

—Hay una cosa que no les he dicho.

Llegamos junto a un Clio aparcado en doble fila. Yo me siento detrás.

—¿Qué?

Venner cierra la portezuela de su lado y Linh arranca.

—He recibido amenazas...

—¿Amenazas?

—Sí, llamadas anónimas. He de andarme con ojo... Y ustedes también tendrían que tener cuidado.

—¿Qué tipo de amenazas?

Linh mira nervioso por el retrovisor; detrás viene un gran coche muy pegado al parachoques.

—Llaman pero no dicen nada; solo oigo una respiración.

—Podría ser otra cosa.

—No lo creo. Cuando empecé a investigar la desaparición de Gilles Chauvier hace quince años, recibí exactamente las mismas llamadas. Luego llegaron a amenazar a mi madre...

Y pone devotamente el dedo sobre la imagen de un san Cristóbal asiático que lleva en el salpicadero.

Nos callamos.

Salimos de Toulouse rumbo al sur.

El sol parece una bola roja posada en el horizonte, sobre las crestas de los Pirineos, cuyas cumbres nevadas hace relucir. Mantos de niebla cubren los campos, como si fueran pequeñas masas de humo móviles.

—¡Qué bonito! —digo con voz queda.

Y siento de pronto cuánto me gusta este trabajo, mi vida.

En lugar de morirme de miedo, como debería, siento una especie de euforia que me enciende las mejillas. Claro que también siento angustia y temor, pero aun así, o precisamente por eso, enfrentarme a lo desconocido me produce un vivo placer.

Sí, por mucho que se empeñe mi padre, ¡estoy viva!

Una señal ruinosa, clavada a un árbol y casi ilegible, llama entonces mi atención: BIENVENIDOS AL PAÍS CÁTARO.

Belcastel es un pueblecito típico de la región, de edificios cuadrados de ladrillo rosa, que se asienta en lo alto de una colina y disfruta de una espléndida vista sobre los Pirineos. Los tejados todavía se ven blancos de la escarcha. Esta mañana de enero lo encontramos todo cerrado, menos una panadería humeante y una estafeta de correos. Las calles están desiertas, y solo vemos caras hostiles tras los visillos de las ventanas.

Belcastel conserva una mentalidad de pueblo asediado.

Recorremos en coche, despacio, las calles cada vez más estrechas. Vemos un lavadero, casas de pisos escalonados que gravitan sobre la vía pública.

A los dos kilómetros, una señal en el ribazo: CAMINO DE LA GRANDE CARLESSE.

Hay un camino que desciende por la ladera, en medio de un pequeño bosque ondulante.

—Esta vez ha sido fácil —digo contenta.

—Esperemos a ver… —replica Venner en tono circunspecto.

—En Vietnam se dice que no hay que quemar la piel del oso antes de haberlo comido…

Nadie responde a Linh mientras entramos en un camino, poco más que un sendero, casi intransitable. Damos tumbos, oímos crujir el hielo bajo las ruedas; Linh ase firmemente el volante y Vidkun y yo nos agarramos del asa de las portezuelas aunque continuamos bamboleándonos.

Atravesamos un bosquecillo muy tupido, cubierto de maleza.

—Si lo que buscaba era un lugar tranquilo, nuestra novelista ha sabido elegirse un buen escondite.

El camino desemboca en un claro y lo que vemos entonces nos desconcierta.

Vidkun abre la portezuela, baja del coche rabioso, se resbala y a punto está de caerse —sus mocasines se adaptan mal al terreno húmedo—, gruñe:

—¡Pero qué es esto!

Trabajosamente, empieza a caminar.

—No lo entiendo —confiesa el policía, que también se apea del vehículo y da grandes zancadas para alcanzar a Vidkun—; aquí parece que están en obras.

Es un claro enorme completamente iluminado por el sol. El terreno ha sido enteramente levantado, y hay tres camiones, hormigoneras, casetas de color naranja…

Venner hace bocina con las manos y grita:

—¿Hay alguien?

No responde nadie.

Tiritando de frío en el húmedo ambiente, les digo:

—Creo que está abandonado.

Venner se quita la capa y me la echa por los hombros.

Yo le doy las gracias inclinando de cabeza.

El lugar transmite una profunda tristeza, un abandono absoluto.

El Vikingo se cabrea y da una fuerte patada en el suelo.

—¡Mierda!

Linh propone lo que todos estamos pensando:

—Vamos al ayuntamiento...

—Ah, ¿han bajado a la Grande Carlesse? ¡Llevarán un buen coche, espero!

La mujer gorda nos mira estupefacta con sus ojos redondos. En ella, todo es redondo: cabeza, boca, pecho y gafas. Está sentada en la única silla de la única sala del ayuntamiento, a la única mesa que hay, y nos mira grave, henchida de importancia.

—¿Y a qué han ido?

—Queremos hablar con la antigua propietaria, Marjolaine Papillon...

—No sé quién es...

Venner levanta los brazos.

—¡Vamos, es absurdo!

Yo miro la decoración de este minúsculo ayuntamiento: fotos de banquetes públicos, de ancianos, carteles electorales con fotos de carnet.

Venner se inclina hacia la alcaldesa.

—¿Qué son esas obras?

—Antes había una casa, pero la derribaron hace tiempo, yo aún no era alcaldesa.

—Entonces, ¿había allí una casa? —pregunta Linh.

—Sí… «Finca La Coufigne», se llamaba. Era de unos de París. No les veíamos nunca…

—Era de «una» de París, y se llama Marjolaine Papillon.

—No lo sé, les digo que no la conozco.

Los carrillos se le han encendido.

—¿Y Rahn? ¿Conoce a Leni Rahn?

—Tampoco…

Venner se apoya en la pared, recapacita.

—¿Y qué están construyendo ahora?

Esta mujer… la imprecisión es su segunda naturaleza.

—Los trabajos llevan quince años suspendidos. Pero la propiedad es privada y no se puede hacer nada.

—¿Y a quién pertenece ahora?

—¿Por qué quieren saberlo?

—¡¿A quién pertenece?! —grita Linh; saca la placa y la arroja sobre la mesa.

La visión de la placa, roja, blanca y azul, impresiona a la pobre mujer.

Va hacia un armario, saca una abultada carpeta y la deja en la mesa. Nos mira con inquietud, como si fuéramos a torturarla.

—A ver… La Coufigne… La Coufigne…

Nos acercamos intrigados mientras ella intenta disimular su miedo.

—La venta parece ser que se hizo en el extranjero… En Alemania, creo.

—¿Cuándo? —pregunta Venner, en ascuas.

—En 1990.

—¿Y el nombre del comprador?

—Ah, sí… claro.

Mira de nuevo el papel.

—Es una empresa extranjera… No sé si lo pronuncio bien… Creo que se dice Halgadøm.

Nuestra reacción la deja de una pieza. Yo misma lanzo una exclamación de alegría, Venner salta de contento.

—Veo que les alegra la noticia.

—¿Y sabe dónde está esa empresa?

La alcaldesa niega con la cabeza, lamentando ensombrecer el panorama, pero añade:

—Aunque... creo que puedo ayudarles.

La frente le brilla de sudor.

—Ese nombre... Marjolaine Papillon... la verdad es que me suena.

Saca una caja con cartas de debajo de la mesa.

—Sí, ahora caigo... Recibimos correo a ese nombre, Papillon...

Busca entre las cartas.

—¿Mucho correo? —pregunta Linh.

—Oh, cinco o seis cartas por semana.

«¡No puede ser!», me digo.

Pero sí: la mujer nos muestra un mazo de cartas... dirigidas a Marjolaine Papillon.

Nos esforzamos por mantener la calma.

—¿Y qué hacen con ellas?

—Remitirlas a esta dirección...

Coge un bolígrafo, tacha las señas y con letra esmerada, casi infantil, escribe las siguientes: «François-Laurent Kramer, villa Los Grandes Robles, 78490 Montfort-l'Amaury».

—Es la dirección particular de FLK —dice Venner frotándose las mejillas—. La casa donde pasa los fines de semana...

Linh se frota las manos, como para despabilarse.

—Seguro que él se lo reenvía a Marjolaine.

—Ahora mismo vamos a saberlo —digo yo, y echo mano del móvil.

Venner me lo arrebata.

—¡No! ¡FLK no debe saber que estamos aquí!

—¿Cree que soy tonta? —digo impaciente, y recupero a mi vez el aparato—. Iba a llamar a Clément.

Venner trata de serenarse, aunque sigue tenso.

—¿Y qué puede saber él? —objeta Linh—. Papillon se ha mudado y su editor vela por su anonimato, nada más.

Pero a mí se me ha ocurrido una idea.

—Quizá... quizá... —Y marco el número.

Era lo que necesitaba, un pretexto para llamar a Clément. Llevo horas resistiendo la tentación de hacerlo, de saber si está bien, si sigue enfadado; si me querrá cuando vuelva.

—«Hola, este es el móvil de Clément...»

—Clément... soy yo... ¿Puedes llamarme? Hay novedades... —Corto, aunque no sin antes susurrar, con un hilo de voz—: Me importas mucho, que lo sepas...

Pocas veces obro a la ligera, pero en esta ocasión no he dudado ni un momento.

Tan pronto como he visto en el ayuntamiento que había un autobús a las doce y ocho para Paulin, he decidido ir.

«¿Para qué? No servirá de nada. Jos murió hace diez años», me ha dicho Linh. Pero no me ha disuadido, al contrario: su oposición no ha hecho sino avivar mi curiosidad.

¿Nos ocultará algo también Linh?

Él ha llevado a Venner al aeropuerto y yo me he quedado esperando el autobús. «No se preocupen por mí, ya soy mayorcita.»

Pero ¡qué extraña mirada la de Linh en ese instante! Huidiza, asustada, como si estuviera perdiendo el control de la situación.

¡Sí, ese hombre no nos lo ha dicho todo!

Ya llevo dos horas en este viejo trasto de la compañía Autocares Occitanos con olor a heno y a gallina vieja cuando —¡alabado sea Dios!— el conductor anuncia por fin: «¡Paulin, rotonda de La Ramière!».

Yo le pregunto:

—¿Sabe dónde queda el castillo de Mirabel?

—¿El castillo de la loca? —contesta el hombre riendo, y se acoda en el volante—. Siga esta carretera, está a unos tres kilómetros... ¿De verdad va usted allí?

Le doy las gracias y me apeo.

Sorprendida constato que me hallo en pleno campo.

Como a un kilómetro se atisba la torre de la iglesia. A los lados se elevan las inevitables naves industriales que circundan todos los pueblos de Francia.

«¿No querías adelgazar, guapa?»

Cruzo los brazos medio aterida y echo a caminar en dirección a Mirabel.

1939

El viaje de vuelta de Mirabel me pareció interminable. Otto mandó al piloto que se alejara del suelo. Desde hacía unas horas éramos el enemigo de Europa.

Pero aquel conflicto bélico que amenazaba con extenderse al mundo me importaba entonces muy poco.

¡Tenía bastante con los misterios de mi vida!

—Imagino que te preguntarás mil cosas, Leni —me dijo en un momento dado Otto, mirándome con una sincera sonrisa—. Pregunta.

Yo respiré profundamente y pregunté en voz alta, para hacerme oír por encima del ruido del motor:

—¿Para qué sirven esas píldoras?

Otto se ensombreció. Buscó un instante las palabras y contestó:

—Para... atenuar los recuerdos.

—Producen amnesia, ¿verdad?

Otto pareció dudar. ¿Tal vez era más lista de lo que creía?

—Bueno, eso depende de la dosis. Lo que hacen es transformar ciertos recuerdos en sueños, y los sueños, como sabes, acaban olvidándose... —Me quedé en silencio, atenta, y él se sintió obligado a proseguir—. Es una molécula que creó el doctor Schwöll con cierto liquen de las Håkon. Su uso se reservará al ejército y a los servicios especiales para garantizar el secreto militar...

—¿Pero le dio una a Hans, y a Gilles y a Anne-Marie...?

—No podía hacer otra cosa... —contestó Otto ofuscado.

—Entonces, ¿mis amigos no guardarán ningún recuerdo de mí?

Otto se enderezó, se cerró la cremallera de la cazadora. Empezaba a hacer frío en el avión. Estaba anocheciendo. Atravesábamos de vez en cuando masas de nubes de un rosa salmón.

—Gilles y Anne-Marie, que solo te han visto un día, te han olvidado, sí... Además, conozco a Mazas y seguro que les habrá dado una buena dosis. Te han olvidado a ti, a mí, todo lo ocurrido estos días... —Se frotó la nuca como si le hubiera dado un calambre y siguió—: Por contra, con Hans es distinto. Él seguirá siendo tu amigo, y lo único que se le borrará de la memoria será vuestra «escapadita».

—¿Y por qué no me habéis dado píldoras también a mí?

La pregunta pareció sorprenderlo.

—¿Tú habrías preferido olvidar todo lo que sabes de Halgadøm, la ópera, los Sven...? ¿Tú que siempre andas haciéndome preguntas?

No me refería a eso y precisé:

—¿Por qué he recibido yo un trato de favor?

—Porque tú lo mereces, cielo —contestó con voz dulce—, porque no eres como los otros: tú eres de una esencia superior, y nunca se me ocurriría alterar tu memoria.

Se arrimó a mí y recostó suavemente mi cabeza en su hombro.

—Eres como mi hija, y quiero que sepas todo lo que yo sé.

Pese a esta declaración de bellas intenciones, Otto no volvió a hablar el resto del viaje hasta Noruega.

La vida en las Håkon retomó su curso: un curso invariable, intemporal, que me hizo casi olvidar que había salido del archipiélago.

Otto y yo no volvimos a hablar del viaje a Francia. Lo único que sabía es que habían llevado por barco a Halgadøm la gran caja metálica, lo que pareció maravillar al doctor Schwöll, que tomó a Otto por los hombros y exclamó: «¡Formidable, formidable!».

¿Qué era tan formidable? ¿De verdad era aquella momia el

vestigio de una era pasada? ¿Y por qué llevarla a Halgadøm, que era un infierno?

Otto me había advertido:

—Todo lo que pasó en la cueva del bosque cátaro debe quedar entre nosotros, Leni. Y sobre todo no cuentes nada a los Sven, ellos no deben saberlo.

—Pero si están presos en Halgadøm...

—No por mucho tiempo...

Otto decía la verdad: a los pocos días de volver vi llegar un pequeño barco a las costas de Yule.

Era al atardecer; yo estaba sentada en una roca contemplando los últimos rayos del sol. Empezaba el fin de la «luz amarilla»; estábamos a mediados de septiembre, muy cerca del equinoccio.

El barco atracó no lejos de mí.

«El castigo ha terminado», pensé yo estremeciéndome.

Los Sven aún llevaban puestos los uniformes a rayas y miraban alrededor con estupor, como si no reconocieran nada, como si vieran por primera vez el mundo.

«Como si volvieran del infierno...», me dije.

Caminaban tambaleándose camino arriba; habían adelgazado muchísimo, y bajo la ropa sucia, manchada de sangre y rota, se les marcaban los huesos.

Oí a mis espaldas una risotada. Era Otto, que acudía a recibirlos jovial y les decía paternalmente:

—¡Aquí tenemos a nuestros demonios! ¿A que no ha sido tan terrible? —Y dio unas palmadas—. Se acabó el castigo...

Entonces todos los Sven se giraron a la vez y me miraron. ¿Los habían drogado como a Hans, que me evitaba sin razón desde mi vuelta? ¿Les habían dado también aquellas píldoras amnésicas?

Pero sus semblantes reflejaban odio puro.

«No —me dije inquieta—, no han tomado píldoras del doctor Schwöll...»

Pese a su animadversión hacia mí, los Sven me guardaban respetuosamente la distancia, quizá porque Otto los tenía advertidos.

Con quien empezaron los problemas de verdad, para nuestra sorpresa, fue con tío Nathi. El millonario enloquecía a ojos vistas, ni él mismo lo disimulaba ya. Pedía a cada instante su «dosis de Vril», y si el doctor Schwöll se retrasaba, llegaba a revolcarse por el suelo, en la biblioteca o ante la casa, delante de los soldados.

—¡Dieter, se lo suplico!

—¡Ya estoy aquí, ya! —gritaba el médico acudiendo hacia el anciano, que esperaba babeando y revolvía los ojos hasta que la droga corría por sus venas.

—¡Ves, Dieter, me estoy convirtiendo en uno de los seres supremos desconocidos! ¡Los siento... lo sé!

El doctor Schwöll daba un respingo y regresaba de inmediato a Halgadøm. Yo lo veía alejarse hacia la isla y me preguntaba: «¿A fabricar más píldoras?».

Pero en el caso de tío Nathi no se podía hablar de amnesia; el millonario tenía ataques de delirio, gritaba, y había noches en que los soldados debían atarlo a la cama.

—Es porque estoy mutando, *Schätzl* —me decía a la mañana siguiente de esos ataques, en alguno de los pocos momentos en que recuperaba la conciencia—. Me estoy metamorfoseando en un ser supremo. Pronto me saldrá el tercer ojo. —Me cogía el dedo, lo llevaba al entrecejo y añadía—: Aquí, aquí aparecerá el círculo solar, la cruz gamada...

Todo se precipitó una mañana a mediados de octubre. Estaba yo leyendo una novela de aventuras marítimas en la biblioteca del palacio, cuando una criada de Nathi vino a buscarme:

—Señorita Leni, me manda *Herr* Korb, dice que tiene algo muy importante que decirle...

—¿Dónde está? —pregunté yo levantándome, picada de curiosidad.

—En la... sala de disfraces... —No sabía cómo llamar a aquel cuarto.

Yo nunca había estado en él, así que seguí a la sirvienta. Llegamos a la puerta y llamó.

—Adelante... —dijo una voz de falsete.

Entramos y no pude evitar reírme de lo que vi.

—¿Qué me dices, *Schätzl*? —preguntó la voz de falsete—. En *Los hijos de Thule* voy a representar a una ninfa; un papel sin diálogo...

En el centro de la amplia habitación, rodeado de ropa tirada por el suelo y subido a un pedestal, tío Nathi me miraba. Yo lo contemplaba pasmada: ¡no podía dar crédito a mis ojos!

Envuelto en velos y encajes, el millonario llevaba una peluca rubia, alas de ángel, una cola de sirena y blandía una espada de cartón, como si estuviera posando para un cuadro de tema escandinavo.

—¿Qué me dices? —repitió, ya con su voz normal.

Me había quedado muda; no sabía qué decir.

Con aquel disfraz, la cara y los labios pintados y las pestañas negras, parecía un emperador romano preparado para la orgía. Tenía los ojos inyectados en sangre y más alucinados que nunca.

Sacó del seno una faldita transparente y la desplegó ante mí.

—Toma, póntela...

Yo me negué escandalizada y di un paso atrás.

—¿Cómo que no? —Tío Nathi frunció el ceño de enojo y bajó del pedestal.

Tenía una expresión demente y cruel como nunca le había visto; tuve miedo y quise huir cual animal espantado.

Pero tío Nathi me alcanzó y me agarró firmemente de los brazos.

—¡Te digo que te la pongas! —Estaba pálido, tenía los ojos desorbitados.

Presa del pánico, noté que se me saltaban las lágrimas. Korb me atrajo hacia sí y puso su maquillada nariz contra la mía.

—*Schätzl, Schätzl!* —decía jadeando.

Parecía tener mono, y por las comisuras de los labios le caía una baba amarillenta.

—*Schätzl!* —repitió, con la voz de falsete—. Obedece.

Con aquel atavío, esa voz, el maquillaje, y en aquel cuarto, tenía un aspecto ridículo, pero yo no había sentido nunca tanto miedo.

En Halgadøm aún pude aferrarme a algo, a Hans, a los otros prisioneros. Aquí estaba sola.

Sola y a merced de aquel loco que se restregaba contra mí. ¡Eso no podía ser parte de mi iniciación! ¡Otto no lo habría permitido!

—¡Tío Nathi, por favor, deje que me vaya!

Pero él no me escuchaba, seguía manoseándome. Me metió los dedos por debajo de la falda y de la blusa y me dijo:

—¡Quítate esto!

Yo forcejeaba en vano, me tenía bien sujeta.

—¡Tío Nathi! ¡Estese quieto! —Lloraba; sentía cómo me sobaba el vientre, los senos.

En cuanto llegó a las bragas, di un grito.

—¡¡¡Nooo!!!

Nathi no se inmutó.

—No grites, *Schätzl!* No despiertes a mis obreras... ¡Están tan cansadas!

«Está loco, ¡loco de remate!», gritaba mi conciencia, porque yo no podía hablar.

El viejo pervertido no desistía, e intentaba una y otra vez meterme la mano entre las piernas. Yo lloraba a lágrima viva.

Entonces uno de sus dedos...

Y siguió un dolor atroz, un sentimiento abominable. Algo desconocido y terriblemente grave. La vergüenza más espantosa, la más digna de conmiseración.

Me armé de valor y con todas mis fuerzas, con todo mi odio, le di un rodillazo entre las piernas.

Nathi se dobló en dos y cayó al suelo, y yo eché a correr hacia la puerta.

—Espera... espera... *Schätzl*... —decía sin aliento.

Estaba tan asustada que no atinaba a abrir.

Nathi se levantó y vino renqueando hacia mí.

Milagro: pude abrir, y eché a correr gritando por los pasillos desiertos.

Nathi me seguía, aunque tambaleante.

—¡Leni! *Schätzl!* ¡Ponte la falda!

Yo apenas podía respirar, sentía las punzadas del flato en un costado, náuseas, un vivísimo escozor en el vientre, pero tenía que seguir corriendo.

Todo se sucedía muy deprisa.

De pronto me vi acorralada contra una librería, sin escapatoria.

Con un brillo triunfante en los ojos, el viejo loco exclamó «*Schätzl!*» y se arrojó sobre mí.

Entonces la librería se vino abajo, sepultando nuestros dos cuerpos bajo un alud de libros; no sé quién de los dos se desvaneció primero.

Cuando volví en mí a la mañana siguiente, todo parecía haber vuelto a la normalidad; estaba en mi cama, en el dormitorio.

Mi primera impresión fue de blancura casi deslumbrante. Todo a mi alrededor estaba limpio y terso.

Busqué a tientas mi mesilla, pero no estaba.

«Me han cambiado de cama», me dije medio dormida.

Advertí que aquella era una cama de barrotes y tenía unas sábanas más ligeras que las habituales, y también la habitación me pareció más grande y más ventilada. ¡Pero era todo tan borroso!

Entonces miré a un lado y se me heló la sangre: habían quitado las cortinas entre las camas... ¡y los Sven estaban durmiendo a mi lado!

Aunque eran unos Sven raros, más gordos...

Y de pronto, con una vaga angustia, supe por qué: «No son los Sven... Son mujeres, mujeres desconocidas».

Entonces lo recordé todo: tío Nathi, los disfraces, las manos del viejo sobre mi cuerpo, en mi cuerpo, mi carrera, el desplome de la librería...

Y pensé inmediatamente: «Por lo menos no me han dado píldoras amnésicas...».

Pero tampoco podía estar segura: quizá esos recuerdos se convertirían pronto en sueño y se borrarían.

No pude volver a dormirme. Llena de curiosidad, me incorporé sobre las almohadas y observé a mis «compañeras». Tragué saliva, lo que produjo un sonido gutural que resonó extrañamente en el inmaculado recinto.

Eran once jóvenes rubias de unos veinte años que dormían con los brazos metidos bajo las mantas.

En cada cama había una especie de historial con un nombre, una gráfica y una fecha, todo en caracteres góticos.

En el de mi vecina ponía: «Heidi Greve, 10/03/1939»; sin comprender qué significaba aquello, leí las otras. Todos los nombres tenían consonantes escandinavas y las fechas oscilaban entre enero y marzo de 1939.

«¿Dónde estoy?»

Al otro lado había un ventanal; volví la cabeza y vi con un vuelco del corazón la gran concha blanca.

«¡Estoy en Halgadøm!», comprendí con horror.

En ese momento vi pasar cinco sombras por delante de la ventana; eran tío Otto y los Sven. No sé si me vieron, ninguno me prestó atención. Yo los seguí con la mirada, la frente pegada al cristal. Marchaban concentrados hacia la ópera.

Entonces, ¿dónde estaba yo? ¿Era un hospital, una enfermería, el laboratorio donde el doctor Schwöll se encerraba todos los días para fabricar sus píldoras amnésicas?

¿Y sabía Otto que yo estaba allí?

La certeza cayó entonces como un mazazo: «Tengo que salir de aquí», me dije. Sin pensarlo dos veces, retiré las sábanas que se deslizaron hasta el suelo embaldosado.

Noté una punzada de dolor en la frente y me llevé maquinalmente la mano a la cabeza: la tenía vendada.

«¿Qué me ha pasado?»

Entonces, de repente, reapareció el dolor. Como si acabara de despertarme en aquel preciso momento. Sentía punzadas en los miembros y, retorciéndome en el colchón, pude comprobar que tenía las piernas, los muslos y el pecho llenos de cardenales. El accidente de la librería debió de ser muy violento si los hematomas cubrían mi cuerpo como si fueran manchas de sangre.

«Parezco un leopardo...», me dije consternada al ver mi piel pálida y moteada.

Pero a pesar del dolor, a pesar de la presencia de aquellas otras mujeres, una sola idea me obsesionaba: marcharme. Huir de aquel cuarto siniestro, en el que me sentía rodeada de cadáveres.

¿Y si me habían hecho prisionera a mí también?

Quizá eran prisioneras, y a mí misma me habían encerrado.

En eso sonó un timbrazo fortísimo que resonó por todo el edificio. Las once mujeres abrieron los ojos al mismo tiempo.

Con sobresalto, me tumbé de nuevo y fingí dormir. Pero solo entorné los ojos, para ver lo que pasaba.

Las once mujeres se levantaron una tras otra... Vi con grandísima turbación que todas iban desnudas y estaban embarazadas. Todas.

A la luz de los tubos fluorescentes aquellas once barrigas parecían pletóricas de vida y salud.

Sentí horror ante aquellos ojos sin vida pero a la vez fascinación por los cuerpos, que se movían con agilidad y elegancia.

Habían empezado a hacer, todas al compás, gimnasia de piernas, sentadas en la cama y pedaleando en el aire.

Ninguna hablaba; solo se las oía emitir extraños resoplidos.

Tan intrigada estaba viendo aquello que sin darme cuenta me incorporé. ¡Imprudente!

Al instante me recliné, pero ya era demasiado tarde: todas me habían visto y me miraban.

¡Y cómo! Una mirada inexpresiva, de un vacío vertiginoso; tuve la impresión de que eran como animales, de que había sorprendido a una manada de lobas en época de celo.

Sin embargo, no parecían mostrarse agresivas, y eso me tranquilizó.

Por un instante nos miramos suspensas, sin movernos; luego, sosteniéndose la barriga, se me acercaron.

Retrocedí en la cama hasta pegarme a los barrotes, pero ya las lobas me cercaban. Sentí que la sangre se me helaba en las venas.

—Ho... hola... —balbucí.

Silencio.

Sus semblantes no manifestaban ni amor ni odio, solo una profunda curiosidad.

Llena de miedo, pensé de nuevo en huir.

Me deslicé de la cama, apoyé los pies en el suelo. Las mujeres retrocedieron un poco, pero sin abrir hueco.

Al fin me levanté; ellas retrocedieron más frunciendo el ceño, como si no comprendieran.

Sus cuerpos desnudos, allí plantados en aquel enladrillado blanco, casi nacarado, resultaban imponentes.

«Tranquila, Leni... No pierdas los nervios.»

En cuanto di un paso comenzaron a respirar más aceleradamente; sin embargo, me dejaron pasar.

«Saben que quiero irme —me dije esperanzada— y me dejan.»

Esforzándome por no echar a correr y asustarlas, me dirigí despacio hacia la puerta.

Pero cuando echaba mano del pomo se oyó un alarido ensordecedor que me sobrecogió. Nunca había oído nada igual.

Era un alarido feroz, como de bestia herida, impropio de una boca humana. Pero lo había proferido una de aquellas mujeres, la más alta, y ahora venía hacia mí como un autómata.

Las otras lanzaron el mismo berrido horrible y se me acercaron mecánicamente también.

Tuve un momento de pánico absoluto, pero me repuse pronto y abriendo la puerta me precipité al pasillo.

Las embarazadas gritaron más y más fuerte... pero ninguna se atrevió a franquear el umbral, como si les estuviera prohibido.

Mientras me alejaba de espaldas por el pasillo del hospital pude ver con pavor que no tenían lengua...

¡Aquel hospital era inmenso! Los pasillos se sucedían a lo largo de una serie interminable de laboratorios y habitaciones...

Yo caminaba al azar, con la vaga sensación de hallarme perdida en las entrañas de un buque. Y pese al peligro que corría, no podía evitar asomarme a las ventanas, entreabrir las puertas.

Y veía más mujeres embarazadas, más vientres redondos, y cruzaba los dedos para que no advirtieran mi presencia.

Aunque a juzgar por sus azules ojos sin vida, tampoco parecía que les importara. Enfermeras o pacientes, todas aquellas mujeres observaban el mundo que las rodeaba con una inexpresividad de muñeca de juguete.

«Como ciegas...»

¡Pero yo lo veía todo! Y aquel espectáculo, digno de una pesadilla, me resultaba aterrador.

«¿Es una casa de maternidad u... otra cosa?», me preguntaba.

Llegué así a las puertas de un cuarto, al principio de otro pasillo. En la pared había un perchero con gorras negras de las SS.

Y dentro me esperaba lo peor.

El interior estaba oscuro, y la ventana tenía corridas cortinas negras. Sin embargo, había una rendija y me asomé... Vi camas, y sobre las camas unos bultos que brillaban en la oscuridad... Eran cuerpos cubiertos de sudor.

Un calor desconocido se extendió entre mis piernas y los pezones, sin entender yo por qué, se me pusieron de punta...

Ver aquellos cuerpos, oír aquellos jadeos, me llenaba de una voluptuosidad vergonzosa, como quien se deleita con algo prohibido...

«Otto, Otto... —me dije yéndome a toda prisa—. ¿Qué quieres que comprenda?» Aunque estaba bien claro, por mucho que me costara confesármelo. Aquellos soldados, aquellas mujeres...

«¡Y estos recién nacidos!», me dije al llegar ante una gran cristalera. Al otro lado había veinte cunas; al fondo del cuarto, una enfermera calentaba biberones con la paciencia de una funcionaria.

¿Ocuparían también aquellas cunas los futuros hijos de mis compañeras de cuarto? ¿Era aquella la función, la misión secreta de Halgadøm?

Pues yo sabía que aquello era el sanctasanctórum de la isla. Más que la presunta ópera, más que el atroz dormitorio de los prisioneros, aquella era la verdadera razón de ser de Halgadøm.

Sí, ahora se aclaraba todo… incluso lo peor.

Sobre todo lo peor…

Porque lo peor lo vi en la última sala, y hube de violentarme para no apartar la mirada.

Era una sala con unas diez o doce camas, sin sábanas; directamente sobre el somier yacían sendas mujeres, unas desnudas y otras tapadas, algunas con prendas tan finas que se les veía la carne y se les marcaban los huesos.

«¡Son cadáveres! —me dije aterrada—. ¡Muertos vivientes!»

Porque todas ellas respiraban. Estaban llenas de tubos, goteros, cánulas de metal; aquellas desgraciadas sobrevivían a costa de un inmenso dolor. ¡Nunca había visto tanta desesperación!

Algunas tenían los ojos cerrados, otras miraban al techo, otras tenían las piernas abiertas, separadas por aparatos de acero y un tubo metido en la vagina. Todas mostraban poseer la atroz conciencia de que no saldrían vivas de aquel laboratorio.

Jamás.

Estaba sobrecogida, sentía náuseas, me palpitaba el corazón, pero no podía dejar de mirar. ¿De aquellos cuerpos moribundos debía nacer la raza futura? ¿Eran aquellas las víctimas sacrificadas a los seres supremos? ¿Aquel era el precio del superhombre?

Una de las mujeres tenía el cuerpo totalmente azul, como si la sangre hubiera dejado de circular. La vecina tenía la piel cubierta de cortes aún no cicatrizados que seguían sangrando. Las tres mujeres de enfrente tenían la mirada perdida y de vez en cuando intentaban moverse pero no podían: no tenían brazos ni piernas.

Yo miraba a una y a otra con un espanto creciente.

Así vi que en el laboratorio había alguien más.

Eran dos hombres en bata blanca, que iban de una cama a otra comprobando gráficos, cambiando los goteros.

«¡Claro!», comprendí al reconocer a Dieter Schwöll y su hijo Knut…

Ellos sí podían verme y me agaché.

«Ahora lo entiendo —me dije—. A estas mujeres las fecundan primero y luego, cuando dan a luz, las utilizan como cobayas humanas. Lo cual significa que...»

—¡Doctor Schwöll! —se oyó de pronto.

Me pegué a la pared, aterrada.

—¡Por el amor de Dios, doctor Schwöll!

¡La voz me sonaba!

Se abrió la puerta del laboratorio, y Dieter Schwöll cruzó el pasillo y entró en el cuarto de enfrente.

Venciendo el miedo me levanté y me asomé a la cristalera.

Sí, era él. Nathaniel Korb, pensé con asco.

Estaba tendido en una cama, pálido, sudoroso, con la cara llena de contusiones, como mi propio cuerpo; las marcas de los libros, los estantes... Solo que él parecía haber salido peor parado que yo; tenía en el brazo un catéter por el que fluía un líquido rojo, más claro que la sangre.

Agucé el oído.

Schwöll se había detenido al entrar y el millonario lo miraba con ojos suplicantes.

—Dieter, se lo ruego... No volveré a hacerlo, se lo prometo... —Se removía impaciente, y a punto estaba de volcar el gotero.

Entonces vi al fondo una tercera persona, sentada en un sillón, que se levantó y se acercó al enfermo.

«Tío Otto...»

Verlo me infundió valor, no sé por qué.

—Nathaniel, después de lo que le ha hecho a Leni ya no podemos confiar en usted...

Al oír esto las imágenes de lo ocurrido acudieron en tropel: la sala de los disfraces, el olor, las manos de tío Nathi...

Las mismas manos, tristes y temblorosas, con las que ahora se agarraba de las sábanas a punto de desgarrarlas.

«Sufre», me dije al observar aquel cuerpo devastado. Nathi sufría atrozmente. Aun así, todavía tuvo fuerzas para defenderse:

—No le hice nada... Pregúntenle a ella...

«¡Cerdo!», pensé yo con rabia.

Otto no lo creyó. Se apoyó en el travesaño de la cama y acarició la superficie cromada.

—¿No lo ve, Nathaniel? Ha perdido usted el dominio de sí... Leni es una elegida.

Aquello me llenó de orgullo.

—Pero... pero todo esto es mío —exclamó Korb, con los ojos en llamas—. Sin mi dinero ustedes no serían nada, simples oficiales sin importancia, como lo eran hace veinte años cuando acudieron a mí...

Otto y el doctor Schwöll oían al viejo chocho con cara de hastío. Se consultaron. Otto inclinó la cabeza y el médico apretó cierto émbolo del catéter. Tío Nathi se calmó.

—Gracias —suspiró aliviado.

Los otros dos se quedaron a la cabecera de la cama en actitud siniestra.

—Ha ido demasiado lejos, Nathaniel —murmuró tío Otto.

—Es usted un estorbo —añadió Schwöll, que presionó otro émbolo.

El millonario empezó a enrojecer, a forcejear.

—Pero... pero...

El alivio se le trocó en un dolor fulminante. Abrió la boca, y con los ojos desorbitados y las venas hinchadas se inclinó hacia delante, quiso gritar, pero el fortísimo dolor se lo impedía.

—Ya casi está —dijo fríamente Dieter Schwöll.

Pese a lo horroroso de la escena, yo sentí un vivo placer; Otto me vengaba, y la satisfacción me vencía implacable.

El anciano dio unas sacudidas, agitó un momento manos y piernas. Luego los miembros se le fueron agarrotando y se quedó quieto...

—Ya está —dijo Otto, y en su voz sonó una nota de nostalgia.

—Se acabó —dijo el médico.

—Las cosas van cada vez más rápido —observó Otto. Se acercó a Schwöll y casi en voz baja, mirando con fijeza la puerta, añadió—: Dieter, que quede claro: para todo el mundo, Korb ha ido a Europa a ultimar la ópera con los músicos, ¿de acuerdo?

El médico asintió y preguntó:

—¿Y la pequeña?

Otto se rió.

—Cuídela, y cuando se reponga envíela a Yule.

—Ahora mismo voy a verla.

Me puse en pie alarmada, sin saber si volver al dormitorio o entrar y decirle a Otto que lo había visto todo, que lo sabía todo, y demostrarle así que ya era una persona adulta, fría, desapasionada. Opté por ser discreta. Si tío Otto y Dieter Schwöll eran virtuosos del misterio, yo les demostraría que también tenía mis secretos.

Regresé, pues, sigilosamente al dormitorio.

Las once mujeres me recibieron sonriendo, como a una hermanita.

Dos días después dejé la casa de maternidad.

Un joven de las SS me llevó en lancha a Yule, y al desembarcar vi que alguien me venía al encuentro.

Reconocí a Hans y me alegré, aunque también me sentí avergonzada. ¿Qué podía explicarle? No podía contarle nada...

—¿Dónde has estado? —me preguntó.

Hans no había recuperado la memoria, no recordaba lo que habíamos vivido en Halgadøm.

—De viaje.

Pero él sabía que mentía, porque me había visto llegar de la isla vecina.

Hans miró al horizonte, donde brillaba un sol cada vez más tímido. Me cogió delicadamente la mano y me dijo con tristeza:

—Ya no confías en mí, ¿verdad?

¿Qué podía contestarle? Estaba contentísima de verlo y deseando contárselo todo: el viaje a Francia, la momia, Halgadøm, la ópera, la enfermería, los prisioneros, los partos, tío Nathi, los experimentos médicos del doctor Schwöll...

Pero no podía decirle nada, nada en absoluto... ¿Qué pasaría si lo supiera? ¿Se lo llevarían a Halgadøm para que su hermano le cortara la lengua?

No había duda: por su propio bien, por su seguridad debía guardar silencio.

Al ver que no le contestaba, Hans, con la misma expresión entre hastiada y herida, me dijo:

—Muy bien, en ese caso supongo que no tenemos mucho más que decirnos…

Y se fue, no sin lanzarme una última flecha envenenada:

—Te has pasado a los Sven…

2006

Voy entrando en calor mientras camino. El sol deslumbra, pero calienta menos que una luna polar.

Ya llevo unos minutos viendo claramente las dos grandes torres de Mirabel. «No parece el castillo de Drácula...», me digo.

Empiezo a tener las piernas cansadas.

Mi móvil marca las cuatro y media.

«Si no como algo me desmayo.»

Observo el noble paisaje y pienso en el pequeño Gilles Ballaran, el hijo de los administradores de Mirabel, que pasó allí su feliz infancia. Veo granjas y casas de campo en las laderas, a modo de torres vigía, caminos que recorren las colinas como en la Toscana, y me imagino a los perros aullándole a la luna al atardecer para desearse buenas noches.

Llego a unos quinientos metros del castillo y veo que un poco más adelante, a mano izquierda, al pie de la ladera, arranca un camino que sube hacia el recinto. Hay dos plátanos y un cartel: CASTILLO DE MIRABEL, PROPIEDAD PRIVADA.

—Creo que he llegado... —Mis propias palabras me inquietan.

¿Ha sido buena idea venir?

¡Sé tanto de este lugar, conozco tantos misterios, tantas leyendas! No sabría distinguir lo verdadero de lo falso. Las excavaciones nazis, la momia de la gruta, la boda simbólica de los dos niños, el hijo del administrador y la doncella del castillo; los descubrimientos arqueológicos de los años cincuenta, ¡el cadáver colgado junto al bosque en 1987!

La cabeza me zumba; me detengo jadeando, a mitad de camino, para recobrar aliento. La vista es magnífica.

Antes de convertirse en el triste comisario Chauvier, el pequeño Gilles Ballaran debió de conocer la región en su época dorada, una época que parece perdurar: las casas de campo siguen siendo antiguas y solo se ven algunas fincas modernas aquí y allí.

«Casas para enanos de jardín», diría Clément.

¡Clément! Saco el móvil y pruebo a llamarlo de nuevo.

—¡Puto buzón de voz! —maldigo, y doy una patada en el suelo.

Pero le dejo un mensaje de todos modos.

—Clément, amor, llámame. No sé lo que te imaginas, pero tengo que hablar contigo. Y no es por el trabajo...

Me quedo sin palabras, corto.

Mejor pensar en lo que ahora mismo me concierne.

Llego a una verja alta de hierro forjado, a la entrada del parque. La atmósfera parece ensombrecerse de pronto.

«Pero ¿de qué tengo miedo?»

Toco el timbre con el dedo tembloroso.

Espero.

No contestan.

Escucho; no oigo nada.

Toco de nuevo y oigo sonar el timbre en el castillo, apagado, como si sonara en un sótano.

—Pues no hay nadie... —me digo en voz alta.

En ese momento, a unos veinte metros de la verja, descubro una brecha en el muro.

La idea me estremece, pero venciendo el miedo me acerco y entro por la grieta.

«Mirabel...»

Ahí está el castillo, frente a mí. El parque, los bojes sin recortar, los árboles pelados y el césped asilvestrado, cubierto de hojas secas, ofrecen un espectáculo maravilloso, un verdadero apocalipsis vegetal. Me acerco al castillo y empiezo a rodearlo.

Ni una ventana abierta, ni un solo ruido.

Como para asegurarme de que no sueño toco la pared, cuyo revoco salta al solo contacto de los dedos.

El castillo de Claude Jos, tal y como me lo había descrito Linh, se eleva en torno a un patio interior; lo veo a través de una verja que sin duda hace años que nadie abre. En el patio en sombra se ven el brocal de un pozo medio desmoronado y muebles tirados.

Maquinalmente grito un «¡Hola!» que suena muy falso, repercute en las paredes de ladrillo y se extingue en el aire del crepúsculo.

Sigo caminando y llego a la famosa terraza. Desde ella contemplo el bosque que, valle abajo, parece un animal agazapado en un ribazo formando una masa oscura e inquietante, y el caminito que lleva a él entre los campos.

—El bosque cátaro…

Siento una vez más un impulso irreprimible y me digo que tengo que ir allí.

Recuerdo las escenas de la novela de Leni Rahn como si las estuviera viviendo yo misma: el paseo nocturno de los tres niños, el descubrimiento de la momia, las tiendas de los arqueólogos, la conmovedora boda ritual…

Y como hipnotizada por ellas, sigo caminando, vestida de ciudad como voy, hundiendo los pies en el barro.

«Anaïs, guapa, ¿adónde vas?»

Llego a la vera del bosque cátaro y me vuelvo a mirar el castillo: ahora es solo una forma gris en medio de la noche negra. Empiezo a sentir miedo y todo me inquieta: el olor a musgo y hojas secas, lo frío y húmedo del aire, los matorrales en medio de una oscuridad total.

—Brrr…

Poco a poco mis ojos se habitúan a la falta de luz, y empiezo a ver trozos de cielo entre las ramas. Sigo avanzando, resistiendo la tentación de volverme, y por fin entreveo un sendero que serpentea entre troncos y matorrales.

¿Qué estoy haciendo aquí?

A medida que oscurece me parece más evidente lo temerario de la aventura. Procuro no pensarlo, me concentro en el camino, en mis pasos, evito tropezar.

—¡Qué loca! —digo en voz alta, y mis palabras no resuenan. Es como si me hallara en un recinto estanco. Por contra, el menor ruido del bosque, una rama que cruje, un pájaro que revolotea, una lechuza que ulula, parece amplificarse hasta resultar casi ensordecedor... y aterrador.

Es la hora en que las cosas cobran vida.

Oigo de pronto ruido de hojas y crujir de ramas y me sobresalto. Viene de la izquierda...

Me detengo.

Ya no se oye nada.

Alguna alimaña...

Y sigo caminando despacio. ¿Una alimaña? No resulta precisamente tranquilizador.

Miro hacia arriba y ya no distingo ni ramas; las copas de los árboles parecen haberse fundido con la noche. El ruido de mis pasos suena cada vez más ahogado.

—¡No tengas miedo, no tengas miedo!

Creo que podría guiarme a tientas por los arbustos y matorrales, pero solo de pensar en tocarlos me aterro; tengo la impresión de que las plantas poseen manos pegajosas.

Se me ocurre una idea y saco nerviosamente el móvil del bolsillo, lo enciendo y lo dirijo al frente como si fuera una daga o un talismán; su luz, aunque tenue, me deslumbra.

Y entonces comprendo...

—¡No puede ser!

A mi alrededor ya no hay árboles, ni ramas, ni matorrales, ni hierbas. Nada. Solo paredes de roca cubiertas de salitre.

—La cueva...

El débil resplandor del móvil no alcanza a iluminar el techo. El suelo parece sembrado de herramientas, de cristales; creo reconocer incluso una jeringa.

De pronto oigo un gemido y me echo a temblar, se me saltan las lágrimas.

—¿Quién hay?

Mi voz resuena en la gruta. Me detengo, indecisa, como a la espera de que alguien me salte encima...

Y vuelvo a oír el gemido...

El corazón se me acelera, los ojos me hacen chiribitas.

—¡Oh, no! ¡No es real, no es real!

Advierto entonces que esos gemidos... son ecos de mi propia voz.

La cabeza empieza a darme vueltas, me siento mareada, empiezo a tambalearme.

—¡Es una pesadilla!

El móvil se me cae... y se apaga.

Me agacho, palpo el suelo a ciegas y mi mano derecha encuentra un pequeño objeto.

«¡Aquí está!»

Me levanto, y a tientas pulso nerviosamente el botón de encendido.

Mi grito es atroz. En un instante, un segundo, un escalofrío me disloca las vértebras.

Estoy ante el ataúd de la momia.

Ahí yace ella.

Está quieta y me mira sonriendo.

Vidkun Venner piensa en Anaïs. ¿Ha hecho bien en dejarla ir sola? Desde entonces un mal presentimiento le parasita la conciencia, como un olor a quemado que no se pasa. En cuanto despache lo de la cita la llamará.

El Vikingo no va nunca a los Campos Elíseos. Le repugna la multitud, las tiendas de lujo, los turistas y paseantes, las familias, los chulos, los atascos, las terrazas de malos cafés, los vendedores de mala cultura, toda esa fauna variopinta, vulgar y estereotipada...

—Es ahí —dice Fritz, y aparca junto a la acera.

Vidkun se apea ante un bonito edificio de fachada rococó que le recuerda su casa de la Chapelle, solo que este parece como aplastado por el multicine y la tienda de accesorios del Paris Saint-Germain que lo flanquean.

«Signo de los tiempos...», se dice el Vikingo.

Sube a zancadas la porticada escalinata con alfombra roja, entra por una puerta giratoria y... de repente se halla en otra época.

El vestíbulo del club está revestido de madera, el pavimento es de mármol, todo aparece bajo un lustre polvoriento. Tras el mostrador, en aquel decorado de opereta, hay un joven filiforme en traje negro que observa a Vidkun.

—¿Señor?

—He quedado con el señor Alexandre Bertier.

—Ah, sí... —dice el conserje, más amable; se comporta como un viejo, quizá para estar a tono con el ambiente.

Toca un timbre y aparece una joven que resultaría bonita sin el traje austero y anticuado que lleva.

—Isabelle, ¿ha llegado ya el señor Bertier?

—Sí, está en la sala de fumadores.

El conserje señala a Vidkun.

—Dígale que está aquí su invitado...

—Enseguida —contesta Isabelle, y dirigiéndose a Vidkun—: Puede dejar el abrigo; el señor Bertier lo recibirá enseguida.

El conserje indica un viejo perchero con gabanes, gabardinas y sombreros de fieltro.

Isabelle, sin embargo, está ya de vuelta, y la sigue una persona encorvada.

—¿El señor Venner?

—Sí... —responde el Vikingo, inclinándose.

Le cuesta reconocer al presentador de *Punto y coma*, a pesar de ser este uno de los pocos programas de televisión que ha visto.

—Sí, sé que apenas puede reconocerme... —dice el anciano con el porte inglés que le confieren su traje y chaleco de tweed y su monóculo, cuya cadena de oro sobresale colgando del bolsillo—. Para aparecer en la tele cuento con excelentes maquilladores que me dan una apariencia más humana.

Sonríe y le da la mano a Venner.

Este lo examina atentamente: las patas de gallo, los ojos húmedos, los párpados caídos, las facciones colgantes y temblonas.

—Pero venga —dice el presentador, cogiéndolo del brazo—, iremos al cuarto de baño, a estas horas no debe de haber nadie...

«¡¿Al cuarto de baño?!», se dice Venner.

Suben una suntuosa escalera de mármol, al pie de la cual un marroquí con mandil rojo lustra los zapatos de un cincuentón en traje príncipe de gales.

Llegan al primer piso, Bertier abre una puerta de madera y cede el paso al invitado.

Venner debe confesarse impresionado.

«¡El cuarto de baño!»

Azulejos, techo con rosetón, grifos relucientes, una inmensa bañera que llevará décadas sin usarse, y en medio, tres mesas, un sofá y dos pares de sillas como formando un gabinete íntimo.

—En el Segundo Imperio, antes de convertirse esto en un club, vivía aquí una famosa cortesana —explica Bertier mientras acaricia el borde de la gran bañera con patas de león—. Se dice que el mismo Napoleón III gozó de esta bañera...

Venner está admirado.

Entra un mayordomo y sirve dos cafés en la mesa.

El presentador se desabotona un poco el bajo del chaleco, se sienta en el sofá y pregunta:

—¿En qué puedo serle útil? Debe de ser usted muy persuasivo, porque mi secretaria de France 2 me ha pasado recado enseguida. —Hace un guiño cómplice—. Ha tenido suerte, no me gustan estas cosas.

Venner se afloja el nudo de la corbata y se aclara la voz, como si fuera a pronunciar un discurso.

—Estoy haciendo una investigación sobre Marjolaine Papillon...

Bertier no parece impresionado, aunque Vidkun advierte que ha crispado los dedos.

—¿Y?

—¿Desde cuándo la entrevista usted?

Bertier frunce el ceño.
—Desde principios de los sesenta, creo.
—¿Y cómo acordó hacerlo en exclusiva?
—Entonces había pocos programas y menos cadenas —contesta el otro con nostalgia de vieja estrella—. Yo hice famosa a Marjolaine y le pedí que se mantuviera fiel a su... descubridor, ni más ni menos.
Venner da un sorbo de café.
—¿Y nunca ha roto usted el compromiso?
—¡Nunca!
Lo ha dicho al instante, el semblante se le ha endurecido, el cuero cabelludo parece brillarle bajo el pelo blanco, incluso le caen unas gotas de sudor que desaparecen bajo las gafas de gruesa montura negra.
—El otoño pasado —prosigue Vidkun— le hizo la entrevista por su último libro, *La virgen de Auschwitz*, en su finca del sur de Francia, ¿no es así?
Bertier se pone aún más rojo.
—Así es. Y por cierto hacía un día estupendo, como se ve en las imágenes. Sabrá usted —añade en tono confidencial— que suspendí mi programa hace más de diez años, y que las entrevistas anuales a Marjolaine es lo último que hago para televisión, por gusto...
Venner asiente en silencio.
—Aprovecho la visita para pasar un par de semanas en casa de la novelista. No me pregunte dónde es porque no puedo decírselo, me lo prohíbe el contrato que tengo con su editor, pero le aseguro que es un lugar de ensueño.
«¡De ensueño!», piensa irónicamente Venner. De un trago apura el café («Asqueroso, para un club que se las da de elegante...»), se inclina y apoya la barbilla en las manos juntas.
—Esa finca está en Ariège, ¿verdad?
—Le digo que es secreto... —contesta Bertier, endureciendo el tono.
—Y se llama La Coufigne, y está en el camino de la Grande Carlesse, en Belcastel.
Bertier se pone en pie de un salto.

—No sé quién es usted ni lo que busca, pero esta conversación ha terminado... De hecho, nunca la hemos mantenido.

Venner reprime un ademán de victoria y dice:

—¿Y ni siquiera nos hemos visto, verdad?

Bertier está ya en la puerta y ase el pomo.

—¡Exacto!

Vidkun se le acerca, el otro se pega a la puerta, su tres piezas de tweed se empapa por momentos.

—¿De qué tiene miedo?

—No me pregunte nada más. Usted parece saber mucho más que yo... Yo... Yo no puedo decir nada...

—¿Quién se lo impide? ¿FLK? ¿La misma Papillon?

—Hasta ahora he estado a salvo, no quisiera...

Venner lo agarra por los hombros y lo zarandea.

—¿A qué se refiere?

—¿Todo bien, señor Bertier?

Se vuelven.

Es el limpiabotas marroquí, que los mira torvamente. Bertier se apoya en la pared con las piernas temblando y balbuce:

—A... acompañe al señor Venner...

—Sí, señor Bertier.

—Y súbame un whisky... doble...

—Nos veremos —dice Vidkun, y desciende las escaleras de mármol verde de cuatro en cuatro.

—¡Despierte!

Abro los ojos pero no veo nada. ¿Cuánto tiempo habré estado inconsciente? ¿Minutos? ¿Horas?

La cabeza me da vueltas y me siento incapaz de remontar el hilo de mis recuerdos.

—Creía que estaba usted muerta. ¡Lo que pesa!

Quiero incorporarme, moverme, pero siento que es superior a mis fuerzas, que estoy como presa dentro de mi cuerpo. Quiero hablar, y soy incapaz de despegar los labios. Solo el olfato parece funcionarme aún, porque percibo un fuerte olor a alcanfor.

Oigo un ruido como de ventosa y caigo en que es ella, que está poniéndome pomada en las sienes.

—¿A qué ha ido allí?

Ahora siento en la frente algo fresco y suave, algo viscoso pero agradable.

—No he encontrado otra cosa para hacerle de esponja, lo siento...

Junto con el olor a alcanfor percibo ahora otro como a viejos cacharros de cocina. Empiezo a despabilarme; nuevamente intento incorporarme...

—¡No, no! No se mueva —dice mi cuidadora, y poniéndome firmemente la mano en el pecho me obliga a tumbarme.

Me hallo en un salón, espacioso, húmedo y oscuro, en el que flota un olor a cerrado y a comida rancia.

Vuelvo en mí... y a mis miedos. ¿Quién me ha llevado allí? ¿Quién es esta enfermera accidental que me cuida, de voz ronca y que apesta a sudor y a alcohol? En ese momento la mujer se inclina sobre mí y le veo la cara: parece una vagabunda, ¡rodeada de alfombras y tapices! Tiene la piel salpicada de manchas, como si padeciera alguna enfermedad, y la nariz, los pómulos y las órbitas de los ojos presentan un tinte cárdeno. El aliento le huele a vino rancio y las manos le tiemblan.

Me pone otra compresa en la frente y dice:

—¡Lista!

—¿Quién... quién es usted? —pregunto con el estómago revuelto.

—¿Y usted? —contesta ella encogiéndose de hombros.

Como no sé quién es —¿la okupa de una casa abandonada?, ¿una eremita del bosque?, ¿una loca troglodita?—, adopto una discreción un poco remilgada.

—Me... me he perdido.

—Pero para llegar a la cueva tiene que haber entrado en la finca, ¿no?—dice la vagabunda.

Me mira inquisitivamente, pero de buen humor. Apaga la colilla en el cenicero y saca otro cigarrillo de un paquete.

—A la cueva no se llega por casualidad, hay que saber dónde está.

Recuerdo entonces la imagen de la momia, mirándome fijamente con sus ojos ávidos, su gesto atroz, sonriendo como desencajada...

Y siento un escalofrío.

—Sí, sé que le parecerá raro que me acueste en esa especie de ataúd, pero me gusta. De niña ya lo hacía. Allí nadie me molesta...

No cabe duda: ¡es ella!

—Además, ya nadie viene por aquí. En Paulin me llaman «la loca», y desde que murió mi abuelo, muchos deben de creer que el castillo está abandonado...

¡Aurore Jos! La bonita Aurore, la viva estampa de su abuela Anne-Marie, la estudiante encantadora, la confidente del comisario Chauvier.

Encontrarme con ella y estar hablando aquí, en el castillo de Mirabel, ¡qué suerte! Pero me pregunto cómo habrá decaído tanto.

—Dicen que estoy loca porque no salgo... ¡Pero yo estoy muy bien aquí, en mi casa!

Con un furioso ademán barre la mesa y los objetos que había en ella vuelan y se esparcen por el parquet con un ruido sordo. Es evidente que Aurore Jos ha perdido el dominio de sí, y yo procuro mantener la calma.

—¡Creían que podían echarme! ¡Jamás!

Se calla y la veo de pronto, por un momento, como un ser humano, como una mujer que no tiene cuarenta años y podría ser arrebatadoramente bella. Esto no hace sino aumentar mi malestar.

Aurore sonríe, me toma la mano y dice en tono suplicante:

—¿Se queda a tomar una copa?

La cocina en la que trabajó Mamá Chauvier es ahora un lugar grasiento lleno de cacharros, cristales rotos, platos mellados, marchitos cubiertos con el escudo de los Mazas; todo dejado al azar, sobre la esquina de una mesa, sobre los mismos fogones. Apoyados a la pared hay unos diez o doce sacos rajados cuyo contenido ha caído viscosamente al suelo.

Aurore abre un gran armario en el que se ocultan numerosas botellas de vino.

—Las subo del sótano una vez por semana. Por eso hay que beberlas rápido...

Clava el sacacorchos y me hace un guiño.

—Mi abuelo tenía una bodega excelente, y él casi nunca bebía, al final de su vida los médicos le prohibieron tomar alcohol. Y yo aún no sabía lo que era el buen vino.

La idea de beber vino no me atrae demasiado, pero viendo el estado de las tuberías me abstengo de pedir otra cosa.

El tapón hace un plop de tambor. Yo leo la etiqueta de la botella: nada menos que un Romanée Conti.

¡Si lo viera mi padre!

Aurore se lleva la botella a los labios, echa atrás la cabeza y con un ruido de cañería se sopla la mitad, tras lo cual la planta en la mesa con toda su fuerza y dice:

—¡Ahhh! ¡Qué bueno! Sírvase...

Los ojos se le ponen vidriosos; entiendo que se ha instalado en la orilla de su propio mundo.

Me alarga la botella.

—Lo siento, pero no me ha quedado un vaso sano.

Contengo la repulsión y empino la botella.

Mejor no pensar que la ha tocado su boca.

«¿Cuántos años llevará sin lavarse los dientes?», me susurra una voz en mi interior.

Le doy tres tragos compulsivos al néctar y me atraganto. ¡Qué cosa más mala! Es puro vinagre, un líquido pastoso, repugnante, que parece cieno.

Empiezo a toser, dejo la botella.

Aurore se echa a reír.

—Claro, hay que estar acostumbrada. Es lo que pasa con los buenos vinos.

«¡Los buenos vinos!» Estoy a punto de vomitar.

Las náuseas crecen y crecen y tengo que correr al fregadero. Abro el grifo y bebo agua con avidez como quien recupera el aliento... aunque sepa a plomo y a óxido.

Cuando me repongo y me vuelvo Aurore se ha bebido ya la botella y está abriendo otra, un Château Petrus...

—¿Otro traguito?

—No, gracias. —Me siento de nuevo y me ordeno severamente: «Concéntrate».

Aurore está descorchando la tercera botella.

—¿Su abuelo era enólogo?

La pobre está ya completamente borracha; se echa a reír y se tropieza con una botella, que rueda por el suelo.

—No, era... era... —Frunce el ceño, le dan tics en la cara; busca las palabras en su mente aturdida.

Coge una silla de mimbre y se deja caer en ella.

—Amaba cuanto era bello... —dice al fin con nostalgia plañidera—, y para él yo no era lo bastante bella...

Tras esta declaración hunde la cara entre los brazos.

Yo le pongo la mano en el hombro, vacilante. Pero ella alza la cara en el acto y dice con dureza:

—Me abandonó, ¿comprendes? ¡Se fue!

—Pero ya murió, ¿no?

—Claro que murió. Lleva pudriéndose diez años en el cementerio de Paulin... ¡Mira!

Despeja con el brazo un montón de peladuras; debajo, sobre el hule de la mesa, hay una especie de álbum de fotos.

—Cuando murió recorté todos los artículos de prensa que hablaban de él.

Ebria, repasa una a una las páginas; yo voy leyendo los titulares, que hablan por sí solos: «Muerte de un héroe», «El fin de un gran hombre», «Paulin pierde a un prócer», «¿Quién reemplazará a Claude Jos?». Todos los artículos van acompañados de un retrato de Jos, siempre el mismo, una foto tomada en los últimos años de su vida. En ella se ve a un anciano tranquilo, en paz consigo mismo, con quien uno querría tomar un vino y contemplar el ocaso a los pies del Pirineo.

—¿Era hermoso, verdad? —pregunta Aurore, pasando los dedos por las páginas.

De pronto veo algo, tapado en parte por el codo de Aurore...

—¡Espere!

Es un artículo más largo y lo ilustra una foto diferente.

—Ah, sí... Esta foto no sabía si conservarla, por rabia. Aún no me explico quién pudo hacerla. No permití la presencia de periodistas en el entierro.

Trato de contener la alegría.

En efecto, es una foto de grupo del entierro, de media página, a color y perfectamente nítida.

¡Están todos!

¡Esto sí que no me lo esperaba! Me clavo los dedos en los muslos como para cerciorarme de que estoy despierta.

En la primera fila, junto a los de la funeraria, está Aurore, vestida de luto; es aún muy joven y tiene una expresión triste y angelical que da un carácter romántico a la foto.

Tras ella hay cuatro hombres que parecen escoltarla, de pelo blanco, traje oscuro, gafas de sol. Observo estremecida que los cuatro tienen la mano derecha metida en la chaqueta, como si trataran de esconderla. Recuerdo entonces que Jos murió apenas unos días antes del suicidio de los Sven y me digo con horror: «Ya los habían mutilado...».

—La siguiente es más bonita —dice Aurore, y tapa la fotografía con la mano.

Faltando a mi prometida discreción, yo la retiro como quien sacude un bicho.

—¡Espere!

Ella pone cara de niña castigada y murmura:

—Bueno...

Miro de nuevo la foto y un rostro me llama la atención. Está al fondo, más o menos detrás de Aurore, entre dos personas; mira a la joven de luto con una fijeza extraña, como de deseo.

Y reconozco a...

—¡No, no puede ser! ¿Quién es este señor?

Aurore parece profundamente desamparada.

—Te dije que viéramos la siguiente foto...

Pero ya sé cómo tratar a la nieta de Otto Rahn, y con una autoridad de la que no me creía capaz le bramo:

—¡¿Quién es este hombre?!

Aurore se encoge de hombros, amedrentada.

—Un... un amigo.

—¿Un amigo? ¿Cómo lo conociste?

—Vino a verme.

—¿Cuándo?

—Después de tu muerte.

Me estremezco.

«¡Cree que soy su abuelo!»

—Al morirte tuve que ocuparme de todo, no dejaste nada dispuesto para tu entierro... Linh me ayudó.

«Luego es él, sí... ¡el muy cabrón!»

—Me dijo que había trabajado contigo en el ayuntamiento —prosigue Aurore, desde su ensueño— y me ayudó a poner orden en tus papeles. Yo contaba para eso con los Sven, pero ellos no se presentaron hasta el día de tu entierro y se fueron enseguida. —Mirada de pena—. Parecían tan afectados...

Escucho a aquella demente, en medio de una cocina patas arriba, esforzándome por grabarlo todo en mi memoria.

Al fuego hay un perol que vibra y hierve echando un vapor gris perfumado de ajo.

Aurore me mira, pero ve a otra persona.

—Abuelo, sin el sostén y el consuelo de Linh no lo habría superado... —Expresión de amante desdeñada—. Yo confiaba en él... Le conté todo. Fue el único hombre para el que no tuve secretos...

Al oírla no puedo evitar una sospecha: ¿se está riendo Linh de nosotros?

—¿Y qué pasó luego?

Aurore respira con dificultad, le cuesta hablar; unas lágrimas asoman a sus ojos.

—Se fue... Una mañana desperté y vi que estaba sola en la cama. Fue a los dos meses de tu entierro. Nos habíamos pasado toda la noche ordenando papeles y creí que seguía en tu despacho. Fui pero no estaba; tu caja fuerte estaba abierta...

—Cerdo...

—¡No, abuelo, no! —salta Aurore, cogiéndome las manos—. No debemos culparlo de nada... —Sus ojos rezuman amor—. Linh me ha hecho tan feliz, no puedes imaginarlo... —Hunde de nuevo la cara entre los brazos y rompe a sollozar—. Todas las noches pienso en él, sé que no me ha olvidado, que algún día volverá...

Linh utilizó a Aurore, la utilizó de la manera más indigna; le rompió el corazón, la hizo enloquecer.

Aurore se ha quedado quieta, recostada sobre la mesa, con la frente apoyada en la botella ya vacía, perdida la mirada.

Y de pronto me recuerda a alguien... «¡Angela Brillo!», me digo.

La anciana señora a la que vi con Venner en Berlín, la primera persona que mencionó a Claude Jos, una de las innumerables víctimas de este caso inaudito; nuestra primera pista...

No sé cómo he visto el parecido, porque Aurore es más joven e incluso podría ser hermosa. Me mira con la expresión más devastada que nunca y dice:

—Abuelo, por favor, no te enfades con él. Linh y yo nos casaremos algún día...

1940

El año 1940 comenzó con un ambiente tristísimo.

No celebramos ni el solsticio de invierno ni la vuelta de la «luz amarilla»; sin nuestros ritos, los días nos parecían más largos.

La vida discurría en el vacío, misteriosa, indescifrable.

Cada cual iba a lo suyo, seguía su destino: los Sven aún no habían ingresado en las filas de la Ahnenerbe en Europa, pero ya pasaban todo el tiempo en Halgadøm y solo venían de tarde en tarde a Yule a por ropa limpia.

También Otto vivía aislado. Se pasaba días enteros escribiendo en su cuarto. Lo veía tan poco como a Dieter y Knut Schwöll, entregados a sus trabajos de científicos locos. Hans había elegido definitivamente su bando y estaba siempre con su madre, ayudándola en las faenas domésticas y haciéndole compañía cuando ella se ponía a pintar.

¿Y yo? Yo, que tanto había querido penetrar el sentido secreto de aquel mundo, evitaba ahora hacerme preguntas, era como si hubiera cerrado un cuarto en desorden que me fastidiase limpiar. Todas las atrocidades que había visto —los presos, los cohetes, los recién nacidos, los torturados—, las había arrumbado en ese cuarto de mi memoria, oscuro y hediondo, y lo había cerrado herméticamente, esperando olvidar por completo. Había que sobrevivir moralmente, y vivía el día a día abandonada a la inercia, haciendo lo mismo, pensando lo mismo.

Mi rutina era la viva imagen de las Håkon, que semejaban un hormiguero en el que cada hormiga hacía su trabajo.

Pero un día, a principios de abril, ocurrió algo que rompió ese letargo: aparecieron cuatro aviones.

Era por la mañana. Yo estaba sentada en una roca a la orilla del mar, como solía hacer muchas veces, y los vi amerizar aparatosamente, con gran espanto de las pocas aves marinas que quedaban a esas alturas del invierno.

«¿Quiénes serán?», me pregunté.

Miré alrededor. Yo era el único testigo de esa particular escena.

Los cuatro aviones surcaban ahora las aguas sin gracia rumbo al embarcadero.

Reconocí las banderas pintadas en las carlingas. «Alemania, Austria, Rusia e Inglaterra.» Aunque eso explicaba mal su presencia... ¡teniendo en cuenta que eran países enemigos!

Atracaron los aparatos y se apearon cuatro hombres.

Se quedaron mirando a un lado y a otro con desconcierto, escrutando incrédulos nuestras islas.

«Si esperaban un recibimiento a lo grande, menudo chasco», me dije, comprendiendo lo perdidos que debían de sentirse aquellos hombres en medio de aquel desierto de rocas y algas.

De pronto resbalé y el que debía de ser el austríaco me vio.

—¡Eh, acércate!

Tras un instante de vacilación me encaminé hacia ellos afectando tranquilidad.

—¡Date prisa! —dijo aquel hombre que llevaba una camisa beige y un brazalete con la cruz gamada.

Al acercarme, me miró con mala cara. Tenía unos ojos azul claro que parecían perdidos bajo las pobladas cejas negras.

—¿Es que no hay nadie aquí?

—No lo sé... —contesté yo intimidada.

El hombre enrojeció y se acercó hacia mí.

—Rudolf, por favor —dijo otro de los hombres, y educadamente retuvo al soldado.

Mi inesperado protector era un hombre mayor, de párpados caídos y un enorme bigote blanco que casi le tapaba la cara.

—¿Cómo te llamas? —me preguntó con voz amable y un fuerte acento eslavo.

—Leni...

Vi que se alegraba y que los otros prestaban atención.

—¿Será ella? —preguntó con acento inglés uno alto, calvo y maquillado que llevaba un capa roja.

—Debe de serlo —contestó el cuarto visitante, un hombre mostachudo de porte prusiano, aunque de mirada infantil.

Los cuatro me observaban con una curiosidad morbosa, que me inquietó en extremo.

—¿Quiénes son ustedes?

—Leni, te presento a nuestros... patrocinadores —dijo una voz a mis espaldas.

Era Otto, que llegaba medio corriendo. Los hombres habían perdido toda ternura, y miraban a Otto con rabia contenida. Aquella visita distaba de ser amistosa.

—¿Así se nos recibe? —dijo el militar de las cejas pobladas, indignado.

—Además, ¡usted estaba al tanto de nuestra llegada! —añadió el eslavo del bigote.

Otto se quedó mirándolos con respeto, aunque también con una leve ironía, y dirigiéndose a mí dijo:

—Ya ves cómo son, hija... Por eso me gusta este archipiélago, alejado de la violencia del mundo.

Se volvió hacia la orilla y respiró hondamente el aire marino.

Su actitud me desconcertaba todavía más que la situación misma; los otros cuatro empezaban a agitarse y mascullar.

—Permítanme al menos que les presente a la jovencita... —dijo serenamente, y volviéndose hacia mí—: Querida, él es Rudolf Hess, uno de los primeros compañeros del Führer...

—El primero —lo corrigió el soldado de las cejas negras, inclinándose.

—Él es —prosiguió Otto, señalando al del mostacho prusiano— el padre de la geopolítica y gran maestro de la sociedad de Thule: *Herr Doktor* Karl Haushofer.

El mencionado me dirigió una leve inclinación de cabeza. ¡Qué perdida que estaba!

—Pero también están presentes hoy aquí las otras dos naciones. —Otto se acercó sonriendo al anciano del bigote blanco, que debía de ser ruso, y le dio una fuerte palmada—. ¿Seguimos en forma, maestro Gurdjieff?

El así llamado hizo una mueca que quería ser amable y contestó con un acento muy marcado:

—Así seguimos, sí...

Quedaba el inglés, el de la capa roja. Otto lo abrazó con una impetuosidad que me sorprendió.

El otro lo tomó por las mejillas, lo besó en la frente y susurró:

—Otto, Otto...

—Y por último, Leni —dijo este, que parecía sinceramente emocionado—, te presento al gran maestro del Ordo Templi Orientis, del Astrum Argentinum y de la Golden Dawn, sir Aleister Crowley...

El inglés me cogió en brazos, me aupó y me zarandeó.

—*I'm so glad to meet you at last!* —Me dejó en el suelo y les dijo a los otros—: Creo que es hora de aclarar algunas cosas.

—Pero ¿se lo habrás dicho, no? —le preguntó Otto, refiriéndose a Hess, Haushofer y Gurdjieff.

—Prefiero que lo hagas tú —contestó Crowley con una expresión de misterio, mirando sonriente a sus compañeros—; por eso hemos venido.

Evidentemente los otros no entendían nada, y daban muestras de impaciencia.

Hess se llevó la mano al cinto y exclamó:

—Pero ¡qué es esto!

—Crowley, explíquese... ¿Qué es lo que nos oculta? —dijo Haushofer.

«¿Quiénes serán?», me preguntaba yo ante aquel combate de titanes.

—Otto y yo debemos anunciaros ciertos... cambios —dijo Crowley.

—¡¿Cambios?! —saltaron los otros.

—Señores, calma, calma... —dijo Otto agitando el brazo—. No nos pongamos nerviosos, aún queda mucho por ver...

—Y por saber... —añadió Crowley con su acento *cockney*.

Hess estaba furioso.

—Pero ¡nos han engañado...! ¡¿Qué han tramado a nuestras espaldas?! ¡Esto es una traición!

Temía que se arrojaran los unos sobre los otros como una manada de hienas. Pero no; de momento se atacaban a preguntas:

—¿Dónde está Nathaniel Korb? —preguntó Hess.

—¿Qué está ocurriendo aquí? —dijo Gurdjieff.

«Yo sé más que vosotros...», me dije, sintiendo, aunque sin mostrarlo, un extraño orgullo.

—¡Me han dicho que incluso ha a ido visitar a ese canalla de Mazas! —rugió Haushofer.

--Señores —dijo Otto en actitud apaciguadora—, lo mejor es que les lleve de «crucero» a la isla. —Y señaló Halgadøm.

En ese mismo instante llegó un barco de pesca al mando de un soldado de las SS.

Otto los invitó a subir, y cuando partían oí que Crowley le preguntaba a Otto:

—¿Lo tenéis allí?

—En la cámara frigorífica, al cargo del doctor Dieter Schwöll.

—¿De qué hablan? —preguntó Hess, aún encolerizado.

Crowley se llevó el dedo al entrecejo y dibujó una cruz gamada.

—De uno de ellos.

Hess se quedó atónito; después, con la mirada perdida, balbució:

—Blasfemia...

Luego todos callaron y miraron hacia Halgadøm, y poco a poco el barco se desvaneció en la niebla.

—¡Blasfemia, blasfemia, blasfemia! —gritaba Rudolf Hess cuando regresaron.

Yo seguía al borde del mar; no me había movido de allí en toda la mañana. Había pasado aquellas cinco horas tratando de atar cabos, de explicarme la presencia de aquellos personajes...

Y ahora los veía desembarcar rendidos, consternados.

Gurdjieff parecía haber envejecido veinte años y se apoyaba en Haushofer, el cual no se mostraba menos abatido.

Hess seguía iracundo y repetía una y otra vez, como una letanía: «Blasfemia, blasfemia...».

El único que parecía tranquilo y reposado era Crowley, que caminaba cogido de Otto con una ternura casi equívoca y contemplaba el archipiélago como poseído.

—¿Cómo han llegado a eso? —les decía Hess, incansable, a Otto y a Crowley—. Todo funcionaba de maravilla... Los niños venían al mundo tranquilamente... ¿No bastaba con eso?

Aquello me llamó la atención, y para oír mejor me levanté. Gurdjieff me vio, y señalándome terció en la conversación:

—Los prototipos salían muy logrados, íbamos por buen camino. ¿O acaso esa niña no es perfecta?

¿Hablaba de mí? ¡Yo no era ningún prototipo, sino una iniciada! ¡Sabía tanto o más que ese viejo que olía a chivo!

Se giró hacia Otto, quien a su vez me había mirado con pánico, como temiendo que pudiera decir algo. ¿Nací yo también en la enfermería, fue mi madre una de esas mujeres arias de lengua cortada? ¡No, no podía ser!

—Llevábamos veinticinco años perfeccionando el programa —alegó derrotado Haushofer—, poniéndonos al día de la investigación médica y biológica... ¡Veinticinco años! ¿Qué tienen ustedes en la cabeza? —Lo dijo dirigiéndose a Otto y Crowley—. ¿A quién se le ocurre emprender este tipo de excavaciones arqueológicas? Porque seguro que no cejarán, ¿verdad? ¡Querrán desenterrar el resto de las momias!

Los dos acusados asintieron en culpable silencio.

—¡Se lo prohibimos en nombre del Reich! —exclamó Hess.

—La Ahnenerbe depende únicamente de las SS, no del partido nazi —replicó Otto con desdén.

—Sin nosotros —precisó el ruso, grave pero tranquilo—, ni las SS, ni su maldita Ahnenerbe existirían... —Se acercó a Otto—. Todos ustedes son hijos nuestros, todos. —Y mirándome a mí añadió—: No solo esta encantadora señorita tan... conseguida.

Yo iba a replicar, pero no tuve tiempo. Gurdjieff saltó a tierra firme, se sentó a mi lado en la roca y dando grandes suspiros me preguntó:

—¿Tú la has visto? ¿Has visto a la momia?

—¡Gurdjieff, déjela en paz! —exclamó Otto.

Pero el viejo me pasó el brazo por los hombros y dijo, traspasándome con su mirada de hechicero:

—Pero ella debe querer comprender qué es lo que pasa... ¿Verdad que te gustaría saberlo?

Yo asentí tímidamente. Otto se precipitó hacia mí y me apartó del viejo ruso, que no se opuso.

—Has caído en tu propia trampa, Otto —dijo Haushofer—. No te dejaremos llevar a cabo este proyecto...

—¡Pero pensadlo un momento! —replicó impaciente Otto—. Entramos en una nueva era, la era del Reich y la raza superior. —Me apretó la nuca y añadió—: La de los nuevos elegidos...

Los otros se escandalizaron.

—¡Se ha vuelto completamente loco! —exclamó Hess—. ¡Y pensar que todos estos años hemos confiado en usted, en usted y en...! —Se volvió hacia Crowley, que permanecía callado—. Sabía que no había que fiarse de usted... Un inglés no deja de ser un inglés...

Pero Crowley no parecía sentirse afectado, y escuchaba en actitud irónica, para gran satisfacción de Otto.

—Aunque lograran lo que se proponen —dijo Gurdjieff—, ¿en qué aprovecharía eso a los niños?

—¡Las momias, Gurdjieff, las momias...! —contestó Crowley, como hechizado—. Piensen cuál no será su poder cuando las tengamos todas.

—Ha estallado la guerra —terció Hess—, ¿es que no se ha dado cuenta, Rahn, incluso aquí, en su torre de marfil?

Otto lo miró con hastío y no contestó.

—Sabrán también que Noruega puede abandonar su neutralidad en cualquier momento —continuó Gurdjieff—, y Churchill podría mandar bombardear todo esto... —Se volvió hacia Halgadøm y añadió con voz triste—: Y eso sería el fin de su sueño dorado, Otto; el fin de la «raza superior», los «nuevos dioses», los «elegidos»...

—¡Este conflicto puede costar millones de vidas humanas! —dijo Haushofer—. Si el Reich no ceja en su empeño, con gente como Himmler y estos dos rufianes —y señaló a Otto y a Crowley—, será una guerra sangrienta.

—Ah, lo será, ténganlo por seguro —contestó tranquilamente Crowley.

Hess se paseaba a zancadas por el embarcadero.

—Las SS son simples militares... Nada de casta divina. Todo esto es absurdo...

—Ya lo veremos —dijo Otto con calma.

—Además, solo tienen una momia —intervino Haushofer—; para que todo salga bien se necesitan las otras ocho...

—... que son inhallables —concluyó Gurdjieff.

—Eso también se verá —replicó Crowley, y dio a Otto una palmada paternal en el hombro.

Hubo un silencio.

Titubeaban sin saber qué decir, como actores que hubieran olvidado su papel. En ese momento de tregua se quedaron mirando al horizonte, como en busca de calma, vacío, aire; de pureza, de inocencia.

Pasó entonces por el acantilado una columna de soldados, que nos sacudió a todos el ensimismamiento.

—¡SS, grotescos peleles! —exclamó Hess en tono de desprecio. Dio una patada al aire, saltó al flotador de su avión y masculló—: Todo esto es ridículo...

Los otros, como aturdidos, uno tras otro, despacio, subieron también a sus respectivos hidroaviones.

—¡Esto no acaba aquí! —dijo Gurdjieff amenazador, dirigiéndose a Otto.

Este observó al viejo ruso subir penosamente la escalerilla y contestó:

—No sabe cuánta razón tiene...

Cuando los cuatro aviones hubieron desaparecido, me acerqué a tío Otto y empecé a preguntarle por todas las cuestiones que me corroían: las momias, Halgadøm, tío Nathi, los seres supremos...

Pero él hizo un gesto elusivo y no me contestó.

—Muy pronto lo sabrás todo. Necesito tiempo. Ya solo es cuestión de días...

—¡Llevas meses diciéndome lo mismo! —repliqué yo impaciente.

Me dio entonces tal bofetada que me tiró al suelo. Pero no vino en mi ayuda; se quedó observándome con unos ojos que, pese a su violenta reacción, rebosaban cariño.

—Tú eres para mí lo más valioso del mundo. Pero no hay tiempo que perder. Si te digo que confíes en mí, has de hacerlo.

Y a paso ligero volvió a sus dependencias.

Los días siguientes Otto se los pasó encerrado en su despacho. Yo podía verlo a través de la ventana sentado a la mesa, escribiendo hojas y hojas con la desesperación de un capitán que lucha contra la tormenta.

«¿Qué escribirá?», me preguntaba. Y por momentos aquella silueta tan familiar me parecía la de un extraño.

Estaba frenético, en un estado que reflejaba el de la isla entera.

¡Adiós al plácido letargo de las Håkon, aunque hubiera sido solo aparente! Todos sus habitantes parecían cargados de electricidad, y hasta los soldados, siempre impasibles, fríos, casi inhumanos, corrían nerviosos de aquí para allá, a las órdenes de sus superiores. Ya nada era lo mismo, uno tenía el presentimiento de que sobrevendría algo.

Nuestra vida idílica llegaba a su fin. Adiós al paraíso.

«Adiós a la edad de oro», pensaba yo.

Y una mañana decidieron evacuar Halgadøm.

Los soldados habían preparado lo necesario durante la noche y zarparon al amanecer... ¡Había decenas de botes!

Una hora después vi volver el primero: traía a los Sven y a Dieter y Knut Schwöll. Al verme, el médico me gritó:

—¡No te quedes ahí!

Pero yo no me moví, fascinada por el espectáculo; de nada servía insistir. En los siguientes botes llegaron enfermeras con recién nacidos en brazos; los bebés parecían sin duda asustados por el viaje, el mar, la luz del día, el viento, y berreaban como locos, espantando incluso a las orcas.

—¡Por aquí! —gritaba uno de los Sven, en la orilla.

Y señalaba una puerta del palacio de tío Nathi que llevaba a los sótanos.

Todos se encaminaron hacia allí formando una larguísima y sinuosa fila india con aspecto de serpiente submarina y fueron entrando en el subterráneo. Y así siguió todo el día y toda la noche: los convoyes no cesaban de llegar, siempre repletos de niños despavoridos que lloraban. Cuando acabaron de evacuar Halgadøm y empezaron con Ostara, la isla de los invernaderos, me di cuenta con indignación y horror de que dejaban a los prisioneros abandonados a su suerte.

Aquello me pareció intolerable, ¡no podían dejarlos allí, librados a sí mismos! ¡Ni el más inhumano de los tiranos cometería tal atrocidad!

Empecé a correr por la costa, gritando:

—No, ¡no podemos abandonarlos!

Luego volé a la habitación de Otto, aporreé la puerta:

—¡Hay que ir a por ellos! Al menos hay que liberarlos...

Otto no me abrió; solo dijo:

—Leni, por favor, déjame...

¡Otto! ¡Mi amado y odiado Otto! ¡Mi padre, mi maestro!... Ya no me hablaba. Me ignoraba, me rechazaba. Estaba sola, más sola que nunca en medio de aquella pesadilla que empezaba a desbordarme.

De pronto el cielo se oscureció: eran los bombarderos ingleses...

Aquel primer día se limitaron a sobrevolar las islas, aunque tan bajos que hacían temblar los cristales de los edificios.

Los soldados no se atrevían a abrir fuego, ni siquiera se dejaban ver armados; romper las hostilidades hubiera significado el comienzo de una carnicería.

A la mañana siguiente los Sven vinieron a recogerme al dormitorio para ir a ver al doctor Schwöll.

—¡Vamos, rápido! ¡Es muy importante!

Habían perdido su severidad, mostraban un gran temor y angustia. ¿Sabían algo que yo no sabía?

El médico nos esperaba en el salón de su casa, «escoltado» por su hijo mayor, y nos invitó a entrar.

Había un olor raro, y el médico parecía apurado.

—¿Por quién empezamos? —preguntó Knut, que tenía en la mano una especie de estilete.

—Las damas primero —dijo el Sven de la cicatriz, y me señaló.

Antes de que tuviera tiempo de entender qué sucedía, el médico ya me había cogido, como temiendo que escapara. El hijo me levantó un poco la camisa.

—¿Qué hacen?

Demasiado tarde.

Sentí una punzada en los riñones, como una quemazón, breve pero muy intensa, y acto seguido olí a carne chamuscada. ¡Me habían marcado! ¡Marcado como a un animal! Pero ¿qué hacer, cómo resistirme?

También los Sven fueron marcados en el mismo sitio.

—No querríamos extraviaros... —nos explicó el médico, mirando al cielo por la ventana—; con ese «pedigrí», nunca os perderemos de vista...

De pronto una especie de terremoto horrísono sacudió el edificio; en un acto reflejo me cogí de la mano de un Sven que, tan asustado como yo, no solo me dejó hacerlo, sino que, al sonar la segunda explosión, me la estrechó.

—¡Hay que irse, deprisa! —exclamó el doctor Schwöll, y empezó a guardar sus cosas en el maletín. Cuando estuvo listo me cogió del brazo y me empujó delante—. ¡Vamos, Leni, muévete!

Todos salimos.

El ruido nos ensordecía; el humo, el polvo y la arena nos impedían ver. Era como si ya lo hubieran destruido todo. Pero debíamos orientarnos en aquella cortina de polvo y humo, y correr.

El cielo estaba cuajado de aviones y parecía más negro.

—Se dirigen a Narvik —nos gritó Dieter Schwöll—, pero de paso sueltan aquí unas bombas. ¡Así van abriendo el apetito!

A través de aquella espesa cortina vi dos resplandores mar adentro: eran Ostara y Halgadøm que ardían; ya no eran más que dos fuegos a ras del agua. Pero al fijarme bien vi algo en Halgadøm que me heló la sangre: siluetas envueltas en llamas, antorchas humanas que se arrojaban al mar.

—¡Los prisioneros! —grité.

Pero nadie me oyó ni me hizo caso; en ese momento cayó una bomba que redujo a escombros… ¡el cuartel!

Al verlo quise morir.

—¡Otto!

Pero a la puerta del subterráneo había un soldado que gritaba:

—*Schnell! Schnell bitte!*

¡Sí, rápido, todo iba demasiado rápido!

—¿Y Otto? ¿Se quedó en el cuartel? —pregunté entre jadeos y sollozos.

Nadie contestó. Todos corrían como locos hacia el refugio, mirando al cielo con ojos despavoridos.

El cuartel era un montón de ruinas en llamas y me dije, para tranquilizarme: «Se habrá refugiado en los sótanos».

Como yo, los Sven, Dieter Schwöll, su mujer, Knut y Hans corrían también, zigzagueando entre los escombros y las explosiones. Cuando, sanos y salvos, llegamos a la puerta, el soldado nos empujó hacia la escalera, sin dejar de repetir, frenético: «*Schnell, Schnell!*».

Me volví a contemplar por última vez mi paraíso perdido… en ese momento lo que quedaba en pie del cuartel se desplomó con estrépito.

—*Schnell, Fräulein Leni!* —me dijo el soldado, y al entrar yo cerró la puerta y quedamos sumidos en la oscuridad.

El soldado nos dio linternas y empezó a bajar las escaleras.

—*Komm! Komm!*

—¿Dónde estamos? —pregunté.

—En sitio seguro —contestó el médico con una voz inquieta, y se cogió a la barandilla de la escalera de caracol.

En efecto, ya no se oía nada y subía una brisa fresca y con olor a algas.

—Pero ¿y Otto? —dije, y miré una última vez a la puerta.

Nadie contestó.

Nada podía hacer, y empecé a bajar también la escalera.

Descendimos un buen trecho, y al final salimos a una especie de cala subterránea en cuyas aguas flotaban como ballenas un escuadrón de ocho enormes submarinos.

Eso me hizo concebir nuevas esperanzas: «¡Otto debe de estar a bordo!».

Una veintena de soldados iban y venían ajetreados; todos habían subido ya y nos esperaban para partir.

El soldado que nos guiaba dijo:

—Ellos son los últimos.

—Bien... Podemos irnos —contestó otro soldado, y dio un taconazo.

—¿Otto, dónde está Otto? —pregunté—. ¿Ha subido ya?

—¡Calla y sigue! —replicó el doctor Schwöll.

Entramos en el submarino, y nos vimos en un largo pasillo en el que había cuatro soldados montando guardia junto a una gran caja de acero.

«La momia... —me dije—. Uno de los seres supremos.»

Aunque, ¿qué me importaba ya? Yo lo único que quería era encontrar a Otto.

Recorrí los pasillos clamando:

—¡Tío Otto, tío Otto!

Nadie se atrevía a detenerme y de hecho todos me evitaban.

El submarino se movió... ¡y me puse histérica!

—¡¡¡Otto, Otto!!! —grité, llorando ya a lágrima viva.

Ya no experimentaba odio ni rencor, sino una terrible sensación de pérdida: me sentí huérfana por segunda vez...

—Otto… —dije desfallecida, y apoyándome en una pared de metal me dejé caer al suelo.

Me quedé mucho rato acurrucada en aquel pasillo, llorando.

Pero sabía que llorar no servía de nada: ¡Otto estaba muerto! Había perecido en el bombardeo, aquel bombardeo que él mismo había provocado, como se provoca al diablo.

El dolor me destrozaba. Al cabo de largas horas me levanté y empecé a pasearme por los pasillos del submarino.

El llanto y la congoja habían dejado paso a una suerte de dulce sopor, de suave aturdimiento en el que nada tenía sentido.

Los motores del submarino producían un zumbido relajante y continuo, en el que destacaban de pronto golpes metálicos y ecos ahogados.

¿Cuánto hacía que habíamos partido? No lo sabía. Caminaba sin rumbo, como una sonámbula, por aquellos pasillos infinitos que rezumaban yodo y aceite.

Así llegué a una cabina cuya puerta estaba entreabierta, y pude oír unas voces que me resultaron familiares y me sacudieron de mi letargo.

Me asomé, apoyando la cabeza en el marco, y vi que eran Solveig y Dieter Schwöll.

Hablaban con intimidad, y tan atentos que no advirtieron mi presencia.

—¿De verdad no hay más remedio? —preguntaba ella.

—Nuestra misión no ha terminado, querida. El niño nacerá pronto y habrá que ir por él a Polonia…

—Pero yo tengo bastante con los míos.

Dieter se puso serio.

—¿No querías tener el tercero, para poder llamarlo Martin, como tu padre?

—No lo sé, ya no sé nada… —dijo ella, confundida, cansada, asustada—. ¿Qué sabemos del niño? —Se abrazó a su marido y añadió—: Además, yo quería uno tuyo…

Dieter se apartó.

—Pues tendrás que conformarte, querida. El niño aún no ha nacido, pero pronto será de la familia. Y los Sven han sido formados para velar por él. Así lo ha querido Otto.

—Los Sven, Otto… —repitió Solveig con una mueca de asco—. Y Leni… todos, todos me repugnan…

Entonces no pude reprimir un gemido. Los dos adultos se quedaron quietos y vieron mi expresión acongojada.

—Hombre —dijo Dieter, aparentando buen humor—, parece que la jovencita ya está mejor.

—Ya puedes darle su regalo —le dijo Solveig, con triste sarcasmo—, tú que has sido el perro guardián de tu «gran amigo Otto», que nos ha abandonado a todos…

—¡Cállate! —la interrumpió el médico—. ¡No es el momento! ¡No delante de ella!

Pero Solveig ya había cogido un sobre de un estante y lo agitaba en el aire.

—¿Cómo es eso? —Su marido trataba de arrebatárselo—. Ahora que Otto no está, ¿ya no sigues sus órdenes al dedillo?

Me dio el sobre, abultado, sobre el cual pude leer: «Para Leni».

«Es la letra de Otto.»

—No se lo tenía que dar hasta estar en Europa, en casa de Heinrich… —dijo el médico, pero no se atrevió a quitármelo.

Yo ya no escuchaba; me senté en una silla, hechizada.

«¡Otto, Otto! ¡Ahora lo sabré todo!»

Con manos temblorosas abrí el sobre y saqué unos folios manuscritos.

Yule, mayo de 1940

> Leni mía, corazón herido, hace días que vienes a llamar a mi puerta. ¿Me perdonarás no haberte abierto cuando leas esta carta…?

«Por fin voy a saber», me dije, y rompí a sollozar.

2006

—¡Conque así consiguió el manuscrito de *Halgadøm*!

Linh no responde a mis ataques. Conduce mirando la línea blanca de la carretera, que reluce a la luz de los faros, acelerando en las curvas, derrapando, sin frenar nunca.

Son las diez y veinticuatro minutos de la noche y el último avión sale en menos de una hora.

—Sedujo a esa pobre chica... le hizo promesas... ¡y la plantó!

—¿Y qué? El caso es que conseguí lo que nadie había logrado encontrar.

—Sí, pero de una manera... ¡repugnante!

Linh ahoga una risilla y me mira la ropa, llena de polvo.

—Y por lo que me ha contado de ella no pienso reaparecer. Vagabundos ya hay bastantes en Toulouse...

—Si hubiera sabido cómo era usted...

Linh da un puñetazo en el volante.

—¿Con qué derecho me juzga?

—Ha utilizado a esa mujer como un juguete, para aprovecharse...

—¡Usted no sabe nada de mí, de mi infancia, de mi familia! Y no es asunto suyo, es mi vida...

—¿Y ella? ¿No piensa en ella cuando vuelve a casa por la noche? ¿No se la imagina allí sola, vomitando vino, pensando en usted, esperándolo? Lleva diez años así, desde que usted le destrozó el corazón.

Linh da un profundo resoplido y dice en voz baja:

—Esta conversación no tiene sentido.

Se hace un largo silencio.

Al salir de Mirabel —tuve la sensación de que salía del mismísimo infierno—, lo primero que hice, caminando ladera abajo, fue llamar a Clément... Pero me respondió otra vez su contestador... Lo mismo me pasó con Venner, a quien no tuve ánimos de dejarle un mensaje.

Pensé que, de todos modos, no iba a volver haciendo dedo, así que llamé a Linh.

Cuando le dije: «Salgo de Mirabel y acabo de hablar con Aurore Jos», me interrumpió: «Voy para allá, espéreme abajo, junto a los plátanos. Tardo media hora...».

Media hora en la que mi cabeza ha entrado en ebullición. Casi más que el indigno comportamiento de Linh me intriga el parecido entre Aurore y Angela Brillo.

«¿Será su madre? ¿Su tía? ¿O es un parecido casual?»

No, no puede ser casual, ¡si se parecen como dos gotas de agua! Además, ¿quién nos ha puesto en la pista de Claude Jos? ¡Precisamente Angela Brillo!

Y todo parece indicar que el tal Claude Jos no es otro que Otto Rahn... aunque Leni lo dé por muerto al final de su relato...

«¿Y ahora qué? ¿Por dónde seguir?», me pregunto.

El euroasiático sigue tercamente callado.

Yo carraspeo y pregunto:

—¿Y no ha tratado de reconstruir las últimas semanas de Chauvier? ¿No viajó de Toulouse a Berlín? —Linh no contesta y acelera—. ¿Nunca fue a ese monasterio parisino? ¿A Spandau, a ver a ese cocinero?

Linh niega con la cabeza.

—Le digo que me vigilaban, que me habían amenazado, a mí y a mi madre... Hasta que mi madre murió no quise retomar la investigación.

Algo falla en esta cronología.

—Pero Jos murió en 1995, su madre aún vivía, ¿no? —No contesta—. ¡Y eso no le impidió seducir a Aurore!

Me muerdo de inmediato el labio —lo he dicho con un tono

demasiado sarcástico—, pero ya es tarde. Linh da un nuevo puñetazo en el salpicadero.

—¿Y no ha pensado que también yo podía sentir algo por ella?

Lo considero.

—Y entonces, ¿por qué la abandonó?

—Porque nos amenazaban por ella —confiesa Linh en un tono glacial—. Tuve que elegir entre Aurore y mi madre...

—¿Y se llevó usted el manuscrito y no hicieron nada por recuperarlo?

—Las amenazas cesaron en cuanto dejé Mirabel. Eso es precisamente lo extraño.

—¿Se fue con *Halgadøm* bajo el brazo?

—Nadie parecía conocer la existencia del manuscrito. Jos debió de ocultárselo a todos, incluso a los Sven. La caja fuerte estaba disimulada tras un ladrillo suelto en su despacho. Ni siquiera Aurore sabía que su abuelo tenía ese escondite. El texto estaba en un sobre lacrado, sin nombre... —Linh respira con dificultad, el caudal de recuerdos asfixia su voz—: Me fui en plena noche, como usted ahora. Habíamos recibido las primeras amenazas, mi madre estaba aterrada. Recuerdo que conduje como un loco, huyendo del remordimiento, de la duda. En una hora estaba en casa de mi madre.

Me conmueve, casi a mi pesar.

—¿Y Aurore?

—Ella solo sabía mi nombre de pila. Y creo que en realidad nunca ha querido volver a verme. Es de esas personas que pueden vivir cuarenta años del recuerdo de dos meses... —Lo noto de pronto profundamente abatido—: Yo soy su Gilles, ella es mi Anne-Marie...

Me quedo callada, sin saber qué pensar. Llegamos al aeropuerto.

—Pero ahora que su madre ha... fallecido —pregunto—, ¿por qué no quiere retomar el caso Chauvier?

Linh aparca frente a la terminal de salidas.

—La gente me reconoce. —Se mira en el retrovisor—. Con esta cara de Fu Manchú que tengo, no es difícil, ¿no cree?

Yo no me atrevo a reír. De hecho, la cosa deja de tener gracia enseguida:

—Es usted quien va a hacerlo.

—¿Cómo dice?

—Usted no llama la atención. Al monasterio es inútil ir, me he informado: han tirado todo lo que pertenecía a Guizet. En cambio...

Saca del bolsillo interior de la chaqueta un papel oficial doblado en cuatro y me lo da. Lo despliego y leo:

—¿«Servicio de Archivos del Ministerio de las Fuerzas Armadas»?

—Se trata de una autorización para ver el expediente de Gilles Chauvier.

—¿Y por qué no lo usa usted?

—Le digo que no puedo, me tienen identificado. Usted se hará pasar por una joven estudiante que está preparando una tesis sobre «la historia de la policía en el sudoeste» o algo por el estilo...

—Tiene gracia...

—¿Qué?

—¿No me estará utilizando como a Aurore?

—No se equivoque de enemigo, Anaïs.

Apenas pongo los pies en París llamo a Clément, pero nada, sigue sin dar señales de vida. Pienso incluso en llamar a casa de sus padres, aunque no lo hago, porque sé que es el último lugar al que iría a desahogar sus cuitas de amante desdeñado.

¡Porque así es como debe de sentirse! Y en realidad lo quiero cada vez más...

Sí, estas últimas semanas hemos alcanzado una intimidad que ninguno de los dos sospechaba. Hemos vivido en una comunión perfecta, en una complementariedad prácticamente milagrosa. Y temo que su reacción esté a la altura de estos nuevos sentimientos.

Llego a mi casa y subo corriendo los doce pisos del bloque —vuelta a la normalidad: el ascensor está otra vez averiado— esperando encontrármelo en la puerta, como cuando volví de Alemania.

Pero ¡ay!, en la puerta no hay nadie, ni dentro tampoco. Solo la gata, que se despierta y profiere un maullido irritado a modo de bienvenida.

En el contestador encuentro el consabido mensaje del «coronel», que me habrá llamado, como todas las semanas, «para saber cómo me va»...

Me dejo caer en la silla de despacho, descorazonada.

—¡Yo con quien quiero hablar es con Clément!

Me siento de pronto abandonada, sola, desvalida. Me zumba la cabeza, el corazón se me acelera como el de un animal acorralado...

¡Tengo que hablar con alguien, desahogarme! ¡Ahora!

Llamo a Léa, pero me responde el contestador.

—Soy yo... Llámame cuando puedas... Las cosas no van muy bien...

Cuelgo. La idea de estar sola, de no hablar con nadie, me atenaza el estómago. Miro la hora: casi la una; no importa, me decido a llamar a Venner.

—Hablar con alguien, con quien sea...

—¿Anaïs? —contesta el Vikingo sorprendido—. ¿Sabes qué hora es? ¿Te encuentras bien?

Tratando de dominar mi nerviosismo le digo que acabo de volver a París y quería contarle cómo había ido.

—Un poco tarde, ¿no te parece?

Sin embargo, él está encantado de poder referirme su cita con Alexandre Bertier en el baño del club.

—No sé qué teme, pero cuando le dije lo de la casa de Marjolaine Papillon le asustó muchísimo que hubiéramos llegado hasta allí...

—Pues yo aún he llegado más lejos...

Mi relato lo llena de estupor.

—¿Y por qué nos habrá ocultado Linh algo así?

—Eso es lo que me extraña. Tengo la impresión de que sabe más de lo que dice... Me ha pedido incluso una cosa bastante arriesgada...

—¿Cuál?

Se lo explico: el euroasiático me ha dado una autorización para el archivo militar y debo ir a ver el expediente Chauvier...

—Iré contigo...

—¡No, iré sola!

—No sé cómo ha conseguido el permiso para acceder a estos archivos, pero es muy raro tratándose de civiles... ¿Y dice usted que es...?

—Estudiante. Estoy haciendo un trabajo sobre la policía en el sudoeste de Francia.

El funcionario gruñe entre dientes y acelera el paso. Aunque soy ligera de piernas, confieso que me cuesta seguirlo por estos pasillos, tan agradables como los de un hospital.

Así recorremos durante unos cinco minutos las entrañas del tentacular edificio. Cuando nos cruzamos con algún soldado, mi hombre se cuadra y lo saluda con la mano en la sien lleno de gravedad. Los militares responden, aunque diríase que con sorna. No me extraña: es un hombre de unos cuarenta años, seco como un sarmiento, pero pagadísimo de su función. Él mismo ha salido a recibirme al vestíbulo.

—Lo que realmente me sorprende es el tema de la tesis... —dice.

«¡Ay, ay!», me digo. Aparte de este pase para los archivos del ejército de tierra, Linh no me ha dado ninguna otra indicación.

—¿Y por qué le sorprende? —pregunto, temiendo lo peor.

El hombre se detiene y se vuelve.

—La policía no es el ejército... ¿No se habrá equivocado de cuerpo?

¡Ah, solo es eso!

—No; es que la persona sobre la que he centrado la tesis, antes de entrar en el cuerpo de policía, estuvo veinte años en el ejército.

Esto parece agradar al funcionario, que asiente sonriendo por primera vez y enarcando mucho las cejas.

—Buen tipo, buen tipo...

Llegamos a una puerta como cualquier otra. El hombre se detiene y dice en tono de broma, aunque sin reírse:

—Bienvenida al paraíso.

Abre la puerta.

—¡Carai!

Lo primero que pienso es en esos recintos con kilómetros y kilómetros de estanterías cargadas de archivos que se ven en las películas americanas.

—Da vértigo, ¿eh? —dice el funcionario casi con orgullo. Y de pronto cambia de actitud; se relaja, me toma del brazo y me susurra en tono admirativo—: Mire, ahí están todos...

Este brusco cambio me desconcierta, más aún cuando el militar alcanza casi el carisma de los apasionados.

Señala un pasillo de estanterías metálicas llenas hasta el techo de expedientes:

—Mire, aquí tiene la J, ahí, la L; más allá...

—¿Mi capitán? —oímos de pronto.

Mi hombre se pone firme.

Es una mujercita vestida de militar.

—¿Pasa algo, sargento Varax? —pregunta el capitán con la gravedad de antes.

—El coronel Verdon quiere verle.

Mi hombre me suelta con cierta brusquedad y me señala con la barbilla:

—Sargento Varax, encárguese de la señorita. Tiene que ver un expediente.

La sargento asiente glacial.

—¡Señorita! —se despide el otro; da un taconazo y sale a paso ligero.

La sargento y yo nos quedamos quietas, mirándonos, como gatas que se pelean. Y me pregunto: «¿Sería yo así si hubiera sido una buena hija para mi padre?». No tendrá más de treinta años, pero lleva el pelo estirado, va sin maquillar, gasta gafas de vieja y tiene un aire desdeñoso.

—Dígame el nombre...

—¿Cómo?

—¿Qué nombre busca, señorita?

—Ah, claro... Chauvier, Gilles Chauvier.

Saca de un estante una abultada carpeta con la letra C, la abre y murmura:

—Veamos... Capelier... Carabin... Cassignard... Castillon... Causans... No, más adelante...

Yo mientras contemplo fascinada esos miles de carpetas. ¡Qué vértigo!

—Cérose... Chapier... Chouday...

Me sobresalto.

—¿Chouday? ¿Marcel Chouday?

Varax se detiene, comprueba el nombre, asiente y me lee las primeras líneas del expediente: «Chouday, Marcel, Marie, Germain, nacido en Saumur el 18 de agosto de 1925. Hijo del coronel Chouday, Honoré, Louis, Marc, y de Beauvert, Ginette, formado en...».

—¿Podría... podría fotocopiarme este también? —digo febrilmente—. En Albi hubo un robo y Marcel Chouday conoció al comisario Chauvier por ese motivo. Su expediente me ayudará mucho.

Curiosidad bien natural, ¿no? Además, sería tonta si no aprovechara esta ocasión para saber más sobre mi padre, sobre ese hombre que casi nunca me hablaba de su vida, sobre mi «asesino»...

«¿Seguro que quieres saber, Anaïs?», me dice la vocecita en mi cabeza.

—¿Le ocurre algo? —me pregunta Varax, sin duda porque me he puesto roja.

—No, nada, nada... —respondo en tono firme.

Pese a mi vacilación, la mujer asiente y empieza a fotocopiarme el expediente de mi padre. Los destellos eléctricos de la máquina relampaguean en la gran sala silenciosa mientras repasa las páginas de la lista de nombres. Cuando acaba saca una carpeta rosa y me la muestra orgullosa:

—Chauvier, Gilles.

Yo asiento con la cabeza, pero tengo la mente puesta en otra cosa.

«Papá —me digo no sin cierta perfidia—, ahora sabré los secretos de tu vida militar...»

—Este ya está listo —dice Varax, dándome las fotocopias del expediente de Chouday—. Ahora le doy el otro y ya puede usted estudiarlos tranquilamente en su casa...

Yo ya no la escucho, me sumerjo en las páginas aún calientes.

¡Y lo que leo me consterna!

«¡No, imposible!»

No sé el tiempo que pasa a continuación, pero de pronto me hallo en la calle con la sensación de despertar de un sueño... ¡o de caer en una pesadilla!

Llueve y sopla un fuerte viento raso que bombardea a los peatones, encogidos bajo sus impermeables. En París febrero es el peor mes.

Pero de repente estoy muy lejos de todo eso.

Todavía impresionada por lo que acabo de leer, doblo las fotocopias de los dos expedientes, las guardo en el bolso y cojo el móvil.

Tiemblo tanto que tardo un tiempo infinito en marcar el número del trabajo de Léa.

—Soy... yo...

—¡Chica! ¿Cómo te ha ido con los militares?

Léa parece de buen humor. Se lo aguo de inmediato.

—Mal, muy mal.

—¿Dónde estás?

—Qué más da... Tengo el expediente militar...

—¿De Chauvier?

—No; bueno, también... Quiero decir el de mi padre... Escucha...

Miro nerviosamente la fotocopia y tratando de pronunciar claro le leo:

—«1945: participa en la liberación de los campos nazis, en Alemania y Polonia. 1946: adopción oficial de una huérfana de dos años, Judith.»

Silencio atónito de Léa. Luego:

—¿Judith no era tu madre?

—Eso creía yo...

Yule, mayo de 1940

Leni mía, corazón herido, hace días que vienes a llamar a mi puerta. ¿Me perdonarás no haberte abierto cuando leas esta carta...?

Espero que sí, porque me ha costado mucho no abrirte al oír tus deditos de hada llamar a la vieja puerta de abedul de mi cuarto, tus gemidos de niña abandonada, huérfana...

No, Leni, no te sientas huérfana, no lo eres. Me tienes a mí, yo soy tu familia; aunque no puedas verme, aunque te digan que he muerto, que estoy desaparecido, no lo creas. ¿Cómo iba a morir tu tío Otto de un modo tan banal, por unos pocos aviones, por unas cuantas bombas? ¡No! Tú y yo sabemos que soy mucho más fuerte que eso, más invulnerable. Tú y yo somos elegidos, corazón, no víctimas.

Si físicamente no estoy presente —así será al menos unas semanas, quizá unos meses—, es porque para encontrar mejor la luz he elegido permanecer en la sombra. Esa ha sido siempre mi máxima. Las tinieblas son la fuente de todas las cosas, de todas las belleza; no lo olvides, corazón mío. No olvides tampoco esta carta, y prométeme que a nadie hablarás de ella. Ni a los Sven, ni a Hans. El secreto debe seguir guardado, ángel mío. Es un secreto vital, es también la fuente de todas las virtudes. Y tú, tu alma, tu cuerpo, tu sangre, sois hijos de ese secreto.

Mis palabras te parecerán oscuras, Leni mía; pero eso forma también parte del secreto. Un secreto que tiene sus razones de ser, sus orígenes, sus guardianes.

A esos guardianes los has conocido: son los cuatro hombres furiosos que vinieron en avión la semana pasada: Gurdjieff, Crowley, Hess y Haushofer. No te contaré cómo se conocieron, pero debes saber que al acabar la Primera Guerra Mundial esas mentes comprendieron que la humanidad corría hacia su perdición. Cada cual, a su manera (¡y ya has visto lo distintos que son!), supieron que los hombres vivirían en una eterna trinchera si el mundo no era regenerado.

¿Y cómo regenerar un mundo sin regenerar al hombre mismo?

Gurdjieff, Crowley, Hess y Haushofer, cuatro hombres de cuatro culturas diferentes, empezaron a reflexionar en ello, y llegaron pronto a la conclusión de que había que recuperar la armonía antigua, fundada en una humanidad dividida en señores y esclavos. Pero como la raza original (si es que existió) se vio alterada para siempre por los sucesivos mestizajes, decidieron crearla.

Así nació el «Proyecto Halgadøm».

Aprovechándose de las excentricidades y de los millones de Nathaniel, han puesto en pie en este islote perdido un proyecto gigantesco.

Pero todo señor necesita su guardia, y toda raza nueva un brazo armado, y esos cuatro hombres lo buscaron en las organizaciones paramilitares germanas (eso fue a principios de los años veinte), donde el deseo de venganza y el sentimiento de humillación eran tan fuertes que sería fácil encontrar buenos reclutas. Así localizaron a dos compañeros de estudios, dos muniqueses algo perdidos entre las ruinas de su amada patria: Heinrich Himmler... y yo mismo.

El resto ya lo sabes, o lo adivinas.

Yo fui nombrado «regente» de las Håkon; Himmler conoció y presentó a los cuatro sabios a un iluminado austríaco que sería el perfecto *golem* para llamar la atención del mundo: Adolf Hitler. Este fue el primer instrumento, un instrumento visionario, un instrumento mágico que accedió al poder absoluto y tenía tal capacidad de fascinación que hasta ellos mismos se asustaron de su criatura. Quizá demasiado tarde.

Ellos querían limitar la experiencia a Alemania, pero no tuvieron en cuenta los sueños de conquista de Hitler, de Himmler... y los míos.

Porque este conflicto que empieza a conflagrar el mundo, ya lo habrás adivinado, Leni mía, es mucho más que una guerra de expansión territorial.

Es una guerra histórica, metafísica, arqueológica. Una guerra del glorioso pasado histórico contra el odioso presente y el triste futuro; una guerra de la nostalgia contra la modernidad.

Para recuperar el esplendor de la edad dorada, hay que exhumar los últimos vestigios, los últimos fósiles.

Y tú, pequeña Leni, corazón de mi vida, tú has visto uno de esos fósiles. Sí, me refiero a la momia, a ese cadáver embalsamado que viste en Mirabel.

Para que me comprendas bien, te revelaré el último secreto: esa pequeña comunidad de cuatro sabios tiene antecedentes que se remontan mucho más atrás del siglo XX. En todo tiempo ha habido mentes que aspiraban a dominar las pasiones humanas, a controlarlas. Esto te parecerá absurdo, inconcebible, pero es la pura verdad, Leni. Desde tiempos inmemoriales, algunos espíritus han velado secretamente por el destino del hombre, y esos espíritus eran nueve, como nueve son las famosas momias...

Durante siglos, quizá milenios, esas mentes han trabajado para hacer del hombre un ser mejor, menos cruel. Su saber nacía de una experiencia común, pues esos nueve sabios fueron siempre los mismos.

Sí, Leni, digo bien: siempre los mismos.

Salidos de la más remota antigüedad, los nueve sabios poseían el secreto de la inmortalidad, un secreto en forma de elixir, cuyo nombre conoces bien: el Vril.

Todos los años tomaban una gota de este licor; todos los años, triunfaban sobre la fatalidad humana.

Te preguntarás por tanto cómo murieron.

Esta es una pregunta a la que ningún iniciado ha sabido responder jamás, Leni.

Se cuenta que a mediados del siglo XIX, los nueve sabios decidieron de común acuerdo dejar de tomar Vril, e ir a esperar la muerte cada uno a un lugar simbólico y misterioso (como el país cátaro).

El mundo había cambiado mucho. Debieron de sentir que los superaba y prefirieron dejar paso a sus posibles herederos.

Así desaparecieron, pero pronto se creó una leyenda en torno a los nueves seres supremos que prosperó en los círculos esotéricos tan abundantes a fin de siglo. De esos círculos salieron Gurdjieff, Crowley, Hess y Haushofer.

El mito aseguraba que cada uno de los nueve seres supremos conservaba en su sangre, en su carne, en sus tejidos, en sus huesos, una novena parte de la composición del Vril.

Quien los reuniera lograría pues la vida eterna...

Pues bien, Leni, ya lo sabes todo. Ahora te explicarás lo demás.

Los cuatro hombres de los que te hablaba han intentado ocultar la posible existencia del Vril, pero Himmler y yo hemos decidido encontrarlo. Nuestra nueva humanidad, nuestra raza de elegidos debe ser inmortal. ¡Tú debes ser inmortal, Leni!

Este proyecto contó siempre con el apoyo de Crowley; pero los otros tres se han echado atrás escandalizados.

Esto explica tu presencia hoy en este submarino que huye de un archipiélago en llamas.

Ojalá lo comprendas, corazón, y aceptes tu destino. No olvides que no estoy muerto; que solo me he escondido y sigo buscando el Vril, el Vril que te corresponde... El Vril que te administraré muy pronto, como una ofrenda, para que ambos entremos de la mano en la eternidad.

TU OTTO

2006

—Anaïs, tranquilízate...

Mi padre está ante mí, algo encorvado, con su bata granate de siempre que se ha vuelto opaca y tiene los bordes rozados y amarillentos, y su eterno pañuelo de seda en el bolsillo del pecho: ¡Sigue igual... exactamente igual!

Su cabello ha encanecido y un impecable claro se ha apropiado de su coronilla, eso es todo.

Abro la boca, quiero decir algo, pero no consigo más que jadear. Las palabras se pierden en mi garganta y se ahogan antes de salir.

—Tranquilízate... —repite el «coronel», sin inmutarse.

Yo ni siquiera me he movido, como petrificada, de la puerta.

Empieza a atardecer. La campana de la escuela acaba de anunciar el final de las clases.

Pero mi padre y yo estamos en otro lugar, separados de la realidad por un muro invisible.

Leo en su mirada una ternura seca y ardiente como una brasa.

Nos miramos, quietos en el umbral de la puerta, como en un mal melodrama.

—Entra... —dice al fin, y sin dejar de mirarme se aparta a un lado.

Penetro con paso incierto en la casa; mi casa. Es absurdo, pero siento escalofríos. ¡Han pasado tantos años!

Reconozco el olor, un olor a cerrado y a pan tostado que ahora se mezcla con un vago olor a medicamento.

—¿Quieres té? —me pregunta.

Cierra la puerta y, como hacía cuando yo era niña, corre uno a uno, con ímpetu de carcelero, los cerrojos de la puerta.

De pronto me da miedo.

¿Y si pretende raptarme? ¿Y si ahora me encierra en el sótano, donde está la caldera, como me encerraba toda la noche cuando me había «portado mal»?

Mi corazón se acelera y avanzo temblorosa hacia la puerta.

—Mejor será que me vaya...

Mi padre hincha el pecho y me mira fijamente.

—¡Tranquilízate, Nanis!

El pánico se ha apoderado de todo mi ser... y sin embargo sus palabras me calman. Entiendo que lo peor ya ha pasado.

Me domina un sentimiento en realidad terrible: Marcel Chouday es mi padre y es natural que lo obedezca. Poco a poco mi corazón se calma y empiezo a respirar a un ritmo normal.

«Pero no, esto se acabó», me digo mientras sigo al «coronel» a la cocina.

Hoy soy yo quien quiere enfrentarse a este hombre que ha llegado a darme por muerta... ¡y enterrarme!

Lo que he visto esta mañana en los archivos del ejército lo ha precipitado todo. Léa no ha tenido que animarme. He cogido el primer tren para Issoudun por iniciativa propia, incapaz de imaginarme una explicación.

Lo más duro es aceptar que mi padre ya no es el tirano heroico de mi niñez. No es más que un pobre anciano al que da pena ver.

—¿Siete años, no?

El coronel se ha sentado en uno de los viejos taburetes de formica naranja. ¡Cuántas horas no habré pasado yo sentada en ellos, inclinada sobre el hule de la mesa, repasando la lección, aprendiéndome poemas de Paul Déroulède, resolviendo problemas de aritmética!

—Siete y un poco...

Sin levantarse, me señala el taburete de enfrente.

La cocina sigue igual. Todo está en su sitio. Nunca me permitió cambiar nada, y como buen militar él mismo hacía la limpieza.

Me sirve el té hirviendo en un viejo tazón bretón, en el que hay pintado, en letras negras, mi nombre: «Anaïs».

Al verlo no puedo evitar una sonrisa.

—¿Aún lo tienes?

Mi padre se encoge de hombros, nostálgico.

—Como todo lo tuyo. Pienso en ti todos los días; recorto todos tus artículos, los enmarco, los...

—Ya, los entierras en una caja. Como hiciste conmigo.

—¿Cómo?

Siento un nudo en la garganta y me domino para no echarme a llorar.

—Papá, he pasado por el cementerio... —Mi padre se pone blanco— y he visto mi tumba...

—Te explico, hija... No era nada contra ti... lo hice por tu madre...

—¡¿Por mi madre?! Me has hecho pasar por muerta, ¡muerta, papá!, ¿por mi madre? ¡Has matado a tu propia hija!

Mi padre vuelca el tazón en la mesa y me empapa la ropa de té.

—¡Tocado! —digo con una triste sonrisa.

Corre por un trapo y empieza a limpiar, aunque sin atreverse a tocarme. Me doy cuenta de que he sido cruel, y de pronto me parece digno de lástima; encerrado en su propia cárcel, prisionero de su mentira.

—Déjame explicártelo...

—Claro que vas a explicármelo... ¡esto, por ejemplo! —Saco una fotocopia del bolso y se la doy.

—¿Qué...? —dice él, abriendo los ojos.

—¡Lee!

Toma la hoja y saca las gafas del bolsillo de la bata.

Su grito es atroz.

—¡No! No puede ser... ¿No habrás ido...?

No imaginé que verlo así me produciría tanta lástima; mi desquite toma un regusto amargo.

—No... no... nooo... —Y literalmente se derrumba: baja la cabeza, los hombros, el cuerpo, se hace un ovillo, el taburete se desliza sin ruido y él acaba sentado en el suelo.

No era lo que yo quería.

—¡No, no, no! No debías enterarte así... —dice, y es precisamente su voz lo más terrible: una voz débil, desvalida, como el vagido de un niño.

Procuro no emocionarme y pregunto:

—¿Quién es esa Judith? ¿Tiene algo que ver con la mujer de la tumba... de nuestra tumba? ¿Es mi madre?

—Ahora te lo digo, Nanis, pero deja que te cuente... Hay que remontarse atrás, muy atrás...

Inmóvil, sentada con el cuerpo hacia atrás, observo fijamente a mi padre. Luego me sirvo más té.

—Hace tanto tiempo... —dice.

Se levanta, se sienta, se seca con el trapo y empieza a contarme.

—Como muchos adolescentes franceses, yo me tomé muy a pecho la guerra de 1939, porque no podíamos tolerar una derrota. De niño oía siempre a los generales congratularse por la línea Maginot, afirmar que éramos invencibles. Creíamos sinceramente que la guerra de 1914 sería la última...

Ya ha anochecido y empieza a lloviznar. Los cristales de la casa tiemblan como viejas maracas.

—Ya sabes que todos los Chouday éramos militares. Mis hermanos y yo fuimos formados en Saumur por tu abuelo, que era oficial del Cadre Noir, el grupo de instructores de la famosa escuela de equitación. Pasamos la juventud entre las clases, la iglesia y los caballos...

Mi padre se mordisquea los labios buscando las palabras; sus frases lentas, sinuosas, salen de lo más profundo de su memoria.

Se queda un momento mirando la lluvia por la ventana y prosigue:

—Teníamos un altísimo concepto de Francia, y su caída nos afectó como una deshonra personal...

Yo lo escucho asintiendo, aunque no sé por qué me cuenta todo eso.

—Lo digo porque al estallar la guerra hubo que elegir...

—¿Elegir?

—Mis hermanos y yo éramos adolescentes, casi adultos. Nuestro padre nos había educado en el respeto a la jerarquía militar, y no podíamos dudar de la buena fe de un hombre que había salvado a la patria veinticinco años antes.

¡Empiezo a entender!

—Estabais a favor de Pétain.

—Como toda Francia, Nanis, y no era deshonroso... El país estaba destrozado, desanimado; el ejército estaba perdido, los generales desacreditados. Pétain se nos apareció entonces como un salvador...

Renace mi cólera.

—Ahora me juzgas con la perspectiva de la historia; conoces el resultado de esa guerra, pero para nosotros era el presente...

La excusa no me convence, pero le hago seña de que siga mientras me sirvo más té.

—Tu abuelo trataba al mariscal Pétain, se conocieron en los años veinte y se tenían en gran estima. Le propuso... trabajar con él.

¡Esto sí que no lo sabía! Mi padre reconoce, compadecido:

—Sí, Nanis; incluso nos trasladamos a Vichy en el otoño de 1940. El gobierno nos suministró una bonita casa a unos kilómetros del balneario. Nuestra madre... tu abuela... se alegró mucho. Todos los días mis hermanos, mi padre y yo íbamos en bici a Vichy, papá nos dejaba en el instituto y él seguía hasta el hotel del Parc, donde estaba el cuartel del mariscal...

—¿Y en qué consistía su trabajo?

El coronel se pasa suavemente la mano por la calva, como si la abrillantara.

—El mariscal confiaba en él... Lo consultaba y tenía en cuenta sus opiniones.

—¿De veras?

—Pétain era un hombre muy viejo, Nanis; era un anciano rodeado de arribistas que solo querían hacer carrera política. Mi padre tenía ya sesenta años y su única ambición era una jubilación tranquila. Por eso, a ojos del viejo militar, era digno de confianza.

Estoy cada vez más asombrada. El expediente militar de mi padre no dice nada de que su padre hubiera sido un alto cargo en Vichy.

—Y la verdad… —Le cuesta formular sus argumentos. Juntas las manos como si rezara, y ya no muestra la conmoción de antes; ha recobrado la calma, y con ella esa frialdad que me asustaba de niña—. La verdad es que éramos felices…

—¡¿Felices?!

Papá asiente y mira la triste cocina como si la estuviera comparando con la de su niñez.

—Vivíamos en otro mundo, un mundo ideal, rodeados de personas inteligentes que creían reconstruir el país. —Se ensombrece—. Los problemas empezaron cuando hubo que dar ejemplo…

—¿Ejemplo de qué?

—Éramos los hijos de un consejero del mariscal. De un consejero secreto, eso sí, cuyo nombre no aparecía nunca, al punto que ninguna historia de Vichy lo menciona hoy…

«¡Por suerte!», me digo.

—Como hijos de un delegado del gobierno, debíamos dar ejemplo a nuestros contemporáneos, y mi padre empezó a inscribirnos en todas partes.

—¿Inscribiros?

—En organizaciones y actividades juveniles, en reuniones fascistas, todo eso debía formar parte de nuestra formación. «Hijos míos —nos decía mi padre—, el mariscal tiene la vista puesta en vosotros, sois la Francia del mañana.»

—Y… ¿eso os gustaba?

—¡En absoluto! Nos arrancaba de una vida regalada para hacernos dormir en tiendas durante excursiones que terminaban convertidas en batidas contra los partisanos…

Sigo sin poder creérmelo.

—¿Y tu madre qué hacía?

A la luz de los tubos fluorescentes veo en sus ojos un destello de ternura.

—Oh, mi madre se había dado por vencida hacía mucho. Era

la mujer de un militar. Ella se dedicaba a recibir. Su marido conocía los secretos del poder y le parecía normal que lo obedeciéramos; después de todo, para eso nos habían educado... —Titubea, se pasa amargamente la lengua por las comisuras de los labios, buscando tal vez el sabor de la sangre—. Un día mi padre nos reunió en el gran salón de la casa. Era por la mañana temprano, nosotros nos íbamos al instituto y ya llevábamos puestas nuestras capitas de terciopelo. Recuerdo que yo acudí con la bomba de la bici en la mano. Fue en abril de 1943. Esa primavera fue muy fría en Auvergne.

»"Hijos", nos dijo mi padre en voz baja, para no despertar a mi madre, "tengo que daros una gran noticia."

»Lo encontramos más excitado de lo normal, y lo escuchamos con atención y cierta inquietud.

»"Como sabéis, el mariscal os aprecia mucho y os va a dar vuestra oportunidad."

»"¿Nuestra oportunidad?", le respondimos.

»Mi padre trataba de mostrarse ligero y desenvuelto, pero se notaba que estaba nervioso. De vez en cuando prestaba atención a la puerta del dormitorio como si quisiera cerciorarse de que nuestra madre seguía durmiendo.

»"Sí", dijo papá. "Vuestra oportunidad de poneros al servicio del salvador de Verdún."

»Mis dos hermanos mayores, que ya habían terminado el instituto y trabajaban en la administración de Vichy, eran enviados a campos de trabajo en Alemania; mis dos hermanos menores pasaban a integrar una organización juvenil, algo más al sur.

»"En cuanto a ti, mi pequeño Marcel..."

»Me dio un gorro en el que había prendido un escudo de la Milicia Francesa.

—¿La Milicia que creó Vichy para luchar contra el terrorismo... es decir, contra la Resistencia?

Mi padre asiente.

Dejo errar la mirada por las pilas de platos mellados, por la vieja foto del Cadre Noir, por la radio de hace mil años que hay entre botes y latas de conservas.

—La Milicia Francesa…

De pronto atrona un pitido. Me sobresalto creyendo oír una sirena; pero no, es mi móvil, en el bolso. Lo saco… ¡y veo el número de Clément! ¡Amor mío, reapareces cuando menos me lo espero!

—Bueno… —digo con el corazón palpitante.

—Anaïs, no he terminado. —Mi padre me mira molesto por la interrupción. ¿Qué hago?

«Es hoy o nunca —me digo, haciendo un esfuerzo sobrehumano para no contestar—. Perdóname, Clément, no te enfades conmigo, pero ahora no puede ser. Mi padre ha llegado demasiado lejos como para no confesármelo todo.»

Con el ceño fruncido, hundo el móvil en lo más profundo de mi bolso.

Solo entonces continúa mi padre:

—La Milicia fue creada tres meses antes y estaba al mando de un ex legionario, Joseph Darnand. Yo acababa de cumplir dieciocho años y tuve que enrolarme en este cuerpo aguerrido que tenía por cometido las acciones más bajas…

—¿Y te enrolaste sin rechistar?

—¿Cómo iba a negarme? Pensé incluso que era una suerte: mis hermanos mayores se iban a Alemania, los menores a trabajar en el Cantal. Yo no me movía de Vichy… o eso creía…

El coronel se levanta, se acerca al fregadero, lo llena de agua fría y zambulle la cabeza.

Luego, impasible, se seca con un trapo y vuelve a sentarse.

Yo lo observo ansiosa y asustada.

—En 1943 Vichy endureció su política con los judíos. Había que colaborar sin reservas con Alemania… Mi regimiento fue enviado a París a echar una mano a la policía francesa.

Los ojos se le enrojecen. La noche ha cerrado. La lluvia arrecia y repiquetea furiosamente contra los cristales.

Yo trato de dejar la mente en blanco, de desechar las imágenes de guerra que me vienen a la memoria.

Y advierto que estoy llorando.

—Teníamos listas de nombres. Todas las noches, a menudo

con la Gestapo, arrestábamos a gente que se escondía en los sótanos y los desvanes de los inmuebles parisinos.

«¡Sí, guapa, tu padre, es tu padre quien habla!»

—¿Y cuánto tiempo duró eso?

—Varios meses... hasta el verano...

Con la tranquilidad recuperada, el coronel se esfuerza por precisar la fecha.

—Hasta el... 13 de agosto de 1943.

Cierra los ojos.

—¿Por qué ese día?

Papá se queda en suspenso; parece un sordo a la escucha de un sonido, de un vago ruido, de un último eco en el silencio del mundo.

—Nuestra división debía registrar un barrio popular cerca de Halles, donde se sospechaba había escondida una familia judía en un almacén de legumbres.

«¡Oh, Dios mío!», me digo, y planto las manos abiertas en la mesa, con tal brusquedad que el mueble tiembla.

—Partimos al anochecer —prosigue mi padre sin inmutarse—. Los encontramos enseguida, la dirección que nos habían dado era exacta... Los confidentes eran terriblemente eficaces.

»Estaban escondidos entre cestos de verduras.

»Recuerdo que al abrir la puerta se quedaron quietos, como animales deslumbrados. Olía mal y me pregunté cuánto tiempo llevarían allí ocultos..., ¿semanas, meses?

»Mis compañeros se los llevaron al camión, que teníamos aparcado en la calle del Louvre. Yo me quedé allí con Guillaume, el comandante, e inspeccionamos el lugar. Vimos así que aquella gente había dormido en colchones de paja, sin sábanas ni mantas; que no tenían ropa y se alimentaban con sobras de verdura y carne que debían de comer cruda.

»"Ya está, nos podemos largar", dije; me inquietaba aquel lugar.

»Yo pensaba que aquella "misión" me curtiría, pero reconozco que, desde mi llegada a París, mi fervor por Pétain se iba apagando. Aún estaba convencido de que los judíos eran los enemigos de la patria que habían precipitado la guerra, pero aquellas matanzas, aquellos inocentes enviados primero a Drancy y luego no se sabe adónde...

»Cuando nos íbamos Guillaume me cogió del brazo y se llevó el índice a los labios.

»"Espera", susurró.

»Señaló una caja de cartón que había bajo un montón de basura y le dio una patada.

»No tendría ni quince años.

»Se quedó mirándonos, pero no me pareció asustada, sino más bien resignada a lo que le esperaba.

»Guillaume se quitó el cinto; ella se subió despacio el camisón, dejando ver un cuerpo sucio y delgado pero perfecto, y se tumbó en el suelo.

»"Se prepara y todo, la putilla", recuerdo que dijo Guillaume, y le dio una patada en la boca.

»Ella no se rebeló. La sangre resbalaba por su mejilla mientras cerraba los ojos.

»Guillaume lo hizo lentamente, y me hablaba y lo comentaba todo, como si me enseñara.

»"Mira, mira, cómo le gusta..."

»Yo no podía apartar los ojos de aquella chica inocente. ¡Y cómo nos miraba! Era una mirada de animal impotente que sufre la furia de los elementos... Yo sentía pesar, cólera, indignación, los sentimientos se mezclaban y me sacudían como un huracán...

Se calla, conmovido. De pronto la atmósfera de la cocina parece enrarecida, como debía de estarlo en aquel cobertizo de Halles.

—Cuando acabó —prosigue—, Guillaume me señaló a la chica, inmóvil en el suelo.

»"Vamos, toda tuya."

»Yo me negué, horrorizado.

»Él se encogió de hombros y desenfundó el revólver.

»La chica puso cara de alivio; no esperaba otra cosa.

»Entonces yo, no sé si por cobardía o por heroísmo, di un puñetazo a mi compañero y le arrebaté el arma.

»"¿Qué te pasa?", me dijo, aunque no estaba enfadado.

»"Teníamos órdenes de capturar a seis personas y serán seis", y ayudé a levantarse a la muchacha.

»"Carai, nunca habría imaginado tanto celo profesional, ¡ya se ve que eres hijo de militar!", dijo impresionado Guillaume. Pero yo ya salía, sosteniendo a la chica.

»Cuando los compañeros me vieron llegar al camión, empezaron a silbar.

»"¡Caramba con el pequeño Chouday!"

»Yo no hice caso; levanté la lona y la ayudé a subir. Cuando dejaba caer la lona nos cruzamos la mirada.

»Era una mirada cargada de odio; ella deseaba morir y yo lo había impedido. Me escupió en la cara.

»Sentí náuseas y allí mismo vomité, delante de mis compañeros, que estallaron en carcajadas bajo las estrellas.

»"Te está bien empleado, por hacerte el héroe", dijo alguno.

»Aquella misma noche salí de París y me pasé a la Resistencia.

Estoy aturdida, me siento como flotando en una especie de embotamiento en el que procuro mantenerme para no hundirme.

Me pregunto por qué me cuenta todo esto... ¿Qué tiene que ver con lo que descubrí en los archivos?

¿O es que solo quiere desahogarse?

Porque se le ve decidido a seguir. Sentado inmóvil en el taburete y con la mirada apagada, como vuelta al pasado, retoma su relato.

—Fui tan buen partisano como «honesto» miliciano. Después de todo, la tarea era la misma... —Papá ve mi mueca de disgusto y esboza una media sonrisa—. Mi cambio de facción no tenía nada de fingido; creía desesperadamente en la causa, y cuando avanzábamos y veíamos que los nazis tenían que replegarse, yo siempre pensaba en aquella chica, en aquella mirada fulminante de impotencia y desesperación...

En el patio de una casa vecina, bajo la lluvia, maúlla rabiosamente un gato; pero aquí, en casa de los Chouday, estamos como fuera del tiempo.

—Como los ingleses, los norteamericanos y los rusos, los franceses participamos en la liberación de algunos campos...

—¿Campos... de concentración?

Mi padre frunce la boca. Su voz suena de nuevo vibrante; su nuez de Adán sube y baja en la garganta flácida, y la barbilla le tiembla de emoción.

—Entonces supe... entonces supimos lo que hacían con las familias que yo mismo, cada tarde, había enviado a Drancy y ayudado a deportar. —El coronel entrecruza los dedos nerviosamente—. Llegamos a una de esas zonas desoladas de Polonia. Los campos se sucedían devastados por los combates; en las cunetas había restos de cañones, tanques. Pero el horror nos esperaba tras aquellos alambres de espino, junto a aquellas torres de vigilancia; eran como muertos vivientes, seres reducidos a huesos y pellejo, con una mirada... —Papá da un hondo suspiro y yo me aferro a la silla—. ¡Qué mirada, qué ojos! Ojos grandes como el mundo, profundos como el infierno, lúcidos como el silencio de Dios. Cuando mi compañía llegó al campo de concentración, hacía dos semanas que los alemanes lo habían evacuado. Sin embargo, los prisioneros seguían allí; estaban demasiado débiles y no tenían adónde ir. La mayoría eran huérfanos, supervivientes de familias exterminadas... Su única familia eran los otros prisioneros, que estaban tan perdidos y desvalidos como ellos...

Mi padre se interrumpe, tiene la mirada perdida. Conturbadísima, ya no sé qué pensar. Fue colaboracionista, luego partisano; se enfrentó al horror de sus convicciones y sus actos.

Pero ¿eso lo excusa todo?

—Nos instalamos y organizamos los primeros socorros. Pero era inútil... Como si ya fuera demasiado tarde, la mayoría de aquellos hombres, mujeres y niños que habían resistido hasta nuestra llegada morían en nuestros brazos. Y además había epidemias...

»Las fosas comunes seguían abiertas, y al sol del deshielo emanaban un hedor nauseabundo. Tuvimos que echar cal viva y taparlas; a veces había que bajar y amontonar a mano los cadáveres...

Trato de imaginarme a mi padre con su uniforme bregando entre cadáveres; él, un hombre tan pulcro y envarado.

Pero quizá lo hacía para expiar su culpa.

—Nos quedamos en el campo más de un mes. Todos los días repatriábamos a los que veíamos recuperados... Es decir, los pocos que podían mantenerse en pie más de una hora... Porque casi todos morían en la enfermería.

Mi padre se levanta, va a la ventana.

—¿Permites?

Digo que sí y abre la ventana de par en par. Entra en la cocina una corriente de aire que hace oscilar las tiras matamoscas del techo; trae olor a humedad, a noche enrarecida. La lluvia arrecia.

Me quedo mirando a mi padre, que ha vivido a solas con su secreto más de medio siglo.

«Otro más que se lo ha guardado todo», me digo sin poder evitarlo, mientras pienso en Vidkun, en Chauvier, en Rahn, en Linh... ¿Acaso todo el mundo está condenado a ocultar un pasado oscuro, un misterio más o menos confesable, más o menos atroz?

En comparación, me siento de lo más vulgar...

Pero aún no ha terminado...

—La guerra acababa de terminar y recibimos orden de presentarnos en Berlín. Era a principios de mayo de 1945... La última semana en el campo la vi a ella.

—¿A la joven?

Mi padre apoya las manos abiertas en la mesa; pero no puede evitar ponerse a jugar con mi tazón.

—Al pronto no la reconocí. Era de los últimos que quedaban. Cuando la vi aparecer en la enfermería tuve la sensación de haberla visto antes, aunque nada en aquella vieja podía recordar a la jovencita a la que Guillaume violó en Halles. —El coronel aprieta el tazón... ¡y lo rompe!—. Pero sí que reconocí sus ojos... No habían cambiado. Hundidos en las órbitas como cráteres, miraban con el mismo brillo fulminante...

—¿Y ella... te reconoció?

—Nada más verme, empezó a temblar y a abrir la boca como si le costara respirar. En la sala los demás, los soldados y enfermeros, se sorprendieron.

»"¿Quién es?", preguntó un médico.

»En ese momento la muchacha cayó desmayada.

»Mis camaradas me miraron con desconfianza. "Parece como si te hubiera reconocido", dijo uno.

»Yo no les dije nada, pero no dejé que nadie se le acercara. "¡Ya me ocupo yo!", exclamé. La cogí, recuerdo que pesaba poquísimo, y la tendí en una cama.

»La velé toda la noche. A la mañana siguiente abrió los ojos y me pareció que me miraba con más dulzura.

»Quise darle de comer, pero ella empezó a hacerme gestos, y me señalaba el barracón de enfrente.

»"¿Qué ocurre?", le pregunté. Ella seguía señalando el barracón.

»Cuando me vio levantarme inclinó la cabeza, animándome a seguir.

»Fui al barracón y abrí la puerta.

«Era el almacén. Iba a marcharme cuando creí oír un lloriqueo, como si fuera un animal gimoteando. El sonido venía de detrás de unos cestos. "Como en Halles", pensé. Y grité: "¿Hay alguien ahí?". El lloriqueo seguía y me acerqué a una cesta...

Papá recupera un poco el color, como si un destello de esperanza iluminase ahora su relato.

—Nunca había visto a un recién nacido tan flaco, tan indefenso. Era una niña, estaba envuelta en trapos sucios, llenos de excrementos, y parecía muy débil, a pesar de sus vivísimos ojos negros.

»La cogí y volví a la enfermería.

»Al verme con la pequeña en brazos los otros se echaron a reír, llamándome papaíto...

»Pero la mayoría de los que había allí estaban asombrados de que hubiera sobrevivido...

»"Es porque nació aquí...", oímos de pronto que decía una voz ronca y con un fuerte acento húngaro.

»Era ella, era la primera vez que hablaba.

»Se incorporó en la cama y extendió los brazos hacia la niña, que dio un gritito de deseo.

»Enseguida se la puse en los brazos y pedí a los demás que se apartaran, pues todos se habían acercado a observar aquella escena tan sencilla...

»"¿Cuándo nació?", le pregunté.

»"Nueve meses después. Aquí."

»Le acariciaba la frente con una mano que recuerdo descarnada y casi transparente. Luego se sacó una sombra de seno y el bebé se lanzó a sorberlo con avidez...

El coronel se interrumpe, aunque no se mueve.

Se hace un largo silencio.

Luego, con una voz neutra, casi inhumana, prosigue:

—La madre murió a la noche siguiente, hacia las dos. El estado de la pequeña era muy grave, pero, a costa de muchos esfuerzos, las enfermeras lograron salvarla. En el momento de morir, la madre me cogió la mano y sentí que me perdonaba. Me pidió que me acercara y me susurró al oído: «Judith...».

»Nunca supe si era su nombre o el de su hija...

«El de ambas, sin duda...»

—Adopté oficialmente a Judith unos meses después, pero desde la muerte de su madre la quise como a una hija. Deseaba darle la vida que habría merecido si su madre... —Se calla, traspasado de pesar.

—Pero... ¿quién es mi madre? —pregunto yo, derrotada, temblándome la voz.

—Judith... —contesta mi padre con ternura.

Cruzo los dedos, sin poder creerlo y atónita.

—No lo entiendo. ¿Judith es mi madre o mi hermana?

—Las dos cosas...

—Sigo... sigo sin comprender...

—Era tan sencillo, tan natural —dice mi padre, enternecido—. Crié a Judith como a mi propia hija, lejos del mundo. Por eso nos instalamos aquí en Issoudun, un pueblo tranquilo. —Suspira—. Ella no supo nada de su madre, de su verdadero origen. Creía que la había adoptado a mi regreso de Berlín en un orfanato para niños de padres deportados.

Las ráfagas de viento y lluvia que entran por la ventana abierta empiezan a formar charcos en el suelo; mi padre se levanta y la cierra.

¡Qué confundida estoy! ¡Resulta que mi padre es un héroe capaz de tal sacrificio!

Hay un pensamiento que me corroe.

—Pero ¿entonces tú eres mi padre... o mi abuelo?

—Las dos cosas —contesta él—. Judith fue mi primera vida, tú la segunda. La crié como a mi propia hija, la protegí del mundo exterior, del odio, de la maldad...

—Como hiciste conmigo... Nada de ir a la escuela, tener amigos, salir...

—¡Porque el mundo es un infierno, hija! Judith nació en ese infierno y no debía volver jamás a él... Judith —y lenta, casi penosamente, sonríe—, Judith me quería; yo la había salvado, era su padre, su maestro... Pero no éramos parientes, nada se oponía a que... —Deja la frase en suspenso—. Murió a las pocas horas de nacer tú...

El coronel me contempla como si me viera de recién nacida.

—Ella eligió el nombre, nunca supe por qué...

Mi padre está exhausto; se ha liberado de un secreto que guardaba hacía muchos años y se ha quedado vacío.

—¿Y lo de mi tumba? —pregunto a media voz.

—Mi vida no ha sido sino una serie de duelos... Pensé que nunca más volvería a verte...

Me quedo mirándolo sin saber si odiarle, escupirle o echarme en sus brazos.

—¿Tienes hambre? —me pregunta en el tono más terriblemente natural del mundo—. Son más de las diez...

No contesto; siento de pronto un gran cansancio. Lo que me apetece es dormir, refugiarme en el sueño como si eso pudiera protegerme.

Me levanto, voy hacia la puerta y pregunto:

—¿Mi habitación sigue siendo la misma?

Mi padre dice que sí; está cascando huevos en una sartén.

Salgo.

Subo la escalera, reconozco los peldaños que crujen, el pasillo, los cuadros, los grabados de tema militar…

La puerta de mi habitación en el pasillo.

Los muebles, las estanterías…

Incluso la cama sigue igual, con el peluche en la cabecera. La colcha huele a lavanda.

«Seguro que cambia las sábanas todas las semanas», me digo, sin esforzarme en controlar mi ternura.

Ahora que he hablado con mi padre, ahora que me lo ha contado todo, ahora que me explico por qué se comportaba así… ¿cómo voy a seguir a enfadada con él?

Mi conciencia ya lo ha perdonado.

Y me duermo sin desvestirme siquiera.

—Tu teléfono ha sonado varias veces… esta noche —me dice mi padre amable y natural.

Lo encuentro como lo dejé anoche, de pie ante la cocina y friéndose unos huevos.

—¿Y ahora, ya tienes hambre?

La verdad es que he dormido de maravilla, ¡como no dormía hacía años! Con un sueño pesado, profundo, casi opaco; como un bálsamo, tranquilo y relajante.

De hecho me siento ligera, como si todo se hubiera aclarado.

Mi padre no es un asesino ni un héroe, es un ser humano, un ser humano desesperado capaz de lo mejor y de lo peor, un hombre solo que vive a solas con sus muertos. Así es su vida, pero no será la mía.

Ya no le debo nada: estamos en paz.

Miro la hora en el reloj de la cocina; son casi las once.

Aún medio dormida, con la ropa arrugada, me siento en el mismo taburete de la noche anterior.

El cielo está despejado y luce un sol de invierno bajo e hipócrita que ilumina los tejados húmedos de las casas. Los edificios brillan y se adivina el perfume a zapatos mojados.

Pero lo que percibe mi nariz es olor a frito, y es que mi padre me ha servido un plato de huevos con jamón.

—No tengo mucha hambre —digo sin convicción, y empiezo a comer.

El coronel se sienta enfrente.

—¿Has podido dormir?

—¡Como un tronco!

—Me alegro —dice con voz triste—. Yo me he quedado aquí, a limpiar y ordenar un poco...

Efectivamente, la cocina está limpia como una patena, huele a lejía, y cada cosa ocupa su sitio al milímetro. Mi padre, en cambio, parece trastornado, destrozado.

—Tu móvil ha sonado...

—Ya me lo has dicho.

Veo mi bolso en la mesa, donde lo dejé al ir a acostarme.

—Quería apagarlo, pero no sé cómo funcionan esos aparatos...

Vuelvo a mi verdadera vida.

Cojo el móvil y descubro con rabia que está sin batería; y el cargador, en casa...

No importa, en unas horas estaré de vuelta en París...

Termino de desayunar, como ausente. La conversación de la víspera me parece de pronto muy lejana.

Un tímido rayo de sol entra por el ventana e incide en mi bolso.

El coronel carraspea y dice con voz insegura:

—Nanis, esta noche, buscando el móvil en tu bolso, he visto unas fotocopias... —Yo no digo nada—. ¿Qué querías saber? ¿Me estabas investigando?

—No, no. Es por un trabajo que preparo.

—Ah...

Silencio.

—Por eso tendrás también la fotocopia del expediente de Gilles Chauvier...

Yo lo miro sorprendida.

—¿Es que lo conoces?

—Vagamente —contesta haciendo un gesto evasivo—. Lo conocí en Berlín al acabar la guerra...

Yo retiro el plato y escucho... ¡Eso sí que no me lo esperaba!

—Era vigilante en Spandau —prosigue mi padre, animándose—. Yo era entonces un joven oficial de intendencia del ejército francés, y nos veíamos a veces en las recepciones militares. Era un hombre muy discreto. Nadie sabía nada de él. Tenía un fuerte acento del sudoeste y modales campesinos. Y parecía triste...

«Como tú», me digo, viendo su mirada apagada.

—¿Y no sabes más?

—No; como te digo, lo vi poco, cinco o seis veces, las pocas veces que salía. No siempre encontraba niñera para tu madre...

Tuerzo el gesto... Él saca las fotocopias del bolso y se pone las gafas.

—Ni siquiera sabía que se hizo policía. Ni que lo encontraron colgado de un árbol; extraña muerte...

Yo esbozo un sonrisa y digo, fatigada pero con ilusión:

—Y extraña vida la que llevo yo últimamente también...

Mi padre no dice nada, no me pregunta por mi vida, como si se hiciera el desentendido. Coge mi plato vacío y lo pone en el lavaplatos.

—¿Sabes dónde lo encontraron? —me pregunta—. Cerca de la casa de Ravel, el compositor... A ti de pequeña te encantaba el *Concierto en sol*...

He aquí un detalle en el que no había caído: el lugar donde hallaron a Chauvier.

Le arrebato las fotocopias y leo.

—¡Pues claro! —Me levanto—. ¿El teléfono todavía sigue en el salón?

Antes de que tenga tiempo de responderme ya estoy allí, rodeada de mis artículos, delante de la única foto de mi madre...

El coronel no se atreve a seguirme. Pero seguro que me oye desde la cocina.

Descuelgo el aparato antediluviano.

—¿Vidkun? ¡Soy Anaïs! Creo que tengo algo… Sí, sí, una pista, sobre Chauvier, Marjolaine Papillon, todo el mundo. La pista, quizá… No, ahora no puedo decírselo, mejor será que nos veamos… Yo no estoy en París, pero salgo para allá ahora mismo… Tengo el móvil descargado, nos vemos directamente en el despacho de FLK a las tres…

Arrastrando los pies, mi padre llega al salón y murmura desde el umbral:

—Hija mía…

Acaba de descubrir a la otra Anaïs, la que escribe artículos y vive sola, lejos de él.

Hablo cada vez más fuerte.

—¡No, sobre todo no se lo diga a nadie! Todo depende de cómo reaccione FLK…

Hecha un ciclón, cuelgo, vuelvo a la cocina por el bolso, me pongo el abrigo, abro la puerta de la calle…

Y en el último momento le doy a mi padre un rápido beso en la mejilla, como si me fuera a la escuela.

—Adiós, papá…

En unas horas mi pasado se funde con la Historia. Soy como un personaje imaginario que de pronto se hace real; quiero decir que me siento viva, o mejor dicho, que sé quién soy, ¡por primera vez!

Voy pensando en todo eso, turbada y embriagada, mientras subo a zancadas los escalones de la estación Mabillon.

Me siento dispuesta a zambullirme de nuevo en la investigación, sin miedos ni reservas. Quiero llegar hasta el final, como si fuera el símbolo de mi nueva vida, ¡mi bautismo!

Me siento fuerte, nueva; capaz de asumir mi vida y mis sentimientos. Y pienso en Clément… ¡cuánto te echo de menos, amor! ¡Cómo me gustaría contártelo, confesártelo, compartirlo todo contigo!

Mis pasos resuenan por la acera. No llueve, pero el suelo está mojado. El sol aún no ha aparecido. París parece aplastado bajo el manto gris del cielo, la gente camina seria, las tiendas se ven tristes, pero yo me siento dispuesta a devorar el mundo; afilo mis colmillos... Mi padre ha mencionado un detalle que puede resultar decisivo, un detalle que quizá demuestre que, desde el principio, quien mueve los hilos es FLK, y que Venner, con sus aires de eminencia gris, no es más que un peón...

«Calle Visconti», me digo satisfecha al llegar a ese pequeño callejón de Saint-Germain-des-Prés...

Ante la editorial una silueta se pasea de un extremo al otro de la acera: Venner.

—¡Anaïs! ¿Qué pasa? —exclama al verme. Parece preocupado.

Yo no le contesto; le indico que me siga y empujo la pesada puerta de metal.

—Pero explícame...

No cojo el ascensor, sino que corro escalera arriba y llego al cuarto piso, donde se encuentra el despacho del editor.

La secretaria nos ve entrar sorprendida.

—El señor Kramer está en una reun...

Sin llamar a la puerta irrumpo en el despacho.

—¡En pie! ¡Se acabó el cuento!

FLK se levanta y abre unos ojos como platos.

—¿Qué hacéis aquí?

La secretaria entra en el despacho.

—¡No he podido hacer nada, señor director!

El editor se queda mirándome como si le costara ver en mí a la misma periodista tímida a la que unos meses antes ofreció un contrato astronómico.

—Está bien, Jacqueline, puede retirarse... —dice a la secretaria.

La mujer sale y cierra la puerta. El editor sacude la cabeza para despabilarse y nos señala las dos sillas de enfrente.

—Mis días de trabajo son muy largos...

Vidkun se sienta, pero yo me quedo de pie, concentrada.

¿La hora del enfrentamiento?

—¿Qué pasa, Anaïs? —dice FLK algo cortado—. Me miras como si hubiera matado a alguien...

Veo en la mesa un cargador de móvil y pregunto:

—¿Me permite? —Enchufo mi móvil sin esperar su respuesta.

—¡Claro, estás en tu casa! —contesta FLK con una sonrisa incómoda.

Pero yo no me río; meto la mano en el bolso.

—¿Cómo se llama su finca de las Yvelines?

El editor parece desconcertado:

—No veo qué...

—¿Los Grandes Robles, no?

—Sí, te has informado bien.

—¿En Montfort-l'Amaury?

—Exacto, señor comisario.

—Pues explíquenos esto...

Y le tiendo la fotocopia del expediente de Chauvier... El editor se descompone.

—Puedo... puedo explicarlo todo...

—¿Explicar qué? —pregunta el Vikingo, nervioso.

—Explicar —respondo— por qué Gilles Chauvier fue hallado quemado y ahorcado en enero de 1988 en la finca Los Grandes Robles de Montfort-l'Amaury...

FLK está destrozado, mira a un sitio y otro como si hubiera enemigos escondidos tras los muebles, los cristales y los falsos techos.

—Este proyecto de libro ha sido un error... Ahora lo veo claro —dice con voz lastimera, llevándose las manos a la cabeza.

—¿Por qué nos ha ocultado que Marjolaine Papillon terminaría cruzándose en nuestra investigación, si es precisamente su autora estrella?

El editor da un puñetazo en la mesa.

—¡Porque no sabía nada, Dios santo! ¡Ha sido todo una casualidad!

—¿Y también fue una «casualidad» que Gilles Chauvier apareciera muerto en su finca?

FLK gira la butaca de cara a la ventana.

—En diciembre de 1987 me llamó un policía de Toulouse... —dice con voz sombría.

—¿Chauvier?

—No, un ayudante...

«Linh —me digo—. Claro.»

—Estaba investigando un caso ocurrido en el bosque cátaro, del que no quiso decirme nada, y quería hablar con Marjolaine Papillon. Por entonces ella tenía casa en el sudoeste, aunque pasaba parte del año en Berlín.

—¿En Spandau?

FLK susurra que sí y prosigue:

—Al principio me negué a darle su dirección, ya sabéis que por contrato estoy obligado a una discreción absoluta sobre su vida privada...

—Pero se la dio...

—¡Era un policía! Y solo le di la dirección de Alemania, que queda fuera de la cláusula.

—¿Y la avisó?

—Marjolaine no tiene teléfono. Le envié un telegrama pero no me contestó... A las pocas semanas... —Se pone aún más pálido— vinieron...

—¿Vinieron? ¿Quiénes?

—Aquí, en este mismo despacho... —FLK baja la voz—. Era como estar viviendo una película de gánsters. Cuatro hombres, con trajes negros y gafas de sol...

Al oírlo me da un vuelco el corazón; pero Venner me coge del brazo. «¡Déjalo acabar!», me susurra.

—Se me acercaron sin quitarse las gafas. Uno de ellos, que tenía una cicatriz en el cuello, se adelantó y me dijo con una voz casi mecánica que trabajaban para Marjolaine Papillon y protegían sus intereses. Yo les pregunté dónde estaba, y me contestaron que se había enojado mucho porque había traicionado su confianza. Yo protesté, me defendí, pero ellos dieron media vuelta y se fueron como habían venido.

FLK se interrumpe; se levanta y se sirve un buen vaso de ginebra.

—¿Queréis?

Vidkun y yo rehusamos con un gesto.

—¿Por qué no nos lo había contado?

—Porque aún no ha terminado...

Estira los labios, como si los tuviera agrietados. Está pensando, parece no saber cómo proseguir.

—Me asusté, me sentía impotente. Tenía la impresión de que aquellos hombres estaban siempre espiándome. No quise contárselo a mi mujer, menos aún a mis colaboradores. Ni siquiera me atreví a llamar a Marjolaine, y todo el mundo me preguntaba si había enviado ya su nueva novela. Yo mentía, decía que sí, que yo mismo estaba trabajando el texto...

Se interrumpe; se sirve más ginebra, bebe haciendo ruido con el gaznate.

—Aquel fin de semana nos fuimos a la finca de Montfort-l'Amaury... —Presto atención, su voz se hace vacilante—: Salimos el viernes a media tarde. —Se sirve otro dedo de ginebra—. En mitad de la noche me despertaron unas voces.

—¿Unas voces?

—Sí, venían del jardín. Mi finca está en medio de un bosquecillo de robles. Era pleno invierno, como ahora. Me levanté y me asomé por la ventana, y me pareció ver como un reflejo entre los árboles...

—¿Y?

—No desperté a mi mujer, pero salí a ver. Hacía fresco, y olía como a quemado. De pronto lo vi... —FLK mira a un punto en la nada—. Ni la cuerda ni la rama se habían quemado. Debieron de pegarle fuego por los pies y apagaron las llamas antes de que subieran demasiado. La cara aún se distinguía, aunque la tenía desfigurada por el dolor y los vapores de su propio cuerpo en llamas...

—Era Chauvier...

FLK asiente.

—Pero, pero ¿por qué en su finca?

El editor hace seña de que espere.

—Entonces vi un resplandor azul.

—¿Un resplandor azul?

—Sí; eran tres coches de policía, agentes de Montfort-l'Amaury, yo los conocía. Pero su conducta me pareció extraña, estaban callados, esquivos. Se pusieron guantes de amianto, descolgaron el cuerpo y lo cubrieron con una manta ignífuga.

—¿Y no dijeron nada?

—Nada; ni comentaron nada, ni me preguntaron nada... Ya estaban metiendo el cuerpo en la ambulancia cuando vimos aparecer a los cuatro hombres...

Vidkun abre los ojos, intrigado. Yo empiezo a verlo claro.

—El de la cicatriz estrechó la mano al jefe de la policía y le dio efusivamente las gracias. Los policías se fueron, con las luces apagadas.

—¡¿Y ya está?!

—¡Yo estaba tan sorprendido como vosotros! El de la cicatriz me preguntó si había visto de qué eran capaces... Y sin esperar respuesta se fueron.

—¿Y qué pasó con el muerto?

—A la semana recibí una carta de la prefectura en la que se me decía que un tal Gilles Chauvier se había introducido en mi propiedad y se había suicidado. Firmaban varias personas, entre ellas...

—Claude Jos... —digo como quien declara una evidencia.

FLK alza el vaso como si brindara por mi perspicacia.

Me parece mentira: estaba metido hasta el cuello y se lo tenía callado, el muy cerdo...

—¿Y esos cuatro hombres desaparecieron?

—¡Ojalá! A los pocos días del «suicidio» recibí por correo la última novela de Marjolaine, *Un amor en Mauthausen*. En la primera página había grapada una tarjeta en la que decían en términos lapidarios que en adelante «ellos» harían de intermediarios entre Marjolaine y yo.

—Ellos, ¿quiénes?

—No sé, una agencia que no conocía... con sede en América del Sur...

Venner se estremece.

—¿Qué agencia? —susurra pálido.

—Scoledo e Hijos, en San Carlos de Humahuaca, Argentina.

Gruesas gotas de sudor empapan la frente del Vikingo, que tiene que enjugarse las cejas.

Luego me mira como rogándome que no diga nada, que deje que FLK termine.

—Desde entonces —sigue el editor—, todo pasa por sus manos. A principios de año me mandan la novela de Marjolaine desde Argentina, por correo certificado.

—¿Cuánto hace de eso?

—Pronto hará dieciocho años. El dinero de los derechos de autor lo transferimos a un banco de Paraguay a nombre de Scoledo e Hijos...

Me sublevo.

—¿Y si esa gente la tiene secuestrada, y viven de la renta obligándola a escribir un libro al año?

FLK pone cara de pesadumbre y reconoce:

—Cuando vi adónde apuntaba vuestra investigación escribí enseguida a Scoledo e Hijos para... curarme en salud.

—¡¿Nos ha... denunciado?! —bramo yo.

—No, pero de algún modo tenía que cubrirme las espaldas. Marjolaine es mi gallina de los huevos de oro, ¡y me estáis saliendo muy caros!

—¿Y qué le dijeron?

—Que no pasaba nada, que no me preocupara; que «les venía bien».

—¿Que les venía bien? —pregunta Venner. Se ha puesto serio y parece reflexionar.

—¿Cree que esos argentinos son una especie de sociedad secreta? —le pregunto a Vidkun, cuyo rostro se ensombrece por momentos.

El editor hace un gesto de impaciencia.

—Pero bueno... ¿Vosotros también sois de los cretinos que creen que lo del 11 de septiembre fue una conspiración del gobierno norteamericano? Esos señores argentinos son unos abogados y notarios que gestionan las finanzas de Papillon y les sacan buenos beneficios... ¡como que he tenido que triplicar sus porcentajes!

Una cosa me intriga.

—Entonces, ¿Marjolaine Papillon vive en Argentina?

—No sé dónde vive...

—¿Y dónde le hace las entrevistas Bertier?

Vidkun hace un gesto de hastío y le pregunta a FLK:

—Las entrevistas fueron filmadas hace años, ¿verdad?

El editor asiente en silencio, como si no tuviera nada más que añadir. Venner prosigue:

—Y las novelas llevan escritas hace mucho. Marjolaine se limita a ir entregándolas año tras año, con cuentagotas.

—Eso fue idea mía —confiesa FLK—. Marjolaine detestaba las entrevistas. Yo sabía que tenía muchos inéditos y convencí a Bertier de grabar esta serie, en el mayor secreto, a comienzos de los ochenta. Aún quedan ocho...

Vidkun cruza los brazos.

—¿Y esos cuatro hombres amenazaron también a Bertier?

FLK asiente con la cabeza y agrega:

—Aunque él no ha tenido que encontrarse con un cadáver en el jardín...

Es casi de noche. Por la ventana veo que el personal se ha ido.

«Haz algo, guapa», me digo, tratando de mantener la calma. Pero estoy rendida, mareada, no sé en qué día vivo, ni en qué año, ni en qué siglo...

Me pregunto qué hora será y busco maquinalmente el móvil; recuerdo que lo puse a cargar y allí sigue, al pie de la mesa. El piloto verde indica que ya está cargado.

«¡Clément! Ahora mismo lo llamo.» Lo hago, y una vez más me sale el contestador.

—¡Mierda!

Y mientras llamo a mi buzón de voz para escuchar sus mensajes observo a Vidkun y a FLK, que permanecen inmóviles, y me digo: «¡Viejos! ¡Estoy rodeada de viejos!».

El primer mensaje es entusiasta: «Anaïs, amor, ¡ya lo tengo! ¡Es alucinante! Llámame pronto. Perdona que no te haya llamado antes, pero estaba ocupado leyendo...».

El segundo me inquieta: «Anaïs, joder, ¿qué coño estás haciendo? Llámame... ¡La cosa se complica!».

Suena a pánico. La angustia empieza a invadirme.

El tercer mensaje, que me ha dejado la madrugada anterior, mientras yo dormía como un lirón en la habitación de mi infancia, me llena de espanto.

Clément habla susurrando, como si temiera que lo oyeran: «Anaïs... Están ahí... Vienen por...».

A continuación, solo gritos.

Gritos en alemán.

Y el mensaje se corta.

Vuelvo a llamarlo: ¡el contestador otra vez!

Saco la copia de las llaves del piso de Clément, agarro del brazo a Venner y le digo:

—Nos vamos.

—¡Oh, no! ¡¿Clément?! ¡¿Clément?!

El apartamento está patas arriba. Los muebles destrozados, el sofá rajado, la cama boca abajo, lámparas por el suelo. Parece que haya tenido lugar una pelea.

—¿Clé... Clément? —repito, procurando no dejarme llevar por el pánico.

—No está... —dice Venner en un tono cansado, y se apoya en la pared para recuperar el aliento—. Se lo han llevado...

Doy furiosa una patada a una lámpara Habitat y pregunto:

—¿Quiénes? ¿Los Sven, acaso? —Me mareo, me saltan las lágrimas. De pronto todo me pasa factura: el agotamiento nervioso, el desánimo, la falta de sueño—. ¿Porque no me dirá que han resucitado para secuestrar a Clément y llevárselo al infierno de Halgadøm?

Sarcasmo inútil; estoy más abatida que Venner. Clément es un sostén íntimo, una razón de ser para mí, y ahora que me lo han arrebatado me siento como mutilada, como si me hubieran amputado un órgano.

«Un órgano vital...», me digo, e instintivamente busco rastros de sangre.

—No encontrarás nada... —me asegura Venner en un tono neutro.

Lo miro sin saber si bromea o se rinde en serio.

—¿No pensará que vamos a abandonarlo?

—Lo que tú digas. Pero escúchame un momento...

¡No le escucho! ¡No quiero escucharlo! Examino el suelo, las paredes, los trastos rotos... ¡un desorden desolador!

¿Dónde, dónde estás, amor mío?

—¡Debe de haber indicios, huellas!

Me acerco a la cama y tropiezo con unos libros.

—Mire, las novelas de Marjolaine Papillon...

—¿No le dijiste que las leyera?

Hay cinco, apiladas en precario equilibrio sobre la mesilla de noche.

Me inclino para hojearlas y veo que pertenecen a distintas épocas: 1957, 1984, 1976, 1961, 1969... Esparcidos por el suelo hay más libros, también de Papillon. ¡Aquello parece un cementerio literario!

—¿Por qué habrá escogido estos cinco?

—¡Hay páginas arrancadas!

En efecto, a uno de los libros parecen faltarle algunas hojas.

Venner frunce el ceño, y luego distingo una luz en sus ojos cuando se agacha para coger otro libro al azar.

Venner se anima y coge otro libro, uno que se titula *La novia del Reich.*

—En este también. —Se chupa el dedo y empieza a repasar las páginas de *La novia del Reich* como si contara billetes—. De la página 67 a la 88... Han arrancado hojas a todos los libros.

¡Qué extraño!

—¿Quién habrá sido? ¿Clément o... los secuestradores?

Lo digo y me estremezco: ¡Clément desaparecido y yo sigo buscando pistas literarias!

Solo hay una solución.

—¡Voy a llamar a la policía!

—¿Para qué? Ya has visto lo que hace la policía cuando se mezcla en estos casos: echar tierra al asunto. Y luego nosotros acabamos colgados y quemados...

—¡Pero algo habrá que hacer! Además, eso era antes, ¡ese tiempo terminó, Claude Jos está muerto!

Venner esboza entonces una sonrisa siniestra, a la vez angustiada e irónica:

—Me temo que empiezo a dudarlo...

Decidimos no llamar a la policía, al menos de momento... Y vamos a casa de Venner.

Estamos en la biblioteca y el olor a cloro, las cruces gamadas, los retratos de Hitler, todo me es ahora indiferente.

¡Ahora no hay tiempo que perder!

—¿Cree que ha sido Claude Jos?

—¿Y por qué no?

—¿Cree que sigue vivo?

—¿Has visto su cadáver? ¿Su certificado de defunción?

—Pero Jos nació en 1904; ¡si viviera tendría más de cien años!

—¿Y qué? Algunos combatientes de Verdún tienen ciento seis, ciento siete, ciento ocho...

—Y nunca habría abandonado a Aurore...

—Para él Aurore era secundaria. Pudo hacerse pasar por muerto y esconderse en Escandinavia, como los Sven...

—¿En Halgadøm?

—Si la isla existe, ¿por qué no?

Yo me siento casi violada, como si al arremeter contra Clément hubieran profanado mi propia intimidad, mi secreto más profundo... Sí, Clément forma parte de mí, ¡y ha tenido que desaparecer para darme cuenta! Porque de pronto su ausencia se me hace insoportable, violenta, desgarradora, y hasta las revelaciones de mi padre pasan a un segundo plano. Papá es el pasado, es casi un extraño. Clément, en cambio, es mi vida, mi presente, quizá mi futuro...

Y no soporto pensar que le haya sucedido algo.

«Es un secuestro... no un asesinato.»

Pero la misma palabra me hiela la sangre. ¿Y si después de Clément nosotros somos los siguientes en la lista?

—¿Y entonces Linh? —pregunto.

Venner hace un gesto evasivo.

—También lo han manipulado...

—¡No! ¡Él ha actuado por su cuenta, él quería vengar a su amigo Chauvier! ¿No ha visto lo que ha hecho con Aurore Jos?

—Eso es lo que ella te ha contado, pero ¿no te extraña la facilidad con la que él consiguió el manuscrito, y lo pronto que te encontró para dártelo?

—¡Entonces todo el mundo es sospechoso!

El Vikingo hace una mueca derrotada.

—La manipulación tiene sus jerarquías, como en las sociedades secretas. Cada uno manipula a su nivel y cree manejar los hilos, mientras que por encima...

—Y entonces —se me hace un nudo en la garganta—, ¿usted y yo?

Vidkun sonríe con sorna.

—Es la gran pregunta. Lo mismo podemos ser los autores de la investigación... que sus víctimas.

Pensarlo me da vértigo, me abisma espantosamente. Y Clément se aleja más y más en este laberinto interminable.

Venner se lleva la taza de té a los labios y sorbe ruidosamente el tibio líquido.

—Anaïs —dice sin levantar la vista—, no olvides que es cuestión de signos, que esto es una especie de jeroglífico... Por lo que sabemos de nuestro viaje a Alemania, y por esta serie de coincidencias posteriores, parece que mi propia identidad está en juego en este asunto. Y eso sin tener en cuenta el libro de Leni Rahn; si lo que relata, como me temo, es verdad, ya has visto lo importantes que fueron en Halgadøm mis padres adoptivos, los Schwöll...

—Pero usted no aparece en la novela.

—¿Y ese niño que los Schwöll debían adoptar? Quizá era yo.

—No lo sabremos hasta que leamos los últimos capítulos.

—Si es que existen... —replica Venner, levantándose—. Pues nada nos dice que Leni los escribiera...

Tras terminar una pasta, Vidkun se limpia los dedos aceitosos en un pañuelo blanco, coge una carpeta de la mesa y la abre.

—Aunque tal vez estos últimos capítulos —dice mientras saca de la carpeta una hoja al azar— los estemos escribiendo nosotros.

Me tiende la hoja y exclamo:

—Pero, pero ¿cómo ha conseguido esto?

—Tengo cientos, recibo uno al mes... desde 1977.

Es una carta; leo una y otra vez el encabezamiento del papel:

—«Scoledo e Hijos, San Carlos de Humahuaca...»

—Es el nombre de la sociedad argentina que administra mi fortuna desde la muerte de mi madre...

—... Y San Carlos de Humahuaca es el pueblo de montaña en el que pasé mi niñez con los Schwöll...

Estupefacta ante la lógica que toman los acontecimientos, hojeo una a una las cartas de Scoledo e Hijos.

—¿Y por qué no se lo ha dicho al editor?

—Quería que acabara de hablar, ver hasta qué punto sabía... Yo no mantengo contacto personal con Scoledo e Hijos, ni siquiera he vuelto a Argentina, como sabes. Nunca he querido conocer el origen preciso de la fortuna que me ha mantenido desde hace treinta años... —Echa hacia atrás la cabeza—. Pero es el eslabón que faltaba...

—¿Eso significa —digo yo perpleja— que todo debía conducir a usted desde el principio? Que más que autores del libro... ¿somos el tema? ¿Y que fue Marjolaine quien pagó nuestro adelanto, y son ellos los que han raptado a Clément y lo tienen en Halgadøm, y no Jos?

—Yo no sé más que tú, Anaïs. Te pido por favor que me creas.

—Pero ¿por qué usted?

—Creo que tiene que ver con el secreto de mi nacimiento, que tratan de hacerme comprender algo. Te lo dije al principio: lo de las manos amputadas forma parte de un código secreto, una clave... Un viaje iniciático.

La suposición me parece de una frivolidad insultante.

—¿Un viaje iniciático? ¿Y eso justificaría tantas muertes, tantos secuestros? ¿Hasta el de Clément? ¿Para llegar...?

—A mí, sí.

Vidkun se lleva las manos a la cabeza, como si tratara de serenarse.

—Desde que lo sospeché vengo tratando de desechar la idea, pero ahora me parece evidente. Esa gente es capaz de cualquier cosa. Han manejado a FLK, le han sugerido la pista de los cuatro suicidas, me han enviado las manos, nos han metido en este juego de pistas deliberadamente, y llevan meses manipulándonos...

—Pero ¿quiénes?

Venner se impacienta, se agita...

—Claude Jos, Otto Rahn, ¿qué sé yo?

De pronto lo veo íntimamente abrumado; es Atlas en el momento de descubrir que es él quien sostiene el mundo.

—Pero ¿por qué usted? —insisto.

—Te digo que no lo sé... —Da un puñetazo en la pared—. ¡Y no quiero saberlo!

El violento arrebato me asusta, pero no puedo perder la lucidez.

—Desde luego que quiere saber. Es más: ese es el objetivo de su vida entera, inconscientemente siempre ha tendido a ello... —Señalo el extravagante entorno—. De ahí estos cuadros, estas banderas, estos libros, esa obsesión por el nazismo, el Tercer Reich... Es su destino, labrado metódicamente.

Venner reprime un movimiento de pánico y mira a un sitio y

a otro como si viera todo aquello por primera vez, como si de pronto fuera consciente de su locura.

—¡No! ¡No es el destino, esa obsesión no ha sido dirigida por nadie! Al contrario, huí de mi casa, reniego de mi pasado. Mi pasión por el nazismo es una pasión de historiador... no de heredero.

Ante el terror de Venner, mi extraña serenidad no hace sino reforzarse.

—No escapamos de nuestro pasado... —le digo al recordar cómo he empezado el día, en la cocina de mi padre.

«Y menos aún de nuestros padres...»

—¿Pero cómo averiguarlo? —dice angustiado Venner—. ¿Cómo?

Se pasea nervioso, mirando alrededor como si esperara encontrar una pista, un indicio, inspiración. De pronto se para ante la librería, rebusca en el bolsillo del pantalón de pana y saca un trozo de papel.

—¡Ya lo sé!

—¿Qué? —Me pongo en pie.

Venner no contesta. Coge varios libros de los estantes de caoba y los hojea al tiempo que consulta el papel de su bolsillo.

—Ajá —dice con satisfacción, y empieza a arrancar páginas frenéticamente.

Me acerco intrigada y él reacciona agarrándome del brazo.

—¡Mira!

Son las novelas de Marjolaine Papillon, en una lujosa edición de tapa dura.

Pero sigo sin comprender lo que está haciendo...

El Vikingo me muestra las páginas que ha arrancado.

—Son las mismas que faltan en los ejemplares de Clément...

Yo tomo una, luego otra, luego otra, y no puedo reprimir un grito...

—Es verdad, ¡todo está aquí! —exclamo con alegría.

Ante mis ojos aparecen los nombres, a veces ligeramente deformados, de Otto, de Leni, de los Schwöll, mezclados en intrigas que no les corresponden.

Venner está exaltado.

—¡Marjolaine disimuló el final de la novela en toda su obra! ¡Y eso desde... —mira el volumen más viejo— 1952!

—Es decir, desde la primera novela.

De repente todo ha dado un vuelco.

Pero hay que guardar la calma, clasificar las páginas —en total son unas veinte—, hallar un hilo conductor en aquella maraña de claves...

Estamos volviendo a la mesa cuando suena mi móvil.

—Un mensaje —digo, y registro febrilmente mi bolso.

Cruzo los dedos y susurro: «Señor, Señor, que sea Clément».

Venner no hace caso; está ordenando las páginas. Es mi grito lo que lo hace reaccionar:

—¡Clément!

Vidkun me mira con ojos de fuego.

—¿Dónde está?

Leo perpleja:

—«Bajo la mesa»...

—¿Cómo?

—Es lo que dice el mensaje, «Bajo la mesa». Nada más.

Nos miramos sin comprender.

Y luego, lentamente, como si temiéramos ver algo terrible, miramos al pie de la mesa de despacho que perteneció a Hermann Göring.

Pero no vemos nada. Luego:

—¿Qué es esto?

Yo también me agacho un poco más y veo que, «bajo la mesa», hay una caja.

Nos miramos asustados... ¿Una bomba? Vidkun la coge con mucho cuidado.

Es una caja de zapatos normal y corriente, de color beige, sin marca.

—¿Cómo han podido llegar hasta aquí? —dice Venner, pálido.

Al dejar la caja sobre la mesa, oímos desplazarse un objeto en su interior.

Por un instante, todo se paraliza...

Pero cuando Vidkun abre la caja, mi propio grito me perfora los tímpanos.

—Es el móvil de Clément... —digo tras un largo silencio. Me zumba la cabeza, como si cada gota de mi sangre estuviera cargada de pólvora.

Asen el aparato los cinco dedos agarrotados de una mano, como las patas de una tarántula muerta. No se trata de una extremidad momificada como las de los Sven, sino recién cortada, y cuya sangre ha empapado el cartón de la caja.

«Cortada limpiamente», me digo.

Al contacto con el aire, el hueso se ha vuelto grisáceo y la carne se ha reblandecido.

Vidkun y yo lo miramos petrificados, sin atrevernos a preguntar en voz alta de quién es aquella mano.

«¿De Clément?»

Pero yo conozco sus manos; se las he cogido, han palpado mi cuerpo como ningún otro lo había hecho...

—¿Te encuentras bien? —me pregunta tímidamente Vidkun.

Me armo de valor, me inclino sobre la caja.

Venner me mira sin decir nada.

Contengo la respiración.

—¡Qué horror!

Acerco la nariz y huelo la mano... No noto ningún olor a putrefacción.

—Han debido de cortarla hace muy poco... —digo con frialdad de forense.

«Así, guapa, imagínate que eres un forense y estás practicando una autopsia. ¡Lo hacen todos los días!»

Hay pelos en las falanges, y las uñas están impecables, mientras que Clément se las muerde.

—No es de Clément... —digo terminante y niego con la cabeza.

—¿Y su móvil?

—No sé…

De pronto lo oímos vibrar en la caja.

—Creo… creo que es un mensaje… —El móvil se ha iluminado.

Me sobrecojo.

¡Qué horror! ¡Qué horror! ¡No pueden hacerme esto!

Pero no hay más remedio, y empiezo a abrir los dedos, uno a uno para poder coger el aparato. Cuesta, la muerte de los tejidos los ha dejado rígidos. El *rigor mortis*, ¿no se llama así?

—¿Quieres que lo haga yo?

No contesto. Pongo los cinco sentidos, y respirando como una parturienta logro arrebatar el teléfono de aquellas «garras».

El móvil sigue vibrando.

—Sí, es un mensaje.

—¿De quién?

Lo abro y balbuceo:

—Un… mensaje… de Linh…

—¿El policía de Toulouse? ¿Y qué dice?

Lo leo y palidezco.

—¿Qué dice? —insiste Venner, que me mira con creciente temor.

—Una sola palabra: «Piscina»…

Vidkun mira al suelo y veo cómo lo atraviesa un escalofrío.

—Retírate, Anaïs…

Venner acciona el mecanismo y las placas del suelo se abren deslizándose bajo las librerías, como en mi primera visita.

Me espero lo peor… y no me sorprende descubrir un cadáver.

«¡Es lógico, todo es completamente lógico!», me digo, con una siniestra impresión de *déjà vu*, una suerte de cansancio antiguo que comienza a entumecer mi conciencia y mis músculos.

Linh flota boca abajo como un pez muerto.

—Se ha desangrado —murmura Vidkun.

La luz de los focos acuáticos se proyecta sobre estanterías y cuadros con cruces gamadas y los tiñe de un color rojizo.

Veo el muñón del euroasiático... Un corte limpio. Y con un alivio culpable me digo: «No, no es la mano de Clément...».

—Ayúdame.

Venner ha sacado de un armario un bichero telescópico y lo despliega como si fuera una caña de pescar.

—¿Cree que con eso...?

Cojo el asta por la mitad y trato de guiar el gancho.

Pero no lo conseguimos; actuamos con tanta torpeza que el gancho resbala por el cuerpo y desgarra la ropa sin hacer presa.

¡No hay manera de acercar el cadáver al borde de la piscina!

La grotesca operación se prolonga unos minutos y al fin rompemos a reír con nerviosismo, casi histéricos. La situación nos parece de pronto tan absurda que no hallamos más desahogo que dar rienda suelta a la risa. Venner tiene que apoyarse en la mesa y se lleva la mano al pecho.

En cuanto a mí, creo que en la vida me había reído tanto. Se me corta la respiración y caigo de rodillas con las manos en la tripa. Me agito convulsivamente; mi cerebro es una masa informe en la que todo se diluye, confundido en una neblina animal, átona y neutra.

Y poco a poco, insensiblemente, pasa lo que tenía que pasar: mi risa se transforma en un llanto, me deshago en lágrimas, empiezo a temblar como si saliera de una habitación helada...

—Espera, ponte esto... —dice Venner, que ha ido de inmediato a por una manta y me la echa sobre los hombros.

De todos modos permanezco inmóvil como una estatua al borde de la piscina, con la mirada clavada en el cadáver, incapaz de decir nada.

«Sí, aquí me quedo para siempre... Quiero estar tan silenciosa, tan inerte como ese cuerpo.»

Tras mirarme un momento, Venner coge el bichero y de un estirón consigue darle la vuelta al cuerpo.

Sin embargo, sigo todavía sin reaccionar, aunque el espectáculo resulta sobrecogedor: hinchada la cara, los ojos inyectados en sangre y desorbitados, la boca abierta…

No sin un respingo, Venner lo engancha por la barbilla y lentamente lo atrae a la orilla, lo saca y lo deja en el suelo. El cuerpo hace un ruido como de esponja y pierde todo el líquido que retenía.

Frunzo el ceño y señalo hacia sus labios.

— Lleva algo en la boca.

Venner vacila, luego se arrodilla junto al cadáver. Se nota que le da asco la carne muerta y blanda, pero aun así mete los dedos en la boca… y saca una bola de papel.

Me estremezco ante esa visión, pero intento mantener mi distanciamiento clínico, cada vez menos real.

Con cuidado, como si no quisiera romperlo, Venner despliega el papel.

—Es una foto… ¡Dios santo!

Me echo a temblar; ya conozco a Venner y su mirada no miente. Ha visto algo espantoso, algo que puede afectarme a mí, y es a su pesar que me tiende la Polaroid.

Entonces yo también lo veo…

Respiro hondo, encojo los pies, procuro no perder los nervios.

—Es como en las películas… —digo sin apartar los ojos de la fotografía.

En ella aparece Clément sentado en una silla, atado y amordazado.

«¡Clément, amor mío! ¡En qué lío horrible te he metido!»

Me aferro a la foto como a una tabla de salvación. Venner se inclina, dice:

—¡Dale la vuelta!

Lentamente giro la fotografía entre mis dedos… y reconozco la letra de Clément.

—¡Es un mensaje! —dice Venner con falsa esperanza, como queriendo consolarme.

—Casi no se lee… La tinta se ha corrido…

Pero consigo descifrarlo: «Dentro de cuarenta y ocho horas me matan. Daos prisa».

—*Meinherr! Meinherr!* —oímos de pronto, y vemos aparecer a Fritz en lo alto de la escalera.

—¡Camina! —exclama tras él una voz.

Es un hombre que le apunta en la nuca con un arma.

—*Aber... aber...*

—¡Baja!

Ya no entiendo nada, ¡todo sucede vertiginosamente!

Vidkun procura mantener la calma pero está pálido. Mira a los dos hombres que bajan y pregunta afectando autoridad:

—¿Quién es usted?

—¿No me reconoces la voz, Martin?

El desconocido se para a mitad de escalera y empuja a Fritz, que cae rodando y queda en el suelo retorciéndose de dolor. Pero Vidkun sigue sin moverse, con los ojos fijos en el desconocido, que enciende un cigarrillo en la oscuridad.

Blancas volutas de humo se elevan en el aire.

De pronto siento una descarga de adrenalina, como si me hubieran infundido vida, y ya sin miedo, con una rabia loca, grito:

—¿Quién es usted? ¡¿Dónde está Clément?!

—Su amigo está vivo —dice tranquilamente el otro—. He estado con él hace menos de una hora...

Respiro y luego continúo:

—Pero ¿quién es usted?

Esboza una vaga sonrisa amable.

—No tienes que preguntármelo a mí, sino a Martin... mejor dicho, a «Vidkun».

Venner se apoya derrotado en la mesa.

—Tendría que haberlo sabido... —gime.

El desconocido sale de la sombra...

El corazón me da un vuelco.

—¡No, no puede ser!

Es un elegante hombre mayor... ¡idéntico al doctor Schwöll de las fotos! La misma mirada azul, la misma rigidez, el mismo pelo peinado hacia atrás.

El hombre parece cada vez más relajado, baja los últimos peldaños y se acerca con los brazos abiertos.

—Martin, ¡cuánto tiempo...!

Pero Venner no se mueve; está como muerto, aunque sus ojos giran en las órbitas.

—Anaïs —masculla—, te presento a mi hermano mayor, Hans Schwöll...

Tales palabras me turban en extremo, y me pregunto si él es el responsable de tanta muerte. ¿Hans, Hans Schwöll, Hansi, el mejor amigo de Leni? Me vienen a la memoria los pasajes más impactantes de la novela de Marjolaine, la expedición a Halgadøm, el castigo de los Sven, la amnesia del muchacho...

¿Aquel adolescente romántico es ahora este viejo seco y cortés que se inclina y me besa la mano?

—Hace años que la gente me conoce por el nombre de Adolfo Scoledo. Soy el notario de Martin... —Se endereza y mira a Vidkun—. Te preguntarás, Martin, por qué me cambié el nombre...

—Tras la captura de papá no convenía llamarse Schwöll, ¿verdad?

Venner sigue apoyado en la mesa y se muestra curiosamente distante y frío con su hermano. Este, sin embargo, ha guardado el arma y está tranquilamente sentado en el sillón.

Tanta indiferencia me subleva, porque yo estoy fuera de mí.

—¡¿Dónde está Clément?!

Hans Schwöll no me contesta; se levanta, se acerca a la piscina, se arrodilla junto al cadáver de Linh y pasa la mano por el agua.

—Hubo que ser discretos —explica—; no más nombres alemanes, no más recuerdos del Reich.

Yo quiero chillar: «¡Dígame dónde está Clément!», pero observo extrañada que se remanga el brazo derecho y lo introduce en el agua.

—Los Schwöll se llaman ahora Scoledo; los Mengele, Mangelado; los Bormann, Barmonito... —El hombre está inclinado y tienta el agua como buscando algo—. Era cuestión de sobrevivir.

En un instante ha perdido toda la amabilidad y recupera su dureza de puma.

¡Viejo cerdo! ¡Ahora verá! Me levanto y me dirijo hacia él:

—¿Se ríe de mí o qué coño le pasa? ¡Le he preguntado dónde está Clément!

Pero Venner, con un gesto, me pide que me tranquilice.

Y entonces me entra la duda... ¿Tendrá Clément un cuchillo al cuello? ¿Espera Hans a que cometa un error para ejecutarlo?

Tragándome la rabia, vuelvo a mi sitio.

De pronto Hans se queda quieto: ha cogido algo bajo el agua.

—Cuando capturaron a Eichmann y a papá, el gobierno argentino nos pidió que tuviésemos más cuidado. —Da un resoplido—. El país tenía entonces grandes negocios con la Unión Soviética, y no parecía lógico que los rusos vigilasen a Hess en la cárcel mientras los argentinos dejaban a otros nazis en paz.

Empieza a ponerse lentamente en pie, saca el brazo del agua... ¡en la mano lleva un enorme pez gelatinoso que colea! Vidkun y yo nos quedamos boquiabiertos: ¡el animal está vivo!

Y es tan extraño y gordo que parece un engendro genético.

Salpicado de agua pero satisfecho, Hans Schwöll dice irónico:

—Los norteamericanos no hicieron tantos remilgos. La CIA siempre nos trató bien, porque sabíamos mucho sobre los rusos y los países de Europa del Este.

Hans golpea el pez contra el borde de la piscina y le revienta la cabeza; en la piedra resbalan pedazos de carne medio adheridos, y los ojos cuelgan tristemente de las órbitas.

«¡Dios, qué asco!»

—Pero no hemos venido hasta aquí solo para daros lecciones de geopolítica...

—¿Hemos? ¿Quiénes? —dice Venner, que mira alarmado a un lado y a otro como si de pronto aquello estuviera lleno de espías.

Pero estamos solos, nosotros tres, el cadáver de Linh y el pobre Fritz, que se frota la cabeza mientras se repone de la caída.

El notario vuelve a la mesa, se sienta de nuevo entre Vidkun y yo, deja el pez muerto sobre el escritorio de caoba y se saca un cuchillo del bolsillo.

—No te hagas el ingenuo, Martin.

Clava el cuchillo en el vientre del pez y empieza a rajarlo; un olor como a marisma invade la sala.

El cuerpo del animal da una última sacudida; lo miro y me parece ver sobresalir de la carne algo metálico.

«¡Lo que faltaba, guapa, que te pusieras a delirar!»

—¿Nunca te has preguntado de dónde venía tu dinero, hermanito? —El notario se pone serio, ceñudo—. Yo vivo en San Carlos muy holgadamente, pero no tiene comparación con tu fortuna…

«Llegó la hora de las revelaciones familiares», me digo, y me siento.

Pienso entonces en Clément, y no puedo evitar mirar a mi alrededor esperando ver su sombra. ¡Absurdo!

—¿Adónde quieres llegar con eso? —oigo que dice Venner.

El notario empieza a destripar el pez.

«¡Como cabras, están todos como cabras!»

—Tú sigues siendo un niño, Martin; eres incapaz de afrontar la realidad. Vives encerrado en tu torre de cristal, con tus juguetes, tus recuerdos…

Venner queda paralizado por la voz de su hermano, que posa su mirada en la de Vidkun con afecto voraz.

—Tú eres un ser puro, Martin, un ser inocente…

Se interrumpe un momento para escuchar el chapoteo del agua en la piscina. Fritz se levanta con la torpeza de una marioneta y se queda en pie, sin atreverse a intervenir; intenta captar la atención de Vidkun, pero este sigue con la vista fija en su anciano hermano.

—Por eso te eligieron, Martin. Por eso hemos hecho tantos sacrificios todos estos años, para preservar esa inocencia, esa pureza…

Venner se ruboriza, se pone en pie… Pero es incapaz de hablar. Abre y cierra la boca, como un epiléptico y, vencido, vuelve a sentarse.

—Lo ves —se ríe de buena gana Hans—, eres perfecto, tal como te queríamos.

Me esfuerzo por comprender lo que sucede, pero todo se confunde. Y no me ayuda Venner, que sigue escuchando a su hermano como hipnotizado por esa voz reposada, por esa cortesía de malvado refinado.

—¿A qué ha venido? ¿Dónde está Clément? —pregunto.

Hans se vuelve hacia mí; le ha sacado ya las tripas al pez y empieza a rasparle las escamas.

—Anaïs, ¿sabías que Vidkun posee una de las mayores fortunas de Argentina?

Venner está postrado, como ausente.

—Señor Schwöll, le he hecho una pregunta: ¿dónde está Clément?

—Tras la caída del Reich —prosigue Hans, meditabundo—, Argentina concedió visados a miles de alemanes, con la condición de formar un fondo con parte de nuestra fortuna. Esa riqueza era por lo general... botín de guerra. Y cada año parte de nuestros impuestos locales engrosaban esos fondos, fondos que han dado su fruto...

—El oro nazi —digo yo a media voz, y miro a Vidkun que está vuelto, contemplando el retrato de Hitler que tiene detrás.

—Todos conocíamos la existencia de ese capital —prosigue Hans—, pero ninguno tenía derecho a tocarlo. Algunos lo llamábamos el «Renacimiento». —Baja la voz—. Esa suma estuvo bloqueada hasta mediados de los setenta. Cuando nuestra madre, Solveig Schwöll, murió en 1977, leímos el testamento: el único heredero de ese capital era Martin.

Venner reacciona.

—Tú debías de saberlo hacía mucho, ya que eres notario.

El semblante de Hans se ensombrece, y por primera vez veo en él reflejado un sentimiento sincero. Deja el pez, se limpia con un pañuelo de seda.

—Entonces aún no era notario. Vivía en Buenos Aires, trabajaba en las finanzas, tenía una familia, amigos. Pero ellos me obligaron a dejarlo todo, a hacerme pasar por muerto, a administrar tu fortuna y solamente tu fortuna...

—¿Ellos? ¿Quiénes son ellos?

Los ojos que dirige a Vidkun son blancos como los de un escualo.

—¿Aún no lo entiendes? También yo tenía una nueva vida. Mi nueva identidad me permitió empezar de cero. Ni mi mujer ni mis hijos conocían mi verdadero pasado, creían que era uno de tantos argentino cuyo origen alemán se remonta al siglo XIX; había roto completamente con mi vida anterior. —Y en tono fatalista—: Pero no, eso no entraba en sus planes. Una mañana me los encontré en la puerta del despacho... Y desperté un mes más tarde en la cama de mi nueva casa en San Carlos; ellos estaban a mi lado, fríos y puntuales como siempre.

Coge el pez y sigue escamándolo maquinalmente.

—Me dijeron que yo estaba muerto, que mi familia había tenido su cadáver y su duelo, que estaba enterrado en el cementerio de la Recoleta, en Buenos Aires... Que mi madre, de la que yo no sabía nada desde hacía diez años, acababa de morir, y que poco después se había suicidado Knut, nuestro hermano, enloquecido ya a raíz de lo de papá...

Vidkun se asfixia bajo el caudal de información.

—Knut... ¿se suicidó?

Hans inclina la cabeza.

—Habían decidido que yo sería notario y que no podría salir de allí... Fueron muy claros: al menor intento atacarían a mi familia, a mis hijos... Así que cumplí. Y lo hice a la perfección. ¡Como todo un Schwöll!

Lo dice con una íntima amargura.

—Yo, que me pasé la infancia luchando contra la fatalidad de nuestra sangre, me vi atrapado... cuando ya me creía a salvo. Y todo... por ti, Martin.

—Pero, pero ¿por qué? —Venner está atónito.

—¡Porque así lo han querido ellos! Todo estaba pensado de antemano.

—Pero ¿quiénes son ellos? —pregunto yo exasperada.

—Halgadøm... —contesta el notario con fatiga—. Llevo casi treinta años trabajando para ellos... es decir, para ti, hermanito.

El Vikingo está en ascuas.

—Pero ¿para qué?

Hans se encoge de hombros, sereno.

—No soy yo quien debe decírtelo... Además, lo he olvidado, o ya no me importa... Todo eso queda tan lejos ahora, y yo soy tan viejo...

Trato de aclarar las cosas sin ceder al desconcierto.

—Pero entonces, ¿qué es Halgadøm?

—Hoy —contesta Hans esbozando una sonrisa, sin soltar el pez—, Halgadøm es el nombre de una pequeña empresa escandinava de congelados, con sede cerca de Svolvaer, Noruega...

Quisiera replicar, pero Hans me hace señas para que calle y le deje explicarse.

—De pescado congelado... —Vemos extrañados que revuelve el pez como si fuera un guante—. Y por eso he venido... —Y pasa la mano por la viscosa piel interior, para limpiarla.

Y entonces leemos con espanto una palabra tatuada en el interior del animal: ¡«Halgadøm»!

—Pero ¿qué...? —balbuce Venner.

Hans hurga en la carne del animal, extrae una especie de estuche cilíndrico como los de los puros y dice en tono cansado:

—Misión cumplida...

—Toma, Martin —dice Hans, y le da a Vidkun el pegajoso objeto.

Venner lo coge temblando, y yo no puedo evitar leer en voz alta las palabras grabadas:

—21 de junio de 1944...

—Es de su bautismo —explica Hans en confianza.

—¡¿De su bautismo?!

Vidkun observa el objeto con una especie de horror sagrado.

—Lo recuerdo muy bien —prosigue Hans en tono nostálgico, ensimismándose—. Hacía un día estupendo, ideal para la ceremonia. Estábamos todos en el comedor de la casa de maternidad de Lamorlaye; el altar era una mesa de banquete cubierta con una gran bandera con la cruz gamada, y las mujeres habían puesto flores, ¡muchas flores! Qué bien quedaban bajo el retrato del

Führer… Y había banderas negras en las paredes, y candelabros, y soldados que sostenían estandartes en los que se leía: ¡ALEMANIA, DESPIERTA!

Hans se queda mirando a Vidkun con una ternura sincera, como si de pronto recordara al hermanito que tuvo sobre sus rodillas.

—Déjamelo, por favor. —Y coge delicadamente el estuche de manos del Vikingo.

Entonces, ante nuestros ojos atónitos, desenrosca el tapón y saca un pergamino enrollado; carraspea y dice:

—Escuchad.

Y empieza a leernos. A leernos un texto insoportable. A cada frase, veo cómo Vidkun va poniéndose poco a poco del color del pez destripado.

Martin, de dos años y medio, está sentado en un pequeño trono de madera dorada, al pie del altar con la cruz gamada.

Dieter Schwöll, de pie junto a él, lee la profesión de fe:

Creemos en la misión de nuestra sangre
que brota eternamente joven de la tierra alemana,
creemos en el pueblo, portador de la raza,
y en el Führer que Dios nos ha enviado.

El primer padrino, Sven-Gunnar Rahn, pone la mano en la frente del niño.

—¡Quien es alemán y se siente alemán debe ser fiel!

El segundo padrino, Sven-Olaf Rahn, pone la mano en la frente del niño.

—La fuente de toda vida es Halgadøm. De Halgadøm viene tu saber, tu cometido, el fin de tu existencia y toda revelación.

El tercer padrino, Sven-Ingmar Rahn, dice:

—Que tu madre te muestre su amor y que te castigue privándote de alimento si violas las leyes de Halgadøm.

El cuarto padrino, Sven-Odin Rahn, dice:

—Te mostrarás siempre digno de las SS y de tu clan. Digno de Halgadøm.

Entonces el Reichsführer de las SS Heinrich Himmler toma al niño en brazos y concluye:

—En ausencia de Otto Rahn, que permanece en el sudoeste de Francia, conforme al deseo de tus padres, y en nombre de las SS, yo te bautizo con los nombres de Martin, Albert, Thor, Hermann. Padres y padrinos, cumple a vosotros educar a este niño como un verdadero y valeroso alemán, según la voluntad de Halgadøm. Pues solo por él, Martin Schwöll, el verdadero elegido, el hijo del milagro, nuestro imperio renacerá. Pronto, dentro de medio siglo, tal vez menos, tal vez más, ¡Martin Schwöll será el Führer del Cuarto Reich!

Cuando ha terminado de leer, Hans vuelve a enrollar el pergamino y lo mete en el estuche. Entonces saca un sobre y me lo da, mirándome con una fijeza extraña:

—Hay sorpresa para todos...

Con las manos temblándome abro el sobre y saco... dos billetes de avión.

—¿París-Oslo, Olso-Bodø? ¿Y solo de ida? —digo desconcertada. Lo miro no menos fijamente y pregunto—: ¿Y Clément?

—Se os ha escapado por muy poco —contesta el anciano, poniendo cara de sentirlo mucho—, han partido esta mañana...

Siento una congoja horrible, la mente se me nubla...

—¿Quiénes? ¿Quién hay detrás de todo esto? ¿Leni? ¿Otto Rahn? ¿Quién?

—Yo solo soy un mensajero —contesta el notario, sin disimular cierta aprensión. Y viéndome tan afectada, añade—: Mira bien en el sobre, tu amigo Clément te ha dejado un... mensaje.

Descubro entonces algo encajado en el fondo.

Doy la vuelta al sobre...

Y mi grito hace brincar al notario.

Es un dedo, que con un ruido sordo cae sobre mis rodillas.

Me horrorizo... Alrededor del dedo hay un mensaje atado con una goma. Pese a mi espanto leo: «¡Daos prisa, por favor!».

¡Es la letra de Clément, reconozco los círculos sobre las íes!

—Tiene razón —susurra el notario, y arroja los restos del pez a la piscina—. Tendríais que daros prisa, mucha prisa...

TERCERA PARTE

Vidkun

Mañana, la palabra más mentirosa de todas las lenguas.

RAYMOND ABELLIO,
La fosa de Babel

2006

El avión va casi vacío. Y yo sospecho de todos, no puedo evitarlo. La paranoia no es un vestido del que uno pueda librarse cuando está demasiado sucio.

Porque además, ¿quién sabe? Puede que ellos estén también en el avión...

Sí, todo el mundo se me antoja sospechoso: piloto, tripulación, azafatas, y hasta una pareja de escandinavos que va sentada tres filas por delante de nosotros; llevan puestas gafas negras y miran fotos en una cámara digital, ríen discretamente y pronuncian los nombres de los monumentos parisinos con un acento horrible:

—*Tuoréfêl... Pégal... Notrédam...*

Y de pronto los envidio... ¿Qué saben ellos del mundo? Nada, ni quieren saber; viven una vida tranquila y cuando mueran los enterrarán en una bonita tumba, en un cementerio lapón, donde reposaran en cortés y pacífico olvido.

«¡Quién pudiera seguir soñando!», me digo, intentando relajar las manos, que desde hace horas no han dejado de temblarme. ¡Pero la realidad me ha despertado de un modo tan cruel! Mi padre es también mi abuelo, mi madre es también mi hermanastra, a Linh le han cortado la mano y lo han ahogado en la piscina, a Clément lo han secuestrado y torturado unos fantasmas, Venner será el Führer del Cuarto Reich y yo me meto de cabeza en el ojo del huracán...

Trato de razonar, pero me siento superada por lo que sucede. Además, ahora tengo la impresión de hallarme más sola en todo esto, porque desde que salimos de París Vidkun no ha dicho una sola palabra.

Sentado a mi lado parece una figura de cera; con los ojos vidriosos y la tez amarillenta, Vidkun se mueve ora lentamente, ora a sacudidas.

¡Confío en que no se dé por vencido! Porque yo misma me siento al límite de mis fuerzas...

«Estoy agotada», me digo mientras estiro las piernas buscando una posición cómoda... Nada, imposible.

El avión se mueve; el comandante Dagestad presenta sus respetos a los pasajeros, la azafata ofrece copas de champán y zumo de naranja.

—Despiértame si necesitas algo —me dice Venner—, y procura dormir un poco.

—No puedo —y saco del maletín de Venner las páginas que seleccionó Clément—, tengo que leer, leer...

La novia del Reich
(extracto de los capítulos XII y XIII)

—Alemania... —murmuró Elfried—. Por fin, mi país...

Werner estaba de pie junto a ella y también se sentía fascinado por el espectáculo. Pero la corrigió:

—Alemania no, Elfried: ¡el Reich!

«El puerto de Hamburgo», se dijo Elfried al pisar el muelle. ¡Al fin dejaba el maldito submarino!

Sus padres y hermanos miraban con ojos incrédulos aquel nuevo mundo. Entonces vio que en todas partes, en brazaletes, en fachadas, en los edificios militares, había cruces gamadas.

Mientras los viajeros esperaban, admirados y cansados, en el muelle, llegó una columna de las SS a paso ligero.

—*Heil Hitler!*

Un joven soldado, con la barbilla en alto y un tono teatral sin una nota de sinceridad, les dijo:

—Confío en que hayan tenido un buen viaje... Si son tan amables de seguirme, él los espera al final del muelle...

«¿Quién nos espera?», se preguntó Elfried. El pequeño grupo se puso en marcha. Ella lo miraba todo fascinada, no podía apartar los ojos de cada detalle de ese espectáculo.

Los soldados les llevaron a una caseta de madera que debía de ser la oficina de algún funcionario del puerto.

A unos metros había aparcado un Mercedes descapotable, cuyos cromos y carrocería negra brillaban al sol matinal. Al volante, un chófer militar esperaba con la quietud propia de una estatua.

—*Bitte!* —dijo el joven SS, y les indicó la puerta de la caseta.

Elfried vio entonces que su padre estaba nervioso. Sus cuatro hermanos, en cambio, parecían confiados, como si supieran lo que les esperaba y se alegraran.

Cuando el soldado asía el tirador de la puerta, esta se abrió de golpe. Una oleada de miedo les recorrió. Los hermanos se quedaron clavados en su sitio, la madre no pudo reprimir un «*Mein Gott!*» menos asustado que respetuoso, y el padre alzó el brazo al grito de: «*Heil Hitler!*».

La silueta se recortaba en la penumbra.

Elfried tuvo entonces como una iluminación: aquel uniforme, el rígido empaque, la mediana estatura...

«¡Tío Oktavian!», quiso gritar.

Iba a correr hacia él cuando el hombre dio un paso hacia delante —se lo vio entonces a plena luz—, y alzando el antebrazo y con una mirada inexpresiva, contestó:

—*Heil Hitler!*

Elfried se quedó de piedra, y fue incapaz de levantar el brazo, como hizo el resto de su familia.

El hombre se acercó a ella y le dijo con su fuerte acento bávaro, marcando las erres:

—Tú debes de ser Elfried... ¡Oktavian me ha hablado mucho de ti! —Esbozaba una sonrisilla burlona.

La jovencita no acertó a distinguir ningún brillo en aquellos ojos entrecerrados, ocultos tras unas gruesas gafas. Tenía un bigote fino y recortado que al sonreír adoptaba la forma de los labios.

Porque sonreía, aunque con una sonrisa sin calor; mecánica pero no menos espontánea.

Elfried permaneció inmóvil. Su familia se había ido girando hacia ella con incredulidad creciente, e incluso Bruno parecía encogido. No sabía si sentían miedo por ella... o de ella.

—Vamos a hacer grandes cosas, pequeña Elfried —dijo el hombre; se quitó las gafas y las limpió en la manga del uniforme negro—. Oktavian tiene grandes proyectos para ti... —Se quedó mirándola como si quisiera leer en el fondo de su alma, y luego les dijo a todos—: Aunque también vosotros tendréis un destino de jefes, como sabéis...

Se acercó al padre de Elfried y dijo estrechándole la mano:

—Pero se acabaron las ceremonias. Celebro verle, doctor; hace tanto tiempo...

—Casi diez años, *Herr Reichsführer* —lo interrumpió el médico con humildad.

A continuación el Reichsführer besó la mano de la madre. La esposa del doctor se ruborizó y bajó la vista. Los hermanos estaban algo aparte, impasibles.

—Pero hagan el favor de pasar. —Heinrich Himmler señaló la puerta. Y con tono irónico añadió—: Veamos qué destinos tenemos para todos...

Dentro hacía un calor insoportable y olía a madera, a pescado rancio, a alga podrida. La caseta era diminuta. Los soldados se habían quedado fuera, en el muelle, haciendo guardia.

Himmler se sentó a una mesa rústica, extendió unas hojas escritas a máquina y con membrete de las SS y dijo sin alzar los ojos:

—Hoy comienza vuestra verdadera vida, la vida que habéis estado esperando... —Levantó la cara, pálida, y añadió—: ¡Ha llegado la hora de la acción!

El jefe de las SS se reclinó sobre la silla de anea y se meció sobre las patas traseras, sonriendo.

—Empezaré por los gemelos... —Los cuatro hermanos sacaron pecho—. Muchachos, vosotros seréis la flor y nata de nuestra orden. ¿Sabéis, verdad, que las SS son como una orden religiosa?

Por nada del mundo los gemelos osarían contrariar al jefe supremo. Inclinaron la cabeza con deferencia, y esperaron en silencio.

—Por eso os envío a los *Burgs* de la Orden Negra —prosiguió Himmler—, donde perfeccionaréis vuestra formación. Partiréis ahora mismo para Crössinsee, en Prusia Oriental. Espero que os guste el deporte...

Los gemelos no sabían qué cara poner.

—¡He dicho ahora mismo!

Presas del pánico, los cuatro jóvenes exclamaron un estentóreo «*Heil Hitler!*» y salieron a la vez.

Se oyeron sus pasos, voces, rechinar de neumáticos en el cemento del muelle.

Efried vio alejarse por la ventana el camión militar que se llevaba a sus hermanos, y con una extraña nostalgia, como sintiendo que dejaba definitivamente atrás la infancia, pensó: «No se han despedido».

Himmler dio unas palmadas.

—¡Eso en cuanto a los soldados! —Parecía encantado de lo eficaz de su organización y estaba ya consultando los papeles—. Pasemos ahora al médico...

El doctor contuvo un escalofrío. Por las facciones de su mujer cruzó, como un relámpago, la marca de una duda insondable, aunque enseguida se reportó.

—Ahora podrá hacer usted realidad sus sueños juveniles, *Herr Doktor* —dijo Himmler, y le tendió un papel escrito.

El doctor se puso las gafas, empezó a leer y su semblante se iluminó al instante.

—Sabía que se alegraría —dijo el Reichsführer, mientras la madre intentaba leer por encima del hombro de su esposo—. Es el primer centro de medicina experimental del Reich. Allí dispondrá de... —vaciló— de todo el... material que un científico de su talla pueda desear.

—*Danke, Herr Reichsführer*—dijo el doctor, sinceramente conmovido.

A continuación alzó el brazo, exclamó «*Heil Hitler!*» y salió junto con su mujer.

Tampoco ellos se despidieron de Elfried... ¡su propia hija!

Ella los observó por la ventana; afuera un gran coche los esperaba. Cuando este arrancó, su padre se volvió para contemplar a su hija por última vez...

—Solo quedas tú, Elfried —dijo Himmler, que seguía sentado. Señaló hacia fuera—. Ya supondrás que no iba a mezclarte con la servidumbre.

Ella no comprendía. Himmler le hizo señas para que se sentara enfrente de él.

Estaban solos, Himmler y ella, cara a cara, en aquella caseta que apestaba a pescado y a salitre.

—Tus hermanos serán ejecutores perfectos, tu padre jugará a ser el científico loco... Pero a ti, Elfried, te espera la vida de los verdaderos héroes.

¿Qué iba a anunciarle? La muchacha debía de parecer inquieta, pues Himmler adoptó una actitud más amistosa. Se limpió de nuevo las gafas nerviosamente en el uniforme, se levantó y se le acercó:

—Oktavian te considera como a una hija. —Se colocó tras ella y le puso las manos en los hombros—. Y Oktavian es como un hermano para mí.

Y empezó a acariciarle el pelo. Ella, sin embargó, no se alarmó, pues comprendía que se trataba de caricias sinceramente paternales.

Entonces se oyó fuera una carcajada cristalina y la puerta se abrió de par en par.

—¿Ya ha llegado?

Elfried se volvió y vio a contraluz a una chiquilla que corría y se arrojaba en brazos del Reichsführer.

—Sí, querida, Elfried ha llegado.

Cuando Himmler la dejó en el suelo, la pequeña examinó a Elfried con asombro.

—¡Pero si es mayor que yo!

—¿No querías tener una hermana mayor? Elfried vivirá con nosotros unos meses.

La niña tendió la mano a Elfried y exclamó contenta:

—¡Hola! Bienvenida a casa de los Himmler... Yo me llamo Helga. —Y cuando Elfried iba a contestar, añadió pizpireta—: Pero ahora que eres de la familia llámame Mausi...

—¡Mausi, vieja arpía! ¡Ella también estaba al corriente de todo!

Sin poder evitarlo, arrugo las páginas. El ruido despierta a Vidkun, aunque mascullando unas palabras ininteligibles se vuelve del otro lado.

Echo mano con angustia del siguiente fragmento, pensando que la vida de Clément sigue en peligro.

«Seis horas ya...», me digo con un nudo en la garganta.

Hija de las SS
(extracto del capítulo IX)

Cuando el Reichsführer de las SS Heinrich Himmler me invitó a pasar algún tiempo en su casa, no pensaba que me adoptaría. Pero al año me di cuenta de que verdaderamente era una más de la familia.

En realidad a él lo veíamos poco, siempre estaba de viaje. Nosotras, es decir, Mausi, su madre y yo, pasábamos casi todo el tiempo en Munich, en esa casa pequeñoburguesa y exigua llena de figuritas de cristal.

«Son la gran afición de papá», me confió Mausi el primer día mientras me enseñaba la casa.

¡Para mí todo era tan nuevo, tan extraño! Aquella vida ordenada, tranquila, mullida, lejos de las islas de mi niñez, me hizo olvidar pronto, al menos en parte, los recuerdos más horribles.

Tampoco sabía nada de mi familia, y me abandonaba a aquella plácida inercia de la vida en provincias.

Los Himmler me habían inscrito en la escuela del barrio, pero yo me daba cuenta de que se me trataba como a una privilegiada. Seguía algo así como un itinerario especial. Por supuesto, estaba desfasada con respecto a los cursos regulares, pero en los exámenes, lo hiciera como lo hiciese, siempre sacaba las mejores notas. A veces notaba la mirada ansiosa de mis profesores, que parecían evitar, como si de la peste se tratase, cualquier conflicto con mi «nuevo padre».

Pero como decía, al Reichsführer lo veíamos poco. Cuando venía —solía ser por la noche, tarde—, las Waffen-SS acordonaban el barrio, y él se iba derecho a su habitación, rendido.

Mausi y yo, que dormíamos en el mismo cuarto, lo oíamos subir la escalera de madera. Mausi se ponía contenta y susurraba:

—¡Qué bien! ¡Verás mañana!

Y al despertar por la mañana percibíamos un grato aroma a embutido y sabíamos que nos esperaba un magnífico desayuno.

Medio dormidas, bajábamos al comedor, y al vernos, el buen padre de familia nos saludaba:

—*Grüssgott!* ¡Espero que tengáis apetito!

Aquello era un banquete: jamón, salami, mermeladas, pan de varias clases, y pollo, mucho pollo. Himmler adoraba el pollo, y lo tomaba incluso para desayunar. Allí donde iba avisaba de que tuvieran preparado pollo asado.

—¿Qué, Sophie, te acostumbras a la vida bávara? —me preguntaba a menudo, viendo cómo saboreaba mi tazón de chocolate caliente. Yo me relamía y contestaba:

—Es muy tranquila...

Pero aquella *dolce vita*, lo supe desde el principio, apenas duraría un tiempo.

Era la primavera de 1942, y hacía ya casi dos años que vivía con los Himmler. Aquella mañana el Reichsführer nos esperaba, como siempre, en el comedor, con el mismo oloroso y crujiente desayuno servido; pero el jefe de las SS parecía preocupado.

—Hijas mías, he de deciros que vuestra vida va a cambiar...

Frau Himmler apareció entonces en la puerta, y tras ella, dos soldados con unas maletas; una de ellas era la mía, la otra, la que Mausi usaba cuando se iba de fin de semana al Berghof.

Himmler nos miró con sus ojos asiáticos y nos dijo con ternura:

—Desayunad bien, pues el camino será largo.

—¿Adónde vamos? —preguntó Mausi, que parecía entusiasmada con la idea.

El Reichsführer dudó y contestó sibilino:

—De viaje...

—¿De viaje? —digo yo en voz alta.

—¿Eh?

He debido de gritar, porque Venner se despierta sobresaltado. Por un momento mira a un lado y a otro desconcertado; luego me ve con las páginas en la mano y comprende.

—Ah, ya estás leyéndolo... —Lo dice cansado, como si rechazara la idea de tener que leerlas él también desde que partimos.

—No queda otro remedio, me parece...

Le paso las primeras páginas a Vidkun y saco el tercer fragmento del sobre.

Escuela de superhombres
(capítulo XXXI)

Uno tras otro salen de los coches.

El verano polaco es cálido, aunque la atmósfera parece saturada de humedad.

Son pocos, solo Mausi, su padre, media docena de soldados y Dagmar.

Aparcados juntos al pie de una pared desmoronada, los coches humean.

Es una casa de campo, en medio de una inmensa llanura que se pierde en el horizonte.

El Reichsführer se pone en jarras y susurra:

—Aquí es, pues…

Y parece gozar del silencio. Nadie osa murmurar ni moverse. Cada cual aspira esa calma con avidez, como si fuera a cesar para siempre.

Dagmar nota unos dedos húmedos que se deslizan en su mano y se estremece; pero es Mausi, que se estrecha contra ella y le aprieta la mano. Por su carita lastimera Dagmar comprende que la pequeña tiene miedo.

—¿Qué pasa, Dagmar?

Himmler echa a caminar hacia la puerta, como un zorro. De camino repara en algo que hay en el suelo de tierra y lo coge; es un cráneo de conejo, seco y liso. Lo observa un momento, pero luego lo deja caer delicadamente y lo aplasta con el talón como si fuera una nuez.

—Allá vamos —dice entre dientes.

Los soldados fuerzan la puerta.

Sus voces resuenan en la casa; ruido de cristales rotos, de botas, de muebles destrozados. De pronto, un grito de mujer, seguido de un llanto de niño.

De un recién nacido…

Himmler parece satisfecho.

—*Nein! Neeeiiin!* —se oye gritar dentro.

Mausi se aprieta contra Dagmar, como un animalillo asustado.

Salen los soldados.

Y sacan a empujones a una joven rubia, vestida con un camisón, con el pelo revuelto. Lleva a un niño en brazos, dentro de un cesto, y sin soltarlo forcejea, araña, muerde, quiere sacarles los ojos…; y con un fuerte acento polaco implora en alemán:

—¡No, no, piedad!

Entonces descubre a Himmler y se descompone.

—*Hallo, hallo!* —dice riendo el Reichsführer.

Todos enmudecen.

Los soldados retroceden como picadores a la salida del torero.

La mujer no deja de estremecerse, pero es incapaz de huir; sigue ahí, en el patio de la casa. ¡En la vida Dagmar había visto tal expresión de rabia y odio!

El Reichsführer da un paso hacia ella.

—*Nein*... —repite la madre con voz ahogada, como si le costara hablar.

Los soldados se agrupan tras ella para que no escape. Ella no hace nada; permanece quieta, como una fiera acorralada.

Himmler se le acerca y le arrebata al niño.

La madre no hace nada por evitarlo, no grita. Luego se desploma como un muñeco, abre la boca, lanza un grito mudo, llora en silencio.

Los soldados la miran impasibles.

Dagmar oye a su lado un gemido y se da cuenta de que Mausi está llorando, con los brazos cruzados, como un pájaro herido. La pequeña cierra los ojos y susurra:

—Mamá... mamá...

Dagmar siente lástima y piensa en cogerla en brazos, pero la fascinación que siente es aún más fuerte. Debe dejar que todo siga su curso. Y la pequeña también debe aprender a endurecerse, ¿acaso no es hija del Reichsführer de las SS?

Un brusco aletear sobresalta a los presentes: es una bandada de pájaros que levanta el vuelo de un árbol y pasa un instante sobre sus cabezas.

Himmler, que sostiene en brazos al bebé y le acaricia la cabeza, se vuelve hacia su hija.

—¡Mausi! —la llama en tono seco.

La chiquilla se echa a temblar, pero no abre los ojos.

—Mausi, *bitte!* —repite el padre, con una voz neutra, extrañamente burocrática.

La pequeña mueve la cabeza de derecha a izquierda, negándose. Con un gesto de la barbilla Himmler ordena a Dagmar que se la acerque, y esta obedece en el acto.

Helada, la mano de Mausi tiembla en su mano. Dagmar siente el pulso infantil batir contra sus dedos, pero la niña no se resiste.

La empuja al frente.

Mausi permanece con los ojos cerrados, y solo los abre cuando se detiene, encogida, ante su padre.

Pero Himmler ha perdido su aire severo. Le acaricia la cara con el dorso de la mano y le muestra al pequeño.

—Mira qué guapo.

Mausi suspira, como si sintiera una gran pena, y procura mostrarse como una niña mayor:

—Sí, papá...

El Reichsführer parece encantado. Mira a su hija con ternura y hace luego una seña con la cabeza a los soldados. Tres de ellos cogen a la madre y la arrastran a los pies del jefe; la mujer se protege la cara con los brazos y se deja cargar como un saco.

Mausi palidece de nuevo.

Himmler tiende la mano a un soldado y este le pasa en el acto un revólver.

Dagmar se sobrecoge.

El Reichsführer, en cambio, está tranquilo, perfectamente sereno.

Con el niño en brazos, le pone el revólver en la mano a su hija. Mausi retrocede un poco y lo suelta.

—Papá, por favor... —suplica, aunque sin escapar.

—Querida, tienes que hacerlo —le contesta el Reichsführer, cariñoso pero firme.

Mausi mira alternativamente el revólver y a la mujer, y le parece inconcebible.

Entonces Himmler dirige la mirada hacia Dagmar, que no necesita mayores explicaciones.

Dagmar se agacha, coge el máuser y rodea a Mausi con el brazo.

Ambas se arrodillan ante la mujer, que mira a Dagmar: ha comprendido.

«¡Hazlo pronto!», imploran sus ojos negros.

Dagmar le pone el revólver en la mano a la niña; ella no hace nada; está helada. Pegada a su espalda, Dagmar le coge el brazo con el arma y se la guía.

—*Gut, gut...* —susurra Himmler, y le pone la mano en el hombro a Dagmar, como animándola.

Lo que sucede entonces es lógico, es como una coreografía.

El niño respira tranquilo en brazos del Reichsführer.

El dedo de Dagmar aprieta el dedo de Mausi.

La detonación resuena en el patio.

Las dos chiquillas salen despedidas hacia atrás, la mujer se desploma.

Pasa otra bandada de pájaros por el cielo.

Dagmar no sabe si sentirse orgullosa o asqueada.

El niño ha despabilado y rompe a llorar. Himmler lo mece.

El cuerpo de la mujer da una última sacudida.

Mausi, salpicada de sangre, se desmaya en los brazos de Dagmar.

«¡Qué horror!»

—Mausi... —le digo asustada a Vidkun—. Su querida amiga Mausi. Fue ella quien mató a su...

—Deja que acabe de leer esto —gruñe Vidkun sin apartar los desorbitados ojos de sus páginas.

Yo sigo sobrecogida por la escena que acabo de leer y me horrorizo de nuevo. Esta pobre madre. Esta pobre criatura.

¡Esta criatura!

—Aunque... ¿cómo saber lo que es ficticio y lo que es...?

—¡Cállate, Anaïs, por favor!

Mauthausen *mon amour* (capítulos XIII y XIV)

Ladislas no había cambiado.

—Putzi, corazoncito, ¡mi elegida!

Yo lo creía muerto, sepultado bajo escombros, y en cambio no, lo tenía allí delante, ¡más radiante que nunca! Un resucitado.

Estaba solo un poco más delgado, y parecía más fino y, de algún modo, más hermoso.

Se acercó al coche y señaló al recién nacido que había en un cesto en el asiento.

—¿Es él? —me preguntó.

Yo asentí.

Entonces lo tomó con delicadeza.

El momento era perfecto. Me sentí de pronto como en uno de esos cuadros de los primitivos flamencos en los que cada personaje ocupa un lugar simbólico; todos mirábamos al niño y formábamos una suerte de natividad, el belén de algún libro de horas iluminado.

Ladislas se dirigió a paso resuelto hacia la familia del pastor. La madre se quedó mirando al niño con una especie de temor reverencial, y cuando él se lo tendió, ella no lo cogió en el acto, sino que, como si temiera quemarse, retrocedió un poco. Su marido le puso firmemente la mano en el hombro y ella acabó tomando al niño.

—*Gut*... —dijo Ladislas, y me miró.

Con el dedo dibujó entonces en la cabeza del niño una cruz gamada, estrechó calurosamente la mano del pastor y le dijo:

—Su turno, padre.

El pastor pareció incomodado, como si no se sintiera a la altura de la situación.

El niño rompió de pronto a llorar con un llanto horrible, como si le hubieran hundido el cráneo.

Todo el mundo salió entonces de un rapto de sonambulismo.

El llanto del niño nos había devuelto bruscamente a la realidad.

Los demás me observaban, sin amistad ni rencor, con una especie de cortesía desganada.

«Pero ¿dónde estoy?», me pregunté, mientras miraba por primera vez a mi alrededor.

Solo se veían unas cuantas casas residenciales con jardín, comunes y corrientes. La mayoría de la gente, soldados y civiles, se dirigían a la otra punta del claro, hacia unas chimeneas que asomaban tras una fila de árboles altos y frondosos. El edificio al que pertenecían esas chimeneas no se veía, oculto por el bosque. Pero el escenario era lo de menos: el llanto del niño nos conmovía como si fuera el de un dios sufriente.

Y no dejaba de llorar.

La mujer del pastor lo mecía suavemente en brazos, pero el niño no se calmaba, y con la manita rolliza parecía señalar las altas chimeneas que se elevaban más allá del claro. Su rostro estaba lleno de espanto, de un miedo instintivo que yo nunca había visto en nadie.

—¡Y este es tu cuarto, mi corazón!

Ladislas me intimidaba de un modo extraño. La emoción de verlo era tan grande que me tenía paralizada y yo no conseguía salir por mí misma de ese letargo.

Incapaz de mostrarme natural, hice como que observaba el cuarto y me acerqué a la ventana, en la que el sol estival daba de lleno.

La ventana miraba a la explanada en la que nos habían recibido. Descubrí en ella a los gemelos; iban vestidos con uniformes negros y, de no ser porque se parecían, habrían podido ser cualquier oficial de las SS.

Ladislas se acercó a la ventana y dijo:

—¿Han cambiado, verdad?

—No me han dicho ni buenos días... —balbucí yo; de pronto me costaba hablar.

Ladislas me acarició la nuca.

—Se han hecho mayores, como tú, Putzi...

Ladislas me miraba y sonreía. Retrocedió lentamente, sin dejar de observarme, y se sentó en la cama. Entonces vi que le había cambiado la expresión, y me recordó al soldado del puerto de Hamburgo: como este, Ladislas me miraba como a una mujer. Al fin y al cabo, yo iba a cumplir dieciséis años...

—Sé que te harás un montón de preguntas —dijo, reclinándose y apoyándose en los codos en actitud ambigua—. Ahora tenemos tiempo, pregunta...

Yo tenía la desagradable sensación de que sus ojos querían otra cosa de mí.

—Ven... —dijo en un susurro, y dio unas palmadas en la cama.

Yo empezaba a sentirme muy violenta. Le brillaba la frente. El día se anunciaba bochornoso y en la atmósfera parecía flotar un olor a flores muertas, a hierba marchita.

Abrí la ventana; percibí entonces otro olor, aún más fuerte. A carne putrefacta.

Ladislas vio mi mueca y sonrió sin malicia.

—Con el calor, suben todos los olores. Cierra la ventana y ven a sentarte a mi lado.

Mi padrastro no tenía ya la expresión obscena de un momento antes. Cerré la ventana y sin saber que me arrojaba en las garras de un felino me senté a su lado.

Ladislas me rodeó con el brazo, como solía hacer antes, pero esta vez me hizo además recostarme y apoyar la cabeza en sus rodillas. Empezó a pasarme el dedo gordo por la frente, dibujando arabescos.

—Putzi mía, no sabes lo que me alegra verte por fin aquí... Desde la muerte de tu madre me siento muy solo...

Empleaba el mismo tono con el que me hablaba de niña, el tono de nuestras conversaciones más íntimas y cariñosas. Me reproché interiormente haber pensado mal. Sí, Ladislas era el de siempre. Casi olvidé lo que me había contado, la carta, el horror. Ahora estábamos de nuevo juntos, éramos el uno para el otro.

Quedamos largo tiempo callados, escuchando los murmullos del bosque, que nos llegaban atenuados en medio del silencio de la naturaleza virgen.

Sí, me sentía bien. La casa, el bosque, el cuarto, la cama: eran como círculos concéntricos de un destino que me ataba a Ladislas. Sentía su mano, ¡oh, su mano!, acariciándome el pelo como si yo fuera una muñeca. Me abandonaba a aquella ternura, a aquel amor dulce y arrobado que me hacía revivir mi infancia, infancia de la que sin embargo no sentía nostalgia alguna, porque Ladislas y yo estábamos de nuevo juntos, para siempre.

—Putzi, Putzi... —murmuró él de pronto.

Yo habría deseado que no hablara, ya no quería que me explicara nada; sabía que sus respuestas romperían la magia de aquel reencuentro precioso.

—Putzi —prosiguió, mientras perfilaba con el dedo mi nariz—, ¿no quieres saber cómo salí de Dantzig? ¿Cómo sobreviví a las bombas y a la masacre?

Yo negué con la cabeza y abracé con ímpetu su muslo, como si fuera una almohada. A ese gesto, su cuerpo se atirantó y luego se relajó de nuevo; había tenido un estremecimiento. Con voz temblorosa dijo:

—Pero tengo que contártelo, tienes que saber...

Yo le puse el dedo en los labios.

—¡Chisss!

Él perdió su aplomo y adoptó de nuevo esa expresión tan adulta, y tan culpable, que le había visto hacía un momento.

—¿No... no quieres saber? —preguntó sin convicción.

Estábamos tan cerca el uno del otro que nuestras narices se rozaban.

—Escribiste que yo era la elegida... —Lo dije como sin querer, como si las palabras salieran por sí solas, y en una voz que sonó más grave.

Había perdido el control de mis actos y una sensación de placer intenso me embargó; algo desconocido y muy violento, algo que parecía estar agazapado en los ojos de Ladislas: un placer prohibido pero que se imponía como algo claro, natural.

—Dices que soy la elegida —repetí—. ¡Demuéstramelo!

Los labios de Ladislas me parecieron secos como arena. Pero

¿no era acaso para eso, con ese único fin, para lo que él me había criado, educado... creado?

El cuarto empezó a dar vueltas. Perdí la cabeza y me arrojé sobre la cama con un furor animal; Ladislas ya solo era un cuerpo, un cuerpo junto al mío.

Le arranqué la camisa, él rasgó mi falda.

Profirió un gruñido ronco, gutural, los ojos se le inyectaron en sangre; era incapaz de resistirse, era como si se sintiera vencido en su propio terreno.

Y yo, en el fondo de mi ser, gritaba victoria con alegría y con dolor. En aquel momento era yo quien mandaba, y él, con todo su poder, su importancia, su relevancia histórica, no era sino un esclavo, un esclavo como sus prisioneros... ¡A mi modo vengaba así a todas aquellas víctimas!

Y así, rindiendo su voluntad con mi deseo, con el poder voluptuoso de mi cuerpo de niña que ardía como el de una mujer, expiaba sus culpas, lo enfrentaba a sus fantasmas. Yo me convertía en su conciencia, en su último reducto de moral, de lucidez. Él dejaba de ser un soldado, un SS, para no ser sino un hombre, un hombre encendido en deseo, una bestia cuyos sentidos había yo despertado y a la que iba a sumir en el gozo y el dolor.

Con mi manita blanca le cogí el sexo y él gritó, pues le apretaba con tanta fuerza como si intentara estrangular a un animal.

A todo esto seguíamos mirándonos. Comprendí que buscaba en mí a la niña a la que, fingiéndose muerto bajo los escombros, había abandonado en Dantzig, tal y como estaba cuidadosamente planeado, hasta reaparecer en el momento oportuno.

Lo que no había previsto era esto...

Le parecía inconcebible, y a la vez por el placer se sentía invadido por la cólera: no era ya dueño de sí, ni de sus sensaciones, ni de sus sentimientos.

Sus manos palpaban febrilmente mi torso, sus palmas abarcaban mis jóvenes senos, pequeños pero duros.

Perdió el juicio.

—Putzi, corazón, amor mío… —jadeaba como en trance, mientras besaba mis pechos.

Yo no había soltado su sexo y lo agitaba suavemente.

En la pared de enfrente había un espejo. Lo miré un momento: nos veíamos reflejados y la escena era a la vez brutal e inocente. Ladislas era un animal servil, cuyos labios se perdían en mi vientre buscando besar mi pubis y seguir descendiendo luego.

De pronto noté que hundía la cabeza entre mis piernas y me sacudió una oleada de placer. Oprimí su miembro todavía con más fuerza, como si quisiera que estallara en mi mano.

Ladislas volvió a besarme en la boca, con la barbilla húmeda. Tenía los ojos en blanco. Tomó mi cabeza entre sus manos estrechándola con todas sus fuerzas y obligándome a descender.

Yo no me resistí; sabía que él no sería sino más vulnerable.

«¡Ladislas, Ladislas mío, maestro, padre, amante!», me decía una voz en lo más profundo de mi ser. Sentía goces encontrados, como si pugnasen entre sí: el goce de la venganza, del reencuentro, de la plenitud, de la comunión, de la afirmación…

Me sentía tan llena de mí misma, era tan profunda aquella especie de narcisismo que parecía dar sentido y orden a todo, que casi me olvidé de Ladislas; no era sino un pretexto.

Tenía su miembro dentro de la boca, sus dedos arrancaban mis cabellos a medida que lo hundía más dentro de mí.

No era capaz de hablar; le costaba respirar, mantener los ojos abiertos o cerrados; batía los párpados de finas y delicadas pestañas como si estuviera agonizando.

De pronto dio un grito; y algo con sabor a algas, a mar, me inundó la boca.

—¡Putzi, Putzi! *Neeein!*

Pero era demasiado tarde. Él también había pasado el límite.

Y ahora estábamos del otro lado.

Ladislas había hecho de mí una mujer, de la más sublime y atroz de las maneras.

Y yo me había exorcizado de él.

Su ascendiente sobre mí, que tan arraigado estaba en mi alma, se había evaporado de pronto, como se disipaba en el cielo nublado el humo negro de las altas chimeneas.

—Tenía que pasar —dice Vidkun, que lo ha leído por encima de mi hombro.

La escena, con su sensualidad y su crudeza —quién lo diría de Leni... ¡y de Marjolaine!—, me ha dejado conturbada; una languidez casi insostenible se apodera de mí... Y encima, Vidkun a mi lado y pegado a mí para leer al mismo tiempo.

A pesar de mi estómago, siento un excitación muy intensa, próxima al placer. Me doy cuenta de lo indigno e inoportuno de la cosa, y me enderezo como se cuadra un caballo.

¡Ya solo queda un capítulo!

«El más largo... El último...»

¿La clave?

Paso por Oradour
(capítulos LXII, LXIII, LXIX)

Evacuamos el campo de concentración en febrero de 1944. El aire es glacial y la mayoría de los prisioneros morirán de frío.

—Será más sencillo que matarlos uno a uno... —dice secamente tío Mark, y carga la última maleta en el portaequipajes del coche.

Ya hace semanas que no voy al campo. He empezado a escribir, en viejos cuadernos escolares, historias y relatos. Para mí, escribir es una escapatoria y me procura un vivo placer. No veo a casi nadie, y me paso los días encerrada en mi cuarto, sentada a mi mesa, bastándome con mis recuerdos para recrear un mundo mágico y legendario.

El día de la partida guardo estos cuadernos en el fondo de la maleta y subo al Mercedes.

Viajamos en dos coches. Los gemelos y yo en uno, tío Mark y

los Sacher en el otro. El niño ha crecido. Ahora es una criatura de dos años que habla sin parar y al que sus padres adoptivos han llamado Martin. A la hora de salir se resiste a subir al coche. ¿Será que sabe que lo arrancan una vez más de su mundo infantil? Su madre adoptiva lo coge en brazos y lo aplaca canturreándole al oído.

Podemos partir...

Nadie habla. Nos alejamos por el bosque y ninguno se vuelve para ver cómo el campo de concentración desaparece en el paisaje.

¡El camino es largo! Miramos con ojos sin vida las tierras desoladas que atravesamos sin detenernos, pues llevamos combustible escondido en el maletero. A ratos nos cruzamos con soldados alemanes que huyen en sentido contrario, y llenos de pánico nos hacen señas y nos dan voces para que demos media vuelta.

—¡Estáis locos! ¡Hay que marcharse de aquí!

Pero nosotros seguimos nuestro camino, a contracorriente de aquel ejército en desbandada.

Con todo, percibo bajo la máscara de impasibilidad de mis acompañantes un miedo secreto, una inquietud íntima. Pero no es más que una impresión fugitiva. Avanzamos hacia la tormenta. Mientras que la Wehrmacht y la Waffen-SS se repliegan hacia el este, nosotros nos dirigimos a Francia, un país en ruinas.

Cuando en el horizonte veo aparecer una cresta montañosa siento de pronto una especie de hastío.

Son los Pirineos...

El marqués Renard está viejísimo.

Tiene la cara demacrada, los párpados caídos. La región misma parece muerta. Paulin, el pueblo que hay cerca del castillo, ha quedado en parte derruido. Una de las torres del castillo ha sido abatida; su ruina se recorta contra el día que declina como el esqueleto de un cetáceo.

Agotados por el viaje, nos apeamos y las piernas apenas nos sostienen; parecemos convalecientes. Los gemelos y los Sacher observan el lugar con cierta sorpresa. En sus ojos leo una fría decepción, como si, por un momento, reprocharan a Mark el haberlos arrastrado en su caída.

El marqués nos recibe obsequioso:

—Es para mí un gran honor recibirlos en mi casa... Ay, tampoco a nosotros nos ha perdonado la guerra. —Lo dice inquieto, mirando a un lado y a otro. Y tomando del brazo a Mark, con un gesto afectuoso pero cansado, añade—: Menos mal que habéis llegado a la hora prevista... Los partisanos celebran una gran asamblea en Rabastens, a treinta kilómetros de aquí. Mi administrador, mi cocinera, su hijo, todos han ido... Ballarain, el administrador, es incluso el jefe de una de las mayores cuadrillas de la zona. Y su hijo Gilbert va por el mismo camino. Lo digo para que entendáis que no puedo alojaros en el castillo...

—Pues entonces, ¿dónde vamos a dormir? —pregunta preocupada Aase Sacher, que tiene al pequeño Martin en brazos y lo protege del viento de la tarde, que empieza a refrescar.

—No tengo más remedio que alojaros en la gruta —contesta el marqués con cara desolada.

—¿En la gruta? —replica Aase al tiempo que los gemelos intentan mantener la calma. Pero descubro en ellos el mismo agotamiento que en el marqués. Solo Mark parece fresco y firme, como un Noé en el Arca.

En ese momento asoma la luna e ilumina el bosque.

El bosque resulta tan impenetrable como una selva. La maleza ha invadido sendas y senderos, rodea tupidamente los troncos; flota en el aire un olor a cieno, olor de un mundo enterrado.

Pronto llegamos a la entrada de la gruta. Oímos una voz femenina:

—¡Papá! ¿Sois vosotros?

—Sí, querida.

Con un frufrú de hojas, una sombra aparece ante nosotros como un elfo de los bosques. Es una joven, vestida de chico, con el pelo recogido en un moño y una gorra de campesino puesta, y lleva sobre los hombros una cazadora grande; debía de haber estado esperando un buen rato, pues el húmedo frío del bosque ha enrojecido sus mejillas.

Aquella gran liana rubia nos observa circunspecta.

Yo la miro y le sonrío, pero ella no se inmuta.

—Os presento a mi hija Marianne —dice el marqués.

—Hola. —Me tiende una mano delicada, que contrasta con su atuendo de cazador.

Y a continuación nos invita a entrar en la cueva, cuya negra boca se abre entre la maleza.

La gruta es todo un complejo de cavernas prehistóricas. Marianne y su padre nos conducen a una vasta sala, donde hay colchones y mantas de caballo.

—Es todo lo que me queda... —se excusa el marqués, viendo que Aase se acerca ofuscada a oler una vieja manta y da un respingo como si acabara de husmear un cadáver.

Mark da unas palmadas y dictamina:

—Es perfecto.

—¡¿Perfecto?! —replica indignada Aase, yendo hacia él.

Le brillan los ojos negros y casi está al borde de la histeria. A la luz de las velas parece el espectro de una ópera romántica.

—¡Veinte años lleva usted arrastrándonos! —le grita a Mark, que permanece impertérrito.

—¡Aase! —exclama el doctor Sacher, que parece totalmente superado por los acontecimientos.

Aase mira a su marido:

—Y tú, ¡tú no eres más que un triste mandado!

El médico se queda sin habla. Nadie sabe cómo reaccionar.

Pero Aase no se calla; se desahoga de años de humillación:

—¡Mal médico, mal marido, mal padre!

—¡Mamá! —exclaman a la vez los hijos.

—Míralos —prosigue ella—. ¿Qué idea de la vida les hemos dado? ¿De verdad crees en tus cuentos sobre un raza superior, un pueblo elegido...?

—¡Mamá! —oímos entonces una voz aguda, casi femenina.

Aase se queda quieta, callada. Todo el mundo se vuelve.

Es el pequeño Martin, que está apoyado en la pared y mira a su madre; los labios le tiemblan, parece tan asustado que no puede ni llorar.

La madre olvida su cólera y se precipita hacia el niño, que apenas se tiene en pie; rompe a sollozar y dice, acariciándole el blanquirrubio cabello:

—Mi amor, mi niño… Tú nunca serás como ellos…

Martin no dice nada; se abraza a su madre como si quisiera fundirse con ella, desaparecer de aquel lugar siniestro. Y yo me digo que ese niño ha vivido en dos años más que en una vida entera.

Poco a poco se restablece la calma.

Nadie se atreve a echar leña al fuego, y Aase se queda abrazada a su hijo adoptivo en un rincón.

El viejo marqués aprovecha para darnos instrucciones:

—No salgáis nunca de la gruta, esperad a que yo venga. Todos los días Marianne o yo os traeremos comida o —dirige una mirada torva a Aase— mantas nuevas. —Se interrumpe y dice muy grave, sin dejar de mirar a la mujer del médico—: Permitidme que os recuerde que arriesgo la vida por esconderos. Si los partisanos se enteran de que oculto a un alto cargo de las SS, de nada servirá la protección de mi administrador.

Desde entonces vivimos encerrados, aislados del mundo.

Marianne viene todos los días con comida.

—¡Buenos días a todos! —nos saluda alegremente.

Nosotros la vemos llegar con la torpeza de animales arrancados de su hibernación.

—¡Vamos, vamos, ánimo! ¡No se dejen abatir! —exclama, y agita la cesta en que nos trae los víveres.

Pero nosotros no nos movemos. Aase Sacher maldice el mundo desde su lecho, envuelta en mantas, tiritando; su marido pasa casi todo el tiempo escribiendo en un cuadernito con una letra apretada y casi ilegible.

Los mismos gemelos se muestran apáticos.

Solo el pequeño Martin parece divertirse. Cuando llega Marianne se precipita hacia ella entusiasmado, pues siempre le trae caramelos o galletas.

Pero la más extraña es la actitud de Mark...

He advertido que Marianne, cuando viene, se queda mirándolo como embelesada, con una admiración manifiesta, casi devota; y le dirige sonrisas, guiños, provocaciones no por infantiles menos atrevidas.

Yo al principio no hacía caso, pero desde hace un tiempo vengo notando que Mark no es indiferente a esos «avances».

¡Y yo quedo al margen!

Una mañana —ya llevamos casi tres meses aquí—, Marianne irrumpe aterrada en la gruta y nos dice que su padre ha tenido un altercado con el administrador.

—Sospecha que escondemos nazis en el parque...

El pánico cunde en la gruta.

—Pero ¿cómo? —pregunta inquieto Mark.

—Por nosotros —confiesa uno de los gemelos.

—¿Por vosotros?

—¡Es que aquí dentro uno se vuelve loco! Salimos al atardecer a cazar y nos guisamos las presas...

—¿Cómo se os ocurre? Si os ven los partisanos os torturarán y nos matarán, a todos...

Aase da entonces un fuerte grito.

Todo el mundo se gira hacia ella: se ha incorporado en su lecho, está despeinada, tiene la cara sucia —¿cuántas semanas llevamos sin lavarnos?— y mira a Mark con los ojos desmesuradamente abiertos.

—¡Animales, eso es lo que somos! ¡Valiente Reich de mil años!

Su voz roza el límite de lo soportable.

Mark mira al doctor Sacher; este se sonroja, duda un instante, se acerca a su mujer y, como en cámara lenta, le propina una sonora bofetada.

Aase ni siquiera reacciona, pero Martin se arroja en sus brazos y gime:

—¡Mamá! —La abraza, se queda mirando al doctor como sin

comprender—. ¡No es nada, mamá! —Y le acaricia la cara enrojecida; Aase llora en silencio.

¿Es que vamos a volvernos todos locos aquí dentro? Los dueños del mundo, ¿son simples prisioneros?

Y aunque nadie hace ni dice nada, todos nos quedamos pensando cómo salir de esta prisión de roca.

La ocasión no tarda en llegar...

Una mañana escucho en la entrada de la gruta una conversación entre Mark y Marianne.

Mark se levantó antes que nadie y salió de la gruta, como si esperase a Marianne.

Picada de curiosidad, yo lo seguí discretamente.

—Tenéis que iros...

—¿Por qué? —pregunta quedamente Mark, que ha empezado a dibujarle arabescos en la frente, como tantas veces me hizo a mí.

—Porque Gilbert lo ha descubierto todo.

Mark se pone tenso.

—¿Gilbert? ¿El hijo del administrador? ¡Pero yo creía que lo tenías controlado!

Marianne palidece.

—Gilbert es mi amigo de la infancia y está enamorado de mí; sabe cuándo le oculto cosas... —Se interrumpe, porque ha visto en Mark una expresión que no conocía, una expresión cruel e inhumana que responde en cambio a su verdadera naturaleza. Pero la noticia es demasiado grave como para alegrarme.

—¿Y qué sabe exactamente?

Marianne baja la cabeza.

—Todo...

—¡¿Todo?!

La exclamación de Mark repercute gruta adentro; yo procuro no perderme nada. Oímos a Martin gemir en sueños.

Mark se frota nerviosamente las mejillas.

—¿Qué quiere decir todo?

—Todo, se lo he contado todo…

Mark se queda sin habla.

La joven parece desesperada. Mira a Mark esperando comprensión, compasión, pero él se muestra duro como una roca, y prepara en su mente una nueva estrategia.

Marianne se arroja a sus pies y dice con voz suplicante:

—¡Me ha prometido que no dirá nada!

Mark suelta una risilla siniestra.

—¿Que no dirá nada?

—¡Oh! Mark, perdona, yo tengo la culpa… —Se abraza a sus piernas con frenesí—. Mark, Mark, ¡no te enfades!

Y empieza compulsivamente a desabrocharle el cinturón.

—¿Qué… qué haces?

—¡Te quiero! ¡Te quiero con toda mi alma! —balbuce ella al tiempo que Mark se abandona.

¡Ojalá estuviera yo lejos, lejos de esta escena que me revuelve el estómago! Está oscuro y veo muy poco, pero oigo sus suspiros, sus besos, sus jadeos…

Se oye entonces, aterradoramente, la voz de dos hombres.

—Vaya, veo que nos entendemos con el enemigo…

El haz de una linterna incide de lleno en los dos amantes: Marianne sigue de rodillas, Mark está apoyado de espaldas en la pared de la gruta y tiene los ojos en blanco. Parecen avergonzados como dos adolescentes sorprendidos in fraganti.

—Si lo llego a saber… —prosigue el administrador, y se precipita hacia ellos con aire feroz.

Coge del pelo a Marianne y la echa hacia atrás. Ella da un grito, pero se resiste y lo mira con odio.

—Papá, ¡por favor! —se oye otra voz, de alguien más joven.

—¿Y esta es la putilla que te trae de cabeza desde hace años?

Es Gilbert, que sale de la sombra y mira a Marianne con una profunda desolación.

Mark intenta hacer algo, pero Ballarain, sin dejar de estirar del pelo a Marianne, cuya nuca se tuerce de manera preocupante, saca un revólver y dice en tono triunfante:

—¡Tranquilo, nazi!

Yo sigo escondida en la penumbra; avisar a los de dentro tampoco serviría de nada… y ni siquiera hace falta, pues alertados por los gritos, ya acuden corriendo.

Aparecen primero los gemelos, que descubren lo que sucede con expresión de terror.

—¡Hombre, si está la familia al completo! —dice Ballarain, y dirigiéndose a su hijo—: Ocúpate de ellos…

Pero Gilbert no se mueve; no se fía de nosotros, pero tampoco de su padre, al que ve maltratar a la que siempre consideró la mujer de su vida. Esto le resulta más insoportable que su infidelidad.

—¡¿No te he dicho que te ocupes de ellos?! —ruge su padre, y estira con más fuerza del pelo de la joven.

Marianne da un grito de dolor.

Gilbert se muerde los labios hasta hacerlos sangrar y susurra:

—Primero suéltala… —Su voz ha recuperado una calma infantil.

Luego, lenta, muy lentamente, saca el revólver… ¡y apunta a su padre!

—Pero ¿estás loco? —le pregunta Ballarain sin dar crédito a sus ojos.

—¡Te digo que la sueltes! —repite Gilbert en tono firme.

El padre parece presa del mayor desconcierto. ¡Era lo que menos se esperaba! Pero en realidad todo encaja: es por Marianne.

—¡Suéltala, papá! —Gilbert amartilla el arma.

—Pobre hijo mío —contesta el padre, y deja de apuntar a Mark para apoyar el cañón de su revólver en la frente de Marianne.

—No… no… —gime ella.

Una ola de horror atraviesa la gruta. Nadie se atreve a moverse. El momento raya en lo sublime. Gilbert apunta a su padre, el cual apunta a Marianne.

—Papá, te digo…

—¡Santo Dios, Gilbert!

El padre está ahora seriamente asustado; la mano empieza a temblarle y el cañón del revólver golpea la frente de la aterrorizada joven.

Gilbert permanece imperturbable; tiene el brazo extendido y apunta a su padre entre los ojos, como a los elefantes.

Estamos tan paralizados que la detonación no logra hacernos reaccionar.

Alcanzado, el padre suelta a la joven y se desploma sobre ella, que a su vez cae desmayada.

De esta terrible manera da fin nuestra vida en la gruta…

—Se acabó, aquí termina.

Estoy rendida, la lectura me ha dejado sin fuerzas. Vidkun está de nuevo pálido, como al principio del viaje.

Mi estómago amenaza con rendir su alma.

Ya no sé qué pensar, qué creer.

No hay ninguna referencia a Halgadøm, ¡pero todo es tan real! ¡Como si lo hubiera vivido!

Los ojos de Venner parecen salirse de las órbitas.

—¿Nada más? ¿Estás segura?

Me parece sinceramente impotente, lleno de miedo e inquietud. No, estoy segura de que ya no me oculta nada; acaba de enterarse de todo ahora, como yo, gracias a estas páginas sueltas.

Su infancia, sus primeros pasos… en el campo de concentración, la gruta… ¡La misma en la que estuve yo hace solo dos días!

Estoy cansada, pero pregunto:

—Y usted… ¿no recuerda nada de todo esto?

Vidkun parece tan agotado como yo. La lectura lo ha sumido en lo más recóndito de su pasado, y tiene la misma expresión que la de un espeleólogo que hubiera pasado semanas aislado en las profundidades de una cueva.

—No... No recuerdo nada... Era muy... pequeño.

—Tampoco sabemos hasta qué punto es pura ficción...

Venner se lleva nerviosamente un vaso de agua a los labios.

—Francamente, no creo. Todo coincide con mis más remotos recuerdos; detalles, impresiones... Lo protectora que era mi madre, por ejemplo. Y a veces oía a mis padres hablar de una «cueva» en la que habríamos vivido. Y además está el asesinato de Ballaran por su hijo; he ahí por qué hizo Chauvier desaparecer el expediente militar de Jos... No era ningún obsequio de amor: tuvo que comprar el silencio de Otto Rahn.

Yo siento un escalofrío.

«Un obsequio de amor...», me digo con ironía. Eso es lo que le he hecho a Clément metiéndolo en todo esto.

¿Cómo estará ahora? ¿Qué pensará? ¿Me odia? ¿Sigue... vivo?

Pensar que no pueda estarlo me horroriza.

«¡No pienses eso, guapa! Pues claro que está vivo, vivo y esperándote... Pase lo que pase en este viaje.»

Miro al Vikingo y veo que ha endurecido su expresión, como si quisiera demostrar que lo que acaba de descubrir no lo ha abatido, al contrario; que está dispuesto a enfrentarse a ello, como si de un duelo se tratara; de un duelo desigual, violento, hecho de humillación y secreto, que hasta ahora, sin embargo, ha rechazado.

Lo veo en su expresión, que pasa del abatimiento a la rabia.

—Quiero saberlo todo... ¡Y voy a saberlo! —exclama—. Aunque falten capítulos... Aunque nunca se hayan escrito.

—*Enjoy your stay in Norway* —nos dice la azafata mientras bajamos del avión.

Yo chapurreo un «*Thank you*» —mis primeras palabras desde hace horas— y me reúno con Venner, que me espera en la cinta del equipaje.

Inconscientemente evitamos separarnos. Pero no estamos más

que en un pequeño aeropuerto de una ciudad, Bodø, cuya existencia ni siquiera conocía.

Los demás pasajeros van recogiendo las maletas con paciencia desganada. Vidkun y yo dejamos pasar las nuestras varias veces, sin resolvernos a cogerlas; estamos pensando lo mismo.

«¿Y si regresamos...?»

No lo decimos, pero nos conocemos ya bastante íntimamente y nos intuimos. Por eso sé que por un momento pensamos en esa posibilidad.

¡Qué fácil sería abandonar, huir, irse, desaparecer, olvidarlo todo!

—¡No! —digo, y aprieto el dedo mutilado de Clément, que se ha puesto morado.

Y se lo muestro a Vidkun, un trofeo siniestro.

Venner inclina despacio la cabeza, como un condenado vuelve al cadalso tras negársele el perdón.

—Vamos. —Coge las maletas y las pone en un carrito.

—¿No viene nadie a recogernos? —susurro mientras salimos del aeropuerto. Nos hallamos en un gran aparcamiento; los demás pasajeros se van yendo y nos quedamos solos.

—¿Cómo voy a saberlo?

El aire glacial me hiela los pulmones.

¡El invierno polar!

Casi parece de noche. Un reloj marca las dos de la tarde, pero el cielo está oscuro como si anocheciera.

—La luz azul —murmuro yo, recordando la descripción en la novela de Leni Rahn.

—¿Vidkun Venner?

Nos sobresaltamos.

La voz viene de la penumbra, no lejos de nosotros.

¡Pero no vemos a nadie!

—¿Vidkun Venner? —De la niebla sale entonces una mujer joven—. ¿Vidkun Venner?

—Soy yo...

La mujer está solo a unos metros, pero seguimos sin distinguir su cara, como si no reflejara la luz.

Cuando aparece al fin, me quedo boquiabierta.

—Pero… pero…

La mujer parece sorprendida y repite, tendiendo la mano al Vikingo:

—¿Vidkun Venner?

Venner le estrecha la mano y ella, en una mezcla de noruego, inglés y alemán, le dice que tiene el coche en el aparcamiento.

—*It's quite a long way to the «Grosse Schwester»…*

—*Grosse Schwester* significa «gran hermana» en alemán… —susurra Venner.

Pero yo no le hago caso. Sigo paralizada, y de nuevo tengo la cabeza hecha un lío.

—¡No puede ser! ¡No puede ser ella!

—Anaïs, ¿te pasa algo?

Señalo a la joven, que ya vuelve al volante de un pequeño Volvo en cuya carrocería se lee «Halgadøm».

—Es… es…

Vidkun hace un gesto de extrañeza.

—¿Qué pasa? ¿La conoces?

Con un nudo en la garganta contesto insegura:

—Es Aurore Jos, la nieta de Otto Rahn…

Llevamos tres horas de carretera. La luz es tan tenue y tan densa la niebla que no vemos nada, a excepción de las señales, con nombres extraños: Harstad, Lodingen, Hennes, Fiskebol…

Entre la bruma se atisban chimeneas de fábricas, contornos de casas y estructuras metálicas que parecen sombras chinescas.

Cada cien metros las farolas de la autopista proyectan sobre nuestra conductora una luz cruda. La observo de perfil y pienso en la Aurore Jos que conocí en la cocina de Mirabel, tropezando con las botellas vacías.

—No, no es ella —le digo a Vidkun—, pero es una doble perfecta; más joven, menos… ajada.

—A lo mejor una prima… —dice Venner.

Se dispone a argumentar cuando el coche da un brusco giro.

—¡Ea!

Y sin reducir la velocidad enfilamos derrapando un camino de arena.

Un olor de algas invade al punto el habitáculo, un fuerte olor marino, acre como el de los peces muertos.

Y de pronto vemos el mar…

Surge poco a poco de la niebla y su gran superficie opaca y centelleante se extiende hasta el horizonte; como manchas grises en un velo negro, unas nubes flotan suspendidas en el cielo.

—*Achtung!* —nos dice la conductora, y da un frenazo.

Yo casi me estampo contra el cristal y tengo que cogerme de Venner. Ahora vamos a campo traviesa, en medio de ninguna parte. Al rato llegamos a una cala oculta entre los matorrales. Las rocas húmedas relucen en la penumbra y el agua lame la arena sin ímpetu, con un suave murmullo.

Entonces lo veo.

Aparcamos frente a un embarcadero flotante y me quedo contemplando el soberbio paisaje con una delectación casi culpable: ¡no estamos de vacaciones!

Entonces lo veo.

Apoyado a una tabla, con el pie posado en el neumático de un potente fueraborda, hay un hombre que, al vernos salir del coche, gira la llave de contacto y arranca el motor.

—*W'come!* —dice alegremente, con una voz de tenor y un fuerte acento escandinavo, que apenas alcanzan a cubrir el ruido del motor. Nos hace señas para que nos acerquemos a la zodiac y nuestros pies se hunden en la arena húmeda. Pese a que tengo los sentidos embotados, percibo con viveza el frío y un olor a yodo; el humo de la combustión me da en plena cara y toso. Aprieto el dedo de Clément en el bolsillo: «Ya llegamos, amor, ya…».

Vidkun mira a un lado y a otro tratando de orientarse, pero no se ve nada. La cala se prolonga en acantilados que desaparecen en la oscuridad y la niebla.

Cuando el hombre de la lancha se dirige al Volvo y ayuda a

la mujer a descargar el equipaje, Vidkun y yo empezamos a comprender. Nos recorre un escalofrío que no ha provocado el frío aire noruego.

—No —le susurro mientras el miedo me hace arrimarme a él—. No solo era Aurore Jos...

Instintivamente, Venner me pasa un brazo protector por los hombros y nos quedamos mirando asombrados al hombre, que ahora nos indica la lancha y dice «*Plis!*» vocalizando mal.

«¡No tiene lengua!», me digo con sobresalto, recordando a los prisioneros de Halgadøm.

Pero aun sin lengua, el parecido es perfecto.

De baja estatura pero magro y macizo, la frente alta, la mirada penetrante, la expresión dura y decidida.

—Es idéntico, idéntico... —dice Venner admirado, y se acerca al marinero, al cual no parece extrañarle la reacción—. Es idéntico a él tal como era al principio, en Halgadøm...

Subo a la lancha y me siento sobre un cojín áspero. La joven se reúne con nosotros, el marinero suelta amarras y empuja con el pie para apartarse del muelle.

Nos alejamos de la orilla y yo, como hipnotizada, murmuro:

—Otto Rahn...

Entonces vemos las Håkon...

Una mancha en la niebla va perfilándose y adensándose más y más: ¡las islas!

—Los acantilados... —digo yo, fascinada.

De pronto el frío me parece más intenso. Me arropo en la gruesa manta militar que me ha dado el marinero y contemplo ávidamente el paisaje.

Todo es más o menos como en la novela... ¡Alucinante!

Hemos venido navegando en medio de la niebla; el joven doble de Otto Rahn parecía orientarse por los innumerables arrecifes que sobresalen del agua. En un momento dado los dos noruegos señalaron un punto a la izquierda, bastante lejos, donde el agua parecía hundirse sobre sí misma, como un hoyo en medio del mar. No dijeron nada, eran presa de un miedo indecible, como si aquello fueran las puertas del infierno.

—El Maelström... —me susurró Venner al oído.

Y yo recordé las viejas leyendas escandinavas sobre el mítico vórtice marino, que se tragó a tantos bravos marineros.

Pero de hecho, ahora que nos acercamos a las islas, todo a mi alrededor parece legendario.

Los altos acantilados de roca negra que blanquea de guano se elevan del agua como gigantescas murallas, coronadas de bandadas de aves como nubes flotantes que el viento mece de aquí para allá.

Ahora el cielo parece más claro. La noche polar es menos oscura. Una extraña luminosidad pálida baña el lugar y le da una apariencia de ensueño.

De pronto el marinero da un brusco giro para esquivar un arrecife, y estamos a punto de volcar...

Cuando recupera el control, el arrecife ya no está, como si hubiera sido un espejismo. Veinte metros más allá resurge de nuevo, y esta vez emite un gruñido sordo.

—¿Qué es? —pregunto; la hélice ha quedado un momento fuera del agua y me salpica la manta.

—Una orca —contesta Venner.

Y se queda mirando las aletas del animal, que nos precede.

Entramos en una zona de arrecifes; el marinero los esquiva, y zigzagueando temerariamente entre las rocas nos dirigimos a una brecha abierta entre dos acantilados; al entrar en ella el cielo desaparece.

Sobre nuestras cabezas gravitan las altas paredes como rascacielos, rascacielos de piedra áspera y negra cubierta de liquen y aves muertas.

El pasillo es muy angosto y serpentea entre las paredes como un río. Al rato salimos a cielo abierto, los acantilados se alejan, los arrecifes ralean.

Al frente vemos las tres islas...

«Yule, Ostara, Halgadøm», me digo; la santa trinidad de las

Håkon, la cuna de Leni y de los Sven, el primer laboratorio del doctor Schwöll, la primera casa de maternidad del Lebensborn, la sede más secreta, más oculta y misteriosa de la Orden Negra. Aquí nacieron las SS; aquí, sobre estos pedruscos pelados, aislados del mundo, a mil leguas de la realidad, en un escenario de ópera nórdica, Otto Rahn urdió la conspiración más grande de todos los tiempos.

¡Y ahora están ahí, ante nosotros!

—Conque esto es Thule —murmura Venner.

Dejamos atrás las dos islas inferiores, Yule y Ostara, que parecen desiertas y donde solo se ven ruinas jamás reconstruidas.

—Esos deben de ser los invernaderos de Ostara... Y aquellas ruinas, el cuartel de las SS y el palacio de Nathaniel Korb, en Yule —digo, con la sensación persistente de estar viviendo una película.

Pronto aparece Halgadøm.

El espectáculo es fascinante y lo contemplo suspensa.

En el curioso peñasco plano, erizado de barracones rojos y blancos, cientos de personas van y vienen ajetreadas de un edificio a otro, cargando documentos, objetos de cristal, cajas metálicas. ¡Parece un hormiguero!

Van todos vestidos de blanco; los hombres de bata, como médicos; las mujeres con mandil y cofia, como enfermeras religiosas.

Algo más allá se ve lo que queda de la famosa ópera. Solo han quedado intactos los tres enormes silos, que se elevan uno junto a otro. El silo central está rematado por una delgada antena metálica, como la aguja de una jeringa. En torno a ellos se extiende una construcción circular de una planta, donde parece concentrarse la actividad de la isla. Los que salen o entran no dejan de alzar la vista hacia los cohetes blancos, como se contempla una catedral. Tendrán unos cien metros de altura, y en ellos se lee: HALGADØM.

Son como tres inmensos cohetes que apuntan al infinito.

«¿Una empresa de pescado congelado?», me digo con una ironía horrorizada.

Pero al ver a Venner se me quitan las ganas de bromear; está pálido.

Porque ha visto la cara de aquellas personas...

Ojos, bocas, narices idénticos, que se repiten interminablemente.

En el embarcadero nos esperan cuatro personas en bata blanca, muy firmes; son dos hombres y dos mujeres.

«Dos Aurores, dos Ottos...», me digo, cada vez más alarmada.

Aprieto el dedo de Clément.

Más allá hay otras cincuenta personas, mudas, ausentes, con una leve sonrisa en los labios diáfanos.

La zodiac se acerca al embarcadero y el piloto salta sobre los tablones de madera para amarrar un cabo. Nuestra guía se apea la primera y hace señas a los «curiosos» para que nos ayuden. Todo sin decir palabra.

Uno de los Otto tiende el brazo a Vidkun mientras una de las Aurore me ayuda a mí. Nos sacan de un tirón de la lancha, como si arrancaran a dos recién nacidos con fórceps; pero no nos resistimos.

«¿Para qué?», me digo; para aquellos clones los «anormales» somos nosotros.

¿Habrán visto alguna vez a alguien que no se les parezca?

Lentamente se apartan formando un pasillo de honor.

—¿Qué me dice? —pregunto a Venner.

Pero él no me contesta; mira al frente como ajeno a todo.

Le cojo la mano, que él deja muerta. Solo su mirada parece aún viva, y la fija en una persona que nos viene al encuentro sostenida por dos Ottos de bata blanca.

—¡Por fin! —oímos que dice, seca y autoritaria.

Es la voz de una anciana.

—Siento la pequeña odisea —nos dice al llegar ante nosotros, siempre sostenida por los dos Ottos, que la ayudan a no tropezar en los cantos del camino—. Pero les prometo que el periplo acaba aquí…

Y extiende el brazo señalando los silos. «¡Clones, todos clones!», me digo con un vértigo horrible.

Porque también ella es un clon, otra Aurore, solo que más vieja, más demacrada que las demás; la mirada viva, la frente alta.

—¡Es ella! —le digo entre dientes a Venner.

Es la mujer a la que conocimos el año anterior en Alemania; aquella piltrafa humana con la que hablamos en una taberna de Berlín una mañana de diciembre. ¡Y yo que la creía muerta!

Pisa el embarcadero y hace señas a los dos Ottos para que la dejen continuar sola.

—¿Angela Brillo? —me permito decir.

—Entre otras, sí —responde en un francés sin acento, y se echa a reír. Se dirige amablemente a Vidkun y le dice—: Pero soy también mucho más que eso, ¿verdad, Martin?

Venner la fulmina con la mirada.

La anciana se le acerca y le pasa la mano arrugada y callosa por la mejilla.

—Martin, pequeño elfo… Hace sesenta años que espero este momento… —Alza la cara y se vuelve hacia el océano—. Otto se sentiría tan feliz, tan orgulloso…

A Venner le cuesta incluso respirar, y yo tampoco me atrevo a moverme. No comprendo la extraña resignación que muestra el Vikingo.

—Todo debía conducir a ti, lo sabes, ¿no? —pregunta la vieja, palpando la cara de Vidkun como una ciega que tratara de leerle los rasgos.

Vidkun asiente en silencio.

La anciana lo mira fijamente, con una nostalgia casi dolorosa.

—Nos conocimos hace mucho. Tú solo tenías tres años. Recuerdo tu voz infantil resonando en la gruta de Mirabel. Eras el niño mimado de Otto, eras el elegido…

Yo me armo de valor y avanzo hacia la anciana.

—¿Leni? ¿Marjolaine?

Como si hubiera dicho una blasfemia, los cincuenta clones abren los ojos escandalizados y empiezan a cuchichear; la anciana impone silencio con un gesto brusco.

Mira a Vidkun y sonríe, y ambos se vuelven hacia mí negando con la cabeza.

—No, Anaïs —dice ella—, ni Leni ni Marjolaine...

Vidkun dice entonces, con la mirada perdida, como puesta en su pasado, y una voz etérea, fantasmal:

—Es la hija del barón de Mazas, la novia de Gilles Chauvier, la rival de Leni, la única mujer de Otto Rahn: Anne-Marie...

Anne-Marie despide a su ejército de clones blancos, que sin replicar, ceñudos y concentrados, se dirigen al inmenso edificio que circunda los tres silos. Vistas desde el embarcadero, sus cientos de ventanas iluminadas parecen ojos de un monstruo de metal; pupilas amarillas y ávidas que hienden la penumbra.

—Ahora que estamos solos, en familia, como quien dice, tenéis que ayudarme —declara Anne-Marie, y alza los codos para que la sujetemos.

Yo le tiendo el brazo insegura, y la anciana se da cuenta de que me tiembla.

—Ya nada tienes que temer, Anaïs. Al contrario, enseguida lo comprenderás todo, y todo te parecerá claro.

—¿Dónde.. dónde está Clément?

—¡Y vuelta con lo mismo! ¡Ya sé que en París le has dado la lata a Hans con eso! —Me deja de una pieza—. No seas tan impaciente. Clément está muy bien... Cada cosa a su tiempo, ¿te parece? Aquí mando yo... Disfruta de la vista. ¿No es maravillosa?

Yo contengo la rabia y me digo: «Paciencia, paciencia...».

En eso lleva razón: la vista es maravillosa.

La luz inmóvil derrama por el cielo sus tonalidades azules, negras, grises, entreveradas de púrpura y morado. Flota un olor fortísimo a algas, líquenes, salitre, guano, una extraña sinfonía olfativa que produce un efecto narcótico. El chillido de las gaviotas y los araos se recorta contra el sordo rumor de fondo de las máquinas que trabajan junto a los silos. Mar adentro, cerca de esas altas «murallas de las aves», veo pasar un par de orcas. Surgen de entre las olas y baten el agua con sus ágiles colas; parecen jugar entre los arrecifes.

Recuerdo pasajes de la novela de Leni: los paseos, los secretos de infancia, la atmósfera legendaria, y siento que el mito se hace de pronto realidad.

Sin embargo, la prodigiosa poesía del archipiélago pronto pasa a un segundo plano, y observo intrigada a esta octogenaria a la que todos creíamos muerta y enterrada hace veinte años.

¡Anne-Marie, sí! ¿Será ella, la abuela querida de Aurore, el amor frustrado del comisario Chauvier, la víctima de las maquinaciones de Otto Rahn, el cerebro de todo?

—Usted es…

—¿Decepcionada? —replica la anciana, incisiva—. ¿A quién esperabas ver? ¿A Otto?

No sé qué contestar.

—¡Mi pobre amor tendría ciento dos años! —Anne-Marie se queda contemplando los silos con la nostalgia de quien repasa un viejo álbum de fotos—. Aunque soñaba con serlo, Otto no era inmortal…

Su voz tiembla por momentos y siento cómo se aferra a mi brazo. Pero enseguida se repone de esta leve indisposición y levanta la frente.

—¡Sí, todo es obra mía! De la «francesita», la «provincianita», la «pequeña Anne-Marie»… —Me mira con complicidad—. Ya habrás visto que aquí las mujeres tienen voz y voto…

Esta muestra de confianza me desconcierta.

—Entonces imagino que podrás explicárnoslo todo —dice entonces Vidkun, que ha permanecido callado—. ¿Qué son…?

—¡Claro que sí, Martin! —lo interrumpe ella con un gesto de impaciencia—. Sigues siendo el mismo niño curioso. —Y frota su nariz contra la del Vikingo echándole a la cara su aliento a pescado crudo.

Venner hace de tripas corazón y mostrando una calma olímpica baja la vista; pero me hace un rápido guiño. ¿Querrá darme a entender que espera su momento, y entretanto le sigue la corriente?

Una racha de viento desequilibra a un ave que pasa sobre nuestras cabezas y a punto está de precipitarse; con el ala me roza el pelo y, asustada, doy un grito.

—¿No te enseñaba tu padre los nombres de las aves, los árboles, las plantas, cuando te llevaba a pasear por los bosques de Issoudun?

Me paro en seco.

—Pero... pero ¿cómo sabe usted...?

—Lo sé todo.

La anciana sigue mostrándose seca, pero parece una sequedad forzada, como si reprimiera su natural bondadoso.

—Como puedes imaginar, nos hemos informado...

En un intento de controlar mi respiración, me vuelvo hacia los silos.

—¿Y al final me escogieron?

—No exactamente —contesta Anne-Marie—; digamos que cuando supimos lo que estabas haciendo nos informamos. Y ciertos detalles nos parecieron perfectos.

—¿Ciertos detalles?

—Tus orígenes... tus verdaderos orígenes... no podían sino llevarte a Martin...

Lo dice con una seguridad que deslumbra. Venner la observa con avidez.

—¿A qué se refiere? ¿Qué sabe exactamente? —pregunto.

—Que eres, como Martin, una desarraigada, y como él estás descubriendo tu pasado familiar gracias a un viaje iniciático; y como él, formas parte de una casta superior. Él es de la raza de los señores, tú eres del pueblo elegido; no podíais menos de congeniar...

No salgo de mi asombro: ¡esta mujer me conoce como si me hubiera parido!

—Por lo demás —añade Anne-Marie sonriendo—, que estés hoy aquí lo demuestra...

—¡Yo he venido por Clément! —grito.

Una piedra rueda por el acantilado y se precipita al vacío.

—Vamos, vamos —contesta irritada Anne-Marie—. Sabes tan bien como yo que este asunto es mucho más complejo.

Anne-Marie se queda observando dos gaviotas que pasan ante nosotros.

—Como sabéis por las novelas de Leni —dice, en voz lenta y queda, como si fuera a hablar largo y tendido—, Otto Rahn volvió a Paulin al acabar la guerra. El Reich se hundía. Encerrado en su búnker y en sus sueños frustrados, el Führer enloquecía, daba órdenes contradictorias, se perdía en conjeturas, sospechaba de todos sus generales, veía traidores por todas partes...

Anne-Marie se vuelve hacia Vidkun.

—Así que Otto, Leni, los Sven, la familia Schwöll y tú, Martin, dejasteis Polonia y os refugiasteis en Francia.

Venner sigue quieto; veo que le brillan las pupilas y crispa la cara: su pasado desfila ante sus ojos. Con un chillido lejano las gaviotas se alejan mar adentro.

—Por entonces los alemanes huían en sentido contrario. Sabiéndose vencidos, preferían dejar atrás la barbarie y la desolación, como las que habían sembrado en Oradour-sur-Glane. Leni lo cuenta muy bien en su libro, que vosotros habéis «recompuesto»: Otto y los suyos huían a contracorriente, como si quisieran arrojarse en brazos del enemigo. Aunque ¿no era ese el mejor modo de esconderse para el hombre más peligroso del Tercer Reich?

Anne-Marie saca pecho, radiante, y sin dejar de mirarme se coge del brazo de Venner.

—Sí, porque hay un detalle del que Leni no habla en su novela, un dato que los historiadores desconocen y no aparece en ningún documento oficial: Otto fue mucho más que una simple eminencia gris del nazismo. Fue más que un mero artífice del Lebensborn...

Anne-Marie habla como consciente del efecto de sus palabras. En efecto, Vidkun y yo estamos atentísimos.

—Cuando Hitler accedió al poder, Otto pasó a dirigir todo el programa de experimentación médica del Reich. Era quien decidía sobre los planes de eutanasias, experimentos, elección de cobayas... ¡En fin, de él dependían la vida y la muerte de miles de personas!

A tal idea, arrugo la nariz y la reacción parece encantar a la anciana.

—Sí, Anaïs; y tanto Schwöll como Mengele o el famoso doctor Hirt de Estrasburgo, obedecían a mi querido Otto. Era el máximo superior jerárquico y no debía rendir cuentas a nadie. Incluso el Reichsführer de las SS Himmler lo dejaba obrar tranquilo...

Atrapada por sus propias palabras, Anne-Marie está emocionada y ahoga un sollozo.

Por un instante, se vuelve hacia el mar, con los ojos empañados de lágrimas de admiración y amor. Un amor afligido por la pérdida.

Y a continuación dice algo que acaba de horrorizarnos:

—Fue Otto quien, con su talento, concibió y organizó los campos de concentración. Aunque ningún documento lo menciona, él estuvo presente en la famosa conferencia de Wannsee, en el invierno de 1942, en la que se acordó la «solución final».

—¡También participó en eso! —exclama Venner.

Anne-Marie se pasa la mano por la cara, y con la misma expresión de sereno orgullo contesta:

—Sí, querido Martin; las propuestas que aquel día hizo Eichmann para exterminar sistemáticamente a judíos, gitanos y eslavos las redactó la noche anterior Otto en el tren, entre Auschwitz y Berlín. Otto estaba siempre de viaje, recorriendo Europa, visitando los campos de concentración, asistiendo a los descubrimientos de los médicos, informándose de los resultados... Los médicos realizaban en las enfermerías de los campos apasionantes experimentos que Otto aprobaba o rechazaba. Nunca se quedaba más de veinticuatro horas en un campo... ¡Su tarea era inmensa!

»Por eso dejó un tiempo a Leni tras la destrucción de las Håkon por la aviación británica.

Anne-Marie se interrumpe y señala las islas con un ademán satisfecho. Vidkun y yo nos miramos horrorizados.

—Con Himmler ocupándose de Leni aquellos dos años —prosigue la anciana, más tranquila—, Otto tuvo las manos libres para llevar a cabo sus actividades secretas. A los Sven los mandó con las SS para que siguieran la instrucción tradicional, prohibiéndoles que hablaran de las Håkon, de Halgadøm... y de Otto Rahn. Por este nombre solo lo conocían los líderes del régimen: Goebbels, que no se fiaba de él; Göring, que le tenía miedo; Bormann, que lo detestaba, y el Führer... que también lo temía.

Se interrumpe y ahoga de nuevo un sollozo; luego respira hondo y prosigue:

—Otto fue la mente más secreta, inteligente y visionaria del nacionalsocialismo.

«Una mente que parece haber sobrevivido —me digo, viendo que la anciana pronuncia estas delirantes palabras con toda tranquilidad y convicción—. Otto aún vive, en ella, por ella.»

Pienso entonces en Clément, y me pregunto con horror cuándo lo veré... ¡y en qué estado!

Incluso me dispongo a hablar, pero Venner, que ha estado observándome, me hace señas de tener paciencia. Quizá tenga razón: primero hay que saber, saberlo todo, incluso lo peor.

—Cuando en 1944 —prosigue Anne-Marie— vio que los aliados ganaban la guerra, Otto decidió esconderse. «Pero es solo una retirada estratégica», recuerdo que le decía a mi padre, cuando bajábamos a verlo a la gruta de Mirabel. «Ahora empieza la verdadera lucha, una lucha solapada, física, orgánica... ¡genética! La de la sangre contra la sangre, el gen contra el gen.»

»Otto y los otros estuvieron allí escondidos bastante tiempo. Yo les llevaba comida todos los días. Había que tener mucho cuidado, porque la región estaba infestada de partisanos, sobre todo desde la partida de las tropas alemanas. Los de Mirabel, comandados por Ballaran, nuestro administrador, eran muy eficaces... —Hace una mueca de desdén aristocrático—. Por Gilles me enteré de las reuniones que su padre organizaba por las noches en las dependencias del castillo. —Otra mueca de desprecio; yo me pregunto qué habría hecho Chauvier de haber sabido que seguía viva—. Os recuerdo que de mi relación con Gilles yo tenía solo una idea borrosa; las píldoras amnésicas del doctor Schwöll habían obrado su efecto y no guardaba recuerdo alguno de Otto ni de Leni, ni tampoco de esa especie de boda con Gilles en la gruta. Nos sentíamos simplemente como hermanos un poco incestuosos.

Anne-Marie se interrumpe, y yo creo adivinar en ella una sombra de arrepentimiento.

—Esa relación cambió en 1944, como digo, al llegar Otto y su «familia»; mi padre me dijo que Otto fue alumno suyo en la facultad de Toulouse y que huían del nazismo; debían esperar escondidos a que el régimen cayera para reivindicar su inocencia...

»"Si se rinden ahora, se arriesgan a ser asesinados por los partisanos", me dijo papá.

»Comprendí de qué me estaba hablando y me guardé de contar este secreto a Gilles.

Anne-Marie se yergue, y su anciana persona cobra de pronto una vitalidad juvenil.

—Por la supervivencia de aquellos fugitivos hube de guardar las distancias con Gilles. Y descubrí con sorpresa que fue un alivio. Tuve la sensación de librarme de un estorbo; yo no era ya una niña, el trato con aquellos extraños invitados me había hecho madurar; yo tenía un papel que cumplir. Además, sentía una fascinación por Otto desconocida para mí.

La anciana sonríe con nostalgia.

—Cuando mi padre conoció mis sentimientos por él, se alegró. «Otto es un hombre extraordinario. Si algún día me ocurriera algo, es él en quien debes confiar, no en Gilles», me dijo.

»Desde entonces pasé mucho tiempo conversando con Otto en la gruta. No hablábamos de grandes cosas. Él me preguntaba por lo que pasaba fuera, o por los árboles, la naturaleza, los pájaros... ¡él vivía recluido!

Baja la voz, que suena más grave, más sensual. Vidkun está rígido.

—Cuando a veces Otto me llevaba dentro de la gruta, me daba cuenta de que Leni nos miraba con celos, con ironía, con despecho, con rabia. Su odio por Otto crecía de día en día. Y ese odio explotó el día que les dijo la verdad…

—¿La… la verdad? —balbuce el Vikingo.

—Sí, querido Martin, su verdad —dice Anne-Marie—. Como sabes, todo se precipitó el día que nos sorprendieron a Otto y a mí y Gilles Ballaran mató a su padre.

Vidkun inclina la cabeza: sí, lo sabe.

—Tras aquello hubo que actuar rápido. Hicimos creer que a Ballaran lo habían matado los últimos nazis emboscados en la región; Gilles no podía denunciarnos porque en ese caso se sabría que el asesino era él, y Otto decidió que su último recurso era cambiar de identidad.

»Encontró escondido en el bosque un uniforme de soldado, y junto a él una cartera con los documentos del *Feldgrau*. Eran de un tal Klaus Jode, un alsaciano de los que fueron enrolados a la fuerza en el ejército alemán. Otto falsificó los papeles y se hizo pasar por él.

Anne-Marie frunce el ceño pensativa, como si los recuerdos se complicaran. Vidkun la escucha con la misma expresión impasible que me inquieta; da la impresión de que se sometiera a la explicación y la aceptara con sumisión.

—Había que disponer sobre los demás —prosigue la vieja con una mirada intensa—, pues todos debían cumplir su destino.

»Otto los reunió un día en la gruta y expuso el plan: con identidades falsas, los Sven, la familia Schwöll y tú, Martin, iríais al norte de Francia, porque era absolutamente necesario que estuvieras en Lamorlaye para celebrar tu bautismo en el solsticio de verano. Luego la casa de maternidad sería evacuada y se os escondería en lugar seguro…

—¿Y Leni? —pregunta Vidkun con un susurro.

—Eso precisamente recuerdo que preguntó ella, con su vocecilla candorosa: «¿Y yo, tío Otto?». Otto tenía ciertos proyectos para ella.

—¿Cuáles?

—Eso preguntaron también los Sven, celosos. —Anne-Marie adopta una actitud misteriosa—. Todas las investigaciones médicas que venía realizando, todos los experimentos, todos los cobayas, todos los nacimientos selectivos, solo tenían un fin.

—¿Qué fin? —pregunto a mi pesar, porque Anne-Marie se ha interrumpido, como si esperara que ahora interviniese yo.

—Lo sabéis muy bien —replica—, lo habéis leído en la novela de Leni. El fin era la raza futura, el hombre perfecto, tal como lo habían soñado los grandes espíritus. Esa raza necesitaba raíces, fermentos... y estos fermentos eran ellos, sus hijos.

—¿Quiénes?

—Los Sven y Leni. «Sois los primeros hijos», les reveló Otto, «mis primeros hijos. Mi semilla os ha engendrado a los cinco de cinco madres diferentes. De vosotros debe surgir la futura humanidad, sois los pioneros, los primeros elegidos. Y esto es solo el principio... Pronto no necesitaremos madres portadoras, pronto la semilla se reproducirá por sí misma, y tú, Leni, estarás a mi lado y serás la primera reina de la colmena...»

Con este relato, Vidkun palidece. Me pregunto si se acordará de algo.

—Cuando decía aquello —prosigue Anne-Marie—, yo lo escuchaba fascinada, y comprendía y apoyaba sus sueños... Era un visionario tan lúcido y justo...

»En cambio, si hubierais visto la reacción de Leni... Incapaz de hablar, se puso a vomitar contra la pared.

»"Ya lo aceptarás, ya lo aceptarás", le dijo Otto con su serenidad clarividente. Pero no, Leni no lo aceptó, jamás...

Lo dice con una expresión colérica que me hace sentir peor. El odio y la envidia son su verdadera naturaleza.

—Leni sentía un creciente rencor por Otto. Ofrecerle aquel trono era ofrecerle la última oportunidad, y ella rehusó... —Hace una mueca de desprecio—. A la mañana siguiente Leni había desaparecido y no volvimos a saber de ella hasta...

—¿Cuándo? —pregunta Vidkun.

—Hasta varios años después. Un día vimos su foto en una revista literaria, en la página de best sellers. El titular del artículo decía: «Marjolaine Papillon, una nueva voz novelesca».

«¡Todo cuadra!», me digo.

—A la semana de publicarse el artículo Otto recibió una carta. Era de Leni; como un último desprecio a su padre y mentor, le decía que había contado su infancia en una novela, *El archipiélago maldito*, y lo amenazaba con publicarla... Nosotros —añade en tono cortante— le aconsejamos que la eliminara...

—¿A Leni?

—Sí...

—¿Y él qué dijo?

Se hace un silencio. Anne-Marie ahoga un suspiro de pesar.

—Se negó... Otto tenía con Leni un vínculo extraño, ella era para él como una herida no cicatrizada. Siempre que en lo sucesivo los Sven propusieron acabar con Leni, Otto lo prohibía...

Anne-Marie hace un gesto reprobatorio.

—Y la verdad es que Leni resultaba una molestia. No publicó *El archipiélago maldito*, pero sus novelas, que tanto se vendían, estaban todas ambientadas en la Segunda Guerra Mundial y quien supiera leerlas podría reconocer la vida y actividades de Otto Rahn. Pero —y agita las manos como si desechara un mal recuerdo— volvamos a 1944... Cuando Leni se fue, Otto se acercó aún más mí. Estratégicamente era lo lógico: yo era francesa, de la región, tenía un buen nombre y la misma edad que Leni. Así entró en la Resistencia... Como novio de la joven Mazas, Claude Jos fue implacable a la hora de las purgas. —La voz le vibra con furor—. Aprovechándose de su influencia, suprimió a cuantos pudieran descubrir su verdadera identidad o lo conocían de sus anteriores visitas a Mirabel. Mamá Chauvier, por ejemplo, murió providencialmente en accidente de tráfico.

—¿Ustedes la mataron? —pregunto estremecida.

Anne-Marie encoge los hombros.

—Pero no bastaba, quedaba Gilles... —La anciana parece rejuvenecer—. Apelando a sus sentimientos, a nuestro viejo amor de infancia, y chantajeándolo con denunciarlo por el asesinato de su padre, le pedí que hiciera algo que aseguraría definitivamente la impunidad de Otto. Era una última prenda de amor y no pudo negarse.

»El resto ya lo sabéis. Claude Jos llegó a ser el hombre más influyente de la región, Gilles huyó de su pasado e ingresó en el ejército y luego en la policía.

»Y nosotros, libres de Gilles, y tras la retirada estratégica de la que hablaba Otto, pasamos a la acción.

»Mi padre estaba al corriente de los sueños de Otto desde que se conocieron en la Universidad de Toulouse y puso a su disposición el castillo para llevar a cabo una serie de experimentos genéticos revolucionarios.

»Los laboratorios fueron instalados en las cuevas que hay bajo el castillo. Una vez cumplidas las obligaciones de su cargo municipal, festejos, ferias, banquetes parroquiales, Claude Jos volvía a ser Otto Rahn y se encerraba en los subterráneos del castillo, donde trabajaban también los Sven, entre probetas, tubos de ensayo y cultivos celulares...

—¿Los Sven?

—Sí, vinieron al poco del armisticio. Otto los hizo pasar por pobres escandinavos huérfanos de guerra a los que la familia Mazas tomaba bajo su protección. Para justificar su permanencia Otto creó una empresa de turismo esotérico, La Ruta Cátara.

Sonrisa nostálgica.

—Los muchachos se convirtieron en auténticos científicos. Llevaban bata, mascarilla, guantes, y se pasaban horas sin hablar, concentrados, manipulando espermas y embriones. Otto y los Sven fundaban sus experimentos en los informes de los campos de concentración alemanes, en las notas dejadas por el doctor Schwöll al final de la guerra... y en las que seguía enviándoles desde Argentina.

Yo no acabo de entender y pregunto:

—Pero ¿en qué trabajaban, exactamente?

Como si la hubiera insultado, Anne-Marie reprime su ira.

—¡No me interrumpas, joven, deja que termine! Ahora quiero hablar de Aurore, mi... «nieta». —Y me sostiene la mirada con una arrogancia que me intimida—. Sé que hablaste con ella la semana pasada en Mirabel. Sé que desde la muerte de Otto vive recluida, embrutecida, sin contacto con el mundo. Pero Aurore fue siempre así, muy vulnerable; por eso la abandonamos.

Se interrumpe, como para tomar aliento.

—Aurore solo era un prototipo, el resultado de un primer experimento que, ay, solo salió bien a medias. Fue concebida en 1967 con arreglo a mi modelo genético, y nunca estuvo a la altura de nuestras expectativas. Pero como era la primera, Otto insistió en dejarla viva.

»Otto tenía ese fondo sentimental que tienen los alemanes, y se había encariñado de esa primera criatura selectiva que, aunque poco lograda, era como un símbolo. Los sistemas de incubación eran aún muy precarios, los datos demasiado imprecisos... Eso no ocurriría hoy, en la época de la informática e Internet. También hay que decir, en desagravio nuestro —añade en tono de lamentación— que trabajábamos en condiciones deplorables. Aunque había espacio suficiente, los laboratorios no dejaban de hallarse en unas cuevas naturales, húmedas y sometidas a los movimientos del terreno y a los cambios de estación... "Yo sé cuál sería el lugar ideal...", decía Otto, recordando su juventud.

»Llevaba treinta años queriendo comprar el archipiélago de las Håkon, en Noruega; este había pertenecido al millonario Nathaniel Korb hasta la Segunda Guerra Mundial, y desde entonces no tenía propietario legal, pues Korb no designó heredero. El Estado noruego no pensaba recuperarlas y las islas estaban abandonadas...

»¡Cuánto no cavilaría Otto sobre ello, cuántas cuentas no haría para poder comprar aquel paraíso!

»"Este asunto te volverá loco", le decía yo las noches en las que no paraba de dar vueltas en la cama impidiéndome dormir.

»"He de encontrar alguna manera", me replicaba.

«Y la encontró, del modo más sencillo. Cuando a mediados de los años ochenta el monopolio del Estado noruego sobre las empresas empezó a relajarse, Otto, so pretexto de establecer una pequeña empresa de pescado congelado con sede en Svolvaer, adquirió las Håkon por un precio irrisorio. El archipiélago era rico en pesca, y en él se emplazó una empresa tapadera dedicada a la exportación de pescado congelado. Otto le dio un nombre cantado: Halgadøm.

»Eso fue en 1986. Otto tenía ochenta y dos años, yo, cincuenta y nueve; los Sven, sesenta... Para nosotros, la vida recomenzaba...

Anne-Marie jadea.

Nosotros estamos pendientes de sus labios.

—Tuvimos que ser muy prudentes. Como Claude Jos no podía desaparecer, me tocó a mí hacer de fantasma. «Querida, es muy sencillo: vas a morir», recuerdo que me dijo Otto, riendo.

»Durante dos meses guardé cama y me fingí gravemente enferma. No me vio ningún médico, pero la gente no decía otra cosa: "La señora Jos se muere".

Anne-Marie recupera su sonrisa irónica y dice casi como si contara un chiste:

—Mi cáncer de riñón se me llevó en cuestión semanas, y el día de mi entierro tomé un avión de las Líneas Aéreas Escandinavas rumbo a Oslo y luego a Bodø.

»Mi misión era apasionante y titánica: realizar en las Håkon lo que habíamos esbozado en Mirabel. "¡De aprendices de brujos nos convertiremos en dioses!", recuerdo que me dijo Otto en el aeropuerto de Blagnac, oculto tras unas gafas negras, antes de partir para el entierro. Aquellos prototipos artesanales y malogrados debían evolucionar a través de una humanidad engendrada en cadena hacia el ser perfecto con el que Otto soñaba.

«¡Clonación! ¡Experimentos de clonación!», me digo yo asustada.

—Por fin el sueño podía realizarse. Disponíamos de los medios necesarios: un prodigioso dispositivo ideado por Otto y el doctor Schwöll en los años treinta que se salvó milagrosamente de los bombardeos y que nadie vendría a investigar, pues pasaba por ser silos agrícolas.

»Teníamos las cubas...

—¿Las cubas? —pregunto, con la cabeza aturdida como después de una maratón.

Anne-Marie frunce el ceño y se incorpora al tiempo que señala los silos. Vidkun y yo, despavoridos, miramos los tres cohetes blancos; parecen, plantados en la roca, inmensos obuses de marfil, y se elevan como esos osarios conmemorativos de la Primera Guerra Mundial perdidos en los cielos grises del Este.

—Seguidme —nos dice Anne-Marie.

Un camino serpentea hasta los silos; ella lo emprende con paso airoso, lo último que se esperaría de sus débiles piernas. Al verla trotar sobre los guijarros, me digo: «¡Sabe que ha ganado!». Miro a los silos y me pregunto si estará allí Clément, si lo habrán... clonado...

Desecho esta idea grotesca y sigo a Anne-Marie.

En realidad lo que acaba de contarnos no me sorprende. Todo se deriva lógicamente de lo planteado por Leni en la novela.

Al llegar al edificio circular nos vemos de pronto en medio de un gran movimiento de personas en bata blanca que van y vienen y nos arrastran. Son Ottos y Anne-Maries de todas las edades, que se repiten como en una pesadilla ubicua, tanto más angustiosa cuanto que para ellos el parecido es normal.

—Estos hombres y mujeres encarnan la segunda fase de Halgadøm —nos cuenta Anne-Marie—. Son generaciones de transición, de perfeccionamiento, de reflexión. Son los obreros de la colmena, los constructores de la catedral, los que extenderán al mundo la realidad de Halgadøm. Son mis hijos... son mis... —Se interrumpe, nos señala a un grupo que pasa y prosigue—: Son mis lugartenientes... —Y saluda alzando el brazo.

—*Heil Hitler!* —contestan los otros, en voz bien alta y clara, y luego siguen su camino.

La vieja se acerca a Vidkun en actitud enternecida.

—Martin, no dices nada...

Y lo coge del brazo como si debiera sostenerlo, como si él fuera el anciano.

Venner se muestra frío. Es como si todo su ser, su alma, su cuerpo, su piel, sus órganos, se replegaran sobre sí mismos como un erizo. Anne-Marie se da cuenta, y acariciándole la cara le dice:

—No te preocupes, todo saldrá bien. Todo esto es por ti, ya te habrás dado cuenta.

Saca una llave y abre una puertecita blindada.

—¡Y ahora veamos esas cubas!

Mis ojos tardan un rato en habituarse a la luz artificial. Es de un amarillo verdoso casi fosforescente y la difunden unos tubos de neón que recorren las paredes como filetes de luz.

Nos hallamos dentro de un largo túnel de plástico transparente que serpentea por el interior de las famosas cubas, un pasaje como los de los acuarios. Y lo que se ve al otro lado de la pared translúcida me escalofría...

¡Demencial, verdaderamente demencial!

Mi mano busca la de Venner y finalmente la toma con todas sus fuerzas.

—¡Ah, no! —La anciana nos separa de un manotazo—. ¡Nada de niñerías! —Pero pronto se le pasa—: Mirad qué bonito, qué guapos...

Yo procuro no sucumbir al horror y pienso en lo que aquello tiene de científico... si es que aún tiene algo.

Observo a los científicos que trabajan al otro lado de la membrana de plástico. Van enfundados en escafandras blancas y gesticulan lentamente como astronautas en el espacio; se pasan probetas, frascos, bolígrafos, a cámara lenta. No se les ve la cara; el cristal que la cubre es espejo y refleja el recinto, la luz de verbena y los capullos...

«Porque son eso, como enormes capullos de insecto...» Los

observo con un nudo en la garganta. Pienso en contarlos, pero la idea me da vértigo. Hay multitud de ellos, en desorden, unos pegados a las paredes —para llegar a ellos veo que utilizan escaleras—, colgando otros de grandes barras de metal, como panales, pero la mayoría están amontonados en el suelo.

«¡Es como una inmensa matriz!» Y observo a los científicos que se mueven entre ellos con morosidad, y palpan la extraña y blanda pared para comprobar el estado de los embriones o del feto, y toman muestras de flema y mucosidad introduciendo la mano enguantada...

—Bienvenidos al mundo de los vivos... —murmura Anne-Marie, y nos invita a acercarnos a la pared translúcida para verlo mejor.

Nosotros lo hacemos impresionados. El Vikingo está boquiabierto, incrédulo, incapaz de aceptar el espectáculo.

Yo procuro respirar con normalidad, pero los oídos me zumban, y la sensación de asco aumenta vertiginosamente.

—Sí —dice Anne-Marie en tono condescendiente—, la primera vez causa impresión...

El suelo mismo de la cuba es de una materia muelle y viscosa. Todos los científicos van equipados con botas que se hunden hasta el tobillo en aquella masa pegajosa, de la que solo se libran con dificultad.

—¿Qué es? —pregunta Vidkun.

—Buena pregunta, querido —contesta Anne-Marie encantada—. Ahí está lo genial del grandioso plan de Otto y de tu padre adoptivo, Dieter Schwöll; esto es lo que hace a Halgadøm superior a todos los centros de clonación del mundo, a todos los bancos de semen: esto es un organismo vivo.

—¿Un organismo vivo?

Creo entender, a pesar del horror, y digo:

—Todos estos capullos no son en realidad sino uno solo...

Anne-Marie me mira con un asomo de estimación.

—Exacto... Halgadøm es un ser vivo, una estructura molecular que genera sus propios embriones sin necesidad de ser fecundada, como una planta que diera eternamente fruto...

—O semillas...

Anne-Marie se queda un momento pensativa; luego se vuelve hacia el otro lado de la cuba y dice:

—Las semillas están ahí...

Nos invita a seguir adelante y pasamos a la segunda cuba. Vemos entonces, adherido a la pared, una especie de gran bubón viviente, rosado, lleno de venas, del que salen infinidad de tubos... Estos tubos están conectados a un ordenador central y ante este hay tres hombres con escafandra manipulando probetas llenas de un líquido blanco.

—Esa es la semilla de Halgadøm —nos explica Anne-Marie con exaltación—. De ahí extraemos un esperma que vendemos en todo el mundo, a multitud de países... —Observa a los hombres, que se mueven con gran precisión, y añade, frunciendo el ceño—: Claro que los niños que salgan de ahí serán de una esencia inferior, porque los fecundarán matrices de mujeres que no son de Halgadøm, a diferencia de los verdaderos humanos.

Pasea la mirada de capullo en capullo, con una expresión de demencia asesina.

—Pero como nuestra humanidad futura también necesitará esclavos, este semen recorre ya el mundo entero...

Vidkun se acerca a la pared del túnel y apoya un momento las manos en la membrana transparente; cuando las retira la marca de los dedos está impresa en la blanda materia, que poco a poco recupera de nuevo su lisura original.

Vidkun lo mira todo con suma atención, como si quisiera aprehenderlo, asimilarlo. Pero parece que hay algo que lo desconcierta, como si no acabara de explicarse la lógica de este plan apocalíptico.

—Pero... pero... —balbucea el Vikingo mientras observa la inmensa matriz intrigado y titubeante, sin saber muy bien lo que espera descubrir en ella.

—¿Alguna duda, Martin?

—¿Y las momias? ¿Dónde están las momias de los seres supremos?

La anciana se queda mirando al Vikingo como miraría una maestra a un estudiante obtuso.

—¡Oh, no, Martin!... ¿No me digas que te has creído ese disparate?

—¿Disparate? —digo yo con énfasis—. ¿Es que todo esto no es disparatado?

Anne-Marie aprieta los dientes; todo su ser exhala una rabia sorda.

—Lo de las momias es una invención, una historia concebida por la imaginación de esa desvergonzada de Leni.

—Pero las describe muy bien en su novela... —objeta Venner.

—Nunca he dudado del talento literario de Marjolaine Papillon —replica Anne-Marie con retintín—. Por eso mismo resultaba peligrosa...

Reconozco entonces en ella a la adolescente redicha y caprichosa que era la «pequeña Anne-Marie».

—Con las momias Leni ha querido simbolizar el poder dormido del Tercer Reich y la amenaza que representa Halgadøm, simplemente...

—¿Simplemente?

Anne-Marie se descompone, irritada; respira profundamente para recuperar la calma.

—Hoy en día la gente ve en todas partes seres fantásticos, extraterrestres, conspiraciones, intrigas, sociedades secretas. ¡Son capaces de tragarse cualquier cosa!

—Eso no lo explica todo...

—El terreno estaba preparado —dice Anne-Marie, y se queda mirando las probetas de líquido blanco—, solo faltaba plantar la semilla.

Yo me estremezco.

—Durante años —prosigue Anne-Marie—, Leni guardó en un cajón esa novela en la que se había inventado la famosa leyenda de las momias. Hacía circular la única copia entre los iniciados, copia que luego recuperaba. Así creó el mito de un manuscrito maldito.

Yo empiezo a comprender y digo:

—Es así como David Guizet pudo escribir el artículo para *Planète* sobre «Las momia del otro mundo»... antes de encerrarse veinte años en un monasterio parisino.

Anne-Marie asiente.

—Sí; de hecho, ese fue el ataque más directo que Leni lanzó contra Otto. Dio a leer a Guizet su novela, le suministró artículos de prensa falsos, cuentos de la gente de la zona y fotos trucadas.

»Cuando, gracias a la influencia de Otto, supimos que el artículo se iba a publicar, prohibimos la distribución de la revista. Al día siguiente los Sven se presentaban en casa del periodista, en Verrières-le-Buisson, cerca de París, y mataban a su familia...

—¿Y por qué no a él?

—Porque estaba aterrado, y ese mismo miedo lo salvó. En lugar de matarlo lo... neutralizamos. —Anne-Marie dice esto en un tono expeditivo y desapasionado.

Me quedo mirando a esta anciana tiesa que hace del terror cuestión de simple pragmatismo y me digo: «Toda una SS».

—Neutralizado, como digo, Guizet, pudimos actuar tranquilos durante años: años de trabajo, de investigación, de experimentación... Luego, en 1986, yo me vine aquí...

Ante ella, tres hombres vestidos con escafandra se acercan a un capullo; uno de ellos saca un escalpelo y lo hunde suavemente en la pared viscosa, con lo que da la impresión de que esta le aspirara el brazo, y palpa el feto con las manos enguantadas.

—Me quedé en Halgadøm un año, casi sola, instalándolo todo. Otto venía de vez en cuando, con cuidado de no llamar la atención. En la primavera de 1987 todo le pareció a punto.

»“Ya podemos empezar’, me dijo dándome un abrazo. Fue aquí mismo, aunque entonces aún no había nada. Los motores no funcionaban, y los capullos no se habían abierto.

Anne-Marie se inclina para ver mejor a los hombres de las escafandras, al otro lado de la pared translúcida. Uno tras otro, acarician la frente del feto, palpan la fontanela y resiguen el cordón que lo une al capullo.

—Y entonces Otto cometió un error, el único que cometió en su vida, pero fue muy grave.

—¿Un error?

—Otto se hacía mayor y empezaba a sentir nostalgia de su juventud, de sus primeras luchas, del nacimiento del Reich. Ahora que había decidido llevar a la práctica el gran proyecto de Halgadøm, le parecía natural, él dijo «cortés», informar personalmente al último líder nazi que quedaba vivo.

—Rudolf Hess... —susurra Venner.

Anne-Marie asiente.

—Como sabéis, Hess llevaba en la prisión de Spandau desde los juicios de Nuremberg. En 1941 había roto con Otto, Hitler y las SS y trató de refugiarse en Inglaterra. Fue inútil: los aliados lo capturaron y lo encarcelaron. Para entonces llevaba medio siglo pudriéndose en prisión, y prefería pasar por loco antes que confesar lo que sabía sobre los verdaderos planes del Tercer Reich. Los planes de Otto Rahn.

Anne-Marie se pasa la mano por la frente, como si le doliera la cabeza.

—En prisión, la única persona con la que Hess podía hablar abiertamente sobre todo lo que sabía era Leni. Ella había tomado la costumbre de visitarlo una vez al mes. Esto infringía el reglamento de Spandau, y nadie se explicó jamás el motivo por el cual Leni era una excepción... aunque no faltó quien dijera que había hecho ciertos favores a los directores de la cárcel. Sea como sea, una vez al mes Leni y Hess se veían, y hablaban del pasado, de Halgadøm, de los sueños de Otto...

»Estas conversaciones permitían al anciano desahogarse y sobrellevar su situación; de no ser por eso se habría vuelto loco de verdad.

»Hess quería que la novelista denunciara directamente a Otto, sin intermediarios como David Guizet ni novelas en clave; que revelara al mundo ese proyecto de humanidad artificial, de arios sintéticos, de raza superior... Se lo pedía cada vez que se veían.

Pero Leni no se decidía, tenía escrúpulos: no podía traicionar al que para ella lo fue todo, un mentor, un padre...

Anne-Marie esboza una sonrisa de hiena y contempla esa especie de parto que tiene lugar ante nosotros.

El espectáculo es impresionante: las seis manos extraen el feto, pero el capullo parece resistirse, como si quisiera cerrarse y retener a la criatura. Del cuerpo de esta, de los brazos de los científicos, por las escafandras, chorrea una materia espesa y pegajosa.

Reprimo una arcada. Anne-Marie, impertérrita, sigue explicando:

—Aunque sabía de los contactos entre Leni y Hess, Otto consideró «leal» informar a Hess de que Halgadøm estaba listo. Estaba convencido de que Hess sería liberado, y le propuso acabar sus días en la isla, con los suyos, donde podría reencontrarse con sus primeros combates, sus primeras razones para vivir...

»Pero Rudolf se negó. Era un viejo solitario y terco, y no aceptó.

»Tres días seguidos fue a verlo para convencerlo, pero no había manera: era como si le propusieran ir al infierno.

»Ya no comprendía nada, estaba viejo, chocho. La cárcel había triunfado sobre su conciencia y no podía concebir las implicaciones infinitas de Halgadøm; la grandiosidad del proyecto lo superaba.

»Dijo que había sufrido mucho aquellos cincuenta años y jamás apoyaría algo que podría desencadenar otro "delirio" como el nazismo, y hasta llamó asesino a Otto... Mi pobre Otto —se le humedecen los ojos; lágrimas de compasión sincera y conmovida— quedó profundamente afectado. Se sentía decepcionado, herido en el alma, como si lo hubiera insultado un hermano... Pero Hess no se contentó con aquel desprecio, y a la semana siguiente, cuando Leni fue a verlo, le contó lo que había hablado con Otto y le insistió más que nunca en que olvidara su respeto por él y lo denunciara. Leni quedó horrorizada y estuvo conforme, pero luego, a solas, empezó a dudar. Esa noche la pasó rememorando su infancia, su amor por Otto, su admiración reprimida por el que había sido un maestro en la vida. A la mañana siguiente, cuando se despertó, en Alemania corría una sola noticia: Rudolf Hess se había ahorcado en su celda.

»No se sabe si Hess se suicidó para apremiar a Leni o si fue eliminado por haber hablado demasiado, pero el caso es que Leni decidió publicar su novela. Sin embargo los Sven fueron más rápidos que su hermana de sangre. Antes de que ella pudiera ponerse en contacto con su editor para planear la publicación de su texto "más personal, más autobiográfico", los Sven se introdujeron una noche en su apartamento.

»Quince horas después estaban en Mirabel, y ponían a buen recaudo el famoso manuscrito... y a su autora.

Un relámpago de venganza atraviesa entonces los ojos de Anne-Marie, aunque se trata de una venganza frustrada, jamás cumplida.

—Yo estaba aquí, en las Håkon, y no presencié el encuentro de Leni y Otto. Pero sé que fue emocionante para ambos. Llevaban años sin verse... Ni siquiera los Sven asistieron. —Se interrumpe, llena de celos—. Otto y Leni, el padre y la hija... —Hace otra pausa y luego prosigue—: Se pasaron toda la noche encerrados en lo que fue el despacho de mi padre. Los Sven me dijeron luego que oyeron voces, gritos y llanto. Al parecer se insultaban y se pedían perdón, movían muebles, rompían vasos... Pero Otto había prohibido a los Sven que intervinieran.

»Obedecieron, y se quedaron cerca de la habitación, esperando que terminara aquel enfrentamiento.

»Otto y Leni acabaron exhaustos y al parecer sin ponerse de acuerdo.

»Otto, en un último intento y en presencia de los Sven, agitó con ira el manuscrito de *El archipiélago maldito*. "Por última vez, ¡dime dónde están los otros capítulos!", gritó a Leni.

»Inflexible, Leni le explicó que no había tales capítulos, y que lo que faltaba lo había escrito disimuladamente en toda su obra y estaba por tanto al alcance de todo aquel que supiera leer entre líneas.

»Entonces, por primera vez, Otto se asustó. La verdad, ¿cómo un libro podía cambiar la historia de Halgadøm? ¿Y quién iba a ponerse a descifrar la obra entera de una escritorzuela de libros de éxito?

»Pero para Otto aquello se convirtió en una obsesión: ¡tenía que conseguir aquellos capítulos! En realidad, Otto estaba ajustando por fin cuentas con ella por haber renegado de él.

»¿Que Leni quería seguir guardando su secreto? ¡Muy bien! Siempre hay métodos muy eficaces para sonsacar información, aunque sean dolorosos...

Anne-Marie rezuma odio por todos los poros.

—Durante dos semanas los Sven torturaron a Leni en las cuevas de Mirabel, que habíamos devuelto a su estado original tras mi partida a Halgadøm. Los Sven se desquitaban de años de humillación durante los que Leni había sido siempre la favorita.

»Al anochecer, cuando los Sven habían acabado y ella estaba llena de heridas y sangre, Otto bajaba a verla. Ella lo miraba sin decir nada. Los dos estaban demasiado cansados para odiarse. Luego mi pobre Otto subía a su despacho inquieto por las preguntas sin respuesta, pero en el fondo sentía un gran orgullo por el valor y la tenacidad de su hija.

»Pero Leni tenía sesenta años y su capacidad de resistencia no era ilimitada. Al final le falló el corazón y murió. Los Sven quedaron más afectados de lo que habían imaginado. Al fin y al cabo, ¿no era Leni su hermana, no fue su compañera de infortunios, de sus razones de vida, de sus temores, desde hacía medio siglo?

»Cuando Otto supo lo que había sucedido se negó a salir de su cuarto. No quería que Aurore, nuestra "nieta", viera cuánto lo sentía...

»Porque estaba destrozado.

»Les ordenó a los Sven que hicieran desaparecer el cuerpo sin ni siquiera abrir la puerta de su habitación; no quería que quedara ni polvo...

La voz de Anne-Marie adquiere un tono fatalista.

—Segundo error —prosigue con brusquedad—: los Sven, en lugar de enterrar el cuerpo en el parque, quisieron celebrar el viejo ritual de las SS que consiste en quemarlo, y así lo hicieron a la vera del bosque, para que Otto pudiera verlo desde el castillo.

»Acabada la ceremonia, los Sven se retiraron, pensando volver de buena mañana para ocuparse del cadáver.

»Pero no repararon en que se había abierto la temporada de caza...

La anciana se interrumpe jadeando y recobra el aliento. Vidkun y yo la escuchamos atentísimos, ajenos a los que nos rodea, a ese «parto» atroz que acaba de desarrollarse ante nosotros.

Anne-Marie mira fijamente el feto y gruñe:

—¡No hay que fiarse de los cazadores! Fue entonces, como sabréis, cuando Gilles Ballaran, o Gilles Chauvier, reapareció en el escenario de su infancia.

»Recuerdo que al enterarse Otto me llamó hecho una furia: "Los Sven son imbéciles", decía. "No retiraron el cadáver y ahora tengo a la policía en mi casa. ¿Y sabes a quién? ¡A Gilles, a tu querido Gilles!"

»Tuvo que actuar rápido: mandó a los Sven aquí, a las Håkon, y utilizó su influencia en la prefectura para que el caso quedara archivado como un suicidio. Pero aún tenía que vérselas con Gilles, que lo había reconocido como a su viejo rival. Gilles no tenía nada que perder y estaba dispuesto a llegar hasta el final.

»Pero Otto supo manejar admirablemente la situación, una vez más.

»Recurrió a los servicios de los Sven, que regresaron tres veces a Francia con distintas misiones de exterminio: suprimir a Guizet y a Chauvier, recuperar los inéditos de Marjolaine Papillon, intimidar al editor y obligar a Hans Schwöll a hacer de agente...

Anne-Marie se interrumpe, parece rendida.

El niño ha nacido y da un grito, que nosotros oímos atenuado por la pared del pasillo.

—¿Y luego? —pregunta Venner a media voz sin apartar sus ojos del bebé que los hombres envuelven en unos paños.

Anne-Marie se queda un momento ausente.

—Luego... luego empezó el juego de las pistas...

Yo presiento que es la hora de la gran revelación.

—¿El juego de las pistas?

—Según el testamento de Otto —contesta Anne-Marie, y habla como si rezara, sin pestañear, como una sonámbula—, sus criaturas debían seguirlo a la tumba; por eso a los pocos días de la muerte de mi marido se suicidaron los Sven.

»Pero en ese testamento dejó también estipulado que la muerte de esos hijos fuera un mensaje...

La anciana se ha arrimado a Venner y le habla al oído, lo que parece incomodarlo.

—¿Un mensaje?

—Sí. Y lo era también la aparición de Angela Brillo, mi doble, que fue la primera en hablaros de Claude Jos; y vuestro viaje a Alemania, a Lamorlaye, a Paulin, y vuestro encuentro con Linh, y vuestra venida hoy aquí en busca de ese amigo... Clément, se llama, ¿no?

Tiemblo al escucharla.

Anne-Marie señala al recién nacido, que gime en brazos de uno de los hombres; contemplo absorta su enorme boca abierta, su cuerpo rosado, sus ojos cerrados.

Venner parece haber comprendido, y tiembla también.

—Pero un mensaje, ¿para quién?

—Pues para ti, Martin, para ti que eres el eslabón perdido, el nuevo maestro, el nuevo... —Duda. El niño enmudece, como si también hubiera comprendido, y abre los ojos, unos ojos azul turquesa. Entonces Anne-Marie dice a media voz—: Nuestro nuevo guía...

Recuerdo las palabras del bautismo:

«Pues solo por él, Martin Schwöll, el verdadero elegido, el hijo del milagro, nuestro imperio renacerá. Pronto, dentro de medio siglo, tal vez menos, ¡Martin Schwöll será el Führer del Cuarto Reich!»

Estas palabras las pronunció con unción y deferencia el mismísimo Himmler, el jefe de las SS.

—¿El Führer del Cuatro Reich? —pregunta Venner, y casi

parece sorprendido de la calma con la que contempla tan alucinante perspectiva.

—Sí, Martin. Eres tú...

Anne-Marie lo observa con un amor ansioso, como una madre que viera al hijo perdido en la guerra.

«¡No, no, no!», me digo yo, agitando la cabeza de un lado a otro.

La pesadilla es cada vez más vertiginosa. Quisiera despertar en mi cama de París, con mi gata dormida al lado, encima del edredón. Quisiera ir a desayunar con Léa, oírla despotricar contra el fascismo, comerme un plato rancio. Quisiera ponerme a escribir un artículo cualquiera, sobre un libro que no me guste ni haya leído. Quisiera sentir el olor del metro, de la contaminación, de los McDonald's, respirar la atmósfera perfumada de grasa y asfalto del barrio de Saint-Michel. Quisiera pasearme por las tiendas, verle el careto al de correos, a la de la panadería. Quisiera pasar junto al vagabundo de la esquina de mi calle y volver a leer su cartel de TENGO HAMBRE; quisiera ver *Operación Triunfo* comiendo tomates asados de Picard. Quisiera estar en el Issoudun de mi niñez, con ese valiente tirano que pese a todo me protegía y me quería. Quisiera ver a mi madre, contárselo todo, y que ella me cogiera en brazos y me dijera que todo se arreglará, pronto, para siempre.

«¡Quisiera estar lejos, lejos de aquí!»

Pero aquí estoy, en esta especie de acuario genético, en este túnel de plástico que serpentea por entre capullos viscosos en los que se desarrolla un embrión...

«Que pronto será un hombre, una mujer...»

Para Anne-Marie es como si yo ya no existiera. Solo existe su «criatura». Le coge la mano a Vidkun y empieza a acariciarle los dedos.

—Has actuado como Otto habría deseado, Martin... Nuestra primera misión era enviarte las manos. —Venner escucha con la cabeza gacha y asiente—. Luego fue lo del libro de investigación. No es que obligáramos a FLK, pero supimos insinuárselo y preparamos el terreno para que se decidiera. Y todo funcionó...

—Desde luego... —digo yo entre dientes, sintiendo que podría desmayarme de un momento a otro.

La anciana se endereza, echa hacia atrás la cabeza.

—¡Oh, Dios mío, aún no me creo lo bien que ha salido todo, que hayas llegado a la meta...!

Venner tensa su cuerpo, intenta reorganizar sus ideas, abstraerse del entorno, de la presencia de los escafandristas.

—¿Y nací aquí, en uno de estos capullos? —pregunta.

—¿Cómo preguntas eso? —responde Anne-Marie con un gesto cansado—. En el bautismo se dice bien claro: naciste en Polonia, en Kodzklow, el 18 de octubre de 1942.

—Y no me llamaba Martin Schwöll...

—Digamos que tu primer año de vida te llamaste Aloïs Sosinka, como Hannah, tu madre.

—Que era judía...

—Judía, sí.

—Pero ¿cómo judía?

Anne-Marie se lleva las manos juntas a la boca, como para reprimir su impaciencia.

—Porque debías llevar la sangre más fuerte, la más pura... La sangre del pueblo elegido y la de la raza de los señores... ¡Hubo un apareamiento, una fecundación, y viniste al mundo!

—¿Y mi madre quién era?

—Se llamaba Hannah Sosinka, era una judía de un *shtetl* polaco a la que Otto, Himmler y Schwöll escogieron cuidadosamente entre miles de mujeres; pertenecía al pueblo elegido y era aria.

—¿Y mi padre? —Al preguntarlo noto que se estremece.

—Tus documentos lo dicen: «Padre desconocido».

Venner siente que su cabeza está a punto de estallar. Ya no es capaz de mantener sus ideas en su lugar.

—Pero ¿no dice que hubo un apareamiento, una fecundación? Algún padre tendría...

La anciana me mira y me guiña el ojo con inteligencia, como una conspiradora.

—¿Por qué crees que los nazis refugiados en América Latina aceptaron pagar un impuesto por ti? ¿Por qué fue Himmler a recogerte personalmente y encomendarte al cuidado del científico más importante del Reich? ¿Por qué Otto veló por ti a lo largo de más de medio siglo?

Vidkun mueve la cabeza y titubea confuso, sin comprender.

—¡Pues porque eres el heredero, el único heredero...!

Venner abre la boca como para decir algo, pero sigue mudo. Yo también lo he comprendido.

—Eva Braun no supo nada, claro. Hacía años que quería tener un hijo, pero no lo conseguía...

Me quedo mirando a Vidkun como si le buscara el parecido.

«¿Y si llevara flequillo, bigote y tuviera la nariz aguileña?»

Entonces reconozco los ojos...

«Sí, tiene los mismos ojos...»

Unos ojos azules, penetrantes, eléctricos, seguros y sin embargo tan humanos...

Los mismos ojos que Hitler...

—Sí, Martin mío —concluye Anne-Marie como si tal cosa—, ya lo sabes todo; ya conoces a tu madre, a tu padre, a tu verdadera familia...

Vidkun se ha quedado como ausente. Su rostro no alberga ninguna expresión; tal vez lo noto un poco más tenso, como un soldado de guardia.

¿Qué estará pensando? ¿Cómo va a reaccionar? ¿Se arrojará a los pies de Anne-Marie? ¿Estallará de alegría, de odio, de locura?

Pero no, no hace nada de esto. El hijo de Hitler se muestra atrozmente indiferente. Al fin dice en voz baja:

—Conque eso era, ni más ni menos...

Anne-Marie, que también ha quedado a la espera de su reacción, lo mira esbozando una leve sonrisa.

—¿De dónde crees que viene tu pasión por el Tercer Reich, las cruces gamadas y demás vestigios de la Alemania nazi? —Le acaricia la mejilla con el dorso de la mano—. Porque lo llevas en la sangre, hijo. ¡Es tu alma, tu identidad!

Vidkun se retira instintivamente, pero sin abandonar su actitud hierática, y repite:

—Ni más ni menos...

Anne-Marie me mira como si me pusiera por testigo.

—Supongo que es normal que reaccione así…

Pero yo miro alternativamente a este sexagenario que se ha quedado como una estatua y a esta octogenaria que parece como en trance.

Estoy anonadada.

Al otro lado de la pared translúcida, los hombres hace tiempo que se han llevado al recién nacido, pero ya descubro otra mancha rosa en el seno del capullo.

Siento que estoy perdiendo la cabeza y ya no sé quién de los tres delira más.

Intentando mantener una apariencia de lucidez, pregunto a Anne-Marie:

—¿Y todo esto para qué?

—¿Cómo para qué?

—¿Para qué les servirá Vidkun?

Anne-Marie parece sorprendida.

—¡Somos nosotros quienes le serviremos a él! Es el nuevo guía, el elegido; a partir de ahora estamos a sus órdenes…

Nos volvemos a la vez a mirar a Venner, que sigue quieto, como ausente.

—¿Y qué esperan que haga?

Anne-Marie parece recuperar sus ánimos y señala los capullos, que a esa luz fosforescente parecen respirar y vibrar como un corazón, como un órgano.

—Os he dicho que la suya era la sangre más pura…

—¿Y?

—La necesitamos… —La anciana indica ahora el gran ordenador que extrae el esperma—. Los niños que nacen en los capullos no dan problemas; en cambio, el esperma que difundimos por el mundo no es… perfecto.

—¿No es perfecto?

—No. Es un esperma elaborado a partir del semen que miles de oficiales de las SS suministraron en las casas de maternidad del Lebensborn durante diez años, y con el tiempo se ha… debilitado, y da pésimos resultados.

No comprendo adónde quiere llegar Anne-Marie.

—El setenta por ciento de los niños fecundados con el semen de Halgadøm nacen anormales…

Empiezo a entenderlo.

—Por eso los secuestran…

Asiente con enérgicas cabezadas.

—Sí, Anaïs, tenemos derecho a saber.

—¿Y qué hacen con ellos? —pregunto temiendo lo peor.

—Pruebas.

—Al menos no los matan enseguida… —replico yo sin poder evitarlo.

—¡Porque no somos criminales! Lo hacemos por el bien de la humanidad. Queremos elevar el alma del ser humano, purificarlo, hacerlo mejor, más apto para gobernar en la paz y la razón… ¡Ese era el sueño de Otto! Crear un mundo perfecto, libre de enfermedades y defectos, un mundo en el que todos sean felices y vivan en armonía, libres, iguales, hermanos… ¡Somos verdaderos socialistas!

—Un mundo perfecto… —murmura Vidkun, que parece despertar y sonríe… con una sonrisa que me hiela la sangre: serena, sosegada, afectuosa, familiar.

—¡Exacto! —contesta Anne-Marie, como aliviada de que al fin lo comprenda, y se abraza a él como en busca de protección—. Por eso te hemos… creado, Martin. Eres el primer hombre de la nueva humanidad, el Adán de la nueva era…

Me horroriza la escena que contemplo, la evidente traición de Vidkun, que escucha con aceptación, con alegría; vomitaría de rabia, de indignación, pero mi cólera es bruscamente sacudida por una nueva escena: por el pasillo de plástico vienen cuatro hombres en bata blanca sosteniendo un bulto que apenas puede caminar y que, con una voz de ultratumba, balbuce:

—Anaïs…

Mi corazón está a punto de estallar.

—¡Clément!

Tiene la cara amoratada, llena de heridas y costras, grandes ojeras amarillentas, el pelo revuelto, sudado y grasiento, la tez pálida, y se tambalea; Clément es un muerto viviente. Me precipito hacia él.

—¡Amor mío! ¡Amor mío!

Enseguida los esbirros de bata blanca me cortan el paso.

—Está bien, dejadla... —dice Anne-Marie.

Yo me detengo ante Clément como si no me atreviera a tocarlo, como si temiera romperlo si lo abrazo bruscamente. Despacio, muy despacio, alzo la mano y le acaricio la cara, los pómulos, las mejillas, los párpados, la frente...; una geografía que conozco muy bien y que palpo para reconocerla bajo las heridas. Verlo así me parte el alma y siento que me derrumbo... Pero no, hoy menos que nunca puedo desmayarme. Estoy llena de rabia.

—¿Por qué... por qué le han hecho esto? —Y a Clément le susurro, reprimiendo las ganas de llorar—: Ya estás conmigo, no pasa nada...

Él alza consternado la mano del dedo cortado —lleva una venda empapada de sangre seca— y la agita ante mí como un trofeo trágico; quiere sonreír, pero solo consigue esbozar una mueca extraña. Tiene el labio partido en varios puntos, y le cuesta vocalizar:

—A... Anaïs...

—Sí, amor mío, sí, estoy aquí, no tengas miedo...

Pienso en el dedo cortado, que llevo en el bolsillo, levanto a Clément y casi tímidamente nos abrazamos.

Él intenta hablar.

—No... calla, amor mío... No hables...

Anne-Marie nos mira con impaciencia. Al final da algunos taconazos para llamarnos a capítulo y dice:

—Hijos, me temo que vuestra historia acaba aquí...

No tengo tiempo de reaccionar; de pronto me veo rodeada por los hombres de bata blanca, que me retuercen los brazos y me hacen caer de rodillas.

Clément emite un gemido de protesta. A mí el dolor me impide hablar:

—Pero... pero...

—Anaïs, lo siento —dice Anne-Marie, y se me acerca despacio—. Después de lo que has visto, comprenderás que...

No acaba la frase; me mira con cara de sentirlo sinceramente.

Yo no puedo respirar, tengo los ojos empañados de sudor y lágrimas, y oigo la voz de Anne-Marie como resonar en medio de un zumbido cada vez más intenso.

—Lo siento, y más viendo que Martin parecía tenerte en gran aprecio... —Y dirigiéndose a Vidkun—: ¿No es cierto, Martin?

El Vikingo sigue quieto, con los mismos ojos inexpresivos. Me mira y tengo la sensación de que me mira un cadáver.

—Sí —responde con voz átona—, es una lástima.

Tras un esfuerzo sobrehumano, logro articular:

—¿No irá a permitirlo? ¿Usted, así...?

Pero acabo la frase con un grito de dolor. Anne-Marie ha hecho señas a mis verdugos y estos me han retorcido el brazo con más fuerza.

Tengo el hombro casi descoyuntado.

Sin embargo, aun en mi dolor, he creído ver un destello de humanidad en Venner, y he tenido la sensación de que me pedía secretamente que resistiera.

Aunque de inmediato dudo, al ver que se acerca tranquilamente a Anne-Marie, le echa el brazo por los hombros y le pregunta con frialdad de SS:

—¿Qué se hace con ellos?

Anne-Marie se encoge de hombros.

—Como con los niños mongólicos: echárselos a las orcas...

Clément da un grito, yo me derrumbo.

—¡No, no, no pueden!

—Claro que podemos —responde la anciana, y se inclina y me mira como a un niño en la cuna—. No creerás que vamos a arriesgar medio siglo de trabajo por vosotros, una puta y su chulo...

Clément y yo estamos aterrados. Anne-Marie indica con desgana a los hombres de bata blanca que nos lleven.

—¡No! —grita Clément, y noto que desfallece.

Yo me siento postrada y dejo de resistirme.
Y entonces Venner dice en un tono terminante:
—¡Quietos!
—¿Cómo? —replica Anne-Marie, y lo mira desconcertada.
Los esbirros, movidos por un respeto ancestral, un respeto genético, obedecen y nos sueltan.
—Ya lo han oído, y tú también lo has oído: he dicho quietos...
Anne-Marie observa a Vidkun con creciente temor. Sí, era verdad. En sus ojos acaba de leer algo nuevo, algo que ella no conocía, unos sentimientos que ha estado ocultando desde nuestra llegada a Halgadøm. Pero yo sí conozco esos sentimientos: son los de la velada en el Berghof, los de aquella noche en Berlín, los del Vikingo...
Siento que me invade una oleada de esperanza, aunque tampoco quisiera hacerme demasiadas ilusiones.
—Ahora mando yo, ¿verdad? —prosigue Venner sereno.
Anne-Marie no sabe qué contestar, titubea, suspira; de pronto es una anciana desvalida.
Se vuelve hacia los hombres de bata blanca en busca de ayuda, pero ellos miran a Vidkun como si lo esperaran desde hacía mucho. Le sonríen, jurándole lealtad.
—Soltadlos... —les dice tranquilamente.
—Pero Martin, tú... —Anne-Marie no tiene tiempo de acabar la frase. Mientras los esbirros dejan libres nuestros maltrechos cuerpos, Venner la abraza y le susurra, como un galán a su amante:
—Amor mío, cariño...
Llena de estupor, ella no se resiste. Tampoco le serviría de mucho, porque él la tiene bien sujeta como con una camisa de músculos.
—Amor mío —repite, con una sutil ironía—, lo que acaba hoy eres tú...
—Martin... Martin —protesta la anciana, cada vez más roja y jadeante.
Su rostro se desencaja, revuelve los ojos... Se ahoga. El Vikingo está asfixiándola.

Nadie se mueve. Clément me ha cogido la mano como si estuviéramos en el cine.

Yo miro aquello sin placer ni piedad. Como los hombres de bata blanca, esperamos a que el nuevo maestro acabe su oficio.

Y cuando, tras dar un último crujido, el cuerpo de Anne-Marie se desliza sin vida al suelo, Vidkun me mira y esboza la más tierna de las sonrisas.

Halgadøm se aleja en la bruma.

Los tres silos no son ya más que unas manchas pálidas en la luz azul.

Miramos la estela de la lancha como si dejáramos atrás un mundo.

—¿Qué te ha dicho al partir? —me pregunta Clément, que reposa la cabeza en mi hombro aún dolorido.

Yo le cojo la mano vendada y contesto en tono evasivo:

—Qué más da... Ahora ya acabó todo...

—Es verdad.

¿Que qué me ha dicho? No lo sé, no lo he entendido. Que se quedaba, seguramente.

Poso los labios en la frente de Clément y tengo la sensación de besar a un anciano. ¡Pobrecillo! La convalecencia será larga.

Aunque tampoco me parece tan mal. Desde luego no tiene el aspecto lozano y vigoroso del piloto, que nos lleva zigzagueando entre los arrecifes, pero aún está guapo, mi Clément.

—¿Crees que se quedará? —me pregunta, con la vista puesta en Halgadøm.

En la isla aún atisbamos a la multitud en bata blanca alzando el brazo ante Vidkun.

Yo me encojo de hombros.

—Después de todo, es su mundo. En eso llevaba razón Anne-Marie: su vida lo ha conducido aquí, era su destino... Ahora podrá destruirlo todo... o continuarlo. Depende de él, ahora es el único maestro, el nuevo... guía.

Seis meses antes estas palabras me habrían resultado inconcebibles. Ahora, en cambio, que nos alejamos —acabamos de entrar en la brecha de la muralla—, el destino de Vidkun se me aparece con claridad.

Y de pronto siento nostalgia. ¿Le confesaré a Clément que voy a echar de menos a Vidkun? ¿Que ya lo echo de menos?

Pero no hace falta, él lo adivina.

—Piensas en él, ¿verdad?

—Sí...

—Yo también —dice, con la misma sombra en sus ojos, como si también él, pese al calvario por el que ha pasado, echara de menos al Vikingo.

Salimos de la brecha.

Ante nosotros se extiende el mar abierto. Pronto también las murallas de las aves se difuminarán en la niebla, y así se apagarán los peores recuerdos de esta aventura. Nos espera el mundo, el verdadero mundo. Pronto, lo sé, lo siento, no guardaré más que los buenos, los grandiosos recuerdos, y en ellos me recrearé. He vivido mucho estos seis meses. ¿Una, dos, tres vidas? He aprendido mucho, he madurado mucho. Y aquí sigo, viva y algo más adulta.

Miro a Clément y siento un arrebato de ternura. Eso es amor, también lo sé, lo siento.

Me recuesto en Clément. Él me sonríe.

¡De pronto todo parece tan sencillo, tan claro!

Y mientras nos besamos sintiendo el azote del viento, nos parece estar oyendo aún lo que exclamaban los clones en Halgadøm. Un grito instintivo, atávico, resurgido de la noche de los tiempos para estallar con una intensidad monstruosa: «*Heil Venner!*».

París, Senlis, Caromb, Buck Point, Cannes, Vancouver,
Bucarest, Nueva York, La Baule, Lyon, Bergen

Septiembre de 2004-diciembre de 2006

Agradecimientos

Esta novela no habría podido ver la luz sin lecturas de todo tipo, cuyos autores cito como se me ocurren:

Raymond Abellio, René Alleau, Robert Ambelain, Jean-Michel Angebert, Elizabeth Antebi, Henri Azeau, Philip Aziz, Michael Baigent, Jean-Pierre Bayard, Pierre Benoît, Jacques Bergier, Christian Bernadac, Will Berthold, Héléna Blavatsky, Christian Bouchet, André Brissaud, Edward Bullwer-Lytton, Louis Charpentier, Robert Charroux, Aleister Crowley, Arkon Daraul, Olivier Dard, Marc Dem, Alexandre Dumas, Guy Dumur, Umberto Eco, Dennis Eisenberg, Julius Evola, Ladislas Farago, Joachim Fest, Jean-Claude Frère, Charles Gabel, Werner Gerson, Joscelyn Godwin, Leon Goldensohn, Nicholas Goodrick-Clarcke, John Michael Greer, René Guénon, G. I. Gurdjieff, Bruno Happel, Socrate Helman, Joe Heydecker, Marc Hillel, Serge Hutin, Joseph Kessel, Francis X King, Anton LaVey, Norbert y Stephan Lebert, Johannes Leeb, Eliphas Lévi, Henry Lincoln, Jean-Paul Lippi, Paul Louvet, Jean Mabire, Maurice Magre, Pierre Mariel, Bernard Marillier, Jean Marquès-Rivière, Pierre Milza, Jean Moura, Ferdinand Ossendowski, Papus, Louis Pauwels, Jean-Charles Pichon, Robert N. Proctor, Otto Rahn, Philippe Randa, Hermann Rauschning, Trevor Ravenscroft, Sylvain Reiner, Philippe Renoux, François Ribadeau-Dumas, Pierre A. Riffard, Jean Robin, Michel Roquebert, Theodor Roszak, Jérôme Rousse-Lacordaire, Saint-Loup, Saint-Yves d'Alveydre, Jean Saunier, Danis Saurat, Édouard Schuré, Rudolf von Sebottendorff, Gérard de Sède, Jean Sendy, William Shirer, Albert Speer, Otto Strasser, Pierre-André Taguieff, Yves Ternon, André Ulmann, Dominique Venner, Jacques Weiss, Simon Wiesenthal...

Citemos asimismo las revistas *Historia*, *Historama*, *Enquête sur l'histoire*, *Dossiers de l'histoire mystérieuse* y, claro está, *Planète*...

Gracias a Bernard Fixot por su confianza temeraria;
a Caroline Lépée por su virtuosismo con el escalpelo,
y a todo el equipo de XO.

Gracias a mi familia, por su paciencia con mis obsesiones;
a mis amigos, por su tolerancia con mis chifladuras;
a Charles Rostand, por su mala leche;
a Amélie, por su ojo de lince y de miel,
a mi madre, por casi todo.

ESTE LIBRO HA SIDO IMPRESO
EN LOS TALLERES DE
LITOGRAFÍA S.I.A.G.S.A.
RAMÓN CASAS 2
BADALONA (BARCELONA)